Die Verlage Aufbau und Suhrkamp widmen
diese gemeinsame Ausgabe Helene Brecht-Weigel.

# Bertolt Brecht
# Werke

Große kommentierte
Berliner und Frankfurter Ausgabe
Herausgegeben von
Werner Hecht
Jan Knopf
Werner Mittenzwei
Klaus-Detlef Müller
Band 9

# Bertolt Brecht
# Stücke 9

Aufbau-Verlag Berlin und Weimar
Suhrkamp Verlag Frankfurt am Main

Bearbeitet von Carl Wege

Bertolt Brecht, Werke, Band 9
Suhrkamp Verlag. Erste Auflage 1992

# Stücke 9

Coriolanus
Anna Seghers. Der Prozeß der Jeanne d'Arc zu Rouen 1431
Turandot oder Der Kongreß der Weißwäscher
Don Juan von Molière
Pauken und Trompeten

# Coriolanus

*Personen*

Cajus Marcius, später Coriolan genannt · Volumnia, seine Mutter · Virgilia, seine Frau · Der junge Marcius, sein Sohn · Menenius Agrippa, Senator, sein Freund · Cominius und Titus Lartius, Anführer gegen die Volsker · Sicinius Velutus und Junius Brutus, Volkstribunen · Valeria, Virgilias Freundin · Der Mann mit dem Kind · Tullus Aufidius, Anführer der Volsker · Ein Hauptmann des Aufidius · Römer und Volsker: Senatoren, Konsuln, Ädilen, Patrizier, Bürger (Plebejer), Römische Damen, Offiziere, Krieger, Herold, Ratsdiener, Diener, Bote, Ratsherren, Wachen, Wachtposten, Begleiter und Offiziere des Aufidius

# ERSTER AKT

## 1

*Es tritt auf ein Haufe aufrührerischer Bürger mit Knüppeln, Messern und andern Waffen. Darunter ein Mann mit einem Kind, der ein großes Bündel schleppt.*

ERSTER BÜRGER Ehe wir in der Sache irgend weitergehen, hört mich an!

BÜRGER Sprich, aber kurz.

ERSTER BÜRGER Ihr alle seid entschlossen, lieber zu sterben als zu hungern?

BÜRGER Entschlossen, entschlossen!

ERSTER BÜRGER Ihr seid bereit, nicht eher umzukehren als bis der Senat zugestanden hat, daß den Brotpreis wir Bürger bestimmen?

BÜRGER Ja, ja.

ERSTER BÜRGER Und den Preis für die Oliven?

BÜRGER Ja!

ERSTER BÜRGER Cajus Marcius wird uns mit Waffengewalt entgegentreten. Werdet ihr davonlaufen oder werdet ihr kämpfen?

BÜRGER Wir werden ihn totschlagen. Er ist der Hauptfeind des Volkes. Warum fragst du noch?

ERSTER BÜRGER Ich frage, weil ich nicht mitmache, wenn in der Sache nicht zu Ende gegangen wird. Wozu bringst du den Sack mit und das Kind!

DER MANN MIT DEM KIND Ich will sehen, was ihr erreicht. Wenn ihr nichts erreicht, werde ich mit denen vom dritten Bezirk auswandern.

ERSTER BÜRGER Obwohl die Ebene, wo sie sich niederlassen wollen, unfruchtbar ist wie eine Steinplatte?

DER MANN MIT DEM KIND Trotzdem. Wir werden Wasser dort haben, Luft und ein Grab, und mehr gibt es für uns Plebejer hier in Rom auch nicht. Dort werden wir zumindest keine Kriege für die Reichen führen müssen. *Zum Kind:* Wirst du brav sein, Terzius, wenn du keine Ziegenmilch bekommst?

*Kind nickt.*

ERSTER BÜRGER Seht ihr, solche Leute haben wir unter uns. Der fürchtet den Cajus Marcius mehr als die wilde Natur in den Allegibergen. Bist du nicht ein römischer Bürger?

DER MANN MIT DEM KIND Ja, aber ein armer. Uns Plebejer nennt man die armen Bürger, aber die Patrizier nennt man die guten. Was diese Guten zu viel fressen, könnte uns vorm Hungertod bewahren. Schon wenn sie uns auch nur das Überflüssige gäben, wären wir gerettet. Aber selbst das sind wir ihnen nicht wert. Es schmeckt ihnen besser, wenn sie uns hungern sehen. *Zum Kind:* Terzius, sag, daß du in einer solchen Stadt nicht Bürger sein willst.

*Kind schüttelt den Kopf.*

ERSTER BÜRGER Dann hau ab, und schnell, du feiger Hund, aber das Kind laß da; wir werden für Terzius ein besseres Rom erkämpfen.

BÜRGER Was ist das für ein Geschrei? Der sechste Bezirk ist in Aufruhr. Und wir stehen da und streiten uns mit uns selber! Zum Kapitol! Wer ist das?

*Menenius läuft ihnen nach.*

ERSTER BÜRGER Das ist Menenius Agrippa, Senator und Schönredner.

BÜRGER Nicht der Allerschlimmste! Er hat eine Schwäche für das Volk.

MENENIUS
Was habt ihr vor, Landsleute? Wohin geht ihr
Mit euren Knüppeln? Sprecht, was gibt's, ich bitt euch!

ERSTER BÜRGER Unsere Sache ist dem Senat nicht unbekannt. Sie haben davon munkeln hören seit 14 Tagen. Euer Cajus Marcius sagt, unser Geruch verschlage ihm den Atem. Er soll sich vorsehen, daß wir ihm nichts sonst verschlagen!

MENENIUS
Ei, Leute, gute Freund und liebe Nachbarn
Wollt ihr euch selbst zugrunde richten?

ERSTER BÜRGER Das können wir nicht, Herr, wir sind schon zugrunde gerichtet.

MENENIUS
Freunde, glaubt mir, erstaunlich liebevoll

Sorgt für euch der Senat. Was euer Hungern
In dieser Zeit der Teuerung angeht, könnt ihr
Grad so dem Himmel drohn mit euren Knüppeln
Als dem Senat; denn solche Teurung wird
Von Göttern über uns verhängt und nicht
Von Menschen. Ach, euer Elend führt euch
Dorthin, wo größeres Elend euch erwartet.
So beißt der Säugling in die leere Brust
Der unglücklichen Mutter. Ach, ihr scheltet
Wie eine Feindin Rom, das für euch sorgt.

ERSTER BÜRGER Für uns sorgt! So siehst du aus! Sie sorgten noch nie für uns. Uns hungern lassen und ihre Vorratshäuser sind vollgestopft mit Korn! Verordnungen erlassen gegen den Wucher, um die Wucherer zu unterstützen! Täglich ein anderes heilsames Gesetz gegen die Reichen widerrufen und täglich schärfere Verordnungen austifteln, die Armen zu fesseln. Wenn die Kriege uns nicht auffressen, tun sie's. So sehr lieben sie uns.

MENENIUS
Entweder ihr seid tückisch oder, mit
Verlaub, sehr dumm. Ich werde euch ein Gleichnis
Zum besten geben. Möglich, daß ihr's kennt
Doch paßt es her. Nun, wollt ihr's hören, Leute?

ERSTER BÜRGER
Das ist kaum eine Zeit
Für Märlein. Aber ich für mein Teil schön
Möchte schon lang gern reden lernen
Und das kann man von dir, Agrippa.
Schieß los!

MENENIUS
Es war einmal, da rebellierten alle
Glieder des Körpers gegen den Bauch. Sie schrien
Er sei ein Loch, nichts sonst, in Körpermitte
Faul und untätig, doch die Speisen hamsternd
Dieweil mit ihnen nicht die Arbeit teilend
All das Bewegen, Sehen, Hören, Planen
Das Fühlen, Instruieren, das sie besorgten
Mit wechselseitigem Eifer, Trieb und Neigung
Des ganzen Körpers willig fördernd. Drauf
Erwiderte der Bauch ...

ERSTER BÜRGER

Ja, Herr, und was
Erwiderte darauf der Bauch?

MENENIUS

Ich werd' s euch sagen, Herr. Mit einer Art
Von Lächeln, nicht von Herzen kommend, melancholisch fast, erwiderte der Bauch –
Seht ihr, ich kann ihn lächeln lassen, grad
So gut wie reden –, lächelnd sagte er
Den mißvergnügten Gliedern, die ihm seine
Einkünfte nicht vergönnten ...

ERSTER BÜRGER

Also was?
Was sagte er, der faule Bauch, des Leibes
Senkgrub und Abtritt? Was?

MENENIUS

Was, was! Wie, wie!
Darauf kommt's an.

ERSTER BÜRGER

Nein, darauf, was er sagte
Dein Schlemmer Bauch. Was konnt er sagen?

MENENIUS

Gleich
Sollt ihr es hören.

ERSTER BÜRGER

Gleich ist bei dir morgen.

MENENIUS

Euer sehr ernster Bauch erwog die Antwort
Er war nicht rasch wie seine Widersacher.
Wahr ist es, meine einverleibten Freunde
Sprach er. Zuerst nehm ich die Nahrung auf.
Von der ihr alle lebt, und das ist nötig
Weil ich des ganzen Körpers Speicher bin
Der Laden sozusagen, doch vielleicht
Entsinnt ihr euch, daß ich die neuen Kräfte
Durch eures Bluts Kanäle zu euch sende
Und durch des Körpers Gäng und Windungen
Empfängt der fernste Nerv, die feinste Ader
Von mir den angemeßnen Unterhalt.

Wiewohl ihr nun nicht alle, sprach der Bauch
Ihr lieben Freunde –

ERSTER BÜRGER

Halt, Herr!

MENENIUS

Ob ihr auch
Nicht alle gleich seht, was ich jedem zumeß
Kann ich doch Rechnung legen, daß ich allen
Das feinste Mehl von allem Mehl zuteile
Und nur die Kleie rückbehalte. Nun
Was sagt ihr jetzt?

*Auftritt unbemerkt, außer von Menenius, Coriolan mit Bewaffneten.*

ERSTER BÜRGER 's ist eine Antwort. Und nun die Moral?

MENENIUS

Nun, der Senat ist dieser gute Bauch.
Ihr seid die aufsässigen Glieder. Denkt!
Aufs Denken kommt es an. Denkt, denkt, denkt, denkt!
Und euch wird aufgehn, wie die würdigen Väter
Das öffentliche Wohl im Aug, das allgemeine
Den einzelnen beliefern; denn was euch
Zukommt, von ihnen kommt's. Was sagst du jetzt
Du großer Zeh in diesem Haufen.

ERSTER BÜRGER

Ich? Wieso bin ich der große Zeh?

MENENIUS

Weil du der Niederste, Gemeinste, Ärmste
Von dem Gesindel bist, du gehst voran!
Du Schurke, du ansteckend fauler Apfel
Selbstsüchtiger Räuber, ja, schwenkt nur die Knüppel!
Jetzt wird Rom Krieg mit seinen Ratten führen
Und euch für alle Zukunft – Heil, Freund Marcius!

MARCIUS

Danke. Was ist hier los? Juckt es euch wieder?
Kratzt ihr den alten Aussatz?

ERSTER BÜRGER

Wir können immer rechnen auf ein gutes Wort
Von euch!

MARCIUS

Ihr Hunde, die nicht Krieg noch Frieden lieben
Der Krieg schreckt euch, der Frieden macht euch frech.
Wer euch vertraut und Löwen sucht, find't Hasen
Und Gänse, wo er Füchse sucht. Ihr haßt
Die Großen, weil sie groß sind. Wer von euch
Abhängig wird, schwimmt wie ein Fisch aus Blei
Und wer sich euer bedient, muß Eichen
Mit Binsen niederhaun. Nur Hängen hilft da.
Das hat die Freßgier eines Kranken, der
Hinunterschlingt, was ihn nur kränker macht.
Das spuckt auf den Senat, der mit den Göttern
Zusammen etwas Ordnung hält, da sonst
Der eine noch den andern fressen würde!

MENENIUS

Sie fordern Korn nach ihrer eignen Taxe.
Sie sagen, es sei da im Überfluß.

MARCIUS

Sie sagen! Hängt sie!
Am Herde sitzend, wissen sie genau
Was auf dem Kapitol vorgeht, was da ist
Was nicht da ist! Noch Korn an sie verschwenden!
Wenn der Senat nicht diese Milde übte
Die ich ganz anders nenn – sie sagen, Korn ist da! –
Die Antwort kriegten sie von meinem Schwert
Und mit der Lanze mäße ich statt Korn
Die Haufen ihrer Leichen in Roms Gassen.

MENENIUS

Laß! Diese hab ich alle schon bekehrt.
Ich hielt sie auf mit einem Märlein. Freilich
Es war nicht meiner Stimme Erz, es war
Die Stimme deines Erzes, die sie umwarf.
Was macht der andre Haufe?

MARCIUS

Der ist aufgelöst.
Ich trieb ihn auseinander. Hängt sie! Hölle!
Sie schrien, wir hungern. Sagten Sprüchlein auf
Wie »Not bricht Eisen«, »Auch ein Hund muß fressen«
»Das Brot ist für den Mund«, »Die Götter lassen

Das Obst nicht nur für reiche Leute wachsen«
Und solchen Stumpfsinns mehr. Als ich dann einschritt
Schrien sie im Gehn, wir wandern aus! Ich rief
Ihnen ein »Gute Reise« nach.

*Ein Bote tritt auf.*

BOTE

Ist Cajus Marcius hier?

MARCIUS

Hier. Was ist los?

*Der Bote flüstert ihm ins Ohr.*

MARCIUS

Menenius, auf dem Forum
Schmeißen sie ihre Mützen in die Luft
Als wollten sie sie auf des Mondes Sichel hängen
Der Senat
Hat ihre Forderung zugestanden.

MENENIUS

Was wurde zugestanden?

MARCIUS

Zwei Tribunen
Um ihre Pöbelweisheit zu vertreten.
Einer ist Junius Brutus, dann Sicinius
Und wer weiß noch. Mir hätt die Blase eher
Die Dächer unsrer Stadt abdecken können
Als daß ich das gewährt. Jetzt werden sie
Noch frecher, und bald droht die Brut mit Aufstand
Um jedes Pfund Oliven.

MENENIUS

Das ist seltsam.

*Ein Bürger kommt gelaufen.*

ZWEITER BÜRGER

Es lebe Junius Brutus!
Alle Forderungen an den Senat zugestanden! Fünf
Tribunen bewilligt! Mit dem Recht, in den
Sitzungen zu sitzen und Beschlüsse abzuschlagen!

BÜRGER

Hoch Junius Brutus!

ZWEITER BÜRGER

Und Sicinius Velutus!

MARCIUS

Fort mit euch, Bruchstücke!

MENENIUS

Die würdigen Väter!

MARCIUS

Und die neugebackenen
Aufseher auch schon mit dabei. Gesichter
Wie von den Galgen abgeschnitten!
*Auftreten Senatoren und Brutus mit Sicinius.*

BÜRGER

Hoch Sicinius! Und Junius Brutus!

MARCIUS

Ihr würdigen Väter, garstige Zeitung hört ich
Und sehe garstigen Anblick –

ERSTER SENATOR

Edler Marcius!
Die Volsker sind im Anmarsch.

MARCIUS

Das ist Bruch
Des Waffenstillstands.

ERSTER SENATOR

Auf die Nachricht großer
Teurung und Rebellion hier. Der Senat
Handelte dementsprechend.

COMINIUS

Krieg!

MARCIUS

Mich freut er.
So werden wir in Rom hier auch vielleicht
Los unsern Überfluß, der schimmlig wird!

ERSTER SENATOR

Tullus Aufidius führt sie.

MARCIUS

Mir bekannt.

COMINIUS

Ihr fochtet miteinander.

MARCIUS

Und ein Feind
Wie der, und schon lohnt sich ein ganzer Krieg!

ERSTER SENATOR
Ihr kämpft unter Cominius.
COMINIUS
Wie Ihr einst
Verspracht.
MARCIUS
's ist abgemacht. Und, Titus, du?
Steif, was? Willst dich wohl drücken?
TITUS
Niemals, Marcius
Ich werd mich auf die eine Krücke lehnen
Und mit der andern fechten, ehe ich dies
Geschäft versäum.
ERSTER SENATOR
Aufs Kapitol!
TITUS
Voran
Cominius.
COMINIUS
Nach Euch.
TITUS
Ihr führt.
MARCIUS
Nach euch.
ERSTER SENATOR
Geht heim, ihr Leute!
MARCIUS
Nein, sie sollen folgen!
Die Volsker haben einen Haufen Korn.
Nehmt diese Ratten dorthin mit. Sie können
Die Scheuern all durchnagen. Teure Freunde
Und Unruhstifter, euer hoher Mut
Hat nun ein neues Feld, ich bitt euch, folgt mir!
*Alle ab außer den Tribunen und Bürgern.*
BRUTUS
Geht, Freunde, folgt ihm! Schreibt euch in die Listen!
Seid gute Krieger für ein gutes Rom!
Und was den Kampf in seinen Mauern angeht
Um Korn, Olive, Pacht- und Zinserlaß

Wir schauen aus, dieweil ihr für es fechtet.
*Bürger ab.*

BRUTUS
Und es wird nottun. Sahst du Marcius' Blick
Als wir als Volkstribunen ihm entgegentraten?

SICINIUS
Ich hörte, was er sagte. Solch ein Mann ist
Gefährlicher für Rom als für die Volsker.

BRUTUS
Das glaub ich nicht. Solch eines Mannes Schwert
Ist mehr, als seine Laster schaden, wert.
*Beide ab.*

## 2

VOLUMNIA Wäre mein Sohn mein Mann, ich genösse seine Abwesenheit im Feld, wo er Ehre gewönne, mehr als die Umarmungen seines Bettes, wo er am meisten Liebe zeigen würde. Als er noch ein Knabe war, zart und das einzige Kind meines Schoßes, als seine kindliche Anmut aller Blicke bannte – als ein König mir, tagelang bittend, seinen Anblick nicht für eine Stunde hätte abkaufen können –, hieß ich ihn, nicht Gefahr scheuen, wo Ruhm winkte. In einen grausamen Krieg schickte ich ihn. Er kehrte zurück, »die Schläfe beschattet vom Laub der Eiche«. Tochter, mein Herz hüpfte nicht freudiger, als ich zum ersten Male hörte, er sei männlichen Geschlechts, als an dem Tag, wo ich zum ersten Male sah, er hatte sich erwiesen als ein Mann.

VIRGILIA Aber wenn er bei der Affäre den Tod gefunden hätte, Madame, was dann?

VOLUMNIA Ich bekenne aufrichtig, hätte ich ein Dutzend Söhne, jeder meinem Herzen gleich lieb und nicht weniger teuer als dein und mein Marcius, ich sähe lieber elf im Felde sterben, als einen sich am Frieden mästen.

VIRGILIA Himmel, schütze meinen Mann vor Aufidius.

VOLUMNIA
Mir dünkt, ich hör bis hierher Eures Gatten
Trommel. Virgilia, ich seh ihn diesen

Aufidius einfach schlachten.
Und ihn weggehen wie einen Schnitter
Nach getanem Tagwerk.
Wie's in der Ilias heißt: Auf seinen Hals
Setzt er den blutigen Fuß.

VIRGILIA
Oh, nichts von Blut.

VALERIA Wie geht es Eurem kleinen Sohn?

VIRGILIA Danke, meine Liebe, gut, meine Liebe.

VOLUMNIA Er sieht sich lieber Schwerter an und lauscht einer Trommel, als daß er auf seinen Lehrer horcht.

VALERIA Ganz der Vater. Ein allerliebstes Kind. Oh, am Mittwoch habe ich ihm eine halbe Stunde ununterbrochen zugesehen. Er hat eine solche Haltung, ich sah ihn einem goldenen Falter nachlaufen. Und als er ihn erhascht hatte, ließ er ihn wieder los. Und wieder und wieder fängt er ihn, läßt ihn los, fällt hin, und da, wahrscheinlich erzürnt durch diesen Fall oder was sonst war, knirschte er plötzlich mit den Zähnen und zerriß ihn. Oh, wie er ihn zerfetzte!

VOLUMNIA Einer von seines Vaters Wutanfällen!

VIRGILIA Ein kleiner Schläger, Madame.

VALERIA Ihr müßt heute nachmittag mit mir Strohwitwen spielen.

VIRGILIA Meine Liebe, ich will nicht ausgehen.

VALERIA Nicht ausgehen?

VOLUMNIA Sie wird. Sie wird.

VIRGILIA Nein! Wenn Ihr erlaubt, ich werde meinen Fuß nicht über die Schwelle setzen, bis mein Gebieter aus den Schlachten zurück ist.

VALERIA Pfui. Ihr sperrt euch höchst unvernünftig selber ein. Sie wäre am liebsten eine zweite Penelope. Nun, man sagt, das ganze Garn, das sie spann, während Ulysses sich herumtrieb, füllte Ithaka nur mit Motten. Laßt sie in Ruhe; wie sie jetzt ist, würde sie nur einen vergnügten Abend ruinieren.

*Alle ab.*

## 3
## Vor den Toren Coriolis

## ZWEITER AKT

### I

### Rom, ein öffentlicher Platz

*Es treten auf die Tribunen Brutus und Sicinius.*

BRUTUS Die Auguren, heißt es, haben heute morgen Nachrichten aus dem Feld erhalten.

SICINIUS Die guten Priester beehren mich nicht mit mehr Vertrauen als dich, Brutus, aber ich weiß, es sind schlechte Nachrichten.

BRUTUS Warum unter allen Umständen schlechte?

SICINIUS Weil entweder die Volsker gesiegt haben, dann sind sie Herrn in Rom, oder Cajus Marcius, dann ist er Herr.

BRUTUS Das ist richtig. Da kommt Menenius Agrippa.
*Menenius tritt auf.*

MENENIUS Wie geht es, ihr Hirten des Plebejerviehs?

SICINIUS Das Essen ist etwas knapp am Tiber, aber Ihr sollt neue Nachrichten haben?

MENENIUS Ja, von Cajus Marcius, aber den liebt ihr nicht. Sagt mir: Wen liebt der Wolf?

SICINIUS Das Lamm.

MENENIUS Ja, weil er es verschlingen möchte wie die hungrigen Plebejer den edlen Marcius.

BRUTUS Nun, das ist ein Lamm, das wie ein Bär brüllt.

MENENIUS Nein, das ist ein Bär, der wie ein Lamm lebt. Wißt ihr, wie ihr in der Stadt beurteilt werdet? Ich meine von uns, aus den höheren Ständen?

BRUTUS Nun, wie werden wir denn heute morgen beurteilt?

MENENIUS Als ein Paar eingebildeter, gewalttätiger, vaterlandsloser Gesellen, nicht gut genug, zwischen einem Olivenweib und einem Bierzapfer zu vermitteln.

SICINIUS Geht, Herr, wir kennen Euch.

MENENIUS Ihr kennt weder mich, euch selbst, noch irgend was!

BRUTUS *im Abgehen zu Sicinius:* Jetzt wissen wir, wie die Nachrichten sind, die sie haben. Marcius hat gesiegt. Der Bursche wäre sonst nicht so frech.

*Es treten auf Volumnia, Virgilia und Valeria.*

MENENIUS Wohin, wohin, meine edlen Damen?

VOLUMNIA Ehrenwerter Menenius, mein Junge kommt. Haltet uns nicht auf!

MENENIUS Marcius zurück?

VOLUMNIA Ja, und mit den höchsten Auszeichnungen!

MENENIUS Marcius kommt heim!

VOLUMNIA *und* VIRGILIA Ja, es ist wahr!

VOLUMNIA Hier ein Brief von ihm; der Senat hat auch einen, seine Frau einen, und ich glaube, zu Hause ist noch einer für Euch.

MENENIUS Ein Brief an mich?

VIRGILIA Ja, gewiß, es ist ein Brief für Euch da, ich habe ihn gesehn.

MENENIUS Ein Brief an mich! Das macht mich für gute sieben Jahre gesund. Ich kann meinem Arzt ins Gesicht spucken. Richtig: ist er nicht verwundet? Sonst pflegte er verwundet zurückzukommen.

VIRGILIA O nein, nein, nein.

VOLUMNIA Oh, er ist verwundet, ich danke den Göttern dafür.

MENENIUS Das tue ich auch, wenn es nicht zu arg ist. Bringt den Sieg in der Tasche mit? – Da stehen ihm die Wunden.

VOLUMNIA Ja, an den Schläfen, Menenius. Er kommt zum dritten Mal mit dem Eichenkranz heim.

MENENIUS Hat er dem Aufidius eine Lektion erteilt?

VOLUMNIA Titus Lartius schrieb, sie fochten miteinander, aber Aufidius entwischte.

MENENIUS Ja, einem Cajus Marcius tritt man nicht in den Weg, nicht für alle Kisten Coriolis und alles Gold, das in ihnen ist! Ist das dem Senat gemeldet?

VOLUMNIA Meine Damen, gehen wir. Ja, ja, ja. Der Senat hat Briefe vom Obersten Heerführer, die meinem Sohn die ganze Eroberung von Corioli zuschreiben.

MENENIUS Wunderbar. – Wo ist er verwundet, meine Damen?

VOLUMNIA An der Schulter und am linken Arm. Es wird zwei große Narben geben, die er dem Volk vorweisen kann, wenn er sich um sein Amt bewirbt. Und in der Schlacht gegen Tarquin erhielt er sieben Körperwunden.

MENENIUS Eine im Nacken und zwei im Schenkel, es sind jetzt neun, so viel ich weiß. *Trompeten.* Sie kommen.

VOLUMNIA
Und es erbebt unterm Tritt des Gewaltigen
Dieselbe Erde in Furcht und in Lust.
Und viele sind nicht mehr, und heimkehrt der Sieger.
*Auftreten Cominius und Lartius, zwischen ihnen im Eichenlaub Coriolan.*

HEROLD
Kund und zu wissen jedermann, daß Cajus
Aus dem Geschlecht der Marcier in eigner
Person eindrang in das verschanzte
Corioli, für welche Tat fortan
Sein Nam und Titel sei Coriolan.

MENENIUS
Gegrüßt seist du in Rom, Held Coriolan!

CORIOLAN
Genug, genug, ich bitt Euch!

COMINIUS
Seht, Herr, Eure Mutter!

CORIOLAN
Oh!
*Läuft zu ihr.*
Ihr habt, ich weiß, Bittschriften abgeschickt
An alle Götter, um Erfolg für mich!
*Er kniet vor ihr nieder.*

VOLUMNIA
Nein, nein, steh auf, Soldat. Mein lieber Cajus
Würdiger Marcius und – wie war's, wie muß ich
Dich fortan nennen, Sohn? Ja, Coriolan!
Doch oh, dein Weib!

CORIOLAN
Heil, du mein liebes Schweigen!
Hättst du gelacht, wär ich im Sarg gekommen
Da jetzt du weinst, wo ich als Sieger komm?
Ah, meine Liebe, solche Augen tragen
Die Witwen in Corioli und Mütter
Dort, denen Söhne fehlen.

MENENIUS

Nunmehr krönen
Die Götter dich!

CORIOLAN *zu Valeria:*

Und lebst du noch? – Verzeih!

MENENIUS

Willkommen tausendmal! Ich könnte weinen
Und lachen. Ich bin leicht und schwer. Willkommen!
Euch drei muß Rom vergöttern! Nun, auch jetzt
Stehn noch paar Holzäpfel herum bei uns
Die dir kein Pfropfer süß macht.

COMINIUS

Stets der Alte!

CORIOLAN

Menenius bleibt Menenius, was? – Die Hand!
Und deine!

VOLUMNIA

Nun hab ich's erlebt! Nur eines fehlt noch
Und das wird Rom dir schenken.

CORIOLAN

Gute Mutter
Ich wär lieber ihr Sklav auf meine Weise
Als auf die ihrige ihr Herr!

COMINIUS

Zum Kapitol!

*Alle ab außer den Tribunen.*

SICINIUS

Welch ein Getue
Als hätt ein Gott sich auf die Welt gesenkt!
Im Umsehn, glaubt mir, wird er Konsul sein.

BRUTUS

Das hieße Gute Nacht mit uns Tribunen.

SICINIUS

Sein Auftrag war, die Volsker abzuschlagen –
Nicht mehr. Genausogut kannst du dem Wolf
Befehlen, er soll dir vom Hühnerstall
Den Fuchs verscheuchen, doch nicht mehr tun!
Er nimmt Corioli.

BRUTUS

Und hetzt uns so
Die Volsker für Jahrzehnte auf den Hals.

SICINIUS

Und horch, wie jetzt ein siegbesoffnes Rom
Vom Ruhm des Unbotsamen widerhallt!
Heut kündet jeder Sattler seinem Weib
Er hab Corioli hinzubekommen
Sie planen, wo sie zwei, drei Marmorvillen
In ihrem Keller unterbringen wollen.
Wir sind nur Spielverderber.

BRUTUS

Andrerseits
Hält er zu keiner Regel keines Spiels.
Ich hör, er will, sollt er geruhn, sich um
Die Konsulwürde zu bewerben, nicht wie üblich
Die Rede auf dem Marktplatz halten, noch
Sich in die abgetragne Toga hüllen oder
Dem Volke seine Wunden zeigen, um die
Stimmen zu erbetteln. Tät er das
Könnt es ins Auge gehn.

SICINIUS

Ich hoff, er bleibt
Bei diesem stolzen Vorsatz.

BRUTUS

Nun, was gibt's?

BOTE

Ihr seid aufs Kapitol geladen. Überall
Glaubt man, daß Marcius Konsul wird. Ich sah
Die Tauben kämpfen, ihn zu sehn, die Blinden
Ihn anzuhören. Damen werfen Handschuh
Und Mägde reißen sich das Tuch vom Kopf
Und werfen's auf ihn. Und Patrizier neigen
Sich vor ihm wie vor Jupiters Standbild. Und
Das niedre Volk klatscht mit rauhen Händen.
Ich hab nie so was gesehn.

BRUTUS

Zum Kapitol!

*Alle ab.*

## 2
## Rom, Kapitol

*Ratsdiener legen Polster.*

ERSTER Komm, komm, sie werden gleich hier sein. Wieviel bewerben sich um das Konsulat?

ZWEITER Drei, heißt es; aber jedermann glaubt, daß Coriolan es bekommen wird.

ERSTER Ein guter Mann, aber verzweifelt stolz, liebt das gemeine Volk nicht.

ZWEITER Es hat große Männer gegeben, die dem Volk mehr schmeichelten und es doch nicht liebten. Und es gibt manche, die das Volk geliebt hat, ohne zu wissen, warum. Also, wenn sie lieben, wissen sie nicht, weshalb, und hassen tun sie aus keinem besseren Grund. Darum, wenn Coriolan sich nicht darum schert, ob sie ihn lieben oder hassen, beweist er Vernunft. Sie kommen.

*Es treten auf: der Konsul Cominius, Menenius, Coriolan, Senatoren, Sicinius und Brutus.*

MENENIUS

Da ein Beschluß der Volsker wegen vorliegt
Bleibt noch als Hauptpunkt dieser zweiten Sitzung
Den Mann zu rühmen, der sie Rom besiegte.
Erlaubt denn, edle Väter, daß vor euch
Er, der jetzt Konsul ist und Feldherr war
Ein bißchen von der Kriegskunst spricht, bewiesen
Von unserm Cajus Marcius Coriolan.

SENATOR

Sprich, Konsul. Und nicht nur ein bißchen. Volks-
Tribunen, schenkt uns euer Ohr und später
Eur Fürwort in der Volksversammlung, daß sie billigt
Was hier beschlossen wird.

SICINIUS

Nun, wir sind hier
Auf freundliches Vernehmen, und wir sind
Nicht abgeneigt, den Gegenstand der Sitzung
Zu ehren und zu fördern.

BRUTUS

Um so lieber
Wenn er fortan dem Volk mehr Achtung zeigt
Als er's bisher tat.

MENENIUS

Das gehört nicht her.
Ihr hättet besser nicht gesprochen. Wollt ihr
Cominius hören?

BRUTUS

Gern. Doch meine Warnung
War mehr am Platz als Eur Verweis.

MENENIUS

Er liebt
Eur Volk gewiß, nur zwingt ihn deshalb nicht
Ihr Schlafgesell zu werden. Sprich, Cominius!
*Coriolan steht auf und will gehen.*
Nein, bleib nur sitzen!

SENATOR

Fürcht dich nicht zu hören
Was du zu tun dich nicht gefürchtet hast.

CORIOLAN

Verzeiht, ich will die Wunden lieber heilen
Als hören, wie ich dazu kam.

BRUTUS

Ich hoffe
Mein Wort vertrieb Euch nicht, Herr.

CORIOLAN

Nein, Herr. Oft
Wenn Schläge mich verweilen machten, floh ich
Vor Worten. Da Ihr mir nicht schmeichelt, kränkt
Ihr mich auch nicht. Und Euer Volk
Das lieb ich nach Verdienst.

MENENIUS

Kommt, setzt Euch.

CORIOLAN

Eher
Blieb bei Alarm ich in der Sonne sitzen
Und ließ den Kopf mir kratzen, als hier müßig
Mein Nichts zum Fabelwerk vergrößern hören.

*Ab.*

MENENIUS

Hier habt ihr nun den ganzen Mann: Weit lieber
Böt alle seine Glieder er dem Ruhm an
Als seiner Ohren eins, von Ruhm zu hören.
Beginn, Cominius!

COMINIUS

Nur: mir fehlt's an Stimme.
In diesen Zeiten darf man Taten, wie
Sie Coriolan vollbringt, nicht schwach verkünden.
Mit sechzehn Jahren focht er, als Tarquinius
Gen Rom heraufzog. Mit dem weichen Kinn
Der Amazone trieb er in der Schlacht
Bartlippige vor sich her. In einem Alter
Wo er ein Weib hätt spielen können auf der Bühne
Bekränzte ihn der Eichenkranz. Als Mann dann
Streifte in siebzehn Schlachten er den Kranz
Von jedem Schwert, das ihm begegnete.
Ob seiner Taten vor und in Corioli
Verarmte jedes Lob. Er hielt die Fliehenden
Und durch sein Beispiel ward dem letzten Feigling
Die Schlacht zum Sport. Wie Binsen unterm Kiel
Segelnder Schiffe wichen ihm die Schlachtreihn
Und schwanden unterm Bug. Ein blutiges Werkzeug war er
Des jegliche Bewegung Sterbeschreie
Zeitigte. Fast allein durchschritt er
Das tödliche Tor der Stadt. Fast ohne Hilfe
Kam er zurück und traf mit plötzlicher Verstärkung
Corioli wie ein Planet.

MENENIUS

Was für ein Mann!

SENATOR

Im vollsten Maß ist er der Ehren wert
Die wir besprachen.

COMINIUS

Mit dem Fuß stieß er die
Kriegsbeute weg, als wär es Staub und Kehricht.

MENENIUS

Ruft ihn! Ruft ihn!

SENATOR

Den Coriolan!

*Ein Ratsdiener holt Coriolan.*

MENENIUS

Coriolan, einstimmig konveniert
Dich der Senat zum Konsul.

CORIOLAN

Immer noch
Schuld ich mein Leben ihm.

MENENIUS

Dann bleibt nur noch
Daß du zum Volk sprichst.

CORIOLAN

Ich ersuch Euch dringend
Erlaßt mir das! Ich kann nicht
Den Mantel mir aufknöpfen und mit Hinweis
Auf meine Narben sie um ihre Stimmen
Anbetteln. Laßt uns diesen Brauch umgehn!
Ich bitt Euch!

SICINIUS

Herr, das Volk muß Euer Werben
Um seine Stimme haben. Das ist Sitte.

MENENIUS

Ich wollt, Ihr fügtet Euch der Sitte. Tut
Was alle Konsuln vor Euch taten. Tut
Nicht mehr noch weniger.

CORIOLAN

's ist eine Rolle
Die ich nur mit Erröten spielen kann.
Solche Spektakel sollt man ihnen nehmen.

BRUTUS

Hört, hört.

CORIOLAN

Vor ihnen prahlen: dies tat ich
Und das ging ohne mich nicht und geheilte
Blessuren zeigen: Freund, die holt ich mir
Daß du zu der Beförderung ein Ja hauchst!

MENENIUS

Bestehe nicht darauf. Nun, Volkstribunen

Macht den Beschluß bekannt! Dem neuen Konsul
Glück und Gelingen!

SENATOREN

Glück und Gelingen!

*Senatoren ab mit Coriolan.*

BRUTUS

Du siehst, wie er das Volk behandeln will.

## 3
## Forum

*Bürger treten auf.*

ERSTER BÜRGER Ein für allemal: wenn er unsre Stimmen verlangt, können wir sie ihm nicht abschlagen.

ZWEITER BÜRGER Wir können, Freund, wenn wir wollen.

ERSTER BÜRGER Wir haben freilich die Macht dazu, aber es ist eine Macht, die wir nicht die Macht haben, zu gebrauchen. Denn wenn er uns seine Wunden zeigt und seine edlen Taten erzählt, müssen wir ihm eine halbwegs edle Anerkennung derselben erzeigen. Er ist unersetzlich.

ZWEITER BÜRGER Wie ein Hals mit einem Kropf.

ERSTER BÜRGER Wie meint Ihr das?

ZWEITER BÜRGER Der Hals ist unersetzlich, auch wenn er einen Kropf hat. Der Kropf ist sein Hochmut.

ERSTER BÜRGER Ich bleibe dabei, wenn er zugänglicher wäre, gäbe es keinen besseren Mann.

ZWEITER BÜRGER Da kommt er.

ERSTER BÜRGER Und in schlichter Toga, wie das Gesetz es vorschreibt.

ZWEITER BÜRGER Achtet lieber darauf, wie er sich benimmt!

ERSTER BÜRGER Wir müssen warten, bis er seinen Stand einnimmt, und dann an ihm vorbeigehen, einzeln oder zu zweit oder zu dritt. Er muß jedem einzelnen seine Bitte vortragen, und jeder einzelne von uns gibt ihm seine Stimme.

ZWEITER BÜRGER Wenn er Lust hat.

*Coriolan ist mit Menenius Agrippa gekommen.*

MENENIUS
Nein, Herr, Ihr habt nicht recht, Ihr wißt ganz gut
Die größten Römer taten's.

CORIOLAN
Was muß ich sagen?
Bitte, mein Herr! – Verdammt, es bleibt mir
Im Halse stecken. Seht, Herr, meine Wunden –
Empfing sie all in meines Landes Dienst
Als einige von euch Brüdern brüllten und
Vorm Lärm ausrissen unsrer eignen Trommeln!

MENENIUS
O Götter, nicht! Nicht diese Töne! Heut
Erinnert sie an Eure Taten, nicht
An Eure Meinung!

CORIOLAN
Solln sie mich vergessen!
Wie sie seit je Anstand und Dankbarkeit
Vergessen! Hängt sie!

MENENIUS
Mann, Ihr verderbt noch alles. Sprecht zu ihnen
Ich bitt Euch. Und vernünftig, Herr, ich bitt Euch.

CORIOLAN
Heiß sie den Hals erst waschen und
Die Zähne säubern!
*Menenius ab.*
So, da kommt
Der erste Schub.
Ihr wißt den Grund, warum ich hier steh, Freunde?

ERSTER BÜRGER Jawohl, Herr. Sagt uns, was Euch dazu
bewog!

CORIOLAN Mein eigner Wert.

ERSTER BÜRGER Euer eigner Wert?

CORIOLAN Ja, nicht mein eigner Wunsch.

ERSTER BÜRGER Wie? Nicht Euer eigener Wunsch?

CORIOLAN
Nein, Herr, 's war nie mein Wunsch
Die Armen anzubetteln.

ZWEITER BÜRGER Die Armen?

ERSTER BÜRGER Anzubetteln? Keine Sorge! Wenn wir Euch was geben, wollen wir auch von Euch was haben.

CORIOLAN
Gut denn, was ist der Preis des Konsulats?
ZWEITER BÜRGER
Der Preis ist, daß Ihr höflich darum bittet.
CORIOLAN
Höflich?
Herr, bitte, laßt's mich haben. Ich hab Wunden
Die ich Euch zeigen kann, wenn wir allein sind.
Herr, Eure edle Stimme! Nun, was sagt Ihr?
ERSTER BÜRGER
Ihr sollt sie haben, lieber Mann.
CORIOLAN
So ist's ein Handel, Herr?
Zwei gute Stimmen also schon erbettelt!
Eure Pfennige hab ich! Und adieu!
ERSTER BÜRGER
Das ist doch seltsam.
ZWEITER BÜRGER
Müßt ich sie nochmals geben – doch mein'thalb!
*Beide ab. Mann mit Kind tritt auf.*
CORIOLAN
Herr, ich möcht Konsul werden.

MANN *zeigt dem Kind Coriolans Toga:* Das ist die schlichte Toga, mit der sie sich auf dem Markt bewerben müssen, Terzius. Sie hat keine Taschen, damit er keine Stimmen kaufen kann, ha, ha, ha. Sonst möcht er sie vielleicht kaufen, wie? Ha, ha, ha. Aber er bekommt meine Stimme, weil er Rom eine Stadt dazu erobert hat, er bekommt sie. *Ab.*

CORIOLAN Vielen Dank, Herr.
*Zwei Bürger kommen.*
CORIOLAN
Ihr Herren, auf ein Wort! Es ist die Vorschrift
Daß jeder sieht, wie ich, für eine hohe Würde
Mir hier die Schuh ablauf auf offenem Markt ...

ERSTER BÜRGER Ich sehe es gern, Herr, schon vom Standpunkt meines Gewerbes aus.

CORIOLAN Was ist Euer Gewerbe, Herr?

ERSTER BÜRGER Um die Wahrheit zu gestehen, Herr: im Vergleich zu einem hohen Herrn mache ich nur Flickwerk.

CORIOLAN Und was ist Euer Gewerbe also?

ERSTER BÜRGER *schalkhaft:* Ein Gewerbe, das ich mit besserem Gewissen betreiben kann als mancher hochmögende Mann das seine. Es besteht darin, einen schlechten Wandel zu verbessern.

CORIOLAN Euer Gewerbe.

ZWEITER BÜRGER Nichts für ungut, er ist Flickschuster, Herr, und seine Stimme habt Ihr, weil der Krieg den Schuhpreis hinauftreibt und Ihr eine wahre Personifikation des Krieges seid, Herr.

*Noch ein Bürger tritt hinzu.*

CORIOLAN Ha, ha, ha! Ich studiere die Gewerbe hier, Herr. Dieser Herr ist ein Flickschuster, und was seid Ihr, Herr?

DRITTER BÜRGER Ich bin ein Gärtner, Herr.

CORIOLAN Und was lehrt Euch Euer Gewerbe, was den Staat angeht, denn hier sollt Ihr etwas für den Staat entscheiden.

DRITTER BÜRGER

Herr, mein Garten lehrt mich
Dies kleine Reich der Beete und Rabatten
Daß selbst die edle Rose von Milet
Von allzu üppigem Wuchs beschnitten sein muß
Soll sie gedeihn. Auch muß sie sich drein finden
Daß Kohl und Lauch und allerlei Gemüse
Von niedrer Abstammung, doch ziemlich nützlich
An ihrer Seit ihr Wasser abbekommen.

CORIOLAN

Was soll das heißen, Stimme?

DRITTER BÜRGER

Der Garten müßt verwildern, dächte man
Der königlichen Rose nur.

CORIOLAN

Dank für Belehrung. Und nun nur noch eins:
Die Stimme, Stimme!

*Drei Bürger mehr sind hinzugetreten.*

Guten Tag, ihr Herrn! Wenn ihr nichts gegen meine Nase habt, ihr Herrn, ich möchte Konsul werden. Hier bin ich im üblichen Gewand.

VIERTER BÜRGER Ihr habt Euch um das Vaterland verdient gemacht und Ihr habt Euch um das Vaterland nicht verdient gemacht.

CORIOLAN Des Rätsels Auflösung?

VIERTER BÜRGER Ihr wart eine Geißel für seine Feinde, Ihr wart eine Rute für seine Freunde. Um die Wahrheit zu sagen: das Volk liebt Ihr nicht.

CORIOLAN Ich lieb es nach Verdienst. Aber ihr meint, ich habe mich mit meiner Liebe zum gemeinen Volk nicht gemein gemacht? Ich verstehe. Es gibt gewisse Bedürfnisse, und dafür braucht ihr öffentliche Anstalten und öffentliche Männer. Nun, wenn ihr mehr auf meinen Hut baut als auf mein Herz – so will ich mein Herz ausreißen und meinen Hut ziehen und euch demütig bitten: laßt mich Konsul werden.

ERSTER BÜRGER Ihr habt viele Wunden für Euer Land empfangen?

CORIOLAN Und ich will euch nicht mit dem Anblick belästigen. Aber wenn ihr auf Unterhaltung dringt, kann ich euch ein Lied singen von der Dankbarkeit der Wölfin. *Zum Spiel eines Sackpfeifers, der angefangen hat, für kleine Münzen, etwas aufzuspielen:*

Hier seht ihr Cajus Marcius Coriolan
Bei dem Versuch, sich Hinz und Kunz zu nahn.
Er hat römische Adler zu verkaufen
(Bitte die lieben Kleinen, sich nicht um die Federn zu raufen!)
Ich bitte die Herrn, von Amtes wegen
Die Finger in meine Wunden zu legen.
Gegen ein kleines Almosen bin ich bereit
Zu jedwedem Dienst. Tretet heran! Letzte Gelegenheit!
*Weitere Bürger treten hinzu.*
Hier kommen mehr Stimmen.
Eure Stimmen, denn für eure Stimmen focht ich.
Für eure Stimmen wacht ich. Für eure Stimmen
Hab ich zwei Dutzend Narben. Achtzehn Schlachten
Hab ich gesehn. Für eure Stimmen hab ich
Manch Ding getan und manches nicht getan.
Jetzt eure Stimmen, und ich bin ein Konsul.

ERSTER BÜRGER Gewiß, gewiß, beruhigt Euch!

ZWEITER BÜRGER Laßt ihn Konsul werden und basta! Tapferkeit gilt in diesen kriegerischen Zeiten alles, alles.

DRITTER BÜRGER Amen.

*Coriolan verbeugt sich tief. Auftreten Senatoren und die Tribunen.*

MENENIUS

Ihr habt dem Protokoll genügt.

CORIOLAN

So bin ich fertig?

SICINIUS

Das Kandidieren, einzeln und persönlich
Habt Ihr gemacht, Einspruch ist nicht erfolgt
Senat und Tribunat kann Euch bestätigen.

CORIOLAN

Wo? Im Senat?

SICINIUS

Ja.

CORIOLAN

Kann ich dann den Rock
Jetzt wechseln?

SICINIUS

Ja, das darfst du. Eins vielleicht
Verbliebe noch zu tun: vor allem Volk
Den Kandidaten nach Programm und allgemeiner Haltung zu befragen.

MENENIUS

Halt!
Dies steht nicht in der Charta.

SICINIUS

Die Tribunen
Stehn auch nicht in der Charta. Neues Recht
Erfocht das Volk im Krieg, und mag's nun nützen
Im Sieg, Ihr Herrn.

DRITTER BÜRGER

So ist es.

SICINIUS

Coriolanus
Ihr stammt vom noblen Haus der Marcier. Welchem Hause
Auch Ancus Marcius, Numas Tochtersohn
Entsprang, der nach Hostilius weiland
Hier König war. Und aus demselben Haus
Kam Publius und Quintus, gute Männer

Die uns durch Röhren gutes Wasser schafften.
Ich bitt Euch nun, eh ich in Volkes Namen
Hier meine Fragen stelle, der beliebten Ahnen
Euch innigst zu erinnern. Coriolanus
Soeben liefen in den Hafen unsre
Kornschiffe ein aus dem besiegten Antium.
Die Fracht ist Korn. Tribut und Beute aus
Dem blutigen Volskerkrieg. Was, edler Marcier
Würdst du als Konsul tun mit diesem Korn?

MENENIUS
Gemach nun, Marcius!

CORIOLAN
Das ist ein Komplott.

BRUTUS
Nenn's nicht Komplott! Das Volk hier schreit nach Korn.
Vor sieben Monden hast du, Marcius, wörtlich
Als Gratiskorn verteilt wurd, die es nahmen
Beschimpft als arbeitsscheue Hungerleider.

CORIOLAN
Nun, das ist lang bekannt.

SICINIUS
Nicht allen.

CORIOLAN
Sag's
Den übrigen denn!

MENENIUS
Gemach.

COMINIUS
Ihr hetzt das Volk auf!

CORIOLAN
Mir hier vom Korn zu sprechen! Wollt Ihr's nochmals
Hören von mir? Ja? Ich kann's wiederholen.

MENENIUS
Nicht jetzt. Nicht hier.

COMINIUS
Nicht jetzt und in der Hitze.

CORIOLAN
Immer und hier. Ich spreche, was ich denke.
Ihr nährt nicht Tugend, wenn ihr Korn wegschenkt!

Ihr füttert Ungehorsam und ihr mästet
Ihn zur Empörung. Denn mit jedem Wunsch
Den ihr der schmutzigen Brut erfüllt, erzeugt ihr
Die neuen Wünsche.

BÜRGER
Oho!

MENENIUS
Laßt es gut sein.

SICINIUS
Freilich
Ich möchte fragen, warum soll das Volk
Dann einen wählen, der so von ihm spricht?

CORIOLAN
So waren's Kinderstimmen, die ich hier
Erbettelt hab?

COMINIUS
Beruhigt Euch!

BRUTUS
Ihr seid noch nicht bestätigt.

CORIOLAN
Wer immer riet, das Korn der Vorratshäuser
Zu geben unentgeltlich, wie's vielleicht
In Griechenland gebräuchlich ist ...

BRUTUS
Allwo
Das Volk nicht nur auf dem Papier befragt wird!

CORIOLAN
In Griechenland! Warum dann geht ihr nicht
Nach Griechenland? Die Stadt heißt Rom.

COMINIUS
Genug.

SICINIUS
Genug im Übermaß.

CORIOLAN
Nein, nehmt noch einiges
Für die Klienten mit! 's ist gratis. Mir ist
Bekannt, daß, als der Krieg die Stadt bedrohte
Mit jähem Untergang, sich das Geschmeiß
Der stinkenden Bezirk' am untern Tiber

Korn ausbedungen für den Waffendienst.
Gewisse Leute sahn die Zeit gekommen
Für einen kleinen Fischzug durch Erpressung
Des Staats.

COMINIUS

Nicht weiter, Herr, ich bitt Euch.

BÜRGER

Gewisse andere erpressen nicht, sie stehlen.
Wo bleibt die Beute von Corioli?
Coriolanus?

MENENIUS

Schweigt!

CORIOLAN

Das ist die Doppelherrschaft, wo ein Teil
Mit Grund verachtet und der andre Teil
Grundlos beschimpft. Wo Adel, Macht und Weisheit
Nichts tun kann ohne jenes Ja und Nein
Des großen Unverstands.

BÜRGER

Gemeint sind wir!

BRUTUS

Er sprach genug.

SICINIUS

Er sprach als Hochverräter.
Und wird es büßen, wie's Verrätern zukommt.

CORIOLAN

Ihr Hunde! Ihr verkrüppelten Söhne
Des Aufruhrs! Denn in einem Aufruhr war's
Wo nicht, was recht, wo nur, was nötig ist
Gesetz wird, daß man euch bestätigt. Jetzt
Wo Rom nicht mehr den äußern Feind am Hals hat
Und das durch mich, kann Rom von seinem Aussatz
Sich lachend waschen.

BRUTUS

Offener Verrat.

DRITTER BÜRGER

Der da ein Konsul? Niemals!

BRUTUS

He, Ädilen!
Verhaftet ihn!

SICINIUS

Ruf du das Volk! In seinem Namen
Ergreif ich dich als Neurer und Empörer
Und Feind des Staats.

*Brutus ab.*

CORIOLAN

Weg, alter Bock!

MENENIUS

Die Hand weg, alter Mann!

*Coriolan nimmt des Cominius Kurzschwert.*

CORIOLAN

Sonst schütt'l ich deine Knochen
Dir aus den Kleidern!

BÜRGER

Vorsicht, Sicinius! Gib auf das Schwert acht!

CORIOLAN

Ein Komplott, ich wußt es
Die Macht des Adels zu beseitigen!

SICINIUS

Hierher!

*Brutus kommt mit Ädilen und Bürgern.*

BRUTUS

Er ist beim Kurzschwert angelangt!

COMINIUS

Zurück!
Hier steht der Sieger von Corioli!

SENATOR

Weg mit dem Schwert!

SICINIUS

Hier steht, der euch der Macht berauben will.

MENENIUS

Mehr Achtung beiderseits!

BRUTUS

Greift ihn, Ädilen!

BÜRGER Nieder mit ihm! Nieder mit dem Kornräuber! Waffen, Waffen!

*Die Patrizier drängen sich um Coriolan.*

PATRIZIER

Nur über unsre Leichen

Ergreift ihr ihn! Bringt ihn hinweg! Menenius
Sprich du zu ihnen! Weg!

MENENIUS

Ich kann nicht, sprecht
Tribunen, ihr zum Volk. Coriolanus, ruhig!
Sprich, Freund, Sicinius!

SICINIUS

Hört mich, Bürger, ruhig!

BÜRGER

Hört den Tribun!

SICINIUS

Der Mann, den ihr hier seht
Hat sich am Tribunat vergriffen.

MENENIUS

Das heißt
Das Feuer schüren, nicht es löschen.

ERSTER SENATOR

Das
Heißt Rom bekriegen!

BRUTUS

Wer ist Rom? Seid Ihr's?
Oder sein Volk?

SICINIUS

Wer sich am Tribunat
Vergreift, verdient den Tod. Fort mit ihm, zum
Tarpejischen Felsen!

BRUTUS

Los, Ädilen, greift ihn!

BÜRGER

Ergib dich, Marcius!

MENENIUS

Her!
Vom Adel hier! Stellt euch um Marcius!

BÜRGER

Nieder mit ihm! Zum Felsen!

ERSTER SENATOR

Der Mann steht seinem Glücke selbst im Weg!
Fort! Schnell! Stützt ihn! Zum Henker, warum
Konnt er nicht freundlich sprechen!

*Die Patrizier drängen den verstörten Coriolan weg. Die Bürger nach.*

BRUTUS

Ergreift die Viper
Die eine Stadt entvölkern will, um alles
In allem drin zu sein!

# DRITTER AKT

## 1
## Rom, Haus des Coriolan

*Volumnia. Coriolan und einige Freunde.*

CORIOLAN
Mich wundert nur, daß meine Mutter nicht mehr
Mit mir zufrieden ist, sie, die sie doch
Nur immer wollige Sklaven nannte, so Geschöpfe
Geschaffen, sich um Groschen zu verkaufen
Und in Versammlungen barhäuptig rum-
zustehn und laut zu gähnen, sich den Kopf
Zu kratzen und verblüfft zu sein, wenn jemand
Von meinem Rang für Frieden oder Krieg spricht.
Warum wünscht Ihr mich milder? Soll ich wohl
Ein Taubennest aus meinem Herzen machen?
Sagt gleich, ich spiel den Mann nur, der ich bin.

VOLUMNIA
Sohn, Sohn, ich wünscht, du hättst dein Amtskleid dir
Erst angelegt, bevor du's abgetragen.

CORIOLAN
Vergeßt es!

VOLUMNIA
Du konntest mehr der Mann sein, der du bist
Wenn du es weniger zeigtest. Hättest du die Macht
Gehabt, so hätten sie, dir noch zu trotzen
Die Macht nicht mehr gehabt.

CORIOLAN
Hängt sie!

VOLUMNIA
Ja, und verbrennt sie!
*Auftreten Menenius und Senatoren.*

MENENIUS
Kommt, kommt, Ihr wart zu rauh, etwas zu rauh.
Kommt mit zurück und macht es gut!

SENATOR

Da hilft nichts.
Wenn Ihr das nicht tut, auseinanderreißt
Die Stadt und geht uns vor die Hunde.

VOLUMNIA

Sohn
Ich hab ein Herz, so wenig matt wie deins
Doch sagt mein Hirn mir, wann's die Zeit für Zorn ist
Und auch, wenn's nicht die Zeit ist. Laß dir raten!

MENENIUS

So ist's. Wann ist's die Zeit? Heut oder morgen?
Ich zög den Harnisch über, wenn er auch
Schon anfängt, mir ein wenig schwer zu werden
Bevor ich Euch vor diesen kriechen sähe
Wenn nicht ein bißchen Zeit allein genügte.

CORIOLAN

Was muß ich tun?

MENENIUS

Zurück zu den Tribunen.

CORIOLAN

Schön. Und was dann? Was dann?

MENENIUS

Bereun, was Ihr
Gesagt.

CORIOLAN

Vor denen? Ich könnt's nicht vor Göttern!

VOLUMNIA

Du bist zu durch-und-durch. Ich hört dich sagen:
Im Krieg muß Ehre sich mit List vertragen.
Warum stimmt das im Frieden nicht?

CORIOLAN

Ach!

MENENIUS

Gut gefragt!

VOLUMNIA

Bringt es im Krieg dir Ehre, der zu scheinen
Der du nicht bist – und großer Zwecke halber
Gebrauchst du diese Politik –, warum dann
Soll solche List im Frieden dich entehren?

CORIOLAN
Was drängst du so?

VOLUMNIA
Weil's dir jetzt auferlegt ist
Zum Volk zu sprechen und dies mit den Worten
Die weiter nicht als von der Zunge kommen
Bastardgeburten, Laute nur und Silben
Ganz unverbindlich, deinem Herzen fremd.
Und derlei kann so wenig dich entehren
Als eine Stadt durch sanftes Wort erobern
An die du sonst dein Kriegsglück setzen müßtest
Und Wagnis vielen Bluts. Laß dir nur einmal raten!
Verleugne deine Natur, denn deine Freunde
Sind in Gefahr – und sieh Ehre darin.
Und du willst lieber diesem Pöbel zeigen
Wie du die Stirne runzeln kannst, als durch ein Lächeln
Sie um ihr Ja betrügen und behaupten
Was sonst dahinstürzt?

MENENIUS
Kommt, geht mit uns, sprecht
Ein wenig freundlich, das ist alles.

VOLUMNIA
Sohn
Ich bitte dich, geh hin, und bloßen Haupts
Und mit so ausgestreckten Händen (hier
Bist du bei ihnen), deine Knie berühren
Beinah den Kopfstein (denn in solchen Fällen
Sagt Haltung mehr als Rede), schüttl den Kopf
Und sage schlicht: du seist ihr Krieger, eben
Im Schlachtenlärm erzogen und hättst nicht
Die sanfte Art, die sie, wie du jetzt einsähst
Verlangen könnten. Fürderhin würd's dran
Versprächst du, nicht mehr fehlen.

MENENIUS
Wenn Ihr das
Tun wolltet, reden grad wie eben sie –
Ihr Götter, alle Herzen wären Euer.

VOLUMNIA
Ich bitte dich, geh hin. Ich weiß, du folgtest

Eh'r deinem Feind in einen feurigen Schlund
Als sanft in eine Schänk.

MENENIUS

Cominius!

*Auftritt Cominius.*

COMINIUS

Ich komm vom Forum, Marcius, und rat dir
Die Wachen deines Hauses zu verstärken
Sonst hilft nur Flucht.

MENENIUS

Ein gutes Wort genügt.

COMINIUS

Freilich genügt's, brächt er's nur fertig.

VOLUMNIA

Sohn
Ich fleh dich an, sag ja und los!

CORIOLAN

Muß ich
Mich nicht barbieren vorher? Gut, ich mach's.
Hier kommt's nicht an auf dies Gebild aus Staub
Das Marcius heißt. Streut's in den Wind! Zum Forum!
Fahr hin, mein eigner Geist! Komm über mich
Geist einer Metze! Kriegerische Kehle
Gib was Eunuchisches von dir! Schulknabentränen
Füllt mir die Augen! Du gepanzert Knie
Einst nur im Bügel krumm, krümm wie des Bettlers dich
Der Groschen aufliest! Ich mach's nicht, ich säble
Nicht Wahrheit in mir nieder und richt nicht
Den Geist durch schändliche Gebärden ab!

VOLUMNIA

Du wirst entscheiden. Schande scheint's mir mehr
Für mich zu sein, wenn ich vor dir hier bettle
Als du vor ihnen. Geh zu Grund denn alles!
Tu, wie du wünschst. Den Mut sogst du
Aus meiner Brust, den Hochmut nicht.

CORIOLAN

Sei ruhig.
Ich geh schon auf den Markt. Schilt mich nicht mehr.
Ich list mir ihre Herzen ab und kehre

Zurück, geliebt von allen Händlern Roms.
Als Konsul auch. Empfiehl mich meinem Weib.

VOLUMNIA
Tu, was du willst.
*Ab.*

COMINIUS
Kommt! Die Tribunen warten.
Und wappne dich mit Milde! Sie bereiten
Anklagen vor, noch härter als die sind
Die schon auf dich gehäuft sind von der Seite.

CORIOLAN
»Mild« ist die Losung. Laßt uns gehn, ich bitt euch.
Laßt sie erfindrisch sein mit ihren Klagen
Und mich mit meiner Reue.

MENENIUS
Aber mild!

CORIOLAN
Schön. Mild sei jetzt das Wort. Mild, mild.
*Alle ab.*

## 2
## Rom. Forum.

*Sicinius. Brutus. Bürger. Ädil.*

BRUTUS Dies sind die Obleute der Wahlbezirke?
ÄDIL Ja.
BRUTUS Hast du die Liste aller Stimmen, die sie vertreten?
ÄDIL Ja, hier ist sie.
SICINIUS Und hier kommt er.
*Es treten auf Coriolan, Menenius, Cominius und Senatoren.*

MENENIUS
Mit aller Ruhe jetzt, ich fleh dich an.

CORIOLAN
Ja, wie ein Stallknecht, der sich für ein Trinkgeld
Lump schimpfen läßt. Die Götter mögen Rom
Mit Schutz versehn und seine Richterstühle
Mit würdigen Männern! Liebe sei die Losung.
Friede der Stadt!

ERSTER SENATOR

Hört, hört.

MENENIUS

Ein nobler Gruß!

SICINIUS

Obleute, setzt euch!

ÄDIL

Hört eure Tribunen!

CORIOLAN

Erst mich.

BÜRGER

Erst er! Wie immer doch: erst er!

SICINIUS

Nun gut, sprecht Ihr!

BÜRGER

Erst ich, dann das Gesetz!
Beharrt nicht auf der Form!

ÄDIL

Ich bitt um Ruhe.

CORIOLAN

Werd ich noch anderswo belangt als hier?
Wird alles hier erledigt?

SICINIUS

Dazu
Muß ich Euch fragen, ob Ihr Euch dem Volk
Strikt unterwerft –
Seine Vertreter anerkennt und Strafen
Für solche Staatsvergehen, als man Euch
Beweist, zu tragen willig seid.

CORIOLAN

Ich bin's.

MENENIUS

Hört ihr? Er sagt, er ist's. Zieht in Betracht
Den Kriegsdienst. Spricht er nicht als Bürger hier
Spricht er als Krieger.

COMINIUS

Laßt es gut sein, Mann.

CORIOLAN

Wie kommt das, daß ich, anerkannt als Konsul

Von einer Stund zur andern mit Entzug
Des Konsulats beschimpft werd?

SICINIUS

Ihr steht Rede.
Nicht wir.

CORIOLAN

Schön, ich steh Rede.

SICINIUS

Angeklagt
Seid Ihr hier des Versuchs, die Volkstribunen
Zu stürzen und tyrannische Gewalt
Euch anzueignen, also des Verrats
Am Volk.

CORIOLAN

Verrats?

MENENIUS

Faßt Euch!

COMINIUS

Ihr habt versprochen –

CORIOLAN

Der Hölle tiefster Schlund verschling das Volk!

SICINIUS

Hört Ihr's?

CORIOLAN

Verräter nennst du mich? Du Hund
Von einem Tribun und du Tribun von Hunden!
Du Dreck des Drecks! Lump, dessen Augen hungern
Nach meinem Tod und dessen Schlund erstickt
Von dicken Lügen!

BÜRGER

's ist genug!

SICINIUS

Mehr ist auch
Dem Material der Anklag zuzufügen
Nicht nötig. Was ihr ihn tun saht –

BÜRGER

Zum Fels!

SICINIUS

Und sprechen hörtet –

BÜRGER
Auf, zum Fels mit ihm!

SICINIUS
Eure Tribunen körperlich bedrohend
Euch selbst beschimpfend, fäustlings dem Gesetz
Entgegentretend und hier denen, die
Ihn richten sollen, überheblich trotzend
Ist todeswürdig.

BÜRGER
Ja, zum Tod mit ihm!

BRUTUS
Doch da er einst Rom gut gedient –

CORIOLAN
Was schwatzst du
Von »gut gedient«?

BRUTUS
Ich sage, was ich weiß.

CORIOLAN
Was du schon weißt!

MENENIUS
Ist das, was Ihr verspracht
Als Eure Mutter –

COMINIUS
Zügelt Euch. Ihr wißt –

CORIOLAN
Ich weiß nichts mehr. Laßt sie ausschrein den steilen
Tarpejischen Tod, Verbannung, Vagabunden-
Exil und was noch sonst, ich kaufte ihre Gnade
Nicht für ein einziges gutes Wort und wär's
Ein »Guten Morgen«.

SICINIUS
Und so sei verdammt!
Im Namen des Volkes, als Tribunen, weisen
Wir dich aus unserer Stadt. Und bist verwarnt
Bei Strafe, vom Tarpejischen Fels gestürzt
Zu werden, je Rom wieder zu betreten.

BÜRGER
So sei's!
*Alle stehen auf, wegzugehen.*

COMINIUS
Hört mich!

SICINIUS
Er ist verurteilt. Schluß der Sitzung!

COMINIUS
Doch will ich sprechen. Ich war Konsul. Rom
Kann sich an mir die Spuren seiner Feinde
Ansehn. Und wenn ich sag –

SICINIUS
Wir wissen, was Ihr sagt.

BRUTUS
Er ist verbannt, und das ist alles.

COMINIUS
Alles?

CORIOLAN
Ihr Kroppzeug! Dessen Atem ich schon hasse
Wie den Gestank vom Sumpf und dessen Liebe
Ich schätze wie das Aas noch immer nicht
Begrabner Feinde. Ich verbanne euch!
Und hier sollt ihr mir bleiben müssen, angst-
geschüttelt, euch bekackend, wenn ein Helmbusch
Von ungewohnter Farb im Tor auftaucht.
Und immer sollt ihr auch die Macht behalten
Eure Verteidiger zu verbannen, bis euch
Am End eur Unverstand (der, was er nicht
Zu fühlen kriegt, nicht faßt), alles entfernend
Außer euch selber, die ihr immer eure
Grausamsten Feinde wart, bis euch eur Un-
Verstand an irgend 'ne Nation ausliefert
Die ohne Schwertstreich siegte! Dieser Stadt
Verachtend euretwegen, die ihr sie
Bewohnt, kehr ich den Rücken. 's gibt
Noch eine Welt woanders.
*Coriolan ab mit Menenius, Cominius und Senatoren.*

BÜRGER
Der Feind des Volks ist weg, ist weg!
*Sie werfen ihre Kopfbedeckungen in die Luft.*

## 3
## Rom, vor den Toren

*Coriolan, Volumnia, Virgilia, Menenius, Cominius und Senatoren.*

CORIOLAN

Kommt, laßt die Tränen! Scheiden wir! Das Tier
Mit vielen Häuptern stößt mich weg. Nein, Mutter
Wo ist der alte Mumm? Wer lehrte mich, daß
Gewöhnliches Unglück und gewöhnliches Glück
Was für gewöhnliche Leute sind? Und wer, daß
Bei Meeresstille alle Schiffe
Die gleiche Meisterschaft im Segeln zeigen.
Doch große Schicksalsschläge in die weichern Teile
Erheischen Fechterkunst im großen Stil.

VIRGILIA

O Himmel, Himmel!

CORIOLAN

Nein, ich bitt dich, Frau –

VOLUMNIA

Die rote Pest auf alle Zünfte Roms.

CORIOLAN

Was, was, was? Ich werd
Erst dann beliebt sein, wenn ich fehlen werde.
Nein, Mutter, du hast mir gesagt, wenn du
Das Weib des Herkules gewesen wärst –
Sechs seiner Taten hättest du vollbracht
Und ihm den Schweiß gespart! Cominius
Kopf hoch, adieu! Leb wohl, Weib! Macht nichts, Mutter!
Mir geht's noch gut. Gib acht, Menenius!
In deinem Alter sind die Tränen salziger als
Bei einem jüngern Mann. Gift für die Augen.
Dich, Feldherr, sah ich manchmal unerschüttert.
Du hast herzhärtende Spektakel schon gesehn.
Sag diesen traurigen Fraun, 's ist gleichermaßen Schwäche
Bei unvermeidlicher Drangsal zu weinen
Als drob zu lachen. Weißt du, Mutter, frisch
Hielten die Wagestücke deines Sohns dich.

Glaub mir, wenn du es kannst: obgleich er von nun an
Wie ein einschichtiger Drache vegetiert, den seine Höhle
Furchtbar macht, weil, umso mehr besprochen
Als nicht mehr gesichtet, dein Sohn wird
Entweder ungewöhnlich handeln oder
Den kleinen Praktiken der gewöhnlichen Art
Zum Opfer fallen.

VOLUMNIA

Lieber Sohn, wohin
Wirst du jetzt gehn? Nimm den Cominius
Mit dir für einige Zeit. Besprecht den Kurs
Dem du jetzt folgen willst, damit dich nicht
Der blinde Zufall leitet.

CORIOLAN

O ihr Götter!

COMINIUS

Ich folg dir einen Monat. Wir besprechen
Wo du verbleibst, damit wir von dir hören
Und du von uns hörst.

CORIOLAN

Danke, Alter. Nur:
Du bist nicht mehr so jung, als daß du noch
Herumziehn könntst mit einem, der, verzeih
Noch allerhand vorhat. Bringt mich nur zum Tor.
Kommt, kommt! Und bin ich draußen, nehmen wir
Dann lächelnd Abschied. Und solang
Ich überm Boden bin, hört ihr von mir
Und nichts, was nicht dem frühren Marcius gliche!
*Alle ab durch das Tor.*

## 4
## Rom, eine Strasse nahe des Tors

*Sicinius, Brutus und ein Ädil.*

SICINIUS

Schickt sie nach Haus; er ist gegangen. Das wär
Geschafft. Der Adel, der, wir sahn's, den Mann
Zu stützen suchte, ist verwirrt.

BRUTUS
Wir können
Nun wir ihm unsre Macht gezeigt, bescheidner
Auftreten als dabei.

SICINIUS
Schickt sie nach Haus!
Ihr großer Feind ist weg.

BRUTUS
Schickt sie nach Haus.
Da, seine Mutter!
*Volumnia, Virgilia, Menenius kommen.*

SICINIUS
Gehn wir. Schnell.

BRUTUS
Warum?

SICINIUS
Man sagt, sie ist verrückt.

BRUTUS
Sie hat uns schon
Erblickt. Jetzt weiter.

VOLUMNIA
Ihr kommt mir grade recht. Die Pest auf euch!

MENENIUS
Faßt Euch, seid nicht so laut!

VOLUMNIA
Wenn ich nur könnt
Vor Weinen, kriegtet ihr von mir jetzt was
Zu hören. Nein, ihr sollt es hörn. Bleib da, du!

VIRGILIA
Und du bleib auch. Ich wollt, ich hätt die Macht
Das meinem Mann zu sagen.

SICINIUS
Tragt es mannhaft!

VOLUMNIA
Sie ist kein Mann. Das ist für sie nicht Schande.
Von Euch jedoch wollt ich, Ihr wärt kein Fuchs.
Dann wäre er noch da, der einst für Rom
So viele Schläge ausgeteilt, als Ihr
Schimpfreden austeilt. Geh jetzt. Nein, ich will dir

Was sagen. Mann, ich wollt, mein Sohn wär in
Arabien und deine Sippe stünde
Vor ihm im Wüstensand!

SICINIUS

Was dann?

VIRGILIA

Was dann?
Die ganze Brut mit ihrem ganzen Nachwuchs
Ehlich und unehlich, wär schnell getilgt.
Dort gibt es Rache.

MENENIUS

Still!

SICINIUS

Ich wollt, er hätt
Rom weiter so gedient, wie er begann!

BRUTUS

Das wünscht ich auch!

VOLUMNIA

Das wünscht ich auch? Ihr habt
Das Pack verhetzt!

BRUTUS

Nun, wir verlassen Euch.

VOLUMNIA

So hoch das Kapitol die kleinste Hütte
Roms überragt, so hoch ragt auch mein Sohn
(Hier, dieser Dame Gatte, dieser, seht ihr?)
Den ihr verbannt habt, über euch!

BRUTUS

Das mag
Schon sein. Kommt, gehen wir.
*Brutus, Sicinius und Ädil ab.*

MENENIUS

Ihr habt
Sie heimgeschickt. Und, meiner Treu, mit Grund. Ihr
Soupiert mit mir?

VOLUMNIA

Nicht heut. Mein Nachtmahl
Ist Zorn. Menenius, ich verzehre mich.
Je mehr ich esse, desto hungriger werd ich.
*Alle ab.*

# VIERTER AKT

## 1

### Landstrasse zwischen Rom und Antium

*Ein Römer und ein Volsker treffen sich.*

RÖMER Warum kehrt Ihr um? Ich komme aus Rom, aber ich bin kein Räuber!

VOLSKER Wenn das nicht der Gerber Lätus aus der Gasse der Sandalenmacher ist!

RÖMER Piger! Sieht man sich endlich wieder? *Sie umarmen sich.* Wie geht es der Frau? Bäckt sie noch die kleinen Hirsefladen?

VOLSKER Immer noch; sie kann die Rosinen bekommen, aber mir fehlt in der Seilerei der Hanf. Deshalb gehe ich nach Rom, Alter.

RÖMER Und ich gehe nach Antium, zu sehen, ob sie dort meine Lederhocker brauchen können.

VOLSKER Bist du durch Corioli gekommen, das ihr uns gestohlen habt? Wie ist es dort?

RÖMER Du wirst es sehen. Es hat sich kaum geändert. Man ißt, schläft und zahlt Steuern. Wie ist es in Antium?

VOLSKER Man schläft, ißt und zahlt Steuern. Und in Rom?

RÖMER Man ißt auch, schläft auch und zahlt auch Steuern. Aber wir haben einen Aufstand gehabt und den Coriolan vertrieben.

VOLSKER Wirklich, seid ihr ihn los? Ich kann dir sagen: ich werde Rom leichteren Herzens betreten.

RÖMER Ich verließ es mit geringerer Furcht.

VOLSKER Mensch, daß endlich wieder Friede ist!

RÖMER Gute Reise, Piger, und glückliche Geschäfte in Rom!

VOLSKER Gute Geschäfte in Antium, Lätus!

*Sie verabschieden sich und gehen weiter. Aus der Richtung, aus der der Römer kommt, kommt ein vermummter Mann gegangen. Es ist Coriolan.*

## 2
## Antium. Vor dem Hause des Aufidius

*Coriolan tritt auf, in schäbiger Kleidung und vermummt.*

CORIOLAN
'ne hübsche Stadt, dies Antium. Stadt, ich bin's
Der deine Fraun zu Witwen machte. Mancher
Hätt hier ein schönes Haus geerbt, wär er
In meinen Kriegen nicht verröchelt. Da
Erkenn mich lieber nicht, Stadt, sonst besiegen
Mich deine Weiber jämmerlich mit Scheuerlappen
Und deine Knaben mit Bachkieseln.
*Auftritt ein Bürger.*
Guten Abend, Herr.
Könnt Ihr mir zeigen, wo der große
Aufidius wohnt? Ist er in Antium, Herr?

BÜRGER
Ja, er bewirtet heut in seinem Haus
Die Ersten unsrer Stadt.

CORIOLAN
Wo ist sein Haus?

BÜRGER
Dies hier, vor dem du stehst.

CORIOLAN
Dies? Besten Dank, Herr
Und guten Abend.
*Der Bürger geht weiter.*
O Welt, dein glitschiger Pfad! Geschworne Freunde
Die in zwei Busen nur ein Herz getragen
Die Zeit, die Bett, die Mahl, die Arbeit teilten
Zwillinge, unzertrennlich, brechen plötzlich
Von zwölf Uhr bis Mittag, um minus nichts
In unversöhnlichste Feindschaft aus. Und wiedrum
Macht dann aus eingefleischten Feinden, die
Ihr Haß nicht schlafen ließ vor tückischen Plänen
Einander auszutilgen, dummer Zufall
Ein Trick, kein Ei wert, zu geschwornen Freunden
Die ihre Kinder sich vermählen. So

Ist es mit mir. Die Stadt meiner Geburt
Ist mir verhaßt. Ich lieb die Stadt des Feinds.
Hinein mit mir! Erschlägt er mich, so ist's
Sein gutes Recht. Nimmt er mich auf, dann dien
Ich seinem Land.

DIENER *aus dem Haus:* Was stierst du?

ZWEITER DIENER

He, den Wein!
Was ist das für Bedienung? Schlaft ihr?
*Erster Diener ab.*

DRITTER DIENER

Cotus!
Der Herr ruft nach Cotus.
*Ab.*

CORIOLAN Ein hübsches Haus. Das Mahl riecht auch gut.

ZWEITER DIENER Was wünscht Ihr, Freund? Woher seid Ihr?
Hier ist nicht Platz für Euch. Seid so freundlich –

CORIOLAN
's ist gut.
Hab keinen besseren Empfang verdient:
Ich bin Coriolan.

ERSTER DIENER *zurück:* Bist du immer noch da? Haben sie am Stadttor keine Augen im Kopf, daß sie solche Kerle hereinlassen? Du sollst dich wegscheren!

CORIOLAN Scher du dich weg.

ERSTER DIENER Ich? Wirst du frech?

CORIOLAN Jetzt wirst du lästig, Freund.

ZWEITER DIENER Herr, Ihr seid höflich gebeten worden, wegzugehn. Geht weg.

DRITTER DIENER *zurück:* Was für ein Kerl ist das?

ERSTER DIENER Ein merkwürdiger. Ich kann ihn nicht von der Schwelle kriegen. Ruf den Herrn her.

DRITTER DIENER Raus da!

CORIOLAN Laßt mich hier nur stehen. Ich werde eueren Herd schon nicht beschädigen.

ZWEITER DIENER Was seid Ihr denn?

CORIOLAN Ein Mann von einigem Ansehn.

ERSTER DIENER Ein verflucht armer.

CORIOLAN Gewiß, das bin ich.

DRITTER DIENER Darf ich dich dann bitten, armer Mann von einigem Ansehn, dir ein andres Quartier zu suchen? Kurz: Verschwind!

CORIOLAN Mach, was dir geheißen ist. Und rasch, sonst frißt dir ein anderer die Reste weg. *Stößt ihn.*

ZWEITER DIENER Hol den Herrn!

*Dritter Diener ab.*

ERSTER DIENER Wo wohnst du überhaupt?

CORIOLAN Unter dem großen Zelt.

ZWEITER DIENER Unter dem großen Zelt?

CORIOLAN Ja.

ERSTER DIENER Wo ist das?

CORIOLAN In der Stadt der Geier und Krähen.

ERSTER DIENER Ein Esel. Da wohnst du wohl auch mit den Elstern, wie?

CORIOLAN Nein. Ich diene nicht deinem Herrn.

ERSTER DIENER Oho!

ZWEITER DIENER Habt Ihr etwas mit unserm Herrn zu schaffen?

CORIOLAN Ja, und das sollte dir lieber sein, als wenn ich was mit einem Weib zu schaffen hätte. Ihr schwatzt und schwatzt. An eure Teller, ab mit euch!

*Aufidius kommt mit dem dritten Diener.*

AUFIDIUS Wo ist der Mensch?

ERSTER DIENER Hier, Herr. Ich hätte ihn wie einen Hund hinausgeprügelt, aber ich wollte die Herrschaften drin nicht stören.

AUFIDIUS Wo kommst du her? Was willst du hier? Dein Name? Warum sprichst du nicht? Sprich, Mann. Was ist dein Name?

CORIOLAN

Ein Name, nicht Musik für Volskerohren
Und schneidend auch für deins.

AUFIDIUS

Wüst siehst du aus
Doch ist etwas in deinem Aug, als hättst du
Schon laut gesprochen bei Gelegenheit.
Das Tauwerk ist zerfetzt, jedoch nicht eines
Unedlen Schiffs.

CORIOLAN

Bereit dich darauf vor
Die Stirn zu runzeln. Kennst du
Mich wirklich nicht?

AUFIDIUS

Ich kenn dich nicht. Der Name!

CORIOLAN

Ist Cajus Marcius. Welcher Name dir
Besonders, doch auch allen Volskern immer
Verdruß und Schaden zugefügt hat, was
Mein dritter Name auch bezeugt: Coriolan.
Die Mühn des Diensts und manche Todsgefahr
Und der und jener Tropfen Bluts, vergossen
Für ein nicht sehr dankbares Rom, enthalten
Sind sie in diesem Titel, der dich nur
Erinnern mag an Groll, den du mir schuldest.
Nun, nur der Titel blieb. Die Grausamkeit
Des Pöbels und die Feigheit unsres Adels
Der mich verriet, verschlangen dann den Rest.
Und Sklavenstimmen zischten mich aus Rom.
Dies Mißgeschick trieb mich an deinen Herd.
Nicht Hoffnung, mir das Leben zu erhalten
Versteh mich recht, denn fürchtete ich Tod
Von allen Männern dieser Welt hätt ich
Da dich gemieden. Sicher nur aus Haß
Um quitt zu werden mit dem ganzen Pack
Steh ich vor dir. Wenn du, ich kenn dich nicht
Heimzahlen willst die ganz besondere Unbill
Dir zugefügt und die Verstümmelung
Zu sehn in deinem ganzen Land, bedien dich
Nur meiner. Nutz mein Elend! Spann den Durst
Nach Quittsein, der mich plagt, für deine Zwecke
Freund, ein. Mir sind sie recht. Denn ich will angehn
Mein krebsiges Land jetzt mit dem süchtigen Furor
Des Fefamessers. Ist es freilich so
Daß du so was nicht wagst und es müd bist
Viel zu versuchen, dann, in einem Wort
Hab ich's auch über, noch sehr lang zu leben
Und präsentiere dir hier meine Gurgel

Und nenn dich Dummkopf, schneidst du sie nicht durch.
Warum, ich hab dich stets mit Haß verfolgt
Ich hab dem Herzen deines Landes Blut
Schon tonnenweise abgezapft und kann
Nur dir zum Hohn noch leben, wenn ich nicht
Zu deinen Diensten leb.

AUFIDIUS

O Marcius, Marcius!
Jedwedes Wort, das du gesprochen hast
Hat mir ein Würzelchen des alten Neids
Ganz aus der Brust gerissen. Laß mich jetzt
Um deine Neigung ringen wie ich einst
Mit deinem Mute rang. Du hast mich
Zu zwölf verschiedenen Malen so verbleut
Daß ich seitdem allnächtlich aus Faustkämpfen
Die Helme uns von unsern Köpfen reißend
Und uns nach unsern Hälsen greifend, auffuhr.
Sehr werter Marcius, hätten wir mit Rom
Nichts andres zu bereinigen, als daß
Man dich von dort verbannte – jeden Mann
Von zwölf bis siebzig steckten wir ins Heer
Und würfen es auf Rom. Kommt schnell herein.
Befreundete Senatorn –

CORIOLAN

Götter, ihr
Seid mild heut.

AUFIDIUS

Drum, wenn du die Abrechnung
Herr, selber in die Hand zu nehmen wünschst
Nimm meine halbe Mannschaft und verfahre
Da du doch die Erfahrung hast und Stärke
Und Schwäche deines eignen Lands gut kennst
Nach eigenem Ermessen, ob du nun
Gleich an Roms Tore pochen oder mehr entferntem
Gebiet Besuch abstatten willst, du weißt:
Erst schrecken, dann vernichten! Komm jetzt, komm!
Laß mich dich jetzt empfehlen denen, die
Ja sagen solln zu deinen Wünschen. Sei
Zehntausendmal willkommen, mehr ein Freund

Als je ein Feind und, Marcius, das will
Viel heißen. Komm!

## 3
## Rom, Forum

*Sicinius und Brutus.*

SICINIUS
Man hört nichts mehr von ihm, man braucht ihn nicht zu fürchten.
Wir machen seine Freunde im Senat
Erröten, daß die Welt weitergeht ohne
Den großen Mann. Sie hören ungern unsre
Seilmacher, Bäcker und Sandalenschneider
In ihren Läden singen bei der Arbeit.

BRUTUS
Wir wehrten uns bei Zeit.

SICINIUS
Menenius.

BRUTUS
Der ist in letzter Zeit auch höflicher geworden.
*Menenius tritt auf. Begrüßung.*

SICINIUS
Euer Coriolan, Herr, wird nicht sehr vermißt.
Vielleicht von einigen Freunden. Doch der Staat
Besteht und würd bestehn, selbst wenn er ihm
Noch mehr verhaßt wär.

MENENIUS
Alles stünd noch besser
Wär er ein bißchen mit der Zeit gegangen.

SICINIUS
Wo, hört Ihr, ist er?

MENENIUS
Nichts gehört. Sein Weib
Und seine Mutter haben nichts von ihm gehört.
*Einige Bürger gehen vorüber.*

BÜRGER
Der Himmel schütz euch beide!
BRUTUS
Guten Abend, Nachbarn.
SICINIUS
Guten Abend allen! Allen guten Abend!
ERSTER BÜRGER
Eins sag ich: Unsre Weiber mitsamt Kindern
Auf ihren Knieen müßten sie die Götter um
Gesundheit bitten und um Glück für euch zwei!
BRUTUS
Der Himmel schütz euch, Nachbarn!
*Bürger ab.*
SICINIUS
Ist das nicht eine bessere Zeit als damals
Da sie euch haßten?
BRUTUS
Cajus Marcius war
Ein fähiger Kriegsmann, aber überheblich
Ehrgeizig ohne Maß, selbstsüchtig
SICINIUS
Und
Strebend nach Selbstherrschaft.
MENENIUS
Das glaub ich nicht.
SICINIUS
Wir hätten es zu unser aller Leid
Erlebt, hätt er das Konsulat bekommen.
BRUTUS
Die Götter wandten's gnädig ab und Rom
Schnauft etwas auf.
*Auftritt ein Ädil.*
ÄDIL
Tribunen!
Ein Sklave, den wir festgesetzt, sagt aus
Die Volsker hätten römisches Gebiet
Betreten mit zwei Heeressäulen und
Brandschatzen alles vor sich her!

MENENIUS

Aufidius
Der, hörend, daß wir Marcius verbannt
Die Fühler wieder ausstreckt, die er sorglich
Einst einzog, als er Marcius bei uns wußte.

SICINIUS

Komm, komm, – was faselst du von Marcius?

BRUTUS

Ja
Peitsch den Gerüchtemacher aus! Es kann nicht sein.
Die Volsker wagen nicht, mit uns zu brechen.

MENENIUS

Es kann nicht sein? Wir wissen, daß es sehr wohl sein kann.
Drei solcher Fälle haben wir gehabt
Seitdem ich lebe. Sprecht mit diesem Burschen
Bevor ihr ihn bestraft, wo er es hörte
Sonst peitscht ihr eine Nachricht aus.

SICINIUS

Erzähl das
Nicht mir. Ich weiß, es kann nicht sein.

BRUTUS

Unmöglich.

*Ein Bote tritt auf.*

BOTE

Der Adel trifft sich im Senatsgebäude.
Meldungen vom Gebirg, bestürzende!

SICINIUS

Das ist der Sklave. Hetze! Peitscht ihn aus!

BOTE

Nein, Herr, er lügt nicht. Nur ist alles schlimmer.

SICINIUS

Was schlimmer?

BOTE

Nun, man sagt jetzt allgemein
Ich weiß nicht, ob es stimmt, daß Marcius
Zusammen mit Aufidius gegen Rom
Ein Heer heraufführt und so mit Vergeltung
Die Stadt bedroht, daß weder Greis noch Kind …

SICINIUS

Höchst glaublich, so was!

BRUTUS

Ausgetüftelt, daß
Der schwächere Teil den guten Marcius heimwünscht!

SICINIUS

Das ist das Ganze.

MENENIUS

Äußerst unwahrscheinlich:
Er und Aufidius, das ist Öl und Wasser.

*Ein anderer Bote tritt auf.*

DER ANDERE BOTE

Herr, zum Senat! Ein fürchterliches Heer
Geführt von Cajus Marcius im Verein
Mit dem Volsker Aufidius stößt gen Rom.
Corioli brennt und ist in Feindeshand.

*Cominius tritt auf.*

COMINIUS

Vortreffliche Arbeit, das!

MENENIUS

Was gibt's? Was gibt's?

COMINIUS

Ihr halft die eignen Töchter schänden und
Der Dächer Blei auf eure Schädel schmelzen.

MENENIUS

Was gibt's?

COMINIUS

Und eure Tempel niederbrennen zum
Zement. Jetzt könnt ihr eure vielgeliebten
Verbrieften Rechte in paar Mauselöcher
Der Altstadt stopfen.

MENENIUS

Herr, beim Styx, was gibt's?
Wenn Marcius eins wär mit den Volskern ...

COMINIUS

Wenn!
Er ist ihr Gott; er führt sie wie ein Ding
Gemacht von irgendeiner neuen Gottheit
Die bessere Männer macht als die Natur und

Sie folgen ihm mit einer Zuversicht
Wie Knaben, Falter fangend oder Schlächter
Fleischfliegen tötend.

MENENIUS

Vortreffliche Arbeit!
Jetzt habt ihr's, ihr und eure Schurzfellburschen
Und Knoblauchfresser mit der mächtigen Stimme
Des römischen Handwerks!

COMINIUS

Um die Ohren schütteln
Wird er euch euer Rom!

BRUTUS

So ist es wahr, Herr?

COMINIUS

Ja! »Ist es wahr, Herr?« Lachend fallen
Die Städte von uns ab! Wer nicht abfällt
Wird wegen braver Einfalt ausgelacht
Und geht als Narr zu Grund.

MENENIUS

Wir sind verloren
Wenn jetzt der große Mann nicht Gnade übt?

COMINIUS

Wer soll drum bitten?
Die Volkstribunen können's nicht. Das Volk
Verdient sein Mitleid wie der Wolf das Mitleid
Des Schäfers. Und, was seine Freunde angeht
Wenn sie ihm kämen mit »Sei gut zu Rom!«
So zeigten sie sich eben drum als Feinde.

MENENIUS

Das ist nur allzu wahr. Würf er die Fackel
Jetzt in mein Haus, ich hätte nicht die Stirn
Zu sagen »Bitte, nicht!« Nicht nur das Schurzfell
Jetzt kostet's euch das Fell!

COMINIUS

Und wir, ihn liebend
Doch dumm wie Vieh, verrieten ihn an euch
Und euer Salz der Erde. Und statt Kriegskunst
Trifft er Verzweiflung an.

MENENIUS

Da kommt das Salz.
Die schmierigen Mützen warft ihr hoch, den Mann
Aus eurer Stadt zu treiben und jetzt kommt er
Und holt sich so viel Köpfe als er Mützen
Hochfliegen sah. Doch wir sind alle dran.
Könnt er uns alle hier zu einer Kohle
Zusammenbrennen, wär's nur recht und billig.
Zum Kapitol?

COMINIUS

O ja; was sonst?
*Cominius und Menenius ab.*

BÜRGER

Es heißt
Er brennt jedweden Fußbreit Bodens aus
Auf den er tritt.

SICINIUS

Seid nicht entmutigt. 's gibt
Ein Pack in Rom, das gern bestätigt sähe
Was es zu fürchten vorgibt. Leute, geht, und
Ich sag nicht lauft, in die Bezirkslokale
Und zeigt, daß ihr nicht Furcht habt.

ZWEITER BÜRGER

Lieber zeigt ich
Als Mut jetzt eine Waffe. War es klug
Ihn zu verbannen?

SICINIUS

Ja.
*Bürger langsam ab.*
Zum Kapitol!

## 4
## Lager nahe bei Rom

*Aufidius und ein Hauptmann.*

AUFIDIUS

Sie laufen immer noch dem Römer zu?

HAUPTMANN

Doch Euren Kriegern dient er als Gebetlein
Vor Tisch, als Tischgespräch, als Amen nach Tisch.
Ihr steht in diesem Krieg im Dunkeln, Herr
Selbst bei den Eignen.

AUFIDIUS

Kann ich jetzt nicht ändern.
Versuch ich das, bring ich den ganzen Feldzug
Zu Fall im Anlauf.

HAUPTMANN

Herr, ich wünschte wirklich
Ihr hättet das Kommando nicht geteilt
Entweder selber übernommen oder ihm
Ganz überlassen.

AUFIDIUS

Ich versteh dich gut
Und sei du sicher: kommt's zur Rechnungslegung
Weiß der nicht, was ich habe gegen ihn.
Obgleich es scheint – und er denkt so und auch
Noch dem gemeinen Aug erscheint es ganz
Als handle er in allem redlich, doch
Gibt es da was, was er nicht tut und was
Bleibt's ungetan, den Hals mir bricht und das
Bricht ihm den Hals.

HAUPTMANN

Herr, glaubt Ihr, er nimmt Rom?

AUFIDIUS

Jedwede Stadt ergibt sich ihm, bevor er
Sich zur Verhandlung setzt. Der Adel Roms
Ist für ihn. Die Tribunen
Sind keine Krieger. Heut ließ er in Rom
Verbreiten, er erwarte, zur Verhindrung
Unnützlichen Gemetzels, daß ein Rauch
Vom Kapitol aufsteigend, ihm
Bedingungslose Unterwerfung melde.
Er fühlt sich als der Wal des Meers, der kühl
Erwartet, daß das kleinre Fischzeug ihm
Ergeben in das Maul schwimmt. Aber eines
Vergißt er: Hat er Rom, dann hab ich ihn.

Denn was er dann auch macht, ist falsch, weil er's macht.
Faßt er den Adel unzart an, ist's aus –
Dann lamentiert der volskische Adel und
Faßt er den Adel zart an, ist's auch aus –
Dann lamentiert der volskische Adel auch.
Der Mann hing ab vom Glück und konnte Glück
Nicht nutzen. Aus dem Pferdesattel kam er
Nicht in den Ratsstuhl. Aus dem Krieg
Nicht in den Frieden. Sein Verdienst ist groß
Doch er verkleinert's, wenn er damit groß tut.
Und unser Wert hängt ab von dem Gebrauch
Den unsre Zeit macht von uns. Unsre Macht hat
Kein Grab so ewig als ein Rednerpult
Von dem aus sie gepriesen wird. Der Sturm
Erstickt das Feuer, das er angefacht.
Keil treibt Keil aus, und Macht verkommt durch Macht.

# FÜNFTER AKT

## 1
## Rom, Forum

*Menenius, Cominius und andere Senatoren, sowie Sicinius und Brutus.*

COMINIUS
Er tat, als ob er mich nicht kannte.
MENENIUS
Ihn
Der einst sein Feldherr war!
COMINIUS
Ich sprach ihn an
Mit Coriolanus. Er verbat sich den
Und andre Namen. Schrie, er sei ein König
Des Nichts und titellos, bis er im Feuer
Des brennenden Roms sich einen neuen Namen
Geschmiedet habe.
SICINIUS
Oder nicht.
MENENIUS
Gehindert
Durch ein Tribunenpaar, das recht gut weiß, wie
Maisfladen billiger werden!
BRUTUS
Ihr hingegen
Wißt, wie Rom billig wird! Laßt doch den Rauch
Vom Kapitol aufsteigen, daß der Vetter
Erfährt, er ist willkommen. Fallt aufs Knie
Vor seinem Zelt, nein, eine Meile vorher
Und rutscht auf Eurem Knie in seine Gnade!
Heraus mit dem Beschluß: Wer will den Rauch sehn?
*Pause.*
Gut, keiner. Dann verteilt die Waffen, sonst
Wird, wer den kleinen Rauch nicht sehen will
Den großen sehen, in dem Rom aufgeht!

*Pause. Sicinius und Brutus ab.*

COMINIUS

Ich bewies ihm
Daß Milde desto königlicher ist
Je weniger sie noch erwartet wird.
Er gab zur Antwort: dies von einem Staat
Der ihn verbannt, sei etwas billig.

MENENIUS

Richtig.

COMINIUS

Ich sprach von Rücksicht auf die näheren Freunde.
Die Antwort war, er habe nicht die Zeit
Sie auszupicken aus dem Haufen fauler
Muffiger Streu. Er sagte, es wär Unsinn
Für ein Korn oder zwei den ganzen Haufen
Nicht zu verbrennen, daß er weiter stinke.

MENENIUS

Für ein Korn oder zwei? Ich bin so eins.
Und seine Mutter und sein Weib und Kind
Und dieser hier. Die sind die Streu, man riecht sie
Bis übern Mond hinaus: wir müssen für sie brennen!
Gut, ich geh zu ihm. 's war zu früh am Morgen
Daß Ihr ihn spracht, er hatte nicht gefrühstückt.
Vielleicht war's das, daß er so sauer war.
Ich sprech ihn nach dem Mahl.
*Ab.*

COMINIUS

Er hört auch ihn nicht.
Seht Ihr die Ecke dort, am Kapitol?
Den Eckstein?

SENATOR

Was soll der?

COMINIUS

Wenn Ihr imstand seid,
Ihn mit dem kleinen Finger wegzuschieben
Besteht noch etwas Hoffnung.

## 2
## Lager der Volsker nahe bei Rom

*Wachen. Menenius tritt zu ihnen.*

ERSTE WACHE
Halt, woher seid Ihr?

ZWEITE WACHE
Umkehrn! Umkehrn!

MENENIUS
Ich bin ein Staatsgesandter und gekommen
Mit Coriolan zu sprechen.

ERSTE WAHE
Ihr seid Römer?

MENENIUS
Ja.

ERSTE WACHE
Ihr kommt nicht durch, Ihr müßt zurück. Der Feldherr
Will nichts mehr hörn von dort.

ZWEITE WACHE
Ihr werdet Rom
In Flammen sehn, bevor Ihr ihn sprecht.

MENENIUS
Leute
Wenn euer Feldherr je von Rom sprach oder
Von seinen Freunden dort – zehn gegen eins
So hat er meinen Namen auch erwähnt: Menenius.

ERSTE WACHE
Menenius hin, Menenius her, Ihr kommt
Nicht durch hier.

MENENIUS
Mann, ich sag dir doch:
Dein Feldherr ist mein Freund.

ERSTE WACHE
Zurück denn
Freund meines Feldherrn!

MENENIUS Mann, ich sage dir doch, mein Name ist Menenius, seit Jahr und Tag in der Partei deines Feldherrn! – Hat er gefrühstückt? Weißt du darüber Bescheid? Ich habe nicht vor, mit ihm zu sprechen, bevor er gefrühstückt hat.

ERSTE WACHE Du bist ein Römer, nicht?

MENENIUS Ich bin, was dein Feldherr ist.

ERSTE WACHE Dann solltest du auch Rom hassen wie er. Ich will dir etwas sagen. Ihr habt den Mann zum Tor hinaus gejagt, der es euch verteidigt hat. Ihr habt euren Schild eurem Feind zugeschmissen. Meint ihr, ihr könnt jetzt, was kommt, aufhalten mit den Seufzern alter Weiber, dem Händeringen einiger Jungfern oder dem gichtbrüchigen Kniefall eines alten Dotterers wie dir? Willst du das Feuer, das Rom fressen wird, mit deinem kurzen Atem ausblasen? Lächerlich. Geh zurück nach Rom und wart dort auf deine Hinrichtung!

MENENIUS Kerl, wenn dein Feldherr wüßte ...

*Auftritt Coriolan und Aufidius.*

CORIOLAN Was gibt's?

MENENIUS Jetzt, Kerl, hast du dir was eingebrockt. Sieh an der Art, wie er mit mir sprechen wird, ob du nicht reif für den Galgen bist. – Sohn, du hast ein Feuer für uns vor, hier ist das Wasser, es zu löschen. *Coriolan schaut nach dem Rauch.* Ich war schwer zu bewegen, zu dir zu gehen. Sie wissen, daß nur ich dich zu etwas bewegen kann. Seufzer, Sohn, haben mich aus dem Stadttor hinausgeblasen. Und nun bitte ich dich, laß Rom am Leben! Kehr um, Sohn!

CORIOLAN Weg!

MENENIUS Was, weg!

CORIOLAN

Ich kenne niemand mehr. Was ich jetzt tue
Dient andern. Außerdem: ich hab ein Recht
Auf Rache, der Pardon liegt in den Händen
Der Volsker. Dann: daß wir befreundet waren
Fällt besser der Vergangenheit anheim
Als daß Mitleid notiert: wie sehr. So geh schon.
Nehmt es zur Kenntnis: meine Ohren sind
Stärker befestigt gegen eure Worte
Als eure Tore gegen meine Truppen.
Doch standen wir uns einmal nah. Drum nimm
Den Brief, den ich dir schrieb. Ich hätt ihn dir
Geschickt. Ein weitres Wort, Menenius, will ich
Dich nicht mehr sprechen hören. Dieser Mann
Aufidius, stand mir einmal nah in Rom

*Arschleckerisch*
Jedoch, du siehst –

AUFIDIUS

Ihr schwankt nicht einen Zoll.

*Coriolan und Aufidius ab.*

ERSTE WACHE So, Herr, Euer Name ist Menenius.

ZWEITE WACHE Er wirkt Wunder, was? Jetzt weißt du wieder den Weg nach Hause.

ERSTE WACHE Hast du gehört, wie wir gerüffelt wurden, weil wir einen Staatsgesandten nicht passieren ließen?

## 3
## ROM, AN EINEM TOR

*Senatoren erwarten Menenius. Er tritt auf.*

MENENIUS Ich habe euch gesagt, es ist keine Hoffnung. Unsere Hälse sind verurteilt und warten auf den Henker.

SENATOR Ist es möglich, daß eine so kurze Zeit die Gemütsart eines Menschen so verändert?

MENENIUS Dieser Marcius ist aus einem Menschen ein Drache geworden. Sein Gesicht macht reife Trauben sauer. Er bewegt sich wie ein Turm und der Boden schrumpft unter seinem Tritt zusammen. Ich male ihn nach dem Leben.

*Sicinius und Brutus sind gekommen. Mit ihnen Bürger.*

COMINIUS Die Götter mögen sich unserer armen Stadt erbarmen!

MENENIUS Nein, diesmal werden sich die Götter unsrer nicht erbarmen. Als wir ihn verbannten, achteten wir nicht auf sie, und da er nun zurückkommt, achten sie nicht auf uns.
*Zu Brutus:* Und alles haben wir Euch zu verdanken!
*Ab mit den Senatoren außer Cominius.*

BRUTUS Sie gehen packen. Sie wollen lieber auf ihren Gütern sterben. *Zu den Bürgern:* Es ist, wie wir euch gesagt haben. Die Väter geben Rom preis. Wie steht es in euren Bezirken?

EIN BÜRGER Die Mehrheit hat sich zum Kriegsdienst gemeldet. Wer noch wartete, ob Menenius etwas bei Coriolanus ausrichten würde, wird sich jetzt melden.

BRUTUS Gut. Wenn diejenigen, die von Rom leben, es nicht verteidigen wollen, werden wir es verteidigen, von denen Rom bisher gelebt hat. Warum sollten nicht die Maurer die Mauern verteidigen?

COMINIUS Rechnet einige von uns dazu. Ihr sollt die Waffen ausgehändigt bekommen, ich nehm's auf meine Kappe.

BÜRGER Es lebe Cominius!

*Bürger tritt auf.*

BÜRGER Volumnia, seine Mutter, bittet mit vier Frauen der großen Familien um Durchlaß zu Cajus Marcius. Sie wollen ihn bewegen, umzukehren.

SICINIUS Die Bitte ist abgeschlagen.

BRUTUS Ist bewilligt.

SICINIUS Willst du die Verräterbrut aus der Stadt lassen?

BRUTUS Einige Familien, Patrizier, leben jetzt in Furcht, wegen ihrer Verbindungen mit ihm gesteinigt zu werden. Sie scheinen sich an die Marcier gewandt zu haben. Ich glaube nicht, daß die Alte uns fürchtet, aber ich denke nicht, daß sie dafür ist, daß in Zukunft der volskische Senat auf dem Kapitol sitzt. Sie ist in ihrer Art eine Patriotin, indem sie uns Plebejer lieber von Römern geschunden haben will als von Volskern. Was denkt Ihr, Cominius?

COMINIUS Laßt sie gehen, aber ... Seht Ihr dort den Vorsprung am Kapitol, den Eckstein?

SICINIUS Warum, was soll er?

COMINIUS Wenn Ihr ihn mit dem kleinen Finger von der Stelle bewegen könnt, dann ist einige Hoffnung, daß die Damen von Rom bei ihm etwas ausrichten können. Es ist nicht mehr Gnade in dem Mann als Milch in einem männlichen Tiger.

SICINIUS Es heißt, seine Mutter liebte er.

COMINIUS Mich auch. Und jetzt erinnert er sich seiner Mutter so wenig mehr wie ein achtjähriges Pferd.

BRUTUS Das Gespräch kann uns einen Aufschub verschaffen. Heute nacht und morgen den Tag über sind die Mauern schwach besetzt. *Zum Bürger:* Sie können gehen. Aber schick eine der Frauen des Gesindes mit, auf die du dich verlassen kannst, daß wir erfahren, was gesprochen wurde. Einverstanden?

SICINIUS Einverstanden. Zwei schwere Tage vor uns.

BRUTUS
Mir scheint, und manchem, wie ich hör, dies Rom
Ein besserer Platz, seit dieser Mensch nicht mehr
In seinen Mauern geht, wert zu verteidigen
Vielleicht zum ersten Mal, seit es gegründet.
*Alle ab.*

4
LAGER DER VOLSKER

*Coriolan, Aufidius, ein Wachtposten.*

POSTEN
Nein, Herr, kein Rauch!
AUFIDIUS
Wie lang willst du noch warten?
CORIOLAN
Wir lagern morgen vor den Mauern Roms.
AUFIDIUS
Warum nicht heut?
CORIOLAN
Partner in diesem Feldzug
Ihr müßt den Herrn in Antium bestätigen
Wie rückhaltlos ich die Aktion betrieb.
AUFIDIUS
Nicht allzu hurtig. Rückhaltlos? Gewiß.
CORIOLAN
Der alte Mann zuletzt, den ich gebrochen
Nach Rom zurückschick, liebte mich mit mehr
Als Vaterliebe, in der Tat, er machte
Mich fast zum Gott einst. Ihre letzte Zuflucht
War: ihn zu schicken.
AUFIDIUS
Doch auch von diesem alten Mann, der dich
Vergöttert, nichts von Unterwerfung, nur
Beschwörung und die Bitte »Geh und häng dich!«
*Geschrei hinter der Szene.*

CORIOLAN
Was soll der Lärm?
*Krieger tritt auf.*
KRIEGER
Herr, eine Abordnung
Von Fraun der großen römischen Familien
Ist hier im Lager. Wenn's nicht ein Gerücht ist
Ist's deine Mutter, Herr, dein Weib und auch
Dein kleiner Sohn.
CORIOLAN *Aufidius anblickend:*
Jetzt fort, Gefühle! Beiß
Die Zähne jetzt zusammen, daß die Götter
Nicht über dieses Schauspiel oben lachen
Weil's unnatürlich ist! Jetzt, Volsker, schlepp
Du deine Pflüge über Roms Ruinen
Und deine Eggen über ganz Italien
Eh du mich als den Sklaven der Natur siehst
Und den Gehherda des Instinkts.
*Volumnia, Virgilia mit dem jungen Marcius und vier römische Damen sind aufgetreten.*
VIRGILIA
O Mann!
*Coriolan tritt zu ihnen und begrüßt sie.*
CORIOLAN
Frau, diese Augen sind dieselben nicht
Die ich in Rom trug.
VIRGILIA
Sorgen. Sie verändern.
VOLUMNIA
Du kennst die Dame.
CORIOLAN
Jung Publicolas
Berühmte Schwester, keusche Luna Roms.
Beste Valeria!
VIRGILIA
Hier ist ein kleiner Auszug von dir selbst
Der durch die Auslegung erfüllter Jahre
Ganz werden kann wie du.

CORIOLAN

Und du, mein Alter
Die Götter, hoff ich, sind dabei, aus dir
Was für den Krieg zu machen, daß du einmal
Für alle, die auf dich sehn, wie ein großes
Seezeichen überm Durcheinander einer Schlacht stehst
Und auch durch Schande unverwundbar.

VOLUMNIA

Knie, Kind.

CORIOLAN *läßt den kleinen Marcius nicht knien:*
Das ist mein guter Junge. Und nun bittet
Mich nicht, mein Fußvolk abzumustern und mich
Mit Roms Dachdeckern zu vergleichen und
Erzählt mir nicht, was euch von meinem Vorgehn
Höchst unnatürlich scheint. Aufidius
Und wer an Volskern hier ist, gebt gut acht:
Wir wollen nichts von Rom privatim hören.
Eur Antrag!

VOLUMNIA

Könnt ich schweigen, schwiege ich.
Dann hätt ich nichts gesagt, was dich bewegte
Und tötete und auch nicht was umsonst.
Denn ich ging nicht wie andre Mütter weg
Das Kind zu retten, sondern zu verderben
Und zwar, wenn ich's noch menschlich find, ansonsten
Fällt's mich an. Ich darf nicht den Himmel bitten
Daß du siegst, Sohn, was ich doch dürfen müßt
Und nicht, daß unsre Stadt siegt, was ich
Auch dürfen müßt. Büß ich jetzt Rom nicht ein
Die Nährerin unsres Geschlechts, dann büß ich
Jetzt dich ein, unsern Halt in Rom. Was kommt
Dies oder das, für mich ist's tödlich, denn
Entweder führt man dich als Hochverräter
In Eisen durch die Straßen, oder du
Trittst im Triumph auf deiner Vaterstadt
Verwaiste Trümmer. Und den Erzkranz trägst du
Weil du das Blut von Weib und Kind vergossen.
Ich für mein Teil, Sohn, denke nicht zu warten
Bis da der Krieg entscheidet, welches Unglück

Mich treffen soll: kann ich dich nicht bereden
So wirst du deine Vaterstadt betreten
Indem du erst auf deiner Mutter Schoß trittst
Der dich in diese Welt warf.

VIRGILIA

Und auf meinen
Der dir den Jungen hier gebar, damit
Er deinen Namen in der Welt erhalte.

JUNGE

Auf mich wird er nicht treten, ich lauf fort
Bis daß ich größer bin, dann fecht ich.

CORIOLAN

So.
Will man nicht weibisch werden, schaue nicht
Man in ein Weibes- oder Kindsgesicht.
Ich saß zu lang.
*Er steht auf.*

VOLUMNIA

Nicht nur vor uns. Vergiß
Das kleine Ungemach, daß es mir schwerfällt
Weil mich dein Vater nicht daran gewöhnte
Jetzt mein Gesicht ins Tuch zu hüllen, wenn ich
Aus dem Haus geh, laß die kindische Rührung, wisse
Daß du auf ein sehr andres Rom marschierst
Als du verließest. Unersetzlich
Bist du nicht mehr, nur noch die tödliche
Gefahr für alle. Wart nicht auf den Rauch
Der Unterwerfung! Wenn du Rauch sehn wirst
Dann aus den Schmieden steigend, die jetzt Schwerter
Wider dich schmieden, der dem eignen Volk den
Fuß auf den Nacken setzen will und dafür
Sich seinem Feinde unterwirft. Wir aber
Der Glanz und Adel Roms
Muß nun die Rettung vor den Volskern
Dem Pöbel danken oder deinen Volskern
Die Rettung vor dem Pöbel! Laß uns gehn.
Der Mensch hat eine Volskerin zur Mutter
Sein Weib ist in Corioli, dies Kind
Gleicht ihm durch Zufall.

*Die Frauen ab.*

CORIOLAN

O Mutter, Mutter! O! Was machtest du?

## 5
## Rom, ein bewachtes Tor

*Brutus und Sicinius. Ein Bote.*

BOTE

Die Neuigkeit!
Die Volsker ziehen ab und Marcius mit!

BRUTUS

Der Stein hat sich bewegt. Das Volk erhebt
Die Waffen, und dic alte Erde bebt.
*Beide ab.*

## 6
## Antium, am Stadttor

*Aufidius mit Begleiter und Offizieren.*

AUFIDIUS

Stell dich dort auf und gib den Senatoren
Die zur Begrüßung kommen, dies Papier.
Sag ihnen, daß ich das bezeugen werde
Vor ihrem Ohr und vor des Volkes Ohr.
Hier klage ich ihn an, am Stadttor gleich
Wenn er zurückkommt, vor den Volskern sich
Mit ein paar Worten weißzuwaschen. Geh.
*Der Begleiter stellt sich seitwärts auf und gibt den ankommenden Senatoren das Papier des Aufidius.*

RATSHERREN

Willkommen sehr daheim!

AUFIDIUS

Warum willkommen?
Ich hab mir den Willkomm noch nicht verdient.
Habt ihr gelesen, was ich aufschrieb?

RATSHERR

Ja.

ZWEITER RATSHERR

Und mit Betrübnis. Was er früher fehlte
Mag hingehn. Aber da zu enden, wo er
Beginnen hätte müssen, wegzuschenken
Des Angriffs Vorteil und uns zu bezahlen
Mit unsern Kosten, das ist unverzeihlich.

AUFIDIUS

Er kommt. Hört, was er sagt!
*Auftritt Coriolan mit Trommeln und Standarten.*

CORIOLAN

Heil euch, ihr Herrn! Ich bin zurück, euer Krieger
So wenig angesteckt von Vaterlandsgefühlen
Als wie ich auszog, unter eurem großen
Kommando. Wisset, daß ich euren Krieg
Bei blutiger Passage bis vor Roms
Stadttore trieb. Die Beute, die wir bringen
Wiegt mehr als um ein Drittel alle Kosten
Des Feldzugs auf.

AUFIDIUS

Lest nicht die Beutelisten!
Sagt dem Verräter, daß er eure Vollmacht
Gröblich mißbraucht hat und ...

CORIOLAN

Verräter! Was denn?

AUFIDIUS

Jawohl. Verräter, Marcius.

CORIOLAN

Marcius!

AUFIDIUS

Glaubst du
Ich beug mich diesem Raub, deinem gestohlnen Namen
Coriolanus in Corioli? –
Ihr Herrn und Oberhäupter dieses Staats, meineidig
Hat er verraten eure Sache und verschenkt
Für ein paar salzige Tropfen euer Rom
(Ich sage, euer Rom) an Weib und Mutter
Zerreißend seinen Eid wie einen Faden

Zerfaulter Seide, niemals einen Kriegsrat
Berufend, nur auf seiner Amme Flennen
Hin flennte er und heulte er
Weg euren Sieg, daß seine Trommelbuben
Rot wurden und die Männer stumm sich ansahn.

CORIOLAN
Ich flennte?

AUFIDIUS
Wie ein Muttersöhnchen.

CORIOLAN
O
Du ungewaschener Lügner! Muttersöhnchen!
Verzeiht, ihr Herrn, das ist das erste Mal
Daß ich gezwungen werd zu schelten. Würdige Herrn
Der Hund trägt meine Striemen eingestanzt
In seinen Rücken bis ins Grab.

ZWEITER RATSHERR
Still, beide!

CORIOLAN
Haut mich in Stücke, Volsker! Laßt die Kinder
In mir die Taschenmesser röten! Muttersöhnchen!
Du falscher Hund! Wenn je in eurer Chronik
Die Wahrheit steht, dann steht auch drin, daß ich
Die Volsker wie im Taubenschlag der Adler
Aufscheuchte in Corioli! Ein Muttersöhnchen!

AUFIDIUS
Genug! Übergenug! Ihr Herren, laßt
Ihr zu, daß er von seinem Kriegsglück prahlt
Das eure Schmach war?

OFFIZIER
Dafür stirbt er!

BÜRGER Reißt ihn in Stücke, sofort! – Er hat meinen Sohn umgebracht. – Meine Tochter. – Er hat meinen Vetter Marcus umgebracht. – Er hat meinen Vater umgebracht.

AUFIDIUS
Durchbohrt ihn!
*Die Offiziere des Aufidius fallen über Coriolan her und durchbohren ihn.*

## 7
## Rom, Senat

*Konsul, Senatoren, Tribunen.*

KONSUL
Der Antrag der Tribunen, Ländereien
Nach der Erobrung eingezogen, den Bewohnern
Coriolis zurückzugeben, ist Gesetz.
SENATOR
Antrag, betreffend eine Wasserleitung
Vom dritten Hügel zu den östlichen Gärten.
*Ein Bote bringt eine Nachricht.*
KONSUL
Hier eine Meldung, daß in Antium
Am gestrigen Vormittage Cajus Marcius
Erschlagen wurd.
*Stille.*
MENENIUS
Antrag: Sein Name, nunmehr, da er tot
Der ihn einmal so groß trug und einmal
So wenig glücklich, sei am Kapitol
Als eines Römers und als eines …
BRUTUS
Antrag:
Daß der Senat fortfahre mit der Sichtung
Der täglichen Geschäfte.
KONSUL
Eine Frage:
Die Marcier bitten, daß, nach der Verordnung
Numa Pompilius' für die Hinterbliebenen
Von Vätern, Söhnen, Brüdern, doch den Frauen
Erlaubt werd öffentliches Tragen
Von Trauer für zehn Monde.
BRUTUS
Abgeschlagen.
*Der Senat setzt seine Beratungen fort.*

Anna Seghers
# Der Prozeß der Jeanne d'Arc zu Rouen 1431

(in der Bearbeitung des Berliner Ensembles)

Dieser Prozeß wurde in lateinischer Sprache täglich protokolliert. Das Hauptexemplar dieses Protokolls, hergestellt für den Bischof Cauchon von Beauvais, befindet sich im Original in der Deputiertenkammer von Paris. Auf Grund dieses Protokolls sowie der Gutachten und Berichte von Zeitgenossen ist das folgende Spiel geschrieben.

*Personen*

Jeanne d'Arc · Bischof Cauchon von Beauvais · Jean de La Fontaine · Jean de Châtillon (Chation) · Maître Guillaume Erard · Nicolas Midi · Guillaume Manchon · Jean d'Estivet · Jean Lefèvre · Jean Massieu · Gérard Feuillet · Bruder Raoul de Rinel · Jean Beaupère · Thomas de Courcelles · Ein englischer Beobachter · Sein Adjutant · Geistlicher · John Grey, William Talbot und andere Wachen der Johanna · Ein Handwerksmeister · Bauer · Bäuerin · Sohn · Schwägerin · Kind · Dr. Dufour · Seine beiden Nichten · Junger Kaplan · Ein schäbig gekleideter Geistlicher · Wirt · Reisender · Fischfrau · Lockeres Mädchen · Der elegante Herr · Ältere Nonne · Weitere Nonnen · Henker · Invalide · Weinhändler · Englische Soldaten · Eine ärmlich gekleidete Frau

*Weitere Personen in den Szenen des Anhangs*

Jacques Legrain · Weinbäuerinnen · Der eine · Großvater Breuil · Sein Enkelkind

I

1431. SEIT ACHT JAHRZEHNTEN TOBT NUN DER KRIEG ZWISCHEN ENGLAND UND FRANKREICH. IN ZWEI BLUTIGEN FELDZÜGEN HAT FRANKREICH UNTER DER FAHNE EINES SIEBZEHNJÄHRIGEN MÄDCHENS, JEANNE D'ARC, EINEN VERZWEIFELTEN VERSUCH UNTERNOMMEN, SICH DER ENGLISCHEN EROBERER ZU ERWEHREN, DIE IMMER NOCH MEHR ALS ZWEI DRITTEL DES LANDES BESETZT HALTEN. AM 21. FEBRUAR 1431 SIEHT AUF DEM MARKTPLATZ DER STADT ROUEN DIE MENGE ZU, WIE ENGLISCHE ADLIGE UND IHNEN ERGEBENE FRANZÖSISCHE KIRCHENFÜRSTEN DIE WIDERSTANDSKÄMPFERIN ZUM PROZESS FÜHREN.

*21. Februar 1431. Marktplatz von Rouen. Eine Menge, schauend. Darunter eine kleine Bauernfamilie (Vater, Mutter, Tante, Sohn und Kind), eine Fischfrau, ein Reisender mit Felleisen, ein eleganter junger Herr, ein lockeres Mädchen, ein Weinhändler, ein Doktor, der Henker im Alltagsgewand. Handwerksmeister und zwei englische Soldaten. – Glocken und Trommeln.*

DER ELEGANTE HERR Das ist der Herzog von Bedford.
FISCHFRAU Schaut seine Apfelschimmel! Glänzend und fett wie der Herr.
BÄUERIN He, Jonny, wird das Mädel bestimmt vorbeigeführt?
FISCHFRAU Keine Angst, sie kommt bestimmt.
BÄUERIN Hast du dein Eßpaket noch, Eugène? – Sie soll ein richtiges Mannweib sein.
KIND Wer ist der in der vielen Seide?
DR. DUFOUR Der Bischof Cauchon von Beauvais. Mich wundert, daß ihn der Engländer nicht an der Leine führt.
HANDWERKSMEISTER Ein französischer Bischof zu Fuß hinter einem englischen Herzog!
LOCKERES MÄDCHEN *summt:*
Der Bischof Cauchon von Beauvais
Ist Englishman jetzt, ich versteh
Aus Begeisterung und
Für fünftausend Pfund.
FISCHFRAU Da hat die Jungfrau nichts zu lachen.
LOCKERES MÄDCHEN Sie soll Stimmen und Erscheinungen haben. Ob das wahr ist?

BÄUERIN Hörst du? Sie hat Erscheinungen.

BAUER Du bist still!

WEINHÄNDLER Das sollen die gelehrten Herren eben prüfen.

DER ELEGANTE HERR Der päpstliche Gesandte.

*Die Bäuerin bekreuzigt sich.*

LOCKERES MÄDCHEN Schaut seinen Hut!

*Alle lachen, auch die Bäuerin.*

SCHWÄGERIN Schade um das Mädchen. Die Engländer mag niemand.

DER ELEGANTE HERR Das würde ich heute nicht in die Gegend rufen.

BAUER Quatscht immer.

LOCKERES MÄDCHEN Jonny, da mag dich jemand nicht.

FISCHFRAU Die verstehen doch nicht französisch.

WEINHÄNDLER Vielleicht sehr gut, daß es so gekommen ist. Sie ist ein unruhiger Geist!

FISCHFRAU Du machst wohl gute Geschäfte mit den Engländern, wie?

DR. DUFOUR Bravo!

*Lockeres Mädchen lacht.*

DER ELEGANTE HERR Bitte!

BÄUERIN *zum Kind:* Das ist mal ein prächtiges Fest, was, Jacqueline?

WEINHÄNDLER Ich hab schon so eine Hexe brennen sehen.

HENKER Wann?

WEINHÄNDLER Vor vier Jahren in Beauvais, Frühjahr 1427.

HENKER So.

FISCHFRAU Das ist Monsieur Dujardin, der Henker.

BÄUERIN Wo?

LOCKERES MÄDCHEN Huch!

DER ELEGANTE HERR Er nimmt wohl schon Maß.

DR. DUFOUR Schaut die Pariser Doktoren!

SCHWÄGERIN Warum verurteilen die Engländer sie nicht selber?

DR. DUFOUR Sie lassen es lieber durch Franzosen besorgen.

HANDWERKSMEISTER Aber Franzosen haben doch gar keinen Grund.

DR. DUFOUR So viele Doktoren werden schon einen finden.

REISENDER Die Hauptsache ist, sie muß kühn antworten.

SCHWÄGERIN Kühn antworten! Gegen so viele kommt doch das Mädchen nicht an.

LOCKERES MÄDCHEN Wozu hat sie sich eingelassen? Warum ist sie nicht daheim geblieben?

*Der elegante Herr stimmt zu.*

REISENDER Weil die Engländer nach Frankreich kamen. Weil die Engländer Frankreich bis zur Loire besetzten. Weil sie das Land ganz schlucken wollen. Weil sie den König abgesetzt haben. Weil dieser König allein zu faul war, sich zu wehren.

HANDWERKSMEISTER Wägen Sie Ihre Worte.

BÄUERIN Weil – weil – weil –, muß sie deshalb solche verrückten Einfälle haben, in Männerkleidern vor Soldaten herzurennen?!

BAUER Du bist still!

HANDWERKSMEISTER Sie sagt, sie muß das für ihr Land tun, Madame.

DR. DUFOUR Land, wieso Land?

FISCHFRAU Ihre Stimmen haben ihr befohlen, die Engländer aus dem Land herauszuwerfen, Dr. Dufour.

DR. DUFOUR Land! Ist es dem Land nicht egal, wer auf dem Apfelschimmel sitzt, der es staubig stampft? Der Herzog von Bedford oder der Herzog von Orléans? Ist es dem Land nicht egal, in wessen Kehle sein Korn und sein Wein, sein Wildbret und Obst rutschen? Abgaben und Zehnten, durch die des Herrn von Beauvais oder des Herrn von Gloster?

FISCHFRAU Immerhin kannst du den französischen Herren besser Bescheid sagen. Diese englischen Herren verstehen nicht einmal deine Flüche.

KIND Ist das der König?

SCHWÄGERIN Nein, ein englischer Trompeter.

*Trommeln.*

LOCKERES MÄDCHEN Sie kommt. Sie kommt.

WACHEN Zurück! Zurück!

BÄUERIN Gib acht auf die Eier, Eugène! Und bekreuzige dich.

SOHN *enttäuscht:* Ist das die Hexe, Maman?

LOCKERES MÄDCHEN Ist die aber klein!

SCHWÄGERIN Die muß ja schwer an den Ketten tragen! Ein Äpfelchen!

*Weinhändler lacht.*

REISENDER Vor diesem Äpfelchen sind die Engländer davongelaufen.

DR. DUFOUR Für dieses Äpfelchen hat der Herzog von Bedford dem Herzog von Luxemburg 12 000 Pfund bezahlt.

BAUER Ja, warum denn?

FISCHFRAU Damit seine Engländer nicht mehr davonlaufen!

2

BEI DER ERÖFFNUNG DES GROSSEN GEISTLICHEN PROZESSES IN DER KAPELLE DES KÖNIGLICHEN SCHLOSSES ENTZIEHT JEANNE SICH GESCHICKT DEN FANGFRAGEN DER KLERIKER, DIE SIE ZUR KETZERIN STEMPELN WOLLEN, UND ERINNERT SIE KÜHN AN DAS ELEND FRANKREICHS

*In der Kapelle des königlichen Schlosses. Die Geistlichen Beaupère, Chation, La Fontaine, d'Estivet, Courcelles, Manchon, Midi, Massieu. Bruder Raoul, der Schreiber. Herein der englische Beobachter mit seinem Adjutanten und dem Bischof von Beauvais. Die Geistlichen knien nieder.*

DER ENGLISCHE BEOBACHTER Splendid crowd of doctors.

BISCHOF Thank you.

DER ENGLISCHE BEOBACHTER Pleasant chapel, even if not one of the oldest.

BISCHOF Nor one of the newest. Built of Charles the ... *Er streckt fünf Finger hoch.*

DER ENGLISCHE BEOBACHTER Oh, the fifth. I see. Don't let me keep you. *Er setzt sich.*

BISCHOF Wir, Bischof Cauchon von Beauvais und unsere illustren Beisitzer, edle Herren und Doktoren, haben uns heute zu einer Gerichtssitzung eingefunden, die wir hiermit als eröffnet erklären. *Die Sitze werden eingenommen.* Mylord, habt Ihr der Angeklagten den Vorführungsbefehl überbringen lassen, damit sie hier vor uns erscheint und gesetzmäßig unsere Fragen beantwortet?

DER ADJUTANT Besagte Frau hat den Vorführungsbefehl entgegengenommen, sie wartet bereits vor der Tür. Sie stellt jedoch den Antrag, vor dem Verhör zur Messe zugelassen zu werden.

*Der Bischof befragt seine Beisitzer. Sie nicken.*

BISCHOF Dieser Antrag muß abgelehnt werden. In Anbetracht der Schwere der Anklage sowie des Umstandes, daß die Angeklagte sich weigert, ihre Männerkleider abzulegen. Herr Massieu! Führt die Angeklagte herein.

MASSIEU Die Angeklagte möge hereingeführt werden.

ADJUTANT Bring herein!

*Johanna wird von zwei englischen Soldaten hereingeführt.*

BISCHOF Diese uns soeben vorgeführte Frau, Johanna, im Volke genannt die Jungfrau, ist im Bereich unserer Diözese aufgegriffen worden. Als stark verdächtig der Ketzerei ist sie uns durch unseren Allerchristlichsten Herrn, den König von England und Frankreich, überantwortet worden. Da das Gerücht ihrer glaubensverletzenden Handlungen nicht nur durch unsere Diözese, sondern durch ganz Frankreich, ja die ganze Christenheit gedrungen ist, haben wir sie vor unser Gericht gezogen, damit sie vor uns Rechenschaft ablegt. Wir ermahnen dich, Johanna, diese hochheiligen Evangelien zu berühren und zu schwören, daß du auf die Fragen, die man dir stellen wird, wahrheitsgetreu antworten wirst. Herr Massieu. *Bruder Raoul bringt die Schrift.* Du schwörst jetzt auf die Evangelien, lege deine beiden Hände auf dieses Buch.

JOHANNA Ich weiß ja nicht, was Ihr mich fragen werdet. Kann sein, daß Ihr von mir etwas haben wollt, was ich Euch nicht sagen werde.

BISCHOF Nun, nun, du wirst jetzt schwören, in allen Glaubenssachen die Wahrheit zu sagen.

JOHANNA Über meine Leute und über meine Heimat und über alles, bevor ich nach Chinon zu meinem König kam, darüber will ich gern schwören, über meine Stimmen aber und über meine Offenbarungen werde ich nichts aussagen, und sollte man mir den Kopf abhauen.

BISCHOF Schon gut, Johanna. Wir fordern dich jetzt zum letztenmal auf, in Glaubenssachen die Wahrheit zu sagen, wie es in solchen Prozessen die Vorschrift heischt. Also.

JOHANNA *kniend:* Ich schwöre, in Glaubenssachen die Wahrheit zu sagen. *Sie setzt sich wieder hin.*

BISCHOF Sag deinen Vor- und deinen Zunamen.

JOHANNA Daheim hieß ich Jeannette, in Frankreich Jeanne, von einem anderen Namen weiß ich nichts.

BISCHOF Wo bist du geboren?

JOHANNA In Domrémy an der Maas.

BISCHOF Wie heißen deine Eltern?

JOHANNA Jacques d'Arc und Isabeau.

BISCHOF Wie alt bist du?

JOHANNA Ich glaube, ungefähr 19.

BISCHOF Wer hat dich in deinem Glauben unterrichtet?

JOHANNA Alles meine Mutter: Vaterunser, Ave Maria und Credo.

BISCHOF Sag mal das Vaterunser.

JOHANNA Hört meine Beichte, dann will ich es Euch gern aufsagen.

BISCHOF In Männerkleidern? Sag jetzt das Vaterunser auf!

JOHANNA Ich sage es nicht, außer Ihr hört meine Beichte.

BISCHOF Also, wir, dein Bischof, verbieten dir, dein Gefängnis auf irgendeine Weise zu verlassen ohne unsere Erlaubnis. Du machst dich sonst des Ungehorsams gegen die Kirche und somit schwerer Glaubensverletzung schuldig.

JOHANNA Dies Verbot nehme ich nicht an. Wenn ich nämlich entkomme, kann niemand mir vorwerfen, ich hätte mein Wort gebrochen, denn ich habe mein Wort gar niemand gegeben. Im übrigen beschwere ich mich, daß Ihr mich mit Ketten vollhängt und in Eisen schlagt.

BISCHOF Du hast schon manchen Fluchtversuch unternommen, deshalb wirst du jetzt so streng gehalten.

JOHANNA Freilich wollte ich früher entkommen und will es auch jetzt, wie jeder Mensch, den man einfängt.

BISCHOF Haben deine Stimmen dir erlaubt, aus den Gefängnissen auszureißen, wann immer es dir paßte?

JOHANNA Ich habe mehrmals um die Erlaubnis gebeten, sie aber bisher noch nicht bekommen. Aber es gibt auch das Sprichwort: »Hilf dir selbst, dann hilft dir Gott.«

BISCHOF So. Wir schärfen jedenfalls Euch, John Grey, und Euch, William Talbot, ein, daß Ihr sie gut bewacht und niemand erlaubt, mit ihr zu reden.

WACHEN Yes, Sir!

BISCHOF Herr Jean Beaupère, Professor der theologischen Fakultät in Paris, wir übertragen Euch das weitere Verhör.

BEAUPÈRE Ich ermahne dich zuerst nochmals, Johanna, auf meine Fragen nichts als die Wahrheit zu sagen. Hast du irgendein Handwerk gelernt?

JOHANNA Wäschenähen und Spinnen.

BEAUPÈRE Was hast du so daheim getrieben?

JOHANNA Die Hausarbeit habe ich gemacht. Manchmal half ich, das Vieh in die Festung führen, daß der Engländer es nicht stahl.

MIDI Herr Professor Beaupère, erlaubt eine Zwischenfrage. Halten die Leute von Domrémy zu unserem Allerchristlichsten Herrn, dem König von England und Frankreich, oder zu dem Mann, den du König von Frankreich nennst?

JOHANNA In Domrémy kenne ich einen einzigen, der zu den Engländern hält, und ich hätte gern gesehen, daß man ihm den Kopf abhaut, wenn es Gott gefallen würde.

*Bewegung unter den Beisitzern.*

BISCHOF Herr Beaupère, fahrt fort!

BEAUPÈRE Wann hast du zum erstenmal das gehört, was du deine Stimme nennst?

JOHANNA Mit 13 Jahren hatte ich eine Stimme, die von Gott kam. Das erste Mal empfand ich große Angst. Die Stimme kam um die Mittagsstunde im Sommer in Vaters Garten. Ich hörte sie schräg hinter mir, von der Kirchenseite her. Ein großes Licht war bei der Stimme.

BEAUPÈRE Wie hast du das Licht denn überhaupt sehen können, wenn sie schräg hinter dir war?

JOHANNA Als ich sie zum drittenmal vernommen hatte, wurde es mir klar, daß es die Stimme eines Engels war.

BEAUPÈRE Und was hat sie dir gesagt?

JOHANNA Sie hat mich immer wohl behütet. Sie hat mich gelehrt, brav zu sein und fleißig in die Kirche zu gehen. Dann sagte sie mir auch zwei- bis dreimal in der Woche, ich müßte auf und fort zu meinem König. Ich würde Orléans von der Belagerung entsetzen.

BEAUPÈRE Was hast du geantwortet?

JOHANNA Da antwortete ich, daß ich ein Mädchen sei. Ich hätte noch nie auf einem Pferd gesessen, ich verstünde nichts vom

Krieg. Da setzte mir die Stimme furchtbar zu und ließ mir keine Ruhe. Ich müsse auf und fort. Da ging ich...

D'ESTIVET Zwischenfrage: Bist du nicht früher schon einmal von daheim fortgegangen?

JOHANNA Als der Engländer unser Dorf überfiel, sind wir einmal geflohen und nach 14 Tagen wiedergekommen. Es war alles niedergebrannt.

*Midi und La Fontaine schauen auf d'Estivet mit niedergedrückten Mienen.*

LA FONTAINE War das richtig, heimlich fortzugehen, da man doch Vater und Mutter ehren muß?

JOHANNA Ich aber wäre gegangen, auch wenn ich hundert Väter und Mütter gehabt hätte.

BEAUPÈRE Als du nach Chinon gingst, was für Kleider hattest du an?

JOHANNA Ich kam nach Chinon zu meinem König in Männerkleidern und mit einem Schwert ohne sonstige Waffen.

BEAUPÈRE Auf wessen Rat zogst du Männerkleidung an?

JOHANNA Fragt was anderes!

D'ESTIVET Mein Bischof, wir bestehen durchaus darauf, zu erfahren, wer der Angeklagten Männerkleidung angeraten hat.

CHATION Jawohl!

JOHANNA Fragt was anderes!

BISCHOF Weißt du nicht, daß in der Schrift geschrieben steht: Und nicht soll das Weib tragen des Mannes Rock noch der Mann des Weibes Rock.

JOHANNA Ich tat es nach bestem Ratschluß und Zuversicht.

BEAUPÈRE Wie bist du zu diesem Mann gekommen, den du deinen König nennst?

JOHANNA Ohne Schwierigkeiten. Ich kam in Chinon an um die Mittagszeit und ging in eine Herberge, und nach der Hauptmahlzeit ging ich ins Schloß. Ich erkannte den König sogleich durch den Beistand meiner Stimme. Ich sagte ihm, ich wolle ausziehen und Krieg führen gegen die Engländer.

MANCHON *scheu:* Erlaubt eine Zwischenfrage.

BISCHOF *zu Beaupère:* Herr Manchon! Hatte der König auch Stimmen?

JOHANNA Fragt ihn, vielleicht sagt er's.

LEFÈVRE Zwischenfrage: Wie weit standst du vom König?

JOHANNA Ich glaube, es war eine Lanzenlänge weit.

LEFÈVRE Als du zum erstenmal diesen Mann sahst, den du deinen König nennst, war da ein Engel bei ihm?

JOHANNA Um Gottes willen, ich sah keinen.

BISCHOF Herr Lefèvre.

D'ESTIVET War ein Glanz um seinen Kopf?

JOHANNA Es war da um ihn herum eine prächtige Ritterschar. An die 300 Ritter. An die 50 Fackeln brannten, ohne das geistige Licht mitzurechnen.

BEAUPÈRE Hast du Katharina von La Rochelle, die auch solche Offenbarungen und Erscheinungen hatte, gekannt?

JOHANNA Ja. Sie hat mir erklärt, Unsere Liebe Frau in goldenem Gewande komme zu ihr und gebe ihr den Auftrag, durch die festen Städte zu ziehen. Der König solle ihr Herolde und Trompeten zur Verfügung stellen und ausrufen lassen: Wer Gold und Silber oder einen Schatz verborgen habe, solle dies gleich herbringen. Daraus solle dann das Kriegsvolk besoldet werden.

BEAUPÈRE Was hast du zur Antwort gegeben?

JOHANNA Ich habe ihr gesagt, sie solle lieber heimgehen zu ihrem Mann, den Haushalt besorgen und den Kindern zu essen geben. Um jedoch in dieser Sache ganz sicher zu gehen, habe ich mich an Sankt Katharina und Sankt Margarethe gewendet. Sie sagten mir, die Sache mit der Katharina aus La Rochelle sei dummes Zeug; es sei nichts daran. Das meldete ich auch meinem König.

BEAUPÈRE Hast du mit ihr gesprochen?

JOHANNA Doch. Katharina wollte zum Engländer gehen und Frieden vermitteln. Ich sagte ihr, es wolle mir scheinen, daß man dort keinen Frieden fände als mit der Lanzenspitze.

BEAUPÈRE So.

JOHANNA Ich habe Katharina auch gefragt, ob Unsere Liebe Frau, die ihr erschiene, jede Nacht käme; ich möchte nämlich deswegen einmal mit ihr schlafen. Ich tat so und blieb wach bis Mitternacht, sah aber nichts. Dann schlief ich ein. Als es Morgen wurde, fragte ich die Katharina, ob Unsere Liebe Frau gekommen sei. Sie gab mir zur Antwort, sie sei gekommen, mich aber hätte sie nicht wach gekriegt. Ich habe sie darauf gefragt, ob die Frau die folgende Nacht auch käme.

Sie sagte, ja. Ich schlief darum tagsüber, um nachts wachbleiben zu können. Die folgende Nacht schlief ich wieder bei Katharina und blieb die ganze Nacht wach, bekam aber nichts zu sehen. Ich fragte öfters die Katharina, ob Unsere Liebe Frau jetzt komme oder nicht. Katharina antwortete immer: »Ja, bald!«

MANCHON Hörst du deine Stimme noch immer?

JOHANNA Es vergeht kein Tag, ohne daß ich die Stimme höre, und ich habe sie auch bitter nötig.

LA FONTAINE Was verlangst du denn von deiner Stimme?

JOHANNA Den Sieg meiner Partei.

CHATION Als du vor Paris kämpftest, da war Feiertag.

JOHANNA Möglich.

CHATION War das richtig, am Feiertag zu kämpfen?

JOHANNA Fragt weiter.

LA FONTAINE Als du nach Compiègne kamst, am Tag deiner Gefangennahme, hättest du da wohl auch gekämpft, wenn dir die Stimmen deine Gefangennahme vorausgesagt hätten?

JOHANNA Schweren Herzens hätte ich doch immer getan, was sie mir befahlen.

MIDI Warst du lange im Turm Beaurevoir gefangen?

JOHANNA Vier Monate. Als ich hörte, ich sei an die Engländer verkauft und sie kämen, um mich abzuführen, da war ich sehr darnieder. Da meine Stimmen mir nichts rieten, fürchtete ich mich zuerst. Dann aber, aus größerer Furcht vor den Engländern, bezwang ich mich und sprang.

MIDI Hast du damals gesagt, dir sei es lieber zu sterben, als in die Hände der Engländer zu fallen?

JOHANNA Gewiß bin ich lieber in den Händen Gottes als in den Händen der Engländer.

BEAUPÈRE Wann hast du zum letztenmal deine Stimmen gehört?

JOHANNA Heute.

BISCHOF Und was sagten sie?

JOHANNA Sie sagten: Ich soll Euch Richtern kühn antworten. Ihr, Bischof, nennt Euch meinen Richter. Ob das stimmt, weiß ich nicht, aber ich weiß, daß es meine Pflicht ist, Euch zu sagen, daß Ihr Euch einer großen Gefahr aussetzt, wenn Ihr mich schlecht richtet.

BEAUPÈRE *schnell:* Sprachen Heilige mit dir oder Engel oder Gott direkt?

JOHANNA Die heilige Katharina und die heilige Margarethe.

BISCHOF *trocken:* Noch wer?

JOHANNA Der heilige Michael.

BEAUPÈRE Wer zuletzt?

JOHANNA Der heilige Michael. Er schickte mich nach Chinon.

BEAUPÈRE Und was sagt er jetzt?

*Midi schüttelt sich lautlos vor Lachen.*

JOHANNA Ich solle nur immer ein freundliches Gesicht machen und Euch herzhaft antworten.

MASSIEU Zwischenfrage: War der heilige Michael nackt?

JOHANNA Nackt? Der heilige Michael? Glaubt Ihr, Gott hätte nicht das Zeug, ihn zu bekleiden?

LEFÈVRE Trug er sein Haar kurzgeschnitten?

JOHANNA *zum erstenmal mit leichter Ungeduld:* Wozu soll man dem heiligen Michael sein Haar kurz schneiden?

DER ENGLISCHE BEOBACHTER Let her be asked whether Saint Margaret speaks English?

DER ADJUTANT *zu Massieu:* Mylord läßt fragen, spricht die heilige Margarethe englisch?

MASSIEU *zu Johanna:* Spricht die heilige Margarethe englisch?

JOHANNA Wozu soll sie englisch sprechen, wo sie doch gegen die Engländer ist.

*Der Engländer lacht.*

CHATION Woran erkanntest du, daß es der heilige Michael war und nicht der Teufel, der sich für den Erzengel ausgab?

JOHANNA An der Sprechweise, und weil er mich viel Gutes lehrte.

CHATION Was lehrte er dich denn?

JOHANNA Daß ich meinem Volk zu Hilfe kommen solle, das so viele im Stich lassen. Und er erzählte mir von dem großen Elend in Frankreich.

BEAUPÈRE Ja, ja. Hattest du ein Schwert?

JOHANNA Das Schwert aus Vaucouleurs. Dazu ließ ich eine Scheide anfertigen aus starkem Leder.

BEAUPÈRE Hattest du eine Fahne?

JOHANNA Ich hatte eine Standarte, schneeweiß.

LA FONTAINE Was hattest du lieber? Deine Fahne oder dein Schwert?

JOHANNA Viel lieber meine Fahne. Mindestens vierzigmal lieber. Ich ritt mit ihr voran in den Feind hinein. Ich selbst tötete nie jemand.

D'ESTIVET Erlaubt eine Zwischenfrage. Warst du vielleicht auch nie, wo Engländer getötet wurden?

JOHANNA *lachend:* Freilich, und ob! Was du zahm daherschwatzt! Auf den Schlachtfeldern liegen Tote. Wären sie doch daheim geblieben!

BEAUPÈRE Warum hast du nicht mit dem Feind verhandelt?

JOHANNA Meine Partei ließ den Engländern sagen, kein Aufschub sei ihnen bewilligt, keine Frist sei ihnen gewährt. Abziehen sollten sie mit ihren Pferden, sofort, auf die Minute. Ich selbst rief ihnen zu, sie sollten räumen, wie sie sind, im bloßen Hemd, nichts davontragen als das nackte Leben.

DER ENGLISCHE BEOBACHTER *schiebt den Adjutanten weg:* Go and tell him.

DER ADJUTANT *beiseite:* Herr Bischof.

BISCHOF Was gibt's?

DER ADJUTANT Herr Bischof, der Herr Herzog von Bedford wird ungehalten sein, er ersuchte Euch dringend um Beschleunigung der Prozeßführung. Wir finden das neuerliche Verhör überflüssig.

BISCHOF Der Herzog von Bedford wird finden, daß hier ein Kirchengericht ist und kein Kriegsgericht. Im übrigen kann der Herzog von Bedford beruhigt sein. – Herr Beaupère!

MANCHON Zwischenfrage: Was, glaubst du, wird deiner Partei künftighin geschehen?

JOHANNA Sie wird siegen. Das letzte Stück Boden werden die Engländer in Frankreich verlieren, kein einziger wird hier bleiben, bis auf die, die hier im Lande umkommen.

*Der englische Beobachter steht auf.*

BEAUPÈRE Das gehört nicht ins Protokoll.

MASSIEU Es kann nicht gestrichen werden, ich protestiere, Herr Professor Beaupère.

BISCHOF Woher weißt du das alles, wenn nicht vom Teufel?

JOHANNA Der Teufel weiß gar nichts.

MIDI Bedenke, wo du bist, Mädchen.

JOHANNA Ich weiß wohl, daß die Engländer mich töten wollen. Sie denken, nach meinem Tode können sie Frankreich ganz und gar erobern, aber hätten sie auch 100 000 Mann mehr als jetzt, Frankreich kriegen sie doch nicht.

DER ENGLISCHE BEOBACHTER Incompetence.

*Der Beobachter und sein Adjutant verlassen den Saal.*

BISCHOF Herr Lefèvre, der Herr Herzog möge doch verstehen, daß dieser Prozeß in peinlichster Ordnung vor sich gehen muß. Aller Augen sind auf uns gerichtet, Herr Massieu! Herr Beaupère, fahrt mit dem Verhör fort. – Bruder Raoul, sagt, Mylord möge doch verstehen, daß hier die Berichterstatter der Welt sind. Vom Konzil zu Basel, von Rom, von allen Kanzleien Europas. – Herr Beaupère!

BEAUPÈRE Hat dir Gott befohlen, Männerkleidung zu tragen?

JOHANNA Was fragt Ihr nur immer nach dem Kleid? Das Kleid ist gar nichts, das Unwichtigste von allem. Warum sagt Ihr nicht, Ihr wollt mich verbrennen, weil ich gegen die Engländer bin?

BEAUPÈRE Hast du die Sakramente auch in Männerkleidung empfangen?

JOHANNA Unbewaffnet, in Männerkleidung.

BISCHOF Also nachdem wir uns das angehört haben, erklären wir die heutige Sitzung für geschlossen. Herr Massieu, führt die Angeklagte in ihr Gefängnis zurück. *Johanna wird abgeführt.* Herren, wir werden künftig im Gefängnis selbst, unter Ausschluß der Öffentlichkeit, allein mit zwei aus unserer Mitte gewählten Beisitzern die Angeklagte verhören. Nützt die Zeit, Herren, und studiert genau die Protokolle. Ich erinnere nochmals daran, daß es niemand gestattet ist, Rouen vor Prozeßende zu verlassen.

*Die Geistlichen knien nieder. Der Bischof geht hinaus, sie segnend.*

3
## Der Bischof Cauchon von Beauvais besucht Jeanne im Gefängnis La Tour des Champs und richtet an sie eine eigentümliche Frage

*Gefängnis La Tour des Champs. Johanna auf der Pritsche. Zwei englische Wachen würfeln.*

ENGLISCHE WACHE Johanna!

JOHANNA *müde:* Was wollt Ihr denn?

ENGLISCHE WACHE *nachäffend:* Ich bin es, die heilige Katharina.

JOHANNA Ein sehr tapferer Soldat bist du.

ZWEITE WACHE Ich bin es, die heilige Margarethe.

JOHANNA Ein Saukerl bist du, halt's Maul.

DRITTE WACHE Ich bin's, der heilige Michael.

*Johanna haut nach ihm.*

DRITTE WACHE So ein Aas. Hat der dich so geweckt, der heilige Michael? Hat er dich so gefaßt?

*Herein Jean de La Fontaine.*

LA FONTAINE Was geht denn hier vor?

DIE WACHE Halt, hier darf niemand rein, strenges Verbot.

LA FONTAINE Ich leite hier das Verhör. – Warum weinst du denn, Johanna?

JOHANNA Ich weine nicht, laß mich in Frieden.

LA FONTAINE Wie ist es dir denn seit dem letzten Samstag gegangen?

JOHANNA Ihr seht ja selbst, wie es mir gegangen ist. So gut es eben ging. Der Bischof hat mir ein Stück Karpfen geschickt, aber da wurde mir schlecht davon.

LA FONTAINE Oh, das tut mir leid. Hör mich an. Du mußt dich beraten lassen; sei nicht so verstockt. Unter uns Beisitzern sind manche Männer, die dein Bestes wollen, verstehst du?

JOHANNA Nein.

LA FONTAINE Mach dich bereit, Johanna, dein Bischof kommt, das Verhör beginnt.

JOHANNA Wieder von Anfang an?

LA FONTAINE Es liegt an dir, wenn es lange dauert. Dein Bischof kommt. *Herein der Bischof, Massieu und der Schreiber.*

*La Fontaine leise zu den Eintretenden:* Hier sind unmögliche Zustände. Diese englischen Wachsoldaten...

BISCHOF Nun, das Kind ist an Soldatengesellschaft gewöhnt, es wird sich schon helfen. Herr Massieu!

LA FONTAINE Johanna, bevor wir dir Einsicht in die Anklageakte gewähren, wird der Herr Bischof eine Frage an dich richten.

*Auf einen Wink Massieus entfernen sich die Wachen und der Schreiber.*

BISCHOF Also du sagtest mir, wir, dein Bischof, setzen uns einer großen Gefahr aus, wenn wir dich zur Rechenschaft ziehen. Was hast du damit gemeint? Was für einer Gefahr setzen wir uns aus? Wir, dein Bischof und die anderen?

JOHANNA Über ein kleines werdet Ihr es erfahren.

BISCHOF Haben deine Stimmen dir etwas darüber gesagt?

JOHANNA Das gehört nicht zu Eurem Prozeß. Aber es könnte schon sein, daß jene, die mich aus der Welt forthaben wollen, noch vor mir gehen müssen.

BISCHOF Haben dir deine Stimmen eine Wendung versprochen?

JOHANNA Das habe ich schon beantwortet.

BISCHOF Wann wird das eintreffen?

JOHANNA Tag und Stunde weiß ich nicht.

BISCHOF Aber das Jahr.

JOHANNA Das bekommt Ihr jetzt noch nicht zu hören.

BISCHOF Ist es vor Johannis?

JOHANNA Fragt was anderes!

BISCHOF Was hast du zu Grey von der Wache gesagt?

JOHANNA Daß vor Allerheiligen ihnen allerhand zustoßen könnte.

*Auf einen Wink La Fontaines, der zu Johanna tritt, kehrt der Schreiber zurück.*

LA FONTAINE Haben dir die Stimmen versprochen, daß du aus dem Gefängnis befreit werden sollst?

JOHANNA *plötzlich fröhlich:* Meine Stimmen haben mir Hilfe zugesagt. Ich weiß zwar nicht, ob diese Hilfe bedeutet, daß ich noch aus diesem Gefängnis befreit werde, oder ob erst bei der Urteilsvollstreckung eine große Unruhe entsteht, wodurch ich dann doch noch befreit werde. Immer wieder sagen mir meine Stimmen, daß ich durch einen großen Sieg befreit werde.

LA FONTAINE Du glaubst also, daß du in der Gnade bist?

JOHANNA Bin ich nicht darin, wird mich Gott hineinsetzen. Bin ich darin, wird er mich darin halten. Ich wäre der unglücklichste Mensch auf der ganzen Welt, wenn ich wüßte, daß ich nicht in der Gnade Gottes stehe.

LA FONTAINE Aber als du aus deinem Turm hinaussprangst, wolltest du dich töten, wie?

JOHANNA Nein. Sondern fliehen!

LA FONTAINE *mit äußerster Eindringlichkeit:* Du glaubst also, daß du nie mehr todsündigen kannst?

JOHANNA Ich glaube bestimmt an mein Heil.

BISCHOF *erregt:* Wenn dir dein Heil gewiß ist, wozu willst du dann noch beichten?

JOHANNA Man kann sein Gewissen nie rein genug haben.

LA FONTAINE *nicht mehr gütig, beinahe wütend:* Ist das vielleicht keine Todsünde, einen Mann mit List gefangennehmen und dann den Gefangenen töten.

JOHANNA So etwas tat ich nie.

LA FONTAINE So? Und ein gewisser Franqué aus Arras, den man in Lagny auf deinen Befehl ermordete?

JOHANNA Den da? Der hat's verdient. War nach seinen eigenen Angaben ein Schuft, Spitzbub, Verräter. Ihn wollte ich austauschen lassen gegen einen guten Mann aus meiner Partei, den Herrn de l'Ours in Paris. Dieser Herr starb uns aber inzwischen. Es wäre Blödsinn gewesen, jetzt diesen Schuft von Franqué laufen zu lassen.

LA FONTAINE Hast du dem, der den Franqué ergriff, Geld ausgezahlt?

JOHANNA Ich bin kein Münzer und kein Schatzmeister in Frankreich, daß ich große Gelder auszahlen kann.

BISCHOF *heftig:* Johanna, wir halten dir vor, du hast

1. vor Paris gekämpft an einem Feiertag,
2. du bist von dem Turm in Beaurevoir in selbstmörderischer Absicht heruntergesprungen,
3. du hast den Tod des Franqué von Arras verschuldet,
4. du hast Männerkleidung getragen.

LA FONTAINE Siehst du in alledem keine Todsünde?

JOHANNA Ihr, Bischof von Beauvais, gebt sehr acht auf das, was Ihr tut! Ihr führt einen faulen Prozeß. Erstens, was Paris angeht, was bedeutet da der Feiertag schon? Ob das Sünde war, das gehört doch nicht zu diesem Prozeß, sondern in die Beichte. – Zweitens, ich sprang aus dem Turm nicht in Verzweiflung, sondern im Gegenteil, aus Hoffnung.

BISCHOF Und die Männerkleidung?

JOHANNA Solange ich hier bin, muß ich sie tragen. Gebt mir Frauenkleider, daß ich zu meiner Mutter zurück kann; dann will ich sie anziehen und heimgehen.

MASSIEU Was möchtest du lieber, Johanna, keine Messe hören oder in Frauenkleidern hören dürfen?

JOHANNA *ungeduldig:* Zwingt mich nur in ein Kleid wie so ein Bürgermädchen, mit einer langen Schleppe womöglich und mit so einem Frauenhut, wenn das unbedingt nötig ist, um die Messe zu hören. Danach reiße ich mir's vom Leib. Aber ich bitte Euch innig, laßt mich so, wie ich bin.

BISCHOF Es ist gesagt worden, du willst deine Mannskleider nur nicht ablegen, weil du etwas darüber erfahren hast, daß du befreit werden sollst?

JOHANNA Ich will jetzt überhaupt nichts mehr antworten. Lest alle meine früheren Antworten im Protokoll nach. *Sie wirft sich wieder auf ihr Lager.*

BISCHOF Gut. Schließen wir das Verhör. Übergebt die Anklageakte dem Gericht zur Fertigstellung.

## 4
## Wochenmarkt in Rouen

*Wochenmarkt in Rouen. Zwei Verkaufsstände. Die Bäuerin und ihr Sohn verkaufen Käse, Butter und Eier, die Fischfrau verkauft Fische. Ein Invalide spielt einen Dudelsack. Kunden, darunter Dr. Dufour und seine beiden Nichten. Ein englischer Soldat, bereits vollbepackt, deutet am Stand der Bäuerin auf sämtliche Waren. Er läßt sich 20 Eier, vier Käselaibe und zwei Ballen Butter aufladen. Er erlaubt der Bäuerin, aus seiner Tasche das Geld herauszufischen.*

DER SOLDAT Stop.

EINE ÄRMLICH GEKLEIDETE FRAU Zwei Eier.

BÄUERIN Die Eier sind alle, Madame.

*Der Soldat schleppt sich zum Stand der Fischfrau und kauft dort den größten Fisch. Freundlich grinsend geht er ab.*

FISCHFRAU Verrecken sollst du daran. *Zu Dr. Dufour:* Die Makrelen sind heute schön.

DR. DUFOUR *wählt aus:* Die da mit dem seelenvollen Auge. Sie muß auch Stimmen gehört haben. Sie haben ihr anscheinend geraten, nach der Angel zu schnappen.

EINE NICHTE *vom Stand der Bäuerin aus:* Onkel!

BÄUERIN Über Religion spaßt man nicht. Das Mädchen ist eine Hexe, basta.

EINE NICHTE Jawohl.

FISCHFRAU Ein Jammer, daß sie eine Hexe ist, wo sie doch gegen die Engländer ist.

BÄUERIN Ihre Stimmen kommen vom Teufel.

FISCHFRAU Bah, ihre Stimmen sagen scheint's nichts anderes als was alle Leute sagen. Nämlich, daß die Engländer aus Frankreich raus sollen.

SOHN Eine Heilige ist sie.

BÄUERIN Du hältst den Mund.

DR. DUFOUR *zu seiner Makrele:* Ob du nun eine Heilige warst oder eine Hexe, gefangen bist du, also wirst du gegessen.

FISCHFRAU Ganz richtig, Doktor, Hexe oder nicht, der Prozeß wird ihr gemacht, weil die Engländer ganz Frankreich schlucken wollen.

EINE NICHTE *sich ängstlich umblickend:* Kommen Sie, Onkel, Sie kompromittieren sich.

DR. DUFOUR Ah, Madame, Sie sind gegen die Jungfrau, weil sie eine Hexe ist. Wäre sie keine Hexe, wäre Madame Braillard für sie, weil sie eine gute Französin ist. Madame, ich kaufe jetzt ein halbes Pfund Ihrer katholischen Butter, und soeben sahen Sie mich Madame Braillards gut französischen Fisch erwerben. In meiner Pfanne werden sich diese Gegensätze zu einem delikaten Gericht vereinen, meine Damen.

FISCHFRAU Sie ändern sich nicht, Dr. Dufour.

DR. DUFOUR Warum soll ich mich ändern, Madame Braillard?

FISCHFRAU Das Mädchen könnte es Ihnen vielleicht sagen, warum, Dr. Dufour.

SOHN Sie soll dem Gericht ordentlich zu schaffen machen, hört man.

*Vier Kleriker, Beaupère, d'Estivet, Manchon und Lefèvre kommen über den Markt im Gespräch.*

MANCHON Na, was weiter?

BEAUPÈRE Nichts weiter, Schluß.

MANCHON Wie, Schluß?

BEAUPÈRE Das Gutachten der Pariser Fakultät ist eingetroffen.

D'ESTIVET Holz für den Scheiterhaufen, vernichtend für die Angeklagte.

BEAUPÈRE Schismatisch und häretisch in zwölf Punkten.

LEFÈVRE Man wird natürlich sagen, in Paris sitzen die Engländer ebenso wie in Rouen.

MANCHON Ah, Paris ist Paris.

DE COURCELLES Es soll auch ein Gutachten angekommen sein vom alten Gerson, günstig für die Angeklagte. Immerhin war dieser Mann für Jahrzehnte der berühmteste Kopf Europas. Bei allen Kirchenprozessen gab sein Gutachten den Ausschlag.

BEAUPÈRE Der alte Fuchs schielte immer mit einem Auge nach dem Volk. Den Hus in Konstanz hat er verbrennen lassen, aber diesmal ist es das Kind aus dem Volk.

MANCHON Kind aus dem Volk! Raffiniert wie zehn Theologen. Wie sie sich zum Beispiel hütet zu sagen, daß ihre Stimmen ihr geheißen haben, Männerkleidung anzulegen. Sie weiß, dann wäre sie verloren, denn dann wären eben die Stimmen unleugbar vom Teufel.

DE COURCELLES Auch dann hätten wir ihr nicht nachweisen können, daß sie mit dem Teufel zu tun hat, nachdem Lady Bedford persönlich festgestellt hat, daß sie virgo ist.

D'ESTIVET Es heißt, daß ihr Gemahl, unser guter Herzog von Bedford, durch eine eigens angelegte Öffnung im Fußboden sich dabei auch überzeugte.

*Gelächter. Sie gehen. Dr. Dufour hat dem Invaliden etwas ins Ohr geflüstert. Dieser nickt und spielt ein anderes Stück. Manchon gibt ihm eine Münze, wird aber von d'Estivet darauf aufmerksam gemacht, daß das Lied nicht freundlich gemeint ist.*

D'ESTIVET *zum Invaliden:* Schurke.

*Die Kleriker gehen böse ab.*

FISCHFRAU *singt mit:*

Der Bischof Cauchon von Beauvais
Ist ein Englishman jetzt, ich versteh
Aus Begeisterung und
Für fünftausend Pfund.

## 5

9. MAI 1431 IN DER RÜSTKAMMER DES KÖNIGLICHEN SCHLOSSES. JEANNE WIRD MIT DER FOLTER BEDROHT.

*Rüstkammer im Großen Turm des königlichen Schlosses. 9. Mai 1431. Der Bischof von Beauvais, sämtliche Beisitzer, der Henker, Johanna und die Wachen.*

BRUDER RAOUL *zum Bischof:* Dies ist Monsieur Dujardin, der Henker.

*Der Henker kniet vor dem Bischof nieder und küßt seinen Rocksaum. Der Bischof gibt ihm den Segen.*

BISCHOF Herr Jean de Chation, Professor der theologischen Fakultät in Paris.

CHATION Johanna, in aller Milde und Mäßigung, ohne jedes Gelüst nach Rache oder Züchtigung, wollen wir, einzig und allein bedacht auf dein Heil und deine Belehrung, zum letztenmal versuchen, deine Seele und deinen Körper zu retten.

JOHANNA Lest mal erst Eure Rede herunter, dann will ich antworten.

CHATION Sonst hast du nichts zu sagen?

JOHANNA Lest gleich die Anklageakten.

CHATION Deine Handlungen und Taten, niedergelegt in diesen Protokollen, Johanna, sind von uns aufs gewissenhafteste geprüft worden. Wir haben schwere Verfehlungen gefunden.

JOHANNA Ich weiß ja nicht, was Ihr in die Protokolle hineinflickt.

CHATION Willst du damit sagen, daß du uns, deine irdischen, von der Kirche bestimmten Richter, nicht anerkennst?

JOHANNA Eben dies.

CHATION Wenn du, Johanna, somit den Artikel Ecclesiam Sanctam Catholicam nicht anerkennst, kommst du durch Gerichtsbeschluß auf den Scheiterhaufen.

JOHANNA *ruhig:* Auch im Feuer kann ich nichts anderes sagen.

BISCHOF Johanna, wir haben dir gezeigt, wie bedenklich und gefährlich es ist, neugierig die Dinge zu erforschen, die über das Begriffsvermögen eines Menschen hinausgehen, und neuen Dingen zu glauben und sogar neue und ungewöhnliche Dinge zu ersinnen, denn die Dämonen verstehen es, sich in solche Neugierde einzuschleichen.

CHATION Alle gelehrten Herren und Doktoren der Universität Paris haben als pure Lüge und Einbildung erkannt, was du von deinen Stimmen und Erscheinungen berichtet hast. Ohne auf unsere Belehrungen zu hören, hast du dich in deinem Hochmut für würdig befunden, von Gott selbst direkt Stimmen und Eingebungen zu empfangen. Solche Stimmen hast du selbst erlogen, ohne darauf zu achten, daß Gott hochmütige Menschen, wie dich, durch teuflische Visionen versucht. Deshalb ermahnen wir dich, deine Eitelkeit zu bezwingen, deine Lügen aufzugeben. Wenn du dich aber heute der Kirche nicht unterwirfst, ist deiner Seele das ewige Feuer sicher und deinem Körper das zeitliche.

JOHANNA Glaubt Ihr, mich durch solche Reden einzuschüchtern und weich zu machen?

BISCHOF Herr La Fontaine.

LA FONTAINE Johanna, liebste Schwester. Laß es doch nicht zum Schlimmsten kommen. Wenn dir auch Stimmen wirklich erschienen sind, teure Schwester, füge dich der Meinung der Universität Paris, die alle deine Stimmen als Einbildung und Unsinn erklärt hat. Was hättest du gesagt, wenn einer deiner Kriegsleute dir erklärt hätte, ich gehorche den Ordern der Offiziere meines Königs nicht mehr? Was kannst du von dir selbst halten, da du den Eingesetzten deiner Kirche nicht mehr gehorchst? Gib deinen Widerstand auf, liebe Schwester, denn deine Seele wird sonst ewige Qualen erleiden. Und ich fürchte auch sehr für dein Leben. Unterwirf dich also! Ich bitte dich innig, damit wir Seele und Körper retten können. Du mußt wissen, Johanna, wir unterscheiden die triumphierende Kirche von der kämpfenden Kirche. Die triumphierende, das sind Gott und seine Heiligen und alle erlösten Seelen. Die kämpfende, das ist unser Heiliger Vater, die Kardinäle, Prälaten, Bischöfe, Pfarrer, alle Christen. Diese Kirche, auf Erden versammelt, vom Heiligen Gott geleitet, ist unfehlbar. Willst du dich ihr unterwerfen?

*Johanna schweigt.*

BISCHOF Ich frage dich nochmals, Johanna, willst du dich der Kirche unterwerfen?

JOHANNA Was ist das überhaupt, Kirche? Nein. Euch Richtern hier unterwerfe ich mich nicht.

BISCHOF Willst du dich dem Papst unterwerfen?

JOHANNA Führt mich vor ihn, daß ich ihm antworte.

BISCHOF Unterwirfst du dich dem Konzil zu Basel?

JOHANNA Was ist das für ein Ding, Konzil zu Basel?

LEFÈVRE Das ist eine Vereinigung und Vertretung der gesamten Kirche. Dort gibt es also sowohl Leute der englischen wie deiner Partei.

JOHANNA Nun, denen könnte ich mich eher fügen.

CHATION Basel!!

LEFÈVRE Es ist ihr gutes Recht.

CHATION Das kommt nicht in Frage.

BEAUPÈRE Wo denken Sie hin?

BISCHOF Wer hat das Mädchen inzwischen beraten?

MASSIEU Niemand.

MANCHON Warum wird sie gefragt?

SCHREIBER Kann man die Unterwerfung also endgültig protokollieren?

BISCHOF Nein, warte.

JOHANNA Günstiges laßt Ihr nicht aufschreiben.

BISCHOF Schweig! – Da du, Johanna, unseren Ermahnungen unzugänglich bist und die Wahrheit weiter leugnest, sind wir gezwungen, dich der Folter zu unterziehen. Zeigt der Angeklagten die Werkzeuge!

*Die Wachen führen Johanna vor den Tisch mit den Werkzeugen.*

D'ESTIVET Gib doch nach, Mädchen!

MANCHON Unterwirf dich, Johanna!

LA FONTAINE Du nützest niemand!

CHATION Hier, Johanna, stehen die Knechte bereit, um dich

mit Gewalt zur Wahrheit zu führen, damit du auf diesem Wege zum Heil deiner Seele gelangen kannst.

*Johanna wird ohnmächtig. Man bringt sie wieder nach vorn.*

JOHANNA Wenn Ihr mit diesem Zeug meine Glieder in Stücke brecht und meine Seele aus meinem armen Fleisch herauszwängt, sage ich Euch auch nichts anderes. Und wenn ich doch etwas anderes sagen sollte, dann sage ich ganz gewiß nachher, daß es mir mit Gewalt erpreßt wurde.

MASSIEU *leise:* Soll man?

LA FONTAINE *leise:* Ah! Ersparen wir es ihr.

BISCHOF *laut:* In Anbetracht der völligen Herzenshärte dieser Person und der Art und Weise ihrer Antworten fürchten wir Richter, daß die Folter ihr nichts mehr nützen wird und wir daher ihrer Anwendung entraten können. Führt sie ins Gefängnis zurück.

*Johanna wird hinausgeschleift.*

## 6

SONNTAG IM GEFÄNGNIS LA TOUR DES CHAMPS. JEANNE HÖRT EIN TANZLIED UND KENNT NICHT DIE WORTE.

*Gefängnis. Johanna liegt auf der Pritsche. Weit weg spielt ein Dudelsack das Lied vom Bischof Cauchon als Tanzweise.*

JOHANNA Weshalb sind die Leute so lustig?

WACHE Weil Feiertag ist. Warum sollen da die Leute nicht lustig sein?

JOHANNA Ja.

## 7

JEANNE GLAUBT SICH VOM VOLK VERGESSEN. ABER AUF DEN MARKTPLÄTZEN UND IN DEN WEINSTUBEN BEGINNT DAS VOLK, SIE ZU VERSTEHEN.

*Die Weinschenke »Zum Fischzug Petri«. – Die Bauernfamilie aus der Umgebung verzehrt ihr Essen. – Der Reisende. Ein junger, schäbig gekleideter Geistlicher. Das lockere Mädchen. Der elegante junge Herr. Der Wirt. – Dudelsackmusik.*

REISENDER Ich sehe, hier sind anständige Leute. Kann hier jemand lesen?

DER GEISTLICHE Was ist es?

REISENDER Es ist eine Abschrift ihres Briefes an die Engländer, bevor sie Orléans stürmte. Ich weiß nicht, ob Sie so etwas vorlesen wollen.

DER GEISTLICHE Sieht meine Soutane aus, als ob sie mit englischem Geld bezahlt worden wäre? *Er liest:*
»Jesus Maria!
Ihr, König von England, und Ihr, Herzog von Bedford, die Ihr Euch Regenten des Königreichs Frankreich nennt, und Ihr andern, William Pole, Graf von Suffolk, John Talbot, Thomas Lord von Scales, die Ihr Euch Leutnants des besagten Herzogs von Bedford nennt, gebt dem König im Himmel sein Recht und gebt sogleich die Schlüssel aller festen Städte zurück, die Ihr Frankreich genommen und denen Ihr Gewalt angetan habt. Die Jungfrau ist im Namen Gottes gekommen. Sie ist bereit, den Frieden zu schließen, wenn Ihr nur Frankreich verlaßt und auch dafür zahlt, daß Ihr hier wart. Und Ihr, alle miteinander, Bogenschützen, Kriegsleute und so weiter, die Ihr vor unserer Stadt Orléans seid, bei Gott, kehrt in Euer Land zurück. Wenn Ihr das nicht tut, dann könnt Ihr die Jungfrau erwarten, die demnächst bei Euch vorbeikommen wird, zu Eurem sehr großen Schaden.«

LOCKERES MÄDCHEN Die ist gut.

DER GEISTLICHE »König von England, wo ich immer Eure Leute auf Frankreichs Boden ertappe, werde ich sie wegjagen, ob sie es wollen oder nicht. Und wenn sie es nicht wollen, werde ich sie alle töten lassen. Wo wir Euch immer finden werden, werden wir dreinhauen und solchen Lärm schlagen, daß es mindestens tausend Jahre in Frankreich nichts dergleichen gegeben hat. Geschrieben heute, Dienstag in der Woche vor Ostern ... Johanna.«
Unbezwinglich.

ENGLISCHER SOLDAT *kommt herein und verlangt ein Getränk:* Evening.

DER GEISTLICHE Gelobt sei Jesus Christus.

BAUER *pflanzt sich halbbetrunken vor dem englischen Soldaten auf:* Bist du ein Knecht des Herzogs von Bedford, dann höre: der Herzog von Bedford ist ein Säufer.

BÄUERIN Guillaume!

DER ELEGANTE HERR Komm, Lisette!

*Sie verlassen die Schenke.*

BAUER Er säuft noch und noch und aus vollen Gläsern, und er kann nichts als Steuern aufbrummen und das Volk fressen.

*Englischer Soldat ab, mit dem Gesicht zurückgewandt. Großes Gelächter.*

DER GEISTLICHE Gib mir den Brief!

## 8

IN DER PFARRKIRCHE BEIM FRIEDHOF SAINT OUEN. BEDROHT MIT DEM SCHEITERHAUFEN UND ZERMÜRBT VON DEM GEFÜHL VÖLLIGER VERLASSENHEIT UNTERSCHREIBT JEANNE EINEN WIDERRUF. ES IST DER 24. MAI 1431.

*Pfarrhaus beim Friedhof Saint Ouen. 24. Mai. La Fontaine. Johanna wird hereingetragen. Wachen und ein englischer Offizier. Glocken, Getöse einer Volksmenge wird hörbar, wenn Johanna hereingetragen wird.*

LA FONTAINE *tritt zu ihr:* Glaub mir, Johanna, du könntest auch jetzt noch gerettet werden.

*Herein der Bischof, Massieu, Beaupère, Maître Erard. Man hört wieder Glocken und Getöse.*

LA FONTAINE Johanna, du befindest dich in der Pfarrkirche des Friedhofs Saint Ouen. Fasse dich, liebe Schwester, auf dem Platz draußen ist der Scheiterhaufen errichtet.

JOHANNA *sehr leise:* Heiliger Michael.

BISCHOF Maître Erard, wir sind Euch Dank schuldig, daß Ihr Eure Reise aufgeschoben habt. Ihr hattet gestern abend einen besseren Eindruck von ihr?

MAÎTRE ERARD Gott wird helfen. – Ihr körperlicher Zustand ist nicht der beste. Sie fragt jetzt ständig, wie die Bevölkerung ihren Prozeß aufnimmt – bewegt oder unbeteiligt. Einige Versuche ihrer Parteigänger, mit ihr Verbindung herzustellen, sind vereitelt worden. Es beunruhigt sie sehr, daß ihre Stimmen ausbleiben. Hat man ihr genügend eingeschärft, daß sie heute …

LA FONTAINE Sie weiß es seit heute früh drei Uhr.

MASSIEU Hier sind die drei Schriftstücke. Dies ist das Urteil, wenn sie widerruft. *Gibt es dem Bischof.* Dies ist das Urteil, wenn sie nicht widerruft. *Gibt es Maître Erard.* Dies ist der Widerruf. Fordert sie auf, zu unterschreiben, damit dies Urteil keine Gültigkeit gewinnt.

BISCHOF Maître Erard! Herr Massieu.

MAÎTRE ERARD Es ist alles besprochen, liebe Schwester. Dein König ist ein Irrgläubiger, er hat dich auch vergessen. Deine Erscheinungen sind Gaukeleien, das sagen die Gelehrten, die es wissen, du weißt nichts. Deine Mannskleider darfst du ablegen, es ist niemand gekommen, dich zu befreien, mit einem Pferd für dich. Deine Stimmen haben dich getäuscht, und sie kommen ja auch schon nicht mehr, ich weiß es. Waren sie heute da? Kamen sie gestern?

JOHANNA Nein, nicht gestern.

MAÎTRE ERARD Und vorgestern, Kind?

JOHANNA Da nicht.

MAÎTRE ERARD Siehst du, wie sie dich verlassen, aber der Scheiterhaufen ist da. Und hier halte ich ein Schriftstück, wenn du dich fügst und das unterschreibst und widerrufst, dann wirst du aus dem Gefängnis befreit werden.

JOHANNA *weinend:* Ich habe nichts Böses getan.

MAÎTRE ERARD Wenn du aber nicht unterschreibst, dann ist es das Feuer, Schwester. *Auf ein Zeichen von ihm wird das Tor geöffnet, und die Glocken und das Getöse werden hörbar.* Willst du da nicht lieber bei deiner Mutter, der Kirche, bleiben; denn es steht geschrieben: Gleich wie die Rebe kann keine Früchte bringen von sich selber, sie bleibe denn beim Weinstock. *Johanna antwortet nicht.* Du bist es, Johanna, zu der ich spreche.

*Auf ein Zeichen von Massieu wird das Tor geschlossen.*

MASSIEU Ich bitte Euch um Entschuldigung, wenn ich irre, aber ich glaubte, sie sagen zu hören: »Dann will ich es tun.« *Alle treten zu Johanna.* Sie sagt: Wenn das Konzil von Basel entscheidet, daß sie unterschreiben soll, will sie es tun.

BEAUPÈRE Nein, liebe Schwester, du mußt es jetzt tun.

JOHANNA Ich kann aber nicht auf.

BEAUPÈRE Ich stütze dich.

CHATION Hier unterschreib.

JOHANNA Ich kann ja nicht schreiben.

LA FONTAINE Ich führ dir die Feder.

CHATION Schnell, unterschreib.

JOHANNA Ich will's erst bedenken.

BEAUPÈRE Draußen steht der Henker. Er hat schon die Fackel.

LA FONTAINE Unterschreib. Unterschreib.

JOHANNA Mir ist nicht gut.

LA FONTAINE Mut, Mut, Johanna.

CHATION Du mußt unterschreiben.

JOHANNA Wo, ich kann nichts sehen. *La Fontaine führt Johanna die Feder, sie unterschreibt.* Ich will lieber unterschreiben als verbrannt werden.

BISCHOF Ein guter Tag, Mädchen. Leib und Seele gerettet! *Zu Massieu:* Gib mir das andere Urteil.

BEAUPÈRE Deine Stimmen haben dich verführt, Kind.

JOHANNA Ja, ich merke wohl, daß sie mich getäuscht haben.

BISCHOF *schnell:* Gebt der Gefangenen Frauenkleider und führt sie ins Gefängnis zurück.

*Zwei Nonnen sind eingetreten. Ein Schirm wird gebracht. Die Nonnen ziehen der schwankenden Johanna Frauenkleider an.*

BISCHOF Bruder Raoul! Laßt Mylord ausrichten, daß sie widerrufen hat. *Verliest sehr schnell das andere Urteil, das er von Massieu erhalten hat.* Nachdem du, Johanna, mehrmals geduldig von uns ermahnt wurdest, hast du endlich mit offenem Mund deine Irrtümer widerrufen und bist öffentlich von ihnen abgerückt. Deshalb wirst du wieder in die Kirche aufgenommen. Da du dich aber gleichwohl aufs schwerste gegen die Kirche vergangen hast, wirst du zu lebenslänglichem Kerker verurteilt, zum Brot des Schmerzes, zum Wein der Tränen, aber immer unseres Mitleids gewärtig. Dieses ist der endgültige Gerichtsbeschluß.

*Der englische Beobachter mit dem Offizier ist eingetreten.*

DER ENGLISCHE BEOBACHTER Goddam! The witch has to be burned at once! Go and tell him.

DER ADJUTANT Das ist Verrat am König.

BISCHOF Ich werde hier beschimpft. Ich verlange Genugtuung.

DER ADJUTANT Ihr laßt das Mädchen entkommen.

BISCHOF Das ist erlogen!

DER ADJUTANT Mit dem Mädchen muß sofort Schluß gemacht werden.

BISCHOF Den Schluß bestimme ich.

DER ENGLISCHE BEOBACHTER No. *Er geht ab.*

MASSIEU Wohin soll sie geführt werden?

BISCHOF Dahin, wo Ihr sie genommen habt. *Ab.*

MASSIEU Führt sie ins Gefängnis zurück.

JOHANNA Aber Ihr habt gesagt, ich soll befreit sein.

GREY Komm nur ruhig wieder mit zurück, Kindchen. Wie du niedlich aussiehst in deinem schönen Kleid.

## 9

## Auf dem Friedhof Saint Ouen erfährt die wartende Menge Jeannes Umfall

*Marktplatz von Rouen. Eine Menge, wartend.*

INVALIDE Wird sie heute verbrannt oder nicht? *Zuckt die Achseln.*

ENGLISCHER SOLDAT Das geht wieder endlos. Sollen wir vielleicht auf diesem Platz zu Mittag essen?

ENGLISCHER SOLDAT Goddam!

SCHWÄGERIN Sie werden nicht fertig mit ihr. Die hält den Hals gerade.

KIND Warum hören die Glocken auf?

BÄUERIN Weiß nicht.

ENGLISCHER SOLDAT Im »Roten Löwen« ist es teurer, aber im »Fischzug Petri« kochen sie mit Knoblauch.

ENGLISCHER SOLDAT Sie kochen mit Knoblauch, weil sie uns nicht im Lokal haben wollen.

*Ein englischer Soldat tritt zu den Soldaten und erzählt etwas. Sie lachen.*

LOCKERES MÄDCHEN Henry, was ist los?

SCHWÄGERIN Was lachen die englischen Soldaten?

*Die Soldaten ziehen ab.*

ENGLISCHER SOLDAT Geht nach Hause. Eure Jungfrau hat widerrufen. Sie ist gar keine.

REISENDER Was ist das wieder für ein Schwindel?
LOCKERES MÄDCHEN Aus. Die Glocken haben ja auch schon aufgehört!
SCHWÄGERIN Wird sie dann gar nicht verbrannt?
SOHN Sie kann doch nicht widerrufen, was wahr ist. Sie kann doch nicht einen solchen Verrat begehen.
INVALIDE Nein, sie hat widerrufen.
WIRT Sie hat ihre Haut gerettet.
BÄUERIN Ist jetzt schon Schluß? War das alles?
BAUER Na, sie hat widerrufen. Gehn wir heim.
BÄUERIN Eugène.
WEINHÄNDLER Sie ist gar keine! *Er lacht.*
*Eugène rempelt ihn mit der Bank, die er wegträgt, an.*
FISCHFRAU Was haben sie mit dem Mädchen angestellt?

## 10
## In Rouen ist es zu Schlägereien gekommen und der Bischof Cauchon von Beauvais erhält eine bestürzende Nachricht

*Im Haus des Bischofs. Der Bischof beim Essen. Massieu.*

BISCHOF Diese Dummköpfe von Engländern wissen immer noch nicht, was für einen Dienst ich ihnen erwiesen habe. In Frankreich einzudringen, das mögen sie verstehen, aber nicht in die Seelen der Franzosen.
MASSIEU Durch Eure Geschicklichkeit haben sie jetzt einen Gegner weniger, und die Kirche hat keinen Märtyrer mehr.
GEISTLICHER Mein Bischof. In der Stadt ist große Unruhe. Das Volk rottet sich am Hafen zusammen, es prügelt sich mit den englischen Seeleuten. Verschiedene Wachposten sind überfallen worden. Die Engländer verlangen Genugtuung.
BISCHOF Ich kann mich nicht auch noch um Raufereien kümmern. Die Engländer sollen ihre Posten verstärken.
GEISTLICHER Mein Bischof, sie geben uns die Schuld. Dem Gerichtsverfahren. Der Herzog von Bedford soll krank vor Wut sein.
BISCHOF Der Herzog von Bedford hat Ärzte genug. Außerdem

war er schon vorher leberkrank. Das macht seine Lebensweise. Noch etwas?

GEISTLICHER Die Englischen melden, sie hat heute früh wieder Mannskleider angezogen.

MASSIEU Sie muß von den Unruhen gehört haben.

BISCHOF *legt entsetzt die Serviette weg:* Wasser!

*Der Geistliche reicht ihm die Schüssel zum Reinigen der Hände.*

## 11

## Im Gefängnis La Tour des Champs. Jeànne hat die Stimme des Volkes vernommen und setzt ihren Kampf fort.

*Gefängnis. Johanna wieder in Männerkleidung. Herein der Bischof von Beauvais und La Fontaine.*

BISCHOF Du hast wieder Männerkleidung angelegt.

LA FONTAINE Warum tust du uns dieses Leid an? Liebste Schwester, wir können dich jetzt nicht mehr retten. Du hast dein Versprechen gebrochen; du bist rückfällig, du bist endgültig verloren.

JOHANNA Gab ich Euch je ein solches Versprechen?

BISCHOF Hast du vielleicht inzwischen auch wieder Stimmen gehört?

JOHANNA Ja.

BISCHOF Und was sagten sie?

JOHANNA Daß ich an meiner Sache einen großen Verrat beging.

BISCHOF Aber du hast vor allem Volk widerrufen.

JOHANNA Weil ich gar nicht verstand, was ein Widerruf vor allem Volk bedeutet. Ich widerrief nur aus Angst vor dem Feuer. Aber in der Schlacht fürchtete ich das Feuer nicht, denn da war ich nicht allein, sondern um mich waren meine Leute. Nur, jetzt zweifelte ich am Volk, daß ich stürbe, und sie tränken ihren Wein. Sie aber wußten alles von mir, immer, da war nichts umsonst.

BISCHOF Was soll das, was die Faßbinder und Fischweiber wissen?

JOHANNA Bischof, da wird ein Tag sein, da werden die Weinbauern der Touraine mit den Schiffern der Normandie zusammensitzen, und Euch wird's nicht mehr geben. In ganz Frankreich wird man die suchen, die es für 20 Silberlinge verkaufen wollten.

BISCHOF Du bist also hartnäckig und rückfällig.

JOHANNA Ich bin es.

BISCHOF Johanna, du bist wiederum in die alten Irrtümer und Verfehlungen zurückgefallen, gleich dem Hunde, der zu seinem Auswurf zurückkehrt. Die Kirche kann dich nicht länger verteidigen, farewell, farewell! *Ab.*

## 12
## Früh am Morgen des Hinrichtungstages in der Weinschenke »Zum Fischzug Petri«

*Weinschenke »Zum Fischzug Petri«. Der Wirt bringt dem Reisenden das Frühstück.*

WIRT Heute ist es also.

REISENDER Kennst Du Alphonse, den Gerber aus Cognac?

WIRT Sieh mal an, jemand, der uns Grüße bringt von Alphonse aus Cognac. Wie geht es seinem Geschäft?

REISENDER Wie soll es einem anständigen Menschen gehen in dieser Zeit?

WIRT Ja, wir strengen uns auch an. – Ihr wohnt zwei Monate im »Fischzug Petri«, warum bringt Ihr erst heute die Rede auf Alphonse? *Trinkt.*

REISENDER Alphonse hat mir gesagt, geh zu François vom »Fischzug Petri«, dort findest du Rat für schlechterdings alles.

WIRT Das ist zuviel für mich, schlechterdings alles. Für was denn Besonderes?

REISENDER Wie komme ich heute abend aus der Stadt heraus?

WIRT Die Stadt ist für Prozeßdauer und bis nächsten Sonntag für Fremde geschlossen. – Ihr hättet allerhand Tröstliches zu berichten, wie? Der Abt von Saint Ignaz gibt den Pilgern einen Passierschein, die sich ihr Seelenheil durch ein Gebet auf dem Grabmal der heiligen Therese in Abbeville sichern müssen.

REISENDER Also Leuten wie mir.

WIRT Werdet Ihr zurückkommen in diese Gegend?

REISENDER Ja.

WIRT Und dann werden vermutlich allerhand unbeliebte Leute von hier weggehen müssen, denn Ihr werdet diesmal nicht mehr nur mit einem Brief kommen, sondern mit allerhand Freunden in eisernen Anzügen, wie?

## 13

AM 30. MAI 1431 WIRD JEANNE D'ARC DEM HENKER ÜBERGEBEN

*Gefängnis. Johanna. Eintritt Massieu.*

MASSIEU Johanna, der Bischof von Beauvais schickt mich, um dich auf deinen Tod vorzubereiten.

JOHANNA Ja.

MASSIEU Hast du Angst vor dem Tode?

JOHANNA Ja sehr.

MASSIEU So bereust du?

JOHANNA Nein.

MASSIEU Johanna, angesichts des Todes, hältst du deine Stimmen immer noch für wahr?

JOHANNA Ja.

MASSIEU Aber, Johanna, haben denn diese Stimmen nicht gesagt, daß du aus diesem Gefängnis für immer befreit wirst?

JOHANNA Werde ich nicht noch heute für immer aus diesem Gefängnis befreit werden?

MASSIEU Aber, Johanna, haben sie dir nicht deine Befreiung verkündigt?

JOHANNA Bin ich nicht befreit von der Todesangst? Bin ich nicht befreit von der Angst vor den Machthabern?

*Eintreten feierlich der Bischof von Beauvais und sämtliche Richter und Beisitzer des Prozesses.*

BISCHOF Wir sind am Ende. Johanna hast du noch etwas zu sagen?

JOHANNA Ja. Wenn man auch jetzt das Feuer ansteckt und das Holz brennt, und der Henker facht es an, auch dann will ich nichts anderes sagen, als ich immer gesagt habe.

BISCHOF Führt sie auf den Scheiterhaufen.
*Der Henker kommt vor.*
MASSIEU Das ist nicht ordnungsgemäß, Herr. Ihr müßt selbst den Befehl laut begründen.
BISCHOF *gequält:* Führt sie weg, führt sie weg!
*Der Henker führt Johanna ab.*

14

AUF DEM MARKTPLATZ VON ROUEN, IN GEGENWART EINER RIESIGEN MENSCHENMENGE, WIRD DIE JUNGFRAU VERBRANNT. MIT IHREM SCHEITERHAUFEN FLAMMT DER WIDERSTAND GEGEN DIE FEINDLICHE BESATZUNG UND IHRER HELFER ERST RECHT AUF.
WENIGE JAHRE SPÄTER SIND DIE ENGLÄNDER VERTRIEBEN. DIE EINHEIT FRANKREICHS IST HERGESTELLT.

*Marktplatz von Rouen. Riesige Menge.*

LOCKERES MÄDCHEN Hu, hu!
SCHWÄGERIN Sie ist klein zwischen den Männern.
BAUER Halt das Kind hoch!
SOHN Glaubst du, daß sie große Angst hat?
JUNGER KAPLAN Wir haben Angst, sie nicht.
KIND Es ist doch Tag. Warum hat der Mann dort eine Fackel?
ÄLTERE NONNE Das ist der Henker, mein Kind. Er hält die Fackel bereit, um den Scheiterhaufen für die Hexe anzustekken.
DER ELEGANTE HERR Seht den Herzog von Bedford, er lacht und freut sich. Er hat seine 12000 Pfund für die Jungfrau nicht umsonst gegeben.
SOHN Kardinäle und Herzöge, eine Sorte. Englische und französische Herren, eine Sorte.
BAUER Du bist still.
WACHE Wer war es?
FISCHFRAU *deutet auf die Nonnen:* Die ältere!
*Lachen.*
STIMME DES BISCHOFS Wir, Bischof von Beauvais, erklären dich, Johanna, als rückfällig und ketzerisch und durch diese

Erklärung aus der Kirche ausgestoßen, gleichzeitig aber betend, daß gegen dich das himmlische Urteil gemildert werde, nach deinem Tod und der jetzt sofort folgenden Zerstörung deines Körpers.

HANDWERKSMEISTER Alles für 5000 Pfund!

ENGLISCHER SOLDAT Ruhe! Na, endlich, endlich.

*Glocken.*

WACHEN Drängt doch nicht, der Scheiterhaufen ist hoch genug, wir können sie alle sehen.

FISCHFRAU Schweinehunde! Der Scheiterhaufen ist hoch genug, damit sie lang leiden muß.

ENGLISCHER SOLDAT Daß man das Volk so dicht bei läßt.

ENGLISCHER SOLDAT Du hast doch keinen Spieß. Laßt sie den Rauch nur schmecken.

LOCKERES MÄDCHEN Jetzt!

*Nonnen, Englischer Gruß.*

ENGLISCHER SOLDAT Schluß. Gehn wir heim. Kommt, was glotzt Ihr noch. Mehr wie brennen kann sie nicht.

BAUER Wein doch nicht so. Sie spürt ja nichts mehr.

LOCKERES MÄDCHEN Sie schreit aber doch noch.

ENGLISCHER SOLDAT Der steht der Mund bis zuletzt nicht still.

SCHWÄGERIN Sie schreit auch nicht mehr.

HANDWERKSMEISTER Dort brennt Frankreich.

JUNGER KAPLAN Es brennt nicht, es leuchtet.

KOMMANDO Platz räumen!!

ENGLISCHER SOLDAT Zurück! Zurück! Zurück!

SOHN Das werden wir bald euch zurufen, Ihr Hunde!

ENGLISCHER SOLDAT Der dort ist es! Halt ihn, Jonny!

FISCHFRAU Meine Fische! Meine Makrelen!

EIN MANN Man hat mich von hinten gestoßen.

JUNGER KAPLAN Das ist wahr, ich habe es gesehen!

LOCKERES MÄDCHEN Jonny, geh heim!

FISCHFRAU Laßt uns unsere Fische in Ruhe essen! Geht heim!

DER ELEGANTE HERR Was hat der Mann dort?

*Der Henker kommt verstört auf die Bühne, den Scheiterhaufen anstarrend.*

HENKER Schlagt mich tot, schlagt mich tot!

BAUER Was will der Mann?

HENKER Ich habe die Fackel gehalten. Ich habe das Holz angesteckt. Ich habe das Mädchen verbrannt. Schlagt mich tot!

BAUER Warum soll man dich totschlagen?
HENKER Ich habe das Mädchen verbrannt! Verstehst du nicht?
FISCHFRAU Wir sind alle schuld, Dummkopf!
LOCKERES MÄDCHEN Wir schauen zu.
HENKER Aber ich hätte es nicht tun sollen! Was wird jetzt aus mir werden?
FISCHFRAU Und was aus uns?
HENKER Ich, ich, ich hätte es wissen müssen! Selbst ich hätte es wissen müssen!

[ANHANG]

[Die Szenen 1, 12 und 17 der erweiterten Fassung von 1954]

1

*Vor einem Hof in der Touraine keltern zwei Mädchen Trauben.*

DIE MÄDCHEN *singen:*

1
Welch ein Ruhm ward unserem Geschlecht!
Es wurd offenbar wie Gott es schätzet
Als ein gutes Volk, schon auf den Tod geschwächt
Und durch seine Obern in Schwachheit versetzet
Jetzt durch eine Jungfrau zu sich selber fand.
Was kein Mann vollbrachte, ist durch sie geschehen:
Die Verräter stehen bloß vor allem Land
Und ihr Aussatz ist nun männiglich zu sehen.

2
Wunderbarlich Mädchen du, Jeanne d'Arc
Sechzehn Jahre kaum, geborn an kargem Herde
Der kein Spieß zu schwer ist und kein Feind zu stark
Kraft gibt dir die Schlacht und Ruh die nackte Erde.
Schnöd bist du im Kampfe, klug im Streit.
Deine Feinde fliehn vor dir in schwarzem Grauen
Keiner hält mehr stand, sie rennen weit
Und der Augen sind da viele, die es schauen.

3
Viele freilich, die betrübet sind
Können auch die Jungfrau nun nicht gleich verstehen
Denn es werden dem, der weint, die Augen blind
Steht er gleich im Lichte, kann er doch nicht sehen.
Viele aber sind jetzt in der Jungfrau Schar
Und sie kommen in die Schlacht als wie zum Tanz
Und die Feinde schüttelt von sich die Loire
Und die Sonne Frankreichs strahlt in neuem Glanz.

4
Ach, ihr Schurken, ihr Verräter all
Von den viel zu Duldsamen zu lang geduldet
Die ihr Englands Glück und Frankreichs Fall

Seine Schmach und Armut habt verschuldet:
Für das Unrecht kämpft ihr anstatt umgekehrt
Darum hört jetzt gut, was ich euch sage:
Bleibt ihr Sklaven unsrer Feinde unbelehrt
So bedenket wohl das Ende eurer bösen Tage!

JACQUES LEGRAIN *herein:* Sie haben sie gefangengenommen vor Compiègne. Man hat sie in einen Käfig gesperrt und schleppt sie nach Rouen. Jetzt ist alles aus. Packt mir mein Felleisen.

EINES DER MÄDCHEN Wohin gehst du?

JACQUES LEGRAIN Ein Pfund Makrelen kaufen in Rouen.

## 12

*Weinschenke »Zum Fischzug Petri«. Der Wirt. Das Fischweib. Der elegante Herr. Das lockere Mädchen.*

DER ELEGANTE HERR Ich bin nicht für die Engländer. Alles, was ich gesagt habe, ist nur: daß man ein Türschloß nicht gleich mit der Axt sprengen muß – man könnte es danach wieder benötigen. Die Darmwäscher und Kloakenreiniger geraten in patriotische Wallungen, schön von ihnen. Sie rempeln die englischen Wachen an, ausgezeichnet. Nur: wo führt das hin? Wo werden sie haltmachen? Das Tor eines Wachlokals unterscheidet sich schließlich nicht so sehr von dem Tor meines Hotels. Die Engländer sind ein ungeschlachtes Pack, sehr wenig Kultur da, sie machen die unverständlichsten Fehler in der Behandlung der Bevölkerung, zugegeben, aber im Augenblick sind sie es, die die Ordnung aufrechterhalten.

DAS LOCKERE MÄDCHEN *zum Fischweib:* Er spricht von Ordnung, das hab ich gern. Er zahlt seit Wochen meine Miete nicht.

DAS FISCHWEIB *beruhigt sie:* Komm, komm, Blanche.

DER ELEGANTE HERR Man muß seinen kühlen Kopf bewahren. Ein Platz für jede Sache, jede Sache an ihren Platz. Ich beauftrage nicht meinen Schweinemetzger, mir mein Souper zuzubereiten.

DAS LOCKERE MÄDCHEN Zahl die Miete.

DER ELEGANTE HERR Ein Bauernmädchen, so raffiniert sie sein mag, bleibt immer ein Bauernmädchen. Die politischen Beziehungen zwischen Frankreich und England, mein Gott, das ist doch kompliziert, das sind doch Verflechtungen historischer Art; wie soll das Bauernmädchen sich da auskennen?

DAS LOCKERE MÄDCHEN Zahl die Miete.

JACQUES LEGRAIN *tritt ein:* Am Handelshafen hat es Krach gegeben. Die Lastträger an der Korvette Glorious haben sich geweigert, zwei Belagerungsmaschinen abzuladen. Der Herzog von Bedford hat schon seine Wachthunde losgelassen, aber denen setzen die Hafenarbeiter schlimm zu. Ein petit blanc! *Er setzt sich.*

DER WIRT Ob ich die Bude schließe? Die haben hier schon einmal alles kurz und klein geschlagen.

DAS FISCHWEIB *lacht:* Was macht da der Bischof?

DER ELEGANTE HERR Sie lachen, Madame? Jetzt habe ich genug. Jetzt werde ich einmal offen sprechen. Es muß reiner Tisch gemacht werden, in Rouen. *Lachen, Getuschel, Blicke.* Nächstens kann man sich mit einem sauberen Jabot nicht mehr auf der Straße zeigen.

DAS LOCKERE MÄDCHEN Besonders wenn man die Wäscherin nicht bezahlt hat!

DER ELEGANTE HERR Da! Da ist er, der Aufruhr! Aber das wird niedergeschlagen werden, ausgestampft, ausgerottet!

DAS FISCHWEIB No, no, lassen Sie unsere Blanche noch ein Weilchen am Leben.

DAS LOCKERE MÄDCHEN Du willst also nicht zahlen.

DER ELEGANTE HERR Das ist ja ein Räubernest hier.

DER WIRT Hö!

DER ELEGANTE HERR Man zieht mir hier das Hemd aus.

DAS LOCKERE MÄDCHEN So hübsch bist du nicht. Meinst du, es ist angenehm, mit dir zu schlafen? Und dein Gewäsch anzuhören, Tag und Nacht? Zahl und verzieh dich! Ein Bauernmädchen! Und ich bin eine Hafendirne, wie? Zahl, wenn du ein Vergnügen haben willst, zahl, zahl, zahl!

DER ELEGANTE HERR Wenn ich es nicht hab!

DAS LOCKERE MÄDCHEN Dann rupf deinen Hut aus und verkauf die Federn, Schlappschwanz.

DER ELEGANTE HERR Noch ein Wort…

DAS LOCKERE MÄDCHEN Ja, das letzte: zahl.

DER ELEGANTE HERR Jetzt ist das Maß voll. Gegen euch Gesindel, eure Jungfrau eingeschlossen, gibt es nur eins: austilgen, ausbrennen, im Blut ersticken, hängen, zertreten, ausmerzen.

*Das lockere Mädchen ohrfeigt ihn. Er stürzt ab.*

DAS FISCHWEIB Das hättest du nicht tun sollen. Jetzt macht er dich in allen Weinschenken unmöglich.

DAS LOCKERE MÄDCHEN Es nimmt mich alles so mit.

DER WIRT Ich glaube, ich schließe doch.

JACQUES LEGRAIN Es ist nicht nötig. Bevor zwei Stunden um sind, haben die englischen Wachen am Hafen Ruhe geschaffen. Das sind noch nicht Geschwüre, das sind erst Blasen, Monsieur François. Madame, Mademoiselle, ein Glas Blanc, das beruhigt.

*Der Wirt schenkt aus.*

DER WIRT *zum lockeren Mädchen:* Tatata, das geht vorüber.

*Unruhe hinten. Zwei Männer tragen auf der Schulter Eugène herein, der einen zerbeulten Engländerhelm auf dem Kopf trägt.*

DER EINE François, dieser junge Mann hat ein Geschenk für deinen kleinen Jean Marie erobert. *Er hält den Helm wie einen Nachttopf.* Komm, Jean Marie und pspsps in deinen neuen Topf.

DAS FISCHWEIB Es sind vielleicht nur Blasen, aber gewissen Herrn sitzen sie mitten auf der Nas.

EUGÈNE *stimmt an:* Der Bischof Cauchon von Beauvais
Ist ein Englishman jetzt, ich versteh…

DIE ANDERN *lachend:* Aus Begeisterung und
Für zehntausend Pfund

17

*Das Dorf in der Touraine. Jacques Legrain hämmert ein Weinfaß zurecht. Großvater Breuil, ein alter Mann aus einem Nachbardorf tritt hinzu, ein Kind an der Hand.*

GROSSVATER BREUIL Das war aber ein langer Besuch bei François vom »Fischzug Petri«, Jacques. Fünf Jahre, wie?

JACQUES LEGRAIN Vom Faden zur Nadel, wie man sagt, Großvater Breuil. In solchen Zeiten führt eins zum andern.

GROSSVATER BREUIL Man geht nach Rouen und kommt nach Paris, hein? Da sitzt der Engländer auch, wie?

JACQUES LEGRAIN Nicht mehr, Großvater, nicht mehr.

GROSSVATER BREUIL Wieso nicht mehr?

JACQUES LEGRAIN Die Handwerker aus den Vorstädten, die Tuchhändler und Lohgerber und die Gemüseweiber der Hallen haben sie hinausgeprügelt.

GROSSVATER BREUIL Und Leute wie Jacques Legrain, hein? Aber in Compiègne sind sie doch noch?

JACQUES LEGRAIN Auch nicht mehr. Und nicht in Reims und nicht in Châlons. Sie sind freilich noch in Calais und unten in Bordeaux, noch.

GROSSVATER BREUIL *zu dem Kind:* Pierre, Frankreich hat sich seiner selbst erinnert, du hörst es.

DAS KIND Und du hast sie gesehn, Monsieur Legrain?

JACQUES LEGRAIN Ich habe sie brennen gesehen, Pierre.

GROSSVATER BREUIL Sie hat Frankreich geführt.

JACQUES LEGRAIN Ja, aber Frankreich hat auch sie geführt.

GROSSVATER BREUIL Ich dachte, Stimmen haben sie geführt? Sag, wie war das eigentlich mit ihren Stimmen? Glaubst du daran?

JACQUES LEGRAIN Ja.

GROSSVATER BREUIL Schließlich sagten sie ihr nur, was wir hier auch sagten. Das heißt, wir einfacheren Leute, hein?

JACQUES LEGRAIN Ja, die unsern.

GROSSVATER BREUIL Wie meinst du das?

JACQUES LEGRAIN Nun, zuerst lief sie dem Volk voraus auf den Feind zu, so wurde sie gefangen. Und als sie in ihrem Turm in Rouen saß, hörte sie von uns nichts mehr und wurde schwach wie du und ich. Sie hat sogar widerrufen. Aber als sie widerrief, haben sich die einfacheren Leute in Rouen so über sie geärgert, daß sie den Engländern am Hafen die Köpfe blutig schlugen. Sie erfuhr es, keiner weiß wie, und gewann ihre Tapferkeit zurück. Sie erkannte, daß das Tribunal kein schlechteres Schlachtfeld ist als die Laufgräben vor Orléans. Aus ihrer größten Niederlage machte sie unsern größten Sieg. Als ihr Mund verstummte, wurde ihre Stimme gehört.

GROSSVATER BREUIL Jaja, der Krieg ist noch nicht zu Ende.

DAS KIND Kommen die englischen Soldaten noch einmal her, Großvater?

GROSSVATER BREUIL Kaum. – Wie ist bei euch der Wein dieses Jahr?

JACQUES LEGRAIN Ich war letztes Jahr ja nicht da, aber die Mädchen sagen, er sei so süß wie 28.

*Man hört den Gesang der Mädchen beim Weinpflücken:*

Ach, drei Monde stand sie vor Gericht
Und ganz Frankreich wartete wohl bis zum Maie
Und es hörten sie, zu denen sie sprach, nicht.
Erst im vierten führte man sie dann ins Freie.
Als die Henker zu den Scheiten sie gestoßen
Fackeln zischten und der Wind vom Meer war laut
Sprach die Tochter Frankreichs lauter: Kämpft, Franzosen
Um die Erde Frankreichs, ihr, die sie bebaut!

JACQUES LEGRAIN Das singen sie jetzt in beiden Frankreich, hüben und drüben.

# Turandot
# oder
# Der Kongreß der Weißwäscher

*Personen*

Der Kaiser von China · Turandot, seine Tochter · Jau Jel, sein Bruder · Die Kaisermutter · Der Ministerpräsident · Der Hoftui Fi Jej · Der General Kriegsminister · Hi Wei, Vorsitzender des Tui-Verbands · Ki Leh, Rektor der Kaiserlichen Universität · Munka Du · Nu Shan, Sekretär des Hi Wei · Wen · Wang, Sekretär der Tuischule · Gu · Ka Mü · Mo Si · Shi Ka · A Sha Sen · Eh Feh, sein Enkel · Kiung, Su und Yao, Wäscherinnen · Der Waffenschmied · Gogher Gogh, Straßenräuber · Ma Gogh · Der erste Leibwächter · Der zweite Leibwächter, sein Bruder · Die zwei Mägde der Turandot · Der Arzt der Kaisermutter · Die Putzfrau · Die Mutter des Munka Du · Die zwei Schwestern des Munka Du · Der Sekretär des Munka Du · Der Zeichner des Munka Du · Zwei Bundtuis · Delegierter der Kleidermacher · Delegierter der Kleiderlosen · Der Lehrer der Tuischule · Eine Klasse der Tuischule · Ein Schreiber der Tuischule · Si Fu, Tuischüler · Shi Meh, junger Tui · Me Neh, Anführer einer Gruppe junger Tuis · Der Geograph Pauder Mel · Unbekannter Kopf auf der Stadtmauer · Henker · Junger Tui · Der allgemeine Bildungstui · Der ökonomische Tui · Der medizinische Tui · Der Liebeslebentui · Der Straßenhändler · Kunden der Tuis · Eine üppige Kundin · Ein Kellner · Ein zerlumpter Tui · Der andere Tui · Der erste Tui · Tuis · Der erste Bewaffnete · Ein Bewaffneter · Zwei Straßenräuber · Der Räuber · Soldaten · Kleiderlose · Männer und Frauen

## 1
## Im Kaiserlichen Palast

*Eine Putzfrau wäscht den Fußboden. Herein läuft der Kaiser. Ihm folgen der Hoftui und der Ministerpräsident, der ebenfalls einen Tuihut trägt.*

DER KAISER Ich bin außer mir. Ich muß mir anhören, daß der Staat durch Mißwirtschaft und Korruption zugrunde gerichtet ist, schön. Aber mir deshalb meine zweite Frühstückspfeife streichen! Das ist zu viel! Meiner Meinung nach brauche ich mir das als Kaiser von China nicht gefallen zu lassen.

DER MINISTERPRÄSIDENT Ihr Herz, Majestät! Es geschah wegen Ihres Herzens!

DER KAISER Mein Herz! Wenn mein Herz schlecht ist, so deswegen, weil man mich nicht voll nimmt. Vorige Woche hat man mir 200 Rennpferde gestrichen, ich soll nicht mehr reiten dürfen. Ich habe geschwiegen ...

DER MINISTERPRÄSIDENT Geschwiegen!

DER KAISER Oder jedenfalls so gut wie geschwiegen. Heute erfahre ich, die zweite Pfeife ist gestrichen. Mein Herz! Die Einkünfte gehen zurück! Man hat mir seinerzeit die Wahl gelassen zwischen dem Seidenmonopol und dem Baumwollmonopol. Ich habe mit beiden Händen nach der Seide gegriffen. Aber man riet mir zur Baumwolle. Ich sah keinen Menschen Baumwolle tragen, alles trägt Seide. Aber gut, dachte ich, vielleicht trägt das Volk Baumwolle, gut, ich setze auf das Volk. Und jetzt bin ich zahlungsunfähig! *Zu seinem Bruder Jau Jel, der eingetreten ist:* Jau Jel, ich trete zurück.

JAU JEL Und warum diesmal?

DER HOFTUI China ohne seinen Kaiser!

DER MINISTERPRÄSIDENT Das ist undenkbar! Dann werden die Kassen revidiert!

DER KAISER Dann soll man mir nicht die Morgenpfeife streichen, wenn man auf mich Wert legt.

DIE PUTZFRAU *mit der der Hoftui gezischelt hat:* Herr Kaiser, Sie dürfen nicht von uns gehen. *Kniet auf Wink des Hoftuis nieder.* Als einfache Frau aus dem Volke bitte ich Sie auf den Knien, die Last der Krone weiterzutragen.

DER KAISER Ich bin gerührt, aber ich kann es nicht machen, liebe Frau. Ich kann mir den Kaiser nicht mehr leisten. *Zu Jau Jel:* Und schuld bist du, widersprich nicht. Hätte ich nicht damals eingewilligt, daß das Monopol auf dich übertragen wurde ...

DER MINISTERPRÄSIDENT *mit Blick auf die Putzfrau:* Majestät haben das Monopol feierlich abgelehnt, damit niemand behaupten kann ...

DER HOFTUI ... Majestät hätte irgend etwas mit Geschäften zu tun.

DER KAISER Eben! Damit einigermaßen Geld gemacht werden konnte. Aber macht man Geld? Ich verlange überhaupt eine Abrechnung.

JAU JEL *zornig:* Das ist genug. *Er zerrt die Putzfrau vor.* Was haben Sie für Ihr Kopftuch bezahlt?

DIE PUTZFRAU Zehn Yen.

JAU JEL Wann? Wann haben Sie es gekauft?

DIE PUTZFRAU Vor drei Jahren.

JAU JEL *zum Kaiser:* Und weißt du, was jetzt dafür bezahlt wird? Vier Yen.

DER KAISER *befühlt das Kopftuch, interessiert:* Ist das Baumwolle?

DER MINISTERPRÄSIDENT Baumwolle, Majestät.

DER KAISER *finster:* Und warum verkauft man sie jetzt so billig?

DER MINISTERPRÄSIDENT Majestät, dann müssen Sie es erfahren. Hinter uns liegt eines der furchtbarsten Jahre in der Geschichte Chinas. Die Ernte ...

DER KAISER Was ist mit der Ernte? War das Wetter schlecht?

DER MINISTERPRÄSIDENT Es war gut!

DER KAISER So waren die Bauern faul?

DER MINISTERPRÄSIDENT Sie waren fleißig!

DER KAISER Was ist dann los mit der Ernte?

DER MINISTERPRÄSIDENT Sie ist riesig! Das ist das Unglück! Da es von allem zu viel gibt, ist nichts etwas wert!

DER KAISER Wollen Sie damit sagen, daß ich zu viel Baumwolle habe, um dafür einen anständigen Preis zu bekommen? – Dann schafft sie freundlichst weg!

DER MINISTERPRÄSIDENT Aber, Majestät, die öffentliche Meinung!

DER KAISER Wie? Sie tragen einen Tuihut und wollen mir weismachen, daß Sie die öffentliche Meinung fürchten? Dann bereiten Sie meine Abdankungsurkunde vor! *Ab.*

DER MINISTERPRÄSIDENT O Gott!

DER KAISER *noch einmal zurück:* Und ich verbitte mir, daß wieder etwas gemacht wird, was mein Ansehen schädigt. *Endgültig ab.*

DER MINISTERPRÄSIDENT Wasch mich, aber mach mich nicht naß! Meine Freunde, ich bin aufgewachsen in der besten Tuischule des Landes, ich beherrsche die tuistische Literatur, ich diskutiere seit 30 Jahren mit den bedeutendsten Tuis alle Ideen, die China retten könnten. Meine Freunde, es gibt keine.

DIE KAISERMUTTER *herein, ein kleines Service tragend:* Hier hätte ich ein hübsches Täßchen Tee. Wo ist mein Sohn?

JAU JEL Weggegangen. Hat man dich wieder ... *Sie ist zur Tür gelaufen.* Schrecklich, daß diese Ärzte sie immer entwischen lassen! Der Tee ist natürlich wieder vergiftet.

DER HOFTUI Die Ärzte lassen sich dadurch täuschen, daß sie im allgemeinen so vernünftig ist.

JAU JEL *seufzend:* Ich verstehe sie ja manchmal.

DIE KAISERMUTTER *ist umgekehrt. Zu Jau Jel:* Nimm du wenigstens.

JAU JEL Mama, du bist unmöglich.

*Die Kaisermutter enttäuscht zur Tür. Ein Arzt stürzt herein.*

DER ARZT Bitte, geben Sie mir das Täßchen, Majestät.

*Er nimmt es ihr weg. Beide ab.*

DER MINISTERPRÄSIDENT Ich gebe China noch zwei Jahre.

## 2
## Das Teehaus der Tuis

*An kleinen Tischen sitzen Tuis, lesend und Brettspiele spielend. Täfelchen: »Zwei kleinere Formulierungen für drei Yen«, »Hier werden Meinungen gewendet. Danach wie neu«, »Mo Si, genannt König der Ausredner«, »Sie handeln – ich liefere die Argumente«, »Warum sind Sie unschuldig? Nu Shan sagt es Ihnen«, »Tun Sie, was Sie wollen, aber formulieren Sie es anständig« werden von Kunden, meist vom Lande, gelesen.*

MO SI Ich muß mich beeilen, ich habe heute noch eine schwere Formulierung zu machen. Es handelt sich um einen Kassier der Stadtbank. Die Teuerung.

KA MÜ Ich formuliere heute nicht. Ich habe gestern einem Darmhändler eine Meinung über atonale Musik verkauft.

MO SI Pro oder contra?

KA MÜ Contra. Ich verkaufe keine Meinungen von der Stange, Meinungen, die für jedermann tragbar sind. Ich verkaufe nur Modellmeinungen. Meine Kunden wünschen nicht, eine Meinung zu äußern, welche von anderen Leuten auch geäußert wird. Aber Ihre Meinungen für den kleinen Mann sollen ja auch sehr flott gehen, Shi Ka?

SHI KA Ja, ich habe ein Abzahlungssystem eingeführt. Wissen Sie, wie ich darauf gekommen bin? Die Frau eines Klienten wollte durchaus einen Backtrog haben. Er konsultierte mich betreff einer Ausrede. Sie sagte ihm, sie bekäme den Backtrog auf Abzahlung, und er fragte mich, ob er nicht auch die Ausrede auf Abzahlung bekommen könnte. Der Backtrog wäre ihn sonst billiger gekommen. Es sind eben harte Zeiten. Was ist das wieder?

*Ein Kellner bringt ein Schild an: »Gäste in zerlumpter Kleidung dürfen laut polizeilicher Vorschrift nicht mehr bedient werden.« Ein Zerlumpter verläßt würdevoll das Lokal. Ein Ächzen.*

EIN TUI Bei diesen Kleiderpreisen!

ANDERER TUI Die kleinen Leute werden sich bald überhaupt keine Meinung mehr leisten können!

RUHIGE STIMME Es lebe der Kai Ho.

*Gelächter.*

EIN TUI Keine Politik hier, bitte.

DER ANDERE TUI Aber dann auch keine Teepreise hier, bitte.

DER ERSTE TUI Und Sie glauben, Herr Kai Ho, ein Aufwiegler, wird erreichen, was die größten Tuis nicht erreicht haben, nämlich China zu einem bewohnbaren Land zu machen?

DER ANDERE TUI Ja.

*Großes Gelächter.*

ÜPPIGE KUNDIN Was verlangen Sie für eine kleine Formulierung bei einem Seitensprung?

MO SI Bis zu vier Yen, wenn nicht ...

*Sie setzt sich zu ihm. Herein Turandot mit dem Hoftui. Sie wird nicht erkannt.*

TURANDOT Das ist also eines der berühmtesten Teehäuser der Tuis!

DER HOFTUI Nur der allerniedrigsten, Kaiserliche Hoheit. Die großen, welche Recht sprechen, Bücher schreiben, die Jugend erziehen, kurz, von ihren Tribünen, Kanzeln und Lehrstühlen aus nach ihren Idealen die Menschheit führen, verkehren hier nicht. Jedoch bemühen sich auch diese weniger bedeutenden hier, der Bevölkerung bei ihren vielfältigen Geschäften geistig beizustehen.

TURANDOT Indem sie den Leuten sagen, was sie tun sollen?

DER HOFTUI Mehr indem sie ihnen sagen, was sie sagen sollen. Machen Sie einen Versuch!

*Turandot setzt sich zu Nu Shan.*

TURANDOT *faul:* Warum bin ich unschuldig?

NU SHAN An was? Ach so. *Lacht schallend.* Zehn Yen. *Er bekommt sie.* Würden Sie Ihre zehn Yen zurückfordern, meine Dame, wenn ich Ihnen gestände, ich weiß es nicht, warum Sie unschuldig sind, daß Sie aber jederzeit behaupten können, daß Sie daran unschuldig seien?

TURANDOT *faul:* Ich bin eine sinnliche Natur. Fi, erkläre ihm, auf was ich fliege.

DER HOFTUI Hier?

TURANDOT Unbedingt.

DER HOFTUI Die Persönlichkeit, von der die Rede ist, kann am wenigsten geistigen Vorzügen widerstehen. Gewisse elegante Formulierungen erregen sie.

TURANDOT Körperlich.

DER HOFTUI Neuartige Stellungen ...

TURANDOT ... von Problemen ...

DER HOFTUI ... machen sie einem Manne völlig hörig.

TURANDOT Geschlechtlich. – Sag das vom Blut!

DER HOFTUI Das Blut schießt ihr zum Herzen beim Anblick einer hohen Stirn, einer vielsagenden Gebärde, beim Anhören eines wohlgerundeten ...

TURANDOT ... Satzes.

KELLNER *geht durch das Lokal und ruft aus:* Weißwäscher gesucht für das Kaufhaus La Me!

*Drei Tuis eilen nach hinten.*

EIN TUI *am Nebentisch:* Hier gibt es nur ein einziges Problem, das schwer zu lösen ist: wer den Tee bezahlt?

*Herein Gogher Gogh, begleitet von einem Leibwächter, der an der Tür stehen bleibt.*

TURANDOT Wer ist der schöne Mann?

DER HOFTUI Ein berüchtigter Straßenräuber namens Gogher Gogh.

NU SHAN Sagen Sie das nicht laut, Herr. Er beliebt, sich einen Tui zu nennen. Er ist freilich im untersten Examen schon zweimal durchgefallen ... Wie man hört, studiert er weiter.

GOGHER GOGH *hat sich zu dem Tui »Zwei kleinere Formulierungen für drei Yen« gesetzt:* Hier sind deine drei Yen, hör zu. Ich habe Geld gebraucht für mein Studium

DER TUI WEN Du wirst das Examen niemals bestehen.

GOGHER GOGH Hüte deine Zunge. Übrigens habe ich Schluß gemacht mit der Schule, sie taugt nichts. Aber ich habe, wie gesagt, Geld benötigt.

TURANDOT Wozu will er als Straßenräuber Tui werden?

NU SHAN Er ist nur Straßenräuber geworden, um Tui zu werden.

TURANDOT Er ist mir gleich aufgefallen.

GOGHER GOGH Für das erste Examen habe ich es aus der Kasse meiner Firma genommen.

WEN *gelangweilt:* Entliehen.

GOGHER GOGH Entliehen. Das Geld für das zweite konnte ich mir nur verschaffen, indem ich die Maschinenpistolen nebst Munition der Firma ins Leihhaus brachte.

WEN Zum Säubern brachte. Wenn du mehr brauchst, bezahle neu.

*Gogher Gogh kramt in den Taschen nach Münzen.*

TURANDOT Ist es leichter, als Tui zu leben als als Straßenräuber?

NU SHAN Der Unterschied ist nicht sehr groß. Aber er lebt nicht eigentlich vom Straßenraub. Jedenfalls nicht mehr, seit die Teuerung begonnen hat. Er lebt mit seiner Bande davon, daß er Wäschereien in der Vorstadt beschützt.

TURANDOT Vor was?

NU SHAN Vor Überfällen.

TURANDOT Durch wen?

NU SHAN Durch seine Bande. Sie verstehen: wenn bezahlt wird, gibt es keine Überfälle.

DER HOFTUI *zynisch:* Er macht es wie der Staat. Wenn die Steuer bezahlt wird, gibt es keine Überfälle durch die Polizei.

TURANDOT *verliebt:* Fi! Nicht im öffentlichen Lokal! Alle können hersehen!

GOGHER GOGH Drei Yen. Ich will nur noch eine Formulierung. Wie sage ich es meinen Leuten?

NU SHAN *auf den Leibwächter deutend:* Leuten wie dem da? Das verlangt einiges Nachdenken.

*Herein ein weißbärtiger Bauer, Sen, mit einem Knaben. Der Tui Gu geleitet ihn an den Tisch Nu Shans.*

GU *zum ganzen Lokal:* Ein unerhörter Vorfall! Dieser Mann kommt aus der Provinz Sezuan. Er ist zwei Monate lang mit einem kleinen Handwagen, beladen mit Baumwolle, unterwegs gewesen. Heute morgen wurde die Baumwolle ihm, als er sie verkaufen wollte, auf dem Dreifingermarkt konfisziert!

*Ringsum Proteste.*

WEN Wo hier die Baumwolle so knapp ist, daß man 50 Yen für ein Halstuch bezahlt!

ANDERER TUI Die Spinnereien haben gestern geschlossen. Baumwollemangel. Der Bund der Kleidermacher droht mit Unruhen, wenn die Regierung keine Auskunft gibt, wo die Baumwolle geblieben ist.

WEN Peking fängt an, in Lumpen zu gehen.

GU Gestatten Sie. *Setzt sich mit dem Weißbärtigen, der Knabe bleibt hinter ihm stehen.* Was brachte Sie nach Peking?

SEN Mein Name ist Sen. Das ist Eh Feh. Ich komme des Studiums wegen.

GU Der junge Herr studiert?

SEN Ich studiere. Bei ihm hat es noch Zeit. Er wird zunächst Sandalenmacher werden. Aber ich selbst fühle, daß ich reif genug bin, ihr Herren. 50 Jahre habe ich davon geträumt, selbst zu der großen Bruderschaft zu gehören, die sich die der Tuis nennt – nach den Anfangsbuchstaben von Tellekt-Uell-In. Denn nach ihren großen Gedanken geht alles vor sich im Staat, sie leiten die Menschheit.

GU Gewiß. Und vom Erlös der Baumwolle wollten Sie …

SEN Eine Tuischule besuchen.

GU *steht auf:* Meine Herren! Soeben erfahre ich, daß der alte Mann hier, dem die Baumwolle von Organen des Staates konfisziert wurde, vom Erlös derselben eine Tuischule besuchen wollte! Er dürstet nach Studium, und der Staat bestiehlt ihn! Ich schlage vor, daß die hier Anwesenden die Angelegenheit ihres zukünftigen Kollegen zu der ihren machen.

NU SHAN Nutzlos! Über alles, was mit Baumwolle zusammenhängt, entscheidet der Kaiser.

*Turandot erhebt sich auf ein Zeichen des Hoftuis und geht mit ihm ab.*

EIN TUI Nicht der Kaiser! Der Bruder des Kaisers!

*Gelächter.*

NU SHAN Es wird nichts aus dem Studium, Alter.

*Ein Kellner, dem der Hoftui am Eingang etwas zugeflüstert hat, tritt an den Tisch Sens und sagt ihm etwas ins Ohr.*

GU Meine Herren, etwas Außerordentliches ist geschehen. Eine nicht genannt sein wollende Gönnerin hat Herrn Sen soeben den Preis aushändigen lassen, den ihm seine Baumwolle eingebracht hätte. Beglückwünschen wir Herrn Sen zu dieser unerhofften Möglichkeit, unserer großen Bruderschaft beizutreten!

*Einige Tuis umringen Sen und beglückwünschen ihn.*

GOGHER GOGH Jetzt hast du lange genug nachgedacht. Was sage ich meiner Firma?

WEN *gibt ihm die zweiten drei Yen zurück:* Ich weiß es nicht.

## 3
## Im Kaiserlichen Palast

*Der Kaiser stopft sich seine zweite Morgenpfeife. Herein Turandot mit dem Hoftui.*

TURANDOT *hebt das Überkleid und zeigt ihrem Vater baumwollene Hosen:* Was sagst du zu den Hosen? Baumwolle. Fi sagt, sie kratzt. Es ist richtig, aber sie ist jetzt bei weitem das Rarste, teuer und doch volkstümlich. Warum sagst du nichts? Wenn du einen Einfall hast, und ich sage nichts, wie damals, als dir die Salzsteuer eingefallen ist, ziehst du drei Tage lang eine Flautsche.

DER KAISER Ja, die Preise für Baumwolle sollen ja jetzt ganz hübsch angezogen haben. Nimm einen Pinsel und schreib auf, was du haben möchtest. Meine finanzielle Lage gestattet mir neuerdings auch, dir die Mitteilung zu machen, daß du in der Wahl deines Gatten jetzt dem Zuge deines Herzens folgen kannst. Dem Mongolen können wir endgültig abschreiben. Ich hätte es nie übers Herz gebracht, dir einen Gatten aufzuzwingen, nie. Höchstens in einer Notlage.

*Entfernte Marschmusik.*

TURANDOT Wenn ich heirate, dann heirate ich einen Tui.

DER KAISER Du bist ja pervers.

TURANDOT *erfreut:* Glaubst du? Wenn einer etwas Witziges sagt, das geht mir durch und durch.

DER KAISER Werde nicht unanständig. Am frühen Morgen. Ich werde es niemals dulden, daß du dich an einen Tui wegwirfst. Niemals.

TURANDOT Omama ist auch unanständig, wenn wir miteinander reden. Was die erst sagt über ...

DER KAISER Und ich dulde nicht, daß du so von deiner Großmutter sprichst. Die Kaisermutter ist eine große Patriotin, das steht schon in den Lesebüchern. Überhaupt bist du zu jung, um an sowas zu denken.

TURANDOT Fi, bin ich zu jung? »Sie kratzt!«

DER KAISER Was ist das für eine Musik?

DER HOFTUI Eine Demonstration des Bunds der Kleidermacher, Majestät.

TURANDOT Deshalb bin ich doch in großem Staat. Ich gehe mit Fi, die Demonstration ansehen. Es hat aber keine Eile, sie dauert acht bis zehn Stunden.

DER KAISER Wieso acht bis zehn Stunden?

TURANDOT Bis alle vorbei sind!

*Herein der Ministerpräsident mit einem Flugblatt.*

DER MINISTERPRÄSIDENT Geruhen Eure Majestät dieses Flugblatt zu beachten, das vor dem Kaufhaus La Me gefunden wurde. Es hat einen sehr unliebsamen Inhalt. *Liest.* »Wo ist Chinas Baumwolle? Sollen Chinas Söhne nackt zum Begräbnis ihrer verhungerten Eltern gehen? Der erste Mandschukaiser hatte nur so viel Baumwolle, als in einen Soldatenmantel geht. Wieviel hat der letzte?« – Der Stil dieses Machwerks zeigt, daß es vom Kai Ho geschrieben wurde.

DER KAISER Der verdammte Tui!

DER HOFTUI Nicht doch! Lassen Sie uns alle auspeitschen, Sire, aber nennen Sie dieses schmutzige Subjekt nicht einen Tui! Ein zuchtloser Hetzer, der sich nur mit dem Abschaum abgibt! Bitte wegzusehen, ich muß mir ... *Er wischt sich den kalten Schweiß ab.*

DER KAISER *der während des Folgenden auf die entfernte Musik horcht:* Dieser Mensch wird nicht ernst genommen.

DER MINISTERPRÄSIDENT Dieser Mensch hat es fertig gebracht, zwanzig Millionen in der Provinz Ho aufzuwiegeln, Sire. Geruhen Sie, ihn ernst zu nehmen.

TURANDOT Was ist das für ein Mantel?

DER HOFTUI Es ist der baumwollene Soldatenmantel des ersten Mandschukaisers, der ein Bauer war. Er hängt im alten Mandschutempelchen, und im Volk geht die Sage, solange er an seinem Stricke hänge, hänge das Volk am Kaiser. Ein Aberglaube, den auszubeuten Herr Kai Ho, der in Kanton studiert hat, sich nicht schämt.

DER MINISTERPRÄSIDENT Er wird geteilt von Millionen.

TURANDOT *singt:*

Sei er noch so dick
Einmal reißt der Strick.
Freilich soll das noch nicht heißen
Daß gleich alle Stricke reißen.

DER KAISER Das ist die Gosse. – Was sind die Folgen solcher Enthüllungen?

DER MINISTERPRÄSIDENT Ein neuer Skandal! Der Bund der Kleidermacher, welcher zwei Millionen Mitglieder hat, wird sich zusammentun mit dem Bund der Kleiderlosen, welcher 14 Millionen Mitglieder hat. Denn die Kleidermacher haben keine Baumwolle mehr zum Kleidermachen und selber keine Kleider mehr zum Anziehen. Es wird ein Geschrei geben »Der Kaiser hat die Baumwolle!«, und alles Volk wird sich um den Kai Ho scharen.

*Herein Jau Jel.*

JAU JEL *nichtsahnend:* Guten Morgen. Schmeckt die Morgenpfeife?

DER KAISER *brüllt:* Nein! Wo ist die Baumwolle?

JAU JEL Die Baumwolle?

DER KAISER *hält ihm das Flugblatt unter die Nase:* Hier werde ich verdächtigt und beschimpft, und was tut man dagegen? Ich trete zurück. Wenn nicht sofort alles aufgeklärt wird, wenn nicht sofort Erklärungen erfolgen, trete ich ein für allemal zurück.

DER MINISTERPRÄSIDENT Der Kai Ho hat alles entdeckt.

DER KAISER Schlamperei! Gleichgültigkeit! Dummheit!

JAU JEL Meine Herren, ich bitte, mich mit meinem Bruder allein zu lassen.

DER KAISER *während die anderen außer Turandot hinausgehen:* Ich verlange, daß die Schuldigen mit aller Schärfe bestraft werden. Ich betone: mit aller Schärfe.

TURANDOT Das ist richtig, Papa.

JAU JEL Hör auf zu brüllen, sie sind draußen.

TURANDOT *eifrig schreibend:* Das ist richtig, Papa. Sei jetzt zivil.

DER KAISER Wo ist die Baumwolle?

JAU JEL Ich habe verstanden, daß du vor den andern gebrüllt hast, aber jetzt mußt du damit aufhören.

DER KAISER *noch lauter:* Wo ist die Baumwolle?

TURANDOT Ja, wo ist sie eigentlich?

JAU JEL Das weißt du doch. In deinen Lagerhäusern.

DER KAISER Was? Das wagst du mir zu sagen? Ich lasse dich verhaften!

TURANDOT Ja, bitte, bitte!

JAU JEL Du warst einverstanden, nicht?

DER KAISER Soll ich die Wache rufen?

JAU JEL Dann werden wir die Baumwolle eben auf den Markt werfen.

*Pause.*

DER KAISER Dann werde ich zurücktreten.

JAU JEL *brüllt:* Dann tritt zurück und werde gehängt!

*Pause.*

JAU JEL Beruf eine Tuikonferenz ein. Versprich ihnen irgendwas, was dich nichts kostet, wenn sie dich weißwaschen. Wozu hast du deine 200 000 Weißwäscher? Für was unterhältst du 15 000 Schulen?

TURANDOT Eine Tuikonkurrenz! Das wäre unterhaltend!

DER KAISER Die Tuis! Niemand schätzt sie höher als ich. Sie tun, was sie können, aber sie können nicht alles. Was sollen sie sagen? Der Bund der Kleidermacher weiß doch alles.

DER MINISTERPRÄSIDENT *herein:* Majestät, die Delegierten des Bundes der Kleidermacher – und leider auch die Delegierten des Bundes der Kleiderlosen.

DER KAISER Was, sie kommen schon zusammen? Da hilft keine Tuikonferenz mehr.

TURANDOT Das geschieht dir recht.

JAU JEL Du mußt die Baumwolle herausrücken.

TURANDOT *immer noch schreibend:* Das geschieht dir recht, weil du ein ungeistiger Mensch bist.

*Herein der Delegierte der Kleidermacher und der Delegierte der Kleiderlosen. Ihnen folgen zwei Tuis.*

DER KAISER *mürrisch:* Was ist es?

ERSTER BUNDTUI *bevor ein anderer Delegierter sprechen kann:* Majestät! Nach dem Zeugnis des Klassikers Ka-Me gibt es nichts, was der Gewalt des Volkes widerstehen kann, wenn es einig ist. Majestät, die Frage des Verbleibens der Baumwolle ist eine Frage, in der der Bund der Kleidermacher, den ich vertrete, und der Bund der Kleiderlosen, den mein geschätzter Kollege vertritt, zu einer Einigung gelangen könnte.

ZWEITER BUNDTUI Aber nicht wie du meinst, von oben nach unten, sondern von unten nach oben!

ERSTER BUNDTUI Gut, von unten nach oben. Da bei uns die Führung von unten gewählt ist ... *Der zweite Bundtui lacht.* Nur in völliger Freiheit kann die Freiheit errungen werden. *Er holt ein Buch aus seiner Mappe. Turandot klatscht Beifall.* Ka-Me!

ZWEITER BUNDTUI Laß das Zitieren! Wo hat man je gehört, daß eine Armee in völliger Freiheit eine Schlacht gewonnen hätte! *Turandot klatscht.* Seit wann ist Disziplin Unfreiheit? *Zieht ebenfalls ein Buch heraus.* Was sagt Ka-Me?

ERSTER BUNDTUI Schlacht! Also Gewalt! Aus dir spricht euer Kai Ho!

ZWEITER BUNDTUI Und aus dir das Honorar, das dir die verräterischen Führer dieses Bunds der Verträgemacher ...

ERSTER BUNDTUI Behauptest du, ich sei bezahlt?

ZWEITER BUNDTUI Und von Verrätern!

*Der Delegierte der Kleidermacher, der mit dem ersten Bundtui gekommen ist, gibt dem zweiten Bundtui eine Ohrfeige. Dieser stutzt und versetzt dann dem ersten Bundtui einen Schlag mit dem Ka-Me, den dieser durch einen Schlag mit seinem Ka-Me beantwortet. Erbittert versetzt der Delegierte der Kleiderlosen dem anderen Delegierten eine Ohrfeige, und das Getümmel wird allgemein.*

TURANDOT *schnaufend:* Mit dem Fuß! – Deck doch ab! – Jetzt aufs Kinn!

DER KAISER Schluß! *Der Kampf hört auf, jedoch ist der erste Bundtui zu Boden gesunken.* Ich danke Ihnen für Ihre lichtvollen Ausführungen und stimme Ihren Argumenten zu, besonders dem letzten. Auch bewegt mich die Musik, die vor meinem Palast gespielt wird. Es handelt sich anscheinend um einen Mangel an Baumwolle. Da zwischen Ihnen allerdings keine Einigung erzielt wurde, schlage ich vor – *herein die Kaisermutter mit einem Teller süßer Fladen, die sie ihrem Sohn anbietet, der sie – weitersprechend – abwehrt* –, daß die Frage »Wo ist die Baumwolle?« von den klügsten und gelehrtesten Männern des Reiches entschieden und geklärt werden soll. Ich berufe hiermit einen außerordentlichen Tuikongreß, der dem Volk befriedigend zu erklären wissen wird, wo die Baumwolle Chinas hingekommen ist. – Ach, Mama, laß das doch! Guten Tag.

*Die Delegation mit Ausnahme des bewußtlosen Tuis verbeugt sich verwirrt und zieht sich zurück unter Mitnahme desselben.*

DER KAISER Bin ich zu weit gegangen?

DER MINISTERPRÄSIDENT Sie waren bewunderungswürdig.

DER KAISER Ich denke, ein Tuikongreß genügt für diese guten Leute. Sie sind sich nicht einmal mit sich selber einig.

TURANDOT Ich weiß nicht , was die Leute diesmal von dir wollen. Ich habe jedenfalls nur sehr wenig Baumwolle. *Der Kaiser verwehrt ihr, sie zu zeigen.*

DER MINISTERPRÄSIDENT Haben Eure Majestät schon an einen Preis gedacht für denjenigen Ihrer Tuis, der der Bevölkerung erklären kann, wo die Baumwolle ist?

DER KAISER Nein, meine Finanzlage ist immer noch nicht ganz und gar gesichert. – Laß, Mama, ich esse keine Kuchen, wenn ich rauche.

DER MINISTERPRÄSIDENT Majestät, diese Frage zu beantworten, ohne Eurer Majestät zu nahe zu treten, vermag nur der klügste Kopf Chinas. Was werden Sie versprechen?

TURANDOT *freudig aufheulend:* Huhuhuhuhu! Mich!

DER KAISER Was heißt das, dich? Ich werde doch nicht mein eigen Fleisch und Blut verschachern.

TURANDOT Warum nicht? Ihr findet den klügsten Kopf und ich heirate ihn.

DER KAISER Niemals. *Horcht.* Der Zug ist aber sehr lang.

## 3a
## Im alten Mandschutempelchen

*In einem halbverfallenen Rondell hängt an einem dicken Seil von der Decke ein alter geflickter Mantel. Vor ihm stehen die kaiserliche Familie, der Ministerpräsident, der Kriegsminister und hohe Tuis.*

DER KAISER Meine liebe Turandot, das hier ist der verehrungswürdige Mantel. Dein Vorfahr hat ihn im Feld getragen, und da er mittellos war, hat er ihn gelegentlich geflickt, wie ihr seht, wenn ihn eine Kugel durchlöcherte. Dieser Mantel wird von jedem Kaiser bei der Krönung getragen, weil die bekannte Prophezeiung an ihn geknüpft ist. Meiner Meinung nach ist das Vertrauen des Volkes für den Kaiser unerläßlich, ihr braucht nur an die Soldaten zu denken, die, wie ich gehört habe, mit allen anderen Untertanen verwandt sind. Ich habe mich daher entschlossen, demjenigen meiner lieben Tuis, der das Vertrauen des Volkes in die väterliche Fürsorge seines Kaisers zu erhalten weiß, die Hand meiner einzigen Tochter zu schenken. *Ah und Oh der beifälligen Überraschung, Turandot verbeugt sich.* Und da der Respekt vor alten Bräuchen für mich entscheidend ist, auch materiell, wie ich betonen möchte, befehle ich, daß mein zukünftiger Eidam vor den Hochzeitsfeierlichkeiten diesen alten Mantel umgehängt bekommen soll. Schluß des Staatsakts.

## 4
## Tuischule

*Während der Verwandlung hört man einen Ausrufer »Große Meldung: Der Kaiser verspricht die Hand seiner Tochter Turandot demjenigen Tui, der dem Volk erklärt, wo die Baumwolle geblieben ist.« In der Schule herrscht große Geschäftigkeit. Alles läuft durcheinander. Schreiber bringen eine Inschrift an: »Der zukünftige Eidam des Kaisers ein Tui«. Ein Lehrer im Tuihut unterrichtet eine Klasse.*

DER LEHRER Si Fu, nenne uns die Hauptfragen der Philosophie.

SI FU Sind die Dinge außer uns, für sich, auch ohne uns, oder sind die Dinge in uns, für uns, nicht ohne uns.

DER LEHRER Welche Meinung ist die richtige?

SI FU Es ist keine Entscheidung gefallen.

DER LEHRER Zu welcher Meinung neigte zuletzt die Mehrheit unserer Philosophen?

SI FU Die Dinge sind außer uns, für sich, auch ohne uns.

DER LEHRER Warum blieb die Frage ungelöst?

SI FU Der Kongreß, der die Entscheidung bringen sollte, fand wie seit 200 Jahren im Kloster Mi Sang statt, welches am Ufer des Gelben Flusses liegt. Die Frage hieß: Ist der Gelbe Fluß wirklich, oder existiert er nur in den Köpfen? Während des Kongresses aber gab es eine Schneeschmelze im Gebirg, und der Gelbe Fluß stieg über seine Ufer und schwemmte das Kloster Mi Sang mit allen Kongreßteilnehmern weg. So ist der Beweis, daß die Dinge außer uns, für sich, auch ohne uns sind, nicht erbracht worden.

DER LEHRER Gut. Die Stunde ist zu Ende. Was ist das wichtigste Ereignis des Tages?

DIE KLASSE Der Kongreß der Tuis.

*Lehrer mit Klasse ab. Herein gekommen ist der Tui Gu und der weißbärtige Sen, geleitet von seinem Knaben.*

SEN Aber der Gelbe Fluß existiert doch wirklich!

GU Ja, das sagst du so, aber beweis es!

SEN Lerne ich hier so etwas beweisen?

GU Das liegt an dir. Ich habe dich übrigens noch nicht gefragt, warum du studieren willst.

SEN Denken ist ein solches Vergnügen. Und Vergnügungen muß man ja lernen. Aber vielleicht sollte ich sagen: es ist so nützlich.

GU Mhm. Nun, sieh dich zunächst um, bevor du dich einschreibst und das Schulgeld bezahlst. Hier lernt einer das Reden.

*Shi Meh, ein junger Mensch, kommt mit Nu Shan, der Lehrer hier ist, und besteigt eine kleine Rednerkanzel. Nu Shan stellt sich an die Wand und bedient eine Strickvorrichtung, vermittels welcher ein Brotkorb vor den Augen des Redners auf- und abgezogen werden kann.*

NU SHAN Das Thema heißt: »Warum hat Kai Ho unrecht?« Immer wenn ich den Brotkorb höher ziehe, weißt du, daß du etwas Falsches sagst. Los!

SHI MEH Kai Ho hat unrecht, weil er die Menschen nicht in kluge und weniger kluge, sondern in reiche und arme einteilt. Aus dem Tuiverband wurde er ausgeschlossen, weil er die Kahnschlepper, Kätner und Spinner aufforderte, sich gegen die Gewalt aufzulehnen, die – *der Korb hebt sich* – angeblich – *der Korb schwankt* – gegen sie ausgeübt wird. Damit forderte er sie eindeutig zur Anwendung von Gewalt auf! *Der Korb senkt sich.* Der Kai Ho spricht von Freiheit. *Der Korb schwankt.* Aber in Wirklichkeit will er die Kahnschlepper, Kätner, Spinner zu seinen Sklaven machen. *Der Korb senkt sich.* Es wird gesagt, daß die Kahnschlepper, Kätner, Spinner nicht genug verdienen – *der Korb hebt sich* –, um ihre Familien – um mit ihren Familien in Luxus und Überfluß leben zu können – *der Korb bleibt stehen* –, und daß sie zu hart arbeiten müssen – *der Korb hebt sich weiter* –, denn sie wollen ihr Leben in Trägheit verbringen – *der Korb bleibt stehen* –, was ja natürlich ist. *Der Korb schwankt.* Diese Unzufriedenheit vieler Leute – *der Korb hebt sich* –, einiger Leute – *der Korb bleibt stehen* – beutet der Kai Ho aus und ist also ein Ausbeuter! *Der Korb senkt sich schnell.* Herr Kai Ho verteilt in Ho Nang den Boden an die armen Pächter. Aber da er den Boden dazu erst stehlen muß, ist er also ein Dieb. Nach der Philosophie des Kai Ho – *der Korb schwankt wieder* – besteht der Sinn des Lebens darin, glücklich zu sein, zu essen und zu trinken wie der Kaiser selber – *der Korb schießt hoch* –, aber dies zeigt nur, daß der Kai Ho überhaupt kein Philosoph ist, sondern ein Schwätzer – *der Korb senkt sich* –, ein Hetzer, ein machtgieriger Lump, ein gewissenloser Spieler, ein Schmutzaufwirbler, ein Mutterschänder, ein Ungläubiger, ein Räuber, kurz ein Verbrecher. *Der Korb schwebt dicht vor dem Munde des Redners.* Ein Tyrann!

NU SHAN Wie du siehst, machst du noch Fehler, aber es steckt ein guter Kern in dir. Nimm jetzt eine Dusche und laß dich massieren.

SHI MEH Herr Nu Shan, meinen Sie, ich habe eine Aussicht? Ich war nicht sehr gut im Bemänteln und an 17. Stelle im künstlerischen Speichellecken. *Ab.*

GU Nu Shan! Ein neuer Schüler! *Nu Shan kommt gelaufen.* Was sagen Sie übrigens über den Kai Ho?

SEN In der Baumwollegegend weiß man von ihm nur, was die Gutsbesitzer erzählen. Er ist ein schlechter Mensch, gegen die Freiheit.

NU SHAN Gefällt Ihnen, was wir hier lehren?

SEN Es war eine gute Rede. Sie enthielt Neues. Ist es wahr, daß der Kai Ho den Boden verteilen will?

NU SHAN Ja, ihn stehlen und dann angeblich verteilen. Darf ich Sie für die Schule einschreiben?

SEN Sicher, bald. Ich möchte gern noch einiges hören. Das ist doch vorläufig unentgeltlich?

*Herein Gogher Gogh mit seiner Mutter, dem Tui Wen und dreien seiner Bande.*

MA GOGH Mein Sohn möchte das Examen machen.

SCHREIBER Ah, bist du wieder hier? Das ist das dritte Mal, wie? Ich glaube nicht, daß wir heute Zeit haben. Da jetzt der Eidam des Kaisers ein Tui sein wird, haben wir hunderte neuer Einschreibungen. Warum willst du unbedingt Tui werden?

GOGHER GOGH Auf Grund meiner Veranlagung und auch meiner Vorbildung fühle ich mich für den Staatsdienst berufen.

*Der Schreiber sieht ihn mitleidig an und eilt nach einer tiefen Verbeugung vor Ma Gogh weg.*

DER ERSTE STRASSENRÄUBER Versteh doch. Du mußt die Munition herausgeben. Die Teuerung wird jetzt zurückgehen, und das Geschäftsleben wird sich erholen. Jeder neue Laden muß aber sofort überfallen werden, damit er sich von Anfang an daran gewöhnt, für Schutz vor Überfällen zu zahlen.

GOGHER GOGH Ich will kein Herumgeschieße. Ich habe andere Pläne.

DER ZWEITE STRASSENRÄUBER Gut, aber welche?

*Gogher Gogh schweigt verbissen.*

MA GOGH Ihr wißt, daß ihr meinem Sohn vertrauen könnt.

DER ERSTE STRASSENRÄUBER *unsicher:* Sicher.

MA GOGH *deutet auf die Inschrift:* Krukher, ein gelehrter Mensch hat jetzt Aussichten wie nie. Ich glaube an Gogher.

*Herein der große Tui Hi Wei mit Schreibern. Er setzt sich.*

SEN Wer ist das?

GU Das ist Hi Wei, Rektor der Kaiserlichen Universität. Er führt ein Examen durch.

WEN *ist an den Examenstisch getreten, gedämpft:* Mein Kandidat steht hier zum dritten Mal. Er ist bei zwei Examinierungen jedesmal gefragt worden, wieviel 3 mal 5 macht. Er hat unglücklicherweise jedesmal geantwortet: 25. Der Grund dafür ist, daß er einen eisernen Charakter besitzt. Da er andererseits ein ausgezeichneter Geschäftsmann und guter Bürger, außerdem von großem Wissensdurst erfüllt ist, bitte ich den Herrn Rektor, die Frage »was ist 3 mal 5?« noch einmal zu wiederholen. Mein Kandidat hat die korrekte Antwort 15 nunmehr durch eifriges Studium sich angeeignet. *Er übergibt einen Beutel mit Geld.*

HI WEI *lacht:* Ich werde mit meinen Beisitzern sprechen.

DER ERSTE STRASSENRÄUBER Was hast du denn immer geantwortet hier, daß du durchgefallen bist?

GOGHER GOGH 25. Das war nicht richtig, weil die Antwort auf die Frage »Was ist 3 mal 5?«, wie ich höre, 15 ist.

DER ERSTE STRASSENRÄUBER Es ist aber goldrichtig, wenn die Frage lautet »Was ist 5 mal 5?«. Sie werden eben gefälligst die Frage richtig stellen. *Er zieht seine Pistole aus der Armhöhle, geht an den Examenstisch, zeigt sie Hi Wei und kommt, nachdem er einige Worte dort gesprochen hat, zurück.* Du bleibst bei 25, alles ist geordnet.

WEN *inzwischen zu Nu Shan:* Ich habe die Gebühr verfünffacht.

EIN SCHREIBER *ruft auf:* Herr Gogher Gogh. *Dieser tritt vor.*

HI WEI *mit schiefem Lächeln, auf den ersten Straßenräuber schauend:* Was ist 5 mal 5, Herr Kandidat?

GOGHER GOGH 15.

*Hi Wei hebt achselzuckend die Arme und geht schnell weg.*

DER ERSTE STRASSENRÄUBER Aber es war doch alles so schön geordnet.

GOGHER GOGH Natürlich, wenn man mir immer andere Fragen vorlegt ... Es ist unerhört, wie man hier mit dem sauer erworbenen Geld der Leute umwirft. *Laut:* Ich verlange, daß ich auf Grund meiner sehr wohlüberlegten Antwort unverzüglich als Mitglied des Tuiverbands einregistriert werde. Die Examinatoren haben nachgewiesenermaßen nicht verstanden, die korrekte Frage für meine Antwort zu stellen. Sie sind also unfähig. Überhaupt muß ich mir noch überlegen, ob ich jetzt noch wünsche, diesem Verband anzugehören. Es handelt sich hier, wie jeder weiß, um ganz gefährliche Meinungshändler. Sie würden ihre eigene Mutter verkaufen, wenn sie nicht in einen Satz paßt! Man wird mich hier noch kennenlernen!

MA GOGH Komm, hier bestiehlt man dich. *Ab mit Gogher Gogh, Wen und den Straßenräubern.*

SEN Komm, Eh Feh. Ich muß ihn etwas fragen.

GU Wollen Sie sich denn nicht einschreiben lassen?

SEN Vielleicht habe ich hier schon das meiste gelernt, was es gibt. Ich denke an diesen Kai Ho, diesen Hetzer, Lump, Mutterschänder, der den Boden aufteilen will, Eh Feh. *Ab mit dem Knaben.*

## 4a
## Gasse

*Tuis auf dem Strich. Sen und Eh Feh. Der zerlumpte Tui, der aus dem Teehaus gewiesen wurde, spricht Sen an.*

TUI Eine Meinung über die politische Lage gefällig, Alter?

SEN Ich brauche keine. Entschuldigen Sie.

TUI Es kostet nur drei Yen und geht im Stehen, Alter.

SEN Wie kannst du mich ansprechen, mit dem Kind dabei!

TUI Sei nicht so zimperlich. Eine Meinung haben, ist ein natürliches Bedürfnis.

SEN Wenn du nicht gehst, rufe ich die Polizei. Schämst du dich nicht? Was machst du aus dem Denken? Das ist das Edelste, was der Mensch tun kann und du machst es zu einem schmutzigen Geschäft. *Er verscheucht ihn.*

TUI *weglaufend:* Dreckiger Spießer!

EH FEH Laß ihn, Großvater, vielleicht ist er zu arm.

SEN Das entschuldigt beinahe alles, aber nicht das.

## 5
## Haus eines grossen Tui

*Munka Du, der von einem Barbier geschminkt wird, und seine Mutter.*

DIE MUTTER Wird man euch glauben? Da man weiß, wo die Baumwolle wirklich ist? Meine vier Mägde sprechen ohne Scham darüber.

MUNKA DU Man wird, wenn man will. So wie ein Schwimmbad für die da ist, die schwimmen wollen, ist eine Erklärung für die da, die glauben wollen. Mimimimimi. Es muß möglich sein, zu schwimmen; es muß möglich sein, zu glauben.

DIE MUTTER So siehst du keine Schwierigkeit in der Formulierung?

MUNKA DU Eine enorme. Sie verlangt einen Meister. Ein Meister ist nötig, zu beweisen, daß zwei mal zwei fünf ist.

DIE MUTTER Deine Familie erwartet von dir, daß du ihr keine Schande machst.

MUNKA DU Diese Bemerkung nehme ich übel. Es ist euch bekannt, daß denjenigen, die keine befriedigende Formulierung zu bieten wissen, die Köpfe abgeschlagen werden. Mimimimi.

DIE MUTTER Es werden nur die schlechten Köpfe abgeschlagen.

MUNKA DU Welche wohl nur von schlechten Familien beweint werden! *Er steht brüsk auf.*

*Die Mutter zieht eine Klingel. Herein die zwei Schwestern Munka Dus. Ein Sekretär folgt ihnen.*

MUNKA DU Hast du das Zitat bekommen?

SEKRETÄR Hier sind zwei, zur Auswahl. *Gibt ihm zwei Blätter.*

MUNKA DU *nimmt eines mit geschlossenen Augen:* Kostet?

SEKRETÄR 2000.

MUNKA DU Das ist unverschämt.

SEKRETÄR Die Zitate sind nahezu unbekannt.

MUNKA DU Auch ob das gut ist, ist eine Frage. *Er wendet sich zu seiner Familie:* Ist der Rücken jetzt faltenlos?

DIE MUTTER Gewiß. Verabschiede dich von deiner Familie.

MUNKA DU Mimimimimimimi. Meine Lieben. In Agonie und Verzweiflung – halt, wo ist der Zeichner, der meinen Aufbruch zur Konkurrenz für die Nachwelt festhält? *Die Mutter klingelt. Ein Zeichner herein. Er beginnt, schnell zu skizzieren.* In Agonie und Verzweiflung blickt das Land auf seine geistigen Führer. Was werden sie ihm sagen? Mimimimimimi. Denn es ist der Geist, der die Geschicke der Völker entscheidet, nicht die Macht. Oh, ich empfinde die Verantwortung, die auf meine Schultern geladen ist. Die hohen Stellen werden von mir manches zu hören bekommen, ja. Man wird mich vielleicht schmähen ...

DER ZEICHNER Bitte, diese Pose zu halten.

MUNKA DU *nachdem er einige Augenblicke lang in seiner Pose verblieben ist:* ... aber man wird mich nicht von meiner Meinung abbringen. Mimimimimimi. Ich werde vielleicht zu euch nicht zurückkehren. Aber in den Annalen der Geschichte wird meine unerschütterliche Bemühung weiterleben, meinem Land in seiner Not zu helfen durch mein – mimimimimimimimi –, durch mein klares und unmißverständliches Wort. *Er geht pomphaft hinaus.*

## 5a
## Im Palast des Tuiverbands

*Saal*

*Erster Tag der großen Tuikonferenz. Der kaiserlichen Familie und dem Kongreß wird durch den Vorsitzenden, den Rektor Hi Wei, der weißbärtige Sen vorgestellt.*

HI WEI Ich habe die Ehre und das Vergnügen, der erlauchten Kaiserlichen Familie und dem Hohen Kongreß einen Gast vorzustellen, dessen Anwesenheit uns symbolisch erscheint. Dieser schlichte Mann – *Beifall* –, ein einfacher Bauer – *Beifall* – aus der Baumwollegegend, kam mit seinem Maultierkarren, beladen mit Baumwolle in die Hauptstadt, wo es an Baumwolle mangelt. Vom Erlös aber, und das ist das Erhebende, das Schöne, das Vorbildliche, vom Erlös seiner Baumwolle wollte Sen, der Mann aus dem Norden, den Tuismus studieren! *Beifall.* Sein innigster Wunsch war es, all die großen Tuis sehen zu dürfen, welche die Menschheit erleuchten. *Beifall.*

*Vestibül*

*Vor dem Ministerpräsidenten streiten sich die großen Tuis Ki Leh und Munka Du. Aus einer sehr großen Holzröhre kommt eine Mitteilung: »Achtung! Der Kongreß beginnt«.*

KI LEH Man hat mir gesagt, ich spreche zuerst. Ich weiß, daß es das Schwierigste ist, den Ball ins Rollen zu bringen, aber ich habe dennoch zugestimmt, daß ich als erster spreche.

MUNKA DU Ich kann nur sagen, auch ich bin bereit.

KI LEH Ich reiße mich gewiß nicht darum.

MUNKA DU Ich dränge mich bestimmt nicht vor.

KI LEH Aber wenn man es von mir verlangt, mache ich es.

MUNKA DU Ich beuge mich jederzeit der Aufforderung.

KI LEH Niemand fordert Sie auf.

MUNKA DU Wer verlangt etwas von Ihnen?

KI LEH Man kennt Ihre Methoden.

MUNKA DU Ihre Tricks sind das Stadtgespräch.

KI LEH Es ist unter meiner Würde, mich mit Ihnen herumzustreiten. Ich spreche nicht zu meinem Vergnügen. Ich ... *Er reißt sich von Munka Du los, der versucht, ihn aufzuhalten, und geht hinein.*

DER MINISTERPRÄSIDENT Kommen Sie, ich werde Sie dafür dem Kaiser vorstellen. *Beide ab.*

*Am Eingang ist eine kleine Schlägerei im Gang. Gogher Gogh versucht, mit zwei Leibwächtern einzudringen.*

GOGHER GOGH Ich verlange, daß auch mir eine Gelegenheit gegeben wird. Der Mann aus dem Volk wird hier ausgeschlossen! *Er wird hinausgedrängt.*

*Saal*

HI WEI Majestät und meine Herren! Es tut meinem Herzen wohl, Ihnen als erster Redner den von der ganzen Bruderschaft heißgeliebten Rektor der Kaiserlichen Universität, Herrn Ki Leh, vorzustellen.

DIE TUIS *singen die Tuihymne:*

Vorwärts, gedacht!
Wissen ist Macht.
Seid ihr die Führenden
Alles Berührenden
Schürenden, Kürenden!
Seid ihr die Wacht!

KI LEH Erlauchte Kaiserliche Familie, Hoher Kongreß! Die Baumwolle, lana arboris, wird den Bombaceen entnommen, den Wollbäumen, Gewächsen mit fingerförmigen Blättern und Blüten an Stamm und Ästen. Sie ist eine flaumig flauschige Masse, die man zu Kleidungsstoffen verspinnt, hauptsächlich für die ärmere Bevölkerung. Hochgeehrte Versammlung, das Ausbleiben dieser Masse, der lana arboris, auf unseren Märkten und damit der Baumwollestoffe führt uns hier zusammen. Nun. Betrachten wir zunächst das Volk. Betrachten wir es kühn, furchtlos, ohne Vorurteil. Man hat es gelegentlich einigen Wissenschaftlern vorgeworfen, daß sie gewisse Unterschiede feststellten, das heißt behaupten zu müssen glaubten, es gebe da im Volk gewisse Ungleichheiten, ja, nennen wir es so, Ungleichheiten, Unterschiede der Interessen usw. usw. Nun. Lassen Sie mich Ihnen gestehen, daß ich, ganz gleichgültig, ob man mir das vorwerfen wird oder nicht, diese Meinung teile! Bitte. Ein Wald ist nicht einfach ein Wald, er besteht aus verschiedenen Bäumen. So ist das Volk nicht einfach das Volk. Woraus besteht es? Nun. Da gibt es Beamte, Tellerwäscher, Gutsbesitzer, Zinkgießer, Baumwollhändler, Ärzte und Bäcker. Da sind Offiziere, Musiker, Schreiner, Weinbauern, Rechtsanwälte, Schafshirten, Dichter und Grobschmiede. Nicht zu vergessen die Fischer, Dienstmägde, Mathematiker, Kunstmaler, Metzger, Spezereiwarenhändler, Chemiker, Nachtwächter, Handschuhmacher, Sprachlehrer, Polizisten, Gärtner, Zeitungsschreiber, Hafner, Korbflechter, Kellner, Astronomen,

Kürschner, Obstverkäufer, Eismänner, Zeitungshändler, Klavierspieler, Flötenspieler, Trommler, Geiger, Ziehharmonikaspieler, Zitherspieler, Cellospieler, Bratschespieler, Trompeter, Holzbläser, Holzhändler und Holzsachverständige. Und wer hat noch nicht gehört von den Tabakarbeitern, Metallarbeitern, Waldarbeitern, Landarbeitern, Textilarbeitern, Bauarbeitern, Architekten und Matrosen? Wieder andere Berufe sind Weber, Dachdecker, Schauspieler, Fußballer, Tiefseeforscher, Steinhauer, Scherenschleifer, Hundefänger, Wirte, Henker, Schreiber, Briefträger, Bankiers, Fuhrleute, Hebammen, Schneider, Bergleute, Diener, Sportsleute und Steuerleute. *Unruhe in der Versammlung.* Nun. Ich bin vielleicht etwas zu ausführlich, zu genau, zu wissenschaftlich geworden. Warum? Um zu zeigen, daß alle diese so verschiedenen Leute, oder sagen wir vorsichtig, daß ein überwiegender Teil, der mittellose Teil, in einem übereinstimmen, nämlich daß sie –

EINE STIMME ... mittellos sind.

KI LEH Nein, daß sie billige Baumwolle brauchen. Sie schreien nach Baumwolle! Nun. Wir alle wissen, meine Freunde, daß über die Baumwolle der Kaiser verfügt – *ein Rauschen geht durch die Versammlung* –, nicht im Sinne von Besitzen, sondern von Gebieten, Entscheiden, Disponieren – und wer würde sie freigebiger, selbstloser, väterlicher vergeben als der Kaiser? Aber sie ist nicht da. Nun. Wenn so viele sie so nötig brauchen, muß sie da nicht da sein? Hochgeehrte Versammlung, lassen Sie mich antworten, wieder auf die Gefahr hin, unpopulär zu werden: n e i n! Die Natur, meine Lieben, ist eine unbeherrschbare Göttin. Wir Geistigen scheuen gern zurück vor einfachen Feststellungen, sie scheinen simpel, sie scheinen platt. Nun, ich werde nicht zurückscheuen. Wo ist die Baumwolle geblieben? Hier meine unbestechliche Antwort: Es ist eine Mißernte. Zu viel Sonne, zu wenig Sonne. Zu wenig Regen, zu viel Regen. Man wird's feststellen, was davon. Kurz, es ist keine Baumwolle vorhanden – es ist keine gewachsen.

*Er verläßt würdig die Holzkanzel. Stille. Die kaiserliche Familie verläßt den Saal.*

HI WEI Ich danke Herrn Ki Leh. Das Preisgericht wird seine Entscheidung bekanntmachen.

*Garderoben*
*Der Kaiser, die Kaisermutter, Turandot mit dem Ministerpräsidenten. Munka Du steht wartend.*

DER KAISER Haben Sie mit den Vertretern der Bünde gesprochen?

DER MINISTERPRÄSIDENT Einige Worte, Majestät.
*Der Kaiser blickt fragend. Der Ministerpräsident schüttelt den Kopf.*

DER KAISER Der Mann hat sich's zu leicht gemacht. Mit solchen dummen Lügen schafft man es nicht. Im Gegenteil, das macht die Leute erst aufmerksam darauf, daß etwas nicht stimmt, angeblich. Fünf Minuten vorher wird ein Bauer begrüßt, der Baumwolle in die Hauptstadt gebracht hat! Kein Wirklichkeitssinn!
*Am Eingang ist ein Wortwechsel entstanden. Gogher Gogh versucht, mit zwei Leibwächtern einzudringen.*

GOGHER GOGH Ich merke mir eure Gesichter. Ich habe hier eine hochwichtige Mitteilung zu machen. *Er wird hinausgedrängt.*

TURANDOT Ich fliege auf Geist, aber das!

DER KAISER Und diese Aufsässigkeit! »Ganz gleich, ob man mir das vorwerfen wird ...« – Und »Der überwiegende Teil, der mittellose Teil«! Weg, der Kerl!

DER MINISTERPRÄSIDENT Er wird uns nicht mehr langweilen.

TURANDOT Omama, ich will nicht. *Sie wirft sich der Kaisermutter in die Arme.* Ich laß mich nicht verkuppeln. Nicht mit so was! *Sie gibt dem Ministerpräsidenten einen Tritt.* Er hat ihn auftreten lassen. Das ganze Teehaus lacht über mich. Kopf ab! Deiner auch! *Schluchzt.* Niemand kümmert sich um mich! Kopf ab! Kopf ab! Kopf ab! *Verbirgt den Kopf am Busen der Kaisermutter.*

DER MINISTERPRÄSIDENT *nach einer kleinen Pause:* Darf ich Eurer Kaiserlichen Hoheit den Redner des fünften Tags, Herrn Munka Du, vorstellen?
*Turandot wirft ein Auge auf ihn.*

*Vestibül*
*Sen, der Knabe Eh Feh und der Tui Gu.*

SEN Der Mann irrt, es gibt dieses Jahr mehr Baumwolle als voriges. Wie kann ich ihn treffen? Ich will es ihm sagen.

*Ki Leh wird von Polizisten vorbeigeführt.*

SEN Was ist mit ihm? Warum gehen die Polizisten mit ihm? Kann ich nicht mit ihm reden?

GU *hält ihn zurück:* Laß dich lieber nicht mit ihm sehen, das könnte dir schlecht bekommen.

SEN Meinst du, er ist verhaftet? Nur weil er nicht die Wahrheit weiß?

GU Er weiß sie.

SEN So wird er verhaftet, weil er gelogen hat!

GU Nicht weil er gelogen hat, sondern weil er schlecht gelogen hat. Du hast noch viel zu lernen, Alter.

*Garderoben*

*Der Ministerpräsident stellt Turandot den Rektor Hi Wei vor, der von seinem Sekretär Nu Shan begleitet ist. Mit Turandot ist Munka Du. Vom Saal her erklingt die Tuihymne.*

HI WEI Darf ich Eurer Kaiserlichen Hoheit dieses Kostüm dedizieren, das ich selbst entworfen habe?

*Nu Shan entnimmt einem Karton ein Kostüm aus Papier, bedruckt mit Versen.*

DER MINISTERPRÄSIDENT Angesichts des unbefriedigenden Verlaufs des Kongresses, und um dem ungestümen Andrang der Bewerber zu begegnen, wird Herr Hi Wei, der Vorsitzende des Tuiverbands, selber schon heute am dritten Tag des Kongresses das Wort ergreifen.

TURANDOT Oh, wie geistreich! Papier!

HI WEI Der edelste aller Stoffe!

TURANDOT »Edler Stoff selbst, verhülle ich edleren.« *Ruft den Mägden.* Ich will es heut tragen.

*Ein Wandschirm wird gebracht, sie kleidet sich um.*

DER MINISTERPRÄSIDENT *zu Hi Wei:* Kommen Sie!

*Aus den Röhren kommt eine Mitteilung: »Mitteilung: Aus dem Taschi Lumpo Kloster in Shigatse ist der Geograph Pauder Mel aufgebrochen, um am Kongreß teilzunehmen.« Beifall.*

*Saal*

JAU JEL Wie war es gestern?

DER KAISER Flau. Ein Theologe. Alles, was er zu sagen hatte, war: Je weniger Kleider, desto gesünder. Die Sonne. – Wo warst du?

JAU JEL Auf dem Land. Ich habe versucht, ein paar Ballen zu verbrennen.

DER KAISER Wozu? Das erlaube ich nicht. Warum sitze ich hier?

JAU JEL Wie willst du anders den Preis hinauftreiben?

DER KAISER Doch nicht durch Verbrennen. Was nützt mir ein hoher Preis, wenn ich dann nichts habe, um es zu diesem Preis zu verkaufen?

JAU JEL Studier erst Ökonomie, wenn du mit mir reden willst. Nimm an, wir haben fünf Millionen Ballen ... *Er erklärt leiser weiter während der folgenden Rede des Hi Wei, der den Saal betreten hat.*

HI WEI Kaiserliche Majestäten, meine Herren! Es ist hier zu Beginn des Kongresses von einem Unwürdigen behauptet worden, daß China in diesem Jahr keine Baumwolle hervorgebracht hat. Das ist eine Beleidigung des chinesischen Volkes. Ich darf Ihnen mitteilen, daß nicht weniger als ein und einhalb Millionen Ballen Baumwolle erzeugt wurde. Und in welcher Weise, in welcher Weise hat unser Volk, das fleißigste der Erde, diese Baumwolle erzeugt! Wir wissen, wieviel Schweiß auf Grund der äußerst strengen Zucht von den Pächtern der großen Klöster und der feudalen Güter vergossen wird. Aber dazu kommen die Millionen kleinen Bauern, die auf unglaublich winzigen Felderchen sich die Finger bis auf die Knochen zerarbeiten. Ruhm ihnen, Preis den kleinen Bauern! Den heroischen Erzeugern der Bekleidung des kleinen Mannes!

*Beifall.*

JAU JEL Merk dir das für den Fall, daß mir etwas zustößt, du hast keinen Geschäftskopf: die Hälfte muß weg, bevor wir mit dem Verkaufen beginnen können. Aber ich kann sie nicht verbrennen lassen. Warum? Sie stinkt.

DER KAISER Sie stinkt nicht, nur Wolle stinkt.

JAU JEL Aber sie raucht sehr stark.

HI WEI Und nun werden Sie mich fragen und mit Ihnen das ganze Volk: Wo ist sie? Wo ist die Baumwolle? Ich werde es Ihnen sagen: Sie verschwindet.

*Aufruhr.*

JAU JEL Ist er wahnsinnig geworden? Schließ sofort!

HI WEI Und wo verschwindet sie? Um alle Welt, wo? Auch dies werde ich Ihnen sagen: Auf dem Transport. *Der Aufruhr verstärkt sich.* Hochgeehrte Versammlung! Sie vermuten Furchtbares, Sie sind mit Recht empört. Sie könnten nicht weiter von der Wahrheit entfernt sein. Gestatten Sie mir, daß ich Ihnen nun ein neues Lied von der Größe und der Tugend des chinesischen Volkes singe. Ich spreche vom Fortschritt unter dem erlauchten Regime unseres Kaiserlichen Hauses. Meine Herren, vor noch nicht allzu vielen Jahren bot die Bevölkerung des platten Landes ein trauriges Bild. In Lumpen gekleidete Gestalten, halbnackt, beinahe tierisch in ihrer Nacktheit, füllten die Dörfer. Anständige Kleidung, geschmackvolle Stoffe waren ihnen unbekannt und kaum erwünscht. Und heute? Meine Herren, die Übernahme der Baumwolleproduktion durch ein Mitglied des Kaiserlichen Hauses hat das alles geändert. In unsere Dörfer ist die Kultur eingezogen. Kultur! *Von der Decke regnen Flugblätter.* Das Verschwinden der Baumwolle beim Transport von den Feldern in die großen Städte erklärt sich aus der Zunahme der Kultur in unserm Land: sie wird von der Bevölkerung weggekauft! Ich weiß nicht, was diese Flugblätter enthalten –

RUFE Flugblätter des Kai Ho! Polizei!

HI WEI … aber ich weiß, daß es Lügen sind. Die Wahrheit lautet: Die Baumwolle ist ausverkauft!

DER JUNGE ME NEH *in einer Gruppe junger Tuis:* Von den Bauern, die keine Felder haben, so daß sie ihre winzigen Fleckchen mit dem Taschenmesser pflügen und Baumwolle im Ohr ihrer Großmütter aussäen? *Er wird von Polizisten weggeschleppt.* Sie können sich keine baumwollenen Kleider leisten!

DER KAISER Ein Esel, dieser Hi Wei!

DER MINISTERPRÄSIDENT Die Vertreter der Bünde haben, die Flugblätter in Händen, den Saal verlassen.

HI WEI *verzweifelt:* Ich bitte um Ruhe. China steht am Rand eines Abgrunds! *Klatschen unterbricht ihn. Turandot, gefolgt von Munka Du, ist in die Loge getreten. Sie trägt Hi Weis Papierkostüm.* Kaiserliche Majestäten, Hohe Konferenz! Um dem Mangel an Kleidungsstoffen zu begegnen, der durch die gesteigerten kulturellen Ansprüche unseres Volkes entstanden ist, ich wiederhole das, schlage ich vor, für die Hauptstadt sogleich, unverzüglich, ohne jede bürokratische Verzögerung, unter Umgehung aller bisherigen Vorschriften, für Kleidungen den edelsten Stoff, den heiligsten Stoff, zu verwenden, den Stoff, den unsere Denker und Dichter erlaucht gemacht haben: das Papier!

RUF Und den Regen zu verbieten.

*Gelächter. Polizisten suchen den Zwischenrufer, sodann die Lachenden. Dann wieder Klatschen: Turandot hat demonstrativ ihren Sonnenschirm aufgespannt.*

NEUER RUF Unsere Straßenarbeiter werden mit Sonnenschirmen arbeiten!

ANDERER RUF Kleidet euch lieber in die Flugblätter Kai Hos!

*Die Kaiserliche Familie verläßt den Saal.*

*Garderoben*

JAU JEL Die Baumwolle verschwindet auf dem Transport! Jetzt muß nur noch einer hinaustrompeten wohin, und wir können die Koffer packen!

TURANDOT Ich bin zum Gelächter des Landes gemacht worden, wieder! Der Elende! *Reißt sich die Papierkleider vom Leib.* Da und da und da!

DER KAISER Mach hier keinen Skandal, mir genügt der Skandal, den wir haben. *Ab mit Jau Jel.*

DER MINISTERPRÄSIDENT Sie sind Vorsitzender des Tuiverbandes.

NU SHAN Aber ich kann nicht, ich bin sein Schüler.

DER MINISTERPRÄSIDENT Machen Sie das mit Ihrem Gewissen ab. *Beide hinaus.*

DIE KAISERMUTTER Kopf ab, Kopf ab, Kopf ab! *Kichernd ab. Mägde tragen kichernd einen Wandschirm vor Turandot. Nur noch der Hoftui und Munka Du sind da. Eine Mitteilung aus den Röhren: »Die Bewerber des vierten Tages werden aufgefordert, sich im Großen Saal zu melden.«*

TURANDOT *hinter dem Schirm:* Munka Du! Du wartest doch?

MUNKA DU Ich muß mich im Großen Saal melden, Kaiserliche Hoheit.

TURANDOT Das kannst du immer noch. Da stehen wieder Dutzende. Ich will, daß du als letzter sprichst.

MUNKA DU Ja, Kaiserliche Majestät.

TURANDOT Munka Du! Komm mit mir in den Palast heute, und ich werde dir etwas zeigen.

MUNKA DU Kaiserliche Hoheit, nichts wäre mir köstlicher, aber ich werde mich auf meine große Rede vorbereiten müssen.

TURANDOT Ich bin sicher, daß Fi Jej noch da ist.

DER HOFTUI Gewiß, Kaiserliche Hoheit.

TURANDOT Bleib ruhig da. Munka Du, ich werde dir heute abend etwas aus Baumwolle zeigen.

*Die Mägde kichern laut. Über die Röhren kommt wieder die Mitteilung.*

MUNKA DU Kaiserliche Hoheit, ich bitte um Urlaub, daß ich meine große Rede vorbereiten kann.

TURANDOT Fi Jej, geh in den Großen Saal und sieh nach, wie viele Bewerber noch da sind.

*Fi Jej ab in den Großen Saal.*

TURANDOT Munka Du!

*Saal*

*Der Ministerpräsident und der Sekretär Nu Shan blicken dem Hoftui entgegen.*

DER MINISTERPRÄSIDENT Es ist unangenehm. Es hat sich niemand mehr gemeldet, jetzt, am Ende erst des dritten Tags! Natürlich kommen noch Redner aus den Provinzen. Benachrichtigen Sie Herrn Munka Du, daß er morgen früh spricht. *Zu Nu Shan:* Und Sie erledigen diesen Dummkopf.

*Der Hoftui zögert, in die Garderoben zurückzukehren.*

*Vestibül*

*Der Sekretär Nu Shan findet seinen Herrn, den Rektor Hi Wei, völlig vereinsamt. An der Tür, bewacht von Polizisten, Me Neh und andere junge Tuis. Zum Ausgang gehen der alte Sen und der Tui Gu.*

GU Was denken Sie über das Ganze, lieber Sen?

SEN Die Beredsamkeit der Herren ist groß, aber sie reicht nicht aus, die Felder sind zu winzig.

HI WEI Teilen Sie sofort höheren Ortes mit, daß ich die strengste Bestrafung für diese Burschen hier, offene Anhänger des Kai Ho, fordere, die allerstrengste, den Tod! *Der Sekretär gibt den Polizisten ein Zeichen, und die jungen Leute werden abgeführt.* Danke. Haben Sie etwas gehört? Wie spricht man über meine Rede? Die Flugblätter haben etwas von der Wirkung weggenommen, wie? Aber das demonstrative Erscheinen der Prinzessin in meinem Kostüm hat viel wieder aufgeholt, denke ich. Ist man zufrieden? *Heiser:* Haben Sie eine Botschaft? Man hat mir nichts gesagt, vermutlich weil man nicht die Reaktion des Hofes kennt. Überprüfen Sie die Protokolle mit meiner Rede vor der Veröffentlichung genauestens. Die Hitze im Saal wirkte sich etwas auf die Stimmung aus, wie? Mann, warum reden Sie nicht? Sie sind seit elf Jahren mein Schüler, ich mache Sie verantwortlich für die Protokolle. Ich verstehe. Sagen sie meinen Söhnen ...

*Vestibül*

*Vierter Tag. Der Ministerpräsident, Nu Shan und der Schreiber der Tuischule. Mitteilung aus den Röhren: »Bewerber des fünften Tags melden sich im Vestibül vor dem Komitee des Ministerpräsidenten.«*

DER MINISTERPRÄSIDENT Er erlaubt sich, uns warten zu lassen. Sind die Eingänge besetzt, die Wände abgeklopft, die Keller durchsucht?

NU SHAN Der Kriegsminister hat persönlich die Kontrolle übernommen.

DER MINISTERPRÄSIDENT *unruhig:* Das sagt gar nichts. Der Mensch war vor noch nicht 30 Jahren Mitglied der Gesellschaft für gemäßigten Fortschritt im Rahmen der Gesetze. – Angemeldet hat sich noch der Geograph des Taschi Lumpo Klosters. Aber er wird nicht vor übermorgen eintreffen können. – Sind die Störenfriede von gestern aus dem Tuiverband ausgeschlossen worden?

NU SHAN Sie sind hingerichtet.

DER MINISTERPRÄSIDENT Das ist uninteressant. Ich fragte, ob sie aus dem Tuiverband ausgeschlossen sind.

*Herein eilig Munka Du und Turandot mit ihren Mägden. Munka Du ist sichtbar übernächtig. Verbeugungen.*

TURANDOT Beglückwünschen Sie ihn, meine Herren, er hat mir heute nacht erzählt, was er sagen wird.

DER MINISTERPRÄSIDENT Herr Munka Du, ich bin überzeugt, Sie verstehen, daß nach den Vorkommnissen gestern der Beschluß gefaßt wurde, die Bewerber, wer sie auch seien, auf unchinesische Gedanken hin zu durchforschen.

TURANDOT Er hat keine.

DER MINISTERPRÄSIDENT *verbeugt sich:* Sicherlich nicht. *Zu Munka Du:* Unterziehen Sie sich dieser Formsache. *Man setzt sich.* Sind Sie Bettnässer?

MUNKA DU *hilflos:* Nein.

DER MINISTERPRÄSIDENT *zu den Mägden:* Bitte, nicht zu kichern. Die Frage ist vorgeschrieben. – Gehörten Sie zu irgendeiner Zeit der Gesellschaft der Freunde des bewaffneten Aufstands an? *Munka Du schüttelt den Kopf.* Den Lügnern für Menschenrechte? *Munka Du schüttelt den Kopf.* Sind Sie für den Frieden in irgendeiner Form? *Munka Du schüttelt den Kopf.* Haben Sie Verwandte? *Munka Du schüttelt den Kopf, besinnt sich und nickt.* In den nördlichen Provinzen? *Munka Du schüttelt den Kopf.* Sprechen Sie den Namen Kai Ho aus!

MUNKA DU Kai Ho.

DER MINISTERPRÄSIDENT Sie zittern.

MUNKA DU Ich bin übernächtig.

TURANDOT *schiebt die Mägde weg, die sie frisiert haben:* Fertig. *Sie steht auf, winkt Munka Du und geht mit ihm und den Mägden hinaus. Die Tuihymne ertönt, schwach und mißlautend.*

*Saal*

*Überall bewaffnete Wachen. Herein Munka Du und Turandot. Ersterer begibt sich schleppenden Schrittes zur Holzkanzel, letztere leichtfüßig in die kaiserliche Loge. Sie wirft einen Umhang ab und sitzt halb nackt.*

DER KAISER Wie kannst du dich hier so zur Schau stellen!

TURANDOT Schimpf nicht, du brauchst es.

NU SHAN Als Vorsitzender des Tuiverbands beehre ich mich,

Ihnen den Bewerber des vierten Tags, Herrn Munka Du, Leiter des philosophischen Seminars, vorzustellen.
*Turandot klatscht.*

MUNKA DU Kaiserliche Majestäten, meine Herren! In historischer Stunde ...
*Herein nach einer kleinen Schlägerei am Eingang vier Männer, halbnackt. Sie stapfen singend in die Mitte.*

DIE VIER

Sonnenschein, Sonnenschein,
Macht gesund und froh.
Friert es euch mal im Gebein
Hoch der Kai Ho!

*Die bewaffneten Wachen schlagen auf die vier ein und drängen sie hinaus.*

DIE VIER *einen Wimpel aus Baumwolle an einem Stecken hochhaltend:*

Ist ein Rock ein schöner Wahn
Geht es wohl auch so
Denn es langt für eine Fahn
Hoch der Kai Ho!

MUNKA DU *während die vier hinausgeprügelt werden:* Kaiserliche Majestäten, meine Herren ...

DER JUNGE SHI MEH *wirft seinen neuerworbenen Tuihut auf den Boden und trampelt darauf herum:* Laßt sie los! Oder nehmt mich mit! *Er wird mitgenommen.*

MUNKA DU In historischer Stunde ...

SHI MEH *am Eingang:* Warum redest du hier, du, der Gott des philosophischen Seminars! Du redest ihnen keine Kleider auf die nackten Leiber! *Er wird hinausgerissen.*

NU SHAN *wütend:* Ich streiche dich, Shi Meh!

RUFE Sprich endlich, Munka Du! – Man verwandelt den Palast des Tuiverbands in einen Fischmarkt. – Er stinkt mehr.

MUNKA DU *grau im Gesicht:* Ich rede hier, Shi Meh, ich rede hier, weil ich mir nicht die Freiheit rauben lasse, zu reden, wo immer ich will, und was immer ich will. Ja, ich stehe hier, die Freiheit zu verteidigen, meine, eure, aller Leute Freiheit.

RUF Auch der Wölfe!

MUNKA DU *während die Polizei den Rufer sucht:* Ja!

RUF Und der Schafe?

MUNKA DU *während die Polizei den Rufer sucht:* Ja, auch der Schafe! Ich bin nicht der Meinung, ich bin nicht der Meinung – *trocknet sich den Schweiß* –, ich bin nicht der Meinung, daß man den Nackten Baumwolle für die Kleider vorenthalten soll, aber wenn ich dieser Meinung wäre, dieser Meinung wäre, wünsche ich, sie aussprechen zu dürfen, sie, die Meinung, die ich nicht teile, mit niemandem. Es handelt sich nicht um Baumwolle, es handelt sich um die Freiheit der Meinung über die Baumwolle, auf die es nicht ankommt, um die es sich nicht handelt. Hier wird eben nicht Handel getrieben, hier hat man eine Meinung. *Unruhe.* Um die Meinung handelt es sich, nicht um den Handel!

*Am Eingang ist, mit zwei Leibwächtern, gewaltsam Gogher Gogh eingedrungen.*

GOGHER GOGH So darf vielleicht ein Mann hier seine Meinung sagen, ein Mann, der nicht den Tuihut besitzt, sondern durch Taten bewiesen hat, daß er … *Er wird hinausgedrängt.*

RUF Man unterdrückt die Straßenräuber!

MUNKA DU Kaiserliche Majestäten, meine Herren! Lassen Sie uns hier nicht länger von der Baumwolle sprechen, sondern von den Tugenden, die ein Volk haben muß, sie entbehren zu können. Nicht: wo ist die Baumwolle? lautet die Frage, sondern: wo sind die Tugenden? Wo ist die heitere Entsagung hingekommen, die sagenhafte Geduld, mit der das chinesische Volk seine ungezählten Leiden zu tragen wußte? Den ewigen Hunger, die auszehrende Arbeit, die Strenge der Gesetze?

DER KAISER Er gleitet aus. Nach einem vorzüglichen Anfang!

MUNKA DU Das war – *aus seinem Manuskript* – die innere Freiheit. Majestäten, meine Herren, sie ist weg.

RUF Mit der äußeren.

MUNKA DU Ich ehre das Andenken an die einfachen Leute früherer Geschlechter, die, gekleidet in Lumpen – es gab nicht immer Baumwolle –, die, sich nährend mit einer Handvoll Reis, ihre Tage in Würde zu verbringen wußten, ohne Bettelei und ohne Gewalttat. Man sagt, du sitzest unter uns, Kai Ho. *Unruhe.* Ich weiß es nicht. Aber wenn du da bist, dann frage ich dich: Was hast du mit der Freiheit angefangen? Alle versklavst du. Von allen verlangst du, daß sie nur noch nach Baumwolle schreien, als gäbe es nichts Besseres!

RUF Nämlich Seide.

MUNKA DU Ich verlange von dir die Freiheit, meine Meinung sagen zu können, hörst du? Mich geht nicht die Baumwolle in den Lagerhäusern des Kaisers an, mich geht die Freiheit an!

*Große Unruhe.*

JAU JEL Jetzt ist es heraußen. Diese Dummköpfe haben alles enthüllt!

*Die kaiserliche Familie verläßt den Saal.*

MUNKA DU Die Freiheit! Die Freiheit! Die Frei ...

*Aus den Röhren kommt ein Gesang: »Sonnenschein, Sonnenschein macht gesund und froh. Friert es euch mal im Gebein, hoch der Kai Ho!« – Polizei dringt auf Munka Du ein.*

*Vestibül*

*Tuis drängen zum Ausgang.*

RUFE Er hat den Tuiverband ruiniert. – Er machte auf mich einen geschwächten Eindruck. – Daher seine Heftigkeit. – Die Lagerhäuser waren ein Zungenschlag. – Ein Zungenschlag, der ein Blitzschlag war.

GU *zum alten Sen:* Laß dich nicht entmutigen.

SEN Ich habe heute Mut geschöpft. Wie es heißt: Die Katze hat die Ratte gesehen.

EH FEH Großvater, das Lied war schön.

SEN Pst! Er meint die Melodie, die Töne, den Wohllaut. *Schlau.* Siehst du, ich habe schon etwas von den Tuis gelernt. Bei den Polizisten muß man ein Tui sein.

GU *wirft plötzlich seinen Tuihut zu Boden:* Ich beginne mein Handwerk zu verachten, Alter. *Er schaut sich erschreckt um und hebt den Hut vorsichtig wieder auf, ihn abstaubend.* Trotzdem könntest du hier viel Weisheit lernen.

SEN Es gibt verschiedene Weisheiten. Ich bin für die Weisheit, bei der Felder verteilt werden.

## 6
## An der Stadtmauer

*Ein Henker und sein Gehilfe stecken auf der Stadtmauer den abgehauenen Kopf des Munka Du neben anderen Köpfen auf.*

DER HENKER Nichts ist schrecklicher als der Wechsel des menschlichen Glücks. Gestern noch steckten Jen Fai und sein Gehilfe den letzten der Köpfe auf der Westseite auf. Sie waren heiter und vergnügt. Sie wählten die Westseite, weil dort gestern die tibetanische Karawane vorbeizog, mit den Pilgern der siebenten Reinigung. Es war ein hübscher Erfolg. Die Pilger sprachen sich höchst befriedigt über den Anblick aus und Jen Fais Glück schien gemacht. Heute nacht aber gab es westliche Winde und Regen, und heute morgen sah die ganze Ausstellung entsetzlich aus. Köpfe wie sie in ganz China nicht mehr aufzutreiben sind, waren nur noch klägliche Schatten ihrer selbst. Jen Fai hätte eben nicht eines doch nur äußerlichen Erfolges halber die Westseite wählen dürfen. Prinzessin Turandot soll heut früh zwei Stunden lang geweint haben. *Sie sind fertig und gehen weiter.* Ja, Glück und Unglück wechseln in unserm Stande.

EINE MÄNNERSTIMME *singt weiter weg:*

Sage ihm, der den Wagen zieht
Er wird bald sterben.
Sage ihm, wer leben wird?
Der im Wagen sitzt.
Der Abend kommt.
Jetzt eine Handvoll Reis
Und ein guter Tag
Ginge zu Ende

*Der Schreiber der Tuischule ist mit dem Knaben Si Fu gekommen. Sie mustern die Köpfe und bleiben vor einem unbekannten stehen.*

DER SCHREIBER Das ist mein Lehrer, die größte Leuchte der chinesischen Grammatik. Er hat dummes Zeug geredet auf dem Kongreß, aber jetzt gibt es niemand mehr, der die Gedichte des Po Chü-i erklären kann. Oh, warum bleiben sie nicht in ihrem Fach! – Es kommt jemand.

*Beide ab. Herein Turandot, die mit ihren Mägden spazierengeht. Bewaffnete folgen ihr.*

TURANDOT *sieht Munka Dus Kopf:* Dudl! Und da ist auch Hi Wei, der Papierschneider. Eigentlich sollte ich Witwenkleider tragen, das wäre aber zu abschreckend für die Bewerber. Es werden überhaupt zu viele Köpfe auf der Mauer, da scheint es ja, als sei die Politik gar nicht zu verteidigen. Wer kommt da?

DIE ERSTE MAGD Das ist der Straßenräuber Gogher Gogh, eine lächerliche Figur im Teehaus der Tuis.

DIE ZWEITE MAGD Im Gegenteil. Die Damenwelt ganz Pekings liegt ihm zu Füßen wegen seiner Männlichkeit.

TURANDOT Also ein schöner Dummkopf.

DIE ERSTE MAGD Es scheint, er wird von den zwei Kerlen verfolgt. Gehen wir.

TURANDOT Wir bleiben.

*Gogher Gogh kommt, den Blick scheu zurückgewendet, als fliehe er. Die Frauen sehend, bleibt er stehen. Turandot lächelt.*

GOGHER GOGH Sie gehen wohl spazieren.

TURANDOT *lacht:* Ein Huhn kaufen.

GOGHER GOGH So, das ist brav. Darf ich mich Ihnen anschließen?

*Die erste Magd schaut in die Richtung, aus der er kam, und lacht.*

TURANDOT Bitte.

*Gogher Goghs Leibwächter nähern sich, drohend auf Gogher Gogh blickend.*

GOGHER GOGH *bietet Turandot kavaliersmäßig den Arm und führt sie an den Leibwächtern vorbei:* Sie benötigen stärkeren Schutz, Fräulein. Hier gibt es viel Gesindel.

TURANDOT Wollen diese Herren etwas von Ihnen?

GOGHER GOGH An mich wenden sich eine Menge Leute, die es zu nichts gebracht haben.

TURANDOT Man will Sie vielleicht nur etwas fragen?

GOGHER GOGH Ich habe die Fragerei satt. Ich antworte grundsätzlich nicht auf Fragen.

TURANDOT Sind die Fragen etwa unbequeme Fragen?

GOGHER GOGH Das weiß ich nicht; ich höre sie mir nicht an.

TURANDOT Ein Politiker! – Und was halten Sie von der Konferenz?

GOGHER GOGH Nichts. Hier sehen Sie das Ergebnis. Ich habe vergebens versucht, das Ganze zu verhindern, man hat mich nur nicht eingelassen, weil ich nicht so gelehrt bin, wie diese Herren waren. Jetzt ist der Stunk da. Wenn der Staat jede Frage beantworten will, die ihm gestellt wird, geht er zu Grund. Warum? Es gibt Stunk. Wie lang würden Sie Ihren Hund behalten, wenn er Sie jeden Morgen fragen würde: wo ist das Kottelet? Er würde Ihnen einfach unsympathisch.

TURANDOT Da ist etwas dran. Und was halten Sie von Frauen?

GOGHER GOGH Die chinesische Frau ist treu, fleißig und gehorsam. Aber man muß sie so behandeln wie das Volk, nämlich eisern. Sonst läßt sie nach. *Da die Leibwächter wieder drohend vorbeigehen.* Mit Widerspenstigkeit mache ich kurzen Prozeß.

TURANDOT Und was halten Sie von mir?

GOGHER GOGH Sie sind ein rätselhaftes Wesen, wenn ich so sagen darf. Übrigens muß ich schon einmal die Ehre gehabt haben, Sie gesehen zu haben.

TURANDOT Ich kann Ihnen helfen: in literarischer Umgebung.

GOGHER GOGH Ein Volk ohne Literatur ist kein Kulturvolk. Sie muß nur gesund sein. Ich stamme aus einer anständigen, aber einfachen Familie. In der Schule war ich gut in Turnen und Religion, jedoch zeigte ich frühzeitig gewisse Führereigenschaften. Mit sieben Gleichgesinnten habe ich ein Geschäft aufgebaut, das ich durch eiserne Zucht zu dem gemacht habe, was es ist. Ich verlange von meinen Gefolgsleuten fanatischen Glauben an mich. Nur so kann ich meine Ziele erreichen. *Zu den Bewaffneten:* Verhaften Sie diese Gestalten. *Die Leibwächter gehen schnell weg.* Wohin wünschen Sie gebracht zu werden?

TURANDOT *belustigt:* Wenn Sie nichts anderes vorhaben, in die Gegend des Kaiserlichen Palastes. *Zur zweiten Magd:* Was ich vorhin gesagt habe, stimmt nicht.

*Alle ab in die Richtung, aus der Turandot mit ihrer Suite gekommen war.*

DER KOPF DES HI WEI Ich fürchte, es gibt heute nacht wieder Regen.

UNBEKANNTER KOPF Mein Hauptargument war gesund, aber in den Details hätte ich tatsächlich farbiger sein können.

KOPF DES KI LEH Es wächst keine.

KOPF DES HI WEI Es muß eine Antwort geben. Gestern nacht war ich nahe daran.

KOPF DES MUNKA DU Ich hätte mich ausschlafen sollen, dann ...

KOPF DES KI LEH Daß er über sie verfügt – verfügt, ein unglückseliges Wort –, hätte nicht gesagt zu werden brauchen.

KOPF DES HI WEI Die wahre Wissenschaft gibt niemals auf! Selbstverständlich gibt es auf jede Frage eine Antwort. Man muß nur die Zeit haben, sie zu finden.

DER UNBEKANNTE KOPF Zeit, das haben wir.

KOPF DES KI LEH Immerhin, wir genießen hier eine Art von Freiheit.

*Von zwei jungen Tuis gezogen, in einem Wägelchen, der Geograph Pauder Mel.*

JUNGER TUI *ausrufend:* Straße frei für den großen Geographen Pauder Mel!

PAUDER MEL Keine Müdigkeit vorgeschützt! Ich habe die größte Besorgnis, daß der Kongreß schon abgeschlossen ist, wenn ich komme. Jeden Augenblick kann einer die Antwort finden. Und was dann?

*Die jungen Tuis bleiben stehen und deuten erschreckt auf die Köpfe.*

PAUDER MEL Ein paar Verbrecher! Vorwärts, meine jungen Freunde!

## 7
## Im Kaiserlichen Palast

*Der Ministerpräsident empfängt den Delegierten der Kleidermacher und seinen Bundtui.*

DER BUNDTUI Exzellenz! Eine Analyse der Lage ergibt ...

DER DELEGIERTE *winkt ab:* Ich spreche. Unsere Kleidermacher sind nicht mehr zu halten, das ist alles.

DER MINISTERPRÄSIDENT Ich kann Ihnen folgendes verbindlich mitteilen: der Kaiser wird aus dem Scheitern der Großen Konferenz die Konsequenzen ziehen.

DER DELEGIERTE *erfreut:* Das ist ein Wort! Wie gesagt, ich kann meine Leute schon nicht mehr halten.

DER MINISTERPRÄSIDENT *führt ihn hinaus:* Sie können die Entscheidung im Vorzimmer abwarten. Ich stelle übrigens fest, daß der Delegierte des Bunds der Kleiderlosen nicht erschienen ist.

DER DELEGIERTE Sie machen dort ihre eigene Politik.

DER MINISTERPRÄSIDENT Ihr steht schlecht mit ihnen?

DER DELEGIERTE Eines ist sicher: man wird mich nicht mehr mit diesem Kerl zusammen sehen.

*Ab mit seinem Tui. Herein der Kaiser und Jau Jel.*

DER KAISER An allem sind diese Tuis schuld. Ich habe immer das Beste gewollt.

JAU JEL Und bekommen.

*Herein der Hoftui, der General Kriegsminister, Nu Shan.*

DER HOFTUI Majestät, es gibt keinen Grund für Beunruhigung.

NU SHAN Die Bevölkerung bewahrt ruhig Blut, Majestät.

DER KRIEGSMINISTER Die Stadttore sind fest in unserer Hand, Sire.

DER KAISER Ich danke Ihnen. Halt. Was ist vorgefallen?

DER KRIEGSMINISTER Majestät, der Kai Ho hat sich in den nördlichen Provinzen auf die Hauptstadt zu in Bewegung gesetzt.

JAU JEL Gewisse Vorräte müssen sofort vernichtet werden.

DER KAISER In diesem Falle trete ich zurück.

DER MINISTERPRÄSIDENT Wie?

DER KAISER Wie ich zurücktrete?

DER MINISTERPRÄSIDENT Nein, wie die Vorräte vernichtet werden können.

JAU JEL Verbrennen ist unmöglich. Baumwolle stinkt da.

DER KAISER Schön, trete ich zurück.

DER KRIEGSMINISTER Wir können es nicht durch Militär machen lassen. Das gibt Meuterei.

DER KAISER Ich trete zurück.

*Stille. – Der Kaiser blickt ungläubig auf die Anwesenden.*

DER KAISER Sie können es sich überlegen, aber ... *Da niemand etwas sagt, geht er langsam hinaus.*

DER KRIEGSMINISTER Majestät sind unmöglich.

JAU JEL Erwarten Sie nicht, daß ich ... Ich würde niemals gegen meinen Bruder ... Ganz sinnlos, mich zu bitten ... Daß es dann heißt, ich hätte mich zum Kaiser aufgeschwungen, als ... Dringen Sie nicht in mich, ich habe keinerlei Ehrgeiz ... Vielleicht im äußersten Notfall, sagen wir aus dynastischen Gründen ... Kann ich auf Sie zählen? Verhaften Sie meinen Bruder, General. *Ab.*

DER MINISTERPRÄSIDENT Majestät!

*Alle verbeugen sich und gehen ab.*

DER KAISER *zu einer anderen Tür herein:* Ich habe mir die Sache überlegt ... *Sieht, daß alle weg sind.* Das ist ja unglaublich. Wie behandelt man denn hier seinen Kaiser? *Trommeln von außen. Der Kaiser läuft zum Fenster.* Wozu tritt die Wache unter Gewehr? Jau Jel! Er hat ... Nächstens werde ich noch in meinem eigenen Hause meine Worte auf die Goldwaage legen müssen! Ich muß sofort ...

*Herein Turandot mit ihren Mägden und Gogher Gogh.*

TURANDOT Vater, ich bringe dir hier einen der intelligentesten Männer, denen ich je begegnet bin.

DER KAISER Haben Sie Kleingeld bei sich?

GOGHER GOGH Im Augenblick nicht.

TURANDOT Wozu brauchst du Kleingeld?

DER KAISER Ich muß verreisen. Ich bin zurückgetreten, in einem Moment mangelnder Geistesgegenwart. Jau Jel hat sich sofort zum Kaiser aufgeschwungen. Das ist natürlich ungesetzlich. Das Volk muß sich doch sein Regime wählen können.

GOGHER GOGH *der ab und zu zum Fenster hinausschaut:* Was heißt das: das Volk muß sich sein Regime wählen können? Kann sich etwa das Regime sein Volk wählen? Es kann nicht. Würden Sie sich etwa gerade dieses Volk gewählt haben, wenn Sie die Wahl gehabt hätten?

DER KAISER Natürlich nicht. Es denkt ausschließlich an sein Wohlergehen und lebt also skandalös über unser Einkommen.

GOGHER GOGH Das Volk ist gemeingefährlich. Es verübt Anschläge auf den Staat.

TURANDOT Klug. *Zu Gogher Gogh:* Sagen Sie ihm, was er nach Ihrer Meinung machen soll.

GOGHER GOGH Das ist ganz einfach. Ich habe nur leider meine eigenen Probleme, die nicht so leicht zu lösen sind. Sie berühren sich allerdings mit den Ihren. Sie müssen, kurz gesagt, lange Zeit haben wir nicht, die Frage nach der Baumwolle nicht beantworten, sondern verbieten lassen. – Die Wache zieht ja ab!

DER KAISER Ich verstehe. Das wäre ja auch leichter.

GOGHER GOGH Wenn die Wache abzieht, bin ich verloren.

TURANDOT Verbiete sofort, daß die Wache abzieht, Vater!

DER KAISER *erregt auf- und abgehend:* Es ist etwas dran an dem, was Sie sagen, Mann. Es ist das erste vernünftige Wort, das ich höre, und Sie haben keinen Tuihut auf. Ich kann der Wache nichts mehr verbieten.

TURANDOT Ich möchte hier bemerken, Vater, daß diese Ideen Herrn Goghs Eigentum sind, ich kenne dich. Herr Gogh tritt damit in den Wettbewerb des Tuiverbands ein und behält sich alle Rechte vor. Ich hoffe, du hast das verstanden?

*Herein Jau Jel, der General Kriegsminister und der Hoftui.*

JAU JEL Da sehen Sie. Warum ist mein Bruder noch immer nicht verhaftet? Sofort erschießen!

DER KRIEGSMINISTER *zum Kaiser:* Auf den Palast zu bewegt sich ein Volkshaufe. Haben Sie mit der Bevölkerung konspiriert?

DER KAISER Schon wieder eine dieser Fragen? Und ohne die vorschriftsmäßige Anrede!

GOGHER GOGH Es ist aus. Kru Ki und die anderen.

TURANDOT Woher wißt ihr überhaupt, was dieser Volkshaufe will?

JAU JEL Uns aufhängen will er, dumme Pute. Was kann ein Volkshaufe anderes wollen?

DER KAISER Das ist richtig.

GOGHER GOGH *plötzlich:* Ich muß um Ihre Aufmerksamkeit bitten. Es handelt sich um erregte Leute, die aufgehetzt worden sind. Im Augenblick, wo sie erfahren, daß ich hier bin …

JAU JEL Wollen Sie sagen, daß man Sie kennt?

GOGHER GOGH Gewiß.

DER KAISER Dann sprechen Sie doch mit ihnen, Mann.

GOGHER GOGH Das ist unmöglich. Wenn ich ihnen in die

Hand, wenn ich vor sie trete, meine ich, ohne etwas in der Hand zu haben …

DER KAISER Was heißt das? Versprechen Sie, was Sie wollen.

DER KRIEGSMINISTER Ja, versprechen Sie alles.

JAU JEL Alles!

GOGHER GOGH Das ist schön gesagt. Aber wer bin ich?

DER KAISER Mein Lieber, ich habe Ihre Vorschläge gründlich durchdacht und erteile Ihnen den Auftrag, sofort entsprechend zu handeln. Sie haben mein Vertrauen. Ich selbst ziehe mich für ein paar Minuten in meine Gemächer zurück, um einen kleinen Imbiß einzunehmen.

GOGHER GOGH Majestät, ich werde Ihnen das nie vergessen.

*Der Kaiser ab mit Jau Jel, Turandot und Hoftui. Hinten Lärm.*

GOGHER GOGH *zum Kriegsminister:* Exzellenz, ich muß Sie um Ihre Schärpe bitten. *Da dieser nicht versteht.* Exzellenz, Leben und Tod hängt von Ihrer Geistesgegenwart ab. Ich bitte um Ihre Schärpe. Ersparen Sie mir einen demütigenden Kniefall, Exzellenz. Ein Unglücklicher steht vor Ihnen und bittet um eine Schärpe. *Er reißt dem Halbwilligen die Schärpe ab und reißt sie in Binden.*

*Herein die zwei Leibwächter mit drei anderen Straßenräubern.*

DER ERSTE LEIBWÄCHTER Haben wir dich?

GOGHER GOGH Gesucht wie? *Zum Kriegsminister:* Sie haben mich gesucht. Kameraden, China erwartet eure Dienste.

DER ERSTE LEIBWÄCHTER Mach keine Witze.

DER ZWEITE LEIBWÄCHTER Schluß mit den Flausen.

GOGHER GOGH Sehr richtig, Schluß mit den Flausen. Der Witze sind genug gewechselt. Exzellenz! Gesetzlose Elemente, die offen versuchen, sich am Eigentum ihrer Mitbürger zu vergreifen und die geheiligte Ordnung des Staates schamlos verletzten, – gehen frei herum, während rauhe, aber dem Kaiser ergebene Männer waffenlos zusehen müssen. Ich verlange, auf Grund meiner Kaiserlichen Vollmachten, Waffen für diese Männer. Und zwar aus den Kaiserlichen Arsenalen. *Geht auf die Leibwächter zu und bindet ihnen feierlich die Fetzen der Schärpe als Binden um die Ärmel.* Als Hüter der Ordnung werdet ihr all und jeden mit fanatischer Besessenheit in den Bauch treten, der es wagt, zu rebellieren. Löhnung: die doppelte gewöhnlicher Polizisten.

DER ZWEITE LEIBWÄCHTER Jawohl, Chef.

*Zurück der Kaiser mit den anderen, von kleinen Täßchen trinkend.*

DER KAISER Nun?

GOGHER GOGH Majestät, in dieser historischen Stunde stelle ich Ihnen meine alten Waffengefährten, die Brüder Krukher Kru vor. Ich habe festgestellt, daß es sich bei dem Volkshaufen, der in der Umgebung des Palastes gesehen wurde, um bewährte Mitkämpfer meiner selbst handelte, die sich Eurer Majestät mit Leib und Seele zur Verfügung stellen.

DER KAISER Mein lieber Herr Gogh, Sie sehen mich gerührt. Vor allem handelt es sich um die Kaiserlichen Lagerhäuser, die dringend des Schutzes bedürfen.

GOGHER GOGH Majestät, geben Sie mir vierundzwanzig Stunden Zeit, und Sie werden Ihre Hauptstadt nicht wiedererkennen.

JAU JEL Was soll geschehen mit den Lagerhäusern?

DER KAISER Ich verbitte mir Fragen. *Zum Kriegsminister:* Verhaften Sie meinen Bruder, General!

*Turandot klatscht Beifall.*

JAU JEL Du warst zurückgetreten!

DER KAISER Nicht endgültig. *Tückisch.* Hast du etwa nicht Befehl erteilt, mich zu erschießen?

JAU JEL Unsinn. Man redet viel daher in der Aufregung.

GOGHER GOGH *eifrig:* Majestät, es ist an mir, Ihre Befehle rücksichtslos auszuführen.

DER KRIEGSMINISTER *ihm zuvorkommend:* Kaiserliche Hoheit ...

JAU JEL Du wirst einen schönen Dreck aus den Geschäften machen ohne mich. *Er geht wütend mit dem Kriegsminister ab, gefolgt auch vom ersten Leibwächter und zwei Straßenräubern. Unter der Tür begegnen ihm der Ministerpräsident und Nu Shan. Diese verbeugen sich tief, sehen aber dann den Kaiser und verbeugen sich erschrocken vor diesem.*

DER KAISER Ich habe die Zügel der Regierung wieder mit fester Hand ergriffen, mein Teurer, und werde mit Ihnen noch abrechnen. Im Augenblick überstürzen sich die Ereignisse.

*Hinter dem Ministerpräsident ist der Delegierte der Kleidermacher mit seinem Tui aufgetaucht.*

DER DELEGIERTE Seine Exzellenz, der Herr Ministerpräsident, haben bei der Morgenaudienz angedeutet, daß Majestät die Konsequenz aus dem Scheitern der Tuikonferenz ziehen würden.

DER KAISER Ja. Du bist verhaftet.

GOGHER GOGH Folgen Sie mir. *Sieht Nu Shan.* Wer ist dieser Herr?

DER MINISTERPRÄSIDENT Herr Nu Shan, Vorsitzender des Tuiverbands.

GOGHER GOGH Ein Tui. *Brüllend:* Sie sind verhaftet! Es handelt sich hier, wie jedermann weiß, um ganz gefährliche Meinungshändler. Genau gesagt, um Leute, die mit ganz gefährlichen Meinungen handeln. Ich sage nichts, wenn jemand für eine Meinung Geld nimmt. Unter meiner Führung wird der Staat sogar mehr Geld für Meinungen ausgeben. Aber für Meinungen, die mir passen. Überhaupt ist mir diese ständige Denkerei widerlich. Da genügt einfach Anstand und Respekt vor denen, die es besser wissen. *Brüllend:* Abführen!

TURANDOT *strahlend:* Goghl!

*Die Kaisermutter kommt mit einem Topf Ingwer gelaufen.*

## 7a
## Im Hof des Kaiserlichen Palastes

*Gogher Gogh wendet sich an seine Gefolgschaft.*

GOGHER GOGH Wie es sich soeben herausgestellt hat, sind die Kaiserlichen Lagerhäuser bis zum Dach voll von Baumwolle. Ehrlose Elemente haben noch vor wenigen Tagen in der jüngst abgehaltenen Großen Konferenz die lügnerischen Behauptungen ausgestreut, es gäbe keine Baumwolle. Sie sind der verdienten Strafe zugeführt worden. Ebenso ist der Bruder des Kaisers, Jau Jel, der hinter dem Rücken seines Kaiserlichen Bruders diese Baumwolle versteckt gehalten hat, verhaftet und erschossen worden. Er hatte beabsichtigt, einen Teil der Baumwolle zu verbrennen, um sein Verbrechen zu verheimlichen. Dieser ungeheuerliche Plan kam nicht mehr zur Ausführung. Kameraden! Eine ehrlose Militärclique versucht jetzt, dem Kaiser einzureden, daß ihr und eure Dienste nicht mehr nötig seid. Ich sehe mich daher, selbstverständlich mit Billigung des Kaisers, gezwungen, wie schon in den früheren Jahren unserer Bewegung, ein weithin sichtbares Exempel zu statuieren, aus dem selbst der Dümmste erkennt, daß ohne zureichenden energischen Schutz kein Eigentum mehr sicher ist. Zu diesem Zweck werdet ihr noch heute nacht einen Teil der Lagerhäuser, und zwar die Hälfte von ihnen, in Brand stecken. – Tut eure Pflicht!

## 8

## Kleiner Tuimarkt

*Auf großen Staffeleien stellen Tuis riesige aufgeschlagene Bücher aus. Für einen Yen dürfen Passanten eine Seite lesen.*

ALLGEMEINER BILDUNGSTUI
Der dumme Teufel schuftet heut und morgen
Und was ihm fehlt, das schafft kein saurer Schweiß
Und was er hat, behält er: seine Sorgen.
Das kommt daher, daß solch ein Mensch nichts weiß.
Ja, wer kein Pferd hat, der kommt unter Hufe
Und wer ein Pferd hat, ja, der reitet mit.
Auf Wissen kommt es an in jeglichem Berufe
Denn wer was weiß, der macht auch seinen Schnitt.
*Eine uralte Frau bezahlt einen Yen und blickt in das Buch. Herein Sen mit dem Knaben Eh Feh.*

EH FEH Muß ich auch so ein Tui werden, Großvater?

SEN Wir haben unser Geld immer noch.

EH FEH Können wir nicht einen Frosch kaufen?

SEN Eh Feh, was hast du gegen die Tuis?

EH FEH Ich glaube, sie sind schlechte Leute.

SEN Seh dir die Brücke dort an. Wer, glaubst du, hat sie gebaut?

EH FEH Der Kaiser.

SEN Nein. Denk noch einmal.

EH FEH Die Maurer.

SEN Ja. Aber denk noch einmal. *Pause.* Die Maurer haben sie gebaut, aber ein Tui hat ihnen gesagt, wie. Wir haben sie nur reden hören, aber wir sind nicht vorgestoßen zu ihrem Wissen. Hier nun finden wir Wissen ausgestellt. Ich bin nur ein wenig enttäuscht, daß es ziemlich teuer scheint. Eh Feh, wenn es diesmal wieder nichts ist, müssen sie freilich mit Feuer und Schwert ausgetilgt werden. *Er geht unschlüssig von Staffelei zu Staffelei.*

*Herein vier Wäscherinnen, darunter Ma Gogh.*

KIUNG Nun habe ich es gekauft und damit basta. *Sie zeigt dem ökonomischen Tui ein neues Kopftüchlein.* Baumwolle.

SU Eine Millionärin.

KIUNG Vier Wochenlöhne, aber es lohnt sich. *Zu Yao:* Alle sind wir der Meinung, daß es mir steht. Du meinst es doch auch, Yao?

YAO Nein. Du bist zu knochig dafür.

KIUNG Das ist aber ein starkes Stück. Du Dreckfladen, du hältst wohl nur dich für hübsch? Bist du hübsch?

YAO Nein, ich auch nicht.

MA GOGH Warum fragst du sie? Du weißt, daß sie die Wahrheit sagt.

*Kiung lacht schallend.*

DER ÖKONOMISCHE TUI Was wünschen die Damen Spezielles?

KIUNG Wir sind von der Wäscherei Mandelblüte und beim Einkauf.

DER ÖKONOMISCHE TUI Meine Damen! Wie habe ich Erfolge im Geschäftsleben? Werfen Sie einen Blick in mein Buch und eignen Sie sich für einen Yen an, was die Wissenschaft der Ökonomie darüber sagt:

Wenn ich als kleiner Kaufmann stets erfahre
Den großen Haien kommt man niemals bei
Dann rauf ich mir die paar verbliebenen Haare
Und frage mich: wie werde ich ein Hai?
Als solcher weiß ich, was die kleinen Leute
Seit alters tun für Brot und einen Tritt
Und mache nichts den ganzen Tag als Beute:
Ich weiß Bescheid und mache meinen Schnitt.

KIUNG Das ist etwas für dich, Ma. – Sie hat eine Wäscherei und will ihrem Sohn eine Großwäscherei kaufen. Hier kannst du lernen, wie man zu Moneten kommt.

MA GOGH Könnten Sie mir aufschlagen, wo etwas über Anleihen steht?

DER MEDIZINISCHE TUI Haben Sie Schmerzen? Sind Sie krank, ohne es zu wissen? Wollen Sie erfahren, was der Arzt weiß? Ein Yen!

Zum Beispiel leidet einer an den Nieren
Er geht zum Arzt. Der starrt ihm in den Steiß.
Der Kranke kriecht hinaus auf allen vieren
Doch vorher zahlt er. Weil der Arzt was weiß.
Er weiß, wie diese Krankheit heißt und weiter
Was einer neulich zahlte, als er litt.
Ja, wer nichts weiß, der bleibt ein Hungerleider
Doch wer was weiß, der macht auch seinen Schnitt.

MA GOGH Da müßte ich auch hineinschauen, ich habe dieses Ziehen in der Schulter vom Waschen. Aber besser ich sehe nach, wie ich für meinen Sohn die Wäscherei erwerbe. Aber das Ziehen ist auch schlimm in letzter Zeit.

KIUNG Ein Wolltuch wäre besser gegen das Ziehen.

MA GOGH Aber das kostet 15 Yen.

*Gogher Goghs zweiter Leibwächter mit zwei anderen Räubern und den beiden Mägden Turandots tritt auf.*

DER ZWEITE LEIBWÄCHTER Da sind Sie ja, Mutter Ma. Und in einer ganz ungesunden Gegend. Wissen Sie, was wir jetzt sind? *Er deutet auf seine Armbinde.* Polizei! Aber keine Furcht, es ist jetzt anders herum, von heut ab. Mutter Ma, Ihr Sohn ist hochgestiegen und erwartet Sie im Kaiserlichen Palast. Da schauen Sie.

MA GOGH Ach was, rede mich nicht auf offenem Platz an, Schweinsnarbe, meine Freundinnen genieren sich ja.

DER ZWEITE LEIBWÄCHTER Mutter Ma, diese Fräuleins werden noch ihren Kindern und Kindeskindern erzählen, daß sie mit Ihnen verkehrt haben. Und jetzt kommen Sie schon. *Packt sie.*

DIE ERSTE MAGD Hohe Frau, eine Persönlichkeit, die so hochsteht, daß es verboten ist, ihren Namen zu nennen, harrt Ihrer an der Seite Ihres großen Sohnes.

MA GOGH Irgend etwas muß mit meinem Gogher passiert sein. Ich glaube, ich schaue nach ihm. *Sie will mitgehen.*

DIE ERSTE MAGD Erlauben Sie, hohe Frau, daß wir Sie um die Ecke zur Sänfte geleiten. Die Träger weigerten sich, auf diesen schmutzigen Markt zu kommen.

*Der erste Leibwächter kommt mit fünf anderen Räubern, die alle Wergfackeln tragen.*

DER ERSTE LEIBWÄCHTER Da habt ihr sie ja gefunden. Große Zeiten, Mutter Ma! *Ma Gogh macht eine wegwerfende Geste und geht mit dem zweiten Leibwächter zurück.* Ihr da, sagt uns, wo sind die Lagerhäuser des Kaisers?

KIUNG Hinter der Gerberbrücke. *Die Räuber ab.* Was sagt Ihr? Ich habe ein unheimliches Gefühl. Wir gehen besser heim. Su!

SU *hat sich dem Stand des Liebeslebentui genähert:* Ich komme nach.

DER LIEBESLEBENTUI Die Geheimnisse des Liebeslebens! Glückseligkeit oder gebrochene Herzen? Wie verhalte ich mich zu meinem Liebsten?

Es walten zwei Geschicke in der Liebe
Das eine wird geliebt, das andre liebt
Eins erntet Balsam und das andre Hiebe
Es nimmt das eine und das andre gibt.
Verhülle dein Gesicht, wenn Glut es rötet.
Verbiet dem Busen zu gestehen, was er litt!
Reich ihm, den du da liebst, das Messer, und er tötet.
Weiß er, du liebst ihn, macht er seinen Schnitt.

Treten Sie näher, Fräulein. Informieren Sie sich, bevor es zu spät ist. Ein Yen.

SU *bezahlt:* Soll ich ihm um den Hals fallen oder tun, als mag ich ihn nicht?

DER LIEBESLEBENTUI Das Letztere, Fräulein, das Letztere! *Er liest ihr murmelnd vor.*

KIUNG Wozu läßt du dir das vorlesen, Su? Wenn der es geschrieben hat, soviel verstanden hätte, daß er ein Mädchen bekommen hätte, hätte er keine Zeit gehabt, so ein Buch zu schreiben.

SEN *der unschlüssig vor dem Stand des ökonomischen Tuis gestanden war:* Meine Damen, machen sie sich nicht über das Wissen lustig. Wenn mich nicht dieses Buch anzöge, würde ich unbedingt das da studieren. Ich stehe auf dem Standpunkt, daß man niemandem eine Freude abschlagen sollte, auch nicht sich selber. Warum lacht das Fräulein? *Er lächelt Yao zu, die gelacht hat.*

KIUNG *alarmiert:* Yao, du antwortest nicht.

SEN Doch. Man muß immer antworten.

YAO Ich lache, weil du doch nicht mehr kannst.

SEN *lacht ebenfalls:* Das ist richtig, aber sag es niemand. Wer den Tiger nicht fangen kann, fängt vielleicht den Igel. Und wer nicht für sich lernt, lerne doch für andere. *Auf den Knaben.* Er wächst schnell.

*Unter den Tuis Unruhe. Alle blicken nach hinten.*

KIUNG Seht, dort brennt es. Das ist hinter der Gerberbrücke.

SEN Es stinkt nach verbrannter Baumwolle.

DIE TUIS Besser, wir schaffen die Stände weg. Wenn die Feuerwehren kommen, fahren sie über alles weg. – Da kommt keine Feuerwehr. – Wie meinen Sie das?

*Gogher Gogh und der Ministerpräsident treten mit Bewaffneten auf.*

GOGHER GOGH Das Feuer müssen die Kleidermacher und Kleiderlosen im Bund mit den Tuis gelegt haben. Es ist bestimmt als Fanal für den aufständigen Kai Ho. Ich werde jetzt zu den allerstrengsten Maßnahmen greifen. Vor allem werden die geistigen Brandstifter ausgerottet werden. Untersucht alles, was es an Büchern gibt, daraufhin, ob es den Staat untergräbt. *Ab mit dem Ministerpräsidenten.*

ERSTER BEWAFFNETER *zum medizinischen Tui:* Was steht in diesem Buch?

DER MEDIZINISCHE TUI *zitternd:* Was man von Schwindsucht wissen muß oder von Knochenbrüchen.

ERSTER BEWAFFNETER Was? Über Knochenbrüche? Das hört auf, daß über Knochenbrüche gefaselt wird. Das geht gegen die Polizei. Verhaften! *Wirft das Buch auf die Erde, stampft darauf.*

SEN *sucht ihn zu hindern:* Stampf nicht darauf, das ist nützlich.

ERSTER BEWAFFNETER *schlägt ihn nieder:* Hund! Er hat sich an der Staatsgewalt vergriffen. *Zum allgemeinen Bildungstui:* Und was ist das für Dreck? Gestehe!

DER ALLGEMEINE BILDUNGSTUI Wissen, Herr Hauptmann.

ERSTER BEWAFFNETER Wissen auf wen? Etwas über Baumwolle, he?

DER ALLGEMEINE BILDUNGSTUI *schüttelt den Kopf:* Das gehört nicht zur allgemeinen Bildung, Herr Hauptmann.

ERSTER BEWAFFNETER Ihr Schurken steckt mit den Brandstiftern unter einer Decke. Ihr habt gegen den Kaiser gehetzt.

DER ALLGEMEINE BILDUNGSTUI Höchstens die Großen und die nicht.

ERSTER BEWAFFNETER Habt ihr hier welche mit Wergfackeln durchlaufen sehen?

DER ALLGEMEINE BILDUNGSTUI Welche mit Armbinden sind durchgekommen.

*Von der anderen Richtung kommt ein Räuber mit Armbinde und Wergfackel zurück.*

DER RÄUBER Hauptmann, im Teehaus der Tuis sollen zwei Anhänger des Kai Ho gesehen worden sein.

ERSTER BEWAFFNETER Solche wie der da?

*Der allgemeine Bildungstui schüttelt entsetzt den Kopf.*

ERSTER BEWAFFNETER Habt ihr welche mit Wergfackeln gesehen?

KIUNG *stellt sich vor Yao:* Wir nicht.

YAO Aber er hat doch eine, Kiung.

KIUNG Das ist nur ein Knüppel, wie die Polizei ihn hat. Wir gehen. Yao. Su, wir gehen.

ERSTER BEWAFFNETER Wohin denn? Du hast vielleicht noch mehrere gesehen hier herum? Solche wie den?

YAO Fünf. Und das ist auch kein Knüppel.

ERSTER BEWAFFNETER Aber das ist einer. *Er schlägt sie nieder und die Bewaffneten schleppen sie weg.*

DER LIEBESLEBENTUI *hilft Sen auf die Beine:* Wein nicht, Kleiner, er lebt noch. Sie haben selber die Lagerhäuser angesteckt und verhaften jeden, der es gesehen hat.

DER ALLGEMEINE BILDUNGSTUI Und dieses Buch wollen sie verbieten, von dem ich lebe und schlecht dazu. Einen Schund, in dem nichts steht gegen sie, keine wahre Zeile! Die Dichter, die ihnen die Fäuste lecken, die Denker der Nation, die an ihr Einkommen denken! Schund, Schund, Schund!

SEN Ereifre dich nicht, du hast davon gelebt.

DER ALLGEMEINE BILDUNGSTUI Als Betrüger!

DER SCHREIBER AUS DER TUISCHULE *kommt gelaufen, er blutet am Kopf:* O Su, ich suche dich seit Stunden.

SU *wirft sich ihm in die Arme:* O Wang! Ich sollte dich nicht umarmen, ich weiß. Das ist er nämlich, entschuldigen Sie, daß ich mich nicht nach dem Buch richten kann.

DER ALLGEMEINE BILDUNGSTUI Warum bist du verwundet?

DER SCHREIBER Ich bin Schreiber in der Tuischule. Ich war es. Auch der Palast des Tuiverbands ist von den Gogher Gogh-Banden gestürmt worden. Sie sind in die Polizei aufgenommen worden und haben gestempelte Armbinden bekommen. Der Tuiverband wird beschuldigt, den Kaiser beleidigt zu haben, als auf der Großen Konferenz ein Staatsgeheimnis aufgedeckt wurde. In diesem Augenblick verbrennt man die 3000 Formulierungen über die Geschichte Chinas, weil darinnen von Niederlagen im siebten Jahrhundert die Rede ist. Nu Shan wurde aufgehängt, weil er verbreitet haben soll, Gogher Gogh, der seit fünf Uhr Kanzler ist, wisse nicht, wieviel drei mal fünf ist. Ich selbst bin auch gefährdet, da ich es bezeugen kann. Und das Ganze ist, weil der Kai Ho schon in der Provinz Sezuan steht.

KIUNG *zu den Tuis:* Seht lieber, wie ihr eure Hüte los werdet.

DER LIEBESLEBENTUI Aber wohin damit? Ich wohne am anderen Ende der Stadt.

DER ÖKONOMISCHE TUI *zu Kiung:* Nehmen Sie meinen. Ich wohne noch ein gutes Stück weiter.

DER LIEBESLEBENTUI Ich habe Sie zuerst gebeten.

DER ÖKONOMISCHE TUI Sie tun etwas für den Geist, Fräulein.

KIUNG Gebt her, ihr armen Teufel. *Sie steckt sich die Hüte unter den Rock.* Wenn mich so mein Sun sieht, meint er, ich bin hops und ich seh ihn sobald nicht wieder.

DER ALLGEMEINE BILDUNGSTUI Aber die Bünde werden es sich nicht gefallen lassen. Jetzt werden sie sich einigen.

*Bewaffnete bringen gefesselt den Delegierten der Kleidermacher und seinen Tui.*

EIN BEWAFFNETER Wir werden dich lehren, dem Kaiser Fragen zu stellen.

DER DELEGIERTE Da müßt ihr viele lehren. *Wird geschlagen. Räuber bringen gefesselt den Delegierten der Kleiderlosen und seinen Tui.*

EIN RÄUBER Wirst du noch länger unsern Führer verdächtigen, er hat die Lagerhäuser angesteckt?

*Der Delegierte wird geschlagen.*

DER BEWAFFNETE He, ihr! Kommt gleich mit uns in die Viehhallen: die gehören zusammen.

*Die Räuber wenden, und beide Gefangenen werden abgeführt.*

DER DELEGIERTE DER KLEIDERLOSEN Wir haben es nicht gewußt!

DER SCHREIBER Wohin sollen wir gehen, Mädchen?

KIUNG In die Wäscherei. Vielleicht schickt Ma jemanden hin. Sie ist in den Palast geholt worden, ihr Gogher ist Minister geworden, da kann sie vielleicht die arme Yao retten. Sie hat wieder die Wahrheit gesagt, ich konnte sie nicht hindern. Aber wir sollten auch den Alten mitnehmen. Sie können an seiner Beule sehen, daß er geschlagen worden ist, und da kann er als Staatsverbrecher verschleppt werden.

SEN *zum ökonomischen Tui, der eifrig bestimmte Seiten aus seinem Buch reißt:* Was reißt du denn heraus?

DER ÖKONOMISCHE TUI Die Seiten über kleine Einkommen.

SEN Kann ich sie dir abkaufen?

DER ALLGEMEINE BILDUNGSTUI *winkt Sen zu sich, gedämpft:* Ich verstehe dich, Alter. Aber da habe ich Besseres für dich. *Zieht ein Büchlein aus der Rocktasche.* Zeig es niemand anderem, es ist vom Kai Ho.

SEN Ja, ich glaube, das will ich kaufen.

KIUNG Komm lieber mit uns in die Vorstadt, Alter. Du kannst es doch nicht lesen.

SEN Andere können es lesen. Hier ist das Geld, das ich für meine Baumwolle bekommen habe, die Reise hat sich gelohnt.

*Er gibt ihm den Beutel und geht mit den Mädchen und dem Schreiber weg. Der Liebeslebentui schließt sich ihnen an, sein Buch schleppend. Zurück bleibt unschlüssig der allgemeine Bildungstui und der medizinische Tui, der schluchzend auf seinem zerstampften Buch hockt.*

## 8a
## Im Hof des kaiserlichen Palastes

*Turandots zwei Mägde kommen mit einer kupfernen Badewanne.*

DIE ERSTE MAGD *stellt die Wanne nieder:* So gehe ich nicht über den Hof. *Sie entfernt einen Brustlatz.*

DIE ZWEITE MAGD Wenn die Hündin dich sieht, läßt sie dich auspeitschen.

DIE ERSTE MAGD Diese Eifersucht auf den dummen Kerl!

DIE ZWEITE MAGD Ich hab mich auf dem Gang zum Konferenzsaal extra von ihm streifen lassen, wo's so eng ist. Weißt du, was er gesagt hat? »Entschuldigen Sie.« Grundsätze.

DIE ERSTE MAGD Sie sagt, sie liebt ihn, weil er so klug ist.

DIE ZWEITE MAGD Sie sagt, er ist klug, weil sie auf ihn scharf ist.

DIE ERSTE MAGD Klar. Kluge gibt es wie gelbe Hunde, aber nicht Stattliche.

*Sie nehmen die Wanne wieder auf und tragen sie hinein.*

## 9
## Vor der Wäscherei Mandelblüte

*Auf einem Holzeimer vor der Wäscherei sitzt der alte Sen und der Knabe kühlt ihm den Stirnverband. Neben ihnen näht Ki-ung einen Tuihut für sich um. Auf der anderen Seite, vor einem schmalen hohen Haus, steht der Waffenschmied und leitet gewisse Operationen, die unsichtbar im ersten Stock vor sich gehen. Neben ihm der Tui Ka Mü mit Packen von Musiknoten. Die Gegend ist sehr arm.*

KA MÜ Herr, das sind alles Meisterwerke! Sie müssen sie aufbewahren, ich selber verreise. Das ist alte Musik. Sie ist gefährdet, weil sie nicht chinesischen Ursprungs ist, und die jetzige Regierung …

DER WAFFENSCHMIED Ich kann nichts mehr unterstellen. Man hat mir schon eine Statue aufgehalst, eine Göttin der Gerechtigkeit, die zwei Stockwerke groß ist. Wir mußten die Decke durchbrechen. He, dreht sie langsam!

KA MÜ Und dies hier ist neue Musik. Die wird verfolgt, weil sie nicht volkstümlich ist.

SEN Das ist nicht nötig. Das Volk will gar nicht tümlich sein.

DER WAFFENSCHMIED *seufzend:* Schön, ich nehme sie in meine Schlafkammer. Weil sie verfolgt wird. *Er läßt ihn ins Haus.*

EINE FRAU *ruft aus dem oberen Stockwerk:* Entschuldigen Sie, Herr Lü Shang, daß sie auf dem Kopf stehen muß, aber die Kinder fürchten wirklich ihr Gesicht.

KA MÜ *heraus ohne den Packen:* Dank! Dank! *Umarmt ihn.* Sie tun etwas für China! *Schnell ab.*

SEN Als ich so jung wie du war, wollte ich immerfort nur eine einzige Melodie hören, die der Dorfzimmermann auf einer Flöte spielte. Heute will ich die Musik verschieden, immer was Neues.

DER WAFFENSCHMIED Wie kann man etwas kaputtmachen, was sicher Mühe gemacht hat! So viele Punkte aufzeichnen!

DIE FRAU *aus dem Fenster:* Habt ihr es gehört, der Verbotene soll hundert Meilen vor der Hauptstadt stehen.

SEN Schreien Sie es nicht so laut!

*Ma Gogh kommt mit Yao.*

MA GOGH *ruft von weitem:* Kiung! Su! Guten Abend, Lü Shang. Da wären wir also wieder. *Kiung und Su aus dem Haus. Man umarmt sich.* Sie hat Verstand genug gehabt, den Banditen zu sagen, daß sie in meiner Wäscherei arbeitet. Was sie mir erzählte, hat mir den Rest gegeben. Ich hätte es aber sowieso nicht ausgehalten. Gogher ist verrückt geworden, er herrscht jetzt. Ich war stolz auf ihn in seinem früheren Beruf, aber jetzt schäme ich mich für ihn. Sie wollten im Palast, daß ich mich wohl fühle. Heute früh stellten sie in mein Gemach, zu groß für 50 Maulesel, auf den blauen Teppich einen kupfernen Waschzuber aus dem Museum, und der Ministerpräsident sagte: Hohe Frau, Euer erlauchter Sohn sagt, Ihr fühlt Euch wohl nur beim Waschen. Bitte, waschet nach Herzenslust! Ich gab ihm einen Fußtritt, aber das hätte ich nicht sollen. Als er draußen war, kam ein Diener herein und streckte mir den Hintern hin, zum Treten nach Herzenslust. Die einzige vernünftige Person im ganzen Palast war die Kaisermutter, die mir sagte, was sie von ihrem Sohn hält und wie man einen gewissen Kuchen zubereitet. Und die hielten sie für verrückt! Ich habe mir das Rezept für Gogher gemerkt. Meinen Tee! Wer ist das?

KIUNG Das ist Herr A Sha Sen aus dem Baumwollegebiet, der zum Studieren nach der Hauptstadt gewandert ist.

SEN *entschuldigend:* Man hat mir gesagt, daß ich nicht den Kopf dazu habe, aber wie die Beule beweist, habe ich ihn doch.

SU Was für eine schreckliche Beule!

YAO Sie ist nicht sehr groß und wird schnell heilen.

KIUNG *umarmt sie:* Du bist unhöflich, Yao.

*Ein Papierfenster im ersten Stock geht entzwei, und eine erzene Hand dringt heraus, in der, umgestülpt, eine große Waage hängt.*

DER WAFFENSCHMIED Gebt doch Obacht, ihr Tölpel!

STIMME *innen:* Der Arm hat nicht Platz!

SEN Sie bringen die Kulturgüter unter, oder wie man sie nennt. Am Osttor habe ich einen Tui vor einem Tempel getroffen, der hatte einen unsichtbaren Gott drinnen. Jetzt wird er ihn wohl an einer Kette in die Vorstädte zum Aufbewahren führen.

*Drei Kleiderlose treten mit großen Bündeln aus dem schmalen Haus. Plötzlich fangen sie an zu rennen.*

EH FEH *zupft Sen am Arm:* Soldaten, Großvater!

*Alle schnell in die Häuser. Eben noch kann der Waffenschmied aus dem Fenster des oberen Stocks einen Teppich auf den Arm der Gerechtigkeit herabwerfen, als zwei Bewaffnete die Gasse herunter patrouillieren. Wenn sie weg sind, ertönt hinten der Ruf eines Straßenhändlers: »Baumwolle! Baumwolle! Baumwolle zu verkaufen! Baumwolle aus den Lagerhäusern des Staatsfeinds Jau Jel!« Aus dem Fenster des oberen Stocks schaut die Frau heraus. Die Straße herunter kommt der Straßenhändler mit einem Wagen mit Baumwollestoffen, beschützt von einem Bewaffneten.*

DER STRASSENHÄNDLER Baumwolle! Baumwolle! Baumwolle, entdeckt in den brennenden Lagerhäusern des hingerichteten Jau Jel! Die Hälfte einer Jahresernte durch Feuer vernichtet! Steigende Preise! Deckt euch ein, bevor sie unerschwinglich wird! *Da niemand sich meldet, geht er weiter. Man hört noch sein »Baumwolle! Baumwolle!«.*

DIE FRAU Jetzt könnt ihr sie behalten. Wir haben auch nichts zu fressen, und wo sind die Schuhe? Der Verbotene wird schon alles beschaffen.

*Sie schlägt das Fenster zu. Su und ihr Schreiber heraus.*

DER SCHREIBER Weine nicht zu viel, ein bißchen, heute abend, aber morgen schon nicht mehr, versprich es.

SU Morgen noch einmal.

DER SCHREIBER Gut. Wenn ich in drei Wochen nicht zurück bin, habe ich nur einen Umweg gemacht.

SU Wie willst du denn hinfinden? Und in diesen alten Schuhen!

DER SCHREIBER Ich kenne einen Weber dort drüben, der geht heute los mit drei anderen. Und es sind schon viele Tausende, die findet man.

SU Aber deine Schuhe sind schlecht, Wang. Was machen wir?

SEN *heraus mit dem Knaben und Kiung:* Könnten Sie noch eine kleine Weile warten, dann könnten wir vielleicht zusammen gehen.

SU Aber Sie gehen nach Norden zu, und er geht nur in die Nachbarschaft. Aber seine Schuhe sind nicht gut, was machen wir da?

SEN So, die Schuhe sind nicht gut genug für den Weg in die Nachbarschaft.

KIUNG Dafür bekommt er ein warmes Tuch für die Schultern.

*Sie gibt ihm ihr neues Kopftuch.*

SEN Bleib nicht bei jedem Unrecht stehen am Weg, das ist gefährlich. Der Fluß überschwemmt das Tal, aber der Damm wird im Gebirge gebaut.

DER SCHREIBER Vielleicht kommen Sie doch mit? Ich muß freilich gleich gehen, da ich erwartet werde.

SEN Das kann ich nicht, ich muß noch nachdenken.

DER SCHREIBER Ich gehe durch das Tibetanische Tor. Lebt jetzt wohl. *Ab nach hinten.*

SU Auf morgen, Wang! *Zurück ins Haus.*

*Zwei Kleiderlose kommen und klopfen an der Waffenschmiede. Der Waffenschmied läßt sie ein.*

DER WAFFENSCHMIED Ich kann kaum noch zu meiner Esse kommen mit der verdammten Kultur. Und im oberen Stockwerk zieht es durch das Loch im Fußboden. Und da kommen schon wieder einige ohne Kopfbedeckung. *Verschwindet schnell.*

*Vier Tuis aus dem Teehaus kommen: Wen, Gu, Shi Ka und Mo Si.*

GU Da sind Sie ja immer noch, Herr A Sha Sen. Ist das hier die Waffenschmiede, wo man Wertvolles unterstellen kann?

KIUNG Er hat das Haus schon voll, und wie könnt ihr ohne Kopfbedeckung herumlaufen? Jeder weiß, daß ihr nur Tuihüte hattet und jetzt wird man die Barköpfigen fangen!

WEN Es ist furchtbar. Man hat das Teehaus geschlossen. Der Geist ist heimatlos.

GU Ich muß es doch versuchen. Wenn China seine Kunstwerke verliert, wird es völlig verrohen. *Klopft am schmalen Haus.* Er macht nicht mehr auf. *Zeigt den anderen eine Bildrolle.* Das ist ein Pi Jeng. Zwölftes Jahrhundert. Die Hügel von Hoang Ho. Sieh diese Linie. Sieh dieses Blau. Und so etwas soll vernichtet werden.

KIUNG Warum?

GU Sie sagen, Hügel sehen nicht so aus. *Er zeigt es Sen.*

SEN Das ist richtig, Hügel sehen nicht so aus. Nicht ganz so. Aber wenn sie für jeden so aussähen, brauchten wir kein Bild. Als Kind hat mir mein Großvater gezeigt, wie eine Wurst aussieht. Dieser Wieheißtergleich, der Maler, zeigt mir, wie Hügel aussehen. Ich begreife es natürlich nicht gleich. Aber ich denke, wenn ich wieder auf einen Hügel steige, wird er mir in Zukunft besser gefallen. Vielleicht hat er eine solche Linie und ist blau.

GU Vielleicht. Aber wir haben keine Zeit für lange Betrachtungen. Ruft ihr den Waffenschmied! Leute, dieser Pi Jeng ist aus dem Kaiserlichen Museum!

SEN Hättet ihr ihn uns gegeben! Da wäre er sicherer.

MA GOGH *ist unter die Tür getreten:* Ich verstecke ihn dir. Gogher soll es nicht in die Hände bekommen. Er zerreißt es. Mir hätte man den Schoß ausbrennen sollen.

KIUNG Sie ist die Mutter des Kanzlers, wißt ihr.

MA GOGH Ihr braucht euch nicht zu fürchten. Ich werde ihn enterben. Gebt das Bild her. Er meint, er versteht alles, und jetzt herrscht er. Den Bildern geht es schlecht, er ist Maler.

SHI KA Auch die Baumeister haben Angst.

MA GOGH Ja, mein Sohn ist auch Baumeister.

WEN Man hätte Wissenschaftler werden sollen.

MA GOGH Vielleicht nicht. Er ist der größte Wissenschaftler.

MO SI *zeigt ihr einen Globus:* Könnten Sie nicht den Globus hier unterstellen? Daß die Erde rund ist – vielleicht ist es einmal wichtig?

EH FEH *zupft Sen am Ärmel:* Großvater, ein Bewaffneter!

DIE TUIS Er darf uns nicht sehen, wir sind barhäuptig.

MA GOGH Gebt den Globus her. *Mit dem Globus und dem Bild ins Haus.*

*Die Tuis laufen weg, außer Mo Si, der sich verspätet hat.*

DER ZWEITE LEIBWÄCHTER *kommt suchend:* Und was sehen meine umränderten Augen? Ein Tui. Wo hast du denn deinen Hut? Na, diesmal brauchst du keine Angst zu haben. Komm her. Verschwinde, Kiung, du Miststück. *Über Sen:* Ihr habt ja sonderbare Gäste in der Wäscherei.

SEN Ich bin ein friedlicher Bauer und sitze hier nur, um ein wenig nachzudenken. Das braucht bei mir Zeit, weißt du.

KIUNG Wage es nicht, hineinzugehen. Mutter Gogh haut dir einen Teekessel über die Fresse. *Setzt kokett den neuen Hut auf und geht ins Haus.*

DER ZWEITE LEIBWÄCHTER *vertraulich zu Mo Si:* Wie heißt du?

MO SI Ich bin Mo Si, der König der Ausredner.

DER ZWEITE LEIBWÄCHTER Gut. Wir haben da nämlich etwas nötig, nicht sehr, aber ... Wie nennst du das, was ihr da macht?

MO SI Eine Formulierung?

DER ZWEITE LEIBWÄCHTER Jaaa. Der Chef, ja? Heiratet, ja? Glotz nicht, warum soll er nicht mit ihr? Ja? Aber das kann er eben nicht, ja? Ein Grinser, und du hast keine Zwiebel mehr, ja? Also, was sagt er ihr? Komm mit und spuck es aus, ja? *Er führt ihn weg mit sich.*

*Die Kleiderlosen kommen mit großen Bündeln aus der Waffenschmiede. Dem einen fällt das Bündel auseinander. Es sind Gewehre und Säbel. Sie schauen erschrocken auf Sen, der jedoch lächelt und ihnen zuwinkt. Sie packen und gehen schnell weg.*

SEN Eh Feh, ich bin fertig mit dem Nachdenken. Gürte mir die Schuhe. Die Gedanken, die man hier kauft, stinken. Im Land herrscht Unrecht, und in der Tuischule lernt man, warum es so sein muß. Es ist wahr, man baut hier steinerne Brücken über die breitesten Flüsse. Aber darüber fahren die Mächtigen in die Faulheit, und die Armen wandern über sie in die Knechtschaft. Es ist wahr, es gibt eine Heilkunst. Aber die einen werden dazu geheilt, Unrecht zu tun, und die anderen, für sie zu schuften. Man verkauft Meinungen wie Fische, und so ist das Denken in Verruf gekommen. Er denkt, sagt man, was für eine Gemeinheit denkt er aus? Aber doch ist das Denken das Nützlichste und Angenehmste, was zu tun es gibt. Was ist nur mit ihm geschehen? Da ist freilich der Kai Ho, hier habe ich sein Büchlein. Ich weiß von ihm bisher nur, daß die Dummköpfe ihn einen Dummkopf, und die Schwindler ihn einen Schwindler nennen. Aber wo er war und gedacht hat, sind große Felder mit Reis und Baumwolle, und die Leute anscheinend froh. Wenn die Leute froh sind, wenn einer gedacht hat, Eh Feh, muß er gut gedacht haben, das ist das Zeichen. Wir werden nicht nach Hause gehen, Eh Feh, noch nicht. Auch wenn ich nicht überlebe, was ich jetzt zu studieren gedenke, gute Dinge sind teuer.

EH FEH Müssen sie mit Feuer und Schwert ausgetilgt werden, Großvater?

SEN Nein, es ist mit ihnen eher wie mit dem Boden. Man muß bestimmen, was man von ihm haben will, Hirse oder Unkraut. Und dazu muß man ihn haben.

EH FEH *mißmutig:* Wird es immer Tuis geben, auch wenn der Kai Ho die Felder verteilt hat?

SEN *lacht:* Nicht mehr allzu lange. Wir werden alle große Felder haben und also alle großen Studien betreiben können. Und wie wir die Felder bekommen, steht hier. *Sen zieht sein Büchlein heraus und schwingt es. Beide gehen nach hinten weg.*

*Aus der Wäscherei tritt Kiung.*

KIUNG *ruft ihnen nach:* Halt, Alter, dort ist deine Heimat! Du gehst die falsche Straße!

SEN Nein, ich denke, ich gehe die richtige, Kiung!

## 10
## Im alten Mandschutempelchen

*Hin und her marschieren, auf und wieder ab. Kleine Trupps von bis an die Zähne bewaffneter Soldaten und Räuber, die Armbinden tragen. Dazwischen kommt der Ministerpräsident und befragt Soldaten.*

DER MINISTERPRÄSIDENT Neue Meldungen über den Standort der Aufrührer?

HAUPTMANN Immer noch nicht.

DER MINISTERPRÄSIDENT Hat man den Kundschaftern erprobte Unteroffiziere beigegeben?

HAUPTMANN Jawohl, Exzellenz.

DER MINISTERPRÄSIDENT Den Unteroffizieren zuverlässige Leute vom Geheimdienst?

HAUPTMANN Jawohl, Exzellenz.

DER MINISTERPRÄSIDENT Und trotzdem keine Meldungen?

HAUPTMANN Nein, Exzellenz.

DER MINISTERPRÄSIDENT Ich bin von absoluter Zuversicht erfüllt, Herr Hauptmann.

HAUPTMANN Jawohl, Exzellenz.

*Ministerpräsident ab und danach die Soldaten. Auftreten der Kriegsminister und der Hoftui, der letztere ohne Tuihut.*

DER KRIEGSMINISTER Haben Sie schon den letzten Skandal gehört? Der Unsägliche soll eigenhändig einen kleinen Tui erschossen haben, den er zu Ihrer Kaiserlichen Hoheit geschickt hatte, ihr etwas zu erklären, und der zwei Stunden drin geblieben sein soll. Man sagt, er habe, als er herauskam, gewußt, wo die Baumwolle ist. Hahaha!

*Der Trupp Soldaten kehrt zurück.*

DER KRIEGSMINISTER Wiederholen Sie Ihre Instruktionen!

HAUPTMANN Der Besagte wird verhaftet unmittelbar vor der Zeremonie.

*Die beiden ab und danach die Soldaten. Auftritt mit einem Trupp Räubern in Prunkkleidung Gogher Gogh.*

GOGHER GOGH *zum ersten Leibwächter:* Wiederhole deinen Befehl.

DER ERSTE LEIBWÄCHTER Alle verhaften nach der Zeremonie.

GOGHER GOGH Dein Bruder hat heute früh bei mir Wache gehabt. Hast du ihn seither gesprochen? *Der erste Leibwächter schüttelt den Kopf.* Das ist gut. Er hat jemand erschossen. Laß ihn sofort vierteilen, verstanden? Und zwar muß die Trommel gerührt werden, damit man nicht hört, was er sagt.

DER ERSTE LEIBWÄCHTER Jawohl, Chef.

GOGHER GOGH *nimmt den Dolch seines Getreuen und steckt ihn sich in den Ärmel:* Ich werde ihn brauchen; in diesem Palast gibt es nur Hinterhältigkeit und Verrat. Noch etwas: unmittelbar nach der Verehelichung nimmst du den Mandschumantel und wirfst ihn mir über. Niemand wird wagen, mich darin anzutasten, außer vielleicht einem völlig verkommenen Menschen. Ich werde es diesem Schurken von einem Kaiser schon eintränken, daß man in der Gefahr nicht einfach den Koffer packt und mich den Kopf hinhalten läßt.

*Herein der Kaiser mit dem Kriegsminister und dem Ministerpräsidenten, gefolgt vom Hauptmann und seinen Leuten.*

DER KAISER Mein lieber Gogh, ich habe mich etwas verspätet. Ich mußte noch einige äußerst strenge Maßnahmen unterschreiben, wie es ja in solchen Situationen üblich ist.

GOGHER GOGH Bitte, die Maßnahmen gegenzeichnen zu dürfen.

DER KAISER Wie? Ja, entgegenzeichnen, natürlich. Und da kommt auch schon die junge Braut.

*Herein Turandot mit dem Hoftui und ihren Mägden. Verbeugungen.*

TURANDOT Papa, ich habe eben einen sehr netten Menschen kennengelernt, den will ich heiraten. Ich meine nicht den Tui aus dem Teehaus gestern abend, der war auch intelligent, und ich nehme dir sehr übel, was du mit ihm gemacht hast, Gogher, du hast es nötig, ungefällig zu sein. Aber ich meine ihn nicht, sondern einen Offizier, der mir erklärt hat, wie der Palast geschützt werden soll, denn ich betrachte die Lage als sehr ernst, da darf keine Zeit mehr verloren werden. Darf ich ihn heiraten?

DER KAISER Nein.

TURANDOT Was heißt nein? Es handelt sich nicht um eine vorübergehende Verliebtheit, es ist tiefer. Jetzt kommt es auf die Verteidigung an, auf jeden Fußbreit. Er ist ein sehr guter

Eidam für dich, er versteht viel von Pferden. *Ein Offizier ist aufgetreten und versucht, sich dem Kriegsminister verständlich zu machen. Dieser weist ihn ab, da Turandot spricht.* Ein Heer ohne Reiterei, Papa ...

DER KAISER Ich kann den Palast nicht durch Pferde verteidigen lassen. Wir schreiten jetzt zur Zeremonie.

*Offizier ab.*

TURANDOT Papa, das ist sehr verständnislos von dir. Du mußt das einsehen, Gogher. Es schmerzt dich einen Augenblick, aber das Leben geht weiter, und deine Kriegsverletzung ist ja bald ausgeheilt. Tue mir den einzigen Gefallen und sei nicht halsstarrig. Darf ich, Papa?

DER KAISER *barsch:* Ich habe dir gesagt, nein. *Zu Gogher Gogh:* Natürlich, wenn Sie zurückzutreten wünschen ...

GOGHER GOGH Majestät, Kaiserliche Hoheit. In historischer Stunde stehen wir mit bewegten Gefühlen vor dem Schrein des ersten Mandschukaisers. Ich bin ein einfacher Mann. Hohe Redensarten sind mir fremd. Aber Eure Majestät haben den Sohn des Volkes mit der Aufgabe betraut, den Thron zu schützen. Und Kaiserliche Hoheit haben mir Ihr Herz geschenkt. Es steht mir nicht an, ein solches Vertrauen nicht zu rechtfertigen, um so mehr als es in dieser schweren Zeit auf nichts so ankommt als auf Vertrauen. Als Euer Majestät hochseliger Herr Bruder in unseliger Verblendung die Ehre der Kaiserlichen Familie aufs Spiel setzte, habe ich die betreffenden Lagerhäuser sofort mit eiserner Faust erfaßt und dadurch das Vertrauen des Volkes in einzigartiger Weise zurückgewonnen.

*Ein Offizier mit einem Verband um den Kopf sucht den Kriegsminister.*

DER OFFIZIER Der Kai Ho ... am Tibetanischen Tor ...

GOGHER GOGH *fährt nervös fort:* Ich gehe jetzt des längeren auf die Vorkommnisse der letzten Wochen ein. Es hat sich hier nicht nur um Baumwolle gehandelt, wie das einige meinten. Gewisse Personen, die von Morgen bis Abend von Baumwolle schwatzten und dadurch das Vertrauen des Volkes zu zerstören suchten, haben ihre verdiente Strafe erhalten. *Auf Wink des Kriegsministers ziehen die Soldaten ab.* Es ist meinem energischen Eingreifen zu verdanken, daß nunmehr Kaiser und Volk in nie dagewesener Einigkeit ...

TURANDOT Papa, ich tu's nicht.

DER KAISER Du bist ruhig. Herr Gogh, eine Meldung besonderer Art läßt es angezeigt erscheinen, die Zeremonie baldmöglichst zu beenden, beziehungsweise zu verschieben.

GOGHER GOGH Das ist ausgeschlossen. Ich übernehme hiermit den Schutz Ihrer Person, sowie der Ihrer Kaiserlichen Hoheit.

DER KAISER Herr Kriegsminister ...

DER KRIEGSMINISTER Meine Herren, die Lage hat sich offenbar verschlechtert. *Zum Kaiser:* Ich habe der Palastwache den Befehl erteilt, die Palasttore zu besetzen.

DER KAISER *während die Straßenräuber Gogher Goghs die Türen besetzen:* Was? Sie haben sie weggeschickt? Sie hatten Befehl ...

GOGHER GOGH Schlüssel her! Wo ist der Tempelwächter?

DER ERSTE LEIBWÄCHTER Er muß weggelaufen sein. *Er rüttelt an der Tür zum Tempeleingang. Sie öffnet sich.* Nicht verschlossen!

*Von draußen Geschrei. Man sieht ins Innere des Tempelchens. Der Mantel des Mandschukaisers ist verschwunden.*

DER ERSTE LEIBWÄCHTER Verrat! Der Mantel ist weg.

DER KAISER Abgeschnitten.

DER MINISTERPRÄSIDENT Der Wächter ist verschwunden: er hat ihn gestohlen.

GOGHER GOGH Meine Herren, schreiten wir zur Eheschließung. Der kleine Vorfall bedeutet glücklicherweise nichts.

TURANDOT Es wird ihn eben gefroren haben, Papa.

DER KAISER Aber es war ein sehr schlechter Mantel, er war geflickt.

GOGHER GOGH Auch die schlechten sind heute rar, hätten Sie nicht die Baumwolle verschoben! Zur Eheschließung, meine Herren!

*Ferne Trommeln. Turandot schreit schrill auf.*

DER KAISER Das war Jau Jel, das war nicht ich.

*Jubel einer großen Menge.*

EIN SOLDAT Das wart ihr alle, und jetzt weg mit euch!

# ANHANG

## Tui und Wäscherinnen am Fluss

*Bei waschenden Weibern am Fluß sitzt ein Tui, vorsichtig seine Fußzehen waschend.*

DER TUI Ein hübscher Anblick, meine Damen, ein prächtiges Motiv für einen Maler. Der Farbenkontrast der Wäsche und der nackten Arme, die reizvollen Bewegungen, das Licht. Ach, ich liebe den Anblick des Fleisches!

EINE WÄSCHERIN Wir lieben ihn auch. Aber wir bekommen ihn nicht oft zu sehen, wissen Sie.

DER TUI Ach, so. Das habe ich allerdings nicht gemeint. Ist das Wasser kalt?

ZWEITE WÄSCHERIN Das sehen Sie doch, wenn Sie unsere Hände anschauen. Sehen Sie nicht die Röte und daß die Haut rissig ist? Aber die Fußzehen können Sie ruhig hereinstecken.

*Der Tui setzt sich so, daß sie seine Füße nicht sehen können.*

DER TUI Ich fragte nicht wegen meiner Füße, sondern ob es Ihnen kalt ist.

DIE WÄSCHERIN Sicher, aber Sie können sie ruhig hereinstekken.

DER TUI Es hat keine Eile. Wie sagt Ji-hu? »Eile ist der Wind, der das Gerüst zum Einstürzen bringt.«

EINE WÄSCHERIN Warum sollten Sie einstürzen, wenn Sie Ihre Füße waschen?

*Die Weiber lachen. Ein Aufseher kommt heran.*

DER AUFSEHER Was gibt es da zum Lachen? Ihr bekommt nicht für Späße bezahlt. Das letzte Mal habt ihr wieder Wäsche zerrissen. Das wird vom Lohnbüro abgezogen, daß ihr's wißt. Du da, komm nach der Arbeit in meinen Schuppen, ich habe mit dir zu reden.

DIE ANGESPROCHENE Ja, Herr.

*Der Aufseher entfernt sich.*

EINE WÄSCHERIN Haben Sie gesehen, er hat den Anblick auch hübsch gefunden.

DER TUI Was heißt das?

DIE WÄSCHERIN Sie haben doch gehört, daß er sie zu sich in den Schuppen bestellt hat.

EINE ANDERE Mir hat er neulich auch die Wäsche zerrissen, aber da gibt das Lohnbüro nichts dazu.

DER TUI Aber, meine Damen, das brauchen Sie sich doch nicht gefallen zu lassen. Das sind Übergriffe, »Übergriffe sind schädlich«, sagt Mi-di ausdrücklich.

ZWEITE WÄSCHERIN Er muß es ja wissen. *Zu der vorhin vom Aufseher Angesprochenen:* Ein wenig schnell bist du schon mit der Antwort, das muß ich sagen.

DIESE Bist du vielleicht nicht schnell?

ZWEITE WÄSCHERIN Neulich hast du ihn angelacht, ich habe es deutlich gesehen. Den Platz am Korb hat er mir versprochen.

DIE BESTELLTE Mir hat er nichts versprochen, aber er zieht mir schon das dritte Mal beim Lohn ab.

DER TUI *hat seinen Fuß im Wasser und triumphiert:* Das Wasser ist gar nicht kalt. Meine Damen, ich muß Ihnen ein Geständnis machen: ich bin von Beruf Dichter. Ich möchte Ihnen, wenn Sie nichts dagegen haben, Ihre Arbeit ein wenig durch den Vortrag eines Gedichtes zu versüßen suchen, d. h. wenn Sie ein paar Jen zu der Summe, die mich der Druck kostet, zusammensteuern können. Das Gedicht heißt: Die Ballade vom Triumph des Weibes.

DIE WÄSCHERINNEN Ich habe neulich eine sehr hübsche Ballade gehört. Einen Jen würde ich loseisen, wenn sie gut ist. Aber im letzten Frühjahr hat einer auf der Bleichwiese auch vorher Geld eingesammelt und dann war sein Gedicht nur eine Strophe lang. Wir werden es so machen: nach jeder Strophe zahlen wir einen Jen, bis das Geld alle ist.

DER TUI Einverstanden, aber der Refrain zählt als Strophe.

DIE WÄSCHERINNEN Nein, das gibt's nicht. Entweder oder gar nicht. Und es muß Takt drin sein, daß wir waschen können, sonst gibt keine Bezahlung.

DER TUI *seufzend:* Gut. Ihr seid gerissene Kundinnen. *Er singt die Ballade. Nachdem er fertig ist.* Nichts mehr da? Vielen Dank, meine Damen, Guten Abend. *Ab.*

EINE WÄSCHERIN Er hätte es auch umsonst machen können.

DIE ZWEITE Umsonst wäscht sich so einer doch nicht die Füße.

## Tui und Lastträger

*Ein Lastträger schleppt eine Säule. Ein Tui hat sich an seine Fersen geheftet.*

DER TUI Lieber Freund, weißt du auch, was du da trägst?

DER LASTTRÄGER Mindestens 120 Pfund, Herr.

DER TUI Ein ganz besonders schönes Exemplar von einer Säule, gediegener Marmor, nicht dieses moderne hohle Zeug.

DER LASTTRÄGER Keineswegs, Herr.

DER TUI Möchtest du nicht einiges erfahren über dieses hervorragende Kunstwerk, mein Lieber?

DER LASTTRÄGER Was meinen Sie? Ach, ist das schwer.

DER TUI Ja, es ist auch nicht leicht, einem Menschen echtes Gefühl für Kunst beizubringen. Ich könnte es höchstens versuchen. Ich weiß natürlich nicht, ob du die zehn oder 20 Jen aufbringen kannst, die es dich kosten würde, wie?

DER LASTTRÄGER Wa s soll etwas kosten?

DER TUI Nun, ich könnte dir etwas von der großen Kunst erzählen, die in diesem Kapitäl z. B. steckt. Das Kapitäl hast du dir sicher überhaupt noch nicht angesehen, habe ich recht?

DER LASTTRÄGER Ja, über das Kapitäl möchte ich schon etwas erfahren. Aber ich habe keine zehn Jen.

DER TUI Hast du fünf?

DER LASTTRÄGER Ich könnte drei geben, wenn Sie über das Kapitäl sprechen würden.

DER TUI Interessiert dich das Geschichtliche, mein Freund?

DER LASTTRÄGER Alles. Aber Sie müßten schnell sprechen, die Last ist sehr groß und wenn ich sie niedersetze, kriege ich sie nicht mehr auf die Schulter; Sie sind viel zu schwach, um mir zu helfen. Hier in meiner Tasche ist das Geld.
*Der Tui nimmt es ihm aus der Tasche.*

DER TUI Also das Kapitäl stammt aus dem 7. Jahrhundert, ist aus der Schule des Wang-ho, zeigt die berühmten Überschneidungen und verwendet keine Tier- oder Menschenköpfe als Zierrat. Guten Abend. *Er geht schnell weg.*

DER LASTTRÄGER Halt, Sie! Sie haben ja nicht über das Kapitäl gesprochen! Halt, halt!

## Der Deckentui

*An einer Straßenecke ein kleiner Laden mit einem Schaufenster, in dem Decken ausgestellt sind.*

*Ein Tui spricht einen vorübergehenden, ärmlich gekleideten Mann an. Er hat gegenüber dem Deckenladen in einer Häuserecke einen Marktschirm, seinen Stand.*

DER TUI Wollen Sie eine Decke kaufen, mein Herr?

DER MANN Ja, ich bräuchte eine Decke, da die meine alt und zu kurz ist.

DER TUI Da wollen wir einmal zusammen die Auslage hier betrachten. Was sagen Sie zu diesen Decken?

DER MANN Zu kurz.

DER TUI Ja, nicht wahr? Zu kurz! Sie werden alle zu kurz hergestellt. Man spart an Stoff. Ich bin überzeugt, daß Sie nicht wissen, wie Ihre Füße zu bedecken, wenn Sie eine solche Decke bis zum Hals haben wollen. Es ist ein Skandal.

DER MANN Ja, das ist es.

DER TUI Und wissen Sie, wer daran schuld ist, wenn Sie frieren?

DER MANN *sich scheu umblickend:* Ich will nichts mit Politik zu tun haben.

DER TUI Das sage ich auch. *Laut.* Ich werde Ihnen sagen, wer daran schuld ist, lieber Mann. Ich nehme mir da kein Blatt vor den Mund und mache aus meinem Herzen keine Mördergrube. Dieses Alles-Verschweigen und Sich-immer-dukken mache ich nicht mit. Soll ich es Ihnen sagen, wer daran schuld ist oder nicht?

DER MANN Sie können es mir sagen, aber ich habe Sie nicht gefragt.

DER TUI *schreit:* Sie!

DER MANN Was?

DER TUI Sie sind schuld!

DER MANN Wieso?

DER TUI *triumphierend:* Weil Sie Ihre Füße nicht einziehen können! *Eifrig.* Da staunen Sie, wie? Sie hätten nicht gedacht, daß das so einfach ist, was? Ich kann Ihnen sagen, diese einfache Lösung hat mich Jahre des Nachdenkens gekostet, bis ich sie hatte. Ohne diese Lösung hätte ich meinen Stand hier nie aufmachen können.

DER MANN Wieso? Was verkaufen Sie denn in Ihrem Stand?

DER TUI Gebrauchsanweisungen.

DER MANN Wozu?

DER TUI Zu den Decken. Ja, ich weiß, natürlich, Sie denken, ich muß mir nur eine Decke kaufen und Schluß. Weiter denken Sie nicht. Und wenn dann der kalte Zug an die Füße kommt, wundern Sie sich. Und warum kommt der kalte Zug an die Füße?

DER MANN *schlägt vor:* Weil die Decke zu kurz ist.

DER TUI Unsinn, die Decke ist so lang wie jede andere Decke in dieser Stadt. Nämlich in der Preislage, die für Sie in Frage kommt. Kaufen Sie sich bei mir eine kleine Gebrauchsanweisung, die ich Ihnen für 20 Yen abgeben kann, und Sie werden keinen Zug mehr verspüren. Sehen Sie, diese Decke kostet Sie 80 Yen. Eine längere würde Sie *er mißt ihn mit den Augen ab* bei Ihrer Länge nicht unter 150 Yen zu stehen kommen. Die Kurze mit meiner Gebrauchsanweisung zusammen, ebenfalls ohne Zug, kostet Sie 100 Yen. Ist das ein Geschäft oder nicht?

DER MANN Was steht denn drinnen in Ihrer Gebrauchsanweisung?

DER TUI Sie bekommen eine kleine Zeichnung, wie Sie Ihre Beine zu legen haben, und dann müssen Sie natürlich üben.

DER MANN Aber ist es nicht unbequem?

DER TUI Nur am Anfang. Nach ein paar Jahren können Sie anders überhaupt nicht mehr liegen. Würde Ihnen dann einer eine längere Decke schenken, würden Sie sie einfach abschneiden.

DER MANN Ja, eine Decke muß ich ja haben.

DER TUI *schiebt ihn in das Geschäft:* Klar.

*Nach einiger Zeit kommen sie wieder heraus. Der Tui gibt dem Mann für 20 Yen eine kleine Karte mit einer Zeichnung und nimmt ihm die Decke unter dem Arm weg. Mit einem Nagel bohrt er in eine Ecke der Decke ein kleines Loch.*

DER TUI Und jetzt sehen Sie, was ich da mache. Das ist nämlich der Trick. In dieses Loch geben Sie Ihren rechten großen Zeh, damit halten Sie einfach die Decke nieder. Selbst bei unruhigem Schlaf werden Sie sich nie bloßstrampeln. Und der Trick ist nicht weniger als viermal anwendbar: reißt Ihr Loch aus, können Sie es immer noch an drei Ecken von neuem bohren.

# Don Juan
# von Molière

(in der Bearbeitung
des Berliner Ensembles)

*Personen*

Don Juan, Sohn des Don Luis · Sganarelle, Don Juans Diener · Don Luis, Don Juans Vater · Don Carlos und Don Alfonso, Doña Elviras Brüder · Die Bildsäule des Komturs · Herr Dimanche, ein Kaufmann · Guzman, Elviras Stallmeister · La Violette, Diener Don Juans · Ragotin, Stallmeister des Don Juan · Pieter, ein Fischer · Berthelot, Angelot und Colin, drei Ruderer · Marphurius, ein Arzt · Ein Bettler · Doña Elvira, Don Juans Gemahlin · Angelica, Tochter des Komturs · Charlotte und Mathurine, Fischermädchen · Serafine, Köchin Don Juans · Belisa, eine Sängerin

## ERSTER AKT

### SCHAUPLATZ IN SIZILIEN. STADT. HOTELEINGANG.

I

*Sganarelle. Guzman.*

SGANARELLE *fischt aus Don Juans Gepäck eine Schnupftabakdose und betrachtet sie:* Was immer Aristoteles sagt und die Philosophie überhaupt: Nichts geht über den Tabak. Er ist die Leidenschaft der Großen dieser Welt. Ah, sie wählen ihre Leidenschaften mit Bedacht! Wer heutzutage ohne Tabak lebt, lebt überhaupt nicht. Nicht allein, daß er das Gehirn reinigt und ergötzt. Er verschafft vor allem jene himmlische Ruhe, ohne die ein Mann von Welt kein Mann von Welt sein kann. Nur der Tabak ist es, der die Großen dieser Welt instand setzt, die Leiden zu vergessen, besonders die der anderen. Ein paar Bauernhöfe gehen einem in die Binsen? Eine Prise Tabak, und alles sieht nicht halb so schlimm aus. Ein Bittsteller wird unangenehm, ein Gläubiger zudringlich? Eine Prise Tabak, mein Guter, seien Sie Philosoph! Eine solche Prise befriedigt den Geber wie den Nehmer. Die Bewegungen des Anbietens allein: man wartet nicht, bis man darum gebeten wird, man ahnt die Wünsche des Mitmenschen voraus, es ist Tabak, nach was er trachtet, man befriedigt sie mit einem Lächeln. Nimm eine Prise, Freund Guzman, bedien dich!

GUZMAN Danke bestens. Aber kommen wir zurück auf unser Thema. Vielleicht habe ich mich nicht ganz verständlich gemacht …

SGANARELLE Doch, du hast. Doña Elvira ist uns eilends nachgereist, ihre Liebe zu meinem Herrn wurde übermächtig, sie kann ohne ihn nicht leben und nicht sterben – kurz, ihr seid da.

GUZMAN Was ich wissen wollte; mit was für einem Empfang können wir rechnen?

SGANARELLE Willst du wissen, wie ich darüber denke? Ich

fürchte, ihre Liebe wird ihr schlecht gelohnt werden, ihre Reise wird ihr nichts nützen. Sie hätte besser daran getan, zu Haus zu bleiben.

GUZMAN Wieso? Hat dir dein Herr angedeutet, daß seine Liebe schon erkaltet ist? Und ist dies der Grund für seine plötzliche Abreise?

SGANARELLE Das nicht. Wie denkst du dir das? Wir pflegen nicht uns über unsere Liebesangelegenheiten auszulassen. Nebenbei: er braucht mir schon lange kein Wort mehr zu sagen, und ich weiß doch, wie der Hase läuft. Ich weiß es manchmal besser als er selbst. Die Erfahrung!

GUZMAN Was! Diese nicht vorhersehbare Reise wäre nichts anderes als treuloser Verrat? Don Juan hätte Doña Elvira, erst wenige Wochen seine Gattin, einfach schändlich verlassen? Ohne ein Wort der Erklärung?

SGANARELLE *nimmt eine Prise:* Ah! Wir sind noch jung und sind da nicht besonders mutig.

GUZMAN Ein Mann von seinem Stand!

SGANARELLE Ach was, Stand! Das wird ihn hindern! Er hat seinen Stand nicht dazu, daß er sich etwas verkneift.

GUZMAN Aber die heiligen Bande der Ehe?

SGANARELLE Ah, mein armer Guzman, lieber Freund! Auch heilige Bande sind – Bande! Ihr kennt Don Juan nicht.

GUZMAN Ich fange an zu furchten, ich kenn ihn nicht. Diese heißen Schwüre, diese glühenden Briefe, diese Ungeduld, bis er sie der frommen Zuflucht des Klosters von Santa Regina entrissen hatte! Wie könnte er sie nach all dem je verlassen – ich begreife es nicht.

SGANARELLE Wenn du den Burschen kennen würdest, wüßtest du, daß ihm so was nicht schwerfällt. Übrigens habe ich nichts gesagt. Ich mußte vor ihm abreisen, um hier einige Anordnungen für ihn zu treffen und seit seiner Ankunft habe ich ihn noch nicht gesprochen. Gewisses weiß ich nicht. Jedoch möchte ich dir vorsichtshalber mitteilen, daß mein Herr, Don Juan, der größte Schuft ist, den die Erde je getragen hat, ein Rasender, ein Teufel, ein Heide, der weder an den Himmel noch an die Hölle glaubt, der ein Leben führt wie ein wildes Tier, wie ein epikureisches Schwein, ein Sardanapal! Schön, er hat deine Herrin geheiratet. Um ans Ziel zu kommen, hätte er noch dich, den Pfarrer, den Hund und die Katze mitgeheiratet. Was ist ihm eine Heirat! In der Falle fängt er jede. Er ist der größte Heirater vor dem Herrn. Frau, Jungfrau, adelig, bürgerlich, Gräfin und Bäuerin, Bürgermeistersgattin und Novize, – nichts ist ihm zu heiß, nichts ihm zu kalt. Wenn ich dir aufzählen würde, wen er da so überall geheiratet hat, würden wir morgen früh noch hier sitzen. Eines muß man ihm immerhin lassen: er zieht die Weiber an wie süßer Essig Fliegen. Keine, die diesem Magneten widerstehen kann. Sein armer alter Vater weiß nicht, wie er die immer neue Schande überstehen soll! Und die Schulden! Aber was soll man tun? Nichts kann man tun. Der erzürnte Himmel wird ihn eines Tages zerschmettern.

GUZMAN Schweig still. Da kommt er. Was sag ich meiner Herrin?

*Sganarelle zuckt die Achsel. Guzman verzweifelt ab.*

## 2

*Don Juan. Sganarelle.*

SGANARELLE *meldet:* Das leichte Feldgepäck!

DON JUAN Mit wem sprachst du eben? War das nicht der Stallmeister Doña Elviras? Guzman?

SGANARELLE Ja, so jemand.

DON JUAN *haut mit dem Stock:* Nun, war er's?

SGANARELLE Er war's.

DON JUAN Seit wann ist er in dieser Stadt?

SGANARELLE Grad angekommen.

DON JUAN Was führt ihn her?

SGANARELLE Sie sollten's wissen.

DON JUAN Unsere Reise?

SGANARELLE Er fragte nach dem Grund.

DON JUAN Was hast du ihm erzählt?

SGANARELLE Daß Sie mir nichts verraten haben.

DON JUAN Und was ist deine Meinung?

SGANARELLE Meine? Wenn Sie erlauben, ich denke, wir sind hinter einer anderen her.

DON JUAN Das denkst du.

SGANARELLE Ja.

DON JUAN Du irrst dich nicht. Es stimmt. Eine andere hat Elvira aus meinen Gedanken verdrängt.

SGANARELLE Kenn ich doch meinen Herrn wie meinen kleinen Finger. Ihr Herz – ist unersättlich.

DON JUAN Findest du das etwa nicht gut so?

SGANARELLE Tja, gnädiger Herr –

DON JUAN Was? Sprich!

SGANARELLE Natürlich ist es gut so, wenn Sie es unbedingt so wollen. Dann ist da nichts dran zu rütteln. Aber, wenn Sie es anders wollten, dann wäre es vielleicht anders.

DON JUAN Schon gut. Sag mir, was du denkst, ich erlaube es dir.

SGANARELLE Dann, gnädiger Herr, sag ich's Ihnen geradheraus: Dieses Herumgeliebe ist was Furchtbares.

DON JUAN Was! Willst du etwa, daß man sich an die erste beste kettet und keine Augen mehr hat für alle anderen? Ein lächerlicher Ehrgeiz, treu sein zu wollen! Uns zu bezaubern, darauf haben alle Schönen ein Anrecht. Wenn ich einer gerecht werde und ihren Reizen verfalle, so muß ich doch nicht gegen andere ungerecht werden. Soll etwa eine, die das Glück hatte, uns als erste über den Weg zu laufen, allen anderen die berechtigten Ansprüche auf unser Herz stehlen? Ich habe immer Augen dafür, die Vorzüge anderer zu würdigen, und will jeder den Tribut zahlen, zu dem die Natur mich verpflichtet. Welch ein unaussprechliches Vergnügen, jene tausend Schmeicheleien zu erfinden, welche das Herz einer jungen Schönen bezwingen. Von Tag zu Tag die kleinen Fortschritte zu verfolgen, die man macht. Welche Genugtuung, mit Ausbrüchen, mit Tränen, mit Seufzern um eine schamhafte Seele zu kämpfen, die Mühe hat, die Waffen zu strecken. Schritt für Schritt die zarten Widerstände zu besiegen, die Gewissensbisse zu zerstören, die sie sich zur Ehre anrechnet, und sie sachte dahin zu führen, wo wir sie haben wollen. Ist die Festung einmal unser, so bleibt zu sagen und zu wünschen nichts mehr übrig: wir schlafen ein. Mann, auf diesem Gebiete habe ich den Ehrgeiz des Eroberers, der ewig von einem Sieg zum andern fliegt und seinen

Wünschen keine Grenzen setzen läßt. Nichts, nichts kann meine reißenden Begierden aufhalten. In mir schlägt ein Herz, die ganze Welt zu lieben. Wie Alexander von Makedonien wünschte ich mir noch andere Welten, sie meiner Liebesmacht zu unterwerfen. Was sagst du dazu, Sganarelle?

SGANARELLE Ja, gnädiger Herr – Ihr Lebenswandel – gefallen tut es mir ja nicht, wie Sie so leben.

DON JUAN Wieso? Wie leb ich denn?

SGANARELLE Oh, ausgezeichnet. Sehr gut. Nur zum Beispiel – dieses Geheirate alle paar Wochen –

DON JUAN Das ist doch angenehm!

SGANARELLE Das schon. Ich wäre selbst nicht abgeneigt, wenn's nur nicht so sündig wäre. Spott treiben mit einer so heiligen Institution!

DON JUAN Geh, geh. Das mache ich mit dem Himmel ab.

SGANARELLE Oh, gnädiger Herr. Es heißt, der Himmel rächt sich furchtbar. Wer seiner spottet –

DON JUAN Halt's Maul! Weißt du nicht, daß ich Moralpauken nicht ausstehen kann. Du Dummkopf!

SGANARELLE Gott behüte. Ich habe doch nicht Sie gemeint. Sie können nichts dafür. Wenn Sie an nichts glauben, so haben Sie doch Gründe! Es gibt leider Leute, die es mit der Moral nicht genau nehmen ohne diese guten Gründe. Hätte ich einen solchen Herrn, würde ich ihm glatt ins Gesicht sagen: Sie Erdenwurm, Sie schäbige Laus, wie können Sie Ihren Spott treiben mit etwas, das allen Menschen heilig ist. Meinen Sie, weil Sie ein gnädiger Herr sind, mit einer blonden, schönfrisierten Perücke und Federn auf dem Hut – würde ich zu ihm sagen –, meinen Sie, weil Sie einen goldbestickten Rock tragen mit feuerroten Borten, können Sie alles tun? – würd ich ihm sagen –

DON JUAN *lächelnd:* Schurke.

SGANARELLE So jemandem müßte man das doch sagen.

DON JUAN Schluß jetzt. Wir haben nicht viel Zeit. Wir müssen von der Schönen reden, die uns hierher gebracht hat ...

SGANARELLE *beiseite:* Gebracht hat!

DON JUAN ... indem sie hierher reiste.

SGANARELLE Das ist es eben! Muß ich Sie daran erinnern, daß Sie in dieser Provinz den Komtur, Don Gonzalo, getötet haben? Befürchten Sie da nichts?

DON JUAN Was befürchten? Hab ich ihn nicht eben getötet? Und nach allen Regeln der Kunst?

SGANARELLE Gewiß, gewiß. In der Hinsicht kann er sich nicht beklagen.

DON JUAN Wer fürchtet sich vor Toten? Und überhaupt: mir wurde der Prozeß gemacht, mein Vater setzte sich für mich bei Hofe ein, ich wurde begnadigt, die Sache ist begraben.

SGANARELLE Begraben, ja! Aber da gibt es Freunde, nahe Verwandte, eine minderjährige Tochter – glauben Sie, daß diese Freunde und Verwandten von Ihrer Begnadigung entzückt sind?

DON JUAN Jetzt aber Schluß damit. Wir müssen an das Vergnügen denken, das v o r uns liegt. Die Schöne, von der ich gesprochen habe, ist eine junge ... *Er erblickt Doña Elvira.* Doña Elvira! Höchst unerwünschter Anblick! Du Schurke! Verräter! Warum hast du mir nicht gesagt, daß sie hier ist?

SGANARELLE Sie haben mich nicht danach gefragt, gnädiger Herr.

DON JUAN Ist sie verrückt geworden? In Reisekleidern vor mir zu erscheinen.

3

*Don Juan. Doña Elvira. Sganarelle.*

DOÑA ELVIRA Don Juan! Darf ich Sie bitten, mich zu kennen? Darf ich wenigstens hoffen, daß Sie mir Ihr Gesicht zuwenden?

DON JUAN Gnädige Frau, ich muß gestehen, daß ich überrascht bin. Ich habe Sie hier nicht erwartet.

DOÑA ELVIRA Ja, ich sehe, daß Sie mich hier nicht erwartet haben. Und ihre Überraschung ist nicht die, die ich erhofft hatte, sie bestätigt mir, was zu glauben ich mich sträubte. Ich staune über meine Einfalt und über mein törichtes Herz, daß es an Ihrem Verrat zweifeln konnte, für den ich so viele Beweise hatte. Ich war so gut und willig oder vielmehr so dumm, mich selbst täuschen zu wollen. Ich habe mir hundert gute Gründe für Ihre so plötzliche Abreise ausgedacht. Um

Sie von dem Verbrechen freizusprechen, dessen mein Verstand Sie anklagte, leih ich mein Ohr tausend phantastischen Einflüsterungen, die Sie reinwuschen. Dieser Empfang aber läßt keinen Zweifel mehr zu; der Blick, der mich empfing, enthüllte mehr, als ich zu wissen wünschte. Ich wäre dennoch froh, aus Ihrem eigenen Munde die Gründe Ihrer Abreise zu hören. Reden Sie, Don Juan, ich bitte Sie darum. Ich bin immerhin gespannt, wie Sie sich rechtfertigen werden.

DON JUAN Hier, Sganarelle wird Ihnen sagen, warum ich abgereist bin, gnädige Frau.

SGANARELLE *leise zu Don Juan:* Ich, mein Herr? Mit Verlaub zu sagen: ich weiß von gar nichts.

DOÑA ELVIRA Also, Sganarelle! Es ist mir nicht wichtig, durch wen ich die Wahrheit erfahre.

DON JUAN *gibt Sganarelle ein Zeichen, sich Doña Elvira zu nähern:* Sag's der gnädigen Frau –

SGANARELLE *leise:* Was soll ich denn sagen?

DON JUAN Wirst du gleich reden!

SGANARELLE Gnädige Frau ...

DOÑA ELVIRA Also?

SGANARELLE *zu Don Juan:* Herr ... was ... *Strenger Blick.* Also ... Gnädige Frau. Schuld an unserer Abreise ist ... sind die großen Eroberer ... Alexander von Makedonien und die anderen Welten ... Mehr weiß ich nicht.

DOÑA ELVIRA Don Juan, dürfte ich Sie um eine Erklärung dieser rätselhaften Erklärung bitten?

DON JUAN Die Wahrheit zu sagen, gnädige Frau ...

DOÑA ELVIRA Mein Gott! Wie schlecht Sie sich verteidigen! Am Hofe sollten Sie doch derlei gelernt haben. Warum schwören Sie mir nicht einfach, daß Sie noch immer dieselben Gefühle für mich hegen, daß Sie mich noch immer mit jener Glut sondergleichen lieben, und daß nur der Tod Sie von mir trennen kann? Warum erzählen Sie mir nicht, daß eine Angelegenheit von höchster Wichtigkeit Sie zwang, ohne Abschied von mir zu gehen, daß Sie wider Ihren Willen eine Zeitlang hier bleiben müssen, und daß ich ruhig zurückkehren soll in der Gewißheit, daß Sie so schnell wie möglich nachkommen werden, und daß Sie fern von mir, leiden wie der Leib, der von seiner Seele getrennt ist. So sollten Sie sich verteidigen anstatt so dazustehen!

DON JUAN Gnädige Frau, ich gestehe: heucheln kann ich nicht. Ich bin aufrichtig. Ich sage Ihnen nicht, daß ich noch immer dieselben Gefühle für Sie hege, daß ich vor Begierde brenne, wieder mit Ihnen vereint zu sein, offenbar ist, daß ich vor Ihnen geflüchtet bin. Nicht aus den Gründen, die Sie vermuten, sondern aus Gründen, die mein Gewissen mir vorschreibt. Ein weiteres Zusammenleben mit Ihnen wäre Sünde. Mit den Augen meiner unsterblichen Seele betrachte ich jetzt, was ich getan habe. Es ist mir aufgegangen, daß ich Sie, um Sie zu heiraten, der heiligen Abgeschiedenheit des Klosters entrissen habe. Daß Sie also Gelübde gebrochen haben, die Sie anderweitig banden. Der Himmel ist bekanntlich in diesen Dingen sehr eifersüchtig. Unsere Heirat, gnädige Frau, ist, fürchte ich, ein verkappter Ehebruch. Ich fürchte für uns beide den Zorn des Himmels. Ich will versuchen, Sie zu vergessen. Ich muß es Ihnen ermöglichen, zu Ihren ersten Ketten zurückzukehren. Gnädige Frau, wollen Sie sich einer so frommen Regung widersetzen? Wollen Sie, daß ich mir dadurch, daß ich bei Ihnen bleibe, den Zorn des Himmels auf den Hals lade? Gnädige Frau, um dem Himmel und aller Kreatur gerecht zu werden, müssen wir oft schmerzliche Opfer bringen –

DOÑA ELVIRA Ah, Schuft! Jetzt erkenne ich dich! Zu meinem Unglück erkenne ich dich zu spät. Denn was nützt mir diese Erkenntnis jetzt? Sie stürzt mich nur noch tiefer in Verzweiflung. Aber wisse, daß dein Verbrechen nicht ungesühnt bleiben wird. Derselbe Himmel, den du verspottest, wird mich rächen.

DON JUAN Sganarelle, der Himmel! …

SGANARELLE Ja, wirklich! Mit dem kann man uns nicht kommen.

DON JUAN Gnädige Frau …

DOÑA ELVIRA Genug. Ich will nichts mehr hören. Ich habe allzuviel gehört. Erwarte nicht, daß ich mich hinreißen lasse zu Schimpfreden und Vorwürfen. Ich will meinen Zorn nicht in Worten vergeuden. Aber ich wiederhole dir, Don Juan, der Himmel wird dich strafen. *Ab.*

## 4

*Don Juan. Sganarelle.*

DON JUAN Also, die Schöne, von der ich sprechen wollte, ist eine junge Braut. Vor wenigen Tagen erblickte ich sie: das Lieblichste, was Augen je gesehen. Sie promenierte am Arm ihres Verlobten. Nie habe ich ein Liebespaar so glücklich und zufrieden mit sich selbst gesehen. Daß sie ihre wechselseitige Zärtlichkeit überhaupt nicht verbargen, rührte mich tief, und traf mich mitten ins Herz. Es war mir ganz unerträglich, sie so glücklich beisammen zu sehen. Diese Bindung zu zerstören, die mein empfindsames Herz derart beleidigte, erschien mir wollüstige Pflicht.

SGANARELLE Ich begreife.

DON JUAN Nichts begreifst du. Etwas Unbegreifliches ist geschehen. Die Dame will sich nicht von ihrem Rüpel abbringen lassen.

SGANARELLE Nun ...

DON JUAN So daß ich mich gezwungen sehe, die entsprechenden Maßnahmen zu treffen.

SGANARELLE Und unsere Briefe? Und unsere Geschenke?

DON JUAN Alles zurückgeschickt.

SGANARELLE Was? Die Dame verabscheut Sie?

DON JUAN Sie bildet sich das nur ein. Sie will diesen Burschen tatsächlich morgen heiraten. Ich werde hier zum Äußersten greifen. Sie wird entführt.

SGANARELLE Oh! Nein!

DON JUAN Wie? Der Bursche, der sich schon als ihr Ehemann aufspielt, will sie mit einer Bootsfahrt auf dem Meer unterhalten. Ich habe ein schnelles Boot und einige kräftige Ruderer gemietet.

SGANARELLE Ach, Herr! Und ich habe von toten Fischen und zerbrochenen Eiern geträumt. Und Ihre Köchin Serafine sagt immer, das bedeutet ...

*Don Juan drohend.*

SGANARELLE Ach, gnädiger Herr! – Das wird wieder eine Ihrer ...

DON JUAN Eine meiner?

SGANARELLE … großen Aventüren?

DON JUAN Du kommst natürlich mit. Prüfe die Waffen sorgfältig, dein Leben wird davon abhängen. Und vergiß den Wein nicht. *Die Ruderer kommen mit ihren Rudern.* An die Arbeit.

## 5

*Don Juan. Sganarelle. Berthelot. Angelot. Colin.*

DON JUAN Erteile den Kerlen den nötigen Unterricht.

SGANARELLE Ich denke, Geld wäre da der beste Lehrer, gnädiger Herr.

DON JUAN *wirft ihm eine Börse zu:* Das muß genügen.

SGANARELLE *tastet die Börse:* Mit 20 Dukaten wird es gehen. *Er steckt die Börse ein.* Hierher, Leute! Wir bezahlen eure Dienste mit zwei Dukaten pro Mann.

*Die Ruderer sind überglücklich.*

COLIN Besten Dank, Herr.

*Berthelot versucht, Sganarelles Hand zu küssen.*

SGANARELLE Halt! Für die besondere Bezahlung erwarten wir natürlich besondere Leistungen. Könnt ihr überhaupt ein Ruder handhaben?

ANGELOT Mein Herr, an der ganzen Küste …

SGANARELLE Ich meine nicht nur so – *er macht die Geste des Ruderns* –, sondern auch so! *Macht die Geste des Zuschlagens.*

COLIN Ach, so ein Unternehmen ist das!

ANGELOT Wir sind friedliche Fischer, wenn es sich um das Zuschlagen handelt …

SGANARELLE *hart:* Fechten könnt ihr nicht. Ich werde euch also Unterricht geben müssen.

ANGELOT Unterricht im Totschlagen? Die scheinen keine Religion zu haben.

SGANARELLE Wir bezahlen nicht zwei Dukaten für Rudern.

BERTHELOT Es wird nicht gehen, Herr. Ich kenne ihn. *Zeigt auf Angelot.*

ANGELOT *zu seinen Kollegen:* Wollt ihr für zwei Dukaten einen Mitmenschen erschlagen?

BERTHELOT Mein Herr, er hat recht, dafür sind in der Tat zwei Dukaten zu wenig.

COLIN *zu Angelot:* Du würdest es nicht einmal für drei machen, wie, Angelot?

*Angelot schüttelt den Kopf.*

BERTHELOT *leise:* Für vier?

SGANARELLE Drei Dukaten kommen überhaupt nicht in Frage.

ANGELOT Vier Dukaten sind eine Menge Geld. *Er schüttelt aber doch noch den Kopf.*

COLIN Er hat einfach ein zu weiches Gemüt.

SGANARELLE Drei Dukaten von uns erpressen zu wollen, das nennt ihr ein zu weiches Gemüt.

BERTHELOT Unter fünf Dukaten nichts zu machen.

DON JUAN *ruft Sganarelle zu:* Wird's bald?

SGANARELLE *knirschend:* Gut, ich werde euch den horrenden Preis von vier Dukaten ...

ANGELOT Fünf!

SGANARELLE Gut, ich werde euch den horrenden Preis von fünf Dukaten bezahlen. Aber Achtung kann ich vor euch nicht mehr haben; Freunde sind wir nicht mehr. *Die Ruderer nach hinten treibend:* Qualifiziert euch dann wenigstens.

*Er stellt die Ruderer im Hintergrund auf: immer zwei gegen einen. Sie werden im Zuschlagen mit Rudern exerziert, Sganarelle benutzt den Degen. Man hört »Parade links! Parade rechts! Ausfall!« Don Juan inspiziert seine Truppe. Musikstück Nr. ...*

SGANARELLE Gnädiger Herr, an uns wird es nicht fehlen, aber ...

DON JUAN *zu Angelot:* Höher das Ruder, Kerl!

ANGELOT Nein und abermals nein. Mein Gewissen erlaubt es nicht. *Er läuft weg.*

SGANARELLE Geh zum Teufel!

COLIN Aber zu zweit schaffen wir es nicht.

DON JUAN *zu Sganarelle:* Erhöhe den Sold.

COLIN *ruft Angelot nach:* Sechs Dukaten! Komm sofort zurück!

ANGELOT *kommt langsam zurück:* Jetzt sind es sechs geworden. Es tut mir leid.

SGANARELLE Weiter. *Zu Don Juan:* Ach, gnädiger Herr, da kommt Ihr Herr Vater!

DON JUAN Hat sich denn heute alles gegen mich verschworen? *Während des Folgenden flaut das Exerzieren nur ab, wenn Sganarelle Don Juan zu bedienen hat.*

6

*Don Juan. Don Luis. Sganarelle. Ruderer.*

DON LUIS Ich weiß sehr wohl, daß ich dir ungelegen komme. Wenn du meines Anblicks müde bist, ich bin deiner Ausschweifungen nicht weniger müde. Wie, meinst du, soll ich nach allem, was schon geschehen, deine neueste Schandtat hinnehmen? Die einzige Tochter unseres edlen Freundes Don Filipo der heiligen Abgeschiedenheit des Klosters zu entreißen! Was tust du meinen im Dienst des Königs und des Vaterlandes erbleichten Haaren noch alles an! Mußt du Schandtat auf Schandtat häufen? *Sganarelle präsentiert Don Juan diskret zwei Degen zur Auswahl. Don Juan zeigt gebieterisch auf den einen. Sganarelle ab.* Um deine Skandalgeschichten zuzudecken, muß ich die Gnade unseres Königs abnutzen. Auch die huldreichste Gnade erschöpft sich. Damit du deine Launen befriedigen kannst, muß ich den Kredit, den meine Verdienste mir verschaffen, aufbrauchen.

DON JUAN Mein Herr, wenn Sie sich setzen wollten, im Sitzen spricht es sich leichter.

DON LUIS Nein, Schamloser, ich will nicht sitzen! Ach, wie wenig wissen wir doch, was wir tun, wenn wir Söhne zeugen! Mit welcher Glut wünschte ich mir einen Sohn, mit welcher Hartnäckigkeit flehte ich darum – hier steht er, um den ich den Himmel mit meinen Bitten ermüdete: ein Ungeheuer! Über meine Vorhaltungen macht er sich lustig, über meine berechtigten Wünsche lacht er.
*Während dieser Tirade weist Sganarelle lächelnd auf die Fechtkünste der Ruderer hin.*

DON JUAN Keineswegs. Teilen Sie mir Ihre Wünsche mit, die Sie in bezug auf die erwähnte Dame haben; und ich werde sie zu erfüllen trachten, mein Vater.

DON LUIS Schweig! Erinnere mich nicht daran, daß ich dein Vater bin. Zu viele tun das, um mich zu kränken. Schämst du dich wirklich nicht, deiner Geburt so unwürdig zu werden? Was tust du, den Namen, den du trägst, hochzuhalten?

DON JUAN *dem Sganarelle einen Korb mit Weinflaschen präsentiert:* Mehr von dem. *Sganarelle zieht sich nach hinten ab.*

DON LUIS Du lebst von dem Ruhm deiner Ahnen! Aber ihre Heldentaten werden dir nichts nützen, Unwürdiger! Ihr Ruhm ist es, im Gegenteil, nur eine Fackel, die deine Schmach noch beleuchtet.

DON JUAN Mein Herr, Sie werden mich nicht so ungehorsam finden, wie Sie anzunehmen scheinen. Es gibt Situationen, in denen ein Edelmann keine Wahl mehr hat. Es gibt Verpflichtungen, die erfüllt werden müssen, koste es, was es wolle.

SGANARELLE *beiseite:* Er meint, koste es seinem Vater, was es wolle.

DON JUAN Ich werde Doña Elvira nichts in den Weg legen, zu dem stillen Ort zurückzukehren, dem ich sie nie hätte entreißen sollen. Ich hoffe, daß dieser Schritt Sie geneigt machen wird, Ihre so offene Hand nicht länger von mir abzuziehen. Meine Gläubiger …

DON LUIS Nichts von deinen Gläubigern, Ungeratener! Fürchte du lieber den Zorn des Himmels für deine Verbrechen! *Ab.*

7

*Don Juan. Sganarelle. Ruderer.*

DON JUAN *winkt Sganarelle herbei:* Was ich sagen wollte, es muß eine Chaise bereitstehen, wenn wir mit dem Boot zurückkommen. – Es ist ekelhaft, Väter zu sehen, die ebensolang leben wie ihre Söhne.

SGANARELLE *der die Ruderer in einer Reihe aufgestellt und mit Gepäck und Waffen beladen hat:* Gnädiger Herr, Sie hätten den Alten sofort hinausschmeißen müssen. Ich bewundere Ihre Geduld.

DON JUAN Geduld? Das ist gerade, was ich nicht habe. Schurke, ich bin 37 Jahre alt. Alexander starb mit 33. Er hatte 618 Städte erobert. Es ist klar, ich muß mich beeilen. Los jetzt!

## ZWEITER AKT

STRAND AM MEER.
DIE RÖCKE DON JUANS UND SGANARELLES HÄNGEN ZUM TROCKNEN AUS.

### I

*Charlotte. Pieter. Don Juan. Sganarelle.*

CHARLOTTE Da haben die aber Glück gehabt, Pieter, daß du gerade da warst.

PIETER Ja, Potzdunner, um ein Haar wären sie beide ersoffen.

CHARLOTTE Was, der lütte Sturm heut morgen – der hat sie ins Wasser geschmissen?

PIETER Also, Charlotte, dann muß ich dir von Anfang an erzählen, wie alles gekommen ist. Also, wir zwei, ich und der dicke Lukas, waren am Strand und dalberten da so rum und schmissen uns ein bißchen Erdklumpen an die Köppe, da sehe ich plötzlich ganz weit draußen was im Wasser paddeln. Ich seh's ganz klar und dann, auf einmal seh ich, daß ich nichts mehr seh. Lukas, sag ich, mir scheint, da schwimmt wer. Unsinn, sagt er. Potzdunner, sag ich, da schwimmt wer. Schietkram, sagt er, du siehst den Klabautermann. Willst du wetten, sag ich, daß ich keinen Klabautermann sehe und daß das Leute sind, die auf uns zu schwimmen. Verdammt, sagt er, ich wette – es sind keine. Gut, sag ich, wetten wir um zehn Sous, daß es welche sind. Gut, sagt er, das ist das Geld, sagt er. Ich nicht dumm, werf fünf Sous und zehn halbe dazu, ich wußte genau, was ich tat. Na, wir hatten kaum gewettet, da sahen wir die beiden Männer ganz klar, sie winkten wie verrückt, daß wir kommen und sie holen sollten. Ich kassiere also zunächst mal mein Geld ein. Komm schon, Lukas, sage ich, du siehst doch, daß sie um Hilfe schreien. Nu mal los. Nee, sagt er, die haben mich zuviel Geld gekostet. Also, um es kurz zu machen, ich hab ihm so lange zugeredet, bis er mit ins Boot gekommen ist, und dann haben wir sie sogleich aus dem Wasser gefischt, sie waren schon halb blau, und dann habe ich beide zu Hause ans Feuer gesetzt, und dann haben sie sich nackicht ausgezogen, um sich zu trocknen, und dann ist die Mathurine gekommen, und der eine hat gleich angefangen, mit ihr herumzuschmusen. So war's, Charlotte.

CHARLOTTE *ganz neugierig:* Hast du nicht noch gesagt, Pieter, daß der eine viel schöner aussieht als der andere?

PIETER Das ist der Herr. Er muß ein ganz großes Tier sein. An seinem Rock hat er Gold. *Er zeigt auf den hängenden Rock.* Von oben bis unten. Und der Diener sieht selbst aus wie ein Herr. Aber trotzdem er ein großes Tier ist, er wäre glatt ersoffen, wenn ich nicht gewesen wäre.

CHARLOTTE Was du nicht sagst.

PIETER Potzdunner – ohne mich hätt er dran glauben müssen.

CHARLOTTE *sehr neugierig:* Sitzt er immer noch nackicht bei euch am Feuer, Pieter?

PIETER Nee, nee, der Diener hat ihn wieder angezogen, wir alle haben zugeguckt. Lieber Himmel, ich habe noch nie zugeguckt, wie sich so einer anzieht. Was für Takelage wird so einem Herrn vom Hofe angehängt! Stell dir vor, Charlotte, sie haben Haare, die gar nicht auf ihrem Kopf angewachsen sind, und die setzen sie sich auf, so eine Riesenmütze aus Werg. Hemden haben die mit Ärmeln, in die gingen wir beide zusammen hinein! Anstatt einer Hose tragen sie einen Schurz, der ist so breit, wie von hier bis Ostern. Statt einem richtigen Wams tragen sie ein winziges Westlein, das geht ihnen kaum bis zum Nabel. Statt einem richtigen Halskragen tragen sie ein Halstuch *zeigt* so groß mit vier dicken Spitzenquaddeln, die ihnen bis zum Magen hängen. *Sganarelle holt hinten die beiden Röcke.* Und unten am Handgelenk haben sie auch wieder solche Krägen, und große Trichter aus Bortenzeug an den Beinen und überall Bänder, Bänder, Bänder, daß es einem direkt leid tun kann.

CHARLOTTE Dunnerlittchen, Pieter, das muß ich mir auch mal angucken. *Steht auf.*

PIETER *bringt sie zum Sitzen:* Hör erst mal zu, Charlotte. Ich muß dir noch was anderes sagen.

CHARLOTTE *eilig:* Nun, sag schon.

PIETER Ja, siehst du, Charlotte, ich muß, wie man so sagt, mal mein Herz ausschütten. Ich mag dich, das weißt du, und ich bin dafür, daß wir uns heiraten. Aber, Potzdunner, ich bin nicht ganz mit dir zufrieden.

CHARLOTTE Wieso? Was ist los?

PIETER Was los ist? Du machst mir Kummer.

CHARLOTTE Wieso denn?

PIETER Verdammt, du liebst mich nicht.

CHARLOTTE Sonst nichts?

PIETER Nein, sonst nichts, aber das ist schlimm genug.

CHARLOTTE Mein Gott, Pieter, du kommst mir immer mit demselben Zeug.

PIETER Ich komme immer mit derselben Sache, weil es immer dieselbe Sache ist; und wenn es nicht immer dieselbe Sache wäre, würde ich nicht immer mit derselben Sache kommen.

CHARLOTTE Aber was willst du denn?

PIETER Potzdunner, ich will, daß du mich liebst.

CHARLOTTE Ich lieb dich nicht?

PIETER Nein. Du liebst mich nicht, ich kann tun, was ich will. Es soll kein Vorwurf sein, aber ich kaufe dir Bänder bei jedem Händler, der vorbeikommt, ich breche mir fast den Hals, um für dich junge Amseln aus dem Nest zu holen, ich lasse für dich die Leierkastenmänner spielen, wenn du Geburtstag hast – und alles ist für die Katz.

CHARLOTTE Mein Gott, ich lieb dich doch. Wie soll ich's denn machen?

PIETER Ich will, daß du's so machst, wie man's macht, wenn man richtig liebt.

CHARLOTTE Ich lieb richtig.

PIETER Nee. Wenn's richtig ist, dann sieht man's. Guck dir mal die dicke Thomasine an, wie die nach dem jungen Benjamin verrückt ist. Den ganzen Tag stellt sie was mit ihm an und gibt ihm keine Ruh. Neulich sitzt er auf einem Schemel, da schleicht sie von hinten heran und zieht den Schemel unter ihm weg, daß er der Länge lang hinschlägt. Da siehst du, wie man's macht, wenn man richtig liebt. Aber du, du tust nie was, du stehst herum wie ein Holzklotz. Ich könnte zwanzigmal an dir vorbeigehen, ohne daß du dich rührst und mir einen lütten Klaps gibst oder sonst was. Verdammt noch mal! Das ist nicht gut. Du bist zu kalt.

CHARLOTTE Ich bin nu mal so.

PIETER So soll man aber nicht sein. Wenn man einen gern hat, dann zeigt man es ihm irgendwie.

CHARLOTTE Also, ich lieb dich so gut wie ich kann. Wenn's dir nicht paßt, kannst du eine andere lieben.

PIETER Siehst du, was habe ich gesagt? Potzdunner, würdest du das sagen, wenn du mich gern hättest?

CHARLOTTE Warum machst du mir auch den Kopf heiß?

PIETER Ich verlange doch nur ein bißchen Liebe.

CHARLOTTE Dräng mich nicht so. Vielleicht kommt's mal von selbst, ohne daß wir daran denken.

PIETER Gut, Charlotte. *Gibt ihr die Hand.*

CHARLOTTE Gut. *Nimmt seine Hand.* Da.

PIETER Versuch, mich mehr zu lieben. Versprich mir's.

CHARLOTTE Ich will alles tun, was ich kann, aber es muß von selbst kommen. Pieter, ist das der Herr?

PIETER *stolz:* Das ist er.

CHARLOTTE O Gott, ist der hübsch! Wär das schade, wenn der ersoffen wäre!

*Don Juan winkt Pieter zu sich.*

PIETER *zu Charlotte:* Siehst du, wie der mich kennt. *Geht zu ihm.*

*Während Pieter stolz lächelnd auf den von ihm Geretteten zugeht, starrt Charlotte den Edelmann an.*

## 2

DON JUAN Mein Junge, du wirst mir gewiß gern noch einen kleinen Dienst dazu erweisen. Lauf hin zum Dorf und bestelle dem Mädchen, ich glaub, sie heißt Mathurine, einen schönen Gruß. Sag ihr, ich muß sie dringend hier sprechen. Und sag es niemand sonst. Verstanden?

PIETER Sie wird gleich da sein, gnädiger Herr. Gewiß, gnädiger Herr. *An Charlotte vorbeilaufend.* Ich bin gleich wieder da, ich muß für den gnädigen Herrn etwas bestellen.

SGANARELLE Gnädiger Herr, wir sollten uns so schnell wie möglich davonmachen. Wir können nicht mit Sicherheit sagen, daß diese verfluchten Schiffer nicht doch das Boot wieder gewendet und das Ufer irgendwie erreicht haben.

DON JUAN *auf die Hütte blickend:* Still! Ich denke nach.

SGANARELLE Und Sie haben ihnen, als das Gewitter aufzog, um sie zum weiteren Warten zu bewegen, dreimal den Lohn verdoppelt! Unsere Kasse aber hat die Flut verschlungen.

DON JUAN Sganarelle, wir haben Pech gehabt. Durch den Sturm heute früh sind nicht nur wir, sondern auch unsere Pläne ins Wasser gefallen. Aber, um die Wahrheit zu sagen, das Fischermädchen, bei dem ich eben war, macht alles wieder gut. Ich entdeckte da Reize, die mich weitgehend für den unglücklichen Zwischenfall entschädigen können. Dieses Herz darf mir nicht entkommen! Ich habe es übrigens schon in eine solche Verfassung gebracht, daß es mich nur noch wenig Seufzer kosten kann.

SGANARELLE Es ist nicht zu fassen: Kaum sind wir wie durch ein Wunder der Todesgefahr entronnen, anstatt nun dem Himmel zu danken für seine wunderbare Hilfe, machen Sie sich sofort wieder daran, seinen Zorn auf uns herabzubeschwören durch Ihre üblichen ...

DON JUAN *bedroht ihn:* Halt's Maul, du weißt nicht, was du sagst. Dein Herr weiß, was er tut. *Bemerkt Charlotte.* Ah! Ah! Woher kommt uns dies andere Fischermädchen? Sganarelle! Hast du schon je so etwas Reizvolles gesehen? Sag im Ernst, ist sie nicht mindestens so schön wie die andere?

SGANARELLE Sicher. *Beiseite.* Jetzt geht's wieder los.

DON JUAN *zu Charlotte:* Wem verdank ich, schönes Kind, die angenehme Begegnung? Was? Hier in diesen entlegenen Gründen, inmitten von Bäumen und Felsen, findet man Wesen, geschaffen wie Sie?

CHARLOTTE Jawohl, ja, Herr.

DON JUAN Stammen Sie hier aus dem Dorf?

CHARLOTTE Ja, Herr.

DON JUAN Und da wohnen Sie?

CHARLOTTE Ja, Herr.

DON JUAN Und Sie heißen?

CHARLOTTE Charlotte, zu dienen, Herr.

DON JUAN Ah! Das liebliche Geschöpf! Und was für unwiderstehliche Augen!

CHARLOTTE Sie beschämen mich, Herr.

DON JUAN Ah! Schämen Sie sich nicht, die Wahrheit über sich

zu hören! Sganaralle, was sagst du dazu? Kann man etwas Lieblicheres erblicken? Drehen Sie sich etwas herum – ich bitte Sie. Oh! Welch zierlicher Rücken! Den Kopf etwas höher – ich flehe Sie an. Ah! Das allerliebste Gesichtchen! Machen Sie die Augen auf, ganz weit auf! Sind Sie schön! Lassen Sie mich ein wenig Ihre Zähne sehen – bitte! Ah! Wie verliebt sie sind! Ah! Und die Lippen, die köstlichen Lippen! Ich bin hingerissen, in meinem ganzen Leben habe ich nie ein so schönes Kind gesehen!

CHARLOTTE Ich weiß nicht, ob Sie sich über mich lustig machen oder nicht, Herr.

DON JUAN Ich mich über Sie lustig machen! Gott behüte! Dafür liebe ich Sie zu sehr, und was ich Ihnen sage, kommt aus einem tief ergriffenen Herzen. Sganarelle, schau dir nur ihre Hände an!

CHARLOTTE Pfui, Herr, sie sind ganz schwarz vom Teer!

DON JUAN Ah! Was sagen Sie da! Es sind die schönsten Hände der Welt, lassen Sie mich sie küssen – ich bitte darum.

CHARLOTTE Sie tun mir zu große Ehre an, Herr, wenn ich das vorher gewußt hätte, hätte ich sie mit Sand gescheuert!

DON JUAN Ah! Sagen Sie mir, schönes Kind, ich vermute, Sie sind noch nicht verheiratet.

CHARLOTTE Nein, Herr, aber bald, mit Pieter, das ist der Sohn der Simonette, der Nachbarin von uns.

DON JUAN Was! Ein Geschöpf wie Sie die Frau eines gewöhnlichen Fischers? Nein, nein, das hieße, Ihre wunderbare Schönheit schänden. Sie wurden nicht geboren, um in einem Dorf zu bleiben. Sie sind für Höheres bestimmt. Und der Himmel, dem dies bekannt ist, hat mich eigens hierher geführt, diese Heirat zu unterbinden und Ihren Reizen Gerechtigkeit widerfahren zu lassen. Es hängt nur von Ihnen ab, liebes Kind, und ich entreiße Sie einem elenden Schicksal und stelle Sie an den Platz, der Ihnen zukommt. Freilich, Sie könnten einwenden, daß diese meine Liebe etwas plötzlich ist. Aber das ist eben die wunderbare Wirkung Ihrer Schönheit, Charlotte; man verliebt sich in Sie in einem Viertelstündchen wie in eine andere in sechs Monaten.

CHARLOTTE Wahrhaftig, mein Herr, ich weiß nicht, was ich sagen soll. Was Sie mir sagen, tut mir gut, und ich hätte schon Lust, Ihnen zu glauben, aber man hat mir immer gesagt, den großen Herren darf man nicht trauen, und daß sie nur so daherreden, damit die Mädchen auf sie hereinfallen.

DON JUAN Zu denen gehöre ich nicht.

SGANARELLE *beiseite:* Bewahre!

CHARLOTTE Verstehen Sie, mein Herr, es ist kein Spaß, hereinzufallen. Ich bin ein armes Fischermädchen, ich halte auf meine Ehre, ich möchte lieber tot als entehrt sein.

DON JUAN Durch mich? Ich sollte feige genug sein, Sie zu entehren? Nein, niemals, dafür habe ich ein zu empfindliches Gewissen. Nehmen Sie zur Kenntnis, liebes Kind, daß ich keinen anderen Plan hege, als Sie in allen Ehren zu heiraten. Ich bin bereit. Zu jeder Zeit. Der Mann hier ist Zeuge für mein Versprechen.

SGANARELLE Nee, nee, nur keine Angst. Er heiratet Sie, am Heiraten soll's nicht fehlen.

DON JUAN Ach, Charlotte. Ich setze die Schönheit über alles und würde das Herz lieber mit tausend Dolchstichen durchbohren, als Sie im Stich zu lassen. Sie sind nicht eine, die man betrügt und Ihre Schönheit ist Ihr sicherster Schutz.

CHARLOTTE Mein Gott, ich weiß nicht, ob Sie ehrlich reden oder nicht, aber Sie reden so, daß man Ihnen glaubt.

DON JUAN Wollen Sie meine Frau werden?

CHARLOTTE Ja doch, wenn meine Tante es will.

DON JUAN Geben Sie mir einen Kuß als Unterpfand ...

CHARLOTTE Oh, mein Herr, warten Sie, bis wir verheiratet sind. Nachher will ich Sie küssen, soviel Sie wollen.

DON JUAN Ach, Kind, ich will alles, was du willst, laß mir deine Hand, laß dieser Hand durch tausend Küsse das unaussprechliche Entzücken ausdrücken, das mich erfüllt.

3

*Pieter. Don Juan. Charlotte. Sganarelle.*

PIETER *ruft von weitem:* Gnädiger Herr, gnädiger Herr! Die Mathurine wird sofort ... *Tritt näher und bemerkt, daß Don Juan Charlotte mit Liebkosungen zusetzt. Stößt Don Juan beiseite.* He, Herr, man nicht so glubsch! Wenn Sie sich so erhitzen, könnten Sie sich nachher verkühlen.

DON JUAN *stößt ihn zurück:* Was will der Kerl?

PIETER *stellt sich zwischen Don Juan und Charlotte:* Ich sage Ihnen, Sie sollen sich zusammennehmen! Lassen Sie die Pfoten von unseren Frauen!

DON JUAN *schiebt ihn wieder weg:* Ah! So viel Lärm!

PIETER Potzdunner! Das ist keine Art, Leute anzufassen.

CHARLOTTE *greift ein:* Laß ihn doch, Pieter.

PIETER Was! Ihn lassen! Ich will das nicht.

DON JUAN *drohend:* Ah!

PIETER Deubel noch mal! Meinen Sie, weil Sie ein Herr sind, können Sie uns unsere Frauen vor der Nase ablecken? Lekken Sie die eigene ab!

DON JUAN Eh?

PIETER Eh! Jawohl. *Don Juan gibt ihm eine Ohrfeige.* Rühren Sie mich nicht an! *Don Juan gibt ihm eine zweite Ohrfeige.* Schockschwerenot. Ist das der Lohn dafür, daß ich Sie vorm Versaufen gerettet habe?

CHARLOTTE Pieter, reg dich nicht auf!

PIETER Ich will mich aufregen! Und du bist 'ne ganz schlechte Deern, daß du dich so abschlecken läßt.

CHARLOTTE Oh, Pieter, du bist ja dumm. Das ist gar nicht, wie du denkst. Der Herr will mich heiraten; da darfst du nicht wütend werden.

PIETER Was? Potzdunner! Du bist doch mit mir verlobt!

CHARLOTTE Das macht doch nichts, Pieter. Wenn du mich lieb hast, mußt du dich freuen, daß ich 'ne gnädige Frau werde.

PIETER Nee, Verdammtnochmal, ich will dich lieber krepieren sehn als mit einem andern zusammen.

CHARLOTTE Komm, komm, Pieter, mach dir keine Sorgen. Wenn ich die gnädige Frau bin, geb ich nur dir was zu verdienen. Du kannst alle deine Fische und Krebse uns aufs Schloß bringen.

PIETER Verdammtnochmal! Nichts bringe ich! Und wenn ihr mir das Doppelte zahlt! Auf ihn hörst du? Herrgottnochmal! Wenn ich das eher gewußt hätte, ich hätte mich gehütet, ihn aus dem Wasser zu fischen, ich hätte ihm eins mit dem Ruder auf den Detz gegeben. *Don Juan geht auf Pieter zu, um ihn zu schlagen.* Himmelherrgott! Meinen Sie, ich habe Angst vor Ihnen?

DON JUAN *geht wieder auf ihn zu:* Das werden wir gleich sehen.

PIETER Ich hab's mit ganz andern aufgenommen.

DON JUAN So?

SGANARELLE Ach, gnädiger Herr, lassen Sie doch den armen Teufel in Frieden. Der hat uns doch geholfen. *Zu Pieter:* Hör zu, mein Junge, schrei nicht, geh weg von hier.

PIETER *stellt sich vor Sganarelle, betrachtet Don Juan trotzig:* Ich will aber schreien.

DON JUAN *hebt die Hand, um Pieter wieder eine Ohrfeige zu geben:* Ha! Ich werd dich lehren! ...

*Pieter bückt sich und Sganarelle bekommt die Ohrfeige.*

SGANARELLE *wütend:* Die Pest hol dich Rotzjungen!

DON JUAN Da hast du deinen Lohn, du Menschenfreund!

PIETER *zu Charlotte:* Gut, ich geh, aber ich sag's der Tante.

4

DON JUAN *zu Charlotte:* Welch himmlische Freuden, wenn wir erst Mann und Frau sind!

5

*Sganarelle. Mathurine. Don Juan. Charlotte.*

SGANARELLE *Mathurine erblickend, lacht:* Haha!

MATHURINE *zu Don Juan:* Herr, wat machen Sie denn mit der Charlotte? Sagen Sie der woll auch wat von Liebe?

DON JUAN *leise zu Mathurine:* Aber nein, im Gegenteil, sie liegt mir in den Ohren und wünscht, meine Frau zu werden. Ich habe ihr gerade gesagt, daß ich mit Ihnen verlobt bin.

CHARLOTTE *zu Don Juan:* Wat will denn die Mathurine von Ihnen?

DON JUAN *zu Charlotte:* Sie ist eifersüchtig, weil ich mit Ihnen spreche. Sie möchte, daß ich sie heirate. Aber ich sagte ihr, daß ich Sie heirate.

MATHURINE Wat? Charlotte, du?

DON JUAN *leise zu Mathurine:* Es hat gar keinen Sinn, mit ihr zu reden. Sie hat sich das nun mal in den Kopf gesetzt.

CHARLOTTE Wieso denn, Mathurine?

DON JUAN *leise zu Charlotte:* Sie reden ganz umsonst auf sie ein. Diese Idee bringen Sie nicht aus ihrem Kopf heraus.

MATHURINE Du hinterlistiges Aas!

DON JUAN *zu Mathurine:* Lassen Sie sie doch, sie ist vom Teufel besessen.

CHARLOTTE Du denkst wohl ...

DON JUAN *zu Charlotte:* Nicht reizen, sie ist gefährlich!

MATHURINE Nee, nee, ick muß mit ihr reden.

CHARLOTTE Und ick will hören, wat sie sich dabei denkt.

MATHURINE Wat ick denke von dir?

DON JUAN *leise zu Mathurine:* Ich wette, sie wird Ihnen sagen, ich hätte ihr die Heirat versprochen.

CHARLOTTE Ick werd ...

DON JUAN *leise zu Charlotte:* Wetten wir, sie behauptet, daß ich versprochen habe, sie zu meiner Frau zu machen.

MATHURINE Dat is nich nett von dir, annern ins Gehege zu kommen. *Sie schlägt sie ans Schienbein.*

CHARLOTTE Und dat is nich nett von dir, so eifersüchtig zu sein, wenn der Herr mit mir redet. *Schlägt sie ebenfalls ans Schienbein.*

MATHURINE Mich hat er zuerst gesehn.

CHARLOTTE Und mich dann. Und mir hat er die Heirat versprochen.

DON JUAN *zu Mathurine:* Nun, was habe ich gesagt?

MATHURINE *zu Charlotte:* Du kannst mich mal. Mir, nicht dir hat er die Heirat versprochen.

DON JUAN *zu Charlotte:* Habe ich nicht richtig geraten?

CHARLOTTE Schietkram! Mich will er, nicht dich!

MATHURINE Scheusal! Nich dich, mich will er!

CHARLOTTE Selber Scheusal! Er wird dir dat gleich selber sagen, dat ick recht habe.

MATHURINE Dat ick nich lache! Er wird dir gleich zeigen, ob ick lüge.

CHARLOTTE Gnädiger Herr, haben Sie ihr die Heirat versprochen oder nicht? Sie behauptet dat doch.

DON JUAN *leise zu Charlotte:* Lassen Sie sie das ruhig behaupten.

MATHURINE Gnädiger Herr, stimmt dat, haben Sie ihr versprochen, sie zur Frau zu nehmen? Sie sagt dat doch.

DON JUAN *leise zu Mathurine:* Lassen Sie sie das ruhig sagen.

CHARLOTTE Nee, nee, ick will die Wahrheit wissen.

MATHURINE Da muß Klarheit rein.

CHARLOTTE *zu Mathurine:* Jawoll, der Herr wird dir beweisen, daß du noch ein Küken bist.

MATHURINE *zu Charlotte:* Jawoll, der Herr wird dir gleich die Schnauze stopfen.

CHARLOTTE *zu Don Juan:* Gnädiger Herr, machen Sie dem Streit ein Ende.

MATHURINE *zu Don Juan:* Fällen Sie dat Urteil.

CHARLOTTE *zu Mathurine:* Gleich wirst du't hören.

MATHURINE *zu Charlotte:* Nee, du wirst't hören.

CHARLOTTE *zu Don Juan:* Schießen Sie los!

MATHURINE *zu Don Juan:* Raus mit der Sprache!

DON JUAN Was soll man da sagen, meine Damen? Sie behaupten beide, ich hätte Ihnen versprochen, Sie zur Frau zu nehmen. Sollte nicht jede von Ihnen genau wissen, wie es sich wirklich verhält? Muß ich hier in Einzelheiten gehen? Es ist alles gesagt worden. Ich habe die Heirat versprochen, sehr gut. Und wer mein Versprechen hat, hat ausgesorgt und läßt sich nicht durch Gewäsch irremachen. Der ich es versprochen habe, die wird meine Frau. Taten entscheiden, nicht Worte. Wenn ich heirate, wird man schon sehen, wen ich heirate. *Leise zu Mathurine:* Lassen Sie sie denken, was sie will. *Leise zu Charlotte:* Lassen Sie sie sich nur in Hoffnungen wiegen. *Leise zu Mathurine:* Ich bete Sie an! *Leise zu Charlotte:* Ich bin ganz dein! *Leise zu Mathurine:* Vor Ihrer Schönheit verblaßt jede! *Leise zu Charlotte:* Wer dich gesehen, hat für andere keine Augen. *Laut.* Ich habe eine kleine Angelegenheit zu ordnen, ich bin gleich wieder zur Stelle. Sganarelle, unterhalte die Damen!

SGANARELLE *bekümmert auf eine Weinflasche zeigend:* Ich rettete nur eine.

DON JUAN Brich ihr den Hals. *Entfernt sich einige Schritte.*

6

*Charlotte. Mathurine. Sganarelle. Don Juan.*

MATHURINE *zu Charlotte:* Und ick sag dir, mich wird er heiraten.

CHARLOTTE *zu Mathurine:* Und ick sag dir, mich liebt er.

SGANARELLE *Wein offerierend:* Ihr armen Dinger! Fallt mir nicht auf den rein. Der! Kunststück, euch den Kopf zu verdrehen! *Don Juan tritt näher.* Gebt mir seinen Rock, seine Bänder und seine Federn, und ich verführ euch spielend, aber dann habt ihr was davon! Ich rat's euch zum Guten: Nehmt euch vor dem in acht! *Bemerkt Don Juan.* Nehmt euch in acht vor dem, der Schlechtes von meinem Herrn spricht!

DON JUAN *nimmt ihn am Ohr:* Sganarelle!

SGANARELLE Ihr kennt meinen Herrn nicht!

7

*Charlotte. Mathurine. Don Juan. Sganarelle. Marphurius.*

*Marphurius, der Chirurg, eilt herbei.*

SGANARELLE Was gibt's? Warum die Eile?

MARPHURIUS *keuchend:* Ist es hier, wo das Duell stattfinden soll? Ich bin der Arzt dieser bescheidenen Gemeinde.

SGANARELLE Was für ein Duell?

MARPHURIUS Zwischen den hochwohlgeborenen Brüdern Don Alonso und Don Carlos und dem hochwohlgeborenen Don Juan Tenorio.

SGANARELLE Doña Elviras Brüder! Sind die im Dorf?

MARPHURIUS Sie werden gleich hier sein. Sie hatten bereits eine volle Stunde vergebens die Gegend nach diesem wohledlen Don Juan Tenorio gefragt, als ein junger Fischer ihnen bestätigen konnte, er sei hier. *Zu Don Juan:* Mein Herr, sind Sie es? Ich bin herbeigeeilt, Ihnen meine Dienste bei dem bevorstehenden Duell zur Verfügung zu stellen. Es wird für mich eine große Ehre sein, Sie zu betreuen, gnädiger Herr. Man sorgt besser vor; wenn das Blut fließt, muß man bereit sein. *Zu den Mädchen:* Bringt Schüsseln mit Wasser und etwas Hemdenstoff.

CHARLOTTE Sie werden sich stechen, mein Gott!

MARPHURIUS Ja, sie werden sich stechen. *Zu Don Juan:* In diesen bescheidenen Gemeinden gibt es kaum mehr Stichwunden, gnädiger Herr. Ah! Die große Zeit der Duelle ist vorüber. Die Chirurgie machte da in zehn Jahren mehr Fortschritte als vorher in drei Jahrhunderten! Die Stichwunde, die eleganteste, die sauberste aller Wunden, florierte. Heute bringt man mir hie und da einen von Bootsrändern zerquetschten Arm, ich spreche nicht vom Gelde, ich spreche von der Heilkunst. Die Duelle haben die Hand des Chirurgen verfeinert, sie haben die Bestecke vervollkommnet. Mit dieser Sonde, zum Beispiel, habe ich Don Malaga nach seinem vielbesungenen Duell mit dem Herzog von Estremadura behandelt. Ein Wundkanal, eine Elle lang! Die Hinterbliebenen übergaben mir diesen Beutel. Es waren einmal 50 Dukaten drin, mein gnädiger Herr. Ich spreche nicht von Geld, ich spreche von der Heilkunst. – Welch ein Verfall der Sitten und der Künste zugleich! Es wird dazu kommen, daß die Großen dieser Erde mit Fischeimern erschlagen werden. Ihre delikaten Zwiste werden sie mit Dreschflegeln austragen und ihre Damen mit Fleischermessern rachen!

DON JUAN Ihr Schönen, eine jener Affairen, zu denen die Ehre unsereinen verpflichtet, zwingt mich, allein hier zu bleiben.

MARPHURIUS O tempora, o mores! Die Stichwunde verschwindet, der eingeschlagene Schädel tritt an ihre Stelle.

DON JUAN Wenn es dem Himmel gefällt, mich am Leben zu erhalten, ich bitte euch, erinnert euch an mein Versprechen und glaubt, daß ihr noch vor Anbruch der Nacht von mir hören werdet.

MARPHURIUS Eine gesunde, aber ungebildete Bevölkerung schickt sich an, der Nation ihre barbarischen Umgangsformen aufzuzwingen?

DON JUAN *zu Sganarelle:* Begleite die guten Mädchen zum Dorf und sorge, daß ihnen nichts Übles zustößt.

MARPHURIUS Diese Ruderer, zum Beispiel, die ich eben traf …

SGANARELLE Was für Ruderer?

MARPHURIUS Drei Ruderer, die sich mit knapper Not aus dem heutigen Sturm gerettet haben. Sie schreien frech in der Landschaft herum, ein edler Herr schulde ihnen 54 Dukaten! Und schwenken in blinder Wut ihre Ruder und verkünden, man habe ihnen nur beigebracht, mit Rudern umzugehen.

SGANARELLE Schufte! 54 Dukaten!

CHARLOTTE Gnädiger Herr, sind sie hinter Ihnen her? Dann fliehen Sie!

SGANARELLE Ja, besser fliehen, gnädiger Herr.

MARPHURIUS Stecht die Kanaillen nieder. Und basta!

SGANARELLE *zu den Mädchen:* Fleht ihn auf Knien an! Sonst sind wir alle verloren.

MARPHURIUS Rottet sie aus! Wischt sie vom Erdboden!

MATHURINE *kniet:* Gnädiger Herr, fliehen Sie!

CHARLOTTE *kniet:* Ja, fliehen Sie, gnädiger Herr! Da ist der grausame Berthelot vom Nachbardorf dabei, fliehen Sie sogleich.

MARPHURIUS *kniet:* Und ich flehe Sie an, sie niederzustechen.

MATHURINE Gnädiger Herr, fliehen Sie! Ein Herr wie Sie kann sich doch nicht die Nase einschlagen lassen.

SGANARELLE Sie kommen, sie kommen!

MARPHURIUS Ihr Unwürdigen, meint ihr, ein Don Juan Tenorio erledigt seine Affairen wie eure Fischerlümmel? *Er zerreißt Leinentuch für Verbände und schwingt seine Instrumente.*

MATHURINE *und* CHARLOTTE *gleichzeitig:* Fliehen Sie, gnädiger Herr, man schlägt Sie tot!

DON JUAN In der Tat, das Spiel scheint zu ungleich. Mit roher Gewalt will ich nichts zu tun haben. Das Schicksal trennt uns, adieu, meine schönen Kinder, ich kann Ihnen nichts abschlagen. – Sganarelle, ich sehe mich in der Lage, dir einen Herzenswunsch zu erfüllen, Sganarelle, du kannst meinen Rock anziehen, gib mir deine Lumpen.

SGANARELLE Gnädiger Herr, Sie belieben zu spaßen. Soll ich in Ihren Kleidern sterben?

DON JUAN Nicht, wenn es nicht nötig ist. Bereite alles für die Heimreise vor!

*Don Juan ab mit Sganarelle. Der Arzt läuft ihnen eiligst nach.*

MARPHURIUS Gnädiger Herr! Gnädiger Herr!
*Die Fischermädchen schauen sich an, fangen an zu lachen und geraten so in Gelächter, daß sie sich auf den Boden setzen müssen.*

# DRITTER AKT

## Wald

### 1

*Don Juan. Sganarelle.*

*Don Juan in Sganarelles Kleidern, gefolgt von dem erschöpften Sganarelle, der Don Juans Kleider trägt und außerdem einen Korb mit Wein schleppt. Sie setzen sich am Wegrand nieder.*

DON JUAN Sag, Sganarelle, sind wir nicht schon einmal hier durchgekommen? Diese Bäume, diese Wege kommen mir bekannt vor. Dieser vielhundertjährige Baum – war er nicht Zeuge glühender Schwüre?

SGANARELLE Da waren viele Bäume, gnädiger Herr, an vielen Orten, ich halt's nicht mehr auseinander. Erlauben Sie, gnädiger Herr, daß ich mich eine Weile setze. Die Aufregungen, die Last Ihrer Kleider und nicht zuletzt dieses Korbes haben mich stark ermüdet.

DON JUAN Dummkopf, wozu mußt du auch diesen Korb mitschleppen? Habe ich dir befohlen, ihn mitzunehmen? Don Juan schleppt keine Körbe.

SGANARELLE Ihre Kleider haben mich nicht so verändert, daß ich die Pflicht, mich um Don Juans Magen zu kümmern, außer acht gelassen. Der Arzt kam sehr gelegen, ich habe ihn sogleich als Ihren Leibarzt engagiert und versprach ihm ein hohes Salär. Als Vorschuß wollte mir der Tropf gleich ein Klistier verpassen. Ich verdoppelte die Summe und bedeutete ihm, daß anstatt mir den Bauch zu leeren, er mir etwas geben müßte, den Bauch zu füllen. Laßt uns die Medizin jetzt kosten.

DON JUAN Willst du mich durch deine Gier ruinieren? Schurke! Es gehört sich nicht für einen Edelmann, am Wegrand wie ein Hund in ein Stück Pastete zu beißen. Tu meinen Kleidern mehr Ehre an. Benimm dich so wie ich. Ich werde mich zwingen, deine Manieren nachzuahmen. Schurke, du rührst keinen Happen an! *Don Juan ißt und trinkt.*

SGANARELLE *während Don Juan ißt:* Ich denke immer noch an den guten Doktor. Vielleicht hätte ich mich doch in seine Behandlung geben sollen. Mir ist sehr schwach, und mein Bauch fängt wieder an, so merkwürdig zu kullern: von links nach rechts her. Meine Gesundheit ist weiß Gott nicht die beste, gnädiger Herr. *Don Juan wirft ihm einen strengen Blick zu.* Ich meine, ich könnte wirklich einen Doktor brauchen.

DON JUAN Wozu?

SGANARELLE Mich zu kurieren.

DON JUAN Einen Doktor nehmen, dich zu kurieren? Ja, wenn du sterben willst, dann nimm dir einen Doktor.

SGANARELLE Was, Sie glauben nicht einmal an Sennesblätter?

DON JUAN Warum sollte ich daran glauben?

SGANARELLE *schüttelt verzweifelt den Kopf:* Nun gut, lassen wir die Medizin, Sie glauben eben nicht daran. Reden wir von etwas anderem. *Serviert ihm den Wein.* Würden Sie genauso sagen, ich glaube nicht an den Himmel?

DON JUAN Lassen wir das.

SGANARELLE Hm, das heißt, Sie glauben nicht daran. Und an die Hölle?

DON JUAN Äh!

SGANARELLE Also auch nicht. An den Teufel?

DON JUAN *in dem Sinne von: das sind diese Dummheiten:* Ja, ja.

SGANARELLE Also auch nicht. Aber wie ist das mit dem Jenseits?

*Don Juan lacht schallend.*

SGANARELLE Aber – wie stellen Sie sich zum schwarzen Bischof –

DON JUAN Hol dich die Pest!

SGANARELLE Sehen Sie, das ertrag ich nicht. Der ist doch eine Tatsache. Wer sonst sollte den Februargeburten nachts das Blut aussaugen? An wen glauben Sie, wenn Sie an das nicht glauben?

DON JUAN Woran ich glaube?

SGANARELLE Ja ...

DON JUAN Daß zwei mal zwei vier ist, Sganarelle.

SGANARELLE Ein schöner Glaube! Wunderbarer Glaubensartikel! Ihre Religion ist also das Einmaleins. Was mich betrifft, gnädiger Herr, ich habe nicht studiert wie Sie, kein Mensch kann sich rühmen, mich je etwas gelehrt zu haben. Aber ich sehe doch, daß das alles nicht so einfach ist. Ich würde zum Beispiel gerne von Ihnen wissen, wer diese Bäume da gemacht hat und diese Felsen, die Erde und den Himmel da oben. Hat sich das alles etwa von selbst aufgebaut! Da sind Sie zum Beispiel. Sie sind da: nun, haben Sie sich alleine gemacht? Hat nicht Ihr gnädiger Herr Vater Ihre gnädige Frau Mutter schwängern müssen, um Sie zu machen? Bewundern Sie nicht, wie alles im Menschen funktioniert, wie da alles verzahnt ist – die Nerven, die Knochen, die Venen, die Arterien, diese – diese Lunge, das Herz, die Leber und alle anderen Zutaten, die da ...

DON JUAN Bist du bald zu Ende?

SGANARELLE Folglich: es ist etwas Wunderbares an dem Menschen, was Sie auch sagen mögen! Ist es etwa nicht wunderbar, daß ich hier bin? Daß ich etwas in meinem Kopf habe, was hundert Sachen zugleich denken kann und meinen Körper lenkt, wie ich will? Ich will in die Hände klatschen *klatscht in die Hände*, den Arm heben, die Augen zum Himmel aufschlagen, den Kopf senken, die Füße bewegen, nach rechts gehen ... nach rechts gehen, nach links, vorwärts, rückwärts, umdrehen! *Dreht sich um und fällt hin.*

DON JUAN Sehr hübsch. Wir müssen aber daran denken, in die Stadt zu kommen.

SGANARELLE Da kommt ein Mann. Wir wollen ihn nach dem Weg fragen.

*Ein Bettler tritt auf.*

SGANARELLE Holla, du, heda!

DON JUAN Iß du wenigstens anständig. Du bist ich, vergiß das nicht.

*Sganarelle macht sich ans Essen, er ißt verschwenderisch wie Don Juan.*

2

*Don Juan. Sganarelle. Bettler.*

SGANARELLE Wo geht der schnellste Weg zur Stadt?

BETTLER *zu Sganarelle:* Ihr braucht nur diesen Weg entlang zu gehen und dann rechts gradaus. Aber ich rat Euch, gnädiger Herr, seid auf der Hut. Es sind da kürzlich Männer vorbeigekommen von gefährlichem Aussehen, sie fuchtelten mit langen Prügeln wild herum und stießen furchtbare Drohungen gegen Edelleute aus.

SGANARELLE Ich bin dir sehr verbunden, mein Freund.

BETTLER Gnädiger Herr, ein armer Bettler bittet um eine kleine Gabe.

*Sganarelle schaut sich hilflos um.*

DON JUAN Ha, ich sehe, deine Auskunft war nicht ganz uneigennützig gegeben.

BETTLER Ich bin ein armer Mann. Ich werde nicht ermangeln, für Sie zu beten, damit der Himmel Sie reichlich mit Gütern segnet.

SGANARELLE Ich danke dir, mein Freund.

DON JUAN Ach was! Er soll beten, daß der Himmel ihn mit einem heilen Rock segnet.

SGANARELLE Guter Freund: du kennst den Herrn nicht. Der glaubt nur an: zwei mal zwei ist vier.

DON JUAN Womit beschäftigst du dich hier im Walde?

BETTLER Ich bete den ganzen Tag, daß der Himmel den Wohlstand der guten Leute vermehren möge, die mir etwas geben.

DON JUAN Da muß es dir ja sehr gut gehen.

BETTLER Ach! Gnädiger Herr, ich befinde mich in der größten Not.

DON JUAN Du scherzest. Jemand, der den ganzen Tag betet, dessen Geschäfte müssen doch florieren!

BETTLER Ich versichere Ihnen, gnädiger Herr, meistens habe ich keine Rinde Brot für den zahnlosen Mund.

DON JUAN *zu Sganarelle:* Merkwürdig, höchst merkwürdig, gnädiger Herr. *Zum Bettler:* Deine Anstrengung wird sehr schlecht belohnt. *Er lacht schallend.* Der gnädige Herr wird dir einen Louisdor, seinen letzten, geben, aber unter der einzigen Bedingung, daß du fluchst.

SGANARELLE Nicht doch, gnädiger Herr ...

BETTLER *zu Sganarelle:* Ach, gnädiger Herr, führen Sie mich nicht in Versuchung.

DON JUAN Du mußt es wissen: Willst du einen Louisdor verdienen oder nicht? Hier ist er: *Er nimmt einen Louisdor aus Sganarelles Tasche. Zum Bettler:* Los! Nimm ihn, aber fluche!

SGANARELLE Aber, gnädiger Herr –

BETTLER Gnädiger Herr –

DON JUAN Sonst kriegst du nichts. *Beiseite zu Sganarelle, ihm einen Stoß versetzend:* Sganarelle –

SGANARELLE Fluch doch ein bißchen! Das ist nicht so schlimm –

DON JUAN Nimm schon, da, in Teufels Namen, sag ich, fluch doch!

BETTLER Nein, gnädiger Herr, lieber will ich um des Himmels willen hungern.

DON JUAN *gibt ihm den Louisdor, den Sganarelle ihm gereicht hat:* Ihr Dummköpfe! Hier. Ich gebe ihn dir um der Menschlichkeit willen.

*Bettler nimmt das Geldstück und geht erschrocken ab.*

SGANARELLE Gnädiger Herr. Wir müssen weiter! Es wird Abend.

3

*Don Juan. Sganarelle. Angelica.*

*Angelica tritt aus dem Wald, ein Körbchen mit Blumen am Arm, sie geht ins Mausoleum.*

DON JUAN Ach! Welch himmlische Erscheinung!

SGANARELLE *hält ihn zurück:* Gnädiger Herr, kommen Sie zu sich! Wie können Sie sich in so lächerlichem Aufzug ins Feld der Liebe wagen?

DON JUAN Du hast ganz recht. Nur eine solche Schönheit konnte mich meine Verkleidung vergessen machen. Schnell, meine Kleider! Beeil dich, Schurke, sie entschwindet ja.

SGANARELLE *macht sich daran, den Rock auszuziehen, mißmutig:* Ach –

*Er hat nur die Weste aufgeknöpft, da hört man einen fürchterlichen Lärm und die Kommandos der Ruderer. Sie drängen einen jungen Edelmann.*

DON JUAN Was ist das? Ein Mann von vieren angefallen!

SGANARELLE Die Ruderer!

DON JUAN Der Kampf ist ungleich; eine solche Feigheit kann ich nicht mit ansehen. Komm dem Mann sofort zu Hilfe! Ich schlage mich nicht mit Leuten, die mit Balken zuhauen. In den Kampf, Schurke!

*Er gibt Sganarelle einen Fußtritt in den Hintern, der ihn auf den Kampfplatz befördert, und entfernt sich.*

4

*Sganarelle. Don Juan. Don Carlos. Ruderer.*

*Pantomime: Gefecht. Die Ruderer werden durch Sganarelles Gebrüll in die Flucht geschlagen, nachdem Don Carlos, von einem Ruderer getroffen, bewußtlos zu Boden gesunken ist. Angelica kommt aus dem Mausoleum, erblickt den hinkenden und stöhnenden halbnackten Sganarelle und flieht, Sganarelle versucht, Don Carlos mit Wein wieder ins Leben zu rufen. Don Juan sieht entsetzt dem fliehenden Mädchen nach.*

DON JUAN Schnell, Schurke, schnell! Die Kleider her! Das Mädchen füttert auf einer Lichtung Rehe!

SGANARELLE *sofort bei der Arbeit, sagt dem stöhnenden Don Carlos:* Geduld, junger Herr, wenn der Rock geknöpft ist, sollen Sie Wein haben.

DON JUAN Knöpf ordentlich, er kommt von alleine zu sich. *Der Rock ist geknöpft, Sganarelle will zu Don Carlos.* Bandelier! *Sganarelle zieht Don Juan die Schärpe an.* Canons. *Sganarelle arbeitet weiter.*

SGANARELLE *zu Don Carlos, der stöhnend aufsteht:* Nichts Ernstes, junger Herr, ein Ruderschlag. Mich traf es am Knie.

DON JUAN Perücke!

DON CARLOS *zu Don Juan, dem Sganarelle die Perücke richtet:* Mein Herr! ...

DON JUAN *der noch nicht vollends hergerichtet ist, bedeutet ihm zu warten:* Ja!

DON CARLOS *wenn Don Juan fertig angezogen ist:* Erlauben Sie, mein Herr, daß ich Ihnen meinen Dank abstatte für Ihre hochherzige Aktion und Ihre ...

DON JUAN *sich ungeduldig umblickend:* Ich habe nur getan, mein Herr, was Sie an meiner Stelle auch getan hätten.

SGANARELLE *bitter beiseite:* Nämlich nichts.

DON CARLOS Tatsächlich genügte Ihr Auftauchen. Ihre gebieterische Erscheinung, Ihre Stimme, gewohnt des Befehlens ...

DON JUAN Ich frage mich allerdings, warum diese Teufel sich auf Sie gestürzt haben.

DON CARLOS Ein unglückseliger Zufall trennte mich von meinem Bruder, mit dem zusammen ich am Morgen fortgeritten war, um etwas zu bereinigen. Auf der Suche stieß ich auf diese Räuberbande. Mich nicht kennend, belästigten sie mich mit der Geschichte eines Edelmannes, von dem sie behaupteten, er schulde ihnen Geld, und den sie gräßlich verleumdeten. Als ich ihnen Vorhaltungen machte über die schändliche Beschimpfung unseres Standes, ließen sie sich zu solchen Injurien hinreißen, daß ich, ungeachtet ihrer Überzahl, sie bestrafen wollte. Bewaffnet waren sie mit Rudern. Aber sie handhabten sie mit solcher Geschicklichkeit – *Sganarelle verbeugt sich selbstgefällig* –, daß ich unterlegen wäre ohne Sie und Ihre Tapferkeit.

DON JUAN Sie sind auf dem Weg zur Stadt?

DON CARLOS Nein, mein Bruder und ich, wir sind in eine dieser Affairen verwickelt, die so schmerzhaft unsere Familien heimsuchen und uns Edelleuten die äußersten Opfer aufzwingen. Oh, unerbittliche Strenge unserer Ehre!

DON JUAN *zu Sganarelle:* Lauf schnell! Sieh nach dem Mädchen!

DON CARLOS In der Tat, der Ausgang eines Duells ist in jedem Fall bitter. Verlassen wir nicht das Leben, so müssen wir das Land verlassen. Wir Edelleute haben einen schweren Stand. Unsereinem nützen weder Vorsicht noch einwandfreies Benehmen. Die Gesetze unserer Ehre liefern uns den Entgleisungen des ersten besten aus. Unser Leben, unsere Ruhe hängen von der Laune des ersten besten Schurken ab, der uns aus heiterem Himmel eine jener Beleidigungen zufügt, die ein Edelmann nur mit der Waffe beantworten kann.

DON JUAN Wir haben immerhin den Vorteil, daß wir selbst denen, die uns lästig sind, die gleichen Unannehmlichkeiten bereiten können. Wenn es nicht indiskret ist: In was für eine Affaire sind Sie verwickelt?

DON CARLOS Die Sache ist so weit gediehen, daß man kein Geheimnis zu machen braucht. Da die Beleidigung an den Tag gekommen ist, befiehlt uns unsere Ehre, sie nicht zu verbergen, sondern zu rächen. Deshalb, mein Herr, sage ich Ihnen unumwunden, daß die Schmach, die wir zu rächen trachten, die einer verführten und der heiligen Abgeschiedenheit des Klosters entrissenen Schwester ist. Der Übeltäter ist ein gewisser Don Juan Tenorio, Sohn des ehrwürdigen Don Luis Tenorio. Wir verfolgen seine Spur seit heute morgen. Es ist uns jedoch trotz aller Bemühungen nicht gelungen, seiner habhaft zu werden.

DON JUAN Kennen Sie diesen Don Juan, den Sie da suchen?

DON CARLOS Ich selbst nicht. Ich habe ihn nie gesehen. Mein Bruder hat ihn mir beschrieben. Sein Lebenswandel ist höchst …

DON JUAN Mein Herr, ich bitte Sie, kein Wort mehr. Don Juan ist mein bester, und ich muß wohl sagen, mein einziger Freund. Ich will nichts Schlechtes über ihn hören.

DON CARLOS Ich werde Ihnen zuliebe nichts mehr über ihn sagen. Es ist das wenigste, was Sie von einem Manne verlangen können, der Ihnen sein Leben dankt. Wie sehr Sie aber auch mit diesem Don Juan befreundet sind, ich wage zu hoffen, Sie werden seine Handlungen nicht billigen und unsere Absicht, blutige Rache an ihm zu nehmen, nur natürlich finden.

DON JUAN Ich bin Don Juans Freund, ich kann es nicht ändern, aber er soll auch nicht unbestraft die Ehre unseres Standes verletzen. Ich werde Ihnen die Mühe sparen, ihn aufzuspüren, indem ich ihn bewegen werde, Ihnen Genugtuung zu verschaffen, wo und wann immer Sie es wünschen. Sie haben mein Ehrenwort!

DON CARLOS Welch wunderbare Hoffnung erregen Sie in uns. Mein Herr, wir sind Ihnen sehr verbunden, obwohl es mich schmerzen würde, Sie in diese Affaire hineingezogen zu sehen.

DON JUAN Ich stehe Don Juan so nahe, daß er ohne meine Zustimmung niemals fechten würde.

DON CARLOS Grausames Schicksal! Warum muß ich Ihnen das Leben verdanken und Don Juan Ihr Freund sein.

## 5

*Don Juan. Don Carlos. Don Alonso.*

DON ALONSO *tritt auf, spricht nach hinten, ohne Don Juan und Don Carlos zu sehen:* Gebt den Pferden zu trinken und führt sie später nach. Ich will eine Weile zu Fuße weitergehen. *Er erblickt die beiden.* Was seh ich? Du, mein Bruder, mit dem Todfeind unserer Familie?

DON CARLOS Todfeind?

DON JUAN *die Hand am Degen:* Ja, ich bin Don Juan. Eure Überzahl soll mich nicht bewegen, meinen Namen zu verheimlichen.

DON ALONSO *mit gezogenem Degen:* Ah! Schurke! Jetzt mußt du sterben!

DON CARLOS Halt, mein Bruder, halt. Ich schulde ihm mein Leben. Ohne ihn hätten mich Raufbolde erschlagen.

DON ALONSO Und willst du, daß eine Überlegung dieser Art unsere Rache lähmt? Solche Dankbarkeit ist lächerlich. Da die Ehre etwas unendlich Wertvolleres ist als das Leben, schulden wir dem nichts, wenn wir unser Leben schulden, der uns der Ehre beraubt hat.

*Sganarelle erscheint zwischen den Bäumen. Durch aufgeregte Zeichen versucht er die Aufmerksamkeit Don Juans auf sich zu lenken.*

DON JUAN Das einzige, was ich von Ihnen erbitte, meine Herren, ist, daß Sie Ihre Entscheidung schnell treffen. Ich bin in Eile.

DON CARLOS Ich weiß, Bruder, was ich unserer Ehre schulde.

Soll ich aber gestatten, daß der von mir getötete Feind einen nicht eingelösten Schuldschein mit ins Jenseits nimmt?

DON ALONSO Der Himmel gibt uns hier Gelegenheit, Rache zu nehmen. Wenn du nicht kämpfen willst, so geh. Ich allein werde das heilige Opfer bringen.

DON CARLOS Bruder, ich fleh dich an …

DON ALONSO Nein, er muß sterben …

DON CARLOS *sich vor Don Juan stellend:* Halt, sage ich, mein Bruder, halt! Ich dulde nicht, daß man nach seinem Leben trachtet, hier, wo er das meinige verteidigt hat! Ich werde ihn gegen jedermann verteidigen. Wer ihn durchbohren will, durchbohre erst mein Herz!

*Pause.*

DON ALONSO Oh, unverzeihliche Schwäche!

DON CARLOS Gewähre mir einen Aufschub, Bruder.

DON ALONSO Die Interessen unserer Familie …

DON CARLOS … werden gewahrt werden. Don Juan, Sie sehen, daß ich mich bemüh, Ihnen zurückzuerstatten, was ich Ihnen schulde. Schließen Sie, bitte, daraus, daß ich morgen ebenso beflissen sein werde, die Beleidigung zu vergelten wie heute den Dienst.

DON JUAN Mein Herr, ich habe Ihnen bereits mein Wort gegeben. Glauben Sie nicht, daß ich diese Begegnung fürchte. Ich gestehe Ihnen aber, sie käme mir jetzt etwas ungelegen. Ich bin Ihnen dankbar für den Aufschub.

DON CARLOS Seien Sie heute um Mitternacht in dem dunklen Gäßchen, das zum Kloster führt.

DON ALONSO Dort werden wir, was jetzt versäumt wurde, nachholen.

DON CARLOS Gehen wir, mein Bruder.

*Beide ab.*

## 6

*Don Juan. Sganarelle.*

DON JUAN Nun, Schurke, wo ist sie?

SGANARELLE Gnädiger Herr!

DON JUAN Zum Henker, sprich! Was stehst du da, als hätte dich der Blitz getroffen?

SGANARELLE Gnädiger Herr, er hat mich getroffen. Wissen Sie, was jenes weiße Bauwerk dort ist?

DON JUAN Schafskopf, was geht mich das Bauwerk an, wo ist das Mädchen?

SGANARELLE Gnädiger Herr, dieses Weiße hier zwischen den Bäumen ist – sein Grabmal!

DON JUAN Wessen Grabmal?

SGANARELLE Den Sie getötet haben nach allen Regeln –

DON JUAN Was, der Komtur liegt hier?

SGANARELLE Der Himmel möge Sie schützen!

DON JUAN Ach! Zur Hauptsache: wer ist das Mädchen?

SGANARELLE Das Mädchen ist – die Tochter des Komtur.

DON JUAN Die Tochter. Sieh mal an!

SGANARELLE Der Sie Vater und Mutter geraubt haben! Gnädiger Herr, ich flehe Sie an, wir müssen diesem unheilvollen Ort entfliehen. Beschwören Sie nicht durch längeres Verweilen den Zorn des Toten gegen uns herauf!

DON JUAN Was, Memme, du fürchtest dich in meiner Gegenwart vor Steinen? Ich werde dir diese Angst austreiben müssen. Wir werden dem Komtur unsere Aufwartung machen, und du kommst mit.

SGANARELLE Gnädiger Herr, bitte, gehen Sie nicht hinein, bitte!

DON JUAN Ich befehle dir, dich nicht zu fürchten. Es ist ein Besuch, den ich diesem Herrn schulde. Und er wird, wenn er Anstand hat, uns höflich empfangen. Komm.

*Sie treten zum Mausoleum zwischen den Bäumen. Don Juan befördert Sganarelle mit einem Fußtritt hinein. Musik. Das Mausoleum öffnet sich, die Statue des Komturs steht da.*

## 7

*Don Juan. Sganarelle. Die Statue des Komturs.*

SGANARELLE Da, da ist er.

DON JUAN Mein Gott – als römischer Imperator!

SGANARELLE Wie echt er aussieht, gnädiger Herr! Als ob er lebte und reden möchte. Er wirft uns Blicke zu, die mich schaudern machten, wenn Sie nicht da wären. Mir scheint, er ist uns nicht freundlich gesinnt, gnädiger Herr.

*Don Juan wirft ihm einen drohenden Blick zu.*

DON JUAN Das wäre sehr unrecht von ihm. Das hieße, eine Ehre, die ich ihm erweise, nicht ernst zu nehmen. Lad ihn zum Abendessen zu mir ein!

SGANARELLE Ich glaube, das ist etwas, was so einer nicht mehr braucht, gnädiger Herr.

DON JUAN Los, sag ich, lad ihn ein!

SGANARELLE Sie spaßen, gnädiger Herr, ein Stein kann doch nicht hören.

DON JUAN *ihn merkwürdig ansehend:* Eben! Tu, was ich dir sage.

SGANARELLE Gnädigster Herr – Stadtkommandant – *beiseite:* So ein Unfug – *laut:* Gnädigster Herr Stadtkommandant, mein Herr, Don Juan Tenorio, läßt fragen, ob Sie ihm die Ehre erweisen wollen, bei ihm zu Abend zu speisen. *Die Statue nickt.* Ah!

DON JUAN Was hast du? Mach den Mund auf!

SGANARELLE *macht das Nicken der Statue nach:* Die Bildsäule –

DON JUAN Was soll das heißen, Dummkopf?

SGANARELLE Die Bildsäule!

DON JUAN Die Bildsäule was? Sprich, sonst erschlag ich dich!

SGANARELLE Die Bildsäule hat genickt.

DON JUAN Hol dich die Pest!

SGANARELLE Er hat genickt. Tatsächlich. Sprechen Sie selbst zu ihm!

DON JUAN Schafskopf. Herr Stadtkommandant, würden Sie mir die Ehre antun, bei mir – in angenehmer Gesellschaft – zu Abend zu speisen?

*Die Bildsäule nickt wieder.*

SGANARELLE *schreit:* Ah!

DON JUAN *nimmt eine Prise Tabak:* Gehen wir.

*Beide ab.*

## VIERTER AKT

### Schloss

1

*Sganarelle. Ragotin.*

RAGOTIN *einen Brief in der Hand, geht an Sganarelle vorbei. Er trägt Reitstiefel und Reithose:* Der vierte Brief, den ich hinüberbringe.

SGANARELLE Ragotin! Kommt sie oder kommt sie nicht?

RAGOTIN Ja.

SGANARELLE Was ja?

RAGOTIN Sie kommt oder kommt nicht. Was weiß ich? Warum soll sie nicht kommen, he! Man könnte sagen, sie ist noch im Trauerjahr für den Komtur. Aber geht's mich an? Ich hab genug zu tun: einen Parkwächter umlegen, einen Hund vergiften, eine Gouvernante bestechen. Briefe hin und Briefe her. Zwei Pferde sind dabei zuschanden geritten, im Stall sind nur noch drei. Sind es meine? Also? Kommt sie, kommt sie nicht? Ich frag nicht, ich weiß nichts. Ich reite. *Ab.*

2

*Sganarelle.*

SGANARELLE Glücklicher Mensch! Ich weiß zu viel. Ich fühle, wie sich über diesem Haus ein fürchterliches Unwetter zusammenzieht, und ich fürchte sehr, der Blitz könnte mit dem Herrn den Diener treffen. Die Köchin soll mir aus der Hand die Zukunft prophezeien. Sie ist gut darin. Serafine! Serafine!

3

*Sganarelle. Serafine.*

SERAFINE Was gibt's? Ich habe ein großes Souper vorzubereiten.

SGANARELLE Das ist es gerade.

SERAFINE Was geht dich das Souper an?

SGANARELLE Das eben möchte ich wissen, Serafine, ich bin von Ahnungen erfüllt, daß sich über diesem Haus ein fürchterliches Unwetter zusammenzieht, und will, daß du mir aus der Hand liest. Serafine, ist mein Schicksal an das eines großen Herrn gekettet? Sei vorsichtig!

SERAFINE Zeig her!

SGANARELLE Ich will die volle Wahrheit.

SERAFINE *nimmt seine Hand:* Ich sage immer die volle Wahrheit.

SGANARELLE *zieht die Hand zurück:* Aber du kannst dich irren.

SERAFINE Wenn du glaubst, daß ich mich irren kann, gehe ich lieber zu meinen Horsd'œuvres zurück. Ich habe das Handlesen bei euch sowieso satt. Neulich ist Josefine ohnmächtig geworden, und Ragotin hat mich deshalb verprügelt.

SGANARELLE *lauernd:* Du meinst also, wenn du mir die volle Wahrheit sagst, werde ich ohnmächtig?

SERAFINE Ich habe ja noch gar nicht hingesehen.

SGANARELLE Doch, du hast einen Blick darauf geworfen.

SERAFINE Und ich sage dir: nein! Und jetzt gehe ich zu meinen Karpfen zurück.

SGANARELLE Zum Teufel mit den Karpfen! Sei doch nicht immer so empfindlich. Hier hast du meine Hand. Ist also mein Schicksal an das eines großen Herrn gekettet? *Nach einer Pause.* Nicht gekettet, wie? *Klimpert mit Geldstücken in der Tasche.* Schau scharf hin.

SERAFINE Dein Schicksal ist an das eines großen Herrn …

SGANARELLE Gib acht, sag ich.

SERAFINE … nicht gekettet!

SGANARELLE Getroffen. Du liest vortrefflich aus der Hand, das muß ich sagen. *Plötzlich mißtrauisch.* Wenn es nur wirklich drinsteht und du mir nicht nach dem Mund redest. Ich will wissen, was in meiner Hand steht. Nicht was ich gern höre. Du meinst also, meine Lebenslinie ist lang?

SERAFINE *betrachtet seine Hand längere Zeit:* Lang schon ...

SGANARELLE Was heißt »lang schon«? Jetzt willst du mir wieder Furcht einjagen.

SERAFINE Ich hab dir ja gesagt, ihr ertragt's nicht. Jetzt geh ich meine Enten in Orangen braten, die gackern mir nicht drein.

SGANARELLE Willst du mir etwa das Maul verbinden, wenn von meiner Lebenslinie die Rede ist? Wo doch jeder weiß, wie unzuverlässig das Aus-der-Hand-Lesen ist. Wenn man die Wahrheit über die Zukunft wissen will, muß man sich ein Horoskop stellen lassen. Das ist teuer, aber zuverlässig.

SERAFINE Das sagst du nur, weil du Angst hast. Du bist überhaupt kein Mann. Und genauso ist deine Lebenslinie!

SGANARELLE Du hast selbst gesagt, daß sie lang ist!

SERAFINE Ja, lang, aber dünn!

SGANARELLE Schön, dann ist sie eben dünn.

SERAFINE Jawohl.

SGANARELLE Aber lang!

SERAFINE Gut.

SGANARELLE Serafine, warum streiten wir uns denn? Was ich von dir wissen will, ist doch nur, steht drin, vor was ich mich besonders hüten soll?

SERAFINE Und wenn ich's dir sage, schreist du mich wieder an.

SGANARELLE Nein, ich versprech dir's.

SERAFINE Vor Kälbernem.

SGANARELLE Unsinn, Serafine. Kälbernes vertrag ich ausgezeichnet.

SERAFINE Du bist ein Widder, nicht wahr?

SGANARELLE Nein, ein Krebs.

SERAFINE Dann verträgst du tatsächlich Kälbernes.

SGANARELLE Schau nach. – Soll ich mich vor Steinernem hüten?

SERAFINE Vor Steinernem?

SGANARELLE Ja oder nein?

SERAFINE *hört Don Juan kommen:* Der gnädige Herr! *Sie läuft weg.*

SGANARELLE *schreit ihr nach:* Vor Steinernem? Ja oder nein?!

4

*Herein Don Juan.*

DON JUAN *zu Sganarelle:* Was schreist du?

SGANARELLE Ach Herr, mir will diese sprechende Statue nicht aus dem Sinn.

DON JUAN Lassen wir das. Es hat uns vielleicht ein Schattenspiel getäuscht, oder eine Stockung des Blutes hat uns das Auge getrübt.

SGANARELLE O Herr, Ihr könnt es nicht leugnen, dieses Nikken war echt. Der Himmel selbst hat dieses Wunder bewirkt, weil Ihr ihn durch Euren Lebenswandel …

DON JUAN Hör zu: Wenn du mich mit deinen läppischen Predigten nicht verschonst, dann rufe ich einen Stallknecht mit einer Peitsche, lasse dich von drei, besser von vier Mann halten, und du wirst windelweich geprügelt. Verstehst du mich?

SGANARELLE Ich verstehe Sie, gnädiger Herr. Sie drücken sich sehr klar aus; das ist das Gute bei Ihnen, daß Sie nicht Umschweife machen; Sie legen die Dinge mit bewundernswerter Schärfe dar.

DON JUAN So. – Was ist mit Ragotin?

SGANARELLE Er reitet!

*Herein La Violette.*

LA VIOLETTE Gnädiger Herr, Ihr Tuchhändler, Herr Dimanche, ist da und verlangt, Sie zu sprechen.

SGANARELLE Ach, uns fehlte noch ein Gläubiger. Was fällt ihm ein, Geld von uns zu verlangen? Warum sagst du ihm nicht, der gnädige Herr sei nicht da?

LA VIOLETTE Das sage ich ihm schon drei volle Viertelstunden, aber er kann es nicht glauben. Er hat sich im Vorzimmer hingesetzt und wartet.

SGANARELLE So soll er doch im Vorzimmer sitzen bleiben und warten, solange es ihm paßt.

DON JUAN Nein. Das soll er nicht. Laßt ihn herein. Es ist eine schlechte Taktik, sich vor Gläubigern verleugnen zu lassen; man tut viel besser daran, ihnen etwas zu geben.

*La Violette führt Herrn Dimanche herein.*

## 5

*Sganarelle. Don Juan. Dimanche. La Violette.*

DON JUAN Aber mein lieber Dimanche, wie freundlich von Ihnen, mich aufzusuchen! Sie sind der erste nach meiner Rückkehr. Ich bin auf meine Leute sehr böse, daß Sie nicht sofort hereingeführt wurden. Ich hatte angeordnet, daß ich für niemand zu sprechen sei; eine Anordnung, von der Sie selbstverständlich ausgenommen sind. Sie haben ein Anrecht darauf, meine Tür für immer offen zu finden.

DIMANCHE Gnädiger Herr, ich bin Ihnen sehr verbunden.

DON JUAN *zu La Violette und Sganarelle:* Ich werde Euch lehren, Pack, Herrn Dimanche antichambrieren zu lassen!

DIMANCHE Gnädiger Herr, das tut doch nichts.

DON JUAN Tut nichts? Man sagt Ihnen, ich sei nicht da, Ihnen, meinem besten Freund!

DIMANCHE Gnädiger Herr, Ihr Diener. Ich komme, um –

DON JUAN Rasch einen Sessel für Herrn Dimanche.

DIMANCHE Gnädiger Herr, ich bleibe auch stehen, wenn –

DON JUAN Keineswegs. Ich will Sie sitzen sehen in meinem Hause.

DIMANCHE Das ist doch nicht nötig.

DON JUAN Weg mit dem Schemel, einen Sessel für Herrn Dimanche.

DIMANCHE Gnädiger Herr, Sie belieben zu scherzen, ich –

DON JUAN Nein, nein, ich weiß, was ich Ihnen schuldig bin. Ich will zwischen uns beiden keinen Unterschied gemacht sehen.

DIMANCHE Gnädiger Herr –

DON JUAN Gehen Sie, setzen Sie sich.

DIMANCHE Es ist wirklich nicht nötig, ich habe Ihnen nur ein Wort zu sagen. Ich komme …

DON JUAN Setzen Sie sich doch, sag ich.

DIMANCHE Nein, gnädiger Herr, bemühen Sie sich nicht, ich wollte nur …

DON JUAN Nein, ich höre nicht zu, wenn Sie nicht sitzen.

DIMANCHE Gnädiger Herr, wenn's sein muß. *Setzt sich.* Ich …

DON JUAN Na, Herr Dimanche, Sie sehen glänzend aus.

DIMANCHE Jawohl, gnädiger Herr, zu dienen. Ich komme …

DON JUAN Ihre Gesundheit ist Ihr bestes Kapital – volle Lippen, rosige Wangen, blitzende Augen.

DIMANCHE Ich möchte …

DON JUAN Und wie befindet sich die Frau Gemahlin?

DIMANCHE Leidlich, gnädiger Herr, Gott sei Dank. Ich dachte …

DON JUAN Eine fixe Person!

DIMANCHE Zu dienen, gnädiger Herr. Ich hoffte …

DON JUAN Und Ihr kleines Töchterchen Clodine, wie geht es ihr?

DIMANCHE Ausgezeichnet.

DON JUAN Ah! Das hübsche, kleine Täubchen! Ich finde sie reizend.

DIMANCHE Zu viel Ehre, gnädiger Herr. Ich wollte …

DON JUAN Und das Söhnchen Paolo? Macht er immer noch so viel Krach mit seiner kleinen Trommel?

DIMANCHE Immer noch, gnädiger Herr … Ich …

DON JUAN Und das kleine Hündchen Pippo, knurrt es immer noch so und beißt es Ihre Besucher immer noch tüchtig in die Waden?

DIMANCHE Mehr denn je, gnädiger Herr, wir können es ihm nicht abgewöhnen.

DON JUAN Sie dürfen sich nicht wundern, wenn ich mich nach der ganzen Familie erkundige; ich interessiere mich so für sie.

DIMANCHE Wir sind Ihnen sehr verbunden, gnädiger Herr. Ich …

DON JUAN Geben Sie mir Ihre Hand, Herr Dimanche, wenn ich einen Freund habe, sind Sie es.

DIMANCHE Ihr Diener, gnädiger Herr.

DON JUAN Fürwahr? Ich bin von ganzem Herzen der Ihrige.

DIMANCHE Zu viel Ehre, ich …

DON JUAN Es gibt nichts, was ich nicht für Sie täte, das wissen Sie doch … alles …

DIMANCHE Gnädiger Herr, Sie sind zu gütig …

DON JUAN Und ohne dabei an meinen Vorteil zu denken.

DIMANCHE Sie beschämen mich. Aber, gnädiger Herr …

DON JUAN Ach, Herr Dimanche, ganz offen – wollen Sie bei mir zu Abend essen?

DIMANCHE Nein, gnädiger Herr, ich muß gleich wieder fort. Ich ...

DON JUAN *steht auf:* Schnell, Leute, schnell, Fackeln! Gebt Herrn Dimanche das Geleit! Vier, nein fünf sollen ihn mit Musketen eskortieren.

DIMANCHE *steht ebenfalls auf:* Gnädiger Herr, das ist doch nicht nötig, ich kann doch allein gehen. Aber ...

*Sganarelle trägt sofort den Sessel weg.*

DON JUAN Wie! Ich bestehe darauf, daß man Ihnen das Geleit gibt. Ich bin an Ihrem Fortkommen aufs lebhafteste interessiert. Ich bin Ihr Diener und, was mehr ist, Ihr Schuldner.

DIMANCHE Ach! Gnädiger Herr! ...

DON JUAN Das sage ich jedem, der es hören will.

DIMANCHE Wenn Sie ...

DON JUAN Sie möchten, daß ich Sie selbst begleite?

DIMANCHE Ach, gnädiger Herr! Sie machen sich über mich lustig. Gnädiger Herr ...

DON JUAN Umarmen Sie mich, ich bitte Sie darum. Und ich bitte Sie noch einmal, davon überzeugt zu sein, daß ich ganz der Ihrige bin und daß es nichts gibt, was ich Ihnen nicht zuliebe täte.

*Dimanche wird von den bewaffneten Dienern mit Fackeln weggeführt.*

DIMANCHE Gnädiger Herr, ich wollte ... *Ab.*

DON JUAN *ihm nachrufend:* Bringen Sie mir zwei Röcke von der üblichen Art. Ich verlobe mich.

DIMANCHE Oh!

DON JUAN Was ist, La Violette?

LA VIOLETTE Eine Dame! Tief verschleiert.

DON JUAN Führ sie herein. *Zu Sganarelle:* Was siehst du mich so an, Schafskopf? Immer noch Angst vor dem Granit?

## 6

*Don Juan. Doña Elvira. Sganarelle. La Violette.*

DOÑA ELVIRA Ich bitte Sie, Don Juan, nicht überrascht zu sein, mich zu so später Stunde und in diesem Aufzug zu sehen.

Doch, was ich Ihnen zu sagen habe, duldet keinen Aufschub. Ich komme nicht im Zorn wie gestern früh, Sie finden mich verändert. Ich bin nicht mehr jene, die Sie verfluchte und auf Rache hoffte. Der Himmel hat aus meiner Seele jede sündhafte Regung einer sinnlich irdischen Liebe verbannt. Ich empfinde für Sie nichts als eine fromme Zärtlichkeit, nichts als eine von allem Fleischlichen losgelöste Zuneigung, die nicht eigennützig handeln kann und nur um Ihr Wohl besorgt ist.

DON JUAN *zu Sganarelle:* Unverschämter, ich glaube gar, du weinst?

SGANARELLE Vor Freude, gnädiger Herr.

DOÑA ELVIRA Diese Liebe heißt mich kommen, um Ihnen einen Rat des Himmels zu überbringen und zu versuchen, Sie vom Rande des Abgrunds fortzureißen, an dem Sie stehen. Ja, Don Juan, ich kenne Ihre Ausschweifungen. Der Himmel hat mir eingegeben, an seiner Statt Ihnen zu eröffnen, daß Ihre Freveltaten seine Langmut erschöpft haben, daß sein furchtbarer Zorn nahe daran ist, auf Sie herabzukommen. An Ihnen ist es, es durch schnelle Reue zu verhindern. Vielleicht bleiben Ihnen nur mehr wenige Stunden, um dem größten Unglück zu entgehen. Was mich betrifft, mein Schicksal ist entschieden. Ich ziehe mich in die fromme Abgeschiedenheit des Klosters Santa Regina zurück. In dieser Zurückgezogenheit würde es für mich den größten Schmerz bedeuten, wenn der Himmel an dem Menschen, den ich so zärtlich geliebt, ein furchtbares Exempel statuieren müßte! Die größte Freude würde es hingegen für mich sein, wenn ich Sie dahin zu bewegen vermöchte, den furchtbaren Schlag, der Sie bedroht, von Ihrem Haupte abzuwenden. Gewähren Sie mir, Don Juan, doch diesen süßen Trost, verweigern Sie mir nicht Ihr Seelenheil; ersparen Sie mir den großen Schmerz, Sie zu den ewigen Qualen der Hölle verdammt zu sehen.

SGANARELLE Die arme Frau!

DOÑA ELVIRA Ich habe Sie sehr geliebt. Nichts in dieser Welt war mir so teuer wie Sie. Für Sie vergaß ich meine Pflicht; für Sie gab ich alles. Das einzige, was ich jetzt von Ihnen verlange, ist: Ihrer Verdammung zu entgehen. Retten Sie sich, ich bitte Sie, sich selbst zuliebe oder mir zuliebe. Ich beschwöre Sie bei allem, was Ihr Herz rühren mag!

SGANARELLE *beiseite:* Ein Tigerherz!

DOÑA ELVIRA Ich gehe jetzt. Das ist alles, was ich zu sagen hatte.

DON JUAN Gnädige Frau, es ist spät. Bleiben Sie hier. Man wird Sie so gut unterbringen wie nur möglich.

DOÑA ELVIRA Nein, Don Juan, halten Sie mich nicht zurück.

DON JUAN Gnädigste Frau, es würde mich freuen, wenn Sie blieben, glauben Sie mir.

DOÑA ELVIRA Nein, wir wollen keine Zeit mit überflüssigen Reden verlieren. Lassen Sie mich schnell gehen. Bestehen Sie nicht darauf, mich zu begleiten. Und machen Sie sich das, was ich Ihnen gesagt habe, zunutze. *Ab.*

## 7

*Don Juan. Sganarelle.*

DON JUAN Sganarelle, was wird aus unserem Ruf? Er ist in der Liebe wie im Krieg mehr wert als alles andere. Die Festung ergibt sich dem, dem sich schon Festungen ergeben haben. Sie nimmt es als ein Naturgesetz hin. Der Ruf Alexanders hat ihm mehr Städte unterworfen als seine Waffenmacht. Dem Feldherrn ohne Ruf bleibt nur übrig, wie ein Berserker zu kämpfen. Auf eine Niederlage muß sofort ein Sieg eingesetzt werden. Hast du alles für das Souper angeordnet, wie ich es haben will? Laß sofort die Musiker kommen und dazu die vielgepriesene Sängerin Belisa; sie soll das Mahl mit einer Serenade verschönern. Und schick nach den entzückenden Fischermädchen. Sie sollen um Mitternacht ihre Austern und Krebse bringen. Den Wein überprüfe ich.

SGANARELLE Oh, Herr. Der Himmel möge Ihnen verzeihen!

*Am Horizont ein Wetterleuchten merkwürdiger Art. Sganarelle sieht es mit Schrecken, worüber Don Juan lacht.*

DON JUAN Immer noch nichts von Ragotin?

SGANARELLE *zitternd:* Nichts.

*Herein La Violette.*

8

*Don Juan. Sganarelle. La Violette.*

LA VIOLETTE Gnädiger Herr. Ihr Herr Vater ist angekommen. In der Einfahrt stieß er auf gewisse Ruderer, die vom Torwärter abgewiesen dort herumrandalieren. Sie haben ihm allerhand berichtet.

DON JUAN *zu La Violette:* Geh, halte ihn eine Weile auf. *Zu Sganarelle:* Lege mir etwas Weiß auf. *Sganarelle schminkt ihn.* Weißt du, daß ich noch einmal eine kleine Wallung des Gemüts verspürt habe für Doña Elvira, daß ich Vergnügen empfunden habe an dieser neuen, bizarren Situation, und daß ihr vernachlässigtes Äußere, ihr sanfter Ausdruck und ihre Tränen in mir kleine Reste eines verlöschenden Feuers angefacht haben?

SGANARELLE Das heißt, ihre Worte haben keinerlei Eindruck auf Sie gemacht?

DON JUAN Ein Fleck unter die Augen.

SGANARELLE Sehr wohl.

*Es werden Fleischplatten hereingetragen. Sganarelle nimmt ein Stück Fleisch und steckt es in den Mund.*

DON JUAN *bemerkt es:* Mir scheint, du hast eine geschwollene Backe. Zeig doch! Was ist dir? Sprich doch! Was hast du da?

SGANARELLE Nichts.

DON JUAN So zeig doch her! Um Gotteswillen, es ist ihm eine Geschwulst in die Backe gefahren. Schnell! Ein Laßeisen her! Stechet ihm den Abszeß durch. Der arme Kerl ist schon halb tot, der Abszeß könnte ihn ersticken. Was? Seht mal an, wie reif es war. Ah, Schurke!

SGANARELLE Gnädiger Herr, ich wollte nur sehen, ob die Köchin das Fleisch nicht versalzen hatte.

DON JUAN Sganarelle, man muß daran denken, sich zu bessern.

SGANARELLE O ja.

DON JUAN Ja, in der Tat, man muß sich bessern. Noch 20 oder 30 Jährchen so gelebt und wir werden an uns selber denken. *Wetterleuchten am Himmel.*

SGANARELLE O Herr, der Himmel nickt. Verhärten Sie sich nicht, noch ist es Zeit. Zeigen Sie Reue.

DON JUAN In einem gewissen Sinne habe ich das vor. Geh! *Sganarelle ab.*

## 9

*Don Juan. Don Luis.*

DON LUIS Was muß ich jetzt nun wieder von dir hören? Du Schamloser? Oh, welche Niedrigkeit! Oh, welch unwürdiges Benehmen! Wie soll ich das länger vor den Augen der Welt bemänteln? Ich kann es nicht mehr. Kannst du nicht mehr erröten? Beim Gedanken an deine Geburt? Mit welchem Recht genießt du unsere Privilegien? Was hast du getan in der Welt, ein Edelmann zu heißen? Glaubst du, es sei noch rühmlich, aus edlem Blute abzustammen, wenn man ein Schandleben führt? Soll es heißen, die Söhne der Lastträger stellen die unseren in den Schatten? Was die Tugend betrifft, sind sie besser?

DON JUAN *Don Luis entgegengehend:* Mein Vater, eine innere Stimme muß Ihnen zugerufen haben, wie sehr ich Sie benötige, daß Sie sich in die Karosse geworfen haben! Ich habe ein Erlebnis gehabt, über das ich mit niemand sprechen könnte als mit Ihnen. Sie sind Soldat, Sie sind religiös, Sie werden mich verstehen. Mein Vater, Sie sehen Ihren Sohn durch eine wunderbare Bekehrung verwandelt. Ich will die schändlichen Begierden nicht erwähnen, die mich ein Bett besteigen ließen in der Absicht, mich einer Frau zu bemächtigen. Auf dem Meer, in einer trüben Frühe, bei starkem Wind, hörte ich die furchtbare, die väterliche Stimme und dieses »Kehr um!«. Ich floh ans Ufer.

DON LUIS Ans Ufer! Oho!

DON JUAN Fromme Fischermädchen nahmen mich auf, pflegten mich um die Wette. Ihr einfältiges Geplauder rührte mich tief. *Ragotin ist mit einem Brief gekommen.* Was gibt's? *Ragotin übergibt Don Juan den Brief. Dieser liest ihn mit allen Zeichen der Zufriedenheit und wirft Ragotin einen Beutel zu.* Verzeihen Sie, mein Vater. Ein neues Zeichen des Himmels. Aber lassen Sie mich fortfahren. Kurz darauf begegne ich in der Tiefe eines wilden Parks unversehens einem schönen Kind von engelsgleichem Aussehen, das mich zu erkennen scheint. Sie nimmt mich bei der Hand und führt mich vor ein weißes Mausoleum in römischem Stil. Wir treten ein. Ich stehe vor der steinernen Bildsäule eines Mannes, dem ich alles geraubt hatte, die Frau, die Ehre, ja sogar das Leben. »Mein Vater!«, sprach das Mädchen. »Er wünscht Ihnen zu verzeihen!«

DON LUIS Zu verzeihen!

DON JUAN Und, was glauben Sie, steht in diesem Brief? Eben dieser Engel, die Tochter des Komturs, sagt ihren Besuch an, um diese Verzeihung vollkommen zu machen. Ich will mich ihrer würdig erweisen.

*Sganarelle ist mit zwei Kannen Wein zurückgekommen.*

DON LUIS Ist das möglich?

DON JUAN Ja, mein Vater, ich will vor aller Welt Augen eine plötzliche Veränderung sehen lassen; ich will dadurch das Ärgernis, das meine Taten gegeben, wiedergutmachen und nur bestrebt sein, völlige Vergebung zu erlangen. Das soll nunmehr meine Arbeit sein, und ich bitte Sie, mein Vater, das Ihrige beizutragen, daß ich auf dem Wege, den ich betreten will, sicher fortgehen möge.

DON LUIS Mein Sohn! *Umarmt ihn.* Ich bin gekommen, mit dir über deine neueste Ausschreitung zu sprechen, auf die mich einige rauhe Fischer aufmerksam machten. Aber wie schnell verflüchtigen sich die Vorwürfe eines Vaters bei dem geringsten Zeichen der Reue! Schon erinnere ich mich nicht mehr an die Sorgen, die du mir bereitet, deine Worte haben sie zerstreut. Alle meine Wünsche sind erfüllt, *gehen* Freudentränen netzen meine Wangen, ich habe vom Himmel fortan nichts mehr zu erflehen. *Kehrt.* Umarme mich, mein Sohn, ich beschwöre dich: *Don Juan beginnt ihn wegzuführen.* Verharre in dieser bewundernswerten Haltung, und ich sage dir, du kannst alles machen, alles verlangen. Ich kehre sofort zu deiner Mutter zurück, damit sie teilhabe an dieser himmlischen Neuigkeit. *Ab.*

## 10

*Don Juan. Sganarelle.*

SGANARELLE Ach, gnädiger Herr. Darauf habe ich schon lange gewartet. Kann es sein? Sie bereuen! Gott sei Dank, jetzt habe ich keine Wünsche mehr.

DON JUAN *Wein wählend:* Dummkopf! – Den da.

SGANARELLE Wieso Dummkopf?

DON JUAN Nimmst du das, was ich gesagt habe, für bare Münze?

SGANARELLE Was? Es ist nicht ... Sie wollen sich nicht ... Ihre ... Oh, was für ein Mann! Was für ein Mann!

DON JUAN Wenn ich gesagt habe, ich will mich bessern, so ist das nur eine Kriegslist, eine nötig gewordene Verstellung, zu der ich mich zwingen will, um meinen Vater und andere Leute, die ich brauche, umzustimmen.

SGANARELLE Was? Sie glauben an nichts und wollen einen tugendhaften Mann spielen! Was für ein Mann! Was für ein Mann! Was für ein Mann!

DON JUAN Ein Weiser versteht es, sich der Laster seiner Zeit zu bedienen, Sganarelle. Die Heuchelei ist das Laster, das jetzt Mode ist, und solche Laster gelten dann immer als Tugend. Die Rolle eines Heuchlers bietet wunderbare Vorteile. Durch ein paar Grimassen schließt man sich der Partei der Frommen an und vermag hinter diesem Schirm ruhiger den eigenen Interessen nachzugehen. Stoße ich auf Feindschaft, brauche ich keinen Finger zu rühren; meine ganze fromme Rotte wird sich meiner annehmen und mich gegen jedermann verteidigen. Wenn es einem ehrlichen Mann verboten ist, sich die Nase zu schneuzen, so ist es einem Heuchler erlaubt, eine ganze Stadt zu stehlen. Laß sie uns denn stehlen! Sganarelle, Angelica, die Tochter des Komturs, hat eingewilligt, zum Souper hier zu sein. Bereiten wir uns standhaften Herzens auf die Begegnung vor! Sie wird eine der ruhmreichsten und entzückendsten Genugtuungen meiner Laufbahn sein.

SGANARELLE Sie hat eingewilligt? Weiß sie denn, wer Sie sind, gnädiger Herr?

DON JUAN Sie wird es erfahren. Durch mich.

SGANARELLE Daß Sie ihre Mutter verführt und ihren Vater getötet haben? Gnädiger Herr, sie ist die einzige Rächerin –

DON JUAN – eines zwar toten, aber, wie du meinst, recht aufgebrachten Vaters. Ach, solche fast übermenschlichen Hindernisse zu überwinden, ein Herz zu bezwingen, das solche Gründe hat, mir Widerstand zu leisten, scheint mir eine Aufgabe, die meiner würdig ist.

SGANARELLE Gnädiger Herr, bis jetzt hatte ich die Hoffnung auf Ihre Rettung nie aufgegeben, aber das ist schlimmer als alles Gewesene, und der Himmel wird diese furchtbare Herausforderung nicht dulden.

DON JUAN Geh, der Himmel ist nicht so genau, wie du meinst. Ich sehe sie hereintreten, leichten Fußes, lieblich, zart errötend. Die Trauer um den heißgeliebten Vater wirft über ihre glatte Stirn einen reizvollen Schatten. *Auf die Musiker, die während dem vorigen in den Bäumen Aufstellung genommen haben.* Sind meine Vögelchen alle bereit in den Gezweigen meiner Bäume? Meine Herren, zur Ritournelle! *Die Musik erklingt.* »Mein gnädiges Fräulein, Sie kennen mich nicht, ich hingegen kenne Sie gut und, was mehr ist, ich kenne Ihre Familie, an die mich die engsten Bande des Blutes und der Liebe ketten. Denn ich bin Don Juan Tenorio.«

SGANARELLE Hoffentlich kratzt sie ihm jetzt die Augen aus.

DON JUAN Sganarelle! Ich wünschte, sie versuchte es. »Mein Fräulein, ersparen Sie mir nichts. Verwunden Sie mich, wie Sie wollen, aber lassen Sie mir meine Augen: ich benötige sie, seit ich Sie traf –« Schmeichelei erreicht noch die Toten, Sganarelle. – »Ah, Gott ist grausam, eine Schönheit wie Ihre zu schaffen! Aber er weiß, was er tut. Mein Fräulein, als ich Sie sah, als ich hörte, wer Sie waren, habe ich Ihrem Vater verziehen.«

SGANARELLE Was? Sie dem Komtur, den Sie getötet haben?

DON JUAN Ja, verziehen. – Stör mich jetzt nicht. »Ah, mein Fräulein, ah, ich habe ihn getötet! Da ist er wieder, dieser Vorwurf, dem er mich ausgesetzt hat, indem er starb. Nichts anderes brauchte er zu tun, mich zu vernichten, als zu sterben!« Kühn, gewiß, aber wie verwirrend! – »Hätte doch Ihr Vater in jenem Duell, das ich nicht wünschte, gesiegt! Ich wäre nicht mehr da. Wie viel besser für mich, als jetzt da sein und von Ihnen verabscheut!« Den letzten Vorstoß jetzt: »Können Sie den Verzweifelten abweisen, der mit erblaßtem Antlitz schon fast dem Nichts anheimgegeben ist? Wenn Sie es können, dann befreien Sie mich wenigstens von einem unnütz gewordenen Leben.« Etwas von der Art.

SGANARELLE Und ehrlich währt am kürzesten, und Lügen haben lange Beine, und wer zuerst lacht, lacht am besten, und wer zuletzt kommt, mahlt zuerst, und faule Fische – gute Fische, und vergib uns unsere Unschuld, und das Kamel geht durch das Nadelöhr! Ah, zu denken, daß eine Persönlichkeit wie die Ihre alles machen kann, ohne daß irgendeine Macht einschreiten könnte! Gibt es wirklich niemanden, den der Himmel schicken könnte? Findet er keinen?

DON JUAN Du hast recht, da ist niemand.

SGANARELLE Wenn ich zusammenzähle, wer alles nur heute gewünscht hat, der Himmel möge Sie zerschmettern!

DON JUAN Ja, ich sah es sogar in Herrn Dimanches Augen. Meinen Vater hat nur meine Heuchelei besänftigt. Doña Elviras Brüder dürsten nach meinem Blut. Und es gibt sicherlich noch andere, die mir entfallen sind. Aber du hast recht, was können sie machen?

*Wetterleuchten am Horizont. Es donnert. Es wird düster.*

SGANARELLE O Herr, Herr! Jetzt ist es das dritte Mal, und jetzt weiß ich's. Der Himmel spricht zu Ihnen. Er gibt Ihnen ein Zeichen.

DON JUAN Wenn der Himmel mir ein Zeichen geben will, muß er sich ein wenig deutlicher ausdrücken. *Es klopft.* Sie kommt. Geh, öffne ihr die Tür. *Sganarelle geht.* Tragt die Speisen auf! *Zu den Musikern:* Zwitschert, meine guten Vögel!

*Die Sängerin Belisa trägt eine Serenade vor. Don Juan wartet vergeblich auf den Auftritt Angelicas. Dann kommt Sganarelle zurück, totenbleich.*

11

*Don Juan. Sganarelle. Der Komtur.*

DON JUAN Was gibt's?

SGANARELLE *nickend wie die Bildsäule:* Der ... ist da.

DON JUAN Oh. Nicht sie? Führ ihn herein!

*Die Bildsäule des Komturs tritt herein.*

DON JUAN Mein Herr, ich hatte gehofft, Sie zu zweien zu empfangen. Aber nehmen Sie bitte Platz.

*Der Komtur setzt sich nicht.*

KOMTUR Don Juan, ich bin gekommen, Sie einzuladen, das Souper bei mir einzunehmen. Haben Sie Mut, mit mir zu kommen?

DON JUAN Ja. Wohin?

KOMTUR Gib mir die Hand.

DON JUAN Hier ist sie. Wohin soll man kommen, wenn man wünscht, mich zu treffen?

KOMTUR An dem Ort, zu dem ich dich führe, wird man dich nicht so leicht finden – wenn man wünschen sollte, dich zu treffen.

DON JUAN *zu Sganarelle:* Nimm eine Lampe.

KOMTUR Man braucht kein Licht, wenn man vom Himmel geführt wird. *Sganarelle wird ohnmächtig.* Don Juan, die Verhärtung in der Sünde führt zu einem schrecklichen Ende. Wer die Gnade des Himmels aufbraucht, reißt seinem Blitz eine Bahn. *Er führt Don Juan fort.*

DON JUAN O Himmel, was fühle ich! Ein Feuersturm verbrennt mich. Halt! Ah!

*Unter lautem Donner öffnet sich die Erde. An der Hand des Komturs, seinen Hut festhaltend, fährt Don Juan in die Tiefe. Große Feuer lodern aus dem Loch, in dem er verschwindet. – Die Musik hat aufgehört. Auf die Bühne stürzen nacheinander einige Persönlichkeiten.*

12

*Sganarelle. La Violette. Doña Angelica. Dimanche. Elviras Brüder, gefolgt vom Arzt. Don Luis. Die Ruderer. Die Fischermädchen, begleitet von ihren Verlobten.*

LA VIOLETTE Welch ein Unglück! Er ist weg!

ANGELICA Ich habe mich ein wenig verspätet. *Sieht das Loch.* Ah! Entsetzlich!

DIMANCHE *zwei Röcke bringend:* Eine Erpressung! Die zwei Röcke, gnädiger ... Ah! Mein bester Kunde!

ELVIRAS BRÜDER Wo ist der Schurke? – Ah! Aber die Ehre unserer Familie nunmehr ewig befleckt!

SERAFINE Ah! Wer ißt nun meine Enten in Orangen!

MARPHURIUS Ah! Das Duell!

DON LUIS Ah! Mein Sohn! Mein Erbe!

DIE RUDERER Ah! Wo ist er? 30 Dukaten futsch!

DIE FISCHERMÄDCHEN Ah! Wer nimmt unsere Austern? Der schöne gnädige Herr!

*Alle stehen erschüttert vor dem Loch. Aus der Höhe nieder flattert langsam Don Juans Hut.*

SGANARELLE Mein Lohn! Mein Lohn!

# Pauken und Trompeten

## Farquhars Komödie »Der Werbeoffizier« in der Bearbeitung des Berliner Ensemble

*Personen*

Captain Plume · Captain Brazen · Sergeant Kite · Ein Trommler · Mr. Balance, Friedensrichter · Mr. Worthy, ein Schuhfabrikant · Mr. Smuggler, ein Bankier · Simpkins, ein Butler · Tummas Appletree · Costar Pearmain · Bullock · William, ein Schmied · George, ein Schankbursche · Ein Bergmann · Ein Zuhälter · Ein Taschendieb · Breitschultriger · Workless, ein Arbeitsloser · Gerichtsdiener · Bridewell, ein Konstabler · Charles Cartwheel · Hayfork · Viktoria Balance · Melinda Moorhill · Lady Prude · Rose, ein Mädchen vom Lande · Lucy, Melindas Zofe · Maggie · Sally · Jenny, die Frau eines Soldaten · Mrs. Cobb, die Mutter eines toten Soldaten · Mrs. Miner, die Frau des Bergmanns · Mrs. Workless, die Frau des Arbeitslosen · Kitty aus der Hühnergasse

## Prolog

*Gesprochen von Sergeant Kite, der mit seinem Trommler vor dem Vorhang erscheint.*

Ich bin der Sergeant Barras Kite und werbe ein Heer
Für unsern guten König George, denn über dem Meer
In seiner Majestät Kolonie Amerika
Gibt's Umwälzung und Ungehorsam, das war noch nicht da.
Hätte also irgendwer Lust, sich zum Heeresdienst zu melden
Einige ehemalige Kriegsteilnehmer oder enttäuschte Helden
Freunde des Aufenthalts im Freien, unruhige Geister
Lehrlinge mit einem allzu strengen Meister
Söhne mit pflichtvergessenen Eltern, allenfalls
Ein Tagelöhner mit zu wenig Lohn, ein Ehemann mit zu viel Frau am Hals
All das wendet sich an Sergeant Barras Kite im Gasthaus »Zum Raben«
Als welchen ehrlichen Mann Sie hiemit oberflächlich kennengelernt haben
Meine Herrn, wer verteidigt gegen einen bunten Rock und reichliches Futter
Das gute alte England (ausgenommen seine Schwester, seinen Bruder, seinen Vater und seine Mutter)?

I

## Marktplatz von Shrewsbury

*Auf der einen Seite das Haus des Friedensrichters Balance, auf der anderen eine Werbebude. Sergeant Kite empfängt Captain Plume.*

KITE Willkommen in Shrewsbury, Captain! Von den Ufern des Delaware zurück an den Severnstrand!

PLUME Wie steht es mit der Werbung? Wie empfing Shrewsbury dieses Jahr seine militärischen Freier?

KITE Zurückhaltend, Captain, sehr zurückhaltend.

PLUME Was ist das?

KITE Sehen Sie sich dieses verschlafene Nest an! Jetzt ist es elf Uhr und noch kein Huhn auf dem Marktplatz!

PLUME Kein Erfolg?

KITE Spärlich. Ich habe diese Stadt in aller Öffentlichkeit gefragt, ob ihnen nicht das Blut kocht, wenn diese amerikanischen Dreckfarmer und Pelzjäger dem guten König George nicht mehr die Steuern zahlen wollen. Die Antwort war sehr häßlich. Ich bin jetzt eine Woche hier und rekrutiert habe ich ganze fünf Stück.

PLUME Fünf. *Pause.* Was für welche?

KITE Einen Wilddieb. Den starken Mann von Kent, ehemals bekannt für sein Boxen. Einen schottischen Hausierer. Einen von der Liste gestrichenen Advokaten und einen verkrachten Pfaffen aus Wales.

PLUME Einen Advokaten? Bist du verrückt geworden? Einen Advokaten anwerben? Entlassen, sofort wieder entlassen!

KITE Warum denn?

PLUME Mister Kite, ich will niemanden in meiner Kompagnie haben, der schreiben kann. Ein Kerl, der schreiben kann, setzt Beschwerden auf, macht Eingaben, stellt Anträge – weg, sage ich, auf der Stelle entlassen.

KITE Und den Pfaffen? Er spielt auf der Geige.

PLUME Kann vermutlich ebenfalls schreiben. Na, in Anbetracht seiner Geige behalten. Weiter.

KITE Das wäre alles.

PLUME Verdammt!

KITE Das heißt, einen Rekruten bekommen Sie noch hier, Captain, den Sie nicht erwartet haben.

PLUME Wen?

KITE Einen, den Sie das letzte Mal, als Sie hier waren, eingetrommelt haben. Können Sie sich noch an Molly im Hotel »Zum Raben« erinnern?

*Plume macht ihm ein Zeichen.*

KITE *zum Trommler:* Ins Quartier, marsch!

*Trommler unter Trommelwirbel ab.*

PLUME Ich hoffe, sie erwartet kein Kind?

KITE Captain – sie erwartet es nicht, nein, sie hat es.

PLUME Kite! Dieses Kind mußt du bevatern.

KITE Bitte nicht, der Captain weiß, ich bin verheiratet.

PLUME Wie oft?

KITE Das weiß ich nicht auswendig. – Ich habe es hier hinten auf dem Werbeheft aufgeschrieben. Augenblick – *zieht das Heft heraus* – Miss Sheely Snickereyes, sie verkauft Fische am Hafen von Dublin; Peggy Guzzle, die Schnapsbrennerin, neben der Berittenen Garde in Whitehall; Dolly Waggon, die Lastträgerstochter aus Hull; Mademoiselle van Bottomflat aus dem »Schwarzen Kuß«. Dann noch Jenny Oakan, Schiffszimmermannswitwe in Portsmouth, aber die zähle ich meistens nicht mit, weil sie gleichzeitig mit zwei Marineleutnants und einem Kriegsschiffsmaat verehelicht war.

PLUME Fünf. Mach das halbe Dutzend voll, Kite. Ist es ein Junge oder ein Mädchen?

KITE Ein Junge.

PLUME Trag die Mutter in deine Rolle ein, und den Jungen in meine. Trag ihn ein als Francis Kite, Grenadier auf unbefristeten Urlaub. Ich bewillige dir einen vollen Rekrutensold für seinen Unterhalt. Aber jetzt geh, tröste das arme Ding auf ihrem Stroh.

KITE *seufzend:* Zu Befehl. – Dort kommt jemand, den Sie vom letzten Jahr kennen werden: Mister Worthy, der Schuhfabrikant. Hat der Captain noch weitere Befehle?

PLUME Jetzt nicht. *Kite ab.* – Tatsächlich, das sieht nach Worthy aus – freilich eher wie Worthys Geist.

WORTHY Plume! Heil und gesund zurück?

PLUME Heil von Amerikas Schlachtfeldern und hoffentlich auch gesund aus Londons Alehäusern.

WORTHY Sie sind ein glücklicher Mensch, Plume. Der Feind drüben, wie ist er?

PLUME Ich bin Steuereintreiber geworden, Worthy. Im Dienste des Königs lerne ich jetzt, wie man mit Dreschflegeln fertig wird, wenn man nur Bajonette, und mit den Kochtöpfen weniger Frauen, wenn man nur Geschütze hat. Und was fehlt Ihnen, Mann? Ist der selige Herr Vater aus der Familiengruft ausgebrochen und wieder am Schreibtisch der Firma?

WORTHY Nein, nein.

PLUME Geheiratet?

WORTHY Auch nicht.

PLUME Wer ist sie denn? Kenne ich sie?

WORTHY Melinda.

PLUME Melinda Moorhill? Aber vor einem Jahr fing sie doch schon an, mit Ihnen über die Kapitulation zu unterhandeln, wenn ich mich recht erinnere, zu ehrenhaften Bedingungen. Aber ich riet Ihnen, glaube ich, ihr Entführung anzubieten, um ihren romantischen Gefühlen gerecht zu werden. Das war gerade, ehe ich wieder hinüber ging.

WORTHY Das tat ich auch. Sie bat sich Bedenkzeit aus: aber dann bekam die Festung plötzlich, ganz unverhofft, Nachschub, und ich mußte die Belagerung in Blockade verwandeln.

PLUME Bitte Einzelheiten.

WORTHY Ihre Tante in Flintshire stirbt und hinterläßt ihr 20 000 Pfund.

PLUME O Teufel! Eine feinsinnige Dame mußte da ins Gras beißen. Aber Worthy! Sie beherrschen immer noch nicht die Regeln der Kriegsführung. Eine Blockade – das war töricht. Sie hätten Ihre Angriffe verdoppeln, die Festung im Sturm nehmen oder auf dem Vorwerk sterben müssen.

WORTHY Ich bin zum Sturmangriff vorgegangen. Aber ich wurde mit solcher Wucht zurückgeschlagen, daß jede Hoffnung, sie je als Geliebte zu besitzen, aufgegeben werden mußte. Seit einem halben Jahr werbe ich nun um sie auf die zarteste und devoteste Weise: ich lege es auf die Heirat an.

PLUME So. Und weil Sie sie wie eine Göttin anhimmeln, behandelt sie Sie wie einen Hund. Stimmt's.

WORTHY Leider.

PLUME Worthy, um ihr eine bessere Meinung von Ihnen beizubringen, müssen Sie ihr erst eine schlechtere von sich beibringen.

WORTHY Wie?

PLUME Lassen Sie mich einen Moment nachdenken. – Das erste, was ich tun würde, wäre, mit ihrer Zofe schlafen. Dann würde ich drei oder vier Weibsbilder aus der Nachbarschaft mieten, die das Gerücht in Umlauf bringen, ich hätte sie allesamt geschwängert. Oder: Wir lassen Gedichte über die schönen Frauen Shrewsburys in den Anzeiger setzen, nur nicht über sie. Oder noch was anderes: wir veranstalten einen Ball. Zwei oder drei der stadtbekannten Schreckgespenster laden wir nicht ein und sie auch nicht.

WORTHY Das wären Schläge, das gebe ich zu. Aber Shrewsbury ist ein solch langweiliges Tory-Nest – Bälle, Gedichte im Anzeiger, das kommt hier gar nicht in Frage.

PLUME Uneheliche Kinder auch nicht? Bei Werbeoffizieren im Ort? Soviel ich weiß, ist unser Grundsatz: dieselbe Anzahl Rekruten, die wir aus dem Land herausnehmen, müssen wir zurücklassen!

WORTHY Mein lieber Captain, niemand bezweifelt Ihren guten Willen, dem Vaterlande Ihre besten Kräfte zu opfern. Die gute Molly vom »Raben« kann es bezeugen.

*Kite kommt zurück.*

KITE Captain, Captain, etwas für Sie, aber sekret.

PLUME Sprich, hier sind Freunde.

KITE Sie haben mich doch hingeschickt, Sir, um das arme Wesen auf ihrem Stroh zu trösten: Mrs. Molly, mein Eheweib, Mr. Worthy.

WORTHY Oho! Sehr gut! Viel Spaß, Mr. Kite.

KITE Das hört man gern, wenn man in einer knappen halben Stunde zu Weib und Kind gekommen ist. Aber was ich sagen wollte, Sie haben mich hingeschickt, um Ihre Molly zu trösten – mein Eheweib, meine ich –, aber was sagen Sie dazu: jemand hatte sie schon vor mir getröstet, ausgezeichnet sogar.

PLUME Inwiefern?

KITE Da staunen Sie, Sir, ein Butler in blauer Livree hat ihr heute morgen ein Körbchen gebracht, mit Kinderwäsche.

PLUME Wer um alles in der Welt hat ihr das geschickt?

KITE Es war Simpkins, Miss Viktorias Butler!

PLUME Viktoria?

WORTHY Viktoria Balance? Unmöglich!

PLUME Wer ist Viktoria Balance?

WORTHY Erinnern Sie sich an Miss Pritchetts Internat am Walnußweg?

PLUME Ach, die Sechzehnjährige!

WORTHY Die fast aus dem Fenster gefallen wäre, als Sie hinaufwinkten.

PLUME Ja, sie war sehr komisch. Sie schickte mir noch ein Brieflein in den »Raben«. Ich kam nicht mehr dazu ... aber wie kommt sie dazu, jetzt Molly zu beschenken? So handelt eine Frau, nicht ein Backfisch. Und auch nur eine Frau unter Tausenden, sozusagen erhaben über jede Eifersucht, die im Grunde nichts ist als Habgier, was Vergnügungen angeht.

WORTHY Ein Jahr in diesem Alter macht alles aus: sie ist tatsächlich fast erwachsen jetzt.

PLUME Was für eine Geste! Ich glaube, sie verdiente es, daß man sich ihrer erinnerte. Worthy, wo gibt es den besten Wein? Dort werden wir zu Mittag essen und über diese unvergleichlichen englischen Mädchen sprechen. Kite, lassen Sie hier unter Trommeln ausrufen, daß ich hier eingetroffen bin. Und ab morgen früh befehle ich Ihnen, hier einen solchen Wirbel zu veranstalten, daß dieses Shrewsbury auf dem Kopf steht und mit den Füßen salutiert.

## 2
## Im Haus des Richters Balance

*Richter Balance liest ein Schulheft. Von der Straße her hört man Trommeln und einen Ausrufer.*

TROMMLER Letzte Meldung aus dem Hotel »Zum Raben«. Der Held von Bunker Hill eingetroffen! Aus Übersee! Der königliche Captain William G. Plume entbietet der ruhmreichen Stadt Shrewsbury seinen Gruß!

*Richter Balance versteckt das Schulheft hinter seinem Rükken, als seine Tochter Viktoria hereinkommt.*

VIKTORIA Vater, ein Sergeant Kite war da. Er sagt, Captain Plume ist aus London eingetroffen und wird Ihnen seine Aufwartung machen.

BALANCE *sarkastisch:* Mir?! – Viktoria –

VIKTORIA Sir –

BALANCE Was war das für ein Körbchen, mit dem du Simpkins zu einer gewissen Molly Fasspittle geschickt hast?

VIKTORIA Ein Körbchen mit Gebäck, Sir.

BALANCE Ganz richtig. Mit Kinderwäsche.

VIKTORIA Wie abscheulich von Simpkins.

BALANCE Es ist dir natürlich nicht bekannt, daß Miss Fasspittles uneheliches Kind von Captain Plume stammt? *Sie schweigt.* Was gehen dich Captain Plumes uneheliche Kinder an, möchte ich wissen?

VIKTORIA Es sind nicht Kinder, es ist ein Kind.

BALANCE Was geht es dich an?

VIKTORIA Wenn Liebende durch diesen Krieg in den Kolonien voneinander getrennt werden, Vater...

BALANCE Liebende! – Viktoria, wie alt warst du, als deine Mutter starb?

VIKTORIA Vier.

BALANCE Habe ich es dir an irgend etwas fehlen lassen, oder habe ich dich mit Sorge und Nachsicht umgeben? – Siehst du. Nun, der Tod deines Bruders hat dich zur Erbin meines Vermögens gemacht. Das bedeutet eine Jahresrente von 1200 Pfund für dich. Schlag dir den Captain Plume aus dem Kopf!

VIKTORIA Sir, ich habe mir den Captain Plume niemals in den Kopf gesetzt... Und er würde es einem Mann in Ihrer Position niemals antun, daß er...

BALANCE ...dich verführte? Er würde. Ich kenne die Gedanken und die Gefühle junger Offiziere, weil ich meine Gefühle und Gedanken von damals kenne, als ich Offizier war. Ich hätte ein Bein darum gegeben, die Tochter eines alten aufrechten Landsquires zu verführen, bei dem wir in Quartier lagen...

VIKTORIA Ich bin erstaunt über Sie, Sir.

BALANCE Das will ich hoffen.

VIKTORIA Wenn Sie schon glauben, so über englische Offiziere sprechen zu müssen, Vater, vielleicht haben Sie noch etwas Vertrauen zu englischen Mädchen.

BALANCE Nicht das geringste. Ein englisches Mädchen von einigem Temperament – und ich hoffe, du besitzt welches – läßt sich von einem Offizier verführen. Ich befürchte, daß zwischen euch …

VIKTORIA Vater, Sie sind abscheulich.

*Balance holt das Schulheft hervor.*

VIKTORIA *kalt:* Sie haben mein Tagebuch gelesen, Sir?

BALANCE Ich habe es nicht gelesen, aber zwing mich nicht, es zu lesen. Sag die Wahrheit.

VIKTORIA Vater, da war nichts. *Er macht Anstalten, das Buch zu öffnen.* Fast nichts. Letzten Pfingstsonntag war er hier zu Mittag. Zu mir sagte er überhaupt nichts. Nur: »Eine blaue Schleife wäre noch besser, mein Kind!«, als er mir den Pudding reichte. Sonntag abend ging ich ins Internat zurück, und dann sah ich nichts mehr von ihm. *Der Vater droht, das Tagebuch zu öffnen.* Nur einmal noch. Er spazierte mit Mr. Worthy auf dem Walnußweg und grüßte herauf, als ich mit anderen am Fenster stand. Das war wirklich alles. *Der Vater droht wieder, das Tagebuch zu öffnen.* Höchstens noch das Billett, in dem ich ihm gute Reise wünschte. Das mußte ich, aus Höflichkeit.

BALANCE So. *Er überreicht ihr das Tagebuch.*

VIKTORIA Sie haben erst vorigen Sonntag gesagt: bevor Plume kommt, wird es mit dem Anwerben hier nicht vorwärts gehen, und haben ihn über den grünen Klee gelobt.

BALANCE Das tue ich noch. Aber als Werbeoffizier. Als Werber von Soldaten und nicht meiner Tochter. Kurz: den Captain Plume schlägst du dir aus dem Kopf. Und jeden andern Captain. Setz dich, Viktoria. *Viktoria setzt sich.* Hauptleute haben nichts. Du hast Wälder. Diese Captains sind dafür berüchtigt, daß sie alles zu Geld machen, an was sie ihre Hand legen können. Sie haben eine angeborene Aversion gegen Grünes, es ist ihnen unerträglich, Bäume stehen zu sehen. In Cheshire zeigte mir der alte Hambleton eine abgeholzte Stelle, zwei Meilen im Geviert. Ein Captain der Wimbleforder Dragoner hatte dort eingeheiratet. Zwei Wochen nach der Heirat kam ein Bauunternehmer aufs Gut, und alle die Eichen und Ulmen und hundertjährigen Buchen wurden zu Gesimsen, Portalen, Fensterrahmen verarbeitet oder einfach verauktioniert, damit der Herr Captain einen dieser wahnwitzigen neumodischen Prunkkähne auf der Themse schwimmen haben konnte. *Er tritt unter die Tür und brüllt.* Simpkins, die Kutsche vorfahren! Vierspännig! *Zu Viktoria:* Viktoria, ich spreche zu dir nicht als dein Vater, sondern als dein Freund, nicht Befehle erteile ich dir, sondern Ratschläge. Dein Onkel Harry hat mich eingeladen zur Fasanenjagd. Fahre voraus, sei vernünftig.

SIMPKINS *herein:* Die Kutsche wird in zehn Minuten bereit stehen, Sir, und Captain Plume wünscht, seine Aufwartung zu machen.

BALANCE Bibliothek. – *Simpkins ab.* Viktoria, du packst.

VIKTORIA Sagen Sie das als Vater oder als Freund?

BALANCE Als was du willst...

VIKTORIA Ihr letztes Wort?

BALANCE Allerdings.

VIKTORIA Danke. *Ab.*

BALANCE *brüllt:* Viktoria! – Simpkins! – Ich lasse bitten.

*Herein Plume.*

BALANCE *mit ausgebreiteten Armen:* Captain Plume!

PLUME Mr. Balance.

BALANCE Willkommen in Shrewsbury. Die Stadt öffnet Ihnen weit ihre Tore.

PLUME Sie sind sehr liebenswürdig. Wie geht es Ihrer reizenden Tochter, Mr. Balance?

BALANCE Ich wünsche Ihnen den vollsten Erfolg bei Ihrer Werbung...

PLUME *überrascht:* Sir...

BALANCE ...einer prächtigen Kompagnie Grenadiere.

PLUME Jawohl, Sir.

BALANCE *setzt sich:* Ich bestehe auf einer eingehenden Schilderung unserer militärischen Situation drüben, Captain.

PLUME Die Situation drüben ist eine Situation. – Was soll ich sagen, eine erstaunliche Situation. Nach militärischen Gesichtspunkten. Vom militärischen Standpunkt aus. – Darf ich fragen, ob Ihr Fräulein Tochter...

BALANCE Ich schäme mich nicht, es zu gestehen: ich habe vor einem halben Jahr für England gezittert. Bunker Hill hat mich sehr beruhigt.

PLUME Ich habe Ihnen etwas mitgebracht. Vielleicht sind Sie als Jurist an diesem Wisch interessiert, der drüben überall verbreitet wird.

BALANCE *liest:* »Entwurf einer Unabhängigkeitserklärung.« Toll. »Wenn es im Laufe der menschlichen Entwicklung für ein Volk notwendig wird, politische Bande zu lösen, die es bis dato ...« Hochverrat! »Menschen in Gleichheit geschaffen ...« Wo steht das in der Bibel? »Freiheit, Anspruch auf ein glückliches Leben ...« Da haben wir also diese neuen Ideen schwarz auf weiß, von denen man soviel hört. Niedrigste Gewinnsucht! Meinen diese Rebellen, diese Franklins, Jeffersons und Washingtons, daß die englische Krone solche Ideen jemals dulden wird? Unter dem Vorwand, er sei zu teuer, weigert man sich, unseren Tee einzuführen. Herr, im Hafen von Liverpool liegen 10 000 Kisten unverkaufter Tee! Dabei wollen die in Gleichheit geborenen hinterwäldlerischen Advokaten und Generäle ihre Baumwolle, die wir hier brauchen, Gott weiß wohin verschieben dürfen, nur weil sie dort mehr bezahlt bekommen. Eine Kolonie, die plötzlich mit der ganzen Welt Handel treiben will, wo hat man so etwas gehört! Was würden Sie sagen, Sir, wenn Ihr Pächter sich plötzlich für unabhängig erklärte und die Eier anstatt zu Ihnen nunmehr in die Stadt schickte, und Sie können eingehen aus Mangel an Eiweiß!

PLUME Ich habe allerdings keinen Pächter, aber Sie haben natürlich recht.

BALANCE Und diese »neuen Ideen« stecken an! Sie verbreiten sich wie Krankheiten! Die ganze zivilisierte Welt muß gegen diese Aufrührer an unsere Seite treten. Die Deutschen sind schon dabei. 20 000 Hessen, wie ich höre. – Verluste beträchtlich?

PLUME Beträchtlich. Sie können mir meine Aufgabe hier, unsere Reihen aufzufüllen, sehr erleichtern, Mr. Balance, wenn Sie, wie es in den meisten Grafschaften jetzt gemacht wird, das arbeitsscheue Gesindel statt in die Gefängnisse in den Krieg schicken.

BALANCE Ich halte nichts von diesen Praktiken. Sie sind in meinem Shrewsbury nicht nötig. Hier weiß man, was man dem König schuldig ist.

PLUME Ich hoffe, Sie haben recht. Bisher allerdings...

BALANCE Ihre Anwesenheit wird alles verändern, Plume. Ein bißchen Marschmusik auf dem Marktplatz, ein paar erbeutete Fahnen, eine patriotische Rede, nicht zu hoch für unsere brave Landbevölkerung. Und vor allem haben Sie die flammendste Unterstützung unserer Weiblichkeit. Captain Plume, Shrewsbury wird Ihnen geben, was Sie nötig haben, alles.

*Viktoria, im Reiseschleier, kommt durch das Zimmer, hinter ihr ein Diener mit Koffern. Sie neigt kühl den Kopf und geht ab.*

PLUME Ihr Fräulein Tochter, Mr. Balance?

BALANCE Dabei, eine kleine Reise zu ihrem Onkel in der Grafschaft anzutreten, Captain Plume.

PLUME Ach!

## 3
## In Melinda Moorhills Haus

*Melinda singt zur Harfe.*

Chloë saß an einem Bach
Aus dem Schlehdorn trat Achill
Fragte sie der Held, ob sie ihn, ach
Lieben will?
  Sah das Mädchen fürchtesam ihn an
  Und verbarg im Klee das Angesicht.
  Sprach der Held und staunte: »Mädchen, dann
  Gefällt dir wohl mein güldner Küraß nicht?«

Wandte sich zum Gehn Achill
Und es rauschte hell der Bach
Und im Dorn die Vöglein wurden still –
Sprach sie: »Ach.«
  Sprach das Mädchen: »Ach, wie leicht doch ficht
  Es sich gegen Löwe, Hirsch und Pfau
  Ach, dein güldner Küraß ist es nicht
  Gefallen könnt mir deiner Augen Blau.«

*Melinda singt zur Harfe, als Viktoria mit Kutscher und Koffern hereinstürmt. Der Kutscher stellt Gepäckstücke nieder und verschwindet.*

VIKTORIA Könntest du mich bei dir aufnehmen, Melinda? Für eine Woche? Mein Vater wünscht, daß ich zu Onkel Harry fahre, und das kann ich jetzt nicht.

MELINDA Selbstverständlich. Du weißt, du bist mir immer willkommen.

*Sie umarmen sich.*

VIKTORIA Wie unglücklich ich bin!

MELINDA Was ich durchmache!

*Sie weinen.*

VIKTORIA Liebste Melinda...

MELINDA Liebste Viktoria. – Lucy, Tee! Handelt es sich um deinen Captain? Ich habe schon gehört, er ist wieder in der Stadt.

VIKTORIA Und ich werde dafür sorgen, daß er nicht ein zweites Mal auf und davon geht. Wie ist das mit dir und Worthy?

MELINDA Ach, Worthy! Ich glaube, ich habe es mit ihm falsch angefangen. Jetzt will er mich heiraten.

VIKTORIA Und?

MELINDA Ich weiß nicht.

VIKTORIA Du liebst ihn doch.

MELINDA Ja, aber...

VIKTORIA Und er liebt dich. Natürlich ist er kein Held...

MELINDA Was meinst du damit? Natürlich kann nicht jeder in der ganzen Welt herumtoben wie dein Captain Plume. Was hast du eigentlich gegen Worthy?

VIKTORIA Ich? Nichts. Ich finde überhaupt, du solltest diesen anständigen Kerl nicht so unmenschlich behandeln. Er ist ein Gentleman von Rang und Vermögen. Außerdem ist er der Freund meines Plume, und wenn du nicht besser mit ihm umgehst...

MELINDA Aber Viktoria! Müssen wir von Worthy und mir sprechen? Ich habe doch nichts anderes gesagt, als daß Worthy etwas behäbig geworden ist.

VIKTORIA Nachdem du ihn dressiert hast wie einen Hund.

MELINDA Worthy ist kein Hund, Viktoria. Aber ich will dir sagen, was ich von deinem Captain Plume halte. Ich halte ihn für einen verkommenen, faulen, aufdringlichen Gecken.

VIKTORIA Dieses Urteil, Melinda, zeigt nur, wie gut du zu deinem behäbigen Worthy paßt, seit du auf deinen geerbten 20 000 Pfund sitzt. Vorher hast du Worthy noch wie einen Mann behandelt, als du versuchtest, ihm eine Lebensrente von 500 Pfund herauszureißen! Ohne Erfolg natürlich.

MELINDA Was meinst du damit?

VIKTORIA Meine Meinung benötigt keine weitere Erklärung.

*Pause.*

MELINDA Ohne Erfolg! Ich beneide dich nicht um deine Erfolge. Die kann man leicht haben.

VIKTORIA So, so.

MELINDA Außerdem wirst du nicht einmal Erfolg haben.

VIKTORIA Meinst du?

MELINDA Bildest du dir etwa ein, du romantische Pute, daß ein junger, feuriger Offizier, der in einem halben Jahr den halben Erdball zu seinen Füßen gesehen hat und in jeder Stadt eine sitzen hat, sich von der kleinen Tochter eines Friedensrichters in einem Nest wie Shrewsbury zurückhalten läßt?

VIKTORIA Was kümmert's mich, wen er alles irgendwo sitzen hat! Ich möchte gar keinen Mann, der gar nichts anderes im Kopf hat als mich.

MELINDA Du hast jeden Stolz verloren, daß du dich mir nichts dir nichts dem nächsten besten Liederjan von Offizier an den Hals wirfst...

VIKTORIA Schon wieder! Leider ist das dein Haus, Melinda...

MELINDA Ich hätte es dir nicht verübelt, wenn du in deinem geblieben wärst, Viktoria...

VIKTORIA Sei ohne Sorge, Melinda. Ich beherzige nur zu gerne deinen zarten Wink.

MELINDA Je eher du hier verschwindest, desto besser.

VIKTORIA Ich habe es immer eilig, meinen Neigungen zu folgen. Und damit bin ich deine ergebene Dienerin.

*Rauscht hinaus. Der Kutscher mit den Koffern hinterher. Lucy bringt den Tee.*

MELINDA Unverschämtes Ding.

## 4
## Marktplatz

*Die Werber veranstalten ein Platzkonzert. Die Werbebude ist mit erbeuteten Fahnen geschmückt. Vor dem Hotel »Zum Raben« sitzt an einem Tischchen ein breitschultriger, martialischer Mann. – Militärmusik. – Kite überquert geschäftig den Marktplatz und bleibt bewundernd vor dem breitschultrigen Mann stehen.*

KITE Oh! Gestatten Sie, daß ich Ihnen zu Ihrem Brustumfang gratuliere. – George! Unser guter König George läßt sich nicht lumpen. George! Ale für den Herrn! *Deutet mit dem Daumen.*

*Aus seinem Hause tritt Friedensrichter Balance mit Melinda Moorhill, Worthy und Plume. Sie nehmen auf einer kleinen Ehrenestrade würdevoll Platz.*

KITE Shrewsbury grüßt den Helden von Bunker Hill! *Plume tritt vor, grüßt nach allen Seiten.* Captain Plume! Hurra, hurra, hurra!

WORTHY *zu Melinda:* Klatschen Sie!

MELINDA *erstaunt:* Was ist das für ein Ton! Sie geben mir Befehle wie einem Regiment Grenadiere.

BALANCE Ich bestehe auf einer Schilderung der Bataille, Plume.

PLUME Sie bringen mich in Verlegenheit, Mister Balance. Eine Bataille ist wie die andere.

SIMPKINS Oh.

BALANCE Sagten Sie etwas, Simpkins?

SIMPKINS Pardon, Sir. Man weiß in Shrewsbury alles über Bunker Hill, Sir, Captain.

BALANCE Was weiß man?

SIMPKINS Der Fluß heißt Hudson, Mr. Balance. Weiter oben befindet sich ein Wehr und ein Stausee, Sir, weiter unten Gerstenfelder. Die Rebellen hatten den Hudson bereits überschritten, aber im Schutze der Nacht manövrierte Captain Plume, Sie entschuldigen, Sir, 80 Grenadiere und eine Kanone durch ihre Linien. Mit einem wohlgezielten Schuß, bin ich recht berichtet, Captain, wurde das Wehr hinweggefegt, und das Wasser beginnt, die Gerstenfelder zu überfluten. Ein vernichtendes Feuer dezimiert zwar unsere tapfere Kompanie, aber dann geschieht das Vorhergesehene. Die Rebellen sind nicht Soldaten, es sind gemeine Kuhbauern, die sich in Waffenröcke gezwängt haben, und angesichts einer Überschwemmung von einigem Ausmaß verwandelt sich so was sehr schnell wieder in gemeine Kuhbauern, hehehe. Ein ganzes Korps läuft in dieser Nacht auseinander, den Damm flikken und das Vieh aus den versinkenden Farmen zu treiben. Früh um acht greifen wir an. Das Ergebnis ist bekannt, Pardon, Sir, Pardon, Captain.

BALANCE Danke, Simpkins. *Weist auf den Platz.* Das Eis beginnt zu schmelzen. Shrewsbury ergibt sich den Märschen von Höchstädt und Blaafontain. Das Blech gießt ein wenig Heroismus in die blutarmen Herzen der Bürger. Ah.

WORTHY Madam, ich muß meinem Erstaunen Ausdruck verleihen über die Kälte, mit der Sie meinem Freund Plume begegnen. Sie wissen, wie ich ihn schätze.

MELINDA Soll das eine Rüge bedeuten? Sie kritisieren mein Benehmen?

WORTHY *schwächlich:* Keineswegs. Ich teilte Ihnen eine Beobachtung mit.

MELINDA Was ist überhaupt mit Ihnen seit einigen Tagen? Gestern lassen Sie sich nicht blicken. Wo waren Sie denn? Sie lassen durch Ihren Diener die Romane abholen, die Sie mir geliehen und die ich noch nicht gelesen habe. Heute...

WORTHY Heute?

MELINDA Sie scheinen Einflüssen zu unterliegen, die nicht die besten sind. Sind Sie hier nur erschienen, um mich zu beleidigen?

WORTHY Ich hatte weder die Absicht, Sie zu beleidigen, noch erscheine ich vor Ihnen. Ich kam, um es Ihnen zu gestehen, hierher in der Hoffnung, jemand anderen zu treffen.

MELINDA Oh!

*Kite mit jungen Leuten: Pearmain, Appletree und dessen Mädchen Maggie.*

KITE Meine Herren, sehen Sie diesen Hut. Zollen Sie ihm den schuldigen Respekt. Es ist der Ehrenhut. Er macht im Handumdrehen aus einem Mann einen Ehrenmann. Wer durch eine gütige Vorsehung sechs Fuß groß geboren ist, der war unter dem Uranus dazu bestimmt, ein großer Mann zu werden. *Zu Tummas Appletree:* Sir, gestatten Sie. Ich möchte sehen, wie sich Ihr Kopf unter diesem Hut ausnimmt.

PEARMAIN Da steckt was dahinter. Du setzt den Hut auf, und nachher bist du angeworben.

KITE Nein, nein, das kann der Hut nicht und ich auch nicht. *Zu Costar Pearmain:* Komm, wir wollen nur sehen, wie er dir steht.

PEARMAIN Der Hut ist schon ganz schön, aber steckt wirklich nichts dahinter?

KITE Nichts, mein Freund. Mensch, hab doch keine Angst. *Er setzt Pearmain den Hut auf.*

PEARMAIN Er stinkt abscheulich nach Schweiß und Pulver.

APPLETREE Was ist das hier vorn?

KITE Die Krone über dem »G« unseres Königs George. Ein Ehrenzeichen, Bruder.

PEARMAIN Bruder? Paß auf, Sergeant: seif mich nicht ein, wickle mich nicht ein, wisch mir nicht die Augen aus. Hier hast du deinen Hut zurück und deine Bruderschaft dazu. Es paßt mir nicht.

*Die jungen Leute wollen weg. Kite hält sie zurück.*

KITE Einwickeln – ich? Das habe ich nicht nötig! Ich hab 20 Feldzüge hinter mir. Ich habe allerdings in meinem ganzen Leben keinen gesehen, der so gebaut war wie du. Tritt fest und stark. Das marschiert daher wie der Tower von London. Mann, den Tower wickelt man nicht ein. *Die jungen Leute lassen Kite stehen.* Komm, du bist ein ehrlicher Mensch: ich erlaube mir, dich für heute abend zu einem Krug Ale einzuladen.

*Die jungen Leute bleiben.*

PEARMAIN Ja, was das anbelangt, da nehmen wir's mit den stärksten Köpfen auf.

KITE Unser guter König George läßt sich nicht lumpen, denn er liebt seine Untertanen. Los! Hurra für unsern König und die Ehre von Shrewsbury.

*Kite ab mit Appletree und Pearmain.*

MAGGIE *ruft:* Tummas! *Sie rennt hinterher.*

BALANCE Ladies und Gentlemen, hier sahen Sie einen dieser wunderbaren Männer am Werk, die es England ermöglichen, in der Welt eine Politik der Stärke zu führen. *Auftritt Brazen.* Wer ist der aufgetakelte Kerl mit der Schärpe? Nie gesehen. Was ist das überhaupt für ein Regiment?

WORTHY Wetten wir, daß er Sie kennt? Er kennt jeden, den er zum ersten Mal trifft. Er ist der Allerweltsintimus: Captain Brazen. Bei den Damen ist er ein Cäsar. Veni, vidi, vici – und basta. Er spricht mit der Zofe, und schon hat er mit der Herrin geschlafen.

BRAZEN *kommt mit ausgestreckten Händen auf Worthy zu:* Mr. Worthy, Ihr Diener und so weiter. Hören Sie, mein Lieber... *Er flüstert ihm etwas ins Ohr.*

WORTHY Bitte, flüstern Sie mir nicht ins Ohr. In Gesellschaft...

BRAZEN Mort de ma vie! Ich bitte die Dame um Verzeihung. Bitte mich vorzustellen, mein Lieber.

WORTHY Captain Brazen – Miss Moorhill.

BRAZEN Moorhill! *Schlägt sich an die Stirn.* The Moorhills von Sussex oder die Moorhills von Wales? Schöne Frau, Ihr Diener und so weiter. Und wer ist das?

WORTHY Fragen Sie selbst.

BRAZEN Ganz recht. Ihr Name, mein Lieber?

BALANCE Sehr lakonisch, Sir.

BRAZEN Lakonisch! Sehr guter Name, allerdings. Ich habe drüben einige prächtige Lakonische gekannt. Armer Jack Lakonisch! Fiel in der Schlacht bei Peschawar. Am Ganges. Ich besinne mich, er trug ein blaues Band am Hut, an diesem unglückseligen Tage, und in seiner Tasche fanden wir dann nichts als ein vertrocknetes Stück Ochsenzunge. Malaventura! Ich habe guten Grund, mich genau zu erinnern: an diesem Tage wurden 22 Pferde unter mir weggeschossen.

BALANCE Da sind Sie aber forsch geritten, Sir.

BRAZEN Von Kanonenkugeln zerfetzt, außer sechsen, die von den feindlichen chevaux de frise zu Tode gebissen wurden.

BALANCE Kennen Sie Plume, Captain Plume?

BRAZEN Plume. Ist er etwa verwandt mit Frank Plume aus Northamptonshire? Alter guter Frank! Manchem Fläschchen haben wir zusammen den Hals gebrochen. Dann hast du sicher auch seinen Bruder Dick gekannt, Sergeant? Dick Plume, der mit der Ostindischen Gesellschaft liiert war. Er heiratete seinerzeit die Tochter des alten Tonguepad, dem Generaldirektor der Lord Raleigh-Reedereien. Eine außerordentlich hübsche Person, sie schielte nur unbedeutend aus dem linken Auge. Sie starb bei der Geburt ihres ersten Kindes. Das Kind lebte. Ein Töchterchen. Ob sie nun Margaret oder Margery hieß, mein Lieber, bei meiner Ehre, das habe ich total verschwitzt.

MELINDA Mr. Worthy. Haben Sie die Freundlichkeit, mich nach Hause zu geleiten. Es ist etwas laut hier.

WORTHY Nicht im geringsten. Diese Märsche sind vorzüglich ausgeführt, Mr. Balance.

MELINDA Ich bat Sie um etwas.

WORTHY Es wäre mir ein Vergnügen, Madam, wenn ich nicht, wie ich Ihnen schon gestand, hier jemand anderen erwartete.

MELINDA Darf ich hoffen, daß sich ein Gentleman hier findet, der mich nach Hause bringt?

BRAZEN *faßt sie bei der Taille:* Mein Kind, hier meine Hand, mein Herzblut und so weiter. Worthy, Ihr Diener. Lakonisch, dito.

*Brazen mit Melinda ab.*

BALANCE *lacht:* Veni, vidi, vici! – Was ist in Sie gefahren, Worthy? – Captain Plume, Sie essen bei mir!

*Plume kommt aus der Werbebude.*

KITE *hinten aus der Schenke:* Myladies und Gentlemen, es lebe der gute König George! Hurra, hurra, hurra! *Kite kommt aus der Schenke.*

KITE Auf das Wohl des Königs, Sir. *Der Breitschultrige hebt sein Glas, es ist leer.* George, Ale für den Herrn. *Ab.*

WORTHY *groß:* Plume! Sie hat sich einem andern in die Arme geworfen!

*Plume mit Balance ins Haus. Worthy verblüfft hinterher.*

PLUME Mann, Sie haben sie.

KITE *hinten aus der Schenke:* Es lebe der gute König George! Hurra, hurra, hurra!

*Lichtwechsel. Aus der nächtlichen Schenke hinten kommt immer noch das Brüllen: Hurra, hurra, hurra! Die Bühne ist leer und dunkel. Pearmain und Appletree kommen angetrunken aus der Schenke. Kite hinterher mit einem Krug Ale für den Breitschultrigen, der immer noch da sitzt.*

KITE He Boys! Das ist das Leben der Soldaten: Fressen, Saufen. Wir leben, wie man so sagt – wir leben – es ist nicht zu sagen, wie wir leben … Wie die Lords. *Zu dem Breitschultrigen:* Darf man fragen, Sir, wie Ihnen das Ale des Königs gemundet hat?

BREITSCHULTRIGER Vorzüglich, Sir.

KITE Der Dienst des Königs würde Ihnen noch besser munden, Sir.

BREITSCHULTRIGER *trinkt seinen Krug aus:* Können vor Lachen, sagte der Stieglitz, Sir. Und damit besten Dank für die Bewirtung. Ich sitze jetzt hier schon den ganzen Tag auf Ihre Kosten. *Steht auf, er hat ein Holzbein.*

KITE Auf ein Wort, Sir. Sie kennen den Severn, aber kennen Sie den Mississippi? *Der Mann geht weg.* Was ist das? Wo hast du denn dein Bein?

BREITSCHULTRIGER Bunker Hill.

APPLETREE Sein Bein ist weg.

KITE Aber für den König. Hut ab! Gut, er hat sein Bein verloren, aber so ein verdammter Rebell da drüben verliert es genau so!

BREITSCHULTRIGER Aber für sich. *Er stapft weg.*

PEARMAIN Aber für sich. *Lacht.*

KITE Das ist ein Fall für die Polizei! – Jetzt horcht mal her! – Saukerl! – Habt ihr überhaupt schon mal das Bild des Königs gesehen?

BEIDE Nein, nein, nein.

KITE Das wundert mich. Ich habe zwei bei mir, in Gold gefaßt; dem König wie aus dem Gesicht gerotzt – Gott segne dieses Antlitz! – Hier, beide in purem Gold gefaßt. *Er nimmt zwei Goldmünzen aus der Tasche und zeigt sie vor.*

APPLETREE Ein Wunder der Natur! *Er betrachtet es.*

PEARMAIN Schön!

KITE Ich schenke sie euch, jedem eine. *Gibt jedem eine Münze.* Ich krieg schon mal was von euch dafür.

*Sie stecken das Geld ein und lachen. Aus dem Hause Balance treten Plume und Worthy, der sich verabschiedet und geht.*

KITE Stillgestanden! Herunter mit den Hüten! Herrgottskramentnochmal! Herunter mit den Hüten! Das ist euer Captain, der Captain.

APPLETREE Mann! Einen Captain haben wir schon mal gesehen. Ich laß die Kappe auf.

PEARMAIN Sir, in ganz England gibt's keinen Captain, vor dem ich meine Mütze hebe; mein Vater besitzt fünf Morgen Land, Sir.

PLUME Wer sind diese lustigen Burschen, Sergeant?

KITE Zwei Pächterssöhne aus Micklesbury. Ich habe sie eben angeworben, als Freiwillige, unter Ihrem Kommando, Captain.

PEARMAIN Tummas? Bist du angeworben?

APPLETREE Himmelsakrament, ich nicht. Du, Costar?

KITE Was? Nicht angeworben? – Hahaha! Sehr spaßig, fürwahr, sehr spaßig!

PEARMAIN Komm, Tummas, wir gehen nach Hause.

APPLETREE Ja, ja, komm.

*Sie wollen gehen.*

KITE Bitte, meine Herren, benehmt euch vor eurem Captain! – Lieber Tummas! – Aufrechter Costar!

APPLETREE Nee, nee, wir müssen weg.

KITE Ich befehle euch, hierzubleiben! Standrecht! Ich stelle euch hier als Wachtposten für die nächsten zwei Stunden auf. Du! Vorrücken des Uhrzeigers von Sankt Marien bewachen! – Und du! Vorrücken des Uhrzeigers von Sankt Chad bewachen! Und wer es wagen sollte, seinen Posten zu verlassen, bevor er abgelöst ist, der hat sofort meinen Spieß in den Gedärmen. So.

PLUME Was ist denn los, Sergeant? Sind Sie nicht etwas zu barsch zu den beiden Herren?

KITE Zu sanft, Sir, zu sanft. Was die Kerls hier machen, ist Gehorsamsverweigerung, Sir; man sollte einen erschießen, als warnendes Beispiel für den anderen.

PEARMAIN Erschießen, Tummas!

PLUME Meine Herren, worum handelt es sich?

PEARMAIN Das wissen wir nicht; den Herrn Sergeant beliebt, in Wut zu geraten, Sir, Aber …

KITE Sie verweigern den Gehorsam: sie leugnen, daß sie Soldaten sind.

APPLETREE I wo, Sergeant, das tun wir nicht direkt leugnen; das trauen wir uns nicht, aus Angst, wir werden erschossen.

Wir würden nur in aller Demut, auf höfliche Weise, jetzt gern nach Hause gehen.

PLUME Das ist ganz einfach. Hat einer von euch das Handgeld des Königs genommen?

PEARMAIN Nein, Sir!

KITE Zeigt eure Taschen.

PEARMAIN Nichts drin, Sir, als das Bild des Königs.

KITE Ja, ein Goldstück, und was für eins: 23 Shillinge und sechs Pence. Der andere hat das Gold des Königs in der linken Hosentasche.

PLUME Meine Herren, Sie sind angeworben.

*Kite geht zur Werbebude und holt die Werberolle hervor.*

APPLETREE Costar, wir sind angeworben!

PEARMAIN Verflucht, das sind wir nicht, Tummas! Ich will vor den Friedensrichter gebracht werden, Captain. Es war ein Geschenk.

PLUME Ein Geschenk – deine verdammten Tricks! *Er verprügelt Kite zum Schein.* Das dulde ich nicht. Hör zu, du Schuft, du Hurensohn! Ich werde dich lehren, anständige Kerle wie euch hinters Licht zu führen. Kanaille! Verbrecher!

PEARMAIN Das ist ein Captain!

*Plume zurück zu den beiden.*

PLUME Mit zwei Kerlen wie euch so niederträchtig umzugehen. – Ich bin zu euch gekommen als Offizier, der Soldaten anwirbt, nicht als Menschenräuber, der Sklaven stiehlt.

APPLETREE Hast du gehört, Costar? – Das ist doch süß.

PLUME Die Wahrheit ist, meine Herren, ich hätte Sie beide in der Hand: denn das Handgeld des Königs ist bei Ihnen gefunden; und mein Sergeant ist bereit zu beschwören, daß ihr euch habt anwerben lassen. Aber ich bin gegen jede Art von Gewalt. Erfreuen Sie sich alle beide, meine Herren, der vollsten Freiheit.

PEARMAIN Danke bestens, Captain! – Sie sind ein anständiger Mensch.

*Sie wollen gehen.*

PLUME Meine Herren, ich muß euch noch etwas sagen: ihr seid erstklassige Jungens, und – ob ihr mir's glaubt oder nicht – die Armee wäre der einzig richtige Ort, um aus euch Männer zu machen. Die Welt ist eine Lotterie. Jeder hat ein Los. Ihr habt auch eins. Schaut mich an: eine kleine Weile trug ich die Muskete, und heute führe ich eine Kompagnie!

PEARMAIN Mit dem ging ich bis ans Ende der Welt!

APPLETREE Lieber nicht, Costar.

PEARMAIN Mit Ihnen ging ich bis ans Ende der Welt.

APPLETREE Sei vernünftig.

PLUME Hier, junger Held, zwei gute englische Pfund. Das wäre ein Vorgeschmack dessen, was ich weiterhin für Euch tun werde.

PEARMAIN Geben Sie her.

APPLETREE Nimm's nicht, nimm's nicht, Costar. *Er weint und reißt Pearmains Arm zurück.*

PEARMAIN Doch, doch! – Verflucht, halt mich nicht zurück, wenn etwas in mir sagt, daß ich noch Captain werde. – Ihr Geld nehme ich, Sir.

PLUME Und jetzt marschieren wir beide durch die Welt, und wo unser Fuß hintritt, da sind wir die Herren.

PEARMAIN Bis ans Ende der Welt!

PLUME *leise:* Bring deinen Freund auch mit, wenn's geht.

PEARMAIN Ja, Tummas, müssen wir scheiden?

APPLETREE Costar, ich kann dich nicht verlassen. – Captain, da geh ich eher mit.

PLUME Hier, mein Junge. *Er gibt Appletree Geld.* So! Und jetzt: Name!

APPLETREE Thomas Appletree.

PLUME Und du?

PEARMAIN Costar Pearmain.

PLUME Kite, kümmre dich um sie. *Plume ab ins Hotel.*

KITE *winkt die beiden zu sich:* Sieh da, ein schönes Paar. Und sicher habt ihr dem Captain in den Ohren gelegen, er soll mich rausschmeißen, und einer von euch wird Sergeant. Wer will meinen Sergeantenspieß haben?

BEIDE REKRUTEN Ich.

KITE Hier! – In die Gedärme! – Marsch! Ihr Hurensöhne! *Jagt sie ins Quartier.*

## 5
## Marktplatz

*In der Werbebude sitzen Plume und Kite und langweilen sich. Workless geht vorbei.*

KITE Sir, Sie kennen den Severn, aber kennen Sie den Mississippi?

WORKLESS Nein! *Ab.*

KITE Nichts, nichts, nichts!

ROSES STIMME Hühnchen, frische Picklewooder Hühnchen. Kauft Hühnchen.

PLUME Schau, was da kommt.

KITE Einen kräftigen Bauernlackel hat sie da bei sich.

PLUME Unser Platzkonzert, das uns einen ganz schönen Patzen kostet, hat zwei Rekruten ergeben. Beide vom Lande. Wir müssen unser Auge auf die Landbevölkerung richten.

*Rose und ihr Bruder Bullock kommen. Rose trägt einen Korb mit Hühnchen.*

PLUME Hierher Hühnchen! Hierher, schönes Kind.

ROSE Ein Hühnchen, Sir?

KITE Alles herzeigen! Wir kaufen dir beide was ab.

PLUME Kümmern Sie sich um Ihre Zwiebeln, Mr. Kite!

*Rose lacht.*

KITE *hat Bullock zur Werbebude genommen:* Sir, Sie kennen den Severn, aber kennen Sie den Mississippi?

BULLOCK Schwester, beeil dich. Wir haben drei Meilen nach Haus.

PLUME Komm, Kind, dir nehme ich alles ab.

ROSE Es ist alles zu haben, Sir. *Rose lacht.*

PLUME Laß mich sehen. Jung und zart, sagst du? *Er faßt sie unters Kinn.* Und wie heißt du, schönes Kind?

ROSE Rose, Sir. Mein Vater ist Pächter. An Markttagen sind wir immer hier. Ich verkaufe die Hühner, die Eier, die Butter, mein Bruder Bullock das Korn.

PLUME Darf man auch zulangen, mein Schönes?

ROSE Angefaßt ist gekauft, Sir.

BULLOCK Rose! Beeile dich!

ROSE Sir, zwölf Shilling und Ihnen gehört alles.

PLUME Hier ist ein Pfund, Schöne.

ROSE Ich kann nicht herausgeben, Sir.

PLUME Doch, doch, du kannst. Mein Quartier ist nur zwei Schritt von hier. Dort wirst du schon herausgeben, mein Hühnchen. *Text von hinten.* Und hast du auch viele Verehrer in …

ROSE Ja, sechs Verehrer und einen Verlobten.

PLUME Und da will keiner zum Militär?

ROSE Nein.

PLUME Darüber müssen wir noch sprechen.

ROSE Aber Sie wollten doch meine Hühnchen kaufen.

PLUME Natürlich, auch! Meinst du, unter deinen Verehrern ist nicht doch einer, der zum Militär will?

ROSE Vielleicht will er.

PLUME Komm, wir gehen rauf.

ROSE Aber mein Bruder.

PLUME Oh, der ist beschäftigt, der will zum Militär. Wieviel Hühnchen hast du?

ROSE Elf, Sir.

*Sie gehen ins Hotel. Text gleichzeitig vorn!*

BULLOCK Braucht ihr zum Beispiel einen Tambourmajor?

KITE Nein, Grenadiere.

BULLOCK Was ist das?

KITE Das ist der Harem des Sultans von Okk.

BULLOCK Ist dieses Okk in Amerika?

KITE Wo sonst?

BULLOCK Und dafür gibt es Handgeld?

KITE Klar.

BULLOCK Ich kann die Seefahrt nicht vertragen.

KITE Woher bist du?

BULLOCK Picklewood.

KITE Ein Picklewooder verträgt's.

BULLOCK In Picklewood gibt's nicht einmal einen Kaufladen. Sergeant, ich bin Ihr Mann.

KITE Und da ist dein Handgeld.

BULLOCK Rose! Wo ist Rose hin? Rose! Rose!

KITE Mach keinen Lärm. Sie ist wahrscheinlich weg mit deinem Captain.

BULLOCK Wo sind sie hin? Der Teufel soll euch holen mit euren Harems! *Er läuft weg.*

*Viktoria kommt, verkleidet als junger Squire.*

VIKTORIA Ich muß unverzüglich Captain Plume sprechen.

KITE So.

VIKTORIA Wo ist er?

KITE Im »Raben«. Aber nicht zu sprechen. Er kommt zurück.

VIKTORIA Captain Plume ist beschäftigt?

KITE Das kann man wohl sagen. Er arbeitet sich zu Tode.

VIKTORIA Und was beschäftigt ihn zur Zeit, wenn ich fragen darf?

KITE Die Landbevölkerung, Sir, die Landbevölkerung. Wir richten unser Auge jetzt auf die Landbevölkerung.

VIKTORIA Ja, die Landbevölkerung ist ein Kapitel für sich. Wie lange meinen Sie, daß der Captain beschäftigt ist?

KITE Gute Viertelstunde.

VIKTORIA Die kann ich abwarten.

*Brazen kommt zur Werbebude.*

BRAZEN Sergeant, wo ist dein Captain? Ich muß ihm die Hand schütteln. Wie ist doch gleich sein Name?

KITE *steht stramm:* Captain Plume, Captain.

BRAZEN *sieht Viktoria:* Halt! – Zeigen Sie mal Ihr Gesicht. *Viktoria erschrickt.* Nun, was sagen Sie zu dem Gesicht! Mort de ma vie! Das ist doch ... – Wie zwei Kugeln aus dem gleichen Flintenrohr! Das ist doch Charles! Charles!

VIKTORIA Was soll das, Sir?

BRAZEN Das Ebenbild Charles'! Die Stimme auch! Nur eine kleine Variante in e-gis-a in moll.

VIKTORIA Ich heiße Wilful, Sir, Victor Wilful.

BRAZEN Wilful aus Kent oder Wilful aus Devonshire?

VIKTORIA Beides, Sir, beides. Ich bin mit allen Wilfuls Europas verwandt. Ich bin zur Zeit das Oberhaupt der Wilfuls.

BRAZEN Fein. Und wo ist Frank?

KITE Captain Plume ist in Geschäften ...

BRAZEN Richtig. Geschäfte, und so fort ... *Schaut auf die Uhr.* Ich bin ein Schurke. Seh Sie später, Gentleman! Wilful, Ihr Diener und so weiter. *Ab.*

VIKTORIA *wischt sich den Schweiß ab, kleinlaut:* Mein Name i s t Wilful.

KITE Sicher, Sir.

*Lady Prude kommt mit Bullock.*

PRUDE Sergeant, wo ist Ihr Captain? Dieser junge Mann, Sohn meines Pächters, sagt mir, Captain Plume habe seine Schwester entführt. Was wissen Sie davon?

KITE Madam, nichts.

BULLOCK Er war doch dabei. Er hat mir die Bilder gezeigt. Und inzwischen ist der Captain mit der Bagage verschwunden.

KITE Stillgestanden! Warum gibst du da nicht besser auf deine Schwester acht?

PRUDE Seid ihr Türken? Wo ist das Mädchen?

BULLOCK Er hat mir selber gesagt, sie ist weg mit dem Captain.

KITE Maul gehalten!

PRUDE Und wo ist der Captain? Beim Seelenheil Ihrer Mutter, Sergeant!

KITE Madam, bei eben diesem Seelenheil, ich weiß nicht.

*Viktoria steht auf und geht über den Platz in das Hotel »Zum Raben«.*

PRUDE Türken! – Wer ist der junge Mann? *Zu Bullock:* Hol den Friedensrichter.

*Bullock ab.*

KITE Sie warten umsonst, Madam.

PRUDE Sie sind ein schrecklicher Mann.

KITE Warum?

PRUDE Weil Sie lügen wie Kaiphas. Selbst wenn Sie glauben, es nur für Ihren Captain zu tun, bleibt es doch eine Lüge. Wo ist sie?

KITE *vorwurfsvoll:* Madam!

*Aus dem Hotel tritt Rose. Lady Prude tritt ihr entgegen.*

ROSE O Mylady Prude! Ich habe alles verkauft. Und ein Shilling pro Stück. Und, entschuldigen Euer Gnaden, was ist ein Meter von dieser Spitze wert? *Sie zeigt echte Spitzen.*

PRUDE Gott schütze mich! Kreolische Spitzen! Wie bist du zu diesen Spitzen gekommen, Rose, mein Kind?

ROSE Mylady, ich bin redlich dazu gekommen.

PRUDE Das bezweifle ich stark. Was hast du dafür gegeben? Schau mir in die Augen!

ROSE Warum? Ich gebe Mr. Kite meinen Bruder, daß er Rekrut wird. Und meinen Verlobten auch, meinen Cartwheel. Und noch zwei oder drei Verehrer aus unserem Dorf. Der Captain wünscht es. Sie würden es nicht für möglich halten, Mylady, wie er mich in sein eigenes Chambre mitgenommen hat und wie er mir mit eigener Hand ein Band von seinem Ärmel in meine Schuhe eingefädelt hat. Er hat es sehr bedauert, wie er mir sagte, daß es klopfte, und die Wirtin dringend mit ihm sprechen mußte. Aber wir sehen uns wieder.

PRUDE *umarmt sie entsetzt:* Rose, tu sofort die Spitzen in den Korb, damit man dich nicht mit ihnen sieht. *Zu Kite:* Ihr Wölfe!

*Balance kommt mit Bullock.*

BALANCE Lady Prude...

PRUDE Mr. Balance, Sie sind der Friedensrichter dieser Stadt, aber was ist geworden aus dem Frieden dieser Stadt?

BALANCE Sprechen Sie etwa von dem Offizier, den in seinen Mauern zu beherbergen Shrewsbury die Ehre hat?

PRUDE Zum Teufel mit ihm!

BULLOCK Rose! Ist dir etwas zugestoßen?

KITE Stillgestanden!

BALANCE *lacht:* Lady Prude, Sie können die Töchter dieses Landes nicht hindern, seinen Soldaten den schuldigen Respekt zu erweisen.

PRUDE Ich wollte, Sie dächten, wenn Sie so etwas äußern, an die eigene Tochter.

BALANCE Lady Prude, ich habe an sie gedacht.

## 6
## Billardzimmer im »Raben«

*Viktoria wartet billardspielend auf Plume. George scheuert den Boden.*

GEORGE Er läßt sich den Sieger von Bunker Hill nennen. Ein Gast, der sein Bein verloren hat dabei, hat mir alles erzählt. Der Fluß heißt Hudson. Da ist ein Wehr, weiter oben, mit einem Stausee. Weiter unten sind Gerstenfelder. Die Rebellen hatten den Fluß schon überschritten, aber Captain Plume manövrierte seine 80 Mann und eine Kanone bei Nacht durch ihre Linien, und mit einem Schuß war das Wehr weg, und das Wasser fängt an, die Gerstenfelder einzusauen. Die Rebellen sind keine Soldaten, es sind nur Farmer, die Soldaten wurden. Ein ganzes Korps läuft in dieser Nacht auseinander, den Damm flicken und das Vieh aus den Farmen treiben. Früh um acht greifen die Engländer an. Ihre Gerstenfelder im Kopf, kämpfen die Rebellen wie rasend, aber sie hatten keine Gefechtslinie mehr, und die Schlacht war fast verloren.

VIKTORIA Allerhand.

GEORGE Wenn Sie mich fragen, ich halte nicht viel von einem solchen Sieg.

VIKTORIA So.

*Plume tritt ein, George verläßt das Zimmer.*

VIKTORIA Ich hoffe, Sie nicht in einer galanten Situation gestört zu haben, Captain. Die Wirtin schien bestürzt, Sie nicht allein in Ihrem Zimmer zu wissen. Ich bin untröstlich.

PLUME Was führt Sie zu mir, Mister...

VIKTORIA Wilful. – Ich habe einen Brief für Sie.

*Plume setzt sich.*

VIKTORIA Sie werden fragen, wie ich zu diesem Brief komme, Captain. Ich kam neulich von einem Morgenritt extra muros, Captain, als plötzlich, am Stadttor ein Break mir im Galopp entgegenraste. Mein Brauner stutzte, der Kutscher zog die Zügel an, seine Pferde bäumten sich, ein Angstschrei aus dem Wagen, das Krachen eines Rads, das am Prellstein zerschellte, ich springe vom Pferd, den Insassen zu Hilfe. Sie werden meine freudige Überraschung begreifen, als ich auf den Kissen unverletzt eine schöne junge Person entdecke, die mich blaß und zitternd ansieht. Während der Kutscher das Rad wechselte, unterhielt ich die Unbekannte, und so erfuhr ich, sie sei die Tochter des Friedensrichters Balance, dessen Laune sie aufs Land entfernt. Sie gestand mir bald, daß sie dadurch von einem geliebten Menschen getrennt wird, über den sie mir noch manches zu sagen hatte. Und auf diesem Prellstein sitzend, dem ich die glückliche Begegnung verdankte, schrieb sie in Eile ein paar Worte. »Für Captain Plume«, sagte sie nur, bestieg den Wagen und fuhr ab.

*Plume, der während dieser Anrede seinen Whisky trank, nimmt den Brief, den ihm Viktoria überreicht.*

VIKTORIA Warum lachen Sie?

PLUME Lesen Sie selbst, Sie werden's nicht glauben. *Viktoria liest stumm den Brief.* Lesen Sie laut.

VIKTORIA *liest:* »Willkommen in England, edler Captain Plume. Ein junger Freund wird Ihnen den wahren Grund meiner Abreise entdecken. Daß Sie aber dieses Mal für immer in Shrewsbury bleiben, wünscht von Herzen Ihre Viktoria Balance.« – Captain, Sie sind ein glücklicher Mensch.

PLUME Köstlich! Meinen Federbusch soll ich für sie an den Nagel hängen!

VIKTORIA *lacht künstlich:* Die Naivität!

PLUME Ja, man lacht Tränen.

VIKTORIA Es war mir sehr interessant, Captain Plume, daß Sie es sich gar nicht vorstellen können, Ihren Offiziersberuf an den Nagel zu hängen. Obgleich es wohl Männer gibt, die, wenn die Gründe gewichtig genug sind, diesem schönen Beruf entsagen.

PLUME Gewiß, gewiß.

VIKTORIA Es gibt solche Gründe, Captain. Und es gibt Männer, die aus diesen oder jenen Gründen diesen Beruf überhaupt nicht ergreifen können. Denen würden Sie wohl den Rat geben, sich eine Kugel durch den Kopf zu schießen.

PLUME Sicherlich nicht.

VIKTORIA Wieso nicht?

PLUME Schließlich gibt es andere Berufe.

VIKTORIA Ah! Welche?

PLUME Nun, eine Menge.

VIKTORIA Ja, ja. Aber was würden Sie wählen? Friedensrichter?

PLUME Friedensrichter? Auf keinen Fall!

VIKTORIA Kaufmann vielleicht?

PLUME Nicht gerade Kaufmann.

VIKTORIA *deren Augen sich mit Tränen füllen:* Künstler?

PLUME Sie spaßen, Mr. Wilful.

VIKTORIA Also keine!

PLUME Zivile Berufe haben nun einmal Nachteile.

VIKTORIA Der Offiziersberuf hingegen keine?

PLUME Aber doch, doch, doch.

VIKTORIA Welche? *Plume denkt vergeblich nach.* Sie meinen, daß ein Offizier nicht heiraten kann.

PLUME Zumindest nicht, wenn er Charakter hat. Aber es gibt natürlich Entschädigungen.

VIKTORIA So.

PLUME Apropos: Wann sehen Sie Miss Balance?

VIKTORIA Wann immer es nötig ist, Captain Plume.

PLUME Was meinen Sie damit, Wilful?

VIKTORIA Sie meinen, eine Affäre mit Miss Balance würde Sie dafür entschädigen, daß Sie nicht heiraten können! *Viktoria reißt mit einem jähzornigen Stoß ein Loch ins Billardtuch.*

*Inzwischen ist George, der Schankbursche aufgetreten.*

PLUME Was ist Ihnen, Mister Wilful?

GEORGE Der hat gesessen.

VIKTORIA Das kann man doch flicken.

GEORGE Flicken! Das Billard ist hin, Sir! Das sind zehn Pfund!

PLUME Anschreiben!

GEORGE Wie wollen Sie das zahlen, wo das Bier von vorigen Sonntag noch nicht bezahlt ist?

PLUME Mach keinen Stunk hier, George. Ankreiden!

GEORGE Und das Zimmer, damit Sie Ihre Damen darin empfangen! Auch nicht bezahlt! Ankreiden! Jetzt ist's Schluß.

VIKTORIA Grünschnabel, spricht man so zu Englands Helden? Hier, zehn Pfund! Raus!

GEORGE *geht:* Ein nagelneues Billard.

VIKTORIA Übrigens, Miss Balance hofft, daß die kleine Aufmerksamkeit, die sie einer gewissen Molly im Hotel »Zum Raben« hat zukommen lassen, von Ihnen nicht als Aufdringlichkeit aufgefaßt wurde.

PLUME Ganz im Gegenteil. Ich bewundere ihre Großzügigkeit. Ein erstaunlicher Zug von Lebensklugheit bei einem Mädchen, das doch noch fast ein Kind ist.

VIKTORIA Jedenfalls, Mutter und Kind sind reichlich versorgt.

PLUME Ich hoffe, sie gab ihr kein Geld?

VIKTORIA Bitte, fragen Sie mich nicht.

PLUME *ruft zum Fenster hinaus:* Kite! *Zu Viktoria:* Die Mutter, lieber Wilful, ist die Frau meines Sergeanten. Das arme Wesen hat verbreitet, ich sei der Vater, hoffend, dies würde ihr die Unterstützung meiner Freunde eintragen. Das erreichte sie auch. *Kite kommt.* Mr. Kite, in dem Körbchen, das Molly

– ich wollte sagen Mrs. Kite – zugeschickt wurde, war – hoffe ich – kein Bargeld?

KITE Doch, Captain. Ich habe es erst heute früh erfahren. Da war Geld. Dieses habgierige Gesindel...

PLUME Wieviel Geld?

KITE 30 Pfund. Die alte Fasspittle hat sofort einen Hutladen gekauft. Schweinerei! Was soll ich mit einem Hutladen anfangen, können Sie mir das sagen?

VIKTORIA Sie hätte einen Helmladen kaufen sollen, nicht?

PLUME Mr. Kite, Sie zahlen das sofort an Miss Balance zurück.

KITE Was, ich? Ich soll auch noch zahlen?

PLUME Gut, du kannst es nicht. Ich werde also deine Schulden übernehmen. Ich bewunderte die Fürsorge von Miss Balance aufs äußerste, aber Geld – das kann ich nicht zulassen. Wilful, borgen Sie mir 30 Pfund.

VIKTORIA Mit Vergnügen. *Zieht ihre Brieftasche und gibt 30 Pfund.*

PLUME Ich stelle Ihnen sofort einen Wechsel auf drei Tage aus. Nach der Inspektion sind wir wieder flüssig.

VIKTORIA Das ist nicht nötig.

PLUME Doch. Entschuldigen Sie mich in drei Tagen! *Ab.*

VIKTORIA In drei Tagen? Ist da schon der Abmarsch?

KITE Drei Tage, dann auf in die Neue Welt, Sir. Wie wär's mit einer kleinen Tour nach Amerika?

VIKTORIA Ich glaube nicht, Mr. Kite, daß die Gegend um Bunker Hill im Augenblick das Passende für Touristen ist.

KITE Aber für Soldaten.

VIKTORIA Sie meinen, ich soll in die Armee eintreten?

KITE Sie haben Geld wie Heu. Kaufen Sie sich doch ein Fähnrichspatent.

VIKTORIA Wo?

KITE Bei uns.

VIKTORIA Wieviel kostet das?

KITE Hundert Pfündchen. Im Durchschnitt.

VIKTORIA Das könnte ich aufbringen, aber...

KITE Hundert Pfündchen und ein paar Pfund für Extraausgaben, und Sie ziehen mit uns.

VIKTORIA Ich gestehe, daß mich ein kleines Gespräch mit Ihrem Captain überzeugt hat, daß der Soldatenberuf unglaubliche Genugtuungen bietet, Vergnügungen, tiefer als in der Liebe.

KITE Als in wo?

VIKTORIA Als in der Liebe.

KITE Sicher. Uniform, Stiefel, Portepee, Federbusch, da kaufen Sie über mich am billigsten. Sonst werden Sie noch übers Ohr gehauen. Sagen wir 40 Pfund, nein, 35 Pfund, na, doch 40. *Da Viktoria amüsiert zögert.* Kalte Füße? Alles Unsinn. Man kann auch im Bett sterben. Bunker Hill hat zwar seine 11 000 Mann gekostet, aber...

GEORGE *der damit beschäftigt ist, das lädierte Billardtuch abzureißen:* 11 000? Sagten Sie 11 000, Sergeant?

KITE Was treibst du dich da herum. Was hast du gehört?

GEORGE Nichts, Sergeant, bei Sankt Patrick.

KITE Du hast gehorcht, als ich von Bunker Hill gesprochen habe. Wovon war die Rede?

GEORGE Von 11 000 Mann, Sergeant, das war alles.

KITE Und was, habe ich gesagt, war mit ihnen?

GEORGE *nach einer Pause:* Daß Sie gefallen haben!

KITE Raus! Halunke!

*George verstört ab.*

KITE Ich gebe runde Zahlen, Fähnrich. 40 Pfund, alles inbegriffen. Aber dafür erfahren Sie, was ein Mann ist.

VIKTORIA Das möchte ich natürlich gerne.

KITE Ich zum Beispiel bin in der Gosse geboren, aufgewachsen unter Gesindel bis zu meinem zehnten Lebensjahr. Da lernte ich, daß man sich hauptsächlich im Leben den Magen füllen muß. Das ist gewiß nicht alles, aber es ist der erste Schritt. Dann verkaufte mich meine Mutter Cleopatra an einen adligen Herrn um drei Golddinare, dem hatte es meine Schönheit angetan. Da lernte ich, daß man seinem Herrn mit Leib und Seele gehorchen muß. Ich flog wegen meiner Vorliebe für die feine Unterwäsche meines Herrn und den Ratafialikör meiner Herrin. Und somit wurde ich Polizeibüttel. Da lernte ich Kujonieren und die Hand aufhalten. Und erst als ich das alles gelernt hatte, wurde ich für diensttauglich befunden und trat in den Heeresdienst, wo ich nur noch Saufen und Huren zu lernen hatte. Und, natürlich, Heiraten.

VIKTORIA Wie das?

KITE Heiraten auf Soldatenart, ohne Pfaff und ohne Stempel. Unsere Ehre ist unser Degen. Wir legen ihn auf den Boden. Der junge Held springt zuerst darüber und das Weib hinterher. Springt der Bock, springt die Hur. Ein Trommelwirbel und ins Bett! So wird bei uns geheiratet.

VIKTORIA Und das alles kann der Captain auch?

KITE Wie kein anderer.

VIKTORIA Ich muß zugeben, ich habe eine gewisse Sympathie für Ihren Captain gefaßt, schon bevor ich das hörte. Vielleicht könnte er in der Neuen Welt bei seinem anstrengenden Dienst einen schützenden Geist an seiner Seite brauchen. Ich bin der Ihre, Sergeant Kite.

*Händeschütteln. Herein Plume.*

PLUME Ihr Wechsel, Wilful.

KITE Fähnrich Wilful, Sir. *Plume sieht Viktoria mit Erstaunen an, die eine zögernde Geste macht.* Es ist alles besprochen, Captain. Mr. Wilful wünscht, die Neue Welt zu sehen.

VIKTORIA Was sagen Sie dazu, Captain Plume? Würden Sie mich in die Neue Welt mitnehmen wollen?

PLUME Ich fürchte, ich muß es ablehnen, Gentlemen in meiner Kompagnie zu haben.

VIKTORIA Oh.

KITE Fähnrich Wilful gibt sich die Ehre, 50 Pfund für das Werbekonzert am Sonntag zu stiften, Captain.

PLUME Fechten gelernt?

VIKTORIA Jawohl.

PLUME Whist?

VIKTORIA Ein wenig.

PLUME Und nach einer halben Flasche Port liegen Sie unter dem Tisch, wie?

VIKTORIA Nein.

PLUME 100 Pfund. Wenn mir nicht ein gewisses Je-ne-sais-quoi an Ihnen gefiele... Ihre Behandlung wird sich nach Ihrem Benehmen richten. Würden Sie dieses Billett Ihrer schönen Bekannten zukommen lassen! *Er übergibt ihr einen Brief.*

KITE Dann wären es also 160 Pfund.

VIKTORIA Jetzt ist es aber genug, Mr. Kite.

PLUME Gehen wir zum Frühstück, Fähnrich.

VIKTORIA *zögert:* Captain Plume, ich muß Ihnen etwas gestehen, was Sie hoffentlich nicht in Rage versetzt. Dieses Mädchen vom Lande vorhin, ich muß sagen, daß es einen gewissen Eindruck auf mich gemacht hat. Sie sind da wohl sehr engagiert?

PLUME Ach, Fähnrich, in solchen Dingen werden wir uns einigen. Ich gebe jede Frau für einen Mann. Das besprechen wir beim Frühstück.
*Alle ab.*

## Vor dem Vorhang
## Nach der 6. Szene

VIKTORIA *das Billett lesend:* Er verlangt mein persönliches Erscheinen, aber kann ich das wagen?
Meine Damen und Herren, Sie sehen Ihre Viktoria vor einem schweren Entschluß. Sie ist ins Heer eingetreten, um dem geliebten Mann nahezubleiben! Kann es ihre Absicht sein, tatsächlich nach Übersee zu fahren? Wie dem auch sei: Diese letzten Tage in England nicht an seiner Seite zu verbringen, kann ich mich nicht entschließen, so sehr es vielleicht der Vernunft widerspricht. Wie heißt es im Lied?

### Viktorias Lied

Es gibt im Leben Augenblicke
Wo vor dir herrisch eine Frage steht
Folgst du der Leidenschaft und dem Geschicke?
Folgst du nicht lieber dem, was die Vernunft dir rät?
  Doch die Brust, sie schwillt von Gefühlen
  Bedrängend den armen Sinn:
  Es runden die Winde die Segel
  Und das Schiff frägt nicht lange: Wohin?

Schwester, aus was für einem Holze
Bist du gemacht, daß du dir was vergibst?
Was ist mit deiner Scham und was mit deinem Stolze?
Ach, danach frägst du nicht mehr, wenn du einmal liebst!
  Es folgt dem Hirsche die Hirschkuh

Und dem Löwen die Löwin ins Feld
Und es folgt dem Geliebten das liebende Weib
Wohl bis ans Ende der Welt.

## 7
## Marktplatz. Werbebude.

*Plume rauchend, Kite über Rollenbüchern. Herein Jenny Mason und die alte Frau Cobb.*

MRS. COBB Ja, ich soll die Sachen abholen.

JENNY Das ist die alte Frau Cobb. Ihr Sohn Bert, heißt's, ist bei Bunker Hill gefallen.

PLUME Ja, ja!

KITE *gibt ihr eine Uhr und eine kleine Kiste:* Das hat der Captain für Sie mitgebracht. Uhr.

MRS. COBB Danke auch.

JENNY Es hat sie getroffen. Und weil ich das Vergnügen habe, den Herrn Captain zu sehen, wär's erlaubt, nach meinem Mann zu fragen, Jimmy Mason.

KITE Ach, Jimmy Mason. *Schüttelt ihr die Hand.* Der hat sich schon die Farm vorgemerkt, die er danach käuflich erwerben will. Er ist wohlauf, er ist wohlauf, absolut, ich will ein Halunke sein.

JENNY Nur weil ich seit sechs Monaten nichts von ihm gehört hab.

KITE Die Post soll verdammt sein, immer dasselbe, Frau Mason. Nein, nein, er ist wohlauf, schönen Abend.

MRS. COBB *zu Jenny:* Hat der Bert eine Uhr gehabt?

*Beide Frauen zögernd ab. Kite wischt sich die Stirn.*

PLUME Der Teufel soll sie holen!

KITE Daß sie herumläuft und ganz Shrewsbury verrückt macht.

PLUME Wieviel Rekruten haben wir jetzt?

KITE Neun, Captain.

PLUME Das hatten wir schon vor drei Tagen. Dazu kommen noch die zwei Picklewooder, die dieses Mädchen – wie heißt sie doch gleich – mir hergeschleppt hat. Elf Mann. Das ist furchtbar! Was ist nur los hier?

KITE Die Werbung stockt seit einigen Tagen, Captain.

PLUME Warum?

KITE Gerüchte von den Verlusten bei Bunker Hill.

*Herein Captain Brazen.*

BRAZEN Endlich! Mein Lieber!

PLUME Mein Lieber!

*Sie umarmen sich.*

BRAZEN Alter Junge, wie steht's? Ihr Name, mein Lieber?

KITE Das ist Captain Plume, Captain Brazen.

BRAZEN Richtig. Dir wollte ich doch die Hand schütteln. Dein Vetter, Tom Plume...

PLUME Was macht deine Werbung, mein Lieber?

BRAZEN Wie beliebt?

PLUME Wieviel hast du schon angeworben?

BRAZEN Pscht!

PLUME Wieso?

BRAZEN Pscht! Das ist mein letztes Wort.

PLUME Und was hast du da in der Hand?

BRAZEN Das sind zwei Projekte, wie ich 20000 Pfund los werde.

PLUME Mach lieber ein Projekt, wie du sie auftreibst.

BRAZEN Du kannst dir vielleicht schwer vorstellen, mein Lieber, daß ein Mann wie ich 20000 Pfund los werden will. Nun, bei der Armee habe ich täglich zwanzigmal soviel ausgegeben. Und jetzt, gib mir bitte einen Rat; der Sinn steht mir jetzt nach Bauen. Soll ich ein Piratenschiff oder ein Theater bauen lassen?

PLUME Komische Frage, ein Piratenschiff oder ein Theater. Das will bedacht sein. – Brazen, ich bin für das Piratenschiff.

BRAZEN Ich bin nicht deiner Meinung, mein Lieber. Ein Piratenschiff kann erstens sehr schlecht gebaut sein.

PLUME Das kann ein Theater auch.

BRAZEN Aber ein Piratenschiff kann schlecht bemannt sein.

PLUME Das kann ein Theater auch.

BRAZEN Aber ein Piratenschiff kann in eine Flaute geraten.

PLUME Ein Theater auch.

BRAZEN Und ein Piratenschiff kann mit Pauken und Trompeten absaufen.

PLUME Und ein Theater erst recht. – Also mein Rat bleibt: halte dich an ein Piratenschiff.

BRAZEN Nein! – Aber was, wenn die 20000 Pfund nicht flüssig werden?

PLUME Und woher kriegst du die 20000 Pfund?

BRAZEN Ein Geheimnis, mein Lieber. Eine Dame, die ich neulich aufgespürt habe. Ich blieb zunächst äußerst zurückhaltend. Aber ich denke, ich heirate sie doch. Ein Zwanzigtausendpfundtreffer... Am Sonntag treffen wir uns eine halbe Meile außerhalb der Stadt, am Wasser und so weiter. Ich muß die Minute weg. – Motus, mein Lieber. Pscht!! *Ab.*

KITE Wir sind am Ende, Sir.

PLUME Wirklich?

KITE Wir haben keine Kompagnie. Da sind noch die 50 Pfund des Fähnrichs für den Sonntag, aber wir haben keine Idee. Ich gebe mir die größte Schuld. Ich habe nicht den Ernst an die Sache gewendet, den ich von mir verlangen kann. Ich werde noch heute abend mein altes Hausmittel benutzen: Stiefel aus, Tür verriegelt, sechs große Biere, dazwischen Brot gekaut. Wissen Sie, daß ich in Bengalen, als ich drei volle Wochen die Zofe der Obristin nicht meinen Wünschen gefügig machen konnte, mit diesem Hausmittel die entscheidende Idee gefaßt habe?

PLUME Welche?

KITE Mit der Obristin vorliebzunehmen. Sir, ich werde am Severn ebenfalls meinen Mann stellen. Betrachten Sie Ihre Kompagnie als vollzählig.

PLUME Kite! Was hältst du von dieser briefeschreibenden kleinen Balance? Du meinst, so was legt sich hin auf dem Papier, aber eh es zu einem Kuß auf die Stirn kommt, verlangt sie Glocken, Myrte und Stempel. Nichts für uns, was? Ich habe die Kleine in sehr schwacher Erinnerung, zum Teufel; irgendwie glich sie unserem Fähnrich, nein? Hat die Balance einen Bruder? *Kite schüttelt den Kopf.* Dieses Shrewsbury ist zum Auswachsen dieses Jahr. Gib's zu. Ich werde Wilful trotz seiner fetten Brieftasche nahelegen müssen, daß ich nicht gewohnt bin, ohne jede Gegenleistung eine Frau abzutreten. Er muß die kleine Balance herschaffen und basta. Ich werde seinetwegen nicht zum Mönch umsatteln. Gott, ist dieses Shrewsbury langweilig!

KITE Werden Sie am Sonntag am Severn sein, Captain?

PLUME Beim Konzert? Ich denke. Aber ob ich für dich Zeit haben werde, weiß ich nicht.

KITE Sie wären nötig. Der Inspektor aus London kann jeden Tag kommen.

*Herein Viktoria in der Uniform der königlichen Armee.*

VIKTORIA Fähnrich Wilful meldet sich zum Dienst.

PLUME Apropos Dienst, was haben Sie mit der Kleinen aus Picklewood gemacht, Wilful? Dieser Rose?

VIKTORIA Ich habe eine Verabredung getroffen, Sir.

PLUME Wo?

VIKTORIA Am Severn.

PLUME Wann?

VIKTORIA Sonntag. Nachmittag.

PLUME Nachmittag! Schwäne füttern? Händchen halten? Nun, das ist vielleicht Ihre Sache, aber wenn ich feststellen muß, daß Ihnen in solchen Dingen der Ernst fehlt, sind Sie bei mir abgeschrieben. Auf Ihr Gewinsel hin trete ich Ihnen einen Schinken ab, und Sie hängen ihn in den Spind! Übrigens hätte ich von Ihrem Takt erwartet, daß Sie sich irgendwie revanchieren. Was ist mit dieser Balance?

*Viktoria zieht einen Brief aus der Hintertasche.*

PLUME Nein, nein, keine Briefe mehr. Faßbares! Und auch nicht in einer Woche, sondern morgen, Sonntag. Verstanden?

VIKTORIA Jawohl, Captain.

## 8
## Am Severn

*Wartend auf einer Bank sitzt Plume. Militärmusik von weitem. Auftritt Viktorias in Fähnrichsuniform.*

PLUME Allein?

VIKTORIA Captain Plume, wie soll ich Ihnen das erklären? Gestern wollte sie noch unbedingt kommen, heute konnte sie sich plötzlich nicht entschließen. Sind Sie sehr enttäuscht?

PLUME Mich wird in Shrewsbury nichts mehr enttäuschen.

VIKTORIA Sie ist nicht wie Shrewsbury.

PLUME Und warum kommt sie nicht?

VIKTORIA Vielleicht, weil sie sich vor sich selbst fürchtet. Sie ist schließlich eine Frau mit Temperament.

PLUME Sie kann ihr Temperament offenbar ganz gut beherrschen.

VIKTORIA Das ist ungerecht. Vielleicht wenn Sie ihr etwas Zeit geben ...

PLUME Wilful, der Soldat lebt schnell. Er muß auf dem Daumen essen. Gewisse Gerichte scheiden aus. Da heißt es: Butterbrote und aufgesessen. Haben Sie diese – wie heißt sie doch – Rose bestellt? Ich gebe Ihnen den dienstlichen Auftrag, ihr auszurichten, sie soll heute abend zu mir in den »Raben« kommen. Und zwei Schritt Abstand, Fähnrich, verstanden?

VIKTORIA Jawohl, Captain. *Maulend.* Dann schreiben Sie keine solchen Briefe.

PLUME Sie scheinen also Briefe zu lesen, die Ihr Vorgesetzter Ihnen anvertraut?

VIKTORIA Nein, aber ich sehe, wenn sie gelesen werden, ob sie von echtem Gefühl diktiert sind oder künstlich.

PLUME Äußern Sie sich gefälligst nicht über meine Technik, Fähnrich.

VIKTORIA Sie haben kein Herz, und das mache ich nicht mit.

*Auftritt Worthy.*

WORTHY Verloren! Unwiderruflich verloren! Plume, Ihre Kriegskünste haben mich ins Verderben gestürzt. Zum Teufel mit euch Kriegskünstlern!

*Auftritt Kite, als Blumenfrau verkleidet, er zeigt sich Plume.*

KITE Captain, wie bin ich? *Plume macht eine wegwerfende Geste, Kite trottet beleidigt ab.* Blumen für die Herren ...

PLUME *zu Worthy:* Was ist verloren?

WORTHY Alles. Brazen und sie werden sich treffen, hier am Wasser, sie werden zu den stadtbekannten Inselchen hinüberrudern.

PLUME Wer sagt Ihnen das?

WORTHY Die Zofe.

PLUME So sind Sie also wieder hingegangen! Trotz meiner Warnung. Haben sich die Tür weisen lassen.

WORTHY Nein, leider nicht. Die Zofe kam zu mir gelaufen.

PLUME Dann ist sie geschickt worden. Man will Ihre Eifersucht erregen. Und da werfen Sie Ihre Flinte ins Korn? Worthy, wenn Sie jetzt nachgeben – ja, dann ist alles verloren. Sie müssen Melindas Verzweiflungsmanöver sich im Sande verlaufen lassen. Sie trifft Brazen nur Ihretwegen. Ich gebe zu, es mag unangenehm für Sie sein, die beiden im Wäldchen verschwinden zu sehen...

WORTHY Unangenehm! Es ist unerträglich!

PLUME Ach was! Unerträglich! Man opfert eine Stadt, um ein Land zu gewinnen. Man duldet eine Schlappe, um den Endsieg zu sichern. Worthy, Sie sind in Gefahr, durch Kleinzügigkeit die Chance Ihres Lebens zu verpassen.

WORTHY Was! Ich soll zuschauen, wenn die Frau, die ich liebe, mit einem solchen Kerl...

PLUME Unbedingt. Mit größter Kaltblütigkeit. Geben Sie ihr doch Gelegenheit, den Unwert Ihres Rivalen festzustellen.

WORTHY Dabei!

PLUME Wie sonst?

WORTHY Plume, das geht über meine Kräfte.

PLUME Keineswegs. Kommen Sie mit mir nach Hause, trinken Sie einen Grog mit viel Rum. Ich begleite Sie. – Schauen Sie sich nicht die Augen aus dem Kopf. Sie waren dem Endsieg nie näher. *Zu Viktoria, die immer noch herumsteht:* Worauf warten Sie noch?

VIKTORIA Meiner Treu, Captain, ich kann Sie nicht verstehen. Wäre Viktoria Ihrer nicht würdiger als alle diese Mollys, Roses und wie sie in allen Hotels Englands und der Neuen Welt heißen mögen?

PLUME Jawohl. Aber sie ist nicht da. Rose hingegen wird da sein. Sie haften mir dafür.

*Ab mit Worthy.*

VIKTORIA Nie, nie, nie. *Ab.*

*George und Lucy kommen mit einem Picknickkörbchen. Lucy knickst vor Worthy.*

GEORGE Warum strahlst du den Schuhfritzen an?

LUCY Er hat mir ein Pfund gegeben.

GEORGE Pfund gegeben?

LUCY *zieht es aus dem Ausschnitt.* Ich war nett zu ihm, und da hat er mir das Pfund gegeben.

GEORGE Was ist vorgefallen?

LUCY Miss Moorhill hat mich zu Mr. Worthy geschickt, und ich hab ausrichten müssen, daß sie ein Rendezvous am Severn hat mit einem feurigen Captain, und wenn nichts dazwischen kommt, wird etwas Schreckliches passieren. Mr. Worthy ist blaß geworden und hat mir vor Schreck ein Pfund gegeben.

GEORGE Hat sie wirklich was mit diesem Captain?

LUCY I wo, sie will ihren Schuhfritzen eifersüchtig machen.

GEORGE *zeigt:* Felix.

LUCY Burriburriburri. Noch zehn solche Botschaften, und wir haben unsre Überfahrt beisammen. Und »Auf nach Amerika!«

GEORGE Aber nicht wie die uns drüben haben wollen, mich als Grenadier und dich als du weißt schon was, sondern im Hotelgewerbe.

*Der Schwan schwimmt heran und wird gefüttert.*

LUCY Ich schreibe Tante Emmy noch heut abend, George.

GEORGE Wozu? Wir gehen nach Boston. Nicht in dieses Kaff.

LUCY Kaff! New York ist zwar eine von den kleineren Städten, aber es hat Aussichten.

GEORGE Zu klein für ein Hotel mehr.

*Appletree in Uniform, sein Mädchen Maggie, William, ein junger Schmied, und sein Mädchen Sally treten auf.*

MAGGIE Da setzen wir uns hin – da sitzt schon wer.

SALLY Und da ist auch der Schwan. Ich habe Semmel für ihn. Ist es dir recht, Tummas?

WILLIAM Auch wenn es ihm nicht recht ist.

SALLY Der frißt aus der Hand.

GEORGE Ja.

*Ab mit Lucy. Die Bauern schauen ihnen verwundert nach.*

WILLIAM Du machst ihm Augen nur wegen der Montur.

APPLETREE Ich hätt sie schon gern wieder los, ich!

MAGGIE William bleibt ja in Micklesbury. Ißt du ein Ei oder Wurst, William?

APPLETREE Ei!

MAGGIE William!

APPLETREE Die Pelzchen und Stiefelchen, die ich dir mitbringe, davon sprichst du nicht.

MAGGIE Wer geht, weiß man – wer kommt, weiß man nicht.

SALLY Wenn ich von dir gehen werde! – Tummas, sing das nochmal.

APPLETREE *singt:*

Wenn ich von dir gehen werde
Für die Männer, für die Pferde
Liegt das große Schiff der Königin am Kai.
Nimm dir einen andern, Minnie
Denn dies Schiff geht nach Virginie
Und die Liebe, und die Liebe ist vorbei.

MAGGIE *singt:*

Und wir stehen zwei-, dreitausend
Und mit Mann und Maus und Brausen
Sticht das große Schiff der Königin in See.
Aber eines, Jimmy, mußt du wissen
Immer werde ich dich missen
Wenn ich einst mit einem andern geh.

*Auftritt Kite als Blumenfrau.*

KITE Flieder, die Herren, Vergißmeinnicht, ein Veilchensträußchen für den Schatz, bevor es nach Amerika geht. Von Ihrem Freund weiß ich, er ist eine Kämpfernatur. Ich habe sieben geboren, alle bei der Armee, wie es sich gehört.

MAGGIE Der geht nicht mit, der ist Schmied.

KITE Ach was! *Zu William:* Gib mal deine Hand her. Schmied! Ein gewalttätiger Mensch von Beruf. Du bist unter dem Bizeps geboren.

MAGGIE Bizeps, was ist das?

KITE Eins der Himmelszeichen. Da gibt's Leo, Sagittarius, Bizeps, Amboß, Boston, Massachusetts, Kentucky, Philadelphia, Mumps und so fort, zwölf im ganzen. – Augenblick mal. Hast du jemals Bomben oder Kanonenkugeln hergestellt?

WILLIAM Ich nicht.

KITE Entweder du hast sie hergestellt, oder du wirst sie herstellen. In den Sternen steht geschrieben – oh! Deine Zukunft ist ungeheuer. Genau in zwei Jahren, drei Monaten und zwei Stunden wirst du zum Captain befördert beim großen Train der Artillerie.

SALLY Captain!

KITE Du bekommst zwei Burschen und täglich zehn Shilling Sold. So steht es in den Sternen geschrieben, in den Fixsternen.

WILLIAM Und was steht drin über meine Schmiede?

KITE Was heißt das?

WILLIAM Was wird aus meiner Schmiede?

KITE Wo kämen denn die Fixsterne hin, wenn sie sich um jede Dorfschmiede kümmern sollten.

WILLIAM Dann scheiß ich dir auf deine Fixsterne.

KITE Das wirst du büßen, und nicht hier. *Beiseite im Abgehen:* Ich will kein Werber sein, wenn ich den nicht...

*Er trifft auf Viktoria und salutiert, auch Appletree salutiert. Kite ab.*

SALLY *auf Appletree:* Schön macht er das, wie?

WILLIAM Das muß er.

APPLETREE Kommt.

*Die Bauern gehen ab, Viktoria hat sich auf einen Kahn gesetzt.*

MAGGIE Aber ich hab doch noch was für Felix. *Sie rafft ihre Sachen zusammen und rennt hinter den anderen her.*

*Viktoria versteckt sich, als sie Rose mit ihrem Bruder Bullock kommen sieht.*

BULLOCK Dein Cartwheel sagt, er wird Tambourmajor. Was soll das?

ROSE Bullock, ich hab's dem Captain erzählt, wie schön er die Trommel schlägt und den Dudelsack spielt. Der Captain hat ihn sofort als Tambourmajor vorgemerkt.

BULLOCK Dumme Gans, warum hast du nicht mich für den Posten vorgemerkt? Weißt du doch, wie gern ich trommle.

ROSE Vielleicht mache ich's noch. Cartwheel möchte die Trompete lieber. So. Und jetzt schnür mich noch enger. Zieh!

*Rose wird von ihrem Bruder enger geschnürt.*

VIKTORIA Na, alte Mistforke, kennst du überhaupt den Unterschied zwischen einem Pferdewagen und einem Wagenpferd, he?

BULLOCK Euer Gnaden ist sicher ein Captain der königlichen Armee nach der Uniform und dem Gehabe.

VIKTORIA Ein Fähnrich deines Königs. *Zu Charles:* Würdest du dich nicht gern von mir anwerben lassen, he?

ROSE Nein, nein, wir haben schon mit Captain Plume abgeschlossen.

VIKTORIA Rose, ich bin Captain Plumes Fähnrich und soll mich deiner annehmen, er ist jetzt verhindert. Ich soll dir bestellen, du sollst deine Freunde da aus Picklewood zu Sergeant Kite bringen.

ROSE Aber danach sollte ich den Captain persönlich treffen.

VIKTORIA Wozu? Dafür triffst du mich.

ROSE Er wollte mir was geben, Sir.

VIKTORIA Das gebe ich dir.

ROSE Bitte, sagen Sie ihm, ich komme heute abend.

VIKTORIA Wohin?

ROSE In den »Raben« doch.

VIKTORIA In den »Raben« willst du? Nachts? Wie kannst du dich so wegwerfen?

ROSE Er kriegt, was er will von mir, und ich kriege, was ich will von ihm.

BULLOCK In Ehren, Sir. Gib acht auf was du sagst, mach deinem Elternhause keine Schande.

ROSE Natürlich mach ich's auch für Charles.

VIKTORIA Für Charles?

BULLOCK Charles Cartwheel, das ist ihr Verlobter.

ROSE Er kriegt die Trompete!

VIKTORIA *zu Charles:* Und du hast nichts dagegen, daß sie zum Captain geht?

ROSE Was? »Wenn der Captain so gut zu dir ist«, sagt Charles, »dann ist er sicher auch gut zu mir, wenn ich sein Soldat bin«, sagt Charles. Was ich tue, tu ich für das Dorf und für Charles.

VIKTORIA *nimmt Rose beiseite:* Hör zu, Kind, in den »Raben« kommt der Captain heute nacht überhaupt nicht.

ROSE *bockig:* Dann warte ich in der Halle.

VIKTORIA In der Halle wartest du schon gar nicht. Du wartest in meinem Zimmer. Bin ich nicht ein hübscher Mann? Einen Kuß, sofort!

ROSE Zu Befehl. *Kuß, dann zu Charles:* Wenn der Fähnrich es verlangt ...

*Charles gibt Rose eine Backpfeife.*

VIKTORIA Stillgestanden! Hier, eine Krone für euch Burschen! Und jetzt gehn wir tanzen.

*Alle ab. Auftritt Melinda.*

MELINDA *um sich schauend:* Gott schütz mich! Ein gewagter Schritt, und wenn's bekannt wird, Anlaß genug für das Städtchen, mein Betragen zu verurteilen. Worthy, Worthy, es gibt nichts, das ich nicht täte, dich zu gewinnen. Worthy!

*Brazen kommt.*

BRAZEN *Melinda erblickend:* Pünktlich wie der Zapfenstreich! Madam, Ihr ergebenster Diener und so weiter. – Schönes Flüßchen, der alte Severn. – Angeln Sie gern, Madam?

MELINDA Eine hübsche, melancholische Beschäftigung.

BRAZEN Ich geh sofort und hole Angelruten.

MELINDA Ob Worthy gar nicht kommt?

BRAZEN Sie müssen nämlich wissen, Madam, ich habe in Flandern gegen die Franzosen gekämpft, in Ungarn gegen die Türken und in Tanger gegen die Mauren, und niemals bin ich so verliebt gewesen wie jetzt; Sie können mir den Bauch aufschlitzen, Madam: in allen Feldzügen, die ich unternommen habe, nie habe ich ein so wunderbares Weib angetroffen wie Sie, meine Dame.

MELINDA Und von allen Männern, die ich gekannt habe, hat mir keiner solche wunderbaren Komplimente gemacht wie Sie, mein Herr. Von allen Männern seid ihr Soldaten eben die besterzogenen, das müssen wir euch einräumen.

BRAZEN Einige, Madam, nicht alle! Da gibt's Unholde, auch unter uns Soldaten, traurige Unholde, jawohl, meine Dame. Was mich betrifft, ich hatte immer das Glück, angenehm aufzufallen. Ich hatte sehr beträchtliche Angebote, Madam. Ich hätte zum Beispiel eine deutsche Prinzessin heiraten können, die war jährlich alles in allem ihre 50000 Pfund wert. Aber ihre Badestube schreckte mich ab. Wollen wir in das Wäldchen gehen? *Melinda wehrt ab.* Die Tochter eines türkischen Paschas verliebte sich ebenfalls in mich, als die Ungläubigen mich gefangen hielten. Sie bot mir an, die Schätze ihres Vaters zu stehlen und mit mir zu entfliehen. Aber ich weiß nicht wieso, meine Zeit war noch nicht reif. Zum Hängen und zum Heiraten, da knüpft das Schicksal den Strick, Sie wissen ja. Und mich hat das Schicksal dafür aufgespart, in die Schlinge einer der verführerischsten aller Damen aus Shrewsbury zu geraten. Und dazu auch noch einer der wohlhabendsten, wie ich höre. Aber den Ausschlag gibt allezeit die Liebe. Sie ist eine Himmelsmacht! Wie wär's mit einem kleinen Spaziergang in diesem erlesenen Wäldchen, meine Nymphe!

*Er verfolgt die fliehende Melinda ins Wäldchen. Der Schwan schwimmt wieder heran. Auftritt Lucy und George.*

LUCY Das Einzige, was mir drüben fehlen wird, ist Felix.

GEORGE Der wird uns auch vermissen am Sonntag nachmittag. – Auf nach Amerika! *Er zieht einen Zettel hervor.*

LUCY Was ist das?

GEORGE Aus der Neuen Welt. Ich hab's von einem Kutscher, der hat's von einem Matrosen aus Liverpool. Also: Weg mit dem König, weg mit dem Erzbischof, weg mit den Lords! Wir brauchen in der Neuen Welt keinen König und keine Lords, die von unserem Schweiß fett werden. Wir in den Staaten von Amerika wollen keine Kolonie Englands mehr sein. Gezeichnet Franklin.

LUCY George! Seit wann kannst du lesen?

GEORGE Fred hat mir gestern gezeigt, wie man das macht.

LUCY *nimmt das Blatt:* Da steht was ganz anderes drauf.

GEORGE So? – Was?

LUCY »Unabhängigkeitserklärung.«

GEORGE Auch gut. Lies.

LUCY »Daß alle Menschen gleich geschaffen sind, und von ihrem ...«, das Wort kann ich nicht lesen, ... »mit gewissen ... Rechten ausgestattet sind: Leben, Freiheit, und das Streben nach Glück ...«

GEORGE Da gehen wir hin! Gib her!

*Die Bauern kommen, von Kite als Pfarrer verfolgt.*

LUCY Schon wieder!

KITE Brüder und Schwestern im Herrn! Zufällig führt mich ein Besuch bei einer Kranken an diesem schönen Sonntag an eurem lieblichen Severn vorbei. Und ich fühle, daß ich euch vielleicht ein Wörtlein zu sagen habe. Was, frage ich mich, mögt ihr, liebe Brüder und Schwestern vom Dorf, wohl wissen, von der großen Werbung, die in diesen Wochen in Stadt und Land für das Heer des guten Königs George vorgenommen wird. In diesen Wochen, wo es um Englands Ruhm und Ansehen in der Welt geht. Meine Lieben, auf uns ruht in diesen Wochen s e i n Auge. Gott, heißt es im Deutoronomium, Buch 2, Kapitel 27, Vers 14: Gott sieht die schwarze Ameise auf dem schwarzen Stein in der schwarzen Nacht. Gibt es Fragen, die euch bewegen, meine Lieben?

WILLIAM Ist es nicht so, daß einer auch daheim seinen Mann stehen kann?

KITE Eine sehr intelligente Frage, eine Frage, die sich zu beantworten lohnt. Ihr Lieben, es ist der Kirche zu Ohren gekommen, daß der oder jener davor zurückschreckt, die englische Freiheit in Amerika zu verteidigen, aus Schwäche und Furcht des Fleisches. Das ist Unsinn. Fleisch ist Staub und wird wieder zu Staub werden, aber England ist England und wird immer England sein. Auch in diesem gottvergessenen Amerika, ihr Leuchten von Micklesbury. Befriedigt?

GEORGE Aber ist es nicht so Reverend, daß die Leute drüben auch Leute sind?

KITE *donnernd:* Und was ist mit der Geographologie, du Rotzer? Und was ist mit dem neunten Gebot Mosis, ihr Misteimer? Heißt es »Du sollst nicht begehren deines Nachbarn Weib noch Haus« oder nicht? Und gehört Amerika etwa nicht dem guten König George von England, seit Gott es geschaffen hat? Und jetzt begehren es diese Amerikaner, der Teufel soll sie persönlich holen, die Ladies entschuldigen schon.

GEORGE Ist es aber nicht so, Reverend, daß es in Amerika keine Lords und keinen König gibt?

KITE Wer hat dir das angedreht, du Whiskydieb? In Amerika gibt es 44 302 Lords nach der letzten Zählung und nicht weniger als sieben Könige und keinen gescheiten.

APPLETREE Das stimmt.

GEORGE Ist es nicht so Reverend, daß Sie überhaupt kein Reverend sind, sondern Mr. Kite, Sohn der Zigeunerin Cleopatra, Zuchthausvogel, lebenslänglicher Sergeant?

KITE An euch ist Hopfen und Malz verloren. *Zu Appletree, der salutiert:* Fahnenflüchtige werden standrechtlich erschossen. *Kite ab unter Gelächter.*

WILLIAM So was!

SALLY *steht auf:* Wer kommt mit ins Wäldchen, ich weiß, wo es Himbeeren gibt.

*Appletree folgt ihr verlegen.*

GEORGE *steht auf:* Komm.

*Ab mit Lucy.*

MAGGIE Bringst du mich nach Haus, William?

*Beide ab. Herein Melinda. Hinter ihr Brazen, die Panflöte spielend.*

MELINDA O Worthy, mein Worthy, rette mich vor diesem Rasenden!

BRAZEN Wie Sie sehen, Madam, der Dienst der Königin hat mich in alter Frische erhalten und befähigt, mit allen Leibes- und Seelenkräften der feurigsten Schönen Englands zu dienen. Im Vertrauen sag ich aber Ihnen, Madam, Sie haben einen Krieger vor sich, der sich danach sehnt, sein lorbeerbedecktes Haupt in einen liebenden Schoß zu legen. Und dies ist der Grund, warum sich Ihnen heute die Gelegenheit bietet, meine Hand anzunehmen.

*Auftritt Pearmain in Uniform.*

PEARMAIN Alarm, Captain!

BRAZEN Was, an einem Sonntag?

PEARMAIN Jawohl, Captain. Inspektion aus London, Captain!

BRAZEN Ich bin in Geschäften!

PEARMAIN Jawohl, Captain! *Ab.*

BRAZEN Melinda!

MELINDA Captain Brazen! Wie könnt ich Ihr lockendes Angebot annehmen? Mich einem Soldaten hingeben, den der König mir jederzeit rauben kann? Ich habe geschworen, das nicht; und ich halte mich an meinen Schwur. Ich heirate keinen Soldaten.

BRAZEN Keinen Soldaten?

MELINDA Nein, Captain. Ihre Uniform trennt uns für immer.

*Worthy stürzt herein mit Pistolen.*

MELINDA *strahlt:* Worthy!

WORTHY Flatterhafte! Für eine schillernde Eintagsfliege ... die sich allerdings nicht entblödet ... Hier, Sir, wählen Sie! *Er präsentiert Brazen die Pistolen.*

BRAZEN Pistolen? Womöglich noch geladen?

WORTHY Jede mit mörderischer Ladung!

MELINDA Was betrifft Sie das, Mr. Worthy? Ich wußte nicht, daß meine Angelegenheiten Sie im geringsten beschäftigen.

*Es wird Alarm getrommelt.*

BRAZEN Hören Sie, Alarm! Überdies bin ich Offizier der Fußtruppen, Pistolen mag ich wirklich nicht.

WORTHY Ich stehe hier für die Ehre Shrewsburys, das nicht untätig zusieht, wie seine Frauen sich Männern an den Hals werfen, die morgen über alle Hügel und über die See sind.

BRAZEN Feuer und Schwefel! Ich habe Pulverrauch aus dem ehernen Mund der Kanonen gekostet, Sir. *Er nimmt eine Pistole und nimmt Aufstellung zum Duell.*

MELINDA *zu Worthy:* Sie Abscheulicher! *Sie schluchzt.* Dessen also halten Sie mich für fähig. Das genügt, uns für immer zu trennen. *Sie läuft weg.*

WORTHY Ja, laufen Sie nur weg! Lassen Sie mich allein sterben. *Er nimmt Aufstellung und zählt seine Schritte.* Eins, zwei, drei ...

BRAZEN Halt! Wo ist die Dame?

WORTHY *finster:* Weg.

BRAZEN Warum kämpfen wir dann noch? Umarmen wir uns, mein Lieber, das Leben ist kurz genug, eh?

WORTHY Sie kneifen! Ein Mann im Rock des Königs!

BRAZEN Gehen Sie, Worthy, der Rock ist nicht der Mann.

WORTHY Das sagen Sie, der Sie Ihre anrüchigen Erfolge nur diesem Rock verdanken?

BRAZEN Im Gegenteil: Man hat mich eines Besseren belehrt. Er schadet mir. Entschuldigen Sie mich, mein Lieber! *Ab.*

*Kite mit dem Trommler und Pearmain. Sie treiben Appletree, Bullock, Cartwheel und Hayfork vor sich her.*

KITE Alles, was den Rock des Königs trägt, in die Stadt zurück! Marsch, ihr Hundesöhne! *Zu George:* Zivil kann zurückbleiben. *Zu Cartwheel und Hayfork:* Ihr nicht, ihr kommt mit! *Zu Sally, die sich schluchzend an Appletree klammert:* Laß das Flennen!

*Viktoria überquert die Bühne, Rose mit sich schleppend.*

WORTHY Ihr Strauchdiebe! *Er schießt seine Pistole in die Luft.*

## 9
## Im Haus des Friedensrichters

*Balance und Plume sitzen am Kamin.*

PLUME Mister Balance, ich bin erledigt: ich habe mich Ihrem Rat folgend auf den Patriotismus Shrewsburys verlassen.
BALANCE Und?
PLUME Der Armeeinspektor aus London hat heute Nachmittag in meinem Quartier ganze elf Rekruten vorgefunden.
BALANCE Nun, es werden mehr werden.
PLUME Mister Balance, ich komme, mich zu verabschieden.
BALANCE Was fällt Ihnen ein?
PLUME Ich gebe den Werbeberuf auf. Ich werde mich nach Ostindien versetzen lassen. Übermitteln Sie bitte Ihrer Fräulein Tochter meinen ergebensten Gruß.
BALANCE Captain Plume!
PLUME Mr. Balance!
BALANCE Setzen Sie sich.
PLUME Ich sitze.
BALANCE Captain Plume, ich verrate keine militärischen Geheimnisse, wenn ich Ihnen die Hiobsbotschaft mitteile, die der Anlaß für den vorzeitigen Besuch des Generalinspekteurs ist. Boston ist in den Händen der Rebellen. Captain Plume, Shrewsbury darf Sie und darf England in dieser schicksalschweren Stunde nicht enttäuschen. Ich hielt es bis heute nicht für notwendig, die Zwangsrekrutierungsgesetze anzuwenden. Es ist notwendig! Ich sehe es ein.
PLUME Sie sagten mir, daß die Anwendung dieser Gesetze in Welshpool einen Skandal hervorgerufen hat.
BALANCE Aber sie hat auch zwei Kompagnien kampffähiger Männer aus den Gefängnissen hervorgerufen. Sollen in unserem Gefängnis schlechte Elemente fett werden oder das Straßenbild verschandeln? Ins Feld mit ihnen! Man könnte sogar sagen, es ist in einer Weise unmenschlich, diese Leute in Gefängnissen oder arbeitslos auf der Straße vegetieren zu lassen, wenn sie in der Neuen Welt als Helden für Englands Freiheit sterben können. Unsere vaterländische Pflicht ist es in jeder Hinsicht, auch ihnen ihre Chance zu geben. Captain Plume, begleiten Sie mich ins Gefängnis.

*Herein Worthy.*

WORTHY Captain Plume, ich bitte Sie mich in Ihre Kompagnie aufzunehmen.

PLUME Es gibt keine solche Kompagnie mehr.

BALANCE Es wird sie geben. – Was fällt Ihnen ein, Worthy?

WORTHY Persönliche Gründe veranlassen mich ...

*Herein Melinda.*

MELINDA Onkel! Gestatten Sie, daß ich Mr. Worthy unter vier Augen spreche?

BALANCE Aber mit Vergnügen, Kind. Rede mit ihm, er hat Grillen im Kopf. Und macht es euch gemütlich hier, Simpkins soll euch Tee servieren. Kommen Sie, Captain.

*Ab mit Plume.*

MELINDA Sie werden verstehen, Mr. Worthy, daß es mir, nach dem was vorgefallen ist, unerträglich sein muß, meine Briefe in Ihrem Besitz zu wissen.

WORTHY Ich werde sie Ihnen zurückerstatten, Madam, bevor ich mich einschiffe. Miss Moorhill, erlauben Sie mir, daß ich mich für immer von Ihnen verabschiede.

MELINDA Seit wann sind Sie so reisesüchtig?

WORTHY Es ist nur zu natürlich, Madam, daß wir das meiden, was uns in unserer Ruhe stört.

MELINDA Eher einer Vorliebe für Abwechslung, welche bei Männern noch natürlicher ist.

WORTHY Abwechslung muß auch für die Frauen einen natürlichen Reiz haben, Madam, wie wären sie sonst so sehr dafür?

MELINDA Sie irren, Mister Worthy; ich bin nicht so sehr für Abwechslung, daß ich deswegen verreisen würde. Ich halte es auch nicht für klug von Ihnen, daß Sie sich in Gefahren und Kosten stürzen, mit der spärlichen Hoffnung auf fragwürdige Vergnügungen.

WORTHY Die Vergnügungen, die mich im Ausland erwarten, sind in der Tat sehr ungewiß, Madam, aber eines steht fest: auf den Schlachtfeldern der Neuen Welt unter den barbarischen Cowboys und Pelzjägern werde ich weniger Grausamkeit begegnen, als hier im eigenen Lande.

MELINDA Mein Herr, wir beide – Sie und ich – haben jetzt lange genug geschwätzt. Ich denke, wir würden schneller zu einer Einigung kommen, würden wir uns einmal gegenseitig unsere Rechnungen präsentieren.

WORTHY Unbedingt, Madam. Dabei wird sich herausstellen, daß Sie in meiner Schuld sind. Meine Ängste, Seufzer, Gelübde, Versprechungen, meine Aufmerksamkeiten, Besorgnisse sind ein ganzes Jahr aufgelaufen, ohne jede Entschädigung.

MELINDA Ein ganzes Jahr! Oh, Mr. Worthy! Was Sie mir schulden, kann nicht mit weniger als sieben Jahren Sklavendiensten zurückgezahlt werden. Wie haben Sie mich im vorigen Jahr behandelt? Als Sie, meine Unschuld und Mittellosigkeit mißbrauchend, mich zu Ihrer Mätresse machen wollten, das heißt zu Ihrer Sklavin! Dazu Ihr unverschämtes Betragen, Ihre hemmungslosen Ausdrücke, der familiäre Ton Ihrer Briefe, Ihre groben Besuche – bedenken Sie das alles, das alles, Mr. Worthy!

WORTHY *beiseite:* Und ob ich daran denke! Nur schade, daß alles für die Katz war. *Laut.* Aber Sie, Sie müssen Ihrerseits bedenken...

MELINDA Sir, ich bedenke gar nichts, es ist in Ihrem Interesse, wenn ich alles vergesse. Sie haben sich bis dato wie ein Barbar zu mir benommen, ich war nur grausam zu Ihnen. Wägen Sie ab. Und jetzt, wenn Sie ein neues Blatt aufschlagen wollen, dann lassen Sie Ihr abenteuerliches Gehabe sein und benehmen Sie sich anständig. Wie konnten Sie neulich, auf dem Marktplatz, mich stehen lassen, wie einen Posten Schafswolle, der Ihnen zu teuer ist?

WORTHY Das tat ich nur, um Sie zu erproben, und ich bereue es, wie nichts in meinem Leben, das dürfen Sie mir glauben. Aber Sie haben vor meinen Augen diesen Captain... *Die Stimme bricht ihm.*

MELINDA Um Ihre Eifersucht zu erregen. Aus keinem anderen Grund. Können Sie mir nicht glauben?

WORTHY Melinda!

MELINDA Worthy!

*Simpkins tritt auf.*

SIMPKINS Captain Brazen!

BRAZEN *schiebt ihn beiseite:* Mister Brazen! *Er steht strahlend in Zivil da. Melinda ist erstarrt.*

BRAZEN Meine Melinda! Ihr Wunsch ist nun erfüllt. Sie können sich jetzt hemmungslos Ihrer Leidenschaft hingeben, ich bin vorbehaltlos der Ihrige:

Prinzessin ohnegleichen aus Shrewsburys Gefild
Der Nymphen Neid, verliebter Hirten Götterbild!
O schau, in Demut gleitet hin des Severn Silberband
Zu grüßen dich, Prinzessin du vom Severnstrand!
Die Wahrheit dieser meiner Verse, die in leicht veränderter Fassung schon manchen edlen Damen die Sinne verwirrten, habe ich noch nie so tief empfunden als jetzt. Meine Melinda! Für Sie habe ich gemacht, was ich niemals gemacht, auf ein Wort von Ihnen streckte ich die Waffen! In meine Arme, meine Liebe! *Er faßt sie um die Taille.*

MELINDA Was unterstehen Sie sich? Sehen Sie Mr. Worthy nicht? *Sie ohrfeigt ihn.*

BRAZEN Nein, nein, ich bin geblendet. Worthy! Ei der Daus! Ein Mißgriff! Meine Geliebte hat Witz in den Fingern. Madam, bitte um Verzeihung, die alten Kriegsmanieren. Worthy, Ihr Diener und so weiter. Sie sind der Glückliche!

WORTHY Gott bewahre! Beweise meines Unglücks habe ich nun mehr als genug.

MELINDA Worthy!

WORTHY Ihre Briefe werden Sie zurückbekommen, Madam. Wenn Sie sie wiederlesen sollten, dann werden Sie sich bewußt werden, was Sie mir angetan.

MELINDA Albert!

WORTHY Nein, alles ist klar, allzu klar.

MELINDA Nein doch!

WORTHY Nein? Doch! Geht Ihre Flatterhaftigkeit wirklich so weit, daß Sie diesen Menschen noch betrügen könnten, nachdem er, auf Ihr Geheiß, seine Karriere Ihnen geopfert hat? Wenn Sie das tun, wird jeder Gentleman Ihnen den Rücken kehren müssen.

MELINDA Das ist zu viel! Mister Worthy …

WORTHY Das ist zu viel! Was ist zu viel? Bleiben Sie bei diesem zweifelhaften Chamäleon, da Sie nun einmal mehr vom äußeren Glanz als von solider Innerlichkeit halten. Mister Brazen, ich bin nicht der Glückliche. Aber ich beneide Sie nicht um Ihr Glück, wenn man Ihnen, nach solchen Opfern, so schlagende Gunstbeweise zukommen läßt.

MELINDA Der Gunstbeweis traf den Falschen, Mr. Worthy. Und von mir haben Sie fortan nichts Besseres zu erwarten, falls Sie mir unter die Augen kommen. Mr. Brazen, bitte um Verzeihung.

BRAZEN Gewährt! – Worthy, ein blinder Schuß. Er hätte Ihren Kopf so gut wie den meinen abreißen können. Mut, mein Lieber. So ist das Kriegsglück.

*Ab mit Melinda.*

SIMPKINS Tee, Mr. Worthy.

WORTHY *brüllt:* Whisky!

*Simpkins ab. Balance und Plume kommen in düsterer Stimmung herein. Sie setzen sich stumm.*

BALANCE *ruft:* Simpkins!

SIMPKINS Mr. Balance?

BALANCE *Brüllt:* Whisky!

*Simpkins ab.*

*Pause.*

BALANCE Was stehen Sie so finster am Fenster herum, Worthy?

WORTHY Sir, Sie schauen auch nicht gerade munter drein.

BALANCE Worthy, wir sind seit Jahren in Shrewsbury zu milde. Das Gefängnis ist leer. Ein Kinderschänder, das ist alles; ein Tropfen auf den heißen Stein!

*Simpkins bringt Whisky. Es wird stumm getrunken.*

PLUME Auf Ostindien!

WORTHY Ich werde Sie begleiten, Plume.

BALANCE Unsinn! Sie sind Schuhfabrikant, nicht Krieger! Ebenso könnten Sie verlangen, daß ich die Muskete auf die Schulter nehme.

SIMPKINS Lady Prude – Mr. Smuggler.

BALANCE Lady Prude. – Ich glaube, mir kommt ein Gedanke.

*Herein Lady Prude und Mr. Smuggler.*

PRUDE Balance, noch ein solcher Sonntag, und ich werde Shrewsbury den Rücken kehren. Was heute Ihre Soldateska an unserm schönen Severn verübt hat, Sodom und Gomorrha ist nichts dagegen. Der Bankier Smuggler aus London war bei mir zum Lunch, ihm sind die Haare zu Berge gestanden.

SMUGGLER Ihr Diener, Mr. Balance.

BALANCE Ihr Diener, Mr. Smuggler.

PRUDE Hier in Ihrem Salon sehe ich einen der Hauptschuldigen, Molly Fasspittle kann ein Lied davon singen, und Rose, die Tochter meines Pächters.

BALANCE Wenn Sie nur Ihr unheilvolles Vorurteil bekämpfen könnten, gegen diejenigen, welche allein einige Ordnung und Zucht in England einzuführen in der Lage sind.

PLUME In der Lage? Sie sind nicht in der Lage. Und damit empfehle ich mich, Mr. Balance.

WORTHY Adieu, Mr. Balance!

*Ab mit Worthy.*

BALANCE Aber Captain Plume! Worthy!

PRUDE Seit zehn Tagen schlage ich mich vergebens mit dieser Soldateska.

BALANCE Nennen Sie Englands Heldensöhne eine Soldateska? Mylady, sie schlagen ihr Leben für Sie in die Schanze.

PRUDE Dafür bezahle ich, ich schlage mein Geld in die Schanze, den fünften Teil meines Vermögens. Aber nicht dafür, daß das am heiligen Sonntag liederliche Musik macht, flaniert und hinter Büschen sündigt.

BALANCE Ich schaue am heiligen Sonntag nicht hinter Büsche, Mylady.

SMUGGLER In London sind für das Liebesleben Häuser da.

PRUDE Und wie in der Hühnergasse, so in den Schanklokalen und den Hotels! Diese Stadt wimmelt ja von Elementen jeden Alters, die ungestraft sündigen, Trunkenbolden, Taschendieben und Arbeitslosen. Werden die Behörden denn niemals ...

BALANCE *der aufmerksam geworden ist, hebt die Hand:* Mylady! Die Behörden werden, Mylady. Sie haben recht, vollkommen recht. Wir werden dem Gesindel zeigen, wie man sich patriotisch aufführt. Wir werden der Moral freien Lauf lassen und wenn das Gefängnis von Shrewsbury platzt!

PRUDE Sie denken an eine Säuberung ...?

BALANCE Ihr Diener, Lady Prude.

## 10
## Im Hotel »Zum Raben«

*Viktoria schläft auf einem Stuhl. Rose schüttelt sie. Lärm im Hotel, Klopfen und Rufe »Aufmachen!« »Polizei«.*

VIKTORIA Was gibt's? – Fünf Uhr früh. Die Nacht ist ohne Aufregung vorbeigegangen. Ich habe gut geschlafen, aber ich fürchte, meiner Bettgefährtin hat es weniger gefallen. Arme Rose! *Zu Rose:* Guten Morgen, mein Schatz, wie ist uns heute morgen?

ROSE Genau wie gestern abend, Sie haben mich weder besser noch schlechter gemacht.

VIKTORIA Gefiel dir dein Bettgefährte nicht?

ROSE Ich weiß nicht, ob ich einen gehabt habe oder nicht. Ein armes Mädchen für nichts und wieder nichts um ihren guten Ruf zu bringen!

VIKTORIA Den habe ich dir gerettet, Kind. *Es wird an der Tür geklopft.* Um Gotteswillen, ich bin halb nackt.

BRIDEWELL *draußen:* Tür aufmachen, oder wir wenden Gewalt an.

VIKTORIA Augenblick doch! – Meinen Hut, Rose, gib mir den Hut! *Bridewell dringt ein.* Was soll das?

BRIDEWELL Wieder ein Pärchen! *Zu Viktoria:* Razzia. Sie sind verhaftet.

VIKTORIA Zurück, Bube! Wer meinem Degen zu nahe kommt, ist ein toter Mann.

BRIDEWELL Steck den Degen ein, Bürschlein, oder wir schlagen dir alle Milchzähne aus, im Namen des Königs.

VIKTORIA Versuch's, Plattfuß.

BRIDEWELL Das ist Majestätsbeleidigung. Wer mich beleidigt, beleidigt den König. Ich hab euch. *Herein Sergeant Kite.* Ein Fang, Mister Kite. Gans und Gänserich in der Falle!

KITE Unsinn!

*Prude herein.*

PRUDE *erblickt Rose:* Rose! Rose, mein armes Kind! Hat er dir...

VIKTORIA Ich habe alles verhütet, Lady Prude. Captain Plume wollte...

BRIDEWELL Und du hast.

ROSE Nichts hat er.

KITE Das ist unser Fähnrich, Mylady, Mister Wilful. Und wir sind hier, Zivilisten ins Kittchen zu stecken.

PRUDE Wir sind hier, Unholde ins Kittchen zu stecken, und das ist ein Unhold. Abführen, Konstabler.

KITE Hände weg. Einen Offizier verhaftet man nicht ohne Zustimmung seines Vorgesetzten. Augenblick. *Ab. Man hört ihn rufen:* Captain!

VIKTORIA Mylady, vielleicht ist es nicht nötig, Captain Plume zu wecken.

*Herein Plume, halb bekleidet, und Kite.*

PLUME Fähnrich Wilful...

ROSE Ich wollte mit Ihnen sprechen, Captain Plume. Wegen Charles, er will Trompeter werden. Ich habe hier auf Sie gewartet.

BRIDEWELL Im Zimmer des Fähnrichs. Ertappt in flagranti.

PRUDE Rose, zu mir!

PLUME *tritt zu Viktoria:* So also führen Sie meine Befehle aus, Fähnrich. Boston fällt, und Sie amüsieren sich – und auf diese Weise. Solch einen Fall findet man in der ganzen Kriegsgeschichte nicht. Ich möchte wissen, warum so was in den Heeresdienst tritt. Wohl einzig und allein, um sich auszu...lieben. Ich weiß nicht, wie Sie mir überhaupt vorkommen, Mann.

ROSE Mann! Seien Sie nicht zu hart, Captain, er ist ganz harmlos.

PLUME Harmlos? Ein hemmungsloser Faun! Das ist nichts zum Lachen.

ROSE Doch.

PLUME Wer sind Sie überhaupt? So handelt kein Fähnrich, so handelt... *Ein Licht geht ihm auf.* Wir sprechen uns noch. *Zum Publikum:* Viktoria Balance. Ich falle aus den Wolken. Sie selbst erscheint nicht, aber jede andere hält sie von mir weg! Ich werde ihr heimleuchten. – Mylady, ich muß Ihnen beipflichten. Konstabler, der Fähnrich geht ins Kittchen.

KITE Aber, Captain, wozu dann die ganze blutige Razzia? Wir sollten Grenadiere kriegen, und jetzt büßen wir noch unsere Offiziere ein.

PRUDE Sergeant, Sie irren. Wie Ihr Captain Ihnen andeutet, ist dies eine Säuberung nicht nur Shrewsburys, sondern auch der königlichen Armee. Tun Sie Ihre Pflicht, Konstabler.

PLUME *tugendhaft:* Richtig, Lady Prude. Das Gesetz unterscheidet nicht zwischen Zivil und Militär.

PRUDE Goldene Worte!

PLUME *zu Viktoria:* Sie haben den Rock Ihres Königs besudelt, Sie gehen ins Kittchen.

BRIDEWELL Komm, Bürschlein.

VIKTORIA Captain!

PLUME Ein Wort vielleicht noch. Rose, mein Kind, komm mal her. Ich verspreche dir hier vor Zeugen, persönlich wieder gutzumachen, was der Unwürdige dir angetan hat. Und jetzt, abführen.

PRUDE Halt. Noch ein Wort. Mir scheint, wir haben den Hecht, aber wo bleibt der Haifisch. Sir, unter dem Mantel Ihrer moralischen Entrüstung sehe ich die eigene nackte Lüsternheit hervorlugen.

VIKTORIA So ist es, Lady Prude. Sie Wüstling! Aber ich werde Ihnen einen Strich durch die Rechnung machen. Hier dieser Wechsel trägt Ihre Unterschrift, Captain Plume. Er ist seit Mitternacht fällig. Können Sie zahlen? Zahlen Sie sofort.

PLUME Wilful!

VIKTORIA Sie können also nicht zahlen? Sehr wohl, Konstabler, ich verlange, daß dieser Mensch unverzüglich in Schuldhaft gebracht wird.

PRUDE Das schwängert und heiratet nicht, das pumpt und zahlt nicht zurück! Jawohl, ebenfalls abführen!

BRIDEWELL Aber wegen Schulden allein kann ich ohne Haftbefehl niemand abführen, bedaure sehr, Mylady. Außerdem, ein Offizier.

VIKTORIA Ich denke, das Gesetz kennt keine Unterschiede, nicht Militär und Zivil.

KITE Hände weg! Eher beiße ich mir den Fuß ab, als daß ich meinen eigenen Captain verhaften lasse.

PRUDE Sergeant, Sie haben die ganze Nacht einen lobenswerten Eifer gezeigt, lassen Sie auch jetzt die Tugend Ihren einzigen Captain sein.

PLUME Stillgestanden, Mister Kite. Man trennt uns, Rose, farewell. Man soll von Unbekannten kein Geld annehmen.

*Ab, Viktoria, Bridewell und Kite folgen ihm.*

ROSE Aber was wird jetzt geschehen?

PRUDE Nichts, mein Kind. Du wirst zurückgehen nach Picklewood.

ROSE Aber da ist keiner mehr.

PRUDE Dein Verdienst, verirrtes Lamm.

## 11
## Gefängnis

*Plume mit seiner Toilette beschäftigt. Viktoria auf und ab. Hinten werden Verhaftete vorbeigetrieben. Stimmen hinten.*

BRIDEWELL Elf Shilling, und du kannst laufen!
TASCHENDIEB Elf Shilling? Das ist Halsabschneiderei. –
BRIDEWELL Rin. –
BERGMANN Ich habe mindestens 15 Shilling zu Hause, schickt zu meiner Frau. –
BRIDEWELL Rin!
VIKTORIA Sie werden vielleicht Mühe haben, es zu begreifen, aber ich habe Sie einsperren lassen aus wahrer Freundschaft, Plume. Es ist besser für Sie, hier zu sitzen, als in die Netze dieser Roses und Mollys zu geraten, die Ihnen nachstellen, ohne Ihren wirklichen Wert zu schätzen. *Plume antwortet nicht.* Auf das Geld kommt es mir nicht an. Ich habe bewiesen, daß ich da nicht kleinlich bin. Aber wie komme ich dazu, immer wieder Ihre Ausschweifungen zu finanzieren! *Bridewell bringt frisches Wasser für Viktoria.*
BRIDEWELL Los, Bürschlein, waschen! Es geht vor Gericht.
VIKTORIA Ich will mich nicht waschen.
BRIDEWELL Was heißt das?
VIKTORIA Ich bin erkältet.
PLUME *nachdenklich:* Er ist erkältet. Was haben Sie eigentlich im Heer verloren? Ich meine, wenn Sie von zarter Natur sind und zu Erkältungen neigen.
*Bridewell gießt Wasser in den Eimer.*
VIKTORIA *schreit den Konstabler an:* Ich habe Ihnen gesagt, ich bin erkältet.
BRIDEWELL Ich weiß nicht, warum diese Leute sich nie waschen wollen.
PLUME *grausam:* Da heißt es wahrscheinlich: immer einfach Puder drauf. Reinlichkeit aber ist die Haupteigenschaft des guten Soldaten. Um sich zu waschen, entledigt er sich seiner Kleidung. Mit Schmierseife und – nach dem Exerzieren wenn nötig – mit Sandstein säubert er gründlichst sämtliche Teile seines Körpers.

BRIDEWELL Rock ausziehen und waschen!

VIKTORIA Nein!

PLUME Das gefällt sich im Dreck, das ist es.

BRIDEWELL Rock aus und waschen, im Namen des Königs!

VIKTORIA Captain! Lebendig laß ich mich nicht waschen.

*Bridewell verfolgt die flüchtende Viktoria.*

PLUME Keine Gewalt, Konstabler! *Winkt ab.*

BRIDEWELL Macht Geschichten wie eine Mamsell. *Ab.*

PLUME Nicht wahr? *Bridewell ab.* Das ist nicht nur eine Frage der körperlichen Sauberkeit, Wilful. Sie sind ganz im allgemeinen eine unerfreuliche Erscheinung. Sie simulieren, Sie gebrauchen Ausflüchte, versuchen, Ihren Vorgesetzten hinters Licht zu führen. Sie sind weder ehrlich noch gradlinig. Ihre Beweggründe für Ihren Eintritt in das Heer sind höchst dunkel. Wer sagt mir, daß Sie nicht einfach herumspitzeln wollen?

VIKTORIA Das ist nicht gerecht, Captain Plume.

PLUME Was erlauben Sie sich? Nehmen Sie überhaupt Haltung an! Ich werde Ihnen Disziplin beibringen. In meiner Umgebung, auch im Privatleben, verstanden, Wilful, pflege ich den Ton anzugeben. Aber Sie sind ja den moralischen Anforderungen, die an unseren Stand gestellt werden, überhaupt nicht gewachsen. Halten Sie den Mund. Ich nenne nur ein Beispiel: Ein Fähnrich hat die Finger von den Liebesangelegenheiten seines Captain zu lassen, und wenn es ihn zerreißt. Jetzt kann ich auch noch sehen, wie ich das unglückliche Mädchen entschädige. Zu alledem scheinen Sie sie ja auch noch gründlich enttäuscht zu haben. Sie wirkte heute morgen nicht sehr von Ihnen begeistert, Wilful. Trotz alledem, und weil ich immer noch eine mir unerklärliche Sympathie für Sie fühle, werde ich Ihnen einen vernünftigen Vorschlag machen: Sie zerreißen den Wechsel. Für zwei Pfund läßt Sie dann der Konstabler laufen.

VIKTORIA Nein. Außerdem habe ich nicht mehr so viel bei mir.

PLUME Sie wollen es also auf Biegen und Brechen ankommen lassen?

VIKTORIA Jawohl. Sie bezahlen Ihre Schulden.

*Kite führt einen weiteren Gefangenen herein, den Bankier Smuggler. Er trägt einen Damenmorgenrock über feiner Unterwäsche.*

SMUGGLER Ich muß Sie zum dritten Mal ersuchen, mir sofort meine Kleidung zu überlassen. *Verbeugt sich lächelnd vor Plume und Viktoria.* Ein Irrtum, meine Herren.

KITE Irrtum! Waren Sie in der Hühnergasse oder nicht?

SMUGGLER *lächelt geduldig, wenn ihm von Kite der Brustkorb gemessen wird:* Man prüft meine Tauglichkeit für den Militärdienst. Meine Herren, ich begreife, daß wir jetzt strenge Maßnahmen benötigen, die gelichteten Reihen unserer Regimenter wieder aufzufüllen. Diese Farmer drüben kämpfen wie die Teufel. Ich fürchte allerdings, daß Sie diesem Krieg nicht auf die Beine helfen werden, indem Sie jetzt die Reihen unserer Londoner Geschäftswelt lichten, und die Lücken der Regimenter mit Bankiers auffüllen. Es ist möglich, daß wir unter diesen Umständen auf die Neue Welt verzichten.

PLUME Sir, solche Äußerungen machen mir meinen Beruf nicht schmackhafter. Einige Offiziere Seiner Majestät vom Colonel abwärts fragen sich ohnehin, ob ihr Beruf an der Seite der Rebellen nicht interessanter und rühmlicher wäre.

*Worthy stürzt hinten herein.*

WORTHY *zu Bridewell:* Machen Sie doch auf, Sie Schaf! *Bridewell schließt ihm auf.* Mr. Smuggler! Ein Mißgriff unterster Instanzen! Kommen Sie sofort mit. Bitte tausendmal um Entschuldigung. Tag, Plume.

SMUGGLER Captain Plume, Ihr Diener!

*Ab mit Worthy und Kite.*

*Gesang von hinten:*

Alle doch, mehr oder wenig
Zahlten sie dem guten König
Alle zahlten sie die teuern
Ungeheuern Heeressteuern
Ausgenommen I. N. Smith.

Doch es war dem guten König
Immer noch ein wenig wenig.
Alle nahm man am Schlawittchen
Alles rin in das Kittchen
Ausgenommen I. N. Smith.

PLUME Wilful, es fällt mir schwer, zu begreifen, daß sich Viktoria einen Sendboten Ihres Schlags auswählen konnte.

VIKTORIA Vielleicht hatte sie keinen besseren.

*Von hinten klingt das Lied vom Loch Loman.*

PLUME Wie immer, Wilful. Miss Balance und ich haben uns einmal mehr verpaßt.

*Viktoria kommen die Tränen, sie geht mit Haltung abseits.*

PLUME Da es in diesen Breitengraden mit Recht heißt »Ehering oder Rührmichnichtan«, wird es auch diesmal zu nicht mehr gekommen sein, als daß ich in den nebligen Wäldern von Massachusetts, in den Maisschobern Virginiens, durch die Sümpfe des Delaware und über die brennenden Prärien Marylands das Bild eines wahrhaft erstaunlichen Mädchens in meinem Herzen trage.

*Hinten werden Häftlinge vorbeigetrieben. Stimmen.*

WORKLESS Aber ihr könnt mich doch nicht ins Militär stecken, weil ich keine Arbeit finde?

ANDERER HÄFTLING Die Mühlen sind geschlossen.

BRIDEWELL Aber die Kasernen sind offen. Rin! *Er stößt sie weiter und schließt ab.*

WORKLESS Das ist eine Schande.

BRIDEWELL Wer hat das gesagt? So, du hast die Polizei beleidigt, du kommst zu den Dragonern.

VIKTORIA Sie meinen nicht, daß Miss Balance ein besseres Los verdiente, als durch brennende Städte als Bild getragen zu werden? In der Gesellschaft von Dieben, Mördern, Trunkenbolden und Verzweifelten aller Art, die Sie von nun an kommandieren werden. Schämen Sie sich übrigens nicht dieses Kommandos? Meinen Waffenrock werde ich unverzüglich ablegen, und ich lege Ihnen nahe, dasselbe zu tun.

PLUME *müde:* Beginnen Sie. – Ich will Ihnen etwas sagen: Der Käse im Marktstand will auch bezahlt werden, bevor er verspeist wird, aber er tut eines nicht: er beißt den Kunden nicht ins Bein.

*Herein Bridewell.*

BRIDEWELL Captain, der Friedensrichter verlangt Sie dringend im Gerichtssaal. Er ist sehr wütend über Ihre Verhaftung.

VIKTORIA Und der Wechsel?

PLUME Hören Sie mal. Ich reite morgen früh und schiffe mich

ein übermorgen abend. Wechsel hin, Wechsel her! Damit endet unsere kurze Bekanntschaft. Wenn ich in ein, zwei Jahren wiederkomme, wenn ich wiederkomme, hoffe ich, Sie etwas weniger anspruchsvoll anzutreffen. – Ihr Diener, Miss Viktoria Balance. *Ab.*

VIKTORIA Gehen Sie zum Teufel, Sie Scheusal! *Sie schluchzt.*

## 12
## Im Haus des Richters

*Die Bibliothek, wo Simpkins mit der Richterrobe wartet. Nebenan die Diele, zum Gerichtssaal hergerichtet. Balance empfängt Plume.*

BALANCE Captain Plume! Bitte den Zwischenfall zu entschuldigen. Sie erlauben, daß ich Ihnen mit den 30 Pfund aushelfe. Bridewell! *Dieser kommt.* Übermitteln Sie das diesem Fähnrich, wie nennt er sich doch, gegen Aushändigung des Wechsels.

PLUME Danke, Mr. Balance.

BALANCE Ihr Fähnrich scheint ein wahrhaftes Unikum zu sein, was erlaubt er sich.

PLUME Nicht wahr? Unter uns, Sir, eine erstaunliche Persönlichkeit mit sehr ausgeprägtem Willen, vollkommen untauglich für den Heeresdienst.

BALANCE So. – Mein lieber Captain, Sie nehmen dann hier, neben mir auf der Richterbank Platz. Captain Brazen wird kaum auf sich warten lassen. Wenn Sie in die Listen der Festgenommenen einen Blick werfen wollen, die Razzia war nicht unergiebig.

PLUME Danke, Mr. Balance. *Er schaut in die Listen.*

*Auftritt Melinda und Lucy. Balance führt sie in die Bibliothek, wo er von Simpkins angezogen wird.*

MELINDA Sir, mein Lebensglück liegt in Scherben. Captain Brazen, den ich in einer mir jetzt unverständlichen Laune ermutigt habe, hat meinetwegen den Waffenrock an den Nagel gehängt, so daß ich mich ihm verpflichtet fühle.

BALANCE Und was ist mit Worthy?

MELINDA Eben.

BALANCE Und was heißt das – den Waffenrock an den Nagel gehängt – mitten im Krieg? Und Boston gefallen. So etwas dulde ich nicht. Wo bliebe da England?

MELINDA Aber wie können Sie ihn zwingen, ihn anzubehalten, Onkel?

BALANCE Das laß meine Sache sein.

MELINDA Sie müssen ihn nach Amerika schicken, Onkel.

BALANCE Keine Sorge.

BALANCE Gerichtsdiener! Band 6a, C 31, Zivilrecht. – Führen Sie uns Ihre Häftlinge vor, Bridewell.

*Im Gerichtssaal führt Bridewell den Taschendieb vor. Der Gerichtsdiener bringt das Gesetzbuch in die Bibliothek. Während Balance im Buch blättert, treten Zeugen und Zuschauer in den Gerichtssaal, darunter Freddy mit Kitty, der Breitschultrige, Mrs. Cobb mit Jenny und die Frauen von Miner und Workless. Sie unterhalten sich.*

MRS. WORKLESS Ich hab meinen Mann drin. Haben Sie auch jemanden drin?

MRS. MINER Ja, ich habe auch meinen Mann drin.

BREITSCHULTRIGER Sie wollen sie ins Militär stecken.

BALANCE Einen Augenblick: Vorspiegelung nicht existenter Mitgift! Lucy, was weißt du über die Herzensangelegenheit deiner Herrin?

LUCY Nichts, Sir.

BALANCE Richtig, alles. Lucy, geh und such Captain Brazen auf. Sag ihm, du kämest im Auftrag deiner Herrin, die zu Hause in Tränen ersticke. Ihr ganzes Vermögen sei in einer Ladung Tee investiert gewesen, und die Rebellen hätten sie freventlich in den Hafen von Boston geschüttet.

LUCY Mein Lohn!

BALANCE Dieses Unglück mache es Miss Moorhill völlig unmöglich, von ihm zu verlangen, daß er ihretwegen seine glorreiche militärische Laufbahn aufgäbe. – Sollte er daraufhin irgendwelche Zeichen von Edelmut, Opfersinn und echter Hingabe zeigen, was ich nicht annehme, dann bittest du ihn sofort noch um zwei Pfund für euren Haushalt, das müßte ihn zur Besinnung bringen.

LUCY Ist das Geld wirklich weg, Sir?

BALANCE Geh, Lucy, vertrau auf deine Herrschaft.

LUCY Sehr gut, Sir, nur, in geschäftlicher Beziehung sehe ich gern klar. *Lucy ab.*

MELINDA Onkel, diese Dankesschuld werde ich Ihnen nie zurückerstatten können!

*Kite kommt in den Gerichtssaal mit Pearmain, der Uniformbündel bringt. Balance in den Gerichtssaal.*

BALANCE Ich eröffne!

PLUME Name.

TASCHENDIEB Bill Pickpocket.

KITE Wenn es dem hohen Gericht beliebt, möchte ich zu diesem Fall vernommen werden. Als Anwalt des Königs.

BALANCE Ich erteile Ihnen das Wort, Sergeant.

KITE Bridewell, wo ist die Uhr? – Freddy, dieses Individuum hat dir eine silberne Uhr geklaut, ist das so?

ZUHÄLTER Das ist die reinste Wahrheit, Mister.

TASCHENDIEB Mit Verlaub, Euer Gnaden, das ist meine Uhr.

KITE Freddy, kannst du dem Hohen Gericht beweisen, daß es die deine ist?

ZUHÄLTER Kitty, sag aus.

KITTY Euer Gnaden, ich habe dem Freddy eine Uhr zum Namenstag verehrt. Sie hat hinten einen Kratzer.

KITE Dann ist sie's!

KITTY Er sagte mir noch: Kitty, wenn ich dir je wieder eine schmieren muß, sag: Freddy, die Uhr!

ZUHÄLTER Sie hält ihr Geld nicht zusammen, Euer Gnaden. Und quatsch nicht so viel.

BALANCE *auf den Taschendieb:* Ein klarer Fall von Taschendiebstahl. Der Mann ist tauglich für den Heeresdienst.

KITE Unbedingt.

PLUME Abführen.

*Der Taschendieb wird abgeführt; auch Freddy will gehen.*

KITE Augenblick, Freddy. Name: Freddy Big. Kitty, ist diese lumpige Uhr da alles, was du deinem Beschützer gegeben hast?

KITTY Mr. Kite, da kennen Sie ihn schlecht. Was ich einnehme, das treibt er ein. Auah!

*Er hat sie geohrfeigt.*

KITE Hohes Gericht, ich glaube, das genügt. Freddy, ich kann dich nicht mehr retten, das ist eben Zuhälterei.

ZUHÄLTER Bartholomy, das ist nicht fair!

KITE Im Namen des Königs erkläre ich diesen Mann als ein brutales, arbeitsscheues und habgieriges Element und tauglich für den Heeresdienst.

BALANCE Abführen.

*Zuhälter wird ohnmächtig.*

KITTY *hilft ihrem Zuhälter jammernd hinaus:* Freddy, das habe ich nicht gewollt.

*Kite gibt ihr das Handgeld.*

BREITSCHULTRIGER Das gibt saubere Grenadiere.

MRS. MINER Gut genug für da drüben.

MRS. WORKLESS Die jetzt hinübergehen, das ist nur noch Gesindel.

*Herein in Zivil Brazen.*

BALANCE Da ist ja Brazen!

BRAZEN Mr. Lakonisch, Sie müssen mich entschuldigen, ich ziehe mich ins Privatleben zurück. Ich heirate.

BALANCE Was? Allem zum Trotz? Bemerkenswert! Gestatten Sie, daß ich meine Nichte vorbereite. – Bridewell, die nächsten. *Geht ins Bibliothekzimmer zu Melinda.* Meine Liebe, ich bin untröstlich, ich habe mich geirrt.

JENNY *im Gerichtssaal:* Sie verhaften jetzt kreuz und quer, wen sie können.

BRAZEN *ist Balance in die Bibliothek gefolgt:* Melinda! Meine Nymphe! Den Rock des Königs habe ich abgelegt, um die Livree der Liebe anzuziehen. Der Pfarrer wartet, wir müssen die Minute weg, mein Herz. *Melinda fällt in Ohnmacht.* Vor Glück, mein Lieber!

*Gerichtssaal; Bridewell führt den Bergmann Bob Miner herein. Dialog leise, während Brazen in Bibliothek spricht.*

MRS. MINER Bob!

MRS. WORKLESS Wo haben sie dich geschnappt?

MRS. MINER Im »Blauen Bären«. Er hat friedlich sein Ale getrunken. – Sei vernünftig und schimpf nicht.

MRS. COBB Sie können ihm nichts machen.

BREITSCHULTRIGER Er hat doch Arbeit.

JENNY In Welshpool haben sie sogar einen fünfzigjährigen Seilermeister hineingepreßt.

MRS. WORKLESS Wie weit ist Neuengland?

LUCY *in die Bibliothek:* Mr. Brazen, ich suchte Sie vergebens im Hotel und vergebens beim Hutmacher.

BRAZEN Ha, ha, ha und ich war beim Blumenhändler.

BALANCE Ach, du hast ihn verpaßt, er weiß nichts. Ich verstehe die Welt wieder. Sag ihm alles.

LUCY Mr. Brazen, Miss Moorhill ist untröstlich. Wir sehen uns gezwungen, um zwei Pfund für den Haushalt zu bitten. Miss Moorhill hat ihr ganzes Vermögen in eine Ladung Tee investiert. Sie ist von den Rebellen in den Hafen von Boston geschüttet worden.

BRAZEN Der ganze Tee?

BALANCE Der ganze Tee.

BRAZEN Verflucht! Die Schurken! Das entbindet sie natürlich jeder Verpflichtung mir gegenüber. Ihr Diener, Madam. *Ab.*

BALANCE Simpkins! *Simpkins herein.* Nimm Miss Moorhill ins Rauchzimmer.

*Simpkins und Lucy ab mit der ohnmächtigen Melinda. Balance zurück ins Gericht.*

BREITSCHULTRIGER *zu Mrs. Miner:* Ihr Mann verdient sichtlich seinen Lebensunterhalt, dann kann er nicht ins Heer gepreßt werden. So ist das Gesetz!

PLUME Name?

BERGMANN Bob Miner, Sir.

BALANCE Was haben Sie gegen diesen Mann, Bridewell?

BRIDEWELL Nichts, Euer Gnaden. Außer daß er ein sehr ordentlicher Mensch ist.

BALANCE Warum bringen Sie ihn dann her?

PLUME Mr. Balance, lassen Sie mich doch wenigstens e i n e n ordentlichen Menschen in meiner Kompagnie haben.

BALANCE Beruf?

BERGMANN Bergmann. Ich arbeite im Kohlenschacht.

MRS. MINER Mein Mann verdient sichtlich seinen Lebensunterhalt.

KITE Mit Verlaub, dieser Mann verdient seinen Lebensunterhalt nicht sichtlich, nicht auf sichtbare Weise: Er arbeitet unter Tag.

MRS. MINER Aber deswegen arbeitet er doch.

BALANCE Du kannst nicht Bergmann bleiben, du wirst Grenadier. Da kannst du dafür sorgen helfen, daß die Bergleute Bergleute bleiben.

BERGMANN Ich bin verheiratet.

KITE Zum Teufel, ich auch.

BERGMANN Hier ist meine Frau.

BALANCE Seid ihr verheiratet, gute Frau?

MRS. MINER Ja, wir leben in Gewissensehe.

KITE Mit Euer Gnaden Erlaubnis, sie kriegt auch bald ein Gewissenskind.

BALANCE Wer hat euch verheiratet, Frau?

MRS. MINER Mein Mann. Wir haben uns geeinigt, er ist mein Mann, damit man mich nicht eine Hure schimpft, und ich bin seine Frau, damit er nicht in den Krieg muß.

BALANCE Und was hält dich ab, in den Krieg zu ziehen? Hast du nicht gehört, daß Boston gefallen ist?

BERGMANN Nein, Euer Gnaden, hoffentlich hat er sich nicht den Hals gebrochen.

BALANCE Du weißt also nicht einmal, was Boston ist? So wenig kümmerst du dich um Englands Geschick? Hinein in die Kompagnie.

PLUME Abführen.

BERGMANN Das sind Gauner!

MRS. MINER Das könnt ihr nicht! Bob! Und ich mit einem Kind im Bauch!

MRS. WORKLESS Was geht ihn Boston an?

MRS. COBB Er arbeitet nicht sichtbar!

BREITSCHULTRIGER Ich verdrück mich besser. Die nehmen mich auch noch.

*Herein Viktoria als Fähnrich.*

VIKTORIA Wilful ist mein Name, Sir. Ich muß darauf dringen, daß es Captain Plume, dem Herrn neben Ihnen, auf keinen Fall gestattet wird, England zu verlassen. Es handelt sich um ein so ungeheuerliches Vergehen, daß ich es nur unter Ausschluß der Öffentlichkeit nennen kann, Sir.

BALANCE *leise:* Bist du verrückt, Viktoria?

VIKTORIA Was, Sie erkennen mich?

BALANCE Was ist das für eine lächerliche Vermummung? Geh sofort in die Bibliothek. *Viktoria geht.* Die Nächsten.

JENNY Was ist mit dem Fähnrich?

*Bridewell bringt John Workless.*

MRS. COBB Jetzt bringen sie einen.

MRS. WORKLESS John!

BRIDEWELL Ruhe!

JENNY Ihr seid schlimmer als Wölfe.

BRIDEWELL Grenadiere braucht man.

BREITSCHULTRIGER Nicht solche.

JENNY Es ist alles ganz ungesetzlich.

BREITSCHULTRIGER Gesetzlich ist es, aber ...

MRS. WORKLESS Die machen sich die Gesetze, wie sie sie gerade brauchen.

BREITSCHULTRIGER Das ist es.

BRIDEWELL Ruhe!

BALANCE *zu Viktoria in der Bibliothek:* Du bist ihm also nachgelaufen.

VIKTORIA Es kommt alles darauf an, daß du nicht zuläßt, daß er England verläßt.

BALANCE Sonst keinen Wunsch?

VIKTORIA Du mußt uns sofort verheiraten.

BALANCE Bist du verrückt?

VIKTORIA Wollen Sie Ihre Tochter als Soldatenliebchen sehen, einem Offizier nachschleichend, sich ihm an den Hals werfend in einem Straßengraben? Sie hat alles getan, dies zu verhindern, sich vor ihren Gefühlen zu retten. Es war alles vergebens, es ist ihr nicht mehr möglich, nicht mehr lang, überhaupt nicht.

BALANCE Großer Gott. Dieser verdammte Plume! *Ruft in das Gericht:* Plume! – Bridewell, schicken Sie nach Captain Brazen! *Zu Viktoria in der Bibliothek:* So werde ich also hinters Licht geführt. Unter der Uniform des Königs wird eine verbrecherische Liebschaft versteckt.

BREITSCHULTRIGER *auf Plume, der in die Bibliothek geht:* Der Captain hat scheint's auch Dreck am Stecken.

*Dialoge leise, gleichzeitig mit denen in der Bibliothek.*

MRS. COBB Ich glaube auch, Sie sollten lieber gehen. Die nehmen alles.

MRS. WORKLESS Er ist arbeitslos.

JENNY Das ist ganz schlimm.

MRS. WORKLESS Natürlich ist es schlimm. Ich weiß nicht, wie auskommen.

JENNY Ich meine, weil sie Arbeitslose einfach einstecken können.

MRS. WORKLESS Er hat wenigstens ab und zu noch was mit Straßenkehren verdient. *Da Kite in ihre Nähe tritt, verstummen sie.*

BALANCE *in der Bibliothek:* Captain Plume, ich weiß alles. Erklären Sie sich.

PLUME Nun, Mister Wilful...

BALANCE Mister Wilful. Sie fahren also fort, in meiner Gegenwart von Mister Wilful zu sprechen.

PLUME Jawohl, Sir. Mister Wilful...

BALANCE Mister Wilful?

PLUME Ja, Mister Wilful. Und... *Zu Viktoria:* ich wundere mich, Sie immer noch in dieser Uniform zu sehen, Mr. Wilful, nachdem ich ausdrücklich auf das Vergnügen verzichtet habe, sie in meiner Kompagnie zu besitzen.

VIKTORIA William, wir dürfen Vater nicht länger täuschen. Verzeih deiner Viktoria, wenn sie jetzt die Wahrheit sagt. Vater, wir sind verheiratet.

BALANCE Ah!

VIKTORIA Wir sind verheiratet nach Soldatenart. Wir Soldaten brauchen keinen Pfarrer, keinen Myrtenkranz, keinen Stempel. Unsere Ehre ist unser Degen, wir legen ihn auf den Boden, der junge Held springt zuerst darüber, und die Amazone hinterher. Springt der Bock, springt die Hur! Ein Trommelwirbel und ins Bett! Die Zeremonie ist kurz und würdig. Und so trägt deine Tochter Zwillinge unter dem Herzen.

BALANCE Das ist zuviel!

PLUME Bei meiner Ehre, Sir...

VIKTORIA Ja, ja, verteidigen Sie nur Ihre Ehre, William, leugnen Sie nur alles ab, entehren Sie mich zum zweitenmal, geben Sie mir mit einem »Da war nichts« den Todesstoß!

PLUME Sie setzen mich in Erstaunen, Viktoria!

BALANCE Ist das alles, was Sie zu sagen haben?

PLUME Wie können Sie das glauben?

BALANCE Ich glaube es. Ich kenne meine Tochter.

PLUME Sir, da war nichts.

VIKTORIA Nichts! Das nennen Sie nichts? Mich dazu bringen, eine Uniform anzuziehen, für die Sir mir 40 Pfund berechnen! Mich nach Amerika locken, damit ich in Ihrer Nähe bleiben kann! Nichts!

BALANCE Nichts in der Tat! Es muß sofort geheiratet werden, sofort!

VIKTORIA Heiraten? Einen Soldaten? Niemals. Sir, diese Captains sind dafür berüchtigt, alles zu Geld zu machen, an was sie ihre Hand legen können. Sie haben eine angeborene Aversion gegen Grünes. Sir, ich habe Wälder!

BALANCE Sehr richtig. Sie quittieren sofort den Dienst, Plume.

PLUME Das ist lächerlich.

BALANCE Was ist lächerlich?

PLUME Sir, mein Beruf!

BALANCE Ihr Beruf! Und mein Ruf?

PLUME Und meine Pflicht gegenüber England?

BALANCE Und Ihre Pflicht gegenüber meiner Tochter?

*Da die Unterhaltung in der Bibliothek laut geworden ist, werden die Leute im Gerichtssaal aufmerksam.*

BREITSCHULTRIGER Was ist da drinnen los?

KITE Pscht!

BALANCE Sie haben gesetzwidrig eine Frauensperson in die Armee gepreßt mit dem Vorsatz, sie nach Amerika zu verschleppen. Ich gebe Ihnen fünf Minuten Bedenkzeit. Entweder meine väterliche Fürsorge, meine Tochter und 1200 Pfund im Jahr – oder sagen wir 1000 Pfund, oder mein richterlicher Zorn bei Wasser und Brot in einem Kerkerloch, Sir. *Zu Viktoria:* Zieh den bunten Fetzen aus!

*Viktoria ab. Balance in den Gerichtssaal, er ruft zum Fenster hinaus.*

BALANCE George!

BREITSCHULTRIGER *zu Mrs. Workless:* Ihr Mann darf auf keinen Fall sagen, daß er arbeitslos ist, sonst schnappen sie ihn.

MRS. WORKLESS Da kennen Sie ihn schlecht, Mister. Er sagt es sofort.

BALANCE *am Fenster:* George, Whisky! *Zu Bridewell:* Wo bleibt denn Captain Brazen? Weiter! *Er setzt sich.* Name?

WORKLESS John Workless.

BALANCE Nein … Nun Konstabler, was haben Sie gegen diesen Mann vorzubringen?

BRIDEWELL Mit Eurer Erlaubnis, ich habe nichts gegen diesen Mann vorzubringen.

MRS. WORKLESS So ist es.

BALANCE Wieso nicht? Warum hast du ihn dann hierher gebracht?

BRIDEWELL Bitte schön, Euer Gnaden, ich weiß es nicht.

BREITSCHULTRIGER Habt ihr denn im Haftbefehl keine Anweisungen darüber gehabt, was für eine Sorte Menschen ihr festnehmen sollt?

BRIDEWELL Ich kann nicht lesen.

JENNY Ein schöner Hüter des Gesetzes, das muß ich sagen.

KITE Hohes Gericht! Das Land kann diesen Mann entbehren, die Armee braucht ihn. Außerdem hat ihn die Natur zum Grenadier geschaffen.

BREITSCHULTRIGER Was für ein Grenadier! Schaut euch die Hühnerbrust an.

WORKLESS Soll ich dir eine schmieren?

BRIDEWELL Ruhe!

KITE Er soll es im Boxen und Ringen mit jedem Mann in der Grafschaft aufnehmen. Der beste Messerstecher in der Gegend. Jeden Sonnabend betrinkt er sich und prügelt seine Frau.

MRS. WORKLESS Du lügst, Kerl, du lügst. Er ist der gutartigste, fürsorglichste Mann im ganzen Kirchspiel, meine fünf Kinder können das bezeugen.

MRS. COBB Eine mit fünf Kindern!

JENNY Wie können die einen Vater von fünf Kindern in die Armee pressen wollen?

MRS. WORKLESS Das gibt's doch gar nicht!

BALANCE Sag mir, Freund, womit ernährst du deine Frau und deine fünf Kinder?

WORKLESS Gar nicht.

MRS. WORKLESS So ist es.

KITE Wilddieberei, Sir. Der Familienvater hier schießt sämtliche Hasen und Rebhühner in fünf Meilen Umkreis ab. Er hat eine Flinte.

BALANCE Eine Flinte. Er soll damit auf die Rebellen zielen, da er so gern auf Hasen schießt.

JENNY Das ist allerhand! Richter Balance!

MRS. COBB Die Frau mit fünf Kindern, Richter Balance!

MRS. WORKLESS Ja, ja, deshalb wollen sie meinen Mann ja wegschicken. Die wissen, daß ich jedes Jahr ein Kind in die Welt setze, und sie haben Angst, sie fallen dann der Gemeinde zur Last.

KITE Mr. Balance, diese rechtschaffene Frau hat den Nagel auf den Kopf getroffen. Fährt die Gemeinde nicht besser dabei, wenn sie dieses Jahr fünf Kinder in ihre Obhut nimmt als nächstes Jahr sechs oder sieben? Bei seiner kräftigen anregenden Ernährung ist dieser Kerl noch imstande und macht euch zwei oder drei Wilddiebe auf einen Wurf.

MRS. WORKLESS Sie, Sergeant, die Gemeinde gewinnt gar nichts, wenn Ihr meinen John wegschickt. Solange auch nur ein Mann noch in der Gemeinde übrigbleibt, werde ich euch Kinder in die Welt setzen.

BALANCE In die Besserungsanstalt mit dem Weib. *Die Frau wird von Bridewell abgeführt.* Und den Mann...

KITE Den überlassen Sie mir, Mr. Balance.

MRS. COBB Und die Kinder?

BALANCE Saal räumen! – Bridewell, den Nächsten.

MRS. COBB Aber irgendwo muß man sich doch beschweren können.

BREITSCHULTRIGER Ja, beim Friedensrichter.

JENNY Aber der preßt sie doch hinein.

BREITSCHULTRIGER Eben.

BALANCE *in die Bibliothek, zu Plume:* Ihre Antwort, Sir!

PLUME Das ist alles völlig gesetzwidrig. Sie können mir gar nichts machen.

BALANCE Ich frage Sie nach Ihrer Antwort.

PLUME Jetzt, wo ich meine Kompagnie zusammen habe!

BALANCE Ihre Antwort, Sir!

PLUME Sir, ich habe Ihre Tochter noch nicht in einer Aufmachung gesehen, in der sie für eine Heirat überhaupt in Frage käme.

BALANCE Meine Tochter – oder der Schuldturm. *Wieder ins Gericht; sieht George, der Whisky bringt, merkwürdig an:* Sage mal, George, wieso bist du nicht bei der Armee?

GEORGE Ich kann nicht, Euer Gnaden, ich bin noch nicht 18.

BALANCE Hast weder Vater noch Mutter gekannt, du bist in der Waisenanstalt groß geworden, und du willst dein Alter wissen? Dein Alter bestimme ich, Lümmel, so lauten die Gesetze. Achtzehneinhalb, abführen! Waisen sind mir anvertraut. Bridewell! Wo sind die übrigen?

BRIDEWELL Keiner mehr da.

BALANCE Keiner mehr da? Vorhin waren noch zwölf da.

BRIDEWELL Jetzt ist keiner mehr da.

BALANCE Gerichtsdiener! Ich höre, es ist keiner mehr da?

GERICHTSDIENER Euer Gnaden, mit Verlaub: Bridewell hat den Rest gegen elf Shilling pro Mann laufen lassen. Für gewöhnlich nehmen wir nur zehn.

BALANCE *zu Bridewell:* Du bist entlassen, unwürdiger Mensch. Nein, du bist nicht entlassen, du wirst Mr. Kite überhändigt. Abführen!

BRIDEWELL *greift in die Tasche:* Einen Augenblick, Mr. Balance. Dann beabsichtige ich, mich loszukaufen. Ich würde es mich zwei Pfund kosten lassen.

BALANCE Zwei Pfund? Alles!

BRIDEWELL Alles?

BALANCE Alles auf den Tisch! – Alles! Auch was du von dem Fähnrich bekommen hast. Abführen! *Bridewell und George werden vom Gerichtsdiener abgeführt.* Mr. Kite, Shrewsbury stiftet eine Fahne für Ihre neue Kompagnie. *Kite streicht Bridewells Geld ein.* Vergleichen wir jetzt Ihre Rekrutenliste mit meinem Protokoll. *Das geschieht.*

*Viktoria kommt in Frauenkleidern in die Bibliothek. Plume schaut sie stumm an, Zigarre rauchend.*

VIKTORIA Sind Sie mir jetzt böse? *Plume raucht weiter.* Ist das alles, was Sie mir zu sagen haben? – Da Sie mich so hassen ... Ich werde meine Aussage zurückziehen. Ich will Sie nicht zwingen ...

PLUME *grinst:* Ich verstehe.

VIKTORIA William!

BALANCE *im Gerichtssaal:* Stimmt. – Kriegsartikel verlesen!

KITE Das muß der Captain Plume machen.

BALANCE Den sehen Sie nicht mehr.

*Kite ab. Balance läuft in die Bibliothek.*

VIKTORIA William, was gefällt Ihnen nicht an mir? Ist es die Frisur? Ist es mein Kleid? Das alles kann man ändern.

BALANCE So ist es.

PLUME Ich habe einen Entschluß gefaßt.

VIKTORIA *und* BALANCE Ja?

*Herein Brazen, immer noch in Zivil.*

BRAZEN Lakonisch.

BALANCE Immer noch in Zivil?

BRAZEN Ich bin untröstlich. Dieser Schneider hat meinen Uniformrock in einen Kindermantel verarbeitet.

PLUME *zieht den Rock aus:* Nimm meinen, alter Junge.

VIKTORIA William!

BRAZEN Du quittierst? Ei des Columbus! Ist das sie? Herzlichen Glückwunsch. Halt, das Gesicht habe ich schon gesehen.

*Sie werfen sich die Röcke zu. Viktoria hilft Plume. Balance hilft Brazen beim Anziehen.*

PLUME Mr. Balance, ich entscheide mich für die 1200 Pfund, auah!

BALANCE Captain Brazen, verlesen Sie die Kriegsartikel.

BRAZEN Auf der Stelle. Wem?

PLUME Brazen, Mensch, hast du keine Rekruten?

BRAZEN Keinen Schwanz.

PLUME Pscht! Nimm meine Kompagnie.

BRAZEN Plume, Bruder, dein Ernst? Wo ist sie?

PLUME In der linken Rocktasche.

BRAZEN *zieht ein Dokument heraus:* Der Deine für immer! *Stürzt ins Gericht, herrscht Kite an, der inzwischen die Rekruten im Gerichtssaal aufgestellt hat.* Ich verlese die Kriegsartikel, gib her.

BALANCE *in der Bibliothek:* Und hiermit, Sir, überlasse ich es Ihrer ehelichen Gewalt, die Sühne an ihr zu vollstrecken.

VIKTORIA William!

*Brazen im Gerichtssaal beginnt mit dem Verlesen der Kriegsartikel.*

PLUME Sir, wenn eine Stadt belagert wird von einem Regiment, mag sie sich verteidigen.

BRAZEN ... wird erschossen!

PLUME Einem ganzen Heer übergibt sie die Schlüssel.

BRAZEN ... wird erschossen!

PLUME Vor Wunden auf dem Schlachtfeld sicher, sehe ich gefaßt der Gicht entgegen.

BRAZEN ... wird erschossen!

PLUME Ihrer Liebe, Viktoria, opfere ich meinen Ehrgeiz.

BRAZEN ... wird erschossen!

PLUME Ruhmreicher, von Ihren Reizen besiegt zu werden, als ganz Amerika zu unterwerfen.

VIKTORIA William!

BRAZEN *Gericht:* Kurz, all das wird erschossen.

BALANCE Simpkins, Champagner!

*Von draußen Trommeln und Marschtritte. Alle nach hinten.*

BALANCE Verdammt! Das sind schon die von Welshpool.

KITE Eine vollzählige Kompagnie!

*Lied von hinten:*

Komm, mein Junge, kleid dich ein
In Virginia hörst du kein
Kindergeschrei und Weibergefleh
Dort über den Hügeln und über der See.

BALANCE Shrewsbury hinkt nach!

*Herein strahlend Bankier Smuggler und Lady Prude.*

PRUDE Ein historischer Tag für Shrewsbury!

SMUGGLER England marschiert. Ich nehme meinen Hut ab. Ladies und Gentlemen.

*Brazen scheint den Bankier zu kennen, er flüchtet.*

BRAZEN Das Ganze kehrt und so weiter, marsch!

*Ab, von Smuggler verfolgt.*

PRUDE Mister Kite, ich habe beschlossen, meine Plantagen in Neuengland zu inspizieren. Es ist nicht unmöglich, daß wir uns drüben sehen. Jedenfalls wird es Sie vielleicht stärken, zu wissen, daß Sie auch für mich kämpfen.

KITE Jawoll, Mylady.

SMUGGLER *zurück mit Brazen:* Balance, dieser Captain Brazen!

BALANCE Was ist mit ihm?

SMUGGLER Ein Schwindler. Balance. Mein entlaufener Kassier! Jack! Mit 22 Pfund auf und davon!

PRUDE Skandal! Ich habe es geahnt!

PLUME *lacht:* Ein Kassier! Prost!

VIKTORIA Das macht nichts. Er hat Sergeant Kite.

SMUGGLER Er hat in seinem Leben nie eine Kompagnie geführt!

BALANCE Dann wird er jetzt eine führen! Sir, hier entscheiden einzig und allein die Interessen Englands.

BRAZEN Ihr Diener, Lakonisch, Mr. Smuggler, der Ihrige nicht.

*Ab mit Kite und den Rekruten. Simpkins serviert Champagner.*

*Lied*
Mut, mein Junge, 's ist eins zu zehn
Willst du Gottes Welt mal sehn
Streite auch du in des Königs Armee
Dort über den Hügeln und über der See.

*Herein Lucy.*

LUCY Mr. Balance! Sie nehmen meinen George fort.

BALANCE England braucht ihn.

LUCY Und ich?

BALANCE Was, du?

LUCY Ich brauche ihn ebenfalls, Sir.

BALANCE Der Junge wird Grenadier.

LUCY George hat andere Absichten, Sir. Und wenn Sie ihn nicht freilassen...

BALANCE Was dann?

LUCY Dann wird die Welt erfahren, wie man hierzulande Fähnrich wird.

BALANCE Lucy!

LUCY Mr. Balance! Und wenn Sie ihn nicht freilassen, sage ich vor allen Leuten, daß der Fähnrich gar kein Fähnrich war, sondern Miss Viktoria ...

BALANCE Gerichtsdiener, den Schankburschen vom »Raben« zurückholen.

*Gerichtsdiener bringt George zurück, hinterher Kite.*

KITE Was ist mit dem Mann?

BALANCE Zum letztenmal: Wie alt bist du, George?

GEORGE Ich meine 17, Euer Gnaden.

BALANCE Sergeant, wollen Sie Kinder nach Amerika verschleppen? Der Junge ist 17. Was soll der Unfug? Sofort freilassen!

LUCY Die Uniform wird zurückgehen.

*George übergibt seine Uniform Kite und geht zu Lucy.*

KITE Aber, Mister Balance!

BALANCE Jetzt hätten wir beinah d e n Mann vergessen. *Zum Gerichtsdiener:* Was hat dir Bridewell, der Schuft, abgegeben? Halt's Maul! Hinein in die Kompagnie!

KITE Danke, Mr. Balance.

*Er gibt dem Gerichtsdiener die Uniform, beide ab.*

BALANCE *hebt sein Glas:* Auf das gute alte England!

SMUGGLER Lang lebe die englische Freiheit, daheim und Übersee!

PRUDE Auf unsere Kolonien! Daß sie uns blühen und gedeihen!

*Ein Champagnerpfropfen knallt. Die Gläser werden neu gefüllt.*

*Lied:*

König George, gebeugt und alt
Hat auf der Stirn eine Kummerfalt
Daß ihm seine Hab in die Binsen geh
Dort über den Hügeln und über der See.

BRAZEN *auf der Straße:* Mr. Lakonisch, Ihr Diener und so weiter. – Tag, Mr. Smuggler. *Zu Plume:* Glückwunsch zu dem fetten Braten, Plume!

PLUME Kite!

KITE *auf der Straße, kalt:* Einen angenehmen Abend, Mister Plume.

BALANCE Auf unser junges Paar!

*Lied:*

Mädchen, kehr ich nicht zurück
Ist es aus mit unserm Glück
Doch König George waltet hehrer denn je
Dort über den Hügeln und über der See.

BALANCE Meine Herrschaften, Sie entschuldigen mich, meine Tochter und Mr. Plume. Mein Bruder Harry erwartet uns zur Fasanenjagd. Simpkins! Kutsche vorfahren. Vierspännig.

VORHANG

*Sollte sich das Publikum durch Applaus erkenntlich zeigen, bedankt sich das Theater dadurch, daß nach einigen Vorhängen Worthy erscheint.*

WORTHY Wo ist Melinda?

MELINDA *kommt:* Hier!

WORTHY Melinda!

MELINDA Albert!

# Kommentar

# CORIOLANUS

## *Textgrundlage*

*Coriolanus*, Typoskript aus dem Nachlaß.

## *Übersicht*

April/Mai 1951: Beginn der Übertragung und Bearbeitung von William Shakespeares *The Tragedy of Coriolanus.*
Sommer/Herbst 1952: Fortführung der Ende 1951 vorübergehend unterbrochenen Arbeit.
Ende 1952: Weitgehender Abschluß der Übertragung von *The Tragedy of Coriolanus.*
1953: Die Arbeiten an *Coriolanus* werden eingestellt.
1955: Letztmalige Erwähnung in »Studium des ersten Auftritts in Shakespeares ›Coriolan‹« (dem ersten Teil von *Die Dialektik auf dem Theater*).
1959: Postume Edition der Bearbeitung in *Stücke*, Band 11 (Suhrkamp Verlag, Frankfurt a. M.; 1962: Aufbau-Verlag, Berlin und Weimar).
22. September 1962: Uraufführung im Schauspielhaus Frankfurt a. M.

## *Entstehung*

Bereits zu Beginn der zwanziger Jahre weckt Shakespeares *The Tragedy of Coriolanus* (1608) Brechts Interesse. In einem Brief aus dem Jahr 1955 schreibt der Regisseur Jacob Geis: »Ich habe mit Vergnügen von den Plänen Deines Theaters für die neue Spielzeit Kenntnis genommen. Über den Coriolan, erinnere ich mich, haben wir schon im Jahre 1923 gesprochen.« (Brief an Brecht, 4. August 1955.) Am 27. Februar 1925 wird *Coriolan* unter der Regie von Erich Engel im Deutschen Theater aufgeführt (Bühnenbild: Caspar Neher, Darsteller der Titelrolle: Fritz Kortner). Im Zusammenhang mit dieser Aufführung notiert Brecht 1927:

> Hier hat Engel für das epische Theater Punkte gesammelt. Er gab die Geschichte des Coriolan so, daß jede Szene für sich stand und nur ihr Ergebnis für das Ganze benützt wurde. Im Gegensatz zum dramatischen Theater, wo alles auf eine Katastrophe hinsaust, also fast das Ganze einleitenden Charakter hat, stand hier die Totalität, unbewegt, in jeder Szene. (*Der Piscatorsche Versuch*, vgl. Band 21 der vorliegenden Ausgabe.)

1929 kommt Brecht auf Engels *Coriolan*-Inszenierung zurück. In einem von ihm fingierten *Gespräch über Klassiker* (Band 21) heißt es:

Die Bemühungen [um Klassikeraufführungen] sind von mir aufgegeben worden. Wir haben noch einmal, als Erich Engel den »Coriolan« inszenierte, bei einem der großartigsten Werke Shakespeares, den Versuch gemacht.

Obwohl Brecht hier in der 1. Person Plural spricht, bleibt zweifelhaft, ob er an der Aufführung aus dem Jahr 1925 beteiligt gewesen ist. Dem *Gespräch über Klassiker* kann jedoch entnommen werden, daß er Engels Versuch, einen epischen Aufführungsstil zu entwickeln, als Fortführung seiner eigenen Theaterarbeit betrachtet. Für ihn steht die Shakespeare-Inszenierung des Deutschen Theaters in der Nachfolge der Marlowe-Bearbeitung (*Leben Eduards des Zweiten von England*) aus dem Jahr 1923.

Wenn Brecht konstatiert, daß die Bemühungen um Klassikeraufführungen von ihm aufgegeben worden seien, so ist das auf den Abbruch des Julius-Caesar-Projekts zu beziehen. Zusammen mit Fritz Sternberg und Erwin Piscator hat Brecht 1928 daran gearbeitet, Shakespeares *The Tragedy of Julius Caesar* nach soziologischen Gesichtspunkten umzugestalten. Schwerwiegende Eingriffe in den Dramentext werden erwogen und wieder verworfen. »Das Stück enthielt so vieles«, was in eine neue, »soziologische Konzeption nicht hineinpaßte« (Fritz Sternberg, *Der Dichter und die Ratio*, Göttingen 1963, S. 35).

Nachdem Brecht bereits 1927 *Macbeth* und 1930/31 *Hamlet* für den Rundfunk bearbeitet hat, beginnt er Ende 1931 Shakespeares *Measure for Measure* (*Maß für Maß*) für die Bühne neu einzurichten; ein Versuch, in dessen Verlauf das Stück *Die Rundköpfe und die Spitzköpfe* entsteht.

Auch während des Exils befaßt sich Brecht mit dem Theater William Shakespeares; vgl. u. a. seine *Shakespeare-Studien* (Band 22 und 23), einzelne Dialoge aus *Der Messingkauf* und die *Übungsstücke für Schauspieler* (Band 22) sowie das Filmskript *All our Yesterdays* (Band 20).

Nach seiner Übersiedlung in die DDR versucht Brecht, für sein Ensemble ein Repertoire an klassischen Bühnenwerken zu erarbeiten. Seine Mitarbeiterin Käthe Rülicke berichtet, er habe »jahrelang nach einem zur Aufführung im Berliner Ensemble geeigneten Stück Shakespeares gesucht« (Käthe Rülicke-Weiler, *Brechts Dramaturgie*, Berlin/DDR 1966, S. 147). 1951 werden *The Tragedy of Coriolanus* und *The Tragedy of Troilus and Cressida* in die engere Wahl gezogen. Nach Auskunft von Rülicke erhält sie bereits im Dezember 1950 den Auftrag, einen ersten Fabelentwurf zu *Troilus und Cressida* auszuarbeiten; im Nachlaß liegt ein Entwurf mit dem Datumsvermerk »4. April« 1951 vor. Ihren Angaben zufolge scheitert die Inszenierung von *Troilus und Cressida* daran, daß Brecht keine spielbare Fabel findet.

In der zweiten Aprilhälfte 1951 macht Caspar Neher den Vorschlag, »Coriolan durchzusehen«. »Brecht las durch und war sofort begeistert« (vgl. Rülicke, Gesprächsprotokoll vom 27. April, Archiv des Berliner Ensembles). In der Zeit zwischen 27. April und 9. Mai finden wiederholt Besprechungen zwischen Brecht und seinen Mitarbeitern Benno Besson, Claus Hubalek, Egon Monk, Peter Palitzsch, Martin Pohl, Käthe Rülicke, Wera Skupin und Manfred Wekwerth statt. Brecht weist die Mitarbeiter an, Neuübersetzungen vorzunehmen und Vorschläge zu machen, welche Szenen bzw. Textteile aus anderen Werken Shakespeares gegebenenfalls in die *Coriolanus*-Bearbeitung integriert werden könnten. In einem von Rülicke aufgenommenen Diktat vom 3. Mai (unter den Gesprächsprotokollen, Archiv des Berliner Ensembles) sowie in den *Journal*-Eintragungen vom 5. bzw. 20. Mai 1951 werden von Brecht erstmalig die generellen Bearbeitungsintentionen umrissen.

Als das Berliner Ensemble in der zweiten Maihälfte mit *Die Mutter* auf DDR-Tournee geht, wird die Arbeit am *Coriolanus*-Projekt vorübergehend unterbrochen und nach Beendigung der Tournee nicht wieder in vollem Umfang aufgenommen. In einem von Rülicke abgefaßten »Log-Buch« heißt es dazu: »Brecht arbeitet für sich weiter. Übersetzungen durch die Assistenten werden weiterhin erwünscht.« (Nachlaß; der Titel »Log-Buch« und der Datumsvermerk 30. Mai sind später gestrichen worden.)

Am 11. Juni 1951 kommt es zwischen Brecht und dem Literaturkritiker Wolfgang Harich zu einer grundlegenden Aussprache über *Coriolanus*. Am 27. November findet im Berliner Ensemble eine letzte Besprechung mit den Mitarbeitern statt. Für die Zeit von Dezember 1951 bis Juni 1952 liegen keine Hinweise zur Shakespeare-Bearbeitung vor. Erst im Juli 1952 äußert sich Brecht erneut zu *Coriolanus* (vgl. Tagebuchaufzeichnungen von Rülicke, Nachlaß). Aus Brechts Briefwechsel mit Jacob Geis, Hans Gaugler und Franz Josef Reintaler sowie *Journal*-Eintragungen vom 30. August und 27. Dezember geht hervor, daß die Arbeiten im Sommer und Herbst des Jahres 1952 weitergeführt worden sind. (Vgl. im Nachlaß: Geis an Brecht, 4. August 1952; Briefe an Gaugler, August und September; Reintaler an Brecht, 23. November; Brief an Reintaler, 1. Dezember 1952.) Im Dezember notiert Brecht: »Übertrage die Ermordung des *Coriolan*. Fühle mich versucht, auch noch eine Übertragung der Szenen anzufertigen, die ich geändert habe.« (*Journale*, 27. Dezember 1952.) Die Eintragung deutet darauf hin, daß die Übersetzungsarbeit Ende 1952 weitgehend abgeschlossen ist.

Mitte 1953 schlägt Brecht vor, *Coriolanus* in den Spielplan 1953/54 aufzunehmen (vgl. Brief an Helene Weigel). Auch 1954 und 1955 wird immer wieder erwogen, das Shakespeare-Drama aufzuführen (vgl. Elisabeth Hauptmann an Walter Nubel, 1. Juni 1954, und Helene Weigel an das Ministerium für Kultur, 21. April 1955). Im Sommer 1955 kommt Brecht dann ein letztes Mal auf *Coriolanus* zurück: auf der

Grundlage der von Rülicke erstellten Gesprächsprotokolle über die Besprechungen von 1951 verfaßt er eine fingierte Diskussion über das »Studium des ersten Auftritts in Shakespeares ›Coriolan‹« (erster Teil von *Die Dialektik auf dem Theater*, Band 23; vgl. *Journale*, 18. Juli 1955). Wann genau die Arbeiten am Shakespeare-Projekt eingestellt worden sind, konnte nicht ermittelt werden. Unvollendet bleibt die von Brecht beabsichtigte Neufassung der Schlachtszenen (bei Shakespeare: 1. Akt, Szenen 4-10). Die betreffenden Szenen zeigen die Kämpfe zwischen Römern und Volskern und die Eroberung Coriolis. Sie sollten während der Proben bearbeitet werden (vgl. S. 353 f.).

Für die Titelrolle hofft Brecht bereits 1951, Ernst Busch gewinnen zu können. Manfred Wekwerth berichtet: »Es reizte Brecht seit langem, den großen proletarischen Schauspieler Ernst Busch in der Rolle des Aristokraten zu sehen.« (Manfred Wekwerth, *Schriften. Arbeit mit Brecht*, Berlin/DDR 1973, S. 201.) Busch ist jedoch nicht bereit, die Rolle zu übernehmen. Im »Studium des ersten Auftritts in Shakespeares ›Coriolan‹« heißt es dazu:

P[alitzsch]: Sie wissen Buschs Bedenken. Er sagt, er ist kein Bulle, noch eine aristokratische Erscheinung.

B[recht]: Über aristokratische Erscheinungen irrt er sich, denke ich. Und er benötigt keine Körperkraft, um Feinde in Schrecken zu setzen.

Zwischen Brecht und Busch kommt es zu heftigen Auseinandersetzungen: nach Auskunft von Käthe Rülicke weigert sich Busch »fast zum Zerwürfnis mit Brecht« Coriolan darzustellen, »da er – gleichaltrig mit Weigel – nicht deren Sohn spielen könne«. (Helene Weigel ist als Darstellerin der Volumnia vorgesehen.) Die Tatsache, daß Brecht keine Möglichkeit sieht, die Titelrolle durch einen anderen Schauspieler des Berliner Ensembles zu besetzen, trägt dazu bei, daß die Aufführungspläne aufgegeben werden.

Neben den bereits erwähnten Personen, die an den Besprechungen des Berliner Ensembles teilgenommen haben, sind auch Ruth Berlau und Elisabeth Hauptmann an der Bearbeitung beteiligt. Dennoch erklärt Hauptmann – die 1959 den Druck für die *Stücke*-Edition vorbereitet –, daß es bei *Coriolanus* »im Grunde keinen Mitarbeiter gab« (Hauptmann an Suhrkamp Verlag, Siegfried Unseld, 8. April 1959). Eine Aussage, die vor allem auf die von Brecht weitgehend ohne Mitwirkung seiner Assistenten vorgenommene Neuübertragung des Shakespeare-Dramas zu beziehen ist: »Shakespeares ›Coriolanus‹ wurde von Brecht selbst übersetzt« (Hauptmann an Unseld, 17. Juni 1959; die gesamte Korrespondenz befindet sich im Elisabeth-Hauptmann-Archiv, Akademie der Künste zu Berlin).

Für den Druck in *Stücke*, Band 11, schlägt Unseld vor, die Bearbeitung *Coriolan* zu nennen, um sie vom Shakespeare-Drama »abzusetzen« (Unseld an Hauptmann, 12. Juni 1959). Die Herausgeberin stimmt diesem Vorschlag zu (Hauptmann an Unseld, 17. Juni 1959). Daraufhin wird der Titel in der Druckvorlage geändert. Bereits 1952, als ein Teilabdruck des Stücks in *Theaterarbeit* (*Aufführungen des Berliner Ensembles*, hg. v. Berliner Ensemble, Helene Weigel, Dresden 1952, S. 419-424) erscheint, ist die Bearbeitung als *Coriolan* bezeichnet worden. Das der vorliegenden Ausgabe zugrunde gelegte Typoskript trägt den Titel *Coriolanus*.

Shakespeares *The Tragedy of Coriolanus* – um 1608 entstanden – wird von Brecht vermutlich auf der Grundlage eines Nachdrucks der Folio-Ausgabe von 1623 bearbeitet (vgl. Hinweise von Manfred Wekwerth, *Schriften. Arbeit mit Brecht*, Berlin/DDR 1973, S. 202). Im Nachlaß liegt eine andere englischsprachige Edition vor, in der Anstreichungen von Elisabeth Hauptmann enthalten sind: *Coriolanus by Shakespeare*, hg. v. Oskar Thiergen, Bielefeld/Leipzig: Velhagen und Klasing 1934.

Von den in deutscher Sprache erschienenen Editionen des Shakespeare-Dramas hat Brecht hauptsächlich die folgende Ausgabe verwendet: Shakespeare, *Coriolanus*, dt. v. Dorothea Tieck, Leipzig: Reclam 1944.

Außerdem ist für die Bearbeitung das Inspizientenbuch von Erich Engels zweiter Inszenierung am Deutschen Theater aus dem Jahr 1936 eingesehen worden (zu Engels erster Inszenierung vgl. S. 341 f.).

Als historiographische Quellen dienen Brecht die Werke von Plutarch, Livius und Dionysius von Halikarnassos. Im einzelnen handelt es sich dabei um:

*Plutarch's sämtliche Biographien*, dt. v. Eduard Eyth, Stuttgart: Hoffmannsche Verlags-Buchhandlung o. J. – Darin enthalten: *Cajus Marcius Coriolanus*, 7. Bändchen, Stuttgart 1867, S. 1-48.

Titus Livius, *Römische Geschichte*, 8 Bände, übers. v. Oertel, Band 1, Stuttgart: Verlag von Rieger 1840.

Dionysius von Halikarnaß, *Urgeschichte der Römer*, übers. v. Gottfried Jakob Schaller, 12 Bände, Stuttgart: Metzler 1827-1849.

Die Ausgaben von Plutarch und Livius befinden sich in Brechts Nachlaßbibliothek. Von *Urgeschichte der Römer* sind teilweise Abschriften angefertigt worden.

Für die Frühgeschichte des Römischen Reichs gibt es keine gesicherte Überlieferung. Im Fall der Coriolan-Sage muß davon ausgegangen werden, daß die historischen Ereignisse von den Siegern, d. h. den über ihre Nachbarvölker triumphierenden Römern, teilweise neu geschrieben bzw. umgedeutet worden sind. Darüber hinaus werden die Ereignisse einem Geschichtsheroen zugeschrieben, der sehr wahrscheinlich nie existiert hat: Cajus Marcius Coriolan verdankt seine Existenz der Familienlegende einer im 4. Jahrhundert v. d. Z. aus der Plebs hervorgegangenen Patriziergens. Die Gens Marcia beruft sich auf Cajus Marcius als ihren Ahnherrn.

Der Legende nach erobert Marcius im Krieg gegen die Volsker 493 v. d. Z. die Stadt Corioli und erhält daraufhin den Beinamen Coriolan. In der Folgezeit gerät der Patrizier Cajus Marcius mit den Plebejern in Konflikt. Er wird aus Rom verbannt, läuft ins Lager der Gegner über und nimmt 489 und 488 v. d. Z. an der Spitze des Volskerheeres am Kampf gegen seine Heimatstadt teil. Trotz militärischer Überlegenheit bricht Coriolan auf Bitten seiner Mutter und seiner Frau den Feldzug ab und kehrt ins Exil zurück. Dort soll er von seinem Gastgeber Attius Tullus, dem König der Volsker, umgebracht worden sein.

Zu dieser von der römischen Geschichtsschreibung überlieferten Legende gibt es zahlreiche, z. T. stark abweichende Varianten. Weder die Angaben zum Interessenkonflikt zwischen Römern und Volskern (vermutlich handelt es sich um einen Konflikt zwischen Römern und Latinern), noch die dem historischen Geschehen zugeordneten Jahreszahlen können als gesichert gelten.

Bei der Überlegung, Shakespeares *The Tragedy of Coriolanus* für eine Inszenierung im Berliner Ensemble zu bearbeiten, haben mehrere Faktoren eine Rolle gespielt. Aus einer Eintragung im *Journal* wird ersichtlich, warum *Coriolanus* gegenüber anderen Werken des englischen Dramatikers der Vorzug gegeben worden ist. Dort heißt es: »Wohl der einzige halbwegs aktuale Shakespeare, den wir halbwegs besetzen können« (5. Mai 1951). In dem Gespräch mit Wolfgang Harich führt Brecht 1951 näher aus, in welcher Weise ihm – unter der Voraussetzung, daß die Tragödie zuvor grundlegend überarbeitet wird – der von Shakespeare gestaltete Konflikt zwischen dem Dramenhelden und dem römischen Volk unverändert aktuell erscheint:

> Die scheinbare Unersetzlichkeit des großen Individuums ist ein Riesenthema auf lange Zeit [...] Dieses Thema existiert in jeder uns denkbaren Gesellschaft. (Rülicke, Tagebuchaufzeichnungen, 6. Juni 1951; Nachlaß.)

Worauf es Brecht bei der Umgestaltung des Shakespeare-Dramas ankommt, geht aus Notaten hervor, die Rülicke aufgezeichnet hat. Sie sind im ersten Teil jenes Typoskripts enthalten, dessen Hauptteil (Dramenfassung) die Textgrundlage der vorliegenden Ausgabe bildet:

> CORIOLAN
> Bei Plutarch und Shakespeare ist die Tendenz von Anfang an etwa gleich:
> Das Volk erpreßt den Senat, als die benachbarten Volsker auf Rom marschieren. Da es keine Lust zur Verteidigung zeigt, erhält es als Zugeständnis Tribunen.
> Die Tendenz richtet sich gegen den Plebs – die Tribunen sind Intriganten.
> Im Ganzen ist *Coriolan* die Tragödie eines großen und unentbehr-

lichen Mannes. Auch wenn Coriolan zu weit geht, ist das nur die Überstiegenheit einer an sich großartigen Haltung, an der er ja dann auch tragisch zugrunde geht.
In unserer Bearbeitung verschiebt sich die Tragödie des Individuums zu der Tragödie des Glaubens an die Unentbehrlichkeit. Es stellt sich heraus, daß der Glaube an die Unentbehrlichkeit zwar das Individuum vernichtet, nicht aber ohne weiteres das Volk. Es kommt zwar eine große Anzahl von Personen in eine tragische Situation – sie müssen sich von dem Individuum, das sich gegen sie erhebt, befreien.
Bei uns: das Individuum erpreßt die Gesellschaft mit seiner Unentbehrlichkeit.
Die scheinbare Unersetzlichkeit des Individuums ist ein Riesenthema auf lange Zeit, von der Antike bis zu uns führend. Die Lösung muß positiv für die Gesellschaft sein, d. h. sie hat es nicht notwendig, sich von einem Individuum erpressen zu lassen. Das Problem ist prinzipiell lösbar, die Gesellschaft kann sich wehren: Im *Coriolan* ist der Ausweg für den Plebs, daß er sich selbst verteidigt.
Das ist eine Tragödie für die Gesellschaft (sie verliert 1. das Individuum, 2. muß sie große Mittel aufwenden, um sich zu verteidigen), aber auch für das Individuum, das die Gesellschaft in diese Lage gebracht hat.

Hier kehren Gedanken wieder, die Brecht am 11. Juni 1951 in der Unterredung mit Wolfgang Harich (vgl. zweiten Abschnitt des Zitats) und am 27. November auf einer Arbeitssitzung des Berliner Ensembles (vgl. ersten Abschnitt des Zitats) zum Ausdruck gebracht hat. Im Verlauf des Jahres 1952 (vermutlich im Juli) werden die Notate geringfügig verändert, um einen weiteren Abschnitt »Zur Bearbeitung« ergänzt und mit einer ausführlichen Synopse von Rülicke neu zusammengestellt. Unter der Überschrift »Zur Bearbeitung« heißt es:

Wir haben kein großes Repertoire an noch spielbaren klassischen Werken. Für viele der klassischen Stücke ist unser Publikum nicht geschult genug, um sie ohne Bearbeitung zu verstehen. Shakespeare, selbst Bourgeois, aber in feudalem Auftrag arbeitend, schreibt *Coriolan* auf eine Weise, die ein hohes Maß an historischer Schulung voraussetzt. Erst ein spätes Bildungsstadium verschafft jedoch Genuß an historischer Betrachtung. Genuß hatten z.B. Marx und Engels, wenn sie den reaktionären Balzac dabei ertappten, wie er in der Beschreibung der Realität seine eigenen Theorien aufgibt. Aber dieser Genuß eines ungeheuer geschulten Betrachters ist unserem Publikum vorläufig noch versagt. Nach 20 Jahren Schulung kann vielleicht ein Denkmalschutz der Klassiker eingeführt werden – heute sollte man Eingriffe gestatten.
Zu unserer Bearbeitung muß gesagt werden, daß auch die römische

Geschichte kritisch betrachtet werden muß. Plutarch schrieb parteiisch – er stand auf seiten des Senats, für Coriolan, gegen die Plebs (er freut sich allerdings über jeden Fakt, ganz gleich, gegen wen er spricht). Shakespeare übernimmt diese Tendenz.
Das Problem ist in allen Fällen die Unersetzlichkeit des Individuums. Aber bei uns muß das positiv gelöst werden: Die Gesellschaft hat nicht nötig, sich vom Individuum erpressen zu lassen. Die dialektisch-materialistische Geschichtsbetrachtung gibt dazu die Handhabe. (Nachlaß.)

Diese Auffassung, daß es die Gesellschaft nicht nötig habe, »sich vom Individuum erpressen zu lassen«, wird von Brecht an anderer Stelle weiter ausgeführt. So stellt er bereits zu Beginn der Bearbeitung fest: »Er [Coriolan] ist als Held nützlich, aber zu teuer« (vgl. Geprächsprotokoll vom 3. Mai 1951), und Rülicke notiert »anläßlich *Coriolan*: [...] Freiheit des Individuums auf Kosten aller« (Rülicke, Tagebuchaufzeichnungen, Juli 1952). Weiterhin geht aus den Aufzeichnungen Rülickes hervor, daß Brechts Entscheidung, für das Repertoire des Berliner Ensembles ein Shakespeare-Drama zu erarbeiten, zugleich auch als eine Entscheidung gegen das Theater Friedrich Schillers zu verstehen ist: »Shakespeare ist das Beste, was die Bourgeoisie zu bieten hat. Wir haben nichts außer Shakespeare. Wir haben den miserablen Schiller – ein ungeheures Talent ohne jeden Wert.«

Eines der wesentlichen Bearbeitungsziele ist es, der »gegen die Plebs gerichteten Tendenz« entgegenzuwirken und die römische Geschichte aus »dialektisch-materialistischer« Sicht neu bzw. »kritisch« zu bewerten. Im *Journal* schreibt Brecht: »Natürlich haben wir die Haltung der Plebs zu ändern« (5. Mai 1951), und Rülicke notiert zu Beginn der von ihr erstellten Synopse:

Grundlinie: Shakespeare behandelt den Plebs als »unreife Klasse« (im *Cäsar* anscheinend »überreif«). Das sind die Argumente der heutigen Bourgeoisie: das Proletariat ist nicht reif für die Führung. (Reclam S. 51: »Duldet's – und lebt mit Volk, das nicht kann herrschen und nicht beherrscht sein«.)
Bei uns muß der Plebs in der Lage sein, die Macht zu übernehmen. Das ist zu zeigen. (Nachlaß. Mit *Cäsar* ist Shakespeares *The Tragedy of Julius Caesar* gemeint. Die Angabe »Reclam, S. 51« ist auf die zur Bearbeitung verwendete Übersetzung von Dorothea Tieck zu beziehen. Den Ausführungen über die »Grundlinie« liegen Textpassagen aus dem Gesprächsprotokoll vom 9. Mai 1951 zugrunde.)

Als »Kern der Bearbeitung« betrachtet Brecht die 3. Szene des 5. Akts: Das Volk »greift zu den Waffen«, Plebejer und Patrizier schließen sich zu einer »Art ›nationale Front‹« zusammen, und verteidigen Rom gemeinsam gegen die unter der Führung Coriolans angreifenden Volsker (vgl. S. 361). Der »Hauptwiderspruch« verschiebt sich:

Wir haben eine widerspruchsvolle Einheit zwischen Patriziern und

Plebejern, die sich in Widerspruch verwickelt hat mit dem Nachbarvolk der Volsker. Der letztere ist jetzt der Hauptwiderspruch. Der Widerspruch zwischen Patriziern und Plebejern, der Klassenkampf, ist »außer Kurs gesetzt« durch das Auftreten des neuen Widerspruchs, den nationalen Krieg gegen die Volsker. Aber er ist nicht verschwunden. (»Studium des ersten Auftritts in Shakespeares ›Coriolan‹«, erster Teil von *Die Dialektik auf dem Theater*, Band 23; zum Begriff »Hauptwiderspruch« vgl. Mao Tse-tungs Schrift *Über den Widerspruch*, Kapitel 4: *Der Hauptwiderspruch und die hauptsächliche Seite des Widerspruchs*.)

Wenngleich Brecht dazu aufruft, klassische Theaterstücke nach neuen, zeitgemäßen Gesichtspunkten umzugestalten (vgl. den Text »Zur Bearbeitung«), so ist er doch zugleich darum bemüht, bei der Bearbeitung eines überlieferten Bühnenstoffs ohne größere »Zu-Dichtungen« auszukommen. In »Studium des ersten Auftritts« weist er auf das kaum veränderbare »spezifische Gewicht einer Figur in der Fabel« hin, und im *Journal* notiert er:

> Wir müssen [...] nahe beim Shakespeare bleiben, wenn wir nicht alle seine Vorzüge gegen uns mobilisieren wollen. So scheint es am besten, aus dem verletzten Stolz des Coriolan eine nicht allzu shakespeareferne andere bedeutende Haltung zu machen, nämlich den Glauben des Coriolan an seine Unersetzlichkeit. (*Journale*, 20. Mai 1951.)

Später heißt es ergänzend:

> Bei stärkerer Entwicklung des Gefühls für Geschichte – und wenn das Selbstbewußtsein der Massen größer sein wird, kann man alles so ziemlich belassen, wie es ist. (*Journale*, 27. Dezember 1952.)

Vorerst jedoch gilt es, neue Akzente zu setzen und zusammen mit dem Bühnenstoff auch die Dramenform zu verändern. Bereits Ende der zwanziger Jahre konstatiert Brecht, daß der Stoff – »die großen Einzelnen« – bei Shakespeare immer schon die Form der Dramen »ergab«:

> Es war die sogenannte dramatische Form, und dramatisch bedeutet dabei: wild bewegt, leidenschaftlich, kontradiktorisch, dynamisch. Wie war diese dramatische Form? Was war ihr Zweck? Bei Shakespeare sehen Sie es genau. Shakespeare treibt durch vier Akte den großen Einzelnen, den Lear, den Othello, den Macbeth, aus allen seinen menschlichen Bindungen mit der Familie und mit dem Staat heraus in die Heide, in die vollständige Vereinsamung, wo er im Untergang sich groß zu zeigen hat. Dies ergibt die Form, sagen wir, eines Haferfeldtreibens. Der erste Satz der Tragödie ist nur da für den zweiten, und alle Sätze sind nur da für den letzten Satz. (*Neue Dramatik*, Band 21.)

Neben einer inhaltlichen Umgestaltung des Shakespeare-Dramas kommt es Brecht vor allem darauf an, ähnlich wie für die *Urfaust*-Inszenierung aus dem Jahr 1952 und andere Klassikerbearbeitungen des Berliner Ensembles, eine neue, epische Bühnenform zu entwickeln.

## *Text/Fassungen*

Mit Ausnahme der von Brecht als modellhaft betrachteten 1. Szene des 1. Akts, die 1952 in den von Helene Weigel und dem Berliner Ensemble herausgegebenen Band *Theaterarbeit* (Dresden 1952, S. 419-424) aufgenommen wird, ist die Bearbeitung zu Brechts Lebzeiten nicht publiziert worden.

Im Nachlaß befinden sich zwei, nur geringfügige Differenzen aufweisende Niederschriften der *Coriolanus*-Bearbeitung. In einem dieser beiden Typoskripte sind handschriftliche Korrekturen von Brecht enthalten. Dieses Typoskript ist Textgrundlage der vorliegenden Ausgabe. Beigelegt sind ihm:

1. eine einleitende Bemerkung zur generellen Bearbeitungstendenz (vgl. S. 346f.).

2. eine vergleichende Darstellung zwischen dem 1. Akt des Shakespeare-Dramas und den bei der Neukonzipierung des 1. Akts vorgenommenen bzw. intendierten Änderungen.

Diesem im folgenden wiedergegebenen Vergleich zwischen dem Shakespeare-Drama und der Bearbeitung können u. a. die von Brecht erwogenen Änderungen der Schlachtszenen (Szenen 4-10) entnommen werden:

*Coriolan*
*I. Akt*

| *Shakespeare:* | *Brecht:* |
| --- | --- |

*1. Szene:*
Rom. Cajus Marcius schickt sich an, einen Aufruhr der unzufriedenen (bei Brecht: hungernden) Plebs niederzuwerfen, aber ein drohender Krieg mit den Volskern veranlaßt den Senat, der Plebs Zugeständnisse zu machen: Sie erhalten Tribunen.

| | |
| --- | --- |
| Grundlinie der Szene geblieben. | *Änderungen:*<br>*Konkretisiert* die Forderung nach Mitbestimmung: neben dem Brot-, Frage nach Olivenpreis (nach Plutarch).<br><br>*Verstärkung der revolutionären Tendenzen des Plebs:* |

*Einfügung:* Mann mit Kind, der auswandern will, weil er Marcius mehr fürchtet als die Wildnis. Das zeigt 1. die Furchtbarkeit des Marcius, da er aber von den anderen als Feigling gescholten wird, 2. die Entschlossenheit des Plebs.

*Änderung:* Während der Rede Menenius' (Gleichnis vom Bauch und den Gliedern) treten Bewaffnete auf. Menenius beschimpft die Bürger am Schluß seiner Rede unter dem Schutz der Bewaffneten, ebenso der auftretende Coriolan.

*Grund:* Die Überredung wird »wirkungsvoller«, wenn sie mit Waffengewalt geschieht. Menenius hält das Volk nur auf, er überzeugt es nicht durch seine Rede. Die »Überzeugung« erfolgt durch die Waffen, nicht durch Argumente. Daß die Bürger sich überhaupt vom Märchen des Menenius aufhalten lassen, obwohl sie eine Rebellion vorhaben, ist nur erklärlich, wenn sie unbewaffnet kommen und auf der Szene Knüppel verteilt werden. Menenius hält sie dann nicht extra auf, sondern nutzt ihren Aufenthalt.

Wie bei Shakespeare erfährt Coriolan erst von dem Zugeständnis des Senats an den Plebs (Tribunen), später den Ausbruch des Krieges gegen die Volsker. Seine Empörung schlägt um angesichts der Tatsache, daß das Volk zum Kriegsführen gebraucht wird.

Wir gaben Coriolan nach der ersten Nachricht etwas Zeit, die Tribunen zu beschimpfen. Sein Umschwung wird dann um so deutlicher (»Teure Freunde und Unruhstifter, Euer hoher Mut hat nun ein neues Feld. Ich bitt euch, folget mir«). Er zeigt damit: 1. Verachtung des Volkes, 2. die Falschheit seines Charakters.

Er verliert damit von vornherein die Sympathie des Publikums.

*2. Szene:*
Corioli. Senatsgebäude. Aufidius bespricht mit Senatoren den kommenden Feldzug gegen die Römer. Er will ausziehen zu einem Kampf gegen Marcius.

gestrichen.
1. ist diese Szene nicht wichtig für den Fortgang der Handlung.

2. fordert diese relativ unwichtige Szene, die nur wenige Sätze hat, ein extra Eindrehen der Bühne (30 Sekunden).

*3. Szene:*
Rom. Im Hause Coriolans. Volumnia, Virgilia, und spater Valeria, unterhalten sich über den Mut Coriolans und über seinen kleinen Sohn.

Inhaltlich unverändert.

(Regie: die Frauen unterhalten sich auf dem Balkon, den abziehenden Kriegern nachsehend.)

Bei der Übersetzung war es wichtig, die Verfeinerung der Sprechweise (die Frauen sind erzogen durch griechische Sklaven) herauszuarbeiten. Das Grausame des Inhalts (Zerfetzung des Schmetterlings) wird – im Gegensatz zur Form – um so wirkungsvoller.

Während des Gespräches hört man Marschmusik, die Krieger ziehen ab. Wir versprachen uns davon (abziehende Musik, Klatsch der Frauen) eine besonders ästhetische Wirkung. Außerdem fällt neue Dekoration (bei Shakespeare Inneres des Hauses, bei uns auf dem Tore) weg.

Herauskommen muß die Grausamkeit des Sohnes (Abbild des Vaters) und das Lob von dessen Tapferkeit, damit später der Gegensatz herauskommt, wenn er mit Mutter und Großmutter um Frieden bittet.

*4. Szene:*
Schlacht:

*Die Szenen 4. bis 10. wurden in eine Schlachtszene zusammengezogen.*

Rom führt einen Eroberungskrieg, denn die Volsker kämpfen um ihre Gleichberechtigung (Unabhängigkeit) gegenüber Rom.

4. Vor Corioli.
Beginn der Schlacht. Coriolan beschimpft die Soldaten, weil sie schlecht kämpfen.

*zu 4.:*
bleibt. Stärker herauskommen muß das »ohne uns« der Soldaten, die Marcius zwar wegen seiner Tapferkeit loben, aber nicht für Rom kämpfen wollen.

5. Straße in Corioli.
Coriolan beschimpft die Soldaten, weil sie während der Schlacht Beute machen.

*zu 5.:*
Das Plündern hielten wir für uns ohne Bedeutung, es muß nicht gezeigt werden, d. h. nur soweit, als es Coriolan Anlaß zu Beschimpfungen gibt. Dann Übergang zu der Beschimpfung in

6. Cominius Lager.
Coriolan zeigt seine Tapferkeit. Er schlägt den Feldherrn Comi-

*6.:*
(S. 22 Reclam), wo Coriolan Cominius von der »Feigheit« der

nius aus der feindlichen Umklammerung heraus.

Soldaten berichtet.
Im übrigen gestrichen.

7. Tor von Corioli.
Titus zieht Coriolan entgegen.

*zu 7.:*
gestrichen.

8. Schlachtfeld zwischen den Lagern. Kampf Marcius – Aufidius.

*zu 8.:*
Die Feldherren sollen sich während der Schlacht (wie bei einem Boxmatch) begrüßen, um zu zeigen, daß die »Herren« anders kämpfen, als das Volk.

9. Römisches Lager.
Coriolan wird wegen seiner Tapferkeit gelobt.

10. Aufidius verkündet, daß Corioli eingenommen wurde. Rückzug der Volsker.

*zu 9. und 10.:*
bleibt wie Shakespeare.

*Tendenz:*
Beiseite gelassen werden muß das Motiv Angriff oder Verteidigung. Angriffs- oder Verteidigungskriege waren in dieser historischen Situation immer fortschrittlich, da sie zur Errichtung des römischen Imperiums führten.
*Coriolan* jedoch will die Monarchie wieder aufrichten, d. h. zu einer überlebten Gesellschaftsordnung zurückgehen, war also persönlich reaktionär. Dieses Motiv macht ihn zum Gegner sowohl Roms als auch Antiums. Er muß aus Rom fliehen und in Antium versagen.

Gezeigt werden aber muß die persönliche Tapferkeit Coriolans: Corioli wäre ohne ihn nicht erobert worden.

Dieses Typoskript mit handschriftlichen Korrekturen Brechts ist sehr wahrscheinlich 1951/52 von Käthe Rülicke auf Grund gemeinsamer Besprechungen angefertigt worden. Es wird bei erneuter Abschrift im Verlauf des Jahres 1952 durch weitere Angaben zur »Grundlinie« ergänzt (vgl. S. 348) und durch eine – ebenfalls von Rülicke verfaßte – die Akte 2 bis 5 miteinbeziehende vergleichende Darstellung grundlegend erweitert:

*II. Akt*
*1. Szene*

| *Shakespeare:* | *Brecht:* |
| --- | --- |

Rom empfängt Marcius als Sieger. Er erhält den Namen Coriolan. Die Tribunen fürchten seine Bewerbung um das Konsulat, da es dann mit ihrer Herrschaft vorbei sein wird.

| | |
| --- | --- |
| | Neu eingeführt am Anfang kurzes Gespräch zwischen den Tribunen. Es zeigt, daß das Volk immer am Kriege verliert, hier: Siegt Marcius, wird er der Herr, siegen die Volsker, werden sie es. |
| Auch bei Shakespeare wird hier die reaktionäre Haltung des Marcius deutlich. Über die Patrizier: »Ich bin auf meinem Weg ihr Sklave lieber, / als auf die ihrige mit ihnen Herrscher«. | Die lange, sprachlich sehr barocke Rede des Menenius über seine Einschätzung der Tribunen in einem Satz zusammengezogen.<br><br>Der Ausdruck »Hirten des Plebejerviehs« von hinten nach vorn genommen, um die Haltung des Menenius gleich zu zeigen.<br><br>Menenius weiß, im Gegensatz zu Shakespeare, bereits vom Sieg des Marcius. Das motiviert sein freches Verhalten gegenüber den Tribunen, was sonst unmöglich wäre. |

*II/2. Szene*
Coriolan wird vom Senat zum Konsul ernannt und ersucht, der Sitte nach das Volk um ihre Stimmen zu bitten.

| | |
| --- | --- |
| | ohne Änderung. |

*II/3.:*
Coriolan macht seinen Bettelgang und wird zum Konsul gewählt.

Die Tribunen überreden das Volk, die Wahl zu widerrufen.

Die Tribunen decken die Pläne des Coriolan gegen das Volk auf.

*Shakespeare:*

Als der Plebs Bedenken kommen, ob es richtig war, Coriolan die Stimmen zu geben, intrigieren die Tribunen gegen Coriolan und wiegeln das Volk auf, sich selbst dabei den Rücken deckend. Sie überreden das Volk, ihre Stimmen zu widerrufen. Sie hätten nur auf Befehl der Tribunen gehandelt, nicht aus eigenem Antrieb.

»Dies soll, wie's gleichsam ist, ihr Wille scheinen, / was unser Treiben war.«

*Brecht:*

Die Tribunen verlangen von Coriolan, daß er über sein Programm Auskunft gibt: Neues Recht für die Tribunen; sie nutzen den Sieg für ihre Klasse.
Die Tribunen fragen Coriolan, was er mit dem Korn zu tun gedenkt, das im Hafen eingelaufen sei.

(Laut Plutarch nahm Coriolan sieben Monate vorher Stellung gegen das Volk, als, nach dem Muster des demokratischen Griechenland, das Korn gratis verteilt wurde). Hier ist Szene III/1 vorweggenommen und das Gespräch Coriolan/Tribunen verlagert auf Coriolan/Volk, findet also öffentlich statt. Außerdem nicht vergangen, sondern aktuelles Problem.

Das Volk fragt 2., wo die Kriegsbeute geblieben sei, die Coriolan nicht – nach Vorschrift – an die Staatskasse abgeliefert hat, sondern an seine Leute verteilte (nach Plutarch).

Auf diese Fragen beschimpft Coriolan das Volk und zieht das Schwert. Handgemenge. Coriolan ist vor allem Volk als Feind bloßgestellt. Der Plebs will ihn stürzen und drängt ihm nach (aus Szene III/1).

*III. Akt*
1. Szene Shakespeare bei Brecht gestrichen.

Das Volk zieht die Stimmen zurück.
Coriolan wird handgreiflich gegen die Tribunen.
Menenius rät zu Verhandlungen.

| *Shakespeare:* | *Brecht:* |
| --- | --- |
| 1. Gespräch über erneute Kriegsdrohung durch die Volsker. | 1. gestrichen, da überflüssig. |
| 2. Die Tribunen warnen Coriolan vor dem Volk, das gegen ihn aufgebracht sei und die Stimmen zurückzöge. Sie erinnern an seine Stellung in der Kornfrage. | 2. und 3. in Akt II/3 vorweggenommen. |
| 3. Coriolan beschimpft das Volk und will die Tribunen absetzen. Sie rufen den Plebs zu Hilfe. Coriolan wird zum Tode verurteilt. Handgemenge. Coriolan und seine Freunde drängen das Volk zurück. | |
| 4. Menenius verhandelt mit dem Volk und rät zum Vergleich: er wird Coriolan bringen und das Volk soll gütlich mit ihm verhandeln. | 4. gestrichen. |

*III/1.:*
(bei Shakespeare 2.):

Coriolan wird von seiner Mutter Volumnia überredet, sich der Macht wegen beim Volk zu entschuldigen.

| *Shakespeare:* | *Brecht:* |
| --- | --- |
| | ohne Änderungen übersetzt. |

*III/2.:*
(bei Shakespeare III/3.):

Statt sich zu entschuldigen, beschimpft Coriolan das Volk und wird verbannt.

| *Shakespeare:* | *Brecht:* |
|---|---|
| Einleitung: Die Tribunen intrigieren wieder, indem sie das Volk aufhetzen, Coriolan sofort in Zorn zu bringen. Sein Verhalten ist also entschuldigt, da das Volk ihn provoziert. | gestrichen. |
| | sonst Übersetzung ohne Änderung. |

*III/3.:*
(bei Shakespeare 4.):

Vor einem Tor der Stadt nimmt Coriolan Abschied von den Frauen und den Patriziern.

| *Shakespeare:* | *Brecht:* |
|---|---|
| | ohne Änderung übersetzt. |

*III/4.:*
(bei Shakespeare 5.):

Vor den Toren Roms. Volumnia verflucht die Tribunen.

| *Shakespeare:* | *Brecht:* |
|---|---|
| | ohne Änderung übersetzt. |

*IV. Akt*
*1. Szene:*

Ein Römer und ein Volsker treffen sich auf der Landstraße.

| *Shakespeare:* | *Brecht:* |
|---|---|
| Der Volsker wird geschickt, um auszukundschaften, wie die Lage in Rom ist. Der Römer berichtet von der Verbannung Coriolans: | Die Handwerker sind unterwegs, um friedliche Geschäfte abzuwickeln. |
| »In Rom hat es einen Aufstand gegeben.« | »In Rom hat es einen Aufstand gegeben.« |

| | |
|---|---|
| Der Volsker reagiert mit Freude: Der kommende Krieg wird leichter für Aufidius sein. | bleibt, aber die Reaktion des Volskers ist: Jetzt werde ich Rom leichteren Herzens betreten. |
| Römer und Volsker sprechen, unberührt von den politischen Spannungen, freundschaftlich miteinander. | Herausgearbeitet ist, daß der Krieg nicht Sache des Volkes, sondern die der Herren ist. Sie reagieren vielmehr: Mensch, daß endlich wieder Friede ist, und wünschen einander gute Geschäfte. |

*2. Szene:*

Coriolan kommt nach Antium und verdingt sich dem Aufidius als Heerführer gegen Rom.

| *Shakespeare:* | *Brecht:* |
|---|---|
| = 2 Szenen, 2 und 3 | ohne Änderung übersetzt. |

*3. Szene:*
(bei Shakespeare 4.):

Panik erfaßt Rom, als bekannt wird, daß Coriolan an der Spitze der Volsker heraufzieht.

| *Shakespeare:* | *Brecht:* |
|---|---|
| über Coriolan: »unumschränkte Macht erstrebend ohne andern Beistand« | »strebend nach Selbstherrschaft« |
| | zeigt reaktionäre Haltung des Coriolan, Streben nach Wiederaufrichtung des Königtums. |
| | Bis zu den Schlußrepliken unverändert übersetzt, erst hier Änderung: |
| | Die Panik in Rom erfaßt nicht die Plebejer, sondern nur den Adel. Bei Shakespeare bedauert der Plebs, daß er Coriolan verbannte |

– bei Brecht hält er es weiterhin für richtig. Die Tribunen ermahnen das Volk, keine Angst zu zeigen.

*4. Szene:*
(bei Shakespeare 5.):

Lager bei Rom. Aufidius – im Gespräch mit einem Hauptmann – wartet nur auf die Unterwerfung Roms, um gegen Coriolan, der seinen Ruhm schmälert, vorzugehen.

| *Shakespeare:* | *Brecht:* |
| --- | --- |
| | unverändert übersetzt. |

*V. Akt*
*1. Szene:*
Nachdem Cominius ohne Erfolg von Coriolan zurückkehrt, wird Menenius vom Senat ausgeschickt.

| *Shakespeare:* | *Brecht:* |
| --- | --- |
| | Einfügung Rede Brutus. Er verspottet den Adel, der den Rauch der Unterwerfung aufsteigen lassen will und rät zur Verteilung der Waffen. |
| | Schluß gekürzt: Menenius läßt sich nicht bitten, sondern geht freiwillig zu Coriolan (bei Shakespeare dramaturgisch schwach, da sonst Menenius' Selbstbewußtsein im Lager der Volsker nicht möglich wäre). |

*2. Szene:*

| | |
| --- | --- |
| Coriolan weist Menenius ab. | Unverändert übersetzt, nur Strich am Schluß. |

*3. Szene:*

Menenius kommt ohne Erfolg zurück.
Die Tribunen fordern das Volk auf, sich zu bewaffnen. Volumnia bittet, zu Coriolan gelassen zu werden.

| *Shakespeare:* | *Brecht:* |
|---|---|
| Rückkehr Menenius aus Szene 4 übernommen. | siehe nebenstehend. |

*Brecht:*

*Im übrigen neue Szene:*
Diese Szene bildet den Kern der Bearbeitung. Der Plebs greift zu den Waffen, um Rom zu verteidigen. (Der Adel redet, das Volk handelt.)

Cominius, der von Coriolan abgewiesen wurde, geht zu den Tribunen über und verteilt die Waffen an das Volk Roms. Diese Art »nationale Front« ist angelegt bei Plutarch – tatsächlich konnte das Volk nicht allein kämpfen –. Auch die Senatoren wollen Römer bleiben und nicht in Abhängigkeit von den Volskern geraten. Das patriotische Interesse von Adel und Volk stimmt eine Zeitlang überein.

In der Verteidigung Roms liegt der Kern der Bearbeitung, der Anlaß für die Umwandlung des tragischen Punktes:

Rom wird nicht gerettet, weil Coriolan umkehrt, sondern Coriolan kehrt um, weil Rom entschlossen ist, sich selbst zu retten.

Die Plebejer bewaffnen das Volk vor der Unterredung Mutter-Sohn: Der Ausgang des Krieges hängt nicht von dem Ausgang des Gespräches ab. Sie lassen Volumnia nur gehen, um Zeit zu gewinnen. Coriolan wartet zu lang. Als der Krieg nicht ohne Volk ging (Anfang), machte man ihm Konzessionen. Coriolan irrt sich aber, als er glaubt, daß der Krieg nicht ohne großen Mann geht.

Volumnia bekommt insofern etwas Tragisches, als sie im guten Glauben geht, aber eigentlich die Sache des Volkes führt, indem sie Zeit für die Verteidigung gewinnt.
Dialektisch/materialistisch:
Die Geschichte wird gemacht von den Interessen einer Klasse, obwohl Volumnia aus »idealen« Gründen geht und nicht zur Erkenntnis ihrer subjektiven Lage kommt. (Man muß die wirklichen Interessen nicht mechanisch in einer Handlung suchen, sondern übersetzen.)

*4. Szene:*
(bei Shakespeare 3.):

Volumnia bewegt ihren Sohn Coriolan zur Umkehr.

| *Shakespeare:* | *Brecht:* |
|---|---|
| Volumnia kann Gott anflehen um<br>1. Kriegsglück,<br>2. Frieden. | Volumnia hat keinen Ausweg für den Adel und für Coriolan: Sie verurteilt den Vaterlandsverräter nur noch zum Tode. |
| 1. Krieg:<br>Sieg Coriolan = Untergang des Vaterlandes. Dagegen ist sie als Patriotin. | 1. Krieg:<br>Sieg Coriolans = Untergang des Vaterlandes, dagegen als Patriotin. |

| | |
|---|---|
| Sieg Roms = Untergang Coriolans. Dagegen ist sie als Mutter. | Sieg Roms = Untergang Coriolans und Sieg des Plebs über den römischen Adel, dagegen als Mutter und als Patriotin. |
| Es bleibt nur | |
| 2. Frieden: | Frieden: |
| Sie muß Coriolan mit allen Mitteln zum Abzug bewegen. Er soll Römer und Volsker versöhnen und zum Retter beider werden. Sie erreicht dies, indem sie vor ihm niederkniet und an seine Sohnesliebe appelliert. Daß Coriolan nachgibt, macht ihn edel und sympathisch fürs Publikum. Gleichzeitig erwächst daraus seine Tragik: Um des Nachgebens, also der Sohnesliebe wegen, wird er in der nächsten Szene von Aufidius ermordet. | würde Herrschaft des Plebs = demokratisches Gemeinwesen bedeuten.<br>Volumnia bittet den Sohn nicht um Umkehr, sie kniet nicht nieder, sie zeigt ihm nur die Ausweglosigkeit der Lage. Rom ist nicht auf seine Umkehr angewiesen, der Plebs wird die Stadt verteidigen – die Demokratie setzt sich aber in jedem Falle durch. Mit der Alleinherrschaft des Adels ist es vorbei. Coriolan verschuldet den Untergang seiner Klasse.<br>Coriolan kehrt nicht um, weil er der Sohnesliebe nachgibt, sondern weil er erkennt, daß er sich selbst überschätzt hat.<br>Seine neue Tragik: Coriolan wird nicht, wie er hoffte, von Rom zurückgerufen, sondern die Stadt hat sich gegen ihn bewaffnet. Der Nimbus seiner Unentbehrlichkeit ist dahin. Es stellt sich heraus, daß jedermann, auch er, entbehrlich ist. Er war als Held nützlich, aber sein Preis – die Unterwerfung Roms – ist zu hoch für die Gesellschaft. Die Tragik Coriolans ist damit aus dem Privaten – Konflikt Mutter/Sohn – ins Gesellschaftliche gehoben: Nützlichkeit des Individuums für die Gesellschaft. |

*5. Szene:*
Coriolan wird von den Volskern getötet.

*6. Szene:*
Sitzung des Senats. Der Antrag der Angehörigen Coriolans auf Tragen von Trauerkleidung wird abgeschlagen.

Szene neu bei Brecht:
Angelegt bei Plutarch, jedoch wird dort das Tragen der Trauerkleidung erlaubt.

Wesentliche Änderungen in der Szenenfolge, die in der Bearbeitung gegenüber dem Shakespeare-Drama vorgenommen worden sind, können der folgenden Synopse entnommen werden:

<table>
<tr><th>Shakespeare<br>Akt. Szene.</th><th>Brecht<br>Akt. Szene.</th></tr>
<tr><td>I.1.</td><td>1.1.</td></tr>
<tr><td>I.2.</td><td>–</td></tr>
<tr><td>I.3.</td><td>1.2.</td></tr>
<tr><td>I.4.-10.</td><td>unausgeführt</td></tr>
<tr><td>II.1.</td><td>2.1.</td></tr>
<tr><td>II.2.</td><td>2.2.</td></tr>
<tr><td>II.3.</td><td rowspan="2">2.3.</td></tr>
<tr><td>III.1.</td></tr>
<tr><td>III.2.</td><td>3.1.</td></tr>
<tr><td>III.3.</td><td>3.2.</td></tr>
<tr><td>III.4.</td><td>3.3.</td></tr>
<tr><td>III.5.</td><td>3.4.</td></tr>
<tr><td>IV.1.</td><td>4.1.</td></tr>
<tr><td>IV.2.</td><td rowspan="2">4.2.</td></tr>
<tr><td>IV.3.</td></tr>
<tr><td>IV.4.</td><td>4.3.</td></tr>
<tr><td>IV.5.</td><td>4.4.</td></tr>
<tr><td>V.1.</td><td>5.1.</td></tr>
<tr><td>V.2.</td><td>5.2.</td></tr>
<tr><td>V.3.</td><td>5.4.</td></tr>
<tr><td>V.4.</td><td>5.3. z. T. neu</td></tr>
<tr><td></td><td>5.5.</td></tr>
<tr><td>V.5.</td><td>5.6.</td></tr>
<tr><td></td><td>5.7.</td></tr>
</table>

Zur Textgestaltung in der vorliegenden Ausgabe:

Nicht immer läßt sich in der Textgrundlage eindeutig klären, ob der gesprochene Text in Versen oder in Prosa geschrieben worden ist. In Zweifelsfällen ist versucht worden, eine dem Kontext angemessene Entscheidung zu treffen. In nicht lösbaren Fällen wird der Versform gegenüber der Prosaform der Vorzug gegeben.

Bei den von Brecht vorgenommenen handschriftlichen Ergänzungen im Typoskript läßt sich zum Teil nicht eindeutig bestimmen, in welcher Weise die Einfügungen an den fortlaufenden Text anschließen sollen. In diesen Zweifelsfällen erfolgt eine Kommentierung.

In der Textgrundlage sind für die Personen vielfach Abkürzungen verwendet worden; sie sind in der vorliegenden Ausgabe aufgelöst.

8,1 *Personen]* Das Personenverzeichnis ist nachträglich eingefügt worden.

10,20 *Menenius ... nach.]* In der Textgrundlage handschriftlich neben ungetilgtem: »Menenius Agrippa tritt auf.«

10,30f. *Er soll ... verschlagen!]* In der Textgrundlage daneben der handschriftliche Zusatz: »Arme Klienten haben einen faulen Atem; er soll sehen, daß sie keine faulen Fäuste haben!« Es läßt sich nicht klären, ob damit der Satz »Er soll ... verschlagen!« ersetzt oder ergänzt werden soll.

13,12f. *Auftritt ... mit Bewaffneten.]* In der Textgrundlage handschriftlich neben ungetilgtem: »*Erster Bürger sieht sich um. Bewaffnete sind hinzugetreten.*« und »*Cajus Marcius ist aufgetreten.*« (Vor 13,33.) An welcher Stelle Coriolan und die Bewaffneten auftreten, läßt sich nicht eindeutig klären. Möglicherweise soll der Auftritt statt 13,12f. während der nachfolgenden Rede des Menenius (13,16-23) erfolgen.

13,37f. *Wir können ... euch!]* In der Textgrundlage handschriftlich neben ungetilgtem: »Bekommen wir doch stets, Herr, von euch ein gutes Wort.«

15,14-27 *Als wollten ... Oliven.]* In der Textgrundlage sind diese Verse angestrichen und mit einem großen »S« versehen.

16,10 *Bürger]* In der Textgrundlage hier und im folgenden mitunter: »DIE BÜRGER«.

16,18-20 *Marcius ... Waffenstillstands.]* Diese Textstelle sowie 16,23f. (»Der Senat ... dementsprechend.«) sind von Brecht handschriftlich mit Klammern versehen worden. Vermutlich sollten sie gestrichen werden. Darauf deutet u.a. auch die von Brecht vorgenommene Bewertung des Volsker- bzw. Römerfeldzuges hin (vgl. S. 354).

18,2 *Bürger ab.]* In der Textgrundlage davor, aber ohne Zuordnung, die handschriftliche Ergänzung: »DIE BÜRGER Die Volsker sind im Anmarsch! Krieg!« Möglicherweise sollte sie vor der Szenenanweisung »*Bürger ab.*« eingefügt werden.

20,7 *Sicinius.]* In der Textgrundlage: »Sicinius!«

20,34 *Bierzapfer]* In der Textgrundlage sind beim letzten Buchstaben »r« und »n« übereinandergetippt.

23,34 *abzuschlagen]* In der Textgrundlage sind am Wortende »e« und »n« übereinandergetippt.

33,19-27 *Hier seht ... Gelegenheit!]* In der Textgrundlage ergänzend, aber ohne Zuordnung:

Besser verhungert, besser gestorben
Als lang um verdienten Lohn geworben!
Im Schafpelz auf dem wölfischen Markte stehn
Und Hinz und Kunz um ein Geblök angehn.
Und will's der Brauch, so gab's doch Zeiten auch
Da war's den dummen Brauch zu ändern Brauch.
Laßt nur den Staub von alters ungefegt
Bis er sich berghoch auf die Lung euch legt.
Besser als hier erniedrigt stehn
Laß hohes Amt und Ehre gehn.

Mit Ausnahme der beiden letzten Zeilen sind diese Verse in enger Anlehnung an das Shakespeare-Drama und die Tiecksche Übersetzung entstanden.

36,1 f. *Ihr füttert ... zur Empörung.]* Ursprünglich: »Empörung nährt ihr!« Durch die Korrektur ist der Zeilenfall nicht eindeutig.

39,38 f. *Zum Henker ... sprechen!]* Der betreffende Satz ist nachträglich hinzugefügt. Vers- und Zeilenanordnung nach »Stützt ihn!« lassen sich nicht eindeutig klären.

42,4 *Die]* In der Textgrundlage: »Dir«.

43,7 *Laute]* In der Textgrundlage: »Lauten«.

43,12-14 *Und Wagnis ... Ehre darin.]* In der Textgrundlage ursprünglich:

Und Wagnis vielen Bluts. Ich, deine Mutter, rate dir:
Verleugne deine Natur, schwör deine Art ab
Wenn deine Freunde in Gefahr sind und sieh Ehre
Darin. Ich selber bin in diesem.
Dein Weib. Dein Sohn. Und hier, die Senatoren!

Zunächst hat Brecht in der ersten Zeile »Ich ... dir:« handschriftlich überschrieben mit: »Laß dir nur einmal raten.« und »Wenn deine Freunde ... Senatoren!« eingeklammert.

45,25 *Bürger]* In der Textgrundlage hier und im folgenden: »Plebejer«.

47,10 *die Volkstribunen]* In der Textgrundlage handschriftlich über ungetilgtem: »(das Tribunat)«.

51,1 *von nun an]* In der Textgrundlage handschriftlich neben ungetilgtem: »jetzt«.

51,2-4 *Wie ein ... Sohn wird]* In der Textgrundlage handschriftlich neben ungetilgtem:

Wie ein einschichtiger Drache, den die Höhle

Gefürchtet macht, der umso mehr besprochen
Als nicht gesichtet, vegetiert, dein Sohn wird

55,11 *besiegen]* In der Textgrundlage handschriftlich neben ungetilgtem: »erschlagen / ermorden«.

55,12 *Scheuerlappen]* In der Textgrundlage handschriftlich neben ungetilgtem: »Eimern«.

58,36 *es müd]* In der Textgrundlage handschriftlich neben ungetilgtem: »müde«.

59,21 *steckten wir ins Heer]* In der Textgrundlage handschriftlich neben ungetilgtem: »holten wir zum Heere«.

60,23 *höflicher]* In der Textgrundlage handschriftlich neben ungetilgtem: »freundlicher«.

64,2 *fangend]* In der Textgrundlage handschriftlich neben ungetilgtem: »jagend«.

65,24 f. *Lieber ... eine Waffe.]* Durch nachträgliche Einfügung dieses Satzes ist der Zeilenfall nicht eindeutig.

66,1 *Hauptmann]* In der Textgrundlage handschriftlich neben der Replik des Hauptmanns, aber ohne genaue Zuordnung: »Ein Zauber steckt in ihm. Ich weiß nicht welcher.« Vermutlich sollte die Replik des Hauptmanns mit dieser Ergänzung beginnen.

68,8 *Brutus]* In der Textgrundlage danach handschriftlich am Rand: »Ich sage euch: er sitzt in Gold und Fülle.« und: »(er sitzt wie Gold auf Erz)«.

69,29-36 *Seht Ihr ... Hoffnung]* Der Text kehrt in leicht abgewandelter Form in der 3. Szene des 5. Akts (73,23-27) wieder. Vermutlich sollte er hier gestrichen werden.

71,18 *Coriolan ... Rauch]* Die handschriftlich am Rand der Replik 71,15-22 nachgetragene Szenenanweisung ist nicht genau zugeordnet.

73,28 *ausrichten können.]* In der Textgrundlage folgt nach »Alle ab.« (74,6):

BRUTUS Er mag unbeweglich sein durch ihre Rede – obgleich das nicht so sicher ist, sie hat ihm manches zu berichten, was ihm neu sein wird –, der Stein dort ist nicht unbeweglich. Ein Erdbeben, und ich bewege ihn vielleicht danach doch.

Vermutlich handelt es sich bei dieser Replik um eine Ergänzung, die an dieser Stelle eingefügt werden sollte.

75,8 *Ist's]* In der Textgrundlage: »Ist«.

## *Wirkung*

Die Uraufführung der Shakespeare-Bearbeitung findet unter der Regie von Heinrich Koch am 22. September 1962 im Schauspielhaus der Stadt Frankfurt a. M. statt. Die Bearbeitung und die Inszenierung werden in der westdeutschen Presse weitgehend negativ beurteilt. Von konservativer Seite wird sowohl Brecht als auch dem Regisseur vorgeworfen, die Tragödie zu einem »Tendenzstück« »umfunktioniert« zu haben. Günther Rühle spricht davon, daß die Aufführung »im Verlangen nach Shakespeare verdämmert« (*Frankfurter Allgemeine Zeitung*, 24. September 1962). Auch bei vielen Brecht freundlich gesonnenen Rezensenten gilt der Versuch, Shakespeare zu aktualisieren, als mißlungen. Die Inszenierung wird wegen der emotionalen, dem epischen Theater widersprechenden Spielweise abgelehnt.

Am 21. September 1964 wird *Coriolan* in der Inszenierung des Berliner Ensembles unter der Regie von Manfred Wekwerth und Joachim Tenschert in Berlin/DDR aufgeführt. Coriolan wird von Ekkehard Schall dargestellt, Volumnia von Helene Weigel und Tullus Aufidius von Hilmar Thate. Paul Dessau hat für die Aufführung die Musik geschrieben, Karl von Appen unter Berücksichtigung der Überlegungen von Brecht und Caspar Neher das Bühnenbild entworfen. Als ehemalige Mitarbeiter Brechts haben sich Wekwerth und Tenschert legitimiert gesehen, die von Brecht begonnene Arbeit fortzuführen: der Text von 1951/52 wird von ihnen für die Inszenierung des Berliner Ensembles neu bearbeitet.

## *Zeilenkommentar*

*Vorbemerkung:* Für die Frühgeschichte des römischen Reiches gibt es keine modernen wissenschaftlichen Standards entsprechende Überlieferung. Geschichte und Legende sind untrennbar miteinander verwoben. Die im Zeilenkommentar enthaltenen Angaben zum historischen Geschehen sowie die den Ereignissen und Personen zugeordneten Jahreszahlen können keinesfalls als gesichert gelten.

7,1 *Coriolanus]* Cajus Marcius, legendäre Gestalt aus der Frühgeschichte des römischen Reiches, erobert im Krieg gegen die Volsker 493 v. d. Z. die Stadt Corioli und erhält daraufhin den Beinamen Coriolan. Nach Konfrontationen mit den Plebejern wird der Patrizier Cajus Marcius aus Rom verbannt. Er läuft ins Lager der Gegner über und nimmt 489 und 488 v. d. Z. an der Spitze des Volskerheeres am Kampf gegen seine Heimatstadt teil. Trotz militärischer Überlegenheit bricht Coriolan auf Bitten seiner Mutter und seiner Frau den Feldzug ab und kehrt ins Exil zurück. Dort soll er von seinem Gastgeber Attius Tullus, dem König der Volsker, umgebracht worden sein.

9,6 *ein Haufe aufrührerischer Bürger]* Rom führt im 5. Jahrhundert v. d. Z. mehrfach Krieg gegen benachbarte Staaten. Obwohl den Plebejern – sie haben die Hauptlast der kriegerischen Auseinandersetzungen zu tragen – wiederholt eine Verbesserung ihrer materiellen Lage in Aussicht gestellt wird, bleibt alles beim alten. Unzufrieden mit den gesellschaftlichen Verhältnissen im Stadtstaat Rom verweigern die Plebejer dem Senat ihre Gefolgschaft: sie kehren Rom den Rücken und lassen sich unweit der Stadt auf dem später so genannten »Heiligen Berg« (lat.: mons sacer) nieder. Vgl. Plutarch, *Cajus Marcius Coriolanus*, Kapitel 5 und 6.

9,32 *Bezirk]* Das Stadtgebiet des antiken Rom besteht aus vier Bezirken. In der Zeit zwischen 12 und 7 v. d. Z. erfolgt eine Neugliederung in 14 Bezirke.

9,35 f. *Wir werden Wasser dort haben]* Brecht folgt an dieser Stelle der Darstellung Plutarchs. Vgl. *Cajus Marcius Coriolanus*, Kapitel 6.

10,17 *Der sechste Bezirk]* Vgl. zu 9,32.

10,19 *Kapitol]* Einer der Hügel Roms. Auf dem Kapitolinischen Hügel (lat.: mons capitolinus) wird 509 v. d. Z. ein Tempel für die Götter Jupiter, Juno und Minerva errichtet.

10,21 *Menenius Agrippa]* Agrippa Menenius, 503 Konsul, stirbt 493 v. d. Z. Durch das Gleichnis vom Bauch und den Gliedern gelingt es Menenius, die aus Rom ausgezogenen Plebejer zur Umkehr zu bewegen.

10,21 f. *Schönredner]* Übersetzung des griechischen Begriffs Rhetor. Als Rhetoren werden in Griechenland und ab dem 2. Jahrhundert v. d. Z. auch in Rom Personen bezeichnet, die andere in der Kunst der Beredsamkeit unterweisen.

13,19 *die würdigen Väter]* Gemeint ist der römische Senat (Rat der Alten), das maßgebende Verfassungsorgan und höchste beschlußfassende Gremium der Römischen Republik. Seine auf Lebenszeit aufgenommenen Mitglieder werden von den Patriziern gestellt.

15,20 *Zwei Tribunen]* Um die Plebejer vor Übergriffen der Patrizier zu schützen, werden 494 oder 493 v. d. Z. Volkstribunen (lat.: tribuni plebis) eingesetzt. Die Macht der für eine einjährige Amtszeit gewählten Tribunen beruht auf der garantierten Unverletzlichkeit ihrer Person (sacrosanctitas) und auf ihrem Vetorecht bei allen Beschlüssen des Senats. Aufgrund ihrer Befugnis, mit dem Volk zu verhandeln, berufen sie Volksversammlungen ein und regen Abstimmungen an (plebiscita). Die Zahl der Tribunen wird binnen kurzer Zeit von zwei auf fünf – anderen Angaben zufolge auf vier – erhöht. Livius, Plutarch und Shakespeare sprechen in ihren Coriolan-Darstellungen von fünf Tribunen, Brecht dagegen von zwei.

15,22 *Junius Brutus]* Volkstribun, einer der Anführer der Plebejer bei deren Auszug aus Rom.

15,22 *Sicinius]* Sicinius Velutus, Volkstribun, einer der Anführer der Plebejer bei deren Auszug aus Rom.

15,23 *Blase]* Bande, Pack, Gesindel.

15,33 f. *Fünf Tribunen]* Statt fünf Tribunen sind lediglich zwei bewilligt worden. Vgl. zu 15,20.

16,17 *Volsker]* Eines der Urvölker Italiens. Nach mehreren Kriegen mit den Römern 338 v. d. Z. vernichtend geschlagen.

16,22f. *Auf die Nachricht großer Teurung und Rebellion hier]* An dieser Stelle folgt Brecht den Ausführungen Plutarchs. Vgl. *Cajus Marcius Coriolanus*, Kapitel 5.

16,25 *Cominius]* Postumus Cominius, 501 und 493 v. d. Z. Konsul. Unter seinem Oberbefehl erwirbt sich Cajus Marcius im Kampf gegen die Volsker den Titel Coriolanus.

16,32 *Tullus Aufidius]* Führer der Volsker. Bei Plutarch heißt diese Figur Tullus Amphidius, bei Livius und in der übrigen Geschichtsschreibung meist Attius Tullus.

17,7 *Titus]* Titus Larcius, in der Bearbeitung Lartius geschrieben, 501 und 498 v. d. Z. Konsul, nimmt als Feldherr am Kampf gegen die Volsker teil.

18,25f. *»die Schläfe beschattet vom Laub der Eiche«]* Das Zitat konnte nicht ermittelt werden.

19,4f. *Auf seinen Hals setzt er den blutigen Fuß]* Das Zitat konnte nicht ermittelt werden.

19,32 *das ganze Garn, das sie spann]* Anspielung auf die *Odyssee*. Während ganz Ithaka (vgl. zu 19,33) Odysseus bereits verloren gibt, glaubt Penelope unverändert an eine glückliche Heimkehr ihres Gatten. Umworben von vielen Verehrern erklärt sie, erst dann wieder zu heiraten, wenn das Leichenhemd für Laertes, den Vater des Odysseus, fertiggestellt ist. Um Zeit zu gewinnen, löst sie nachts wieder auf, was sie tagsüber gewebt hat.

19,33 *Ithaka]* Insel vor der Westküste Griechenlands. Von hier aus soll Odysseus aufgebrochen sein.

19,38 *3]* Die Szene ist nicht ausgeführt; sie sollte während der Proben geschrieben werden; vgl. S. 344.

19,39 *Vor den Toren Coriolis]* Corioli, Stadt in den Albanerbergen südöstlich von Rom, wird 498 von Volskern eingenommen und 493 v. d. Z. von den Römern erobert.

20,9 *Auguren]* Mitglieder eines römischen Priesterkollegiums, die aus der Deutung bestimmter Zeichen die Zustimmung bzw. Ablehnung der Götter zu beabsichtigten Staatsaktionen abzulesen versuchen.

21,39 *Tarquin]* Tarquinius Superbus (der Hochmütige), letzter König Roms (534-510 v. d. Z.), gerät beim römischen Senat durch seine unumschränkte Alleinherrschaft in Mißkredit. Nach seiner gewaltsamen Vertreibung aus Rom unternimmt er 499 v. d. Z. einen letzten Versuch, die Königswürde wiederzuerlangen. Tarquinius wird von Cajus Marcius und anderen Patriziern vernichtend geschlagen.

23,30 *Konsul]* Gewählt von einer Volksversammlung (vgl. zu 34,10) stehen an der Spitze des römischen Staates zwei Konsuln. Ihre Amtsgewalt umfaßt potestas (Befehls- und Verbotsrecht) und imperium (Heeresbefehl). Durch das imperium kommt den Konsuln im Kriegsfalle der Oberbefehl zu.

24,13 f. *Andrerseits ... Spiels]* Bei der Darstellung des Werbungsrituals folgen vermutlich Shakespeare und Brecht derselben Quelle: Plutarch berichtet von der römischen »Sitte«, daß die Bewerber um das Amt des Konsulats »ihre Mitbürger darum ansprachen, ihnen die Hand gaben und dergleichen; dabei trugen sie bei ihrem Gange auf das Forum nur ein Überkleid ohne Tunica, entweder weil sie sich mit Rücksicht auf ihr Gesuch schon im Äußeren bescheidener darzustellen wünschten, oder weil sie, wenn sie etwa Narben hatten, diese offenbaren Beweise ihrer Tapferkeit zu zeigen beabsichtigten« (Plutarch, *Cajus Marcius Coriolanus*, Kapitel 14).

27,11 f. *Mit sechzehn Jahren focht er...]* Im Jahr 499 v. d. Z. (vgl. zu 21,39) wird Tarquinius Superbus von Cajus Marcius geschlagen. Zu den Lebensabschnitten Coriolans, vgl. zu 7,1.

28,5 *konveniert]* Konvenieren: angenehm sein, auch: übereinkommen.

28,16 *Den Mantel mir aufknöpfen]* Zum Verfahren bei der Werbung um die Gunst des Volkes, vgl. zu 24,13 f.

30,12 *O Götter, nicht! Nicht diese Töne]* Mit den Worten: »O Freunde, nicht diese Töne! Laßt uns angenehmere anstimmen, freudenvollere« wird im Schlußsatz von Beethovens 9. Symphonie die Vertonung von Schillers Ode *An die Freude* eingeleitet.

31,25 *keine Taschen]* Plutarch schreibt: »Der Verdacht von Geldverteilung und Bestechungen war gewiß nicht der Grund, warum jemand ohne Gürtel und Unterkleid sich seinen Mitbürgern nähern sollte, wenn er diese um etwas zu bitten hatte.« (Plutarch, *Cajus Marcius Coriolanus*, Kapitel 14.) Vgl. auch zu 24,13 f.

31,37-32,6 *Was ist Euer Gewerbe, Herr? ... Euer Gewerbe]* Textübernahme aus Shakespeares *Julius Caesar*, 1. Akt, 1. Szene.

32,14-25 *Ich bin ein Gärtner...]* Der Vergleich zwischen Staatskunst und Gartenpflege wird in Anlehnung an Shakespeares *König Richard II.* (3. Akt, 4. Szene) formuliert.

33,16 *Lied ... von der Dankbarkeit der Wölfin]* »Why in this Wooluish tongue should I stand heere« übersetzt Dorothea Tieck mit: »Warum soll hier mit Wolfsgeheul ich stehn«. »Wooluish tongue« bzw. (entsprechend einer in jüngster Zeit vorgenommenen Korrektur) »woolvish toge« wird in neueren Übersetzungen mit »im schäb'gen Kleid« wiedergegeben. In freier Assoziation zu dem von Tieck verwendeten Ausdruck »Wolfsgeheul« schreibt Brecht das betreffende Lied.

33,21 *römische Adler]* 100 v. d. Z. führt Marius den silbernen Adler als Feldzeichen der römischen Legionen ein. In späteren Zeiten wird der Adler zum Sinnbild kaiserlicher Macht.

34,10 *bestätigen]* Die Wahl der Konsuln (vgl. zu 23,30) erfolgt in den Zenturiatkomitien (lat.: comitia centuriata), d. h. in den nach Vermögensklassen abgestuften Versammlungen des römischen Volkes.

Eine zur Amtseinsetzung der Konsuln erforderliche Bestätigung durch Senat und Tribunat ist nicht überliefert.

34,25 *Charta]* Von lat. carta: Papier. Seit dem Mittelalter wird der Begriff im Sinn von Urkunde verwendet. Die Werbung um die Stimme des Volkes wird entsprechend einem eindeutig festgelegten, jedoch nicht schriftlich fixierten Ritual vollzogen (vgl. 24,12-21).

34,36 *Ancus Marcius, Numas Tochtersohn]* König von Rom, regiert 640-616 v.d.Z., Sohn Pompilias, der Tochter Numas.

34,36 *Numas]* Numa Pompilius, 715 v.d.Z. zum König von Rom ernannt.

34,37 *Hostilius]* Tullus Hostilius, König von Rom in der Zeit zwischen 672 und 640 v.d.Z.

35,1 *Die uns durch Röhren gutes Wasser schafften]* Gemeint ist die »Aqua Marcia«, die »Marcische Wasserleitung«, ein Aquädukt, durch das Rom mit Wasser versorgt wird.

35,6 *Kornschiffe ... aus dem besiegten Antium]* Antium: am Meer gelegene Stadt, südöstlich von Rom. Nach der Eroberung Coriolis dringt Cajus Marcius mit einigen Getreuen in Antium ein. Vieh und Getreide werden erbeutet. Vgl. Plutarch, *Cajus Marcius Coriolanus*, Kapitel 13. Die Kornfrage spielt im Shakespeare-Drama keine Rolle.

36,36 *Klienten]* Von lat.: clientes. Die Klientel bezeichnet das Verpflichtungsverhältnis zwischen dem patronus, einem gesellschaftlich einflußreichen Mann, und den clientes, die ihm fides (Treue) schulden. Als Gegenleistung für seine Dienste kommen dem cliens wirtschaftliche Vorteile und Rechtsschutz zu.

37,9 *Wo bleibt die Beute von Corioli?]* An dieser Stelle folgt Brecht den Ausführungen Plutarchs: statt die Kriegsbeute an die Staatskasse abzuliefern, soll Coriolan das im Feldzug gegen Antium erbeutete Getreide an die eigenen Gefolgsleute ausgegeben haben. Vgl. Plutarch, *Cajus Marcius Coriolanus*, Kapitel 20.

37,39 *Ädilen]* Ädil, von (lat.) aedes, Tempel. Als Gehilfen der Volkstribunen (vgl. zu 15,20) werden 493 v.d.Z. zwei Ädilen eingesetzt. Die Ädilen haben die Polizeiaufsicht über Tempel, Straßen, öffentliche Gebäude und den Markt. Zu den beiden plebejischen Ädilen kommen 367 v.d.Z. zwei weitere kurulische Ädilen.

39,21 *Wer ist Rom?]* Vgl. *Die Verurteilung des Lukullus* (Band 6), Szene 8.

39,26 *Tarpejischen Felsen]* Südspitze des Kapitolinischen Hügels. Von hier sind Verbrecher und Verräter hinabgestoßen worden.

44,23 *Metze]* Dirne.

45,27 *die Obleute der Wahlbezirke]* Mit Wahlbezirk ist Tribus, römischer Stadt- bzw. Landbezirk, gemeint.

47,11 f. *tyrannische Gewalt Euch anzueignen]* Plutarch zufolge lautet die von den Tribunen erhobene (Haupt-)Anklage gegen Coriolan »monarchistische Bestrebungen« (Plutarch, *Cajus Marcius Coriolanus*, Kapitel 20).

47,37 *Fels]* Vgl. zu 39,26.

48,27 *Tarpejischen Tod]* Vgl. zu 39,26.

50,8 f. *Das Tier mit vielen Häuptern]* Hydra, eine vielköpfige Riesenschlange, deren giftiger Atem alles Leben vernichtet. In der antiken Sage kämpft Herakles gegen die Hydra. Da ihr für jeden abgehauenen Kopf zwei neue nachwachsen, kann Herakles die Hydra erst besiegen, als es seinem Gefährten Iolaos gelingt, ihre Halsstümpfe auszubrennen. – Im Shakespeare-Drama vergleicht Coriolan in der 1. Szene des 3. Akts die Plebs mit der Hydra.

50,22 *rote Pest]* Gemeint ist die Beulen- oder Bubonenpest, zu deren Krankheitsbild ein dunkelroter Hautausschlag gehört. Die großen Seuchen im antiken Rom lassen sich aufgrund ungenauer Beschreibungen der Krankheitssymptome nicht eindeutig als Pestepidemien identifizieren.

50,27 *Das Weib des Herkules]* Megara, die Tochter Kreons.

50,28 *Sechs seiner Taten]* Der griechischen Mythologie zufolge hat Herakles (lat. Herkules) zwölf nahezu unlösbare Aufgaben zu erfüllen, um sich aus der Gewalt des Eurystheus zu befreien und unsterblich zu werden.

58,35 *Fefamessers]* Konnte nicht ermittelt werden.

61,23 *Strebend nach Selbstherrschaft]* Damit ist Coriolans Streben nach der Wiedererrichtung des Königtums gemeint, vgl. auch S. 359.

63,33 *Styx]* Begriff aus der griechischen Mythologie, Fluß in der Unterwelt.

64,6 *Schurzfellburschen]* Schurzfell: Lederschürze.

64,37 *Salz der Erde]* Als Salz der Erde bezeichnet Jesus seine Jünger, vgl. Matthäus 5,13. Von der reinigenden Kraft ihrer Tugenden wird eine Läuterung der Menschheit erwartet.

71,9 *Dotterers]* Dottern: zittern.

72,36 *Die Väter]* Vgl. zu 13,19.

75,18 *Gehherda]* Zusammenfügung aus »geh her da«. Von Brecht gelegentlich verwendete Bezeichnung für einen, der anderen die Geschäfte erledigen soll. Vgl. *Die heilige Johanna der Schlachthöfe* (Szene 7), *Die Tage der Kommune* (Szene 6), das Stückfragment *Das wirkliche Leben des Jakob Gehherda* und die *Flüchtlingsgespräche*.

75,32 f. *Jung Publicolas berühmte Schwester]* Valerius Publicola, Sohn des Valerius Publicola, 475 und 460 v. d. Z. Konsul. Angaben über eine Schwester Valeria konnten nicht ermittelt werden.

75,33 *Luna]* Römische Mondgöttin.

81,30 f. *nach der Verordnung Numa Pompilius']* Vgl. Plutarch, *Cajus Marcius Coriolanus*, Kapitel 39. Vgl. zweite Anmerkung zu 34,36.

81,33 f. *öffentliches Tragen von Trauer]* Plutarch zufolge »erbaten die Frauen sich die Erlaubnis«, Coriolan »zehn Monate lang betrauern zu dürfen«. Dem Ersuchen wird zugestimmt. Vgl. Plutarch, *Cajus Marcius Coriolanus*, Kapitel 39.

# ANNA SEGHERS. DER PROZESS DER JEANNE D'ARC ZU ROUEN 1431

## *Textgrundlage*

*Anna Seghers. Der Prozeß der Jeanne d'Arc zu Rouen 1431 (in der Bearbeitung des Berliner Ensembles)*, Berlin: Aufbau-Bühnen-Vertrieb 1953. Exemplar aus dem Nachlaß, von Brecht handschriftlich korrigiert und ergänzt. – Anhang: Die Szenen 1, 12 und 17 der erweiterten Fassung von 1954, Typoskripte aus dem Nachlaß.

## *Übersicht*

Herbst 1952: Bearbeitung des Hörspiels *Der Prozeß der Jeanne d'Arc zu Rouen 1431* von Anna Seghers. Mitarbeiter: Benno Besson und – in geringem Maße – Anna Seghers.
23. November 1952: Uraufführung in den Kammerspielen des Deutschen Theaters, Berlin/DDR.
1953: Druck als Bühnenmanuskript (14 Szenen) im Aufbau-Bühnen-Vertrieb, Berlin.
Anfang 1954: Überarbeitung und Erweiterung des Stücks (17 Szenen).
April 1954: Erstaufführung einer nochmals überarbeiteten Spielfassung (16 Szenen).
1959: Postume Edition der Spielfassung (16 Szenen) in *Stücke*, Band 12 (Suhrkamp Verlag, Frankfurt a. M.; 1962: Aufbau-Verlag, Berlin und Weimar).

## *Entstehung*

Im Herbst 1952 bearbeitet Brecht unter Mitarbeit von Benno Besson das Hörspiel *Der Prozeß der Jeanne d'Arc zu Rouen 1431* von Anna Seghers für die Bühne. Seghers hat ihr Hörspiel 1937 im Auftrag des Rundfunks Antwerpen für die Sendereihe *Processen zooals ze werkelyk waren* (Prozesse wie sie wirklich waren) geschrieben. Das Hörspiel wird im gleichen Jahr unter dem Titel *Het Proces van Jeanne d'Arc in Rouen 1431* ausgestrahlt. Parallel zur Rundfunkübertragung erscheint eine deutschsprachige Textfassung in der Zeitschrift *Internationale Literatur* (Moskau, 1937, Heft 5, S. 74-90). Die Bearbeitung des Berliner Ensembles entsteht auf der Grundlage dieser Erstpublikation.

Aktueller Bezugspunkt des Hörspiels von Seghers ist der sich in Europa ausbreitende Faschismus, insbesondere der Putsch General

Francos gegen die spanische Volksfrontregierung. Seghers versteht ihr Werk als einen Aufruf zum Widerstand. Sie will mit *Der Prozeß der Jeanne d'Arc zu Rouen 1431* einen Beitrag zur Diskussion über den antifaschistischen Befreiungskampf leisten.

Das Hörspiel ist unter dem Eindruck des Films *La Passion de Jeanne d'Arc* (Die Passion der Jeanne d'Arc) von Carl Theodor Dreyer entstanden. In seinem 1927 produzierten Stummfilm versucht Dreyer durch Großaufnahmen und eine expressiv gesteigerte Körpersprache die Gefühlslage der am Prozeß beteiligten Personen zum Ausdruck zu bringen. Seinen eigenen Worten nach kommt es dem dänischen Regisseur nicht darauf an, »das objektive Drama der Bilder«, sondern »das innere Drama der menschlichen Seelen« sichtbar zu machen (*Cinémagazine*, Paris, Nr. 36, 9. September 1927). »Ich war damals sehr beeindruckt von dem Stummfilm, den Dreyer [...] gemacht hat«, schreibt Anna Seghers dreißig Jahre nach der Abfassung ihres Hörspiels am 1. Februar 1968 in einem Brief an das Piccolo Teatro di Milano (Anna-Seghers-Archiv, Akademie der Künste zu Berlin). Der Film ist auf der Grundlage der historischen Prozeßprotokolle gedreht worden; dargestellt werden die letzten Lebenstage Jeanne d'Arcs.

Die Bearbeitung des Hörspiels ist 1952 nach Auskunft von Benno Besson auf Initiative Brechts zustande gekommen. Neben Brecht und Besson hat an ihr auch Anna Seghers mitgewirkt (vgl. *Der Regisseur Benno Besson*, hg. v. André Müller, Berlin/DDR 1967, S. 26). Seghers soll vor allem zur Ausgestaltung der Volksszenen beigetragen haben. – Als 1959 die Spielfassung von 1954 (16 Szenen) in *Stücke*, Band 12, erscheint, wird als Mitarbeiter lediglich Benno Besson genannt. In einem Brief der Herausgeberin Elisabeth Hauptmann an Peter Suhrkamp heißt es: »Wichtig war ihr [Seghers], daß sie nicht als Bearbeiterin ihres eigenen Hörspiels genannt wird.« (Hauptmann an Suhrkamp, 11. März 1959; Elisabeth-Hauptmann-Archiv, Akademie der Künste zu Berlin.)

Nach *Die heilige Johanna der Schlachthöfe* (Band 3) und *Die Gesichte der Simone Machard* (Band 7) unternimmt Brecht mit *Der Prozeß der Jeanne d'Arc zu Rouen 1431* einen weiteren Versuch, Elemente aus der Lebensgeschichte der französischen Nationalheldin in einem Bühnenwerk zu gestalten. Zu der Entscheidung, das Hörspiel von Anna Seghers zu bearbeiten, haben mehrere Faktoren beigetragen. Zum einen betrachtet es Brecht als eine wesentliche Aufgabe seiner Theaterarbeit, dem Publikum in der DDR die großen Gestalten der Weltliteratur und der Weltgeschichte zugänglich zu machen. Zum anderen ist er – nach übereinstimmenden Angaben von Käthe Rülicke und Benno Besson – daran interessiert, seiner Geliebten, der Schauspielerin Käthe Reichel, eine Hauptrolle anbieten zu können.

Ebenso wie Shakespeares *Coriolan* wird auch die Geschichte der Jeanne d'Arc für die Inszenierung im Berliner Ensemble unter politischen Gesichtspunkten neu bewertet. Die heilige Johanna, im zweiten Weltkrieg Symbolfigur des französischen Widerstands gegen die Naziherrschaft, erscheint Brecht und seinen Mitarbeitern auch nach dem Sieg über die Hitler-Diktatur von unverminderter Aktualität: den Kampf gegen den Faschismus gilt es als Kampf gegen den Imperialismus fortzusetzen und dem Nationalismus von oben einen volksverbundenen Patriotismus von unten entgegenzusetzen. Im Programmheft der Uraufführung wird in diesem Zusammenhang u. a. auf den Prozeß gegen den französischen Matrosen Henri Martin verwiesen. Martin, der während des Indochina-Kriegs (1946-1954) die Angehörigen der Kriegsmarine zur »Gehorsamsverweigerung« aufruft und der Regierung in Paris vorwirft, »die Interessen Frankreichs zu verraten«, wird 1951 wegen »Demoralisierung« der kämpfenden Truppe zu fünf Jahren Gefängnis verurteilt (vgl. Auszüge aus den Protokollen der Gerichtsverhandlung vom 17. Oktober 1950, in: Programmheft *Der Prozeß der Jeanne d'Arc zu Rouen 1431*, Berliner Ensemble, Spielzeit 1952/53).

Jeanne d'Arc, auch Jeanne la Pucelle oder Jungfrau von Orléans genannt, wird am 6. Januar 1412 in Domrémy, einem kleinen Ort in Lothringen geboren. Ihre Geburt fällt in die Zeit des Hundertjährigen Krieges (1339-1453). König Edward III. von England, der Ansprüche auf den französischen Thron geltend macht, hält mit seinen Truppen große Teile Frankreichs besetzt. Im Alter von 12 Jahren – so die Überlieferung – hört Jeanne zum ersten Mal Stimmen, die sie mit der Befreiung ihres Vaterlands beauftragen. 1428 macht sie sich auf den Weg zu Charles VII., dem rechtmäßigen König von Frankreich. Ihr gelingt es, den König von ihrer Mission zu überzeugen. An der Spitze des französischen Heeres befreit sie am 8. Mai 1429 Orléans von der Belagerung. Nach einem erneuten Sieg über die Engländer bei Patay führt sie am 30. Juni Charles VII. zur Krönung nach Reims. Bei weiteren Kämpfen wird sie von – mit den Engländern verbündeten – burgundischen Truppen gefangengenommen, an die Engländer ausgeliefert und am 3. Januar 1431 den Kirchenbehörden übergeben, die ihr im Auftrag der Besatzungsmacht in Rouen den Prozeß machen. Die Anklage lautet auf »Vergehen gegen den rechten Glauben«. Durch den Prozeß soll der Nachweis erbracht werden, daß Jeanne d'Arc mit dem Teufel im Bunde steht. Am 9. Januar wird das Verfahren gegen sie eröffnet, am 21. Februar findet die erste öffentliche Sitzung des Gerichtstribunals statt. Nachdem Jeanne d'Arc am 24. Mai der Ketzerei abgeschworen hat, den Widerruf jedoch kurz darauf zurücknimmt, wird sie am 30. Mai 1431 als Hexe verbrannt. 1450 erfolgt die Wiederaufnahme des Verfahrens. Am 7. Juli 1456 wird das zuvor gefällte Urteil revidiert. 1909 wird Jeanne d'Arc selig, 1920 heilig gesprochen. Den Beinamen Jungfrau von Orléans hat sie erhalten, da die Befreiung Orléans' von der englischen Belagerung als entscheidende Wende im Hundertjährigen Krieg betrachtet wird. Der Krieg endet 1453 (offizieller Friedensschluß 1475) mit der Vertreibung der Engländer vom französischen Festland (mit Ausnahme von Calais).

Anna Seghers konzentriert sich in ihrer Darstellung des Gerichtsprozesses auf das persönliche Schicksal Jeanne d'Arcs. Sie folgt dem aus den Protokollen ersichtlichen Prozeßverlauf von der Eröffnung des Gerichtsverfahrens am 9. Januar 1431 bis zur öffentlichen Verbrennung der Angeklagten am 30. Mai – ohne jedoch Ort und Zeit der Handlung näher zu spezifizieren. Ihre Angaben beschränken sich auf die im Titel enthaltenen Informationen. Die am Prozeß teilnehmenden Anklagevertreter werden von ihr nur zum Teil benannt. Weniger bedeutende Figuren werden unter der Sammelbezeichnung »Beisitzer« zusammengefaßt. Angehörige des einfachen Volkes treten lediglich in der Anfangs- und Schlußszene in Erscheinung. Seiner ökonomischen und politischen Interessenlage nach wird das Volk bei Seghers als eine Einheit dargestellt: Gegensätze zwischen Bürgern, Bauern, Handwerkern und niederem Klerus kommen im Hörspiel nicht zum Tragen. Seghers verzichtet weitgehend darauf, den Repräsentanten der Bevölkerung individuelle Züge zu verleihen.

Bei der Bearbeitung werden 1952 zahlreiche Veränderungen vorgenommen. Während bei Seghers Zäsuren und Szenenwechsel nicht näher bezeichnet werden, sondern lediglich durch Pausen angedeutet sind, wird der Text von Brecht und Besson in 14 Einzelszenen gegliedert. Zugleich werden Zwischentitel eingefügt, die genau Auskunft über Zeit und Ort des Geschehens geben. Die Spielhandlung wird in der Bearbeitung mehrfach durch das Lied *Der Bischof Cauchon von Beauvais* unterbrochen. Es wird zunächst in der 1. und 4. Szene gesungen. In der 6. und 7. ist die Melodie ohne Gesang nochmals zu hören. Das Lied wird in Begleitung eines Dudelsacks vorgetragen. Wie aus dem Text *Das Spottlied* hervorgeht (vgl. Band 24), soll der letzte Vers erneut in der Schlußszene auftauchen. Ein entsprechender Hinweis darauf ist jedoch im Bühnenmanuskript nicht enthalten.

Die bereits im Hörspiel von 1937 angelegten Volksszenen werden in der Bearbeitung ausgeführt und ergänzt: ein Teil der Wochenmarkt-Szene (Szene 4), die beiden Weinschenken-Szenen (Szene 7 und 12) und die Marktplatz-Szene (Szene 9), in denen Angehörige aus dem Volk ausführlich zu Wort kommen, werden neu geschrieben.

Gegenüber dem für den Hörfunk konzipierten Text von Anna Seghers eröffnen sich in der Bühnenversion von 1952 neue Darstellungsmöglichkeiten. Käthe Rülicke hat dazu festgehalten:

> Jede Szene hat eine soziale Aussage. 1. Szene: Volk wird zurückgedrängt, es soll nichts erfahren. Man muß so von jeder Szene einen wissenswerten Gestus erfahren. Wenn das gezeigt wird, braucht man Johanna selbst nicht zu sehen.

> Der Autor hält (Szene 1) für wichtig, was die Bevölkerung sagt. Das ist das, was der Rundfunk nicht kann. Es ist nicht drin, dieses immerwährende Zurückdrängen. Er kann Geräusche bringen, aber z.B. nicht, daß einer durchschlüpfen will. (Rülicke, *Brecht über Seghers' »Johanna«*, 9. September 1952, Nachlaß.)

Neben einer gestischen Darstellungsweise ist auf der Bühne außerdem eine individuelle Ausdifferenzierung der an den Prozeß- und Volksszenen beteiligten Personen möglich (die unterschiedlichen Figuren sind für das Publikum – anders als bei einer Rundfunkübertragung – problemlos zu identifizieren).

Bei der Gestaltung der Volksszenen wird 1952 von Brecht und Besson wie folgt verfahren: »In den Aufführungen von *Der Prozeß der Jeanne d'Arc* und *Katzgraben* wurden Massenszenen ohne Hinzuziehung von Statisten inszeniert; die (winzigen) Rollen wurden unter einige der besten Schauspieler verteilt und individuell ausgestaltet. Die Anzahl der Personen wurde auf ein Minimum beschränkt.« (*An die Sektion für Darstellende Kunst der Akademie der Künste*, Band 23.) Ergänzend heißt es im Programmheft der Uraufführung: »Wir waren bemüht, aus der ›Masse‹, die man auf dem Theater oft als dumpf murmelnden Chorus vorfindet, eine sozial gegliederte Gruppe von Personen zu machen, Individuen, deutlich von einander unterschieden, mit eigenen unverwechselbaren Zügen, mit Schicksalen und, soweit möglich, mit Entwicklungen.« (Programmheft *Der Prozeß der Jeanne d'Arc zu Rouen 1431*, Berliner Ensemble, Spielzeit 1952/53.)

In der Bearbeitung erhalten die Personen aus dem Volk Namen und Berufsbezeichnungen oder werden auf andere Weise näher charakterisiert (z.B. als Lockeres Mädchen). Auch die Beisitzer, die Bischof Cauchon bei seiner Rechtsfindung assistieren, werden beim Namen genannt. Den historischen Prozeßakten folgend heißen sie: Guillaume Erard, Nicolas Midi, Guillaume Manchon, Jean d'Estivet, Jean Lefèvre, Gérard Feuillet und Thomas de Courcelles.

Entsprechend ihrer gesellschaftlichen Stellung verfolgen die einzelnen Figuren unterschiedliche Interessen und Ziele. Brecht und Besson kommt es in *Der Prozeß der Jeanne d'Arc* darauf an, die Widersprüche und wechselnden Konstellationen zwischen den Individuen und gesellschaftlichen Gruppen – Militär, Klerus, Bürgertum, Bauern etc. – herauszuarbeiten. Besson erklärt in diesem Zusammenhang: »Da war die Dialektik: das Benehmen der Johanna, das Benehmen des Volkes, der Engländer, der Franzosen und aller anderen Kräfte, die aufeinander wirkten und sich in einem gegenseitigen Kampf entwickelten, die sich veränderten und damit wieder die ganze Situation änderten.« (*Der Regisseur Benno Besson*, hg. v. André Müller, Berlin/DDR 1967, S. 22; vgl. auch *Dialektische Momente in Bearbeitung und Aufführung von »Prozeß der Jeanne d'Arc«*, Band 24.)

Anders als im Hörspiel werden die »Stimmen«, die Jeanne d'Arc befehlen, Frankreich von den Engländern zu befreien, in der Bearbeitung auf ›materialistische‹ Weise gedeutet: aus den »Stimmen« werden die »Stimmen des Volkes« (vgl. den Schluß von Szene 10, Szene 11 und im Anhang Szene 17). Im Programmheft der Uraufführung heißt es dazu:

> Das Zeitalter ist tief religiös. Johanna hört Stimmen. Was für Stimmen sind das? Für Johanna sind es die Stimmen von Heiligen und Engeln. Aber wenn man horcht, was diese Stimmen ihr raten, so sagen sie, was das Volk sagt. Die Engländer müssen vertrieben werden aus Frankreich. So und so muß man es machen. Die und die sind die Feinde des Volkes, die und die seine Freunde. Die Stimme des Volkes wird für Johanna die Stimme Gottes.
> Die hohen Geistlichen in ihrem Prozeß zeigen sich außerordentlich interessiert an diesen Stimmen. Sie kommen von unten. Also kommen sie für die Engländer und die Kollaborateure vom Teufel.« (*Der Prozeß der Jeanne d'Arc zu Rouen 1431*, Berliner Ensemble, Spielzeit 1952/53.)

Bereits in ersten Aufzeichnungen zu *Die Gesichte der Simone Machard* hat Brecht notiert: »Die Stimmen, die Jeanne hört, sind Stimmen des Volkes, was der Hufschmied sagt und der Bauer.« (*Journale*, 7. Juli 1940.)

In einer Vorbemerkung zum Hörspiel, die nahezu unverändert in die Bearbeitung übernommen wird (vgl. 84,1-6), verweist Seghers auf ihre historiographischen Quellen. Entgegen den Angaben in der Vorbemerkung ist der Prozeß nicht »in lateinischer«, sondern in französischer Sprache »täglich protokolliert« worden. Von dieser französischsprachigen Urschrift des Protokolls (*minuta in gallico*) sind lediglich jene Teile überliefert, die den Prozeßverlauf ab dem 6. Verhandlungstag dokumentieren. Das einzig erhaltene Exemplar ist von Guillaume Manchon, einem am Prozeß beteiligten Gerichtsnotar abgefaßt worden. Manchon hat nach dem Tode der Angeklagten, frühestens 1435, gemeinsam mit Thomas de Courcelles das französische Protokoll ins Lateinische übertragen, die Vernehmungen vervollständigt und eine ausführliche Darstellung des gesamten Prozeßverlaufs hinzugefügt. Von dieser sogenannten Apologie der Richter, die gleich der französischen Urfassung in indirekter Rede abgefaßt ist, werden von Manchon drei Exemplare angefertigt: eins für den König von England, eins für den Inquisitor und ein drittes für Pierre Cauchon, Bischof von Beauvais und prozeßführender Richter. Eines der drei Exemplare befindet sich in der Bibliothek der französischen Nationalversammlung (La Bibliothèque de l'Assemblée Nationale, der früheren Bibliothek der Deputiertenkammer: La Bibliothèque de la Chambre des Députés), die beiden andern in der Bibliothèque Nationale. Zwei weitere, von Manchon und anderen Notaren unterschriebene Ausfertigungen sind verlorengegangen. Vermutlich hat Seghers nicht nur das in der Vorbemerkung zu ihrem Hörspiel angegebene »Protokoll der Deputiertenkammer«, sondern darüber hinaus auch die beiden Manuskripte der Bibliothèque Nationale eingesehen (vgl. Seghers' Brief an das Piccolo Teatro di Milano, 1. Februar 1968, Anna-Seghers-Archiv).

Im Nachlaß von Seghers befindet sich folgende Ausgabe der Prozeßprotokolle: Joseph Fabre, *Procès de Condamnation de Jeanne d'Arc*. D'après les textes authentiques des procès-verbaux officiels. Traduction avec éclaircissements, Paris: Librairie Ch. Delagrave 1848.

Neben den Prozeßprotokollen werden von Seghers als weitere Quellen »Gutachten« und »Berichte von Zeitgenossen« genannt. Es handelt sich hierbei um die Gutachten der theologischen Fakultät und der Fakultät des kanonischen Rechts, die im Auftrag des Gerichtstribunals von Professoren der Pariser Universität angefertigt werden, sowie um Berichte von Personen, die 1431 am Prozeß der Jeanne d'Arc teilgenommen haben und deren Aussagen durch die Protokolle des Rehabilitierungsverfahrens überliefert sind. Die Zeugenaussagen werden von Seghers zum Teil ins Deutsche übertragen.

Während der Proben zu *Der Prozeß der Jeanne d'Arc* notiert Brecht:

> Aus dem Hörspiel Anna Seghers' *Prozeß der Jeanne d'Arc* machten wir ein Zweistundenstück, das wir jetzt inszenierten. Hauptsächlich nach den Originalprotokollen und den Zitaten in Anatole Frances Buch. (*Journale*, 17. November 1952.)

Nach Auskunft von Benno Besson sind die »Originalprotokolle« für die Bearbeitung nicht eingesehen worden. Statt dessen läßt sich aus einzelnen Details einer ausführlichen Darstellung der Hinrichtung im Programmheft von 1952 schließen, daß folgende Übersetzung für *Der Prozeß der Jeanne d'Arc* verwendet wird: *Jeanne d'Arc. Die Akten der Verurteilung*, übertragen und eingeleitet von Josef Bütler, Einsiedeln/Köln: Benziger 1943.

Bei dem Buch von Anatole France, das Brecht erwähnt, handelt es sich um: *Vie de Jeanne d'Arc*, 2 Bände, Paris: C. Lévy 1908 (dt. zuerst 1926, gekürzt; *Das Leben der heiligen Johanna*, übersetzt und bearbeitet von Friderike Maria Zweig, Nürnberg: Verlag Hans Carl, 1946).

Die Uraufführung findet am 23. November 1952 statt. Zu Beginn des Jahres 1954 wird das Stück von Brecht und seinen Mitarbeitern überarbeitet: es erhält eine Rahmenhandlung (neue Anfangs- und Schlußszene) sowie eine weitere Szene, die in der Weinschenke »Zum Fischzug Petri« spielt (vgl. Anhang, S. 121-123). Auf der Grundlage dieser Überarbeitung (17 Szenen) entsteht eine neue Bühnenfassung (16 Szenen), die in der Zeit vom April bis Juni 1954 gespielt wird. Die Erweiterung der Dramenhandlung ist nach Auskunft von Benno Besson aus mehreren Gründen vorgenommen worden: zum einen wird durch die neu konzipierten Volksszenen ein stärkeres Gegengewicht zu den Prozeßszenen geschaffen. Zum anderen ermöglicht die Erweiterung eine eigenständige Inszenierung. Bis zum April 1954 ist die Bearbeitung in der Fassung von 1952 (Spieldauer ca. 90 Minuten) gemeinsam mit dem Einakter *Die Gewehre der Frau Carrar* aufgeführt worden. Nach dem Einzug in das Theater am Schiffbauerdamm eröffnet sich dem Berliner Ensemble im Frühjahr 1954 zum ersten Mal seit seiner Gründung (1949) die Chance, einen eigenen Spielplan zu erarbeiten. Um ein vielseitiges Programm mit wechselnden Inszenierungen anbieten zu können, werden abendfüllende Bühnenproduktionen, wie das kurz zuvor durch eine Rahmenhandlung erweiterte Jeanne-d'Arc-Drama, benötigt.

## *Text/Fassungen*

Es lassen sich zwei Fassungen unterscheiden: die Fassung der Uraufführung von 1952 (14 Szenen) und eine um drei Szenen erweiterte Fassung aus dem Jahr 1954, von der im Nachlaß eine gekürzte Version (16 Szenen) vorliegt.

Einer der wesentlichen Unterschiede der Überarbeitungen von 1954 gegenüber der Erstfassung besteht in der Erweiterung der Dramenhandlung durch eine neue Anfangs- und Schlußszene (vgl. Anhang, S. 120-125). Für die neuen Szenen werden vier Strophen des Gedichts *Ditié de Jehanne d'Arc* von Christine de Pisan von Martin Pohl ins Deutsche übertragen. De Pisan, die seit 1418 in der Abgeschiedenheit des Klosters Poissy lebt, hat 1429 unter dem Eindruck der Befreiung Orléans' ein 61 Strophen umfassendes Loblied auf Jeanne d'Arc geschrieben. In *Ditié de Jehanne d'Arc* wird die Dankbarkeit einer königstreuen Patriotin über die als göttliche Fügung interpretierte Wende im Hundertjährigen Krieg zum Ausdruck gebracht. Das Gedicht endet in der Gewißheit, daß es Jeanne d'Arc und König Charles VII. bei dem unmittelbar bevorstehenden Kampf um Paris gelingen wird, die Stadt zurückzuerobern. Der Text ist erstmalig 1838 auf der Grundlage des in der Bibliothek der Stadt Bern verwahrten Manuskripts von Achille Jubinal publiziert worden: *Ung Beau Ditié fait par Christine de Pisan à la louange de Jeanne d'Arc*, in: *Rapport à M. le Ministre de l'Instruction publique, suivi de quelques pièces inédites tirées des manuscrits de la Bibliothèque de Berne*, Paris: La Librairie Spéciale des Sociétés Savantes 1838, S. 75-88. - Drei der von Pohl übersetzten Strophen werden in die Rahmenhandlung der vom Berliner Ensemble 1954 gespielten Fassung übernommen. Es handelt sich dabei um – teilweise recht freie – Übertragungen der 34., 35. und 40. Strophe (vgl. Anhang, S. 120f.). Zwei weitere Strophen (die 3. Strophe in der 1. Szene, 120,27-35 und die Strophe in der Schlußszene, 125,9-16) werden von Brecht im Stil der Vorlage neu geschrieben. Am 26. März 1954 wird das Gedicht von Kurt Schwaen vertont.

In den neu konzipierten Szenen werden mehrere Personen der Dramenhandlung hinzugefügt: Jacques Legrain, Großvater Breuil, sein Enkel und weinpflückende Mädchen. Legrain übernimmt im Hauptteil die Rolle des Reisenden der Erstfassung. Die Rolle des Rektors der Pariser Universität, Thomas de Courcelles, wird gestrichen.

Zusätzlich zu den beiden bereits vorhandenen Weinschenken-Szenen (Szene 7 und 12 der Textgrundlage) wird für das Stück 1954 eine weitere Volksszene geschrieben, die ebenfalls im Wirtshaus »Zum Fischzug Petri« spielt (Szene 12, vgl. Anhang S. 121-123). Die neue Szene folgt auf Szene 10 der Textgrundlage, die durch die eingefügte Anfangsszene nun zur Szene 11 wird. Eine weitere Umstellung betrifft jene Textpassage, in der Jeanne d'Arc von ihrer Zusammenkunft mit Katharina von La Rochelle berichtet. Ursprünglich Teil der 1. Prozeßszene (Szene 2 der Textgrundlage) gibt die Angeklagte jetzt ihre Ansichten über Katharina während des Verhörs im Tour des Champs zu Protokoll (Szene 3 der Textgrundlage). Ferner wird im Zuge der Überarbeitung die bisherige Schlußszene (Szene 14 der Textgrundlage) gekürzt. Sie endet nach den Worten: »Sie schreit auch nicht mehr« (118,22).

Ob die Fassung von 1954 mit 17 Szenen je gespielt wurde, konnte nicht ermittelt werden. Während der Proben oder nach der ersten Vorführung scheinen jene Veränderungen vorgenommen worden zu sein, die zur Kürzung der Fassung von 1954 geführt haben. Diese Version wird ab April 1954 gespielt. Aufzeichnungen im Berliner Ensembles ist zu entnehmen, daß die Anfangsszene überarbeitet worden ist: die erste Strophe (»Welch ein Ruhm...«, 120,9-17) wird gestrichen. Die verbleibenden zwei Strophen der Pisan-Übertragung werden durch Dialoge der rezitierenden Mädchen unterbrochen. Die 14. Szene (*Weinschenke »Zum Fischzug Petri«*, Szene 12 der Textgrundlage) wird gestrichen. Die Szenen 11 (*Im Haus des Bischofs*, Szene 10 der Textgrundlage) und 12 (ergänzte Szene *Weinschenke »Zum Fischzug Petri«*, im Anhang) werden in umgekehrter Reihenfolge gespielt. Gleichzeitig wird die ergänzte Szene 12 stark gekürzt. Auf die Worte des lockeren Mädchens: »Es nimmt mich alles so mit« (vgl. 123,9), erwidert der Wirt in der neuen Version: »Nicht nur Sie, Mademoiselle, nicht nur Sie.« Mit diesem Satz schließt die Szene.

Der vorliegenden Ausgabe liegt ein Exemplar des 1953 vom Aufbau-Bühnen-Vertrieb gedruckten Bühnenmanuskripts mit handschriftlichen Korrekturen Brechts zugrunde. Der Text ist mit dem der Uraufführung von 1952 weitgehend identisch. Im Anhang folgen die Anfangs- und Schlußszene sowie die zusätzliche Weinschenken-Szene der erweiterten Fassung von 1954.

Die nach 1952 vorgenommenen Veränderungen der Dramenstruktur können der folgenden Synopse entnommen werden:

| Fassung 1952 | Fassung 1954 | Fassung 1954 Überarbeitete Version |
|---|---|---|
| | 1 | 1 |
| 1 | 2 | 2 |
| 2 | 3 | 3 |
| 3 | 4 | 4 |
| 4 | 5 | 5 |
| 5 | 6 | 6 |
| 6 | 7 | 7 |
| 7 | 8 | 8 |
| 8 | 9 | 9 |
| 9 | 10 | 10 |
| 10 —— | 11 ⨯ | 11 |
| | 12 ⨯ | 12 |
| 11 | 13 | 13 |
| 12 | 14 | – |
| 13 | 15 | 14 |
| 14 | 16 | 15 |
| | 17 | 16 |

Zur Textgestaltung in der vorliegenden Ausgabe:

Abweichende Schreibweisen bei den Sprechernamen – mit oder ohne Artikel – sind (nach Häufigkeit in der Textgrundlage) vereinheitlicht, Abkürzungen der Sprechernamen aufgelöst worden.

84,9 *Personen]* Das Personenverzeichnis ist für die vorliegende Ausgabe korrigiert und ergänzt worden.

84,14 *Gérard Feuillet]* Welcher der auftretenden Personen dieser Name zuzuordnen ist, konnte nicht ermittelt werden. Möglicherweise handelt es sich bei dem »Schreiber« (88,19) um Gérard Feuillet.

84,26 *Weitere Personen in den Szenen des Anhangs]* Dieses Verzeichnis ist nachträglich eingefügt worden.

85,1 *1]* In der Textgrundlage stehen die Szenentitel als Zwischentitel jeweils auf einer neuen rechten Seite. Vor der ersten Szenenanweisung (z.B. 85,13) wird die Nummer der Szene wiederholt.

93,23 *Sankt Katharina]* In der Textgrundlage: »Sankt Katharine«. Die Schreibweise ist vereinheitlicht worden.

121,7 *Jacques Legrain]* In der Textgrundlage wird diese Figur wechselnd als »Jacques Legrain«, »Legrain« oder »Jacques« bezeichnet. Der Sprechername ist vereinheitlicht worden.

121,8 *Compiègne]* In der Textgrundlage: »Combiennes«.

124,22-26 *Sag ... hein?]* Diese Textstelle ist von Brecht handschriftlich mit Klammern versehen worden.

125,13 *Scheiten]* In der Textgrundlage: »Scheitern«.

## *Wirkung*

Unter der Regie von Benno Besson findet am 23. November 1952 die Uraufführung des Stücks (14 Szenen) in den Kammerspielen des Deutschen Theaters statt. Die Kostüme und das Bühnenbild – ein dreigeteilter Altarhintergrund – werden von Hainer Hill entworfen. Käthe Reichel spielt Jeanne d'Arc, Erwin Geschonneck den Bischof Cauchon. Während Käthe Reichel allgemeinen Beifall findet, wird die Darstellung des Bischofs als überzogene »Karikatur« empfunden (vgl. Peter Edel, in: *B-Z am Abend*, Berlin/DDR, 10. Februar 1953). Die Inszenierung insgesamt findet – soweit sie überhaupt zur Kenntnis genommen wird – in der DDR-Presse wenig Zustimmung. Brechts Feststellung: »Unsere Aufführungen in Berlin haben fast kein Echo mehr« (*Journale*, 4. März 1953), ist u. a. im Kontext einer ausbleibenden Würdigung seiner *Jeanne d'Arc*-Bearbeitung zu betrachten. Der Versuch, für das Seghers-Hörspiel eine bühnenadäquate Darstellungsform zu finden, gilt als weitgehend mißlungen. Zurückhaltend formuliert Henryk Keisch in *Neues Deutschland*: »Die ursprüngliche Hörspielform und, damit zusammenhängend, das Fehlen einer echten Handlung, setzen der dramatischen Spannweite des Werkes notwendige Grenzen« (Berlin/DDR, 19. März 1953). Auch von anderer Seite wird der Verzicht auf eine bühnenwirksame Gestaltung des Hörspielstoffs beklagt. Die Handlung bleibe »unausgeführt«, heißt es in der *B-Z am Abend* (Peter Edel, 10. Februar 1953). Noch ehe die »dramatische Entwicklung« »richtig anlaufe«, würde sie durch einen »Bildwechsel« wieder »unterbrochen« (Wolfgang Carlé, in: *Junge Welt*, Berlin/DDR, 28. Januar 1953). Der mangelnde »Fluß einer Erzählung«, die immer wieder »jah abbrechende« Szenenfolge (Fritz Erpenbeck, in: *Theater der Zeit*, Berlin/DDR, März 1953) und »die Ankündigung jedes der Bilder durch Zwischenansage« werden von den Rezensenten als »belastend« empfunden (*Der Morgen*, Berlin/DDR, 28. Januar 1953). Trotz des »enormen Arbeitsaufwands« und des »künstlerischen Einfallsreichtums« könne das Stück – so Erpenbeck – zu keiner »geschlossenen Wirkung« gelangen. Er bedauert, daß es sich bei der Bearbeitung des Seghers-Hörspiels »offenbar nicht um den Versuch« handele, »ein Drama zu zeigen« (*Theater der Zeit*). Das Stück wird von den Rezensenten im allgemeinen in abwertender Weise als »Szenenfolge« und »Bilderbogen« bezeichnet.

Das Stück wird außer bei der Uraufführung zusammen mit Brechts *Die Gewehre der Frau Carrar* gespielt. Ab April 1954 bis zum 13. Juni wird die Überarbeitung der erweiterten Fassung von *Der Prozeß der Jeanne d'Arc zu Rouen 1431* (16 Szenen) aufgeführt. Die Inszenierung von 1954 wird von der Kritik nicht beachtet.

## *Zeilenkommentar*

83,2 *Prozeß]* Nachdem Jeanne d'Arc 1430 gefangengenommen worden ist, wird ihr ein Jahr später von der Kirche wegen »verschiedener Vergehen gegen den rechten Glauben« (Protokoll der 1. öffentlichen Sitzung vom 21. Februar 1431) der Prozeß gemacht (zum Verlauf des Prozesses vgl. S. 376). Das Verfahren gegen Jeanne d'Arc weist Merkmale eines Inquisitionsprozesses auf: so nehmen neben dem prozeßführenden Richter (vgl. erste Anmerkung zu 84,3) an den Gerichtsverhandlungen auch ein »Promotor« (Jean d'Estivet), d. h. ein Anklagevertreter der Kirche, und der stellvertretende Glaubensinquisitor teil. Den öffentlichen Sitzungen folgen Sonderverhöre und unmittelbar vor der Urteilsfindung zwei eindringliche Ermahnungen (exhortatio caritativa), vorgetragen von Jean de Châtillon (vgl. Szene 5). Auf die Anwendung der Folter wird im Fall Jeanne d'Arc verzichtet. Sie folgt der Aufforderung zum Widerruf, zieht ihn jedoch kurz danach wieder zurück und wird in einem Rückfälligkeitsprozeß zum Tode durch Verbrennen verurteilt. Zur Vollstreckung des Urteils wird sie den weltlichen Justizorganen übergeben. – Obwohl sie als Besatzungsmacht über alle Mittel der Staatsgewalt verfügen, verzichten die Engländer darauf, Jeanne d'Arc durch eigene Instanzen aburteilen zu lassen, da sie sich von der Verurteilung durch Würdenträger der französischen Kirche eine demoralisierende Wirkung auf das französische Volk erhoffen: indem man der Leitfigur des Befreiungskampfs den Prozeß macht, soll der Widerstandswille der Bevölkerung gebrochen werden.

83,2 *Rouen 1431]* Rouen: ehemalige Hauptstadt der Normandie. Auf Betreiben Bischof Cauchons (vgl. erste Anmerkung zu 84,3) findet der Prozeß in Rouen statt. Die Stadt befindet sich zum Zeitpunkt des Prozesses fest in den Händen der Besatzungsmacht. Unruhen sind nicht zu erwarten. Cauchon hofft darüber hinaus – mit Unterstützung der Engländer – als Erzbischof von Rouen eingesetzt zu werden.

84,1-6 *Dieser Prozeß ... geschrieben]* Der Einleitungstext ist mit dem Vorspruch, den Anna Seghers ihrem Hörspiel voranstellt, nahezu identisch. – Zu den Recherchen, die Seghers in Paris durchführt, vgl. S. 379 f.

84,3 *Bischof Cauchon]* Pierre Cauchon, zum Zeitpunkt des Prozesses de jure, jedoch nicht de facto, Bischof von Beauvais, prozeßführender Richter. Als die Bewohner von Beauvais sich 1429 den vorrückenden französischen Truppen ergeben, muß Cauchon die Stadt verlassen. Durch seine Vertreibung gehen ihm die Einkünfte aus seiner Diözese (vgl. zu 89,12) verloren. Aus diesem Grund soll er tiefe Abneigung gegen Jeanne d'Arc empfunden haben. Cauchon ist Berater des englischen Königs. Zugleich steht er in den Diensten des Herzogs von Bedford (vgl. zu 85,20), von dem er finanzielle Zuwendungen erhält. Im Anschluß an den Prozeß wird Cauchon als Bischof von Lisieux eingesetzt.

84,3 *Beauvais]* Stadt in Frankreich, nördlich von Paris. Aus der Tatsache, daß Jeanne d'Arc im Bereich der Diözese (vgl. zu 89,12) Beauvais gefangengenommen wird, leitet Cauchon (vgl. erste Anmerkung zu 84,3) seinen Anspruch ab, am Gerichtsverfahren als höchster Richter teilzunehmen.

84,4 *Deputiertenkammer]* Von franz.: Chambre des Députés. Abgeordnetenkammer des französischen Parlaments. Die Bibliothek der Deputiertenkammer, in der sich eines der drei Prozeßprotokolle befindet, ist mit der heutigen Bibliothek der Nationalversammlung identisch (vgl. S. 379).

84,5 *Gutachten]* Das Tribunal unter Vorsitz von Bischof Cauchon läßt von der theologischen Fakultät und der Fakultät des kanonischen Rechts der Pariser Universität Gutachten einholen (vgl. auch S. 380). Am 19. Mai 1431 werden die Gutachten in der Kapelle des bischöflichen Palastes verlesen (vgl. Szene 4).

85,2 *Seit acht Jahrzehnten*] 1339 beginnt der sogenannte Hundertjährige Krieg zwischen England und Frankreich. Englands König Edward III. erhebt Anspruch auf den französischen Thron. Englische Truppen besetzen den Südwesten – später auch den Norden – Frankreichs. Der Krieg endet 1453 (offizieller Friedensschluß 1475) mit der Vertreibung der Engländer aus Frankreich (mit Ausnahme von Calais).

85,3 *In zwei blutigen Feldzügen]* Gemeint sind vermutlich die Befreiung von Orléans und der Sieg über die Engländer bei Patay. Beide Ereignisse fallen in das Jahr 1429. Jeanne d'Arc ist zu diesem Zeitpunkt 17 Jahre alt.

85,11 *Widerstandskämpferin]* Mit diesem Begriff aus der politischen Terminologie des 20. Jahrhunderts (vgl. die französische Widerstandsbewegung »Résistance« während des zweiten Weltkriegs) wird ein Bezug zum antifaschistischen Befreiungskampf hergestellt.

85,15 *Felleisen]* Eine Art Rucksack, der vorwiegend von wandernden Handwerksburschen verwendet wird.

85,20 *Herzog von Bedford]* John Plantagenet, 1414 zum Herzog von Bedford ernannt. Seit 1422 Regent der von England besetzten Regionen Frankreichs. Gegenspieler des Herzogs von Gloucester (vgl. zu 87,26).

85,36 *Für fünftausend Pfund]* Vgl. erste Anmerkung zu 84,3.

86,4 *Der päpstliche Gesandte]* Gemeint sein kann entweder der für Frankreich zuständige Inquisitor Jean Graverent, der jedoch nicht an dem Prozeß gegen Jeanne d'Arc beteiligt gewesen ist, oder aber der von Graverent beauftragte Vize-Inquisitor Jean Lemaître, der trotz der untergeordneten Stellung, die er in der Kirchenhierarchie einnimmt, als offizieller Vertreter des Papstes betrachtet werden kann.

86,32 *Pariser Doktoren]* An dem Prozeß gegen Jeanne d'Arc nehmen als Beisitzer u. a. auch Vertreter der Pariser Universität teil.

87,7 *bis zur Loire]* Seit der Schlacht von Azincourt (1415) herrschen die Engländer über den Norden Frankreichs.

87,8 f. *den König abgesetzt]* Im Vertrag von Troyes (1420) wird der Sohn Charles' VI. von Valois, der spätere Charles VII. (vgl. zu 91,14) von der Thronfolge ausgeschlossen.

87,23 *Herzog von Orléans]* Charles III., Herzog von Orléans, Führer der Armagnacs, der französischen Adelspartei im Kampf gegen den Herzog von Burgund. Gerät 1415 in englische Gefangenschaft, aus der er erst 1440 wieder entlassen wird. Sein Vater Louis, von 1404 bis 1407 Reichsverweser für den geisteskranken König Charles VI., erregt durch eine besonders verschwenderische Hofführung den Unmut der Bevölkerung.

87,26 *Herrn von Gloster]* Gloster: phonetische Schreibweise für Gloucester. Gemeint ist Humfred, Herzog von Gloucester. Im Kampf um die Regentschaft für den minderjährigen König Henry VI. (vgl. zu 89,14 f.) Gegenspieler seines Bruders, des Herzogs von Bedford (vgl. zu 85,20).

88,5 *Herzog von Luxemburg]* Jean de Luxembourg. Ein Vasall des mit den Engländern verbündeten Herzogs von Burgund.

88,5 *12 000 Pfund]* Nachdem Jeanne d'Arc am 23. Mai 1430 in Gefangenschaft geraten ist, wird sie im November des gleichen Jahres von Jean de Luxembourg für 10 000 Franken an die Engländer verkauft.

88,11 *Bei der Eröffnung des großen geistlichen Prozesses]* Am 21. Februar 1431 findet die erste öffentliche Sitzung des einleitenden Verfahrens (*Causae expositio et praeparatoria*) in der Kapelle des königlichen Schlosses in Rouen statt. Bis zum 3. März folgen fünf weitere Verhöre. Der 2. Szene liegen die Protokolle der ersten sechs öffentlichen Verhöre zugrunde.

88,17 f. *Beaupère]* Jean Beaupère. 1412/13 Rektor der Universität Paris, 1420 Domherr von Notre Dame, Teilnehmer am Konstanzer und Basler Konzil (vgl. zu 97,10).

88,18 *Chation]* Jean de Châtillon. Domherr von Évreux.

88,18 *La Fontaine]* Jean de La Fontaine. Magister der Künste und des Kirchenrechts, Untersuchungsrichter im Prozeß gegen Jeanne d'Arc.

88,18 *d'Estivet]* Jean d'Estivet. Domherr von Bayeux und Beauvais. Betreibt als »Promotor« – Anklagevertreter der Kirche – das Verfahren gegen Jeanne d'Arc; ein enger Vertrauter Bischof Cauchons (vgl. erste Anmerkung zu 84,3).

88,18 *Courcelles, Manchon]* Thomas de Courcelles: 1430 Rektor der Universität Paris, Vertreter der französischen Kirche beim Konzil von Basel (vgl. zu 97,10). Guillaume Manchon: Gerichtsnotar; überträgt zusammen mit Thomas de Courcelles die Urschrift des Prozeßprotokolls ins Lateinische (vgl. S. 379).

88,19 *Midi]* Nicolas Midi. 1418 Rektor der Universität Paris, 1431 Domherr von Rouen, Mitverfasser der zwölf Schuldartikel gegen Jeanne d'Arc (vgl. dritte Anmerkung zu 103,11).

88,19 *Massieu]* Jean Massieu, Gerichtsdiener.

88,19 *Bruder Raoul]* Raoul de Rinel. Möglicherweise handelt es sich bei dem Namen um eine Anspielung auf Jacques de Rivel, den Neffen Bischof Cauchons (vgl. erste Anmerkung zu 84,3) und Sekretär des englischen Königs.

88,23-30 *Splendid crowd ... keep you]* Übersetzung:

DER ENGLISCHE BEOBACHTER Eine großartige Ansammlung von Doktoren.

BISCHOF Danke.

DER ENGLISCHE BEOBACHTER Eine angenehme Kapelle, wenngleich auch keine der ältesten.

BISCHOF Auch keine der neuesten. Gebaut von Karl dem...

DER ENGLISCHE BEOBACHTER Oh, dem Fünften. Ich verstehe. Lassen Sie sich durch mich nicht aufhalten.

88,27-29 *Charles the ... fifth]* Charles V., König von Frankreich, regiert 1364-1380.

89,12 *im Bereich unserer Diözese]* Diözese: Amtsbezirk eines Bischofs. Aufgrund der Tatsache, daß Jeanne d'Arc im Bereich der Diözese Beauvais gefangengenommen worden ist, erhebt Bischof Cauchon (vgl. zweite Anmerkung zu 84,3) Anspruch darauf, im Prozeß von Rouen als Richter eingesetzt zu werden.

89,14 f. *König von England und Frankreich]* Henry VI., König von England 1422-1461 und 1470/71. Er wächst unter der Vormundschaft des Herzogs von Bedford (vgl. zu 85,20) auf. Für ihn wird der französische Thron beansprucht.

89,32 *Chinon]* Aufenthaltsort des französischen Königs Charles VII. (vgl. zu 91,14), 40 km südwestlich von Tours an der Vienne gelegen. Anfang März 1429 trifft hier Jeanne d'Arc mit Charles VII. zusammen.

90,2 *Frankreich]* Gemeint ist hier die Ile de France, das Pariser Becken.

90,5 *Domrémy an der Maas]* Heimatort Jeanne d'Arcs in Lothringen, im Bereich der Vogtei Vaucouleurs (vgl. zu 95,35).

90,7 *Isabeau]* Isabeau d'Arc, geborene Romée. In den meisten Darstellungen wird Jeanne d'Arcs Mutter Isabelle genannt.

90,11 *Vaterunser]* Gebet. Vgl. Matthäus 6,9-13.

90,11 *Ave Maria]* (Lat.) Gegrüßet seist du, Maria. Katholisches Gebet, nach der Ankündigung der Geburt Jesu durch den Engel Gabriel auch »Englischer Gruß« genannt.

90,12 *Credo]* Apostolisches Glaubensbekenntnis, das mit credo, (lat.) ich glaube, beginnt.

90,27 f. *schon manchen Fluchtversuch unternommen]* Nachdem

Jeanne d'Arc im Mai 1431 in Gefangenschaft geraten ist, unternimmt sie zwei Fluchtversuche. Um aus dem Schloßturm von Beaurevoir (vgl. zu 94,21) zu entkommen, springt sie aus einer Höhe von über 20 Metern und wird lebensgefährlich verletzt.

91,14 *dem Mann, den du König von Frankreich nennst]* Charles VII. regiert 1422-1461. Nach der Einnahme von Reims, dem traditionellen Krönungsort, wird er 1429 zum König gekrönt.

91,35 f. *Orléans von der Belagerung entsetzen]* Seit Oktober 1428 wird Orléans von den Engländern belagert. Am 29. April 1429 trifft Jeanne d'Arc in Orléans ein. Am 8. Mai gelingt es den französischen Truppen unter ihrer Führung, den Belagerungszustand aufzuheben.

92,5 *Als der Engländer unser Dorf überfiel]* Vor den Burgundern, den Alliierten der Engländer, suchen die Dorfbewohner von Domrémy (vgl. zu 90,5) 1428 in der nahegelegenen Stadt Neufchâteau Zuflucht. Bei ihrer Rückkehr finden sie ihr Dorf völlig zerstört vor.

92,11 *Vater und Mutter ehren]* Im 4. Gebot heißt es: »du sollst deinen Vater und deine Mutter ehren...«, 2 Mose 20,12.

92,25 f. *nicht soll das Weib tragen des Mannes Rock...]* »Eine Frau soll nicht Männersachen tragen und ein Mann soll nicht Frauensachen anziehen...«, 5 Mose 22,5.

93,5 *Lefèvre]* Jean Lefèvre. Mönch des Augustinerklosters von Rouen und Theologie-Professor.

93,6 *Glanz um seinen Kopf]* Gewisse Lichterscheinungen sind als Zeichen für die Anwesenheit Satans gedeutet worden.

93,10 *Katharina von La Rochelle]* Neben Jeanne d'Arc befinden sich am Hofe von Charles VII. noch andere Frauen, unter ihnen Catherine de La Rochelle, die davon überzeugt sind, daß es ihre Mission ist, Frankreich von der englischen Fremdherrschaft zu befreien. Wie Jeanne d'Arc im weiteren berichtet, glaubt Catherine de La Rochelle, daß ihr von der Jungfrau Maria verheißen worden ist, durch die königstreuen Regionen Frankreichs zu ziehen, um von ihren Landsleuten Geld für den Kampf gegen die Engländer zu sammeln. Catherine wird von Jeanne d'Arc im Wettstreit um die Gunst des Königs als Rivalin betrachtet.

93,12 *Unsere Liebe Frau]* Gemeint ist Maria, die Mutter Jesu.

93,23 *Sankt Katharina]* Gemeint ist Katharina von Alexandria, eine frühchristliche Märtyrerin des 3. und 4. Jahrhunderts. Katharina zählt zu den 14 sogenannten Nothelfern bzw. Notheiligen der katholischen Kirche, die in besonderen Nöten von den Gläubigen angerufen werden. Sie ist aufgrund ihrer enthaltsamen Lebensweise von den Zeitgenossen Jeanne d'Arcs als Vorbild tugendhaften Verhaltens verehrt worden.

93,23 *Sankt Margarethe]* Gemeint ist entweder Margareta-Pelagius oder Margareta von Antiochia. Ebenso wie Jeanne d'Arc vernimmt auch Margareta-Pelagius Stimmen, die sie auffordern, ihr Elternhaus zu verlassen und Männerkleider anzuziehen (vgl. zu 92,25 f.). – Margareta von Antiochia, eine frühchristliche Märtyrerin, von der sich in der Kirche von Domrémy (vgl. zu 90,5) eine Statue befindet, gehört zu den 14 Nothelfern der katholischen Kirche (vgl. erste Anmerkung zu 93,23).

93,28 *Katharina wollte zum Engländer gehen]* Entgegen dem Rat Jeanne d'Arcs versucht Katharina von La Rochelle (vgl. zu 93,10) mit dem Herzog von Burgund – einem Bündnispartner der Engländer – Friedensverhandlungen aufzunehmen.

94,12 *Als du vor Paris kämpftest ... Feiertag]* Am kirchlichen Feiertag Mariä Geburt, dem 8. September, greifen 1429 französische Truppen unter der Führung Jeanne d'Arcs das von Burgundern beherrschte Paris an. Der Angriff scheitert. Erst 1436 wird Paris zurückerobert.

94,16 *Compiègne]* Stadt nördlich von Paris. Am 23. Mai 1430 wird Jeanne d'Arc in Compiègne gefangengenommen.

94,21 *im Turm Beaurevoir]* Anfang August 1430 läßt der Herzog von Luxemburg (vgl. erste Anmerkung zu 88,5) Jeanne d'Arc nach Beaurevoir bringen. Dort bleibt sie bis November.

94,22 *Vier Monate]* Nach vier Monaten Gefangenschaft wird Jeanne d'Arc im November 1430 an die Engländer verkauft.

94,26 *sprang]* Vgl. zu 90,27 f.

95,5 *Der heilige Michael]* Einer der sieben Erzengel, Schutzheiliger des französischen Königshauses. Die Offenbarung Johannis stellt ihn als Sieger über den Drachen bzw. Satan dar.

95,15 *Haar kurzgeschnitten]* Anspielung auf das kurzgeschnittene Haar Jeanne d'Arcs. Nach Auffassung des Gerichts verstößt sie als Frau durch ihren Haarschnitt gegen die im Neuen Testament verkündeten Verhaltensnormen. Dort heißt es: »Das Haar ist ihr [dem Weibe] als Decke gegeben« (Korinther 11,15).

95,18 f. *Let her ... English?]* (Engl.) »Laßt sie fragen, ob die heilige Margarethe Englisch spricht?«

95,35 *Das Schwert aus Vaucouleurs]* Bevor Jeanne d'Arc nach Chinon (vgl. zu 89,32) aufbricht, übergibt ihr der Kommandant von Vaucouleurs, Robert de Baudricourt, zusammen mit einer Kriegsausrüstung auch ein Schwert. – Jeanne d'Arcs Geburtsort Domrémy liegt im Bereich der Vogtei von Vaucouleurs, einer der letzten Widerstandsbastionen gegen die englische Besatzungsmacht.

96,15 f. *Go and tell him.]* (Engl.) »Geh und sag's ihm.«

97,10 *Konzil zu Basel]* 1431 tritt diese Kirchenversammlung in Basel zusammen, um Maßnahmen gegen die Anhänger von Jan Hus (vgl. zu 103,21) zu beschließen. 1438 wird das Konzil nach Ferrara verlegt.

97,11 *Kanzleien Europas]* Ob an dem Verfahren gegen Jeanne d'Arc Prozeßbeobachter ausländischer Regierungen teilgenommen haben, konnte nicht ermittelt werden.

97,17 f. *Sakramente ... empfangen]* Sakrament: (lat.) feierliche Verpflichtung. Kirchliche Ritualhandlung, durch die ein Mensch die Gnade Gottes erlangt. Die katholische Kirche kennt sieben Sakramente: Taufe, heilige Kommunion, Beichte, Firmung, Ehe, Ordination und letzte Ölung.

98,3 *Gefängnis]* Nach Abschluß der öffentlichen Sitzungen finden im Gefängnis mehrere Geheimverhöre statt. Der 3. Szene liegen die Protokolle des 5., 6. und 7. Geheimverhörs vom 14. und 15. März 1431 zugrunde. Außerdem werden Aussagen aus dem Protokoll der 5. öffentlichen Sitzung vom 1. März verwendet.

98,29 *Der Bischof ... geschickt]* An dieser Stelle folgt die Bearbeitung der Darstellung von Anatole France. Vgl. *Das Leben der heiligen Johanna*, Nürnberg 1946, S. 359.

99,26 *Johannis]* Gemeint ist der Johannistag, der 24. Juni, das Fest Johannes des Täufers. An diesem Tag sind in kirchlichen und staatlichen Institutionen Amtswechsel vorgenommen worden.

99,29 *Allerheiligen]* Katholischer Feiertag zum Gedächtnis aller Heiligen und Märtyrer, der jährlich am 1. November begangen wird.

100,8 f. *Als du aus deinem Turm...]* Vgl. zu 90,27 f.

100,21 *Franqué aus Arras]* Franqué d'Arras – meist Franquet geschrieben – burgundischer Edelmann, Rittergutsbesitzer, nach anderer Darstellung auch Räuberhauptmann. Sollte nach Angaben Jeanne d'Arcs gegen einen Vertreter der königstreuen Truppen von Charles VII. ausgetauscht werden. Da der Parteigänger Jeanne d'Arcs kurz nach seiner Gefangennahme stirbt (nach anderer Darstellung wird er umgebracht), kommt der Austausch nicht zustande, Jeanne d'Arc überantwortet Franqué den örtlichen Gerichten. Er wird zum Tode verurteilt. Arras: Hauptstadt der Artois, einer ehemaligen Grafschaft im Norden Frankreichs; zur Zeit Jeanne d'Arcs unter der Herrschaft des Herzogs von Burgund.

100,22 *Lagny]* Stadt an der Marne.

100,26 *de l'Ours]* Den Protokollen ist zu entnehmen, daß es sich bei dem Franzosen, den Jeanne d'Arc gegen Franqué austauschen lassen wollte (vgl. zu 100,21), um den Wirt der Gaststätte de l'Ours (franz.: Zum Bären) gehandelt haben soll.

100,29 f. *Geld ausgezahlt]* Im Laufe des 6. Geheimverhörs wird Jeanne d'Arc vorgeworfen, für die Gefangennahme Franqués (vgl. zu 100,21) einen Preis ausgesetzt zu haben. Anatole France berichtet davon, daß Soldaten, die einen wohlhabenden Kriegsgegner ergriffen haben, erst nach Zahlung eines Lösegelds bereit gewesen sind, ihren Gefangenen der Armeeführung zu überlassen. Vgl. *Das Leben der heiligen Johanna*, S. 296.

100,35 f. *von dem Turm in Beaurevoir in selbstmörderischer Absicht]* Vgl. zu 90,27 f.

103,8 *Das Gutachten der Pariser Fakultät]* Vgl. zu 84,5.

103,11 *Schismatisch]* Schisma: (griech.) Trennung. Bedeutet im theologischen Sprachgebrauch Trennung von der Kirchengemeinschaft durch Gehorsamsverweigerung gegenüber deren Oberhaupt. Auch Kirchenspaltungen (z.B. die Trennung in römisch-katholisch und griechisch-katholisch) werden als Schismen bezeichnet.

103,11 *häretisch]* (Griech.) ketzerisch.

103,11 *in zwölf Punkten]* Die Anklage gegen Jeanne d'Arc wird vom Kirchentribunal in Rouen in zwölf Schuldartikeln zusammengefaßt. Die Gutachten aus Paris (vgl. zu 84,5) enthalten Kommentare zu den Schuldartikeln.

103,16 *Gerson]* Jean Le Charlier de Gerson. Theologe, zeitweilig Dekan der Pariser Universität. Nach der Befreiung Orléans' verfaßt Gerson 1429 einen Traktat, in dem er Jeanne d'Arc das Tragen von Männerkleidung zubilligt. Zum Zeitpunkt des Prozesses ist Gerson bereits tot.

103,21 *Hus]* Jan Hus, tschechischer Reformator, weigert sich, den Papst als Stellvertreter Gottes auf Erden anzuerkennen. 1410 erhält er Predigtverbot, 1411 wird er exkommuniziert. Obwohl ihm freies Geleit zugesichert worden ist, wird Hus auf Betreiben Gersons und anderer 1415 während des Konstanzer Konzils (1414-1418) verbrannt.

103,29 f. *Lady Bedford persönlich festgestellt]* An dieser Stelle folgt die Bearbeitung der Darstellung von Anatole France. Vgl. *Das Leben der heiligen Johanna*, S. 342.

103,30 *virgo]* (Lat.) Jungfrau. Nach Ansicht der Gelehrten schloß der Teufel mit Frauen keinen Pakt, ohne sie zuvor der Jungfernschaft beraubt zu haben. Vgl. Anatole France, *Das Leben der heiligen Johanna*, S. 342.

103,32 *Öffnung im Fußboden]* Vgl. Anatole France, *Das Leben der heiligen Johanna*, S. 342.

104,10 *9. Mai 1431]* Der 5. Szene liegt das Protokoll über die 2. öffentliche Mahnrede (*exhortatio caritativa*) vom 2. Mai 1431 zugrunde. Die Mahnrede wird von Jean de Châtillon vor der Vollversammlung in der Rüstkammer des königlichen Schlosses vorgetragen und erläutert. Der 2. Teil der 5. Szene folgt dem Protokoll über die Androhung der Folter vom 9. Mai.

104,35 f. *in die Protokolle hineinflickt]* Zeugenaussagen aus dem späteren Rehabilitationsverfahren (1450-1456) zufolge äußert Jeanne d'Arc während des Prozesses Zweifel an der Wahrheitstreue der vom Tribunal verfaßten Protokolle.

105,1 f. *den Artikel Ecclesiam Sanctam Catholicam]* Gemeint ist der Artikel *Unam sanctam Ecclesiam catholicam*: (lat.) die eine heilige katholische Kirche. Er ist Teil des apostolischen Glaubensbekenntnisses.

105,5-10 *wie bedenklich ... Neugierde einzuschleichen]* Nahezu wörtliche Übernahme aus dem 5. Teil der 2. Mahnrede (vgl. zu 104,10).

– Anläßlich der *Urfaust*-Inszenierung des Berliner Ensembles vom 23. April 1952 und Hanns Eislers Oper *Johann Faustus* hat sich Brecht mit dem Motiv der curiositas (lat.: Neugierde), das bereits in *Leben des Galilei* eine wesentliche Rolle gespielt hat, unmittelbar vor der Bearbeitung des Seghers-Hörspiels erneut auseinandergesetzt.

105,38f. *triumphierende Kirche]* Von lat.: ecclesia triumphans, d. h. die triumphierende Kirche des Jenseits.

105,39 *kämpfenden Kirche]* Von lat.: ecclesia militans, d. h. die streitende Kirche des Diesseits.

106,13 *Konzil zu Basel]* Vgl. zu 97,10.

106,23 *Wer hat das Mädchen inzwischen beraten]* Den im Zusammenhang mit dem Rehabilitationsverfahren entstandenen Zeugenaussagen ist zu entnehmen, daß Ysambert de La Pierre, Martin Ladvenu und Jean de La Fontaine (vgl. zweite Anmerkung zu 88,18) Jeanne d'Arc geraten haben, sich dem Basler Konzil (vgl. zu 97,10) zu unterwerfen.

106,29 *Günstiges laßt Ihr nicht aufschreiben]* Der Darstellung de La Pierres zufolge wird der Protokollführer Manchon (vgl. vierte Anmerkung zu 88,18) aufgefordert, die von Jeanne d'Arc erwogene Unterwerfung unter das Basler Konzil im Protokoll nicht zu erwähnen (vgl. zu 106,23).

106,32f. *Zeigt ... die Werkzeuge]* In *Leben des Galilei* (Band 5) fordert der Papst den Inquisitor auf, Galilei die Werkzeuge für die Folter zu zeigen (Ende der 12. Szene der Fassung 1955/56).

107,37 *Fischzug Petri]* Als die späteren Apostel Simon Petrus und sein Bruder Andreas nach einem erfolglosen Fischzug auf dem See Genezareth wieder an Land zurückkehren, werden sie von Jesus aufgefordert, noch einmal hinauszufahren. Diesmal füllen sich ihre Netze. Überladen mit Fischen sinken ihre Boote. Der Fischzug Petri endet mit der Prophezeiung Jesu, daß Petrus von nun an Menschen fangen werde. Vgl. Lukas 5,1-11.

108,4 *Abschrift ihres Briefes an die Engländer]* Im März 1429 richtet Jeanne d'Arc ein Schreiben an die Engländer. In der Bearbeitung wird der Brief in einer gekürzten Fassung wiedergegeben. Unter anderem enthält er das Angebot, nach Abzug der Besatzungstruppen einen gemeinsamen anglo-französischen Kreuzzug gegen die Muslime zu unternehmen.

108,12f. *William Pole, Graf von Suffolk, John Talbot, Thomas Lord von Scales]* Englische Offiziere, Befehlshaber bei der Belagerung von Orléans.

109,15 *24. Mai 1431]* Der 8. Szene liegt im wesentlichen das Protokoll vom 24. Mai 1431 zugrunde. Das Urteil wird auf dem Friedhof der Abtei Saint Ouen verkündet. Dem Protokoll zufolge widerruft Jeanne d'Arc, nachdem Bischof Cauchon bereits einen Teil des Todesurteils verlesen hat.

109,24 *Maître Erard]* Guillaume Erard. Theologie-Professor der Pariser Universität.

109,31 *Reise aufgeschoben]* An dieser Stelle folgt die Bearbeitung der Darstellung von Anatole France. France berichtet davon, daß Erard die Predigt »sehr unpaß« gekommen sei. Vgl. *Das Leben der heiligen Johanna*, S. 400.

110,2 *drei Schriftstücke]* An dieser Stelle folgt die Bearbeitung der Darstellung von Anatole France. France zufolge hat Bischof Cauchon (vgl. erste Anmerkung zu 84,3) zwei Urteile (und einen Widerruf) vorbereiten lassen. Vgl. *Das Leben der heiligen Johanna*, S. 403.

110,28-30 *Gleich wie die Rebe ... Weinstock.]* Vgl. Johannes 15,4.

111,35 f. *Goddam! ... tell him.]* (Engl.) »Verdammt! Die Hexe muß auf der Stelle verbrannt werden! Geh und sag's ihm.«

112,8 f. *Führt sie ... soll befreit sein]* Dem Protokoll vom 28. Mai 1431 (vgl. zu 114,12) und der Darstellung von Anatole France ist zu entnehmen, daß man Jeanne d'Arc zugesichert hat, sie werde aus dem Gefängnis der englischen Besatzungsmacht in die Verliese der Kirche verlegt (Anna Seghers spricht in ihrem Hörspiel von einer Verlegung in ein »Frauengefängnis«). Diese Zusage ist nicht eingehalten worden. Vgl. Anatole France, *Das Leben der heiligen Johanna*, S. 408.

112,22 f. *Sollen wir ... zu Mittag essen]* Anatole France zufolge äußern sich englische Soldaten kurz vor der Verbrennung Jeanne d'Arcs in ähnlicher Weise. Vgl. *Das Leben der heiligen Johanna*, S. 421.

112,27 *Warum hören die Glocken auf?]* In *Leben des Galilei* (Band 5) werden die Glocken geläutet, um der Menge zu verkünden, daß Galilei widerrufen hat (13. Szene der Fassung 1955/56). Hier wird als Zeichen des Widerrufs das Glockengeläut eingestellt.

114,12 *Im Gefängnis]* Dem 1. Teil der 11. Szene liegt das Protokoll vom 28. Mai 1431 zugrunde. Als Jeanne d'Arc trotz ihres Widerrufs vom 24. Mai (vgl. zu 109,15) erneut Männerkleider anzieht, wird das Verfahren gegen sie wieder eröffnet. Im Verlauf des 2. Prozesses (secundum judicium), der auch als Rückfälligkeitsprozeß bezeichnet wird, findet lediglich ein Verhör statt. Dieses Verhör wird am 28. Mai im Gefängnis durchgeführt.

114,12 f. *die Stimme des Volkes vernommen]* Dem Protokoll über Jeanne d'Arcs Rückfälligkeit ist zu entnehmen, daß sie nach der Unterzeichnung des Widerrufs erneut die Stimmen der heiligen Katharina und der heiligen Margarethe (vgl. erste und zweite Anmerkung zu 93,23) vernommen hat. Zu den Stimmen, die Jeanne d'Arc in der Bearbeitung des Berliner Ensembles vernimmt, vgl. S. 378 f.

115,1 *Touraine]* Region um Tours an der Loire.

115,3 *Silberlinge]* Mit Silberling übersetzt Luther das lateinische Wort argyrion. Judas Ischarioth hat für seinen Verrat 30 Silberlinge erhalten (vgl. Matthäus 26,15).

115,10 *farewell]* (Engl.) Lebewohl. Anatole France zufolge gibt Bischof Cauchon nach dem Verlassen des Gefängnisses einem Angehörigen der englischen Besatzungsmacht mit den Worten »Farewell! Laßt es Euch schmecken!« zu erkennen, daß einer Verbrennung Jeanne d'Arcs nichts mehr im Wege steht. Vgl. Anatole France, *Das Leben der heiligen Johanna*, S. 414.

115,21 *Cognac]* Stadt im Südwesten Frankreichs.

115,39 *Grabmal der heiligen Therese in Abbeville]* Gemeint sein können entweder Teresia von Jesu oder Thérèse von Lisieux. Beide sind erst nach dem Tode Jeanne d'Arcs 1515 bzw. 1873 geboren worden und liegen nicht in Abbeville, einer Stadt an der Somme, im Norden Frankreichs, begraben.

116,14 *Gefängnis ... Massieu]* Den Darstellungen des Prozeßverlaufs ist übereinstimmend zu entnehmen, daß Jeanne d'Arc am Morgen des 30. Mai von mehreren Geistlichen im Gefängnis aufgesucht wird. Vgl. auch Anatole France, *Das Leben der heiligen Johanna*, S. 415-419.

116,30f. *deine Befreiung verkündigt]* Mehrere Zeugen geben zu Protokoll, daß sich die zum Tode Verurteilte von ihren Stimmen betrogen gefühlt habe. Sie hätten ihr Befreiung aus der Festungshaft verheißen. Statt dessen aber sehe sie dem Tod entgegen. Vgl. Anatole France, *Das Leben der heiligen Johanna*, S. 417f.

117,3-5 *Das ist nicht ... führt sie weg!]* Nach der Bekanntgabe des Urteils durch Bischof Cauchon (am 30. Mai auf dem Marktplatz von Rouen, vgl. 117,38-118,4) hätte der Urteilsspruch ein weiteres Mal vor dem Landesgericht durch den Amtmann der Stadt Rouen wiederholt werden müssen. Statt dessen beschränkt sich der Amtmann darauf, Johanna mit den Worten »Führt sie hinweg! Führt sie hinweg!« umgehend zum Scheiterhaufen abführen zu lassen. Vgl. Anatole France, *Das Leben der heiligen Johanna*, S. 421.

117,15 *Wenige Jahre später]* Als kriegsentscheidend erweist sich der Friede von Arras (1435): Burgund wechselt die Fronten und kämpft seitdem an der Seite Frankreichs. 1453 endet der Hundertjährige Krieg mit der Vertreibung der Engländer.

117,30 *12 000 Pfund]* Vgl. zweite Anmerkung zu 88,5.

117,38-118,4 *Wir, Bischof von Beauvais, erklären ... Zerstörung deines Körpers]* Auszug aus der Urteilsverkündung vom 30. Mai 1431.

118,8-11 *der Scheiterhaufen ist hoch genug ... leiden muß]* Um dem zum Tode Verurteilten die Qualen zu verkürzen, erstickt der Henker den Delinquenten meist mit dem Rauch der Flammen, noch ehe dieser seinen Verbrennungen erliegt. Im Fall von Jeanne d'Arc wird ein besonders hohes Gerüst errichtet, so daß der Henker sie nicht erreichen kann. Vgl. Anatole France, *Das Leben der heiligen Johanna*, S. 423.

118,16 *Englischer Gruß]* Vgl. zweite Anmerkung zu 90,11.

118,35 *Der Henker kommt verstört]* Zeugenaussagen zufolge soll der Henker nach dem Tode Jeanne d'Arcs sehr verzweifelt gewesen sein. In der Annahme, eine Heilige verbrannt zu haben, fürchtet er sich vor der ewigen Verdammnis. Vgl. Anatole France, *Das Leben der heiligen Johanna*, S. 425.

120,10-121,5 *Welch ein ... bösen Tage!]* Die Strophen 1, 3 und 4 stammen aus dem Lied *Ditié de Jehanne d'Arc* der französischen Dichterin Christine de Pisan, vgl. S. 381.

121,7f. *Sie haben sie gefangengenommen...]* Vgl. zu 94,16.

121,10 *Felleisen]* Vgl. zu 85,15.

122,9f. *sich geweigert, zwei Belagerungsmaschinen abzuladen]* Ob es 1431 im Hafen von Rouen zu Unruhen gekommen ist, konnte nicht ermittelt werden. Vermutlich handelt es sich um die Anspielung auf ein Ereignis des Jahres 1950: im Januar weigern sich französische Transportarbeiter Rüstungsgüter zu verladen, die für den Krieg in Indochina (1946-1954) bestimmt sind. Der im Programmheft der Uraufführung erwähnte Henri Martin (vgl. S. 376) spricht in diesem Zusammenhang von einem »Unternehmen der Hafenarbeiter gegen den schmutzigen Krieg« (vgl. Programmheft *Der Prozeß der Jeanne d'Arc zu Rouen 1431*, Berliner Ensemble, Spielzeit 1952/53).

122,13 *petit blanc]* (Franz.) wörtlich: kleiner Weißer. Gemeint ist ein kleines Glas Weißwein.

122,20 *Jabot]* Eine im 18. Jahrhundert an Männerhemden übliche Brustkrause.

123,14 *ein Glas Blanc]* Vgl. zu 122,13.

123,27 *Eugène]* Er ist mit der in der Fassung von 1952 als »Sohn« bezeichneten Figur identisch.

124,4 *Da sitzt der Engländer...]* 1436 wird Paris von französischen Truppen eingenommen.

124,13f. *Calais ... Bordeaux]* Calais bleibt auch nach dem Ende des Hundertjährigen Kriegs bis 1558 unter englischer Herrschaft. Bordeaux wird als letzte größere Stadt im Südwesten des Landes 1451 von französischen Truppen erobert.

# TURANDOT ODER DER KONGRESS DER WEISSWÄSCHER

## *Textgrundlage*

*Turandot oder Der Kongreß der Weißwäscher*, Sommer 1954, Typoskript aus dem Nachlaß. – Anhang: Szenen *Tui und Wäscherinnen am Fluß*, *Tui und Lastträger* und *Der Deckentui*, Typoskripte aus dem Nachlaß.

## *Übersicht*

Um 1930: Erste Pläne und Entwürfe zu einem *Turandot*-Stück, die nach 1935 in Pläne zu einem umfassenden Tuiprojekt integriert werden.

Sommer 1953: Ausarbeitung des Stücks *Turandot oder Der Kongreß der Weißwäscher*, beendet am 12. September 1953.

Sommer 1954: Überarbeitung der Fassung von 1953, beendet am 10. August 1954.

1967: Postume Edition des Stücks *Turandot oder Der Kongreß der Weißwäscher* gemeinsam mit einer Textauswahl zum *Tuiroman*-Fragment durch Elisabeth Hauptmann in *Stücke*, Band 14 (Suhrkamp Verlag, Frankfurt a. M.; 1968: Aufbau-Verlag, Berlin und Weimar).

5. Februar 1969: Uraufführung im Schauspielhaus Zürich.

## *Entstehung*

Während der Ausarbeitung im Sommer 1953 notiert Brecht: »Das Stück *Turandot oder Der Kongreß der Weißwäscher* gehört zu einem umfangreichen literarischen Komplex, der zum größten Teil noch in Plänen und Skizzen besteht. [...] Alle diese Arbeiten, die den Verfasser seit Jahrzehnten beschäftigen, behandeln den Mißbrauch des Intellekts.« (*»Turandot« und die Intellektuellen*, Band 24 der vorliegenden Ausgabe.) Von diesem Komplex wird lediglich das Stück *Turandot* ausgeführt. Der zugehörige *Tuiroman* bleibt dagegen Fragment (vgl. Band 17).

Mit dem Turandot-Stoff ist Brecht spätestens seit dem Jahr 1925 vertraut. In seiner Nachlaßbibliothek befindet sich ein Exemplar von Carlo Gozzis *Turandot* in der Übersetzung und Bearbeitung von Karl Vollmoeller (Berlin 1911) mit dem handschriftlichen Besitzvermerk »Bert Brecht 1925«.

Brechts Überlegungen, *Turandot* zu bearbeiten, lassen sich bis in die frühen dreißiger Jahre zurückverfolgen. Im Mai 1932 besucht Brecht während seines Moskau-Aufenthalts eine Vorstellung von Gozzis *Turandot* in der Inszenierung von Jewgeni B. Wachtangow. Wachtangow hatte in seiner letzten Regiearbeit (Premiere: 28. Februar 1922) den Versuch unternommen, Gozzis Tragikomödie als Groteske zur Aufführung zu bringen. – Benno Besson berichtet, daß »Brecht [...] durch eine marionettenhafte Aufführung der Komödie *Turandot* von Carlo Gozzi durch das Wachtangow-Theater zu seiner Version inspiriert« worden sei (*Abendzeitung 8-Uhr-Blatt*, Nürnberg, 23. Januar 1969). Zu Beginn der dreißiger Jahre entstehen mehrere Pläne für das gesamte Stück, Dialogbruchstücke für die ersten Szenen und verschiedene Entwürfe. »Damals begann Brecht ein Stück ›Turandot‹ zu entwerfen, in dem Carola Neher, die Polly der ›Dreigroschenoper‹, die Titelrolle übernehmen sollte.« (Elisabeth Hauptmann, *Nachbemerkung des Herausgebers*, in: *Stücke*, Band 14, Frankfurt a. M. 1967, S. 134.)

Aus dem Jahr 1933 sind Aufzeichnungen zu *Turandot* in einem Notizbuch erhalten und 1935 erklärt Brecht in einem Zeitungsinterview: »Überdies arbeite ich an einer Komödie, in der ich darstelle, wie die bürgerlichen Ideologen auf ihrem Markt der Ansichten die jeweils von der Bourgeoisie gewünschte Ideologie verkaufen. *Hanns Eisler* schreibt die Musik dazu.« (*Deutschen Zentral-Zeitung*, Moskau, 23. Mai 1935.) Das Material, das Brecht in den dreißiger Jahren sammelt – z.B. zur Zeitgeschichte in Deutschland oder zum Verhalten emigrierter Intellektueller –, und die Texte, die daraus in dieser Zeit entstehen, beziehen sich jedoch nicht in erster Linie auf eine dramatische Behandlung des Stoffs in *Turandot*, sondern auf den gesamten Komplex (vgl. *Tuiroman*, Band 17); in den Plänen dazu ist zwar mehrfach von einer Figur Turandot die Rede, gleichwohl läßt sich damit die Fortführung des Dramenprojekts nicht belegen. Brechts Arbeit an *Turandot* kommt über das Stadium des Materialsammelns zunächst nicht hinaus.

Dies gilt auch für die Zeit des skandinavischen und amerikanischen Exils. Selbst neue Ideen zu einer Fabel für den gesamten Komplex (vgl. z.B. *Journale*, 12. Mai 1942) ändern daran nichts. – Ein Entwurf zu *Turandot* aus dem Jahr 1944 wird nicht weiter verfolgt (vgl. zur Entwicklung des Tui-Komplexes im amerikanischen Exil ausführlich Band 17).

Zur Ausarbeitung des Dramas kommt es erst ab Sommer 1953. Nachdem Brecht am 12. September in seinem Landhaus in Bukkow die erste Niederschrift abgeschlossen hat, überarbeitet er diese im Sommer 1954. Die zweite Niederschrift wird am 10. August 1954 beendet. Weitere Arbeiten am Text sind für das Jahr 1955 vorgesehen. Brechts Mitarbeiterin Käthe Rülicke erklärt dazu: »*Turandot*: Brecht hat das Stück im vorigen Sommer überarbeitet, ist aber immer noch nicht zufrieden damit, er will es unbedingt diesen Sommer fertigstellen.« (Käthe Rülicke an Walter Nubel, 8. Juni 1955.) Wenig später heißt es: »Zur Überarbeitung der *Turandot* ist Brecht noch nicht gekommen. Er bereitet im Augenblick die Inszenierung seines *Galilei* vor.« (Käthe Rülicke an Nikolaj P. Ochlopkow, 11. Oktober 1955.) In den folgenden Monaten bis zu Brechts Tod im August 1956 werden die Arbeiten an *Turandot* nicht weiter fortgeführt.

Wie aus einem Schreiben an Peter Suhrkamp hervorgeht, hat Brecht nach der Abfassung der ersten Niederschrift erwogen, *Turandot* in *Versuche*, Heft 15, aufzunehmen (Brief an Suhrkamp, 17. September 1953). Zur gleichen Zeit plant er eine Inszenierung im Berliner Ensemble. Für die Titelrolle ist Regine Lutz vorgesehen. Erwin Geschonneck soll den Kaiser von China spielen, Helene Weigel die Kaisermutter, Ernst Busch den Bauern A Sha Sen und Ekkehard Schall den Sekretär der Tuischule Wang (die Besetzungsvorschläge sind in der Niederschrift von 1953 enthalten). Benno Besson berichtet: »Noch zu Lebzeiten Brechts hatten wir die Absicht, *Turandot* in Rostock auszuprobieren, um es später in Berlin zu zeigen. Es kam aber nie dazu.« (*Abendzeitung 8-Uhr-Blatt*, Nürnberg, 23. Januar 1969.) Nach Auskunft von Käthe Rülicke hätte Brecht *Turandot* »gern zuerst in einem anderen sozialistischen Land aufgeführt gesehen. Er schickte es nach Polen (an Aleksander Bardini), es kam aber dort nicht zur Aufführung. Das war die Bearbeitung von 1954. Danach hatte Brecht keine Zeit mehr, da er (sehr lange) *Kreidekreis* inszenierte, und Ende 1955 mit der Inszenierung von *Leben des Galilei* anfing.« (Aleksander Bardini ist der Direktor des Warschauer Athenäum Theaters.)

1967 wird *Turandot* gemeinsam mit einer Textauswahl zum *Tuiroman*-Fragment in *Stücke*, Band 14 (Frankfurt a. M.: Suhrkamp Verlag; Berlin/DDR: Aufbau-Verlag 1968), von Elisabeth Hauptmann publiziert.

Bei der Ausarbeitung des Stücks greift Brecht 1953 auf seine Pläne und Entwürfe aus den dreißiger Jahren zurück. Als ein neues Handlungselement werden 1953 die revolutionären Umtriebe des Kai Ho in die Dramenkonzeption eingeführt. Brechts eigenen Angaben zufolge ist *Turandot* als ein Pendant zum *Leben des Galilei* konzipiert. In einer Anmerkung zu *Turandot* heißt es: »Besonders als ich das *Leben des Galilei* geschrieben hatte, in dem ich den heraufdämmernden Morgen der Vernunft geschildert hatte, bekam ich Lust, ihren Abend zu schildern, den Abend eben jener Art von Vernunft, die gegen Ende des sechzehnten Jahrhunderts das kapitalistische Zeitalter eröffnet hatte.« (*Bemerkungen zu »Turandot«*, Band 24.)

In *Turandot* sind eine Reihe von Anspielungen auf die Weimarer Republik und den Beginn der Nazi-Diktatur enthalten. Darüber hinaus wird auf den Bürgerkrieg in China (1945-1949) und auf Probleme der DDR-Gesellschaft Bezug genommen. Wenngleich Personen und Handlung des Stücks keinen unmittelbaren Zusammenhang zu den Ereignissen des 17. Juni erkennen lassen, so ist *Turandot* dennoch ganz unter dem Eindruck der Krise von 1953 entstanden. Darauf deuten sowohl die *Journal*-Eintragung vom 20. August 1953 als auch ein *Vorwort zu »Turandot«* (Band 24) hin.

Eine in der DDR kontrovers diskutierte Thematik, die Brecht in *Turandot* zur Sprache bringt, ist die Frage nach der Bedeutung und Funktion des klassisch-bürgerlichen Kulturerbes für die neue sozialistische Gesellschaft. Als Gegner einer unproduktiven Klassiker-Rezeption, der bereits kurz zuvor, im Frühjahr 1953, anläßlich der Kritik an Hanns Eislers Oper *Johann Faustus* einen von der offiziellen Kulturpolitik abweichenden Standpunkt vertreten hat (vgl. *Thesen zur »Faustus«-Diskussion*, Band 23), nimmt Brecht mit *Turandot* ein weiteres Mal in der Debatte um die Erbeaneignung Stellung: die im Hause des Waffenschmieds zusammengetragenen Kulturgüter der Tuis erweisen sich als eine Ansammlung nutzloser Gegenstände, die bei der Produktion materieller Gebrauchswerte lediglich im Wege stehen und der arbeitenden Bevölkerung zur Last werden (vgl. Szene 9).

Für sein Stück verwendet Brecht Elemente aus der orientalischen *Geschichte des Prinzen Kalaf und der Prinzessin Turandot* sowie den späteren dramatischen Bearbeitungen des Turandot-Stoffes durch Carlo Gozzi, Friedrich Schiller und Waldfried Burggraf. Die *Geschichte des Prinzen Kalaf und der Prinzessin Turandot* ist im 18. Jahrhundert in einer überarbeiteten Fassung in Europa bekannt geworden (*Les Mille et un Jour. Contes persans*, traduits en français par M. Pétis de La Croix, 5 Bände, Paris 1710-1712, dt.: *Erzählungen aus Tausendundein Tag*).

Es ist die Geschichte einer ebenso schönen wie eigensinnigen Prinzessin, die sich zum Leidwesen ihres Vaters beharrlich weigert, in eine Ehe einzuwilligen. Um ihre Freiheit zu bewahren, ersinnt sie eine List: Freier, die um ihre Hand anhalten, müssen zuvor drei Rätselfragen lösen. Keinem ist es bislang geglückt, die Fragen zu beantworten. Statt ans Ziel ihrer Wünsche zu gelangen, werden sie enthauptet. Einzig der Tatarenprinz Kalaf vermag die richtigen Antworten zu finden. Der Prinzessin zuliebe läßt er sich jedoch auf eine zweite Probe ein: errät sie seinen Namen, so ist er bereit zu sterben. Einer Sklavin der Turandot, die in der folgenden Nacht ins Serail eindringt, um den Prinzen zu einer gemeinsamen Flucht zu überreden, gelingt es, den Namen in Erfahrung zu bringen. Da ihre Zuneigung von Kalaf nicht erwidert wird, verrät die enttäuschte Liebhaberin seinen Namen an ihre Herrin. Turandot jedoch, statt über den Prinzen zu triumphieren, gibt sich geschlagen: ihre Gefühle für Kalaf erweisen sich stärker als ihre Vorbehalte gegen eine eheliche Lebensgemeinschaft.

Das Hauptmotiv des Turandot-Stoffs ist mythisch-matriarchalischen Ursprungs: einzig den Angehörigen des weiblichen Geschlechts erschließen sich die Geheimnisse des Lebens. Wer in ihren Bereich einzudringen versucht, wird zurückgewiesen und muß sterben. Dem Erkennenden und Verstehenden eröffnet sich jedoch die Chance, aufgenommen zu werden.

Ein halbes Jahrhundert nach dem Erscheinen der Sammlung *Les Mille et un Jour* wird der Stoff 1762 von Carlo Gozzi dramatisiert. 1802 wird Gozzis Tragikomödie *Turandot* von Schiller ins Deutsche übertragen und zugleich bearbeitet: *Turandot, Prinzessin von China. Ein tragicomisches Mährchen nach Gozzi* (in: Friedrich Schiller, *Theater*, 4. Band, Tübingen: Cotta'sche Buchhandlung 1807, S. 355-495; ein Exemplar dieser Ausgabe befindet sich in Brechts Nachlaßbibliothek). Die Handlungsstruktur ist von Schiller beibehalten worden, bei der Gestaltung der Titelfigur setzt er jedoch neue Akzente.

In der Nachlaßbibliothek befindet sich außerdem ein Exemplar der folgenden Ausgabe: *Turandot. Chinesisches Märchenspiel von Carlo Gozzi*, dt. v. Karl Vollmoeller, Berlin: S. Fischer Verlag 1911. Dabei handelt es sich um eine Übersetzung und Bearbeitung. Vollmoeller nimmt eine Reihe von Veränderungen vor. Er fügt u. a. vier Figuren hinzu, die dem Stück die Atmosphäre der Commedia dell'arte verleihen: einen Sekretär, einen Kanzler, einen Hauptmann und einen Eunuchen.

1923 entsteht die Bearbeitung von Waldfried Burggraf (d.i. Friedrich Forster): *Prinzessin Turandot*. Eine Schaurette nach Carlo Gozzi von Waldfried Burggraf, Musik von Georg Pittrich, Berlin: Oesterheld Verlag 1925. (Ein Exemplar dieses Bühnenmanuskripts befindet sich in Brechts Nachlaßbibliothek.) Bei dem Begriff »Schaurette« handelt es sich um eine Kombination von Schauspiel und Operette. Burggrafs Bearbeitung ist unter dem Eindruck von Jewgeni B. Wachtangows *Turandot*-Inszenierung von 1922 entstanden. Gleich Wachtangow wendet sich auch Burggraf mit seiner Bearbeitung gegen die heroisierende Darstellung der Titelfigur durch Schiller. In einem »Vorbemerk« schreibt er: »Turandot selbst darf nichts von der ›Heroine‹, nicht ein Fünkchen Pathos oder nur ein Gramm ›Tragik‹ haben, sie ist in nichts mit der Figur in Schillers Übertragung verschwistert. Je kapriziöser sie ist, desto besser.« (Burggraf, S. 8 f.) Statt die tragischen Momente des Turandot-Stoffs herauszuarbeiten, versucht Burggraf, das Komödienhafte zu verstärken. Die vier Figuren der Commedia dell'arte, die den kaiserlichen Hofstaat repräsentieren und die Burggraf aus Vollmoellers Bearbeitung übernimmt, gewinnen in diesem Zusammenhang an Bedeutung. Ihnen fällt die Aufgabe zu, sich zwischen den Szenen – in einer Art Spiel im Spiel – über die Handlungsweise der Hauptakteure lustig zu machen. Burggraf geht es in seiner »Schaurette« um den »Versuch einer Übertragung des Wesens der Commedia dell'arte auf heutige Verhältnisse« (Burggraf, S. 7). Ein Versuch, durch den Brecht wertvolle Anregungen für sein Stück erhalten hat. Sowohl bei Burggraf als auch bei Brecht wird die Darstellung der Intellektuellen satirisch überzeichnet. Jene »Doktoren des Diwans«, deren Aufgabe es ist, die Antworten der Heiratskandidaten als richtig oder falsch zu bewerten, werden in der »Schaurette« als »die Überklugen« bezeichnet. Ebenso wie Burggraf verzichtet auch Brecht darauf, Turandot als eine tragische Figur darzustellen. In der »Schaurette« wird die Prinzessin als »Trotzköpfchen« (Burggraf, S. 10) und »nicht dummes Durchschnittsweibchen« (Burggraf, S. 71) beschrieben. Bei Brecht heißt es in einem frühen Entwurf aus den dreißiger Jahren über den »Charakter der Turandot«: »Sie ist ein großes, faules Stück, sinnlich und langsam, eine Schlampen. Ganz indifferent.« (Nachlaß.) Am Ende der »Schaurette«, als man sich erneut »im Diwan« versammelt, um zu erfahren, ob es Turandot gelungen ist, den Namen des jungen Prinzen herauszufinden, betritt sie in Trauerkleidung die Bühne (Burggraf, S. 74). Sie hat dafür ihre Gründe: zum einen wäre für Turandot die bevorstehende Hochzeit sicherlich ein trauriges Ereignis, das ihrem eigenen Begräbnis gleichkäme. Zum anderen zeigt sich Turandot – die zuvor bereits als »männertodtoll« charakterisiert worden ist (Burggraf, S. 35) – unverändert entschlossen, den Mann, den sie liebt, töten zu lassen. Ein weiterer Grund, Trauer zu tragen. Bei Brecht heißt es in einem frühen Entwurf: »Während der großen Tuikonkurrenz freut sie sich auf jeden Ehegatten aufs neue, zieht unaufhörlich Hochzeits- und Trauerkleider an [...]. Am Schluß wird es ihr zuviel, sie weigert sich, sich noch einmal umzukleiden, so geht sie im Witwenkleid zu ihrer Trauung mit Gogher Gogh.« (Nachlaß.)

Andere Elemente, die Brecht in seinem Stück verwendet, sind bereits in den älteren Turandot-Dramen von Gozzi und Schiller vorgebildet, so z.B. die auf der Stadtmauer aufgesteckten Köpfe (vgl. Szene 6), ein Bild, mit dem bei Gozzi und Schiller der erste Akt eröffnet wird. Auch die beiden Sklavinnen der Prinzessin Turandot kehren in Brechts Stück wieder. Sie werden jetzt als Mägde bezeichnet. So wie Adelma bei Gozzi den Prinzen für sich zu gewinnen hofft, verliebt sich die »zweite Magd« bei Brecht in Gogher Gogh.

Weitere Anregungen zu *Turandot* hat Brecht durch die Komödie *Nephelai* (*Die Wolken*, aufgeführt 423 v. d. Z.) von Aristophanes erhalten (in Brechts Nachlaßbibliothek in der Ausgabe: *Aristophanes*, dt. v. Ludwig Seeger, hg. v. Thassilo von Scheffer, Berlin: Propyläen-Verlag o. J., Band 1, S. 161-245). In einem dem Tui-Komplex zuzurechnenden Text heißt es unter der Überschrift *Komisches*: »In den *Wolken* gibt ein Bauer seinen Sohn zu einem Tui in die Lehre. Er erfährt am eigenen Leibe, daß er für teuren Preis eine schlechte Ware verkauft bekommen hat, und verprügelt den Tui.« (Vgl. *Tuiroman*, A 60, Band 17.) – In *Turandot* kommen der Bauer A Sha Sen und sein

Enkel Eh Feh in die Stadt, um in die Tui-Schule aufgenommen zu werden. In Aristophanes' Komödie schickt Strepsiades, dem sowohl das Geld als auch die Ausreden für seine Zahlungsunfähigkeit ausgegangen sind, seinen Sohn Pheidippides zu Sokrates in die Lehre, um ihn in der Kunst des Argumentierens unterrichten zu lassen. Unzufrieden mit dem Ergebnis – Pheidippides richtet seine neuerworbenen Redekünste gegen den eigenen Vater – brennt er Sokrates' Haus nieder und jagt dessen Schüler davon.

## *Text/Fassungen*

Von *Turandot* liegen im Nachlaß fünf Typoskripte vor. Darunter sind zwei Fassungen zu unterscheiden: die erste datiert vom 29. August 1953, korrigiert am 12. September 1953. Die zweite trägt den Datumsvermerk »10. August 1954«. Textgrundlage der vorliegenden Ausgabe bildet diese zweite, von Brecht handschriftlich korrigierte Niederschrift, zu der auch die *Anmerkungen* zu *Turandot* (vgl. Band 24) gehören.

Gegenüber der Textgrundlage weist die erste Niederschrift von August 1953 folgende Abweichungen auf:

In der 1. Szene beklagt sich Jau Jel in einem Gespräch mit dem Ministerpräsidenten darüber, daß der ökonomische »Handlungsfreiraum« der kaiserlichen Familie mit Rücksicht auf die »öffentliche Meinung« immer weiter eingeengt würde. Die Politik »pfusche« dem Kaiser ins Geschäft.

In der 3. Szene entzündet sich der Streit zwischen den beiden Tuis vom Bund der Kleidermacher und vom Bund der Kleiderlosen an der Frage des qualitativen Sprungs: Auf die These des Vertreters der Kleiderlosen, daß die Dinge sich »sprunghaft verändern«, entgegnet der Vertreter der Kleidermacher, »sprunghaft, aber nach langen quantitativen, kleinen Veränderungen«. Daraufhin kommt es zu Handgreiflichkeiten. Die Vertreter der feindlichen Bünde schlagen sich gegenseitig ihren »Me-ti« um die Ohren. In der Textgrundlage wird »Me-ti« – wenngleich nicht konsequent – durch »Ka-Me« ersetzt.

Bei der Überarbeitung im Sommer 1954 gewinnen die Szenen, in denen der Bauer Sen und sein Enkel Eh Feh auftreten, an Umfang. In der Gassenszene (Szene 4a) wird die Rolle eines nicht näher gekennzeichneten Passanten durch Sen übernommen; Eh Feh wird hinzugefügt. Am Anfang der 8. Szene wird zwischen den Versen des allgemeinen Bildungstuis und dem Auftritt der Wäscherinnen ein Dialog zwischen Sen und Eh Feh eingefügt. Am Ende der 9. Szene wird der Schlußmonolog (»Eh Feh, ich bin fertig mit dem Nachdenken...«; 186,36-187,18) durch ein Gespräch über die schwindende Existenzberechtigung der Tuis ergänzt. Weggelassen wird hingegen eine Textpassage, in der Eh Feh seinem Großvater versprechen muß, niemals ein Tui zu werden.

Auch das Ende der letzten Szene wird von Brecht geändert. In der Annahme, daß ihre Gefolgsleute sich bereit halten, um den Befehlen ihrer Herren Folge zu leisten, wollen der Kaiser und Gogher Gogh sich ursprünglich am Schluß gegenseitig verhaften bzw. erschießen lassen. »Sich umblickend« müssen sie jedoch feststellen, daß »zur Ausführung der Befehle keine Soldaten und Räuber mehr da sind«. Der Schmied, bei dem die Tuis in der vorletzten Szene ihre Kulturgüter unterbringen, wird in der Niederschrift von 1953 als Wagenschmied bezeichnet (in der Textgrundlage in Waffenschmied korrigiert). Beibehalten wird die Szeneneinteilung, die Szenennumerierung dagegen wird teilweise verändert.

Plänen und Entwürfen aus den dreißiger und den fünfziger Jahren ist zu entnehmen, daß ursprünglich am Ende des Schauspiels eine weitere Szene vorgesehen war. »Die Wäscherinnen verstecken den Führer der Kleiderlosen«, heißt es in einer Szenenskizze. Sen, »der Greis aus dem Baumwollgebiet, übergibt ihm den Mantel der Mandschus«. Dann sollte *Die Ballade vom Baum und den Ästen* (Band 11) gesungen werden. In einer anderen frühen Schlußvariante sollten sich die Tuis – unter dem Titel *Emigration* – als abgeschlagene Köpfe noch ein letztes Mal darum bemühen, Lösungen für das Baumwollproblem zu finden. Aus einem weiteren Szenenentwurf aus den dreißiger Jahren geht hervor, daß Gogher Gogh Turandot »schon vor der Tui-Konkurrenz« »insgeheim« geheiratet hat. Im weiteren Verlauf des Stücks versucht er dann, den Kaiser zu erpressen: Gogh weiß, »daß eine Schiebung stattgefunden hat« – allerdings gelingt es ihm nicht zu begreifen, worum es bei dieser Schiebung gegangen ist. An anderer Stelle heißt es zu *Turandot*, daß Gogher Gogh »zu dumm« sei, »das Geheimnis zu kapieren«. Daher »beschließt man«, dem »zum Tode verurteilten Straßenräuber« eine »Flucht zu ermöglichen«. Gogh »merkt« jedoch »die Absicht, schließt auf tiefe Neigung einer hochgestellten Person und bleibt« (Nachlaß).

Obwohl im gleichen Maße von der Baumwollkrise betroffen, finden Kleidermacher und Kleiderlose in *Turandot* nicht zusammen. Aus einer Notiz kann jedoch geschlossen werden, daß Brecht auch eine Verbrüderung der feindlichen Bünde erwogen hat, eine Einigung, die im Kaiserpalast mit »Schrecken« zur Kenntnis genommen wird. Aufzeichnungen aus den dreißiger Jahren zufolge sollten die Verhandlungen allerdings in letzter Minute scheitern. »Erst in den Erziehungslagern Gogher Goghs« sollte »das Bündnis zustande kommen«.

Ein Motiv, das in den Entwürfen eine größere Rolle spielt als in den Ausarbeitungen, ist das Motiv der Kleiderlosigkeit. Gegen Ende der Tui-Konkurrenz sollte Prinzessin Turandot »halbnackt« auf der Bühne erscheinen. Ergänzend heißt es: »Turandot kommt anfangs prächtiger dann immer nackter« (Nachlaß). Turandot folgt damit einer Empfehlung des ästhetischen Tuis, der den Verzicht auf Kleidung als ein Zeichen besonderer Kultiviertheit deutet. »Die abnehmende Bekleidung der unteren Schichten« sei auf den wachsenden »Wunsch nach Nacktheit« zurückzuführen (vgl. abweichend von dieser Darstellung die Rede Hi Weis während der Tui-Konkurrenz, Szene 5a). Der Begriff Kleiderloser wird in frühen Entwürfen im wörtlichen Sinn als Nackter verwendet. So ist in einer Szenenskizze aus den dreißiger Jahren davon die Rede, daß »die Kleiderlosen von Moralvorschriften gegen Nudismus bedroht« seien. In einem Entwurf aus dem Jahre 1953 sollte ein Kleiderloser nackt auftreten und daraufhin verhaftet werden. Auch die Diener des kaiserlichen Hofstaats »sind, da der Kattun ausgeht, immer nackter geworden« (Notiz aus dem Jahr 1944, Nachlaß). In einer anderen frühen Skizze sollten zwei Tuis, die »Schamteile« notdürftig hinter Büchern verbergend, nackt auf der Bühne erscheinen.

Unter den Materialien zu *Turandot* befinden sich u. a. drei kleinere, vollständig ausgeführte Szenen, die die Tuis beim Verkauf ideeller Werte zeigen: *Tui und Wäscherinnen am Fluß*, *Tui und Lastträger* und *Der Deckentui* (vgl. Anhang, S. 193-198). Da die Arbeiten an *Turandot* nicht zu Ende geführt worden sind (vgl. S. 398 f.), können die betreffenden Szenen nicht als verworfen betrachtet werden. Möglicherweise sollten sie bei erneuter Überarbeitung in den Dramentext integriert werden.

Einer Variante zu Szene 5a (Saal) ist zu entnehmen, daß die Kongreßrede Ki Lehs, in der eine Übersicht über die verschiedenen Berufe gegeben wird (vgl. S. 151 f.), ursprünglich als eigenständige Szene geplant war. Unter der Überschrift *Tui und Vortragspublikum* heißt es: »ein Tui hält einen Vortrag über ›Verschiedene Berufe / Grundlegendes über die Struktur der Gesellschaft‹«. Nachdem erste Zwischenrufe – »Aufhören« – laut geworden sind, »schließt« der Tui »unter Protest« seinen »Vortrag« und »geht schnell ab«.

Aus einer anderen Variante geht hervor, daß die Idee, vor den Augen der Tuis einen Brotkorb auf- und absteigen zu lassen (Szene 4), erst in der darauffolgenden Szene während des großen Tui-Kongresses ausgeführt werden sollte. Unter dem Stichwort: »Der Kaiser bespricht die Regie der Tui-Konkurrenz« macht sich der Landesvater in Szene 5 Gedanken über die »bekannte Zerstreutheit seiner Tuis«. »Wenn sie in Eifer geraten«, so befürchtet er, »greifen sie, ohne hinzusehen, nach jedem Witz, da müßte man etwas machen.« Um die Tuis »an der Stange zu halten«, wird dann beschlossen, einen Brotkorb über der Redekanzel aufzuhängen.

Die in Verse gefaßten Monologe, mit denen der allgemeine Bildungstui (»Der dumme Teufel...«), der ökonomische und der medizinische Tui auf dem kleinen Tuimarkt zu Beginn der 8. Szene ihr Können anpreisen, sind ursprünglich Teil von *Die Ballade vom Wissen* gewesen (Band 14). Der letzte Monolog, die Selbstdarstellung des Liebeslebentuis, wird in der Bühnenfassung hinzugefügt. Der Werbetext des Ökonomietuis ist leicht überarbeitet worden. Drei weitere Strophen, die in der *Ballade vom Wissen* enthalten gewesen sind, fallen dagegen fort. Neben dieser Ballade über die Spezialtuis befinden sich noch andere Gedichte in den *Turandot*-Materialien: *Lied von der Besonderheit der limesischen Tuis, Ballade des Kaisers* und *Als wir Baumwoll pflückten* (vgl. Band 15). In welchem Bühnenzusammenhang die Lieder vorgetragen werden sollten, konnte nicht ermittelt werden.

Zur Textgestaltung in der vorliegenden Ausgabe:

In der Textgrundlage enthaltene Abkürzungen von Sprechernamen sind aufgelöst worden.

128,1 *Personen]* Das Personenverzeichnis ist nachträglich eingefügt worden. Die Reihenfolge, in der die Personen angegeben werden, ist aus dem in der Erstfassung enthaltenen, unvollständigen Personenverzeichnis weitgehend übernommen worden.

132,30 *Ein Tui]* In der Textgrundlage: »TUI«.

141,3-8 *Kleidermacher ... Kleiderlosen]* In der Textgrundlage vertauscht: »Kleiderlosen ... Kleidermacher«.

141,6 *Ka-Me]* In der Textgrundlage: »Me-ti«; ebenso 141,7.

142,15 f. *3a. Im alten Mandschutempelchen]* In der Textgrundlage ohne Numerierung.

146,9 *Ma Gogh]* In der Textgrundlage: »MUTTER GOGH«. Die wechselnden Bezeichnungen für die Mutter Gogher Goghs – »MA GOGH«, »MA« oder »MUTTER GOGH« – sind vereinheitlicht worden.

149,30 f. *5a. Im Palast des Tuiverbands]* In der Textgrundlage ohne Numerierung.

154,36 *Mel]* In der Textgrundlage: »MIL«. Die Schreibweise ist vereinheitlicht worden.

164,38 *Po Chü-i]* In der Textgrundlage: »Po Chui«.

170,18 *der General Kriegsminister]* In der Textgrundlage: »der General«.

173,25 *7a]* Der nicht konsequent durchgeführten Numerierung in der Niederschrift von 1953 folgend, wird die Szene in der Textgrundlage als »9a« bezeichnet.

175,14 *Yao]* In der Textgrundlage hier und im folgenden mitunter: »JAO«. Die Schreibweise ist vereinheitlicht worden.

177,36 *Sen]* In der Textgrundlage: »DER ALTE SEN«.

178,14 *Die Tuis]* In der Textgrundlage: »TUIS«.

181,1 *Der Delegierte wird geschlagen]* In der Textgrundlage: »Wird geschlagen.«

182,1 *8a]* Der Numerierung der Niederschrift von 1953 folgend, wird die Szene in der Textgrundlage als »10a« bezeichnet.

184,23 *Eh Feh]* In der Textgrundlage hier und im folgenden: »DER KNABE«.

190,30f. *übel, was du mit ... nötig, un[gefällig]* In der Textgrundlage fehlt dieser Teil des Satzes; ergänzt nach der Fassung von 1953.

## *Wirkung*

Am 5. Februar 1969 findet am Zürcher Schauspielhaus die Uraufführung statt. Das Stück wird von Benno Besson gemeinsam mit Horst Sagert inszeniert. Sagert ist zugleich für das Bühnenbild verantwortlich. Gespielt wird vor einem durchlöcherten weißen Baumwollvorhang. Auch die Tuis erscheinen ganz in Weiß, mit überproportionierten Hüten. Über der Bühne befindet sich ein Bild vom Matterhorn mit den Worten: »Persil hält ein Land so sauber«. Die Hauptfigur, Prinzessin Turandot, wird von Erla Prollius dargestellt. Erwin Parker spielt den Kaiser, Karl Renar dessen Bruder Jau Jel, Peter Ehrlich Gogher Gogh, Otto Mächtlinger den Bauern A Sha Sen und Willy Birgel den Universitätsdirektor Hi Wei. Von Yehoshua Lakner stammt die Bühnenmusik.

*Turandot* wird vom Publikum mit sehr viel Beifall aufgenommen, löst jedoch wenig Betroffenheit aus. In der westlichen Presse überwiegen die ablehnenden Urteile. Vielen Rezensenten erscheint das Drama als »unfertig« – als »Stückwerk« (Heinz-Ludwig Schneiders, *Handelsblatt*, Düsseldorf, 7. Februar 1969) –, die Darstellung der Tuis als »holzschnittartig« überzogen (Thomas Terry, *Rheinische Post*, Düsseldorf, 7. Februar 1969); in der *Neuen Zürcher Zeitung* ist von »Schwarz-Weiß-Manier« die Rede (7. Februar 1969). Besson, der seinen eigenen Worten nach *Turandot* als eine »Burleske« zur Aufführung bringen wollte (*Abendzeitung 8-Uhr-Blatt*, Nürnberg, 23. Januar 1969), wird von Günther Rühle in der *Frankfurter Allgemeinen Zeitung* vorgeworfen, er habe ein »Kasperle-Spiel« inszeniert (7. Februar 1969). Max Frisch spricht von einem »Kinder-Theater für Intellektuelle« (Max Frisch, *Tagebuch 1966-1971*, in: *Gesammelte Werke*, Band 6.1, Frankfurt a.M. 1972, S. 198). Manchem Kritiker gilt das Stück zum Zeitpunkt seiner Uraufführung als veraltet: im *Hamburger Abendblatt* wird es als »antiquiert« bezeichnet (Eberhard von Wiese, 8. Februar 1969). »Aktualität, die zu spät kommt«, heißt es in *Die Welt* (Jost Nolte, Hamburg, 7. Februar 1969). Weiter wird an gleicher Stelle hervorgehoben, daß »die Aktualitäten der Hitlerei zu unserem Glück« nicht mehr »unsere Aktualitäten« seien. In der DDR-Presse wird dagegen die Meinung geäußert, daß »der Tuismus« immer noch als ein »höchst aktuelles Phänomen« zu betrachten sei (*Berliner Zeitung*, 13. Februar 1969). Ernst Schumacher verweist in diesem Zusammenhang auf die »Hexenjagd« des Kongreßausschusses zur Untersuchung unamerikanischer Tätigkeiten (HUAC) in den USA und den antikommunistischen »Kongreß für kulturelle Freiheit«, der 1950 in Berlin/West veranstaltet worden ist (*Berliner Zeitung*, 13. Februar 1969). Von westlicher Seite wird betont, daß »das Stück als Form einer Selbstkritik in den Osten gehöre« (Joachim Kaiser, *Süddeutsche Zeitung*, München, 7. Februar 1969). Vielfach werden in der Presse des Westens Stimmen laut, die auf die »weißwaschende« Funktion der DDR-Intellektuellen anläßlich des Einmarsches in die CSSR im Vorjahr hinweisen. Auch Max Frisch äußert sich in ähnlicher Weise. Er kommt jedoch zu dem Schluß, daß »die Parabel weder für den westlichen noch für den östlichen Teil so recht stimmt« (Max Frisch, *Tagebuch 1966-1971*, S. 198). Zusammenfassend läßt sich feststellen, daß, nach Auffassung der westlichen Rezensenten, *Turandot* eine eher »bescheidene Stelle« im »Gesamtschaffen des Dichters« einzuräumen ist (*Neue Zürcher Zeitung*, 7. Februar 1969). Die Regiearbeit Benno Bessons findet dagegen weitgehend Zustimmung und Anerkennung.

1973 wird *Turandot oder Der Kongreß der Weißwäscher* in der Regie von Peter Kupke und Wolfgang Pintzka am Theater am Schiffbauerdamm inszeniert. Am 10. Februar findet die erste Aufführung statt.

## *Zeilenkommentar*

127,1 *Turandot]* Vgl. zu dieser Figur S. 400.

127,3 *Weißwäscher]* Vgl. auch Galileis Bezeichnung der Wissenschaftler als »schachernde, weißwaschende, todfürchtende Gemeinschaft« in Szene 14 von *Leben des Galilei*, Fassung 1955/56.

129,6 *Tuihut]* Tui: Der Begriff ist aus den Anfangsbuchstaben von tellekt-uell-in, einem Silbenspiel mit dem Wort intellektuell, gebildet worden. Tuihut: »Die Tuis sind durch kleine Hüte der tibetanischen und europäischen priesterlichen Art gekennzeichnet. Die Hüte sind je nach Bedeutung des Tui verschieden, mehr oder weniger prunkvoll, auch verschieden in der Farbe.« (*Anmerkungen* zu *Turandot*, Band 24.)

129,8 *Der Kaiser]* Mit dieser Figur wird auf die letzten Kanzler der Weimarer Republik und den Reichspräsidenten Paul von Hindenburg angespielt.

129,29 *ich trete zurück]* Anspielung auf das Verhalten der letzten Kanzler der Weimarer Republik. Durch Rücktrittsdrohungen haben sie wiederholt versucht, die von ihnen geleiteten Kabinette zur Tolerierung ihrer Politik zu bewegen.

130,16 *Yen]* Yen bzw. Jen ist die japanische Währungseinheit.

130,27 *Die Ernte]* Die Ausgangssituation in *Turandot* weist Parallelen zur 1. Szene (*Palais des Vizekönigs*) in *Die Rundköpfe und die*

*Spitzköpfe* auf (Band 4). Durch eine Überproduktion an Getreide, die zu einem starken Preisverfall geführt hat, ist der Vizekönig und größte Pachtherr zahlungsunfähig geworden. Zugleich wächst die Unruhe unter den einfachen Bauern, die besonders hart von der Wirtschaftskrise betroffen sind. Ein Volksaufstand und damit die Zerrüttung der Staatsmacht stehen unmittelbar bevor. In Bedrängnis geraten, bevollmächtigt der Vizekönig den Faschistenführer Iberin, die prekäre politische Lage zu bereinigen.

132,2 *Kassier]* Mundartliche Bezeichnung für Kassierer.

132,5 *atonale Musik]* Nicht an Tonalität gebundene Musik, deren einzelne Töne und Klänge weder auf einen Grundton noch auf eine akkordharmonische Kadenz bezogen sind.

132,28 *Kai Ho]* Die Figur trägt Züge von Mao Tse-tung.

134,4 *Gogher Gogh]* Die Figur trägt Züge von Adolf Hitler. – Den Namen Gogher Gogh nennt Brecht in einer Tagebucheintragung vom 26. August 1920; dort ist von einer (nicht überlieferten) Ballade mit dem Titel *Goger Gog, der Zinnsoldat* die Rede. In den dreißiger Jahren wird der Name im Zusammenhang mit *Turandot* verwendet. In einem der frühen Entwürfe heißt es über Gogh und seine Bande: »Goghs Leute: ein Göring, der Leutnant. Ein Goebbels, der verkommene Tui.« Gogh selbst wird als »(dummer) Ui« charakterisiert. Dem Grundmuster nach entspricht Goghs Aufstieg vom Gangsterboß zum Politiker dem Aufstieg des Arturo Ui (vgl. Band 7).

134,37 *Wäschereien ... beschützt]* Die zur Zeit der Prohibition (1919-1933) verbreitete Praxis, unter Androhung von Gewalt Schutzgelder von Geschäftsleuten zu erpressen, ist auch Thema in *Der Aufstieg des Arturo Ui.*

135,15 *Sezuan]* Provinz im Südwesten Chinas.

135,23 *Bund der Kleidermacher]* Angespielt wird auf eine gemäßigt sozialistische, sozialdemokratische Partei.

135,36f. *Tellekt-Uell-In]* Silbenspiel mit dem Wort intellektuell.

137,9f. *Dem Mongolen ... abschreiben]* In den *Erzählungen aus Tausendundein Tag* wird davon berichtet, daß der Kaiser anfangs versucht hat, seine Tochter zu bewegen, einen Vertreter des asiatischen Hochadels zu heiraten. Dieser Versuch scheitert jedoch am Widerstand Turandots.

138,1f. *Mandschukaiser]* Von 1644 bis 1911 wird China von Angehörigen der Mandschu-Dynastie regiert.

138,14 *Provinz Ho]* Ho (chin.): Fluß.

138,21 *Kanton]* Stadt im Süden Chinas.

138,33 *Bund der Kleiderlosen]* Angespielt wird auf eine radikale, kommunistische Partei.

139,8f. *trete ich ... zurück]* Vgl. zu 129,29.

140,18 *Ka-Me]* Die Figur trägt Züge von Karl Marx.

140,26 *von unten nach oben]* Der Dialog zwischen den Bundtuis

(140,17-141,2) enthält Anspielungen auf die Geschichte der Arbeiterbewegung: erstens wird auf die Diskussion um die Organisationsprinzipien einer revolutionären Arbeiterpartei Bezug genommen, die zu Beginn des 20. Jahrhunderts innerhalb der russischen Sozialdemokratie geführt wird und an der sich anläßlich Lenins Schrift *Ein Schritt vorwärts, zwei Schritte zurück* (1904) auch Rosa Luxemburg beteiligt. Auf Lenins Plädoyer für eine straff organisierte Zentralgewalt antwortet Luxemburg mit einem Beitrag gegen »blinden Parteigehorsam« und »mechanische Unterordnung« (Rosa Luxemburg, *Organisationsfragen der russischen Sozialdemokratie*, Kapitel 1, in: *Gesammelte Werke*, Band 1, 2. Halbband, Berlin/DDR 1970, S. 422-444). Zweitens erinnert die Argumentation des zweiten Bundtuis, daß eine Einigung zwischen den feindlichen Bruderorganisationen nur von unten nach oben zustande kommen könne, an die KPD-Politik der »Einheitsfront von unten« aus der Endphase der Weimarer Republik. Während eine Kooperation mit den Leitungsgremien der SPD aufgrund der »Sozialfaschismustheorie« als »opportunistisch« abgelehnt wird, erscheint ein Zusammenschluß zwischen sozialdemokratischen und kommunistischen Arbeitern auf der kommunalen und betrieblichen Ebene als durchaus vertretbar. Der seit 1929 von der KPD vertretenen »Sozialfaschismustheorie« zufolge sind nicht die Faschisten und die Reaktionäre, sondern die führenden Politiker der SPD als Hauptfeinde der revolutionären Arbeiterbewegung zu betrachten.

140,29 *Nur in völliger Freiheit]* Auf die Beschränkung der bürgerlichen Rechte für die Bourgeoisie und andere Gesellschaftsschichten im nachrevolutionären Sowjetrußland antwortet Rosa Luxemburg mit der Feststellung: »Freiheit nur für die Anhänger der Regierung, nur für Mitglieder einer Partei – mögen sie noch so zahlreich sein – ist keine Freiheit. Freiheit ist immer nur Freiheit des anders Denkenden.« (*Zur russischen Revolution*, Kapitel 4, in: *Gesammelte Werke*, Band 4, Berlin/DDR 1974, S. 359, Anmerkung 3.)

140,33 *eine Armee in völliger Freiheit]* Während Lenin auf der Grundlage einer in den Fabriken eingeübten Disziplin die revolutionäre Parteiorganisation aufbauen will (vgl. *Ein Schritt vorwärts, zwei Schritte zurück*, Kapitel 9), fordert Luxemburg »die Durchbrechung dieses sklavischen Disziplingeistes« und »die freiwillige Koordination von bewußten politischen Handlungen« (*Organisationsfragen der russischen Sozialdemokratie*, Kapitel 1); vgl. zu 140,26.

140,36 *Schlacht! Also Gewalt!]* Die Vorstellung eines gewaltfreien, friedlichen Übergangs vom Kapitalismus zum Sozialismus vertreten bereits zu Lebzeiten von Marx und Engels führende Sozialdemokraten wie Wilhelm Liebknecht. – Im Zuge des von der Sozialdemokratie verkündeten »Burgfriedens« mit dem Klassenfeind findet diese Vorstellung bei Kriegsbeginn 1914 immer stärkere Verbreitung. Während der Novemberrevolution von 1918 wird von der Mehrheit der deutschen Sozialdemokratie ein gewaltsamer Umsturz der kapitalistischen Gesellschaft abgelehnt.

140,39 *dieses Bunds der Verträgemacher]* Vermutlich Anspielung auf den Block der Bürgerparteien – auch »Koalition der Köpfe« genannt –, der unter Führung von Reichskanzler Hermann Müller von Mai 1928 bis März 1930 regiert.

142,38 f. *Eidam]* Veraltet für Schwiegersohn.

143,14 *Sind die Dinge außer uns]* Si Fu bezieht sich mit seinen Äußerungen auf die erkenntnistheoretischen Fragestellungen Immanuel Kants: die Frage nach den Voraussetzungen der reinen Erkenntnis und das Problem des »Dings an sich«. (Vgl. *Über »das Ding an sich«* und *Kants unerkennbares Ding an sich*, Band 21.)

143,24 *des Gelben Flusses]* Gelber Fluß: andere Bezeichnung für Hwangho.

144,10 *Brotkorb]* Der sich hebende und senkende Brotkorb als Sinnbild der materiellen Abhängigkeit der Intellektuellen ist von Brecht in seinem Gedicht *Über das bürgerliche Trauerspiel »Der Hofmeister« von Lenz* (1938; vgl. Band 11) und im Epilog seiner *Hofmeister*-Bearbeitung verwendet worden (vgl. Band 8).

144,18 *Kätner]* Bewohner einer Kate, Häusler.

145,4 *Schmutzaufwirbler]* Wörtliche Übersetzung des amerikanischen Begriffs »muckraker«. Als muckraker bezeichnet US-Präsident Theodore Roosevelt zu Beginn des zwanzigsten Jahrhunderts gesellschaftskritische Schriftsteller und Journalisten, die auf soziale Mißstände in ihrem Heimatland aufmerksam machen.

145,37 f. *die Munition herausgeben]* Bei einigen seiner Anhänger – besonders innerhalb der SA – ruft Hitlers Konzeption der »legalen Revolution« Widerspruch hervor. Sie drängen nach den Reichstagswahlen vom November 1931 – aus denen die NSDAP als stärkste Partei hervorgeht – auf eine sofortige gewaltsame Machtübernahme.

145,38 *Die Teuerung wird jetzt zurückgehen]* Trotz weiterer Zunahme der Arbeitslosenzahl deuten Ende 1932, nach dem Urteil einiger Sachverständiger, bereits erste Anzeichen auf eine baldige Überwindung der Wirtschaftskrise. Um den Zeitpunkt der Machtübernahme nicht zu verpassen, befürworten Teile der SA einen gewaltsamen Putschversuch (vgl. zu 145,37 f.). Anderen Anhängern Hitlers – unter ihnen Gregor Strasser – erscheint dagegen eine Beteiligung am Regierungskabinett Kurt von Schleichers als ein geeignetes Mittel, an die Macht zu gelangen (vgl. zu 172,8 f.).

146,3 *Ich will kein Herumgeschieße]* Anspielung auf Hitlers Strategie der »legalen Revolution«, vgl. zu 145,37 f.

146,9 *Krukher]* Vgl. zu 172,8 f.

146,16 *zum dritten Mal]* Anspielung auf Hitlers Versuche, in die Akademie der Bildenden Künste in Wien aufgenommen zu werden.

Seine Bewerbungen vom Oktober 1907 und September 1908 werden abgelehnt.

147,31 *auf dem Strich]* Das Motiv der Intellektuellen, die auf den Strich gehen, das bereits in frühen Entwürfen zu *Turandot* aus den dreißiger Jahren enthalten ist, verwendet Brecht auch in den *Hollywood-Elegien* (Band 12).

148,13 *Munka Du]* Die Figur trägt u. a. Züge von Theodor W. Adorno (vgl. 161,1 f. und 161,27 f.).

151,6 *Tuihymne]* Anspielung auf die vom Chor der Engel vorgetragene Hymne in *Faust. Erster Teil* (*Nacht*).

151,8 *Wissen ist Macht]* In *Drei Berichte* (vgl. *Tuiroman*, B 16, Band 17) ist über dem Haupttor zur Sekretärschule der Tuis die Inschrift »Wissen ist Macht« angebracht. Der Ausspruch geht auf Francis Bacon zurück, der in seinen *Essays* und im *Novum Organum* scientia und potestas bzw. knowledge und power gleichsetzt.

151,14 *lana arboris]* Lana (lat.): Wolle; arbor (lat.): Baum. Begriff für die Baumwollstaude seit der Antike.

151,14 *Bombaceen]* Bombakazeen: andere Bezeichnung für Wollbäume. In den Tropen beheimatete Pflanzenfamilie. Entgegen den Angaben Ki Lehs können die Fasern dieser Baumart nicht »zu Kleidungsstoffen« verarbeitet werden.

151,39 *Hafner]* Andere Bezeichnung für Töpfer bzw. (Kachel-) Ofensetzer.

154,21 *Kostüm aus Papier]* Anspielung auf die von den Nazis propagierte Zellulose- bzw. Zellwollkleidung, mit der Rohstoffe für die Kriegsproduktion eingespart werden sollten. In den dreißiger Jahren wird damit geworben, daß die Frau im Zellwollkleid größere Chancen bei Männern habe als die, die Kammgarn trägt.

154,30 *»Edler Stoff ... edleren.«]* Dieses Zitat konnte nicht ermittelt werden.

154,35 *Taschi Lumpo Kloster]* Westlich von Lhasa (Tibet) gelegenes Residenzkloster, Sitz des zweithöchsten Geistlichen des Lamaismus.

154,35 *Shigatse]* Stadt im Westen Tibets.

155,11 *Doch nicht durch Verbrennen]* Die Praxis, durch Verknappung höhere Profite zu erzielen, wird bereits in *Die heilige Johanna der Schlachthöfe* (Band 3) und im Schlußakt von *Kuhle Wampe* (Band 19) thematisiert.

159,31 f. *Gesellschaft für ... im Rahmen der Gesetze]* Jaroslav Hašek hat 1911/12 satirische Texte über eine *Partei des maßvollen Fortschritts in den Grenzen der Gesetze* geschrieben, in denen sozialdemokratische Politiker und Abgeordnete der bürgerlichen Parteien parodiert werden. Ein Teil der Texte erscheint 1924/25 in der Zeitschrift *Smer*. 1963 werden sie erstmals vollständig veröffentlicht (*Dějiny strany mírného pokroko v mezích zákona*). In *Turandot* wird mit »Gesellschaft für gemäßigten Fortschritt« auf die SPD angespielt.

160,8 *unchinesische Gedanken]* Vgl. zu 160,15-17.

160,15-17 *Gehörten Sie ... Freunde des bewaffneten Aufstands an]* Anspielung auf eine in den Verhören des »House Un-American Activities Committee«, dem »Kongreßausschuß zur Untersuchung unamerikanischer Tätigkeiten«, wiederkehrende Schlüsselfrage: »Sind Sie jetzt oder waren Sie jemals Mitglied der Kommunistischen Partei?« – Am 10. Oktober 1947 muß Brecht vor dem Untersuchungsausschuß aussagen.

160,17f. *Den Lügnern für Menschenrechte]* Anspielung auf die »Liga für Menschenrechte«, die 1898 als »Liga für die Verteidigung der Menschen- und Bürgerrechte« zur Revision des Dreyfus-Prozesses ins Leben gerufen wird. Sie kämpft gegen die Einschränkung der Bürgerrechte durch den Staatsapparat und tritt für eine friedliche Lösung internationaler Konflikte ein. Nach französischem Vorbild entsteht 1919 in Deutschland die »Liga für Menschenrechte«, die 1933 verboten und nach 1945 neu gegründet worden ist.

161,31f. *Man verwandelt ... in einen Fischmarkt]* Anspielung auf Jesu Klage über die Entweihung des heiligen Tempels von Jerusalem durch die Geschäfte der Händler und Wechsler. Jesus wirft ihnen vor, aus dem »Haus seines Vaters« ein »Kaufhaus« gemacht zu haben. Vgl. Johannes 2,13-16.

164,4f. *Ein Henker ... auf]* Zum Aufstecken der Köpfe vgl. S. 402.

164,11 *tibetanische Karawane]* Zum Zug Taschi Lamas und seines Gefolges vgl. im *Tuiroman* (Band 17) den Abschnitt *Drei Reisen* (B 14).

164,38 *Po Chü-i]* Chinesischer Lyriker des 8. und 9. Jahrhunderts. 1944 bearbeitet Brecht mehrere Gedichte Po Chü-is nach der englischen Übertragung (vgl. *Chinesische Gedichte*, Band 12, und *Journale*, 28.-30. November 1944).

165,4f. *Witwenkleider tragen]* Zur Kleidung vgl. S. 402.

166,26 *Mit sieben Gleichgesinnten]* In Hitlers Wahlkampfrede »Appell an die Nation« aus dem Jahr 1932 heißt es: »Mit 7 Mann habe ich vor 13 Jahren dieses Werk der deutschen Einigung begonnen, und heute stehen in unseren Reihen über 13 Millionen!« (Max Domarus, *Hitler. Reden und Proklamationen. 1932 bis 1945, kommentiert von einem deutschen Zeitgenossen*, 2 Bände, Würzburg 1962, Band 1, S. 117.) 1919 tritt Hitler als Ausschußmitglied Nr. 7, zuständig für Werbung und Propaganda, in die Deutsche Arbeiterpartei, die spätere NSDAP, ein.

168,25 *nördlichen Provinzen]* Von ihrem Hauptquartier in Jenan aus gelingt es den chinesischen Kommunisten unter der Führung Mao Tse-tungs in der Zeit zwischen 1945 und 1948 ihren Einfluß auf sämtliche Nordprovinzen auszudehnen. Lediglich Peking und der Süden Chinas bleiben bis zum Ende des Bürgerkriegs (1949) in der Hand des Militärdiktators Tschiang Kai-schek.

168,28 *trete ich zurück]* Vgl. zu 129,29.

169,31 *Kann sich ... wählen?]* Die Frage Gogher Goghs ist bereits in einem frühen Szenenentwurf aus den dreißiger Jahren enthalten. – Vgl. auch das Gedicht *Die Lösung* (Band 12), das Brecht im Zusammenhang mit dem Aufstand vom 17. Juni 1953 geschrieben hat.

170,26 *Kru Ki]* Kru: Kurzform von Krukher, vgl. zu 172,8 f.

171,29 f. *Der Witze sind genug gewechselt]* Vgl. Goethe, *Faust. Erster Teil*: »Der Worte sind genug gewechselt / Laßt mich auch endlich Taten sehn!« (*Vorspiel auf dem Theater*, Vers 182 f.)

171,38 f. *Binden um die Ärmel]* Anspielung auf die Hakenkreuzarmbinden der SA-Männer.

172,8 f. *Brüder Krukher Kru]* Anspielung auf Gregor und Otto Strasser, die bereits in der Anfangsphase zur NSDAP gehören. Gregor Strasser, der 1923 am Hitler-Putsch teilgenommen hat und während Hitlers Inhaftierung die Nazi-Bewegung leitet, repräsentiert den linken, antikapitalistischen Flügel innerhalb der NSDAP. Anders als Hitler glaubt Strasser, daß die Partei im Sommer 1932 den Höhepunkt ihrer Entwicklung bereits überschritten hat. Um nicht die Chance der Machtübernahme zu verpassen, befürwortet Strasser eine Beteiligung der NSDAP am Kabinett Kurt von Schleichers. Als Strasser sich mit seinen Vorstellungen nicht durchzusetzen vermag, legt er seine Parteiämter nieder. 1934 wird er im Zusammenhang mit dem Röhm-Putsch ermordet.

172,16 f. *geben Sie mir vierundzwanzig Stunden Zeit]* Anspielung auf eine in den Reden Adolf Hitlers in abgewandelter Form wiederkehrende Formulierung. So heißt es z.B. im »Aufruf der Reichsregierung an das deutsche Volk« vom 1. Februar 1933: »Nun, deutsches Volk, gib uns die Zeit von vier Jahren, und dann urteile und richte uns!« (Max Domarus, *Hitler. Reden und Proklamationen. 1932 bis 1945, kommentiert von einem deutschen Zeitgenossen*, 2 Bände, Würzburg 1962, Band 1, S. 194.)

174,3 f. *daß ihr und eure Dienste nicht mehr nötig seid]* Anspielung auf das SA-Verbot von 1932. Um die Gefahr einer gewaltsamen Machtübernahme durch die NSDAP abzuwenden, schlägt Reichskanzler General Kurt von Schleicher vor, die SA aufzulösen. Am 14. April 1932 unterschreibt Reichspräsident Paul von Hindenburg eine entsprechende Verordnung. Am 16. Juni des gleichen Jahres wird das Verbot wieder aufgehoben.

174,10 f. *Lagerhäuser ... in Brand stecken]* Anspielung auf den Berliner Reichstagsbrand am Abend des 27. Februar 1933. Als vermeintlicher Brandstifter wird der holländische Kommunist Marinus van der Lubbe festgenommen. Die faschistische Regierung beschuldigt die Kommunisten der Brandstiftung. Heute gilt als erwiesen, daß die Nazis selbst den Brand im Reichstag gelegt haben. In Brechts Dramen und Gedichten finden sich wiederholt Anspielungen auf den Reichstagsbrand. Vgl. z.B. *Der Aufstieg des Arturo Ui*, Szene 7 (Band 7), und *Die Ballade vom Reichstagsbrand* (Band 14).

176,26 *Armbinde]* Vgl. zu 171,38f.

177,5 *Wergfackeln]* Werg: Flachs- bzw. Hanfabfall.

178,21 *Fanal für den aufständigen Kai Ho]* Der Reichstagsbrand (vgl. zu 174,10f.) wird in der Nazi-Propaganda als ein von den Kommunisten vereinbartes Zeichen zum bewaffneten Aufstand dargestellt. Kurz nachdem der Brand entdeckt worden ist, heißt es in einer ersten offiziellen Erklärung: »Der Brand des Reichstags sollte das Fanal zum blutigen Aufruhr und zum Bürgerkrieg sein.« (Amtliche Meldung des Preußischen Pressedienstes, 27. Februar 1933.)

178,23 *geistigen Brandstifter]* Anspielung auf die Verunglimpfung linksliberaler und kommunistischer Intellektueller durch die Nazis.

178,23f. *Untersucht alles, was es an Büchern gibt]* Anspielung auf die von den Nazis ab 10. Mai 1933 öffentlich organisierten Bücherverbrennungen und die damit verbundene »Säuberung« der Bibliotheken und Buchhandlungen.

179,30 *verhaften]* Vgl. zu 174,10f.

180,11f. *verbrennt man ... Formulierungen]* Vgl. zu 178,23f.

180,19 *Seht ... Hüte los werdet.]* Brecht greift ein Motiv aus *Die Rundköpfe und die Spitzköpfe* (Band 4) auf. Dort fordert ein »Hua«, d.h. ein Angehöriger der Hutabschlägerstaffel, einen aufgrund seiner spitz zulaufenden Kopfform verfolgten Tschichen auf, seinen Hut aufzusetzen (vgl. Szene 2). Spitzköpfe wie Tuis sind sowohl mit als auch ohne Kopfbedeckung leicht zu identifizieren, die Zugehörigkeit zu einer unerwünschten Bevölkerungsschicht läßt sich nicht verbergen.

180,28 *hops]* Schwanger.

181,22 *Büchlein]* Anspielung auf die Aphorismen-Sammlung *Worte des Vorsitzenden Mao Tse-tung*.

183,3 *Das Volk ... tümlich sein.]* Wiederholt hat sich Brecht gegen eine unvoreingenommene, naive Verwendung des Begriffs »volkstümlich« gewandt. Viele der mit dem Suffix -tum endenden Begriffe, wie z.B. Brauchtum oder Heiligtum hätten, so Brecht 1938, »einen ganz besonderen, sakralen, feierlichen und verdächtigen Klang« (*Volkstümlichkeit und Realismus (2)*, Band 22).

184,12f. *eine große Waage]* Gemeint ist die Waage als Symbol der Göttin der Gerechtigkeit Justitia.

186,7 *Barköpfigen]* Vgl. zu 180,19.

186,14 *Hoang Ho]* Hwangho, zweitgrößter Fluß Chinas.

186,14-18 *Blau ... Hügel sehen nicht so aus]* Möglicherweise Anspielung auf Franz Marcs Gemälde *Turm der blauen Pferde* von 1913; 1919 von der Nationalgalerie Berlin erworben, 1937 von den Nazis als »entartet« diffamiert und beschlagnahmt, im zweiten Weltkrieg verschollen.

186,36 *er ist Maler]* Vgl. zu 186,38.

186,38 *Baumeister]* Die Charakterisierung Gogher Goghs als Maler und Baumeister entspricht der Selbstdarstellung Hitlers.

187,11 f. *Wo hast du denn deinen Hut?]* Vgl. zu 180,19.

188,5 *Man verkauft Meinungen wie Fische]* Vgl. das Stück *Im Dikkicht* (Band 1), in dem Shlink versucht, Garga für ein Pfund Fische seine Meinung abzukaufen (Szene 1). In *Leben des Galilei* spricht Galilei davon, daß der Wissenschaftler Bücher wie Fische zum Verkauf anbietet (vgl. die 14. Szene der Fassung 1955/56).

188,11 f. *daß die Dummköpfe ... nennen]* Mit den Worten »Die Dummköpfe nennen ihn dumm« wird in dem Gedicht *Lob des Kommunismus* (Band 11) der Kommunismus beschrieben.

191,31 *Der Kai Ho ... am Tibetanischen Tor]* Die bevorstehende Einnahme der Hauptstadt durch die Aufständischen am Ende des Stücks läßt Parallelen zu der Einnahme Pekings durch die Truppen Mao Tse-tungs im Jahr 1949 erkennen.

194,8 *Mi-di]* Mídǐ bedeutet im Chinesischen soviel wie »des Rätsels Lösung« oder Wahrheit.

195,16 *Jen]* Vgl. zu 130,16.

195,20 *Kapitäl]* Meist Kapitell geschrieben, Kopfstück einer Säule, auf der die Last der Decke, des Gewölbes aufliegt.

# DON JUAN VON MOLIÈRE

## *Textgrundlage*

*Don Juan von Molière (in der Bearbeitung des Berliner Ensembles),* 1953/54, Typoskript aus dem Nachlaß.

## *Übersicht*

1951: Beginn der Bearbeitung von Molières *Dom Juan* durch Elisabeth Hauptmann und Benno Besson, ab 1952 in Kooperation mit Brecht.
25. Mai 1952: Aufführung im Volkstheater Rostock.
19. Mai 1953: Beginn der Probenarbeit für die Berliner Inszenierung. Während der Proben wird das Stück überarbeitet.
16. Oktober 1953: Erste Voraufführung im Deutschen Theater.
19. März 1954: Aufführung im Berliner Ensemble am Schiffbauerdamm.
1959: Elisabeth Hauptmann ediert postum *Don Juan von Molière* in *Stücke*, Band 12 (Suhrkamp Verlag, Frankfurt a. M.; 1962: Aufbau-Verlag, Berlin und Weimar).

## *Entstehung*

Als dem Regisseur und Schauspieler Benno Besson 1951 angeboten wird, eine Gastinszenierung am Volkstheater Rostock zu übernehmen, beschließt er, *Dom Juan* (1665) von Molière für die Bühne neu zu bearbeiten. Wann genau mit den Arbeiten am Text begonnen wird, konnte nicht ermittelt werden. Elisabeth Hauptmann ist von Beginn an dem Projekt beteiligt.

Brecht greift erst unmittelbar vor der Uraufführung (25. Mai 1952) in den Bearbeitungsprozeß ein. In Absprache mit Besson, der ihn wiederholt in seiner Berliner Wohnung aufsucht, nimmt er im April und Mai mehrere Änderungen vor. Darüber hinaus hat er, nach Auskunft von Besson, an den letzten Proben im Volkstheater teilgenommen. Im Programmheft von 1952 wird sein Name nicht genannt. Dort heißt es: »für die deutsche Bühne eingerichtet von Elisabeth Hauptmann und Benno Besson« (*Don Juan. Komödie von Molière*, Volkstheater Rostock, Spielzeit 1951/52). In einem mit E.H. (Elisabeth Hauptmann) gezeichneten Beitrag wird zusätzlich erläutert: »Die jetzige Einrichtung des Molièreschen *Don Juan* für das Rostocker Volkstheater besteht außer einer neuen deutschen Übersetzung in einigen

Umstellungen und sinngemäßen Weiterführungen.« Nach Auskunft von Besson ist der Dramentext gemeinsam von ihm und Hauptmann ins Deutsche übertragen worden; weder im Brecht- noch im Elisabeth-Hauptmann-Archiv ist eine Neuübersetzung überliefert. In Brechts Nachlaßbibliothek befindet sich eine ältere Übersetzung, die für die Bearbeitung verwendet worden ist. Es handelt sich dabei um: *Don Juan oder Der steinerne Gast. Komödie in fünf Aufzügen*, übersetzt von Eugen Neresheimer (in: *Molières sämtliche Werke in sechs Bänden*, hg. v. Eugen Neresheimer, München/Leipzig: Georg Müller o. J. [1911], Band 3, S. 251-329).

Diese Molière-Ausgabe weist zahlreiche Anmerkungen von Elisabeth Hauptmann auf – Vorschläge für Textänderungen, die zu einem großen Teil in die *Dom Juan*-Bearbeitung übernommen werden. Sämtliche Dialoge, in denen die Figuren »aus dem Volk« einen nordfranzösischen Dialekt sprechen, sind von Neresheimer ins Plattdeutsche übertragen worden. Diese Eigenart bleibt in der Bearbeitung des Berliner Ensembles teilweise erhalten.

Die Neustrukturierung des Bühnenstoffs sowie die gegenüber der Molièreschen Komödie konstatierbaren Akzentverschiebungen bei der Fabelführung und der Figurengestaltung sind im wesentlichen als das Werk Elisabeth Hauptmanns und Benno Bessons zu betrachten. Es gibt keine Belege dafür, daß Brecht bereits in der ersten Bearbeitungsphase (1951) an dem Don-Juan-Projekt beteiligt gewesen ist.

Ein im Zusammenhang mit der Rostocker Inszenierung von 1952 entstandenes Typoskript (Nachlaß) mit zahlreichen, von Brecht handschriftlich vorgenommenen Korrekturen und detaillierten Änderungsvorschlägen, die bei der Aufführung in Rostock weitgehend berücksichtigt worden sind, dokumentiert seine spätere Einflußnahme. Unter anderem geht aus dem Typoskript hervor, daß der Monolog des Landarztes »über die große Zeit der Duelle« (2. Akt, 7. Szene) von Brecht hinzugefügt worden ist.

1953 wird die Rostocker Bearbeitung des *Don Juan* für die Inszenierung im Theater am Schiffbauerdamm von Brecht und den Mitgliedern des Berliner Ensembles erneut überarbeitet. Am 19. Mai beginnen die Proben. Am 16. Oktober findet im Deutschen Theater die erste Voraufführung statt. In der Zeit bis zum 12. November folgen fünf weitere Vorstellungen. An der letzten Voraufführung nehmen Vertreter von Presse und Rundfunk teil. Die offizielle Premiere wird dagegen erst für das kommende Jahr angesetzt: anläßlich der feierlichen Übernahme einer eigenen Spielstätte wird *Don Juan* am 19. März 1954 vom Berliner Ensemble im neu eröffneten Theater am Schiffbauerdamm aufgeführt.

Weder Besson noch Brecht werden bei der Inszenierung von 1953/54 als Coautoren der Bearbeitung namentlich erwähnt. Statt dessen heißt es im Programmheft: »Bearbeitet und übersetzt von Elisabeth

Hauptmann und dem Berliner Ensemble« (*Don Juan von Molière*, Berliner Ensemble, Spielzeit 1953/54).

Auf der Grundlage der 1953/54 entstandenen Typoskripte (vgl. den Abschnitt Text/Fassungen) wird *Don Juan von Molière* 1959 von Elisabeth Hauptmann in *Stücke*, Band 12, im Suhrkamp Verlag herausgegeben. 1962 folgt die Veröffentlichung im Aufbau-Verlag.

Der Bühnengestalt Don Juan Tenorio liegen z. T. Elemente mündlicher Überlieferung zugrunde: die Bestrafung eines jungen Mannes, der ein Standbild herausgefordert hat, ist der Anlage nach bereits in einer spanischen Volkslegende enthalten. Als eine weitere Handlungskomponente werden der Figur 1630 in dem Schauspiel *El burlador de Sevilla y convidado de piedra* (*Der Verführer von Sevilla und der steinerne Gast*) die wechselnden Liebesabenteuer eines adligen Frauenhelden hinzugefügt. *El burlador de Sevilla* wird unter dem Namen Tirso de Molina (d.i. Gabriel Téllez) publiziert; ob es sich bei Tirso de Molina tatsächlich um den Autor handelt, gilt als zweifelhaft.

1664/65 entsteht Molières *Dom Juan ou Le festin de pierre* (*Don Juan oder Der steinerne Gast*). In Molières Schauspiel wird der Dramenheld als ein seine Existenz und seine Verhaltensweisen reflektierendes modernes Individuum dargestellt. Dom Juan erscheint als ein Freigeist, für den die traditionellen, allgemeinverbindlichen Werte ihre Gültigkeit verloren haben – als ein Libertin, der die neugewonnene Freiheit für persönliche Zwecke mißbraucht: der bindungslos gewordene Intellekt dient ihm lediglich als ein Instrument, seine sexuellen Leidenschaften zu verfolgen.

Gegenüber der Darstellung Molières weist die Rostocker und Berliner Bearbeitung im wesentlichen folgende Abweichungen auf: der 4. und der 5. Akt werden von Besson zu einem einzigen großen Schlußakt zusammengezogen. Nach Auskunft von Besson bleibt »ohne die Heuchelei-Szene«, d. h. die 1. Szene des letzten Akts, »nicht viel vom 5. Akt übrig«. Brecht spricht während der Proben zur Berliner Inszenierung von »einem etwas unglücklichen Bau der letzten zwei Akte« (Protokoll einer *Aussprache über »Don Juan« am 23. September 1953*, Nachlaß). Generell läßt die Bearbeitung eine Tendenz zur Straffung und Verknappung längerer Monologe erkennen. Ausgedehnte Betrachtungen werden zugunsten handlungsbetonter Spielmomente gekürzt.

Bei der Rostocker wie bei der Berliner Aufführung wird der Ort der Handlung von Sizilien nach Versailles verlegt (vgl. zu 201,3). Im Programmheft der Rostocker Aufführung schreibt Besson:

> Wir lassen [...] die Komödie heute in den weiten, künstlichen Perspektiven des Versailler Parks spielen. [...] Hier sind seine [Don Juans] spezifischen Züge zu suchen.
>
> Molière hat an Hand eines spanischen Stoffes eine kühne Kritik an den besonderen gesellschaftlichen Verhältnissen des damaligen

Frankreichs von Versailles geübt. Und wir wollen diese Tatsache mit unseren Dekorationen und Kostümen betonen.« (Programmheft *Don Juan. Komödie von Molière*, Volkstheater Rostock, Spielzeit 1951/52.)

Das Figurenensemble der Komödie wird um mehrere Personen »aus dem Volk« – die Ruderer und die Köchin Serafine – erweitert. Hinzugefügt werden außerdem die Auftritte zu Beginn des 4. Akts (vgl. Szenen 1 bis 3), in denen die Bediensteten Don Juans, Sganarelle, Serafine und Ragotin, zu Wort kommen. Auf Seiten des Adels bzw. des Bürgertums werden Angelica, ein Arzt und die Sängerin Belisa ergänzt. Mit Marphurius (so der Name des Arztes in der Fassung von 1953/54) wird eine »komische Figur« in die Spielhandlung eingeführt, die den in Molières Satiren auftretenden Medizinern nachgebildet worden ist. (Vgl. die fünf Doktoren in *L'Amour médecin*, 1665, dt.: *Der Liebhaber als Arzt*.)

Bei ihrer Bearbeitung kommt es Hauptmann, Besson und Brecht vor allem darauf an, eine positive Deutung des Frauenhelden und Libertins im Sinn eines »fortschrittlichen Atheisten« zu verhindern. Brecht erklärt in diesem Zusammenhang: »Der Atheismus der großen Parasiten täuscht viele, sie fallen darauf herein, bewundern ihn, rühmen ihn als fortschrittlich.« (*Notate zu »Don Juan«*, Band 24.) Statt den Freigeist als Exponenten historisch progressiver Tendenzen darzustellen, wollen die Bearbeiter die materielle Grundlage seines ausschweifenden Lebenswandels sichtbar machen: »Der Glanz des Parasiten interessiert uns weniger als das Parasitäre seines Glanzes« (*Bessons Inszenierung des »Don Juan« beim Berliner Ensemble*, Band 24).

Don Juan lebt auf Kosten seiner Untergebenen: sie ernähren und beschützen ihn und tragen stellvertretend für ihn seine Konflikte aus (vgl. die 5. Szene des 1. Akts und die 4. Szene des 3. Akts). Als Don Juan Zeuge eines gewaltsamen Überfalls wird, befördert er Sganarelle durch einen Fußtritt auf den Schauplatz des Geschehens und zieht sich zurück (vgl. dazu die 3. Szene des 3. Akts). In Molières Komödie kämpft er selbst gegen seine Widersacher. Dort tritt Don Juan als furchtloser Kämpfer und Ehrenmann auf, während er in der Bearbeitung als Feigling dargestellt wird.

Seine Reputation als Herzensbrecher beruht in der Bearbeitung ausschließlich auf der Virtuosität, mit der Don Juan seine Klassenzugehörigkeit, d. h. seine aristokratische Herkunft, zur Schau zu stellen weiß: »Er verführt durch sein Kostüm (und diese Art, es zu tragen), seine Stellung (und die Unverschämtheit, sie zu mißbrauchen), seinen Reichtum (oder seinen Kredit) und seinen Ruf (oder die Sicherheit, die ihm seine Berühmtheit bei sich selbst gewährt).« (*Notate zu »Don Juan«*, Band 24.)

Hinzugefügt wird der Kleidertausch zwischen Don Juan und Sganarelle am Ende des 2. Akts. (In *Dom Juan* von Molière treten der Dramenheld und sein Diener als Bauer bzw. als Arzt verkleidet auf.) Erst nachdem Don Juan in der 5. Szene des 3. Akts seine Kleider von Sganarelle zurückerhalten hat, wird er in die Lage versetzt, seine Jagd nach Liebesabenteuern wieder aufzunehmen.

Wenngleich Sganarelle seinem Herrn im allgemeinen zur Seite steht, so ist er dennoch nicht immer dazu bereit, mit Don Juan gemeinsame Sache zu machen. In der Beziehung zwischen Herr und Knecht werden neue Akzente gesetzt: als es Don Juan in der 3. Szene des 4. Akts gelingt, einen lästigen Gläubiger hinauszukomplimentieren, findet sein über den Geschäftsmann Dimanche errungener Triumph in der darauf folgenden Szene ein kurzes Nachspiel. In Szene 4 der Molièreschen Komödie wird gezeigt, wie Sganarelle das Werk seines Herrn fortführt und sich ebenso wie Dom Juan über Monsieur Dimanche lustig macht. Diese Szene wird in die Bearbeitung nicht aufgenommen.

Die Rahmenhandlung des letzten Akts, in der Don Juan in einer Art Generalprobe den unmittelbar bevorstehenden Besuch Angelicas durchspielt (vgl. insbesondere die 10. Szene des 4. Akts), wird vom Berliner Ensemble neu eingefügt. Die letzte Szene, in der sich die von Don Juan geprellten Personen zu einem Schlußtableau vereinigen, ist in Anlehnung an Mozarts und da Pontes Oper *Don Giovanni* gestaltet worden.

Nicht in allen Fällen sind die neuen Akzente, die in der Bearbeitung gesetzt werden, eindeutig erkennbar. Als Besson die Mitglieder des Berliner Ensembles mit der Frage konfrontiert: »Ist Don Juan ein Atheist? Was spricht dafür?« antwortet der Darsteller des großen Verführers, Erwin Geschonneck: »Man könnte sagen die Bettler-Szene«, d.h. die 2. Szene des 3. Akts (Protokoll einer *Aussprache über »Don Juan« am 23. September 1953*, Nachlaß). Ein weit verbreitetes Mißverständnis, das Brecht zu folgender Kommentierung veranlaßt zu haben scheint: »In der berühmten Bettlerszene, die bisher dazu benutzt wurde, Don Juan als Freigeist und damit fortschrittlichen Typ hinzustellen, zeigte Besson lediglich einen Libertin, zu arrogant, irgendwelche Verpflichtungen anzuerkennen, so daß sichtbar wurde, wie die herrschende Clique sich auch über den staatlich konzessionierten und befohlenen Glauben hinwegsetzte.« (*Bessons Inszenierung des »Don Juan« beim Berliner Ensemble*, Band 24.) Ebensowenig wie Don Juan als »fortschrittlicher Typ« verstanden werden soll, ist der Schluß, die Höllenfahrt des Dramenhelden, als »Gottesbeweis« aufzufassen. In diesem Zusammenhang erklärt Brecht: »Das Stück kann nicht eine Auseinandersetzung sein: gibt es einen Gott? Dann würde herauskommen: jawohl. Beweis durch Versenkung, Hölle [...] Molière läßt einen Atheisten auf der Bühne widerlegen durch Maschinerie, Versenkung, Blitze, durch Sganarelle. Es wurde als Verhöhnung des Gottesbeweises aufgenommen« (*Aussprache über »Don Juan«*). Um mögliche Fehldeutungen der letzten Szene zu vermeiden, heißt es im Programmheft von 1954: »[...] für den Gesellschaftskritiker Molière gab es keinen besseren [Schluß]: die einzig echte Lösung, die das französische Volk 1789 fand, konnte er 1665 beim besten Willen nicht auf die Bühne bringen. Konnte das Volk also nicht dreinfahren, mußte der Himmel eben der Moral Genüge tun.« (*Don Juan von Molière*, Berliner Ensemble, Spielzeit 1953/54.) Außerdem wird an gleicher Stelle unter Bezugnahme auf die französische Enzyklopädie Larousse darauf verwiesen, daß, der Chronik von Sevilla zufolge, keine überirdische »Himmelsmacht«, sondern spanische »Franziskanermönche [...] dem wüsten Treiben Don Juans ein Ende« gemacht hätten.

Entgegen der Bühnentradition des 19. Jahrhunderts, in der Don Juan als »der vielleicht sogar tragische Wüstling« dargestellt worden ist, wird bei den Inszenierungen in Rostock und Berlin angestrebt, das Stück als »Satire« aufzuführen (vgl. *Bessons Inszenierung des »Don Juan« beim Berliner Ensemble*, Band 24). Brecht führt dazu aus, daß einerseits durch das »Vordringen des Bürgertums bestimmte adelige Gewohnheiten, Sitten, Ideen komisch wurden«, während andererseits, »in gleicher Zeit, das Bürgertum komisch war, das abgewirtschafteten Höflingen nachzuahmen suchte« (*Aussprache über »Don Juan«*). Weiter heißt es über Molière: »Er wendet sich nach allen Seiten mit Gelächter, verlacht Atheisten und Theisten« (*Aussprache über »Don Juan«*). Der komödienhafte Charakter der dargestellten Situation und des Titelhelden dürfe jedoch nicht dazu verleiten, Don Juan komisch zu spielen. Vielmehr sei das Drama »in vollkommenem Ernst« aufzuführen (*Notate zu »Don Juan«*) – um auf diese Weise, durch den »großen Ernst«, eine »komische Wirkung« zu erzielen (Norbert Christian, in: *Aussprache über »Don Juan«*).

## *Text/Fassungen*

Im Nachlaß liegen fünf vollständige Typoskripte vor. Drei von ihnen tragen neben dem Titel *Don Juan von Molière* den Zusatz *in der Bearbeitung des Berliner Ensembles* (bzw. *Ensemble*). In einem weiteren Typoskript ist dieser Zusatz gestrichen.

Bei dem zuletzt genannten Typoskript handelt es sich um eine frühe, bereits für die Rostocker Inszenierung entstandene Niederschrift mit handschriftlichen Korrekturen von Brecht. Von diesem Typoskript ist eine maschinenschriftliche Abschrift angefertigt worden, in der die Mehrzahl der von Brecht vorgenommenen Korrekturen eingearbeitet ist (Typoskript ohne Zusatz *in der Bearbeitung des Berliner Ensemble*). Brechts Korrekturen werden gleichfalls in ein Typoskript übernommen, das den Vermerk »Vervielf.-Büro Liebig, Rostock« trägt. Bei diesem im weiteren als »Rostocker Fassung« bezeichneten Typoskript ist davon auszugehen, daß es mit der 1952 gespielten Fassung größtenteils identisch ist.

Zwei Typoskripte sind im Zusammenhang mit der Inszenierung von 1953/54 entstanden. In einem dieser Typoskripte sind handschriftliche Korrekturen von Brecht enthalten, die in dem zweiten zum Teil berücksichtigt sind. Die zuletzt genannte und im weiteren als »Berliner Fassung« bezeichnete Niederschrift ist der einzige Text, in dem die Rudererszene (Akt 1, Szene 5) ausgeführt ist. Wie ein Vergleich mit dem Inspizientenbuch zeigt, entspricht die »Berliner Fassung« weitgehend der 1954 gespielten Fassung.

Weil Brecht an der Ausarbeitung der »Rostocker Fassung« nur im geringen Umfang teilgenommen hat, wird der vorliegenden Ausgabe die »Berliner Fassung« zugrunde gelegt.

Gegenüber der »Rostocker Fassung« sind in der Textgrundlage folgende Erweiterungen und Präzisierungen vorgenommen worden:

Die Rudererszene (1. Akt, 5. Szene), die Berthelot, Angelot und Colin beim Exerzieren zeigt, wird erst in Berlin ausgeführt. – Berthelot, Angelot und Colin treten in Rostock unter der Bezeichnung »Ruderer« auf und Marphurius als »ein Arzt«.

Die 4. Szene des 4. Akts nimmt in der »Rostocker Fassung« folgenden Verlauf:

*Sganarelle.*

SGANARELLE Um Gottes Willen, da kommt mein Herr mit seinem schlimmen Gläubiger, dem Tuchhändler Dimanche! Ich habe nicht aufgepaßt, und er hat Don Juan im Vorsaal abgefangen! Ich kann mich auf etwas gefaßt machen!

Die 7. Szene des 4. Akts, in der Don Juan Sganarelle auffordert, die »vielgepriesene Sängerin Belisa« kommen zu lassen, ist in der »Berliner Fassung« ergänzt worden; dennoch wird bereits in Rostock, wie später in Berlin, eine Serenade vorgetragen.

Bei der dem Besuch von Don Luis vorangehenden 8. Szene des 4. Akts ist in der »Rostocker Fassung« der Text »Es werden Fleischplatten ... nicht versalzen hatte.« (250,21-32) nicht enthalten. Wie aus dem Inspizientenbuch hervorgeht, folgt die Berliner Inszenierung der Version von 1952.

Wesentliche Änderungen in der Szenenfolge der Bearbeitung gegenüber der Komödie von Molière können der folgenden Synopse entnommen werden:

| *Molière:* | *Berliner Ensemble:* |
|---|---|
| Akt. Szene. | Akt. Szene. |
| 1.1. | 1.1. |
| 1.2. | 1.2. |
| 1.3. | 1.3. |

| | |
|---|---|
| 1.4. | z. T. 1.4 |
| 2.1. | 2.1. |
| 2.2. | 2.2. |
| 2.3. | 2.3. |
| 2.4. | 2.4. |
| 2.5. | 2.5. |
| 2.6., 2.7. | 2.6. |
| 2.8., 2.9. und 2.10. | z. T. 2.7. |
| 3.1. | 3.1. |
| 3.2. | 3.2., z. T. 3.3. |
| 3.3. | – |
| 3.4. | 3.4. |
| 3.5. | z. T. 3.5. |
| 3.6. (1. Teil) | 3.6. |
| 3.6. (2. Teil) | 3.7. |
| 4.1., 4.2. | 4.4. |
| 4.3. | 4.5. |
| 4.4. | – |
| 4.5. | z. T. 4.8. |
| 4.6. | 1.6. |
| 4.7. | z. T. 1.7. |
| 4.8. | z. T. 4.5. |
| 4.9. | 4.6. |
| 4.10., 4.11. | 4.8. |
| 4.12. | z. T. 4.11. |
| 5.1. | 4.9. |
| 5.2. | z. T. 4.10. |
| 5.3. | z. T. 3.5. |
| 5.4. | z. T. 4.10. |
| 5.5. | z. T. 4.10. |
| 5.6. | 4.11. |
| 5.7. | z. T. 4.12. |

Die Anmerkung »z. T.« ist im Sinn von »nur zu einem geringen Teil« zu verstehen. Ganz oder überwiegend neu geschrieben worden sind im 1. Akt die Szenen 4, 5 und 7, im 2. Akt die Szene 7, im 3. Akt die Szene 3 sowie im letzten Akt die Szenen 1, 2, 3, 7, 10 und 12.

Für die Inszenierungen in Rostock und Berlin sind elf Musikstücke, zehn Instrumentalsätze und eine Serenade (*Répands, charmante nuit*), komponiert von Jean-Baptiste Lully, folgenden Ballettkomödien Molières entnommen worden: *Le Mariage forcé* (1664, dt.: *Die erzwungene Heirat*), *Les Plaisirs de l'Ile enchantée* (1664, dt.: *Die Freuden der Wunderinsel*), *Monsieur de Pourceaugnac* (1669, dt.: *Herr von Pourceaugnac*) und *Les Amants magnifiques* (1670, dt.: *Die herrlichen Geliebten*).

Die Bearbeitung der Musikwerke durch Hans-Joachim Marx (1952) und Paul Dessau (1953) »beschränkt sich aufs Instrumentieren, lediglich im Allegroteil der ›Ouvertüre‹ hat Dessau hinzukomponiert« (Iva Besson an Fritz Hennenberg, 2. November 1960, in: Fritz Hennenberg, *Dessau · Brecht – Musikalische Arbeiten*, Berlin/DDR 1963, S. 462).

Zur Textgestaltung in der vorliegenden Ausgabe:

200,1 *Personen]* Das Personenverzeichnis ist nachträglich eingefügt worden. Grundlage ist das Verzeichnis im Programmheft der Berliner Inszenierung von 1953/54, das für die vorliegende Ausgabe korrigiert und ergänzt worden ist.

201,33 *Doña]* In der Textgrundlage durchgängig: »Dona«.

204,27 *Welch]* In der Textgrundlage: »Wenn«.

210,7 *5]* In der Textgrundlage ohne Numerierung.

214,8 *1]* In der Textgrundlage ohne Numerierung.

214,10 *Pieter. Don Juan.]* In der Textgrundlage: »Pieter. Don Alonso. Don Juan.«

214,14 *Potzdunner]* In der Textgrundlage hier und im folgenden mitunter »Potzdonner«. Die Schreibweise ist vereinheitlicht worden.

214,15 *lütte]* In der Textgrundlage: »luttle«; ebenso 216,38.

223,35 *dat]* In der Textgrundlage: »datt«; ebenso 223,36.

225,29 *Marphurius]* In der Textgrundlage hier und im folgenden zumeist: »MARPHUR.«

229,6 *1]* In der Textgrundlage ohne Numerierung.

249,15 *7]* In der Textgrundlage ohne Numerierung.

250,1 *8]* In der Textgrundlage ohne Numerierung.

257,3 *Angelica]* In der Textgrundlage: »Angelika«; ebenso 257,8. Die Schreibweise ist vereinheitlicht worden.

257,15 *Marphurius]* In der Textgrundlage: »Arzt«.

## *Wirkung*

Am 25. Mai 1952 wird die Bearbeitung unter der Regie von Benno Besson im Volkstheater Rostock aufgeführt. Die musikalische Leitung hat Hans-Joachim Marx. Mit Besson sind auch der Bühnenbildner Hainer Hill und Joseph Noerden als Gäste des Berliner Ensembles an der Aufführung beteiligt. Joseph Noerden spielt Don Juan und Norbert Christian Sganarelle.

Die Besson-Inszenierung gilt als historisches Ereignis in der Theatergeschichte der DDR: zum ersten Mal ist das Berliner Ensemble in der Provinz aufgetreten. Damit wird eine Reihe kooperativer Bühnenprojekte zwischen dem Berliner Ensemble und kleineren Bühnen der DDR eingeleitet.

Die Premiere vom 25. Mai wird mit »überaus starkem und anhaltendem Beifall« aufgenommen (J. Weinert, *National-Zeitung*, Berlin/DDR, 30. Mai 1952), der besonders Norbert Christian gilt. Brecht gelingt es, Christian im Anschluß an die Uraufführung im Berliner Ensemble zu engagieren. Noerdens Darstellung des Don Juan stößt dagegen bei der Presse z. T. auf Ablehnung. Die schauspielerische Leistung des Rostocker Bühnenkollektivs findet insgesamt ein überwiegend positives Echo. Die Bearbeitungstendenz wird jedoch unterschiedlich beurteilt. So beklagt der Rezensent von *Neues Deutschland* (Berlin/DDR), daß statt eines »Gegners«, der sich durch »Gefährlichkeit« und »Stärke« auszeichne, lediglich eine »komische Figur« auf der Bühne stehe, »die von selbst lächerlich« sei (5. Juni 1952). Da Don Juan als ein »dekadenter Jüngling« dargestellt werde, erscheint dem Theaterkritiker des *Sonntag* (Berlin/DDR) »weder die rasende Zuneigung der Frauen noch das Bemühen der Redlichen um seine Rettung [...] begründet« (15. Juni 1952). Lothar Kusche, Rezensent der *Weltbühne* (Berlin/DDR), meint dagegen, daß »Stück und Aufführung« eine eindeutige Antwort auf die Frage nach dem Erfolg Don Juans zu erkennen gäben: Don Juan »hatte Erfolg, weil er seine gesellschaftliche Macht einsetzen und ausspielen konnte, es waren weniger seine schönen Augen, sondern vielmehr seine schönen Eheversprechungen, die ihm Betten und Herzen öffneten« (4. Juni 1952). Wird von einem Teil der Kritiker die »Degradierung« eines ehemals mehrdeutigen Helden zur »Lustspielfigur« bedauert (*Sonntag*, Berlin/DDR, 15. Juni 1952), so wird von anderer Seite hervorgehoben, daß es dem »Berliner Ensemble« gelungen sei, *Don Juan* als »Komödie« wiederherzustellen (J. Weinert, *National-Zeitung*, Berlin/DDR, 30. Mai 1952). Die »Überwindung der festgefahrenen Meinung über Don Juan als einen dämonischen Herzensbezwinger« wird Besson von der *Berliner Zeitung* als ein besonderes »Verdienst« angerechnet (1. Juni 1952).

»Für den Stil der Aufführung werden einige theatralische Elemente verwendet, die dem originalen Molièreschen Theater angehörten: Das typische Bühnenbild, die sorgfältige Kostümierung, das einfache Arrangement der Gruppen und Gänge seiner Zeit und die Musik seines Bühnenkomponisten Lully.« (Programmheft *Don Juan. Komödie von Molière*, Volkstheater Rostock, Spielzeit 1951/52.) Der Versuch, *Don Juan* im Stil des barocken Hoftheaters mit »französischer Grazie«, »Eleganz und Humor« auf die Bühne zu bringen, wird von der Theaterkritik positiv beurteilt (Lothar Kusche, *Die Weltbühne*, Berlin/DDR, 4. Juni 1952, und *B-Z am Abend*, Berlin/DDR, 7. Juni 1952). Die »leichte Hand«, die die Rostocker Inszenierung erkennen läßt, wird als »angenehm« empfunden (*Friedenspost*, Berlin/DDR, 15. Juni 1952). Ebenso das von Hainer Hill entworfene Bühnenbild. Gespielt wird vor den Kulissen des Schloßparks von Versailles. Dazu »erklingen stellenweise gleichzeitig mit dem Dialog Kompositionen von Jean-

Baptiste Lully«. In Analogie zum Musiktheater des 17. Jahrhunderts, den Ballettkomödien Molières und Lullys, wird versucht, den Bühnentext »für das Ohr zu ergänzen«, um auf diese Weise »einen lebendigeren und unmittelbaren Eindruck des Originals wiederzugeben« (Programmheft *Don Juan. Komödie von Molière*, Volkstheater Rostock, Spielzeit 1951/52).

Für das neu gewonnene Theater am Schiffbauerdamm wird vom Berliner Ensemble als erstes Bühnenwerk *Don Juan* aufgeführt. Unter der Regie von Benno Besson findet am 19. März 1954 die erste offizielle Vorstellung statt, nachdem es zuvor bereits mehrere öffentliche Voraufführungen im Deutschen Theater gegeben hat. Die Musik Lullys wird von Paul Dessau bearbeitet (sie wird während der Aufführung von einem Tonband eingespielt). Für das Bühnenbild ist wiederum Hainer Hill verantwortlich. Don Juan wird von Erwin Geschonneck dargestellt, Sganarelle von Norbert Christian.

Wie in Rostock werden die schauspielerischen Leistungen, das Bühnenbild und die Kostüme von Zuschauern und Kritikern mit großem Beifall aufgenommen. Zur ersten Voraufführung notiert Brechts Mitarbeiter Hans Bunge: »Das Publikum hatte Spaß, der Beifall am Schluß war sehr herzlich und lang (5½ Minuten, 21 Vorhänge). Am meisten gefeiert wurde Christian. [...] Auf dem Wege vom Theater zum Bahnhof Friedrichstraße hörte ich viele Besucher noch über die Aufführung sprechen und lachen.« (*»Don Juan«, erste Voraufführung am 16.10.1953*, Nachlaß.)

In der Presse ist man überwiegend der Meinung, daß die Inszenierung durch erneute Überarbeitung im Vergleich zu Rostock »gewonnen« habe (Heinz Hofmann, *National-Zeitung*, Berlin/DDR, 28. März 1954, und Lothar Kusche, *Die Weltbühne*, Berlin/DDR, 21. April 1954). Von einigen Kritikern werden jedoch auch Einwände gegen die Bearbeitung vorgetragen. »War die Sache den Aufwand wirklich wert?« fragt Jürgen Rühle im *Sonntag* (Berlin/DDR, 11. April 1954). »Es war keine Ausgrabung, keine echte Entdeckung«, lautet sein Urteil. Ähnlich enttäuscht äußert sich der Rezensent der *Wochenpost* (Berlin/DDR): statt »weiterzudichten«, sei »nur bearbeitet« worden (A. Winter, 10. April 1954). Der Kritiker vermißt die »Handschrift« Brechts.

Das Stück wird bis zum 31. August 1955 in 80 Vorstellungen gespielt.

## *Zeilenkommentar*

201,3 *Sizilien]* Anders als in *Dom Juan* von Molière spielt die Handlung nicht auf Sizilien, sondern im Schloßpark von Versailles. In den Typoskripten bleibt die Verlegung des Handlungsortes unberücksichtigt.

201,8 *Sganarelle]* Sgannare (ital.) bedeutet soviel wie: jemand aus dem Irrtum reißen, aus dem Irrtum kommen. Der Name Sganarelle somit: ›der dem Irrtum Entrissene‹ erkennt, daß er ein Opfer der Täuschung und des Betrugs geworden ist. In Molières Komödien häufig wiederkehrende Person.

201,11 *Aristoteles]* Glückseligkeit (Eudämonie) zu erlangen, wird von Aristoteles als höchstes Ziel betrachtet. Ein Ziel, das nur durch Entfaltung der Vernunft, selbstbewußtes und selbstbeherrschtes Verhalten, zu erreichen ist.

202,38 *epikureisches Schwein]* Epikureisch: die Philosophie und Lebensweise Epikurs betreffend. Nach Epikur ist es das Ziel menschlichen Daseins, ein lustvolles Leben zu führen. Er unterscheidet zwischen »Lust in der Ruhe« und »Lust in der Bewegung«. Nicht durch aktives Streben nach Lustgewinn, sondern einzig durch Vermeiden leidvoller, schmerzbringender Situationen kann der Mensch einen Zustand der Glückseligkeit erreichen. Von seinen Gegnern diffamiert, wird der Epikureismus häufig als Lehre vom unbeschränkten Sinnengenuß mißverstanden.

202,38 f. *Sardanapal]* Auch: Assurbanipal. König von Assyrien. Unter seiner Regentschaft entsteht die bedeutendste Bibliothek des Orients; wohl fälschlich in der späteren antiken Überlieferung als Prototyp des wollüstigen orientalischen Despoten betrachtet.

205,3 f. *Alexander von Makedonien]* Alexander der Große, König von Makedonien. Von seinem Heimatland aus erobert Alexander große Teile des vorderen und mittleren Orients.

205,13 f. *einer so heiligen Institution]* Die Ehe gehört zu den sieben Sakramenten der katholischen Kirche.

205,39 *Komtur]* (Lat.) bei geistlichen Ritterorden der Verwalter eines Komplexes von Ordensgütern.

205,39 *Don Gonzalo]* In dem Schauspiel *El burlador de Sevilla y convidado de piedra* (1630) wird der steinerne Gast ebenfalls Don Gonzalo genannt. Bei Molière wird er dagegen lediglich als »La Statue du Commandeur« bezeichnet. In der »Rostocker Fassung« (vgl. S. 422 f.) heißt es statt Don Gonzalo Don Rodrigo.

210,1 *Aventüren]* Deutsche Schreibweise für aventures (franz., Plural): Abenteuer. Aventiure (mhd.) hat u. a. die Bedeutung von »glücklicher Zufall« bzw. »glückliches Geschick«.

210,9 *Colin]* In Molières Komödie trägt der Sohn Monsieur Dimanches diesen Namen.

210,15 *Dukaten]* Seit dem ausgehenden Mittelalter in Europa verbreitete Goldmünze.

211,25 f. *Musikstück Nr. ...]* Welches Musikstück von Lully an dieser Stelle gespielt werden soll, konnte nicht ermittelt werden.

213,29 *Chaise]* (Franz.) Pferdewagen mit halbem Verdeck.

213,37 *Alexander starb mit 33]* Alexander der Große stirbt 323 v. d. Z. im Alter von 33 Jahren.

214,10 *Pieter]* Er heißt in der Vorlage Pierrot. Aus der Commedia dell'arte übernommene Figur des bauernschlauen Einfaltspinsels.

214,19 *dalberten]* Dalbern: umgangssprachlich für sich albern verhalten.

214,29 *Sous]* Französische Münze im Wert von fünf Centimes.

215,23 *Werg]* Flachs-, Hanfabfall.

221,1 *man nicht so glubsch!]* (Niederdt.) sachte!

225,22 *Marphurius]* (Lat.) Bezeichnung für eine auf dem römischen Marsforum gefundene Marmorstatue. In der Bearbeitung tritt der Chirurg Marphurius an die Stelle des in Don Juans Diensten stehenden Söldners La Ramée. Der Name Marphurius wird aus Molières Komödie *Le Mariage forcé* (1664, dt.: Die erzwungene Heirat) übernommen.

226,7f. *große Zeit der Duelle ... vorüber]* Unter Androhung schwerer Strafen versucht Louis XIV. Mitte des 17. Jahrhunderts, das Duellieren zu verbieten. Molière erweist sich als loyaler Verbündeter des französischen Königs, indem er in Komödien wie *Les Fâcheux* (1661, dt.: *Die Lästigen*) eindeutig gegen den Zweikampf Stellung bezieht (vgl. 1. Akt, 10. Szene). Nach anfänglichen Mißerfolgen gelingt es Louis XIV. schließlich durch das »Édit des Duels« (1679), seine Position gegen den Widerstand des Adels durchzusetzen.

226,16f. *Estremadura]* Landschaft im westlichen Spanien und mittlerem Portugal.

226,27 *O tempora, o mores]* (Lat.) O diese Zeiten, o diese Sitten. Zitat aus Ciceros *Reden gegen Verres.*

229,11 *Sganarelle, der Don Juans Kleider trägt]* In Molières *Dom Juan* erscheint Sganarelle in der »Robe eines alten Doktors«.

230,13 *Sennesblätter]* Getrocknete Blätter tropischer Pflanzen, die seit dem Mittelalter als Hausmittel gegen Verstopfung verwendet werden.

233,1 *Louisdor]* Französische Goldmünze, die in der Zeit zwischen 1640 und 1803 als Zahlungsmittel verwendet worden ist.

234,7 *Die Ruderer]* In Molières Komödie wird Dom Carlos durch drei nicht näher bezeichnete Strauchdiebe überfallen.

234,12 *Er gibt Sganarelle einen Fußtritt]* In Molières Komödie kämpft Dom Juan selbst gegen seine Widersacher.

234,34 *Bandelier]* Breiter, über der Schulter getragener Lederriemen.

234,35 *Canons]* (Franz.) (Pumpen-)Stiefel.

235,10 *Nämlich nichts]* In Molières *Dom Juan* kommentiert Sganarelle das Verhalten Dom Juans mit den Worten: »Mein Herr ist doch rein toll! Einer Gefahr nachzulaufen, die ihn gar nichts angeht! Aber wirklich, seine Hilfe hat was genützt: Die Beiden schlagen die Drei in die Flucht!« (3. Akt, 3. Szene.)

235,33 f. *Sieh nach dem Mädchen]* Angelica, die Tochter des Komturs, wird in der Bearbeitung hinzugefügt. Sganarelle hält sich in Molières Komödie »im Hintergrund« (3. Akt, 4. Szene). Erst zu Beginn der 6. Szene »kommt« er wieder »aus seinem Versteck hervor«.

238,26 f. *Don Carlos ... in dem dunklen Gäßchen]* In der Vorlage gibt Dom Juan (!) seinem Kontrahenten zu verstehen, daß er ihn in einer »einsamen Gasse« erwartet (5. Akt, 3. Szene).

241,8 *Ragotin]* Von ragot (franz.: kurz und dick, untersetzt) abgeleiteter Name.

242,21 *Horsd'œuvres]* (Franz.) Neben- oder Beiwerk. Kalte oder warme kleine Vorspeisen.

244,25 *La Violette]* (Franz.) das Veilchen.

244,26 f. *Dimanche]* (Franz.) Sonntag.

245,14 *antichambrieren]* (Franz.) im Vorzimmer warten, der Herrschaft zur Verfügung stehen.

249,28 *Belisa]* In der Ballettfassung von Molières *Le Mariage forcé* (1664, dt.: *Die erzwungene Heirat*) werden in der 4. Szene des 3. Akts Couplets in spanischer Sprache vorgetragen, die einer Frau mit dem Namen Belisa gewidmet sind. Bélise (franz. für: Belisa) ist ein in Molières Komödien mehrfach wiederkehrender Figurenname.

249,29 *Serenade]* (Franz.) Abendmusik, Ständchen.

250,27 *Laßeisen]* Instrument zum Aufstechen einer Eitergeschwulst.

254,19 *Ritournelle]* (Franz.) wiederkehrendes instrumentales Vor-, Zwischen- und Nachspiel in Vokalkompositionen (Arien, Oratorien).

255,10 *vergib uns unsere Unschuld]* »Und vergib uns unsere Schuld, wie auch wir vergeben unsern Schuldigern.« Teil des *Vaterunser*, Matthäus 6,12.

255,10 f. *das Kamel geht durch das Nadelöhr]* Umkehrung von Matthäus 19,24: »Es ist leichter, daß ein Kamel durch ein Nadelöhr gehe, als daß ein Reicher ins Reich Gottes komme.«

# PAUKEN UND TROMPETEN

## *Textgrundlage*

*Pauken und Trompeten. Farquhars Komödie »Der Werbeoffizier« in der Bearbeitung des Berliner Ensemble*, frühestens April 1955, Typoskript aus dem Nachlaß.

## *Übersicht*

Anfang 1954: Elisabeth Hauptmann und Benno Besson übersetzen *The Recruiting Officer* von George Farquhar.
Frühjahr 1954: Beginn der Bearbeitung durch Elisabeth Hauptmann und Benno Besson.
Juli/August 1954: Frühestens zu diesem Zeitpunkt beteiligt sich Brecht an der Bearbeitung.
Ende 1954/Anfang 1955: Die Handlung wird aus der Zeit des Spanischen Erbfolgekriegs in die Zeit des Amerikanischen Unabhängigkeitskriegs verlegt.
Februar 1955: Beginn der Proben.
19. September 1955: Uraufführung von *Pauken und Trompeten* im Berliner Ensemble.
1959: Postume Edition der Bearbeitung in *Stücke*, Band 12 (Suhrkamp Verlag, Frankfurt a. M.; 1962: Aufbau-Verlag, Berlin und Weimar).

## *Entstehung*

Die Initiative, *The Recruiting Officer* (1705/06) von George Farquhar zu bearbeiten, ist nach Auskunft des Regisseurs Benno Besson von Elisabeth Hauptmann ausgegangen (vgl. auch Manfred Wekwerth, *Schriften. Arbeit mit Brecht*, Berlin/DDR 1973, S. 27). Wie bei den Bearbeitungen von *Coriolanus* und *Der Prozeß der Jeanne d'Arc zu Rouen 1431* haben bei der Entscheidung, eine Komödie aus dem 18. Jahrhundert für die Bühne neu einzurichten, mehrere Komponenten eine Rolle gespielt. Zum einen geht es Brecht und den Mitarbeitern des Berliner Ensembles darum, das Repertoire an klassischen Theaterstücken zu erweitern; in einer Diskussion mit Bühnentechnikern bezeichnet Brecht 1955 das Farquhar-Drama als eines der »berühmtesten Stücke, beinahe klassisch wie bei uns *Minna*« (Protokoll einer Diskussion vom 15. März 1955, Archiv des Berliner Ensembles). Zum anderen gilt es, aus politischen Gründen für eine neue Inszenierung des

Berliner Ensembles ein Theaterstück auszuwählen, in dem die Methoden bei der Anwerbung von Rekruten kritisch dargestellt werden. Durch Hauptmann ist belegt, daß nicht nur Farquhars *The Recruiting Officer*, sondern auch Schillers *Kabale und Liebe* zur Wahl gestanden hat (vgl. Aufzeichnungen im Elisabeth-Hauptmann-Archiv, Akademie der Künste zu Berlin). In der Diskussion mit den Bühnentechnikern geht Brecht u. a. auf die in *Kabale und Liebe* (2. Akt, 2. Szene) geschilderte »Werbetätigkeit« ein (vgl. Protokoll einer Diskussion vom 15. März 1955). Bereits seit 1949 (bis 1961) steht mit *Mutter Courage und ihre Kinder* ein Drama auf dem Spielplan, in dem gegen die militärische Rekrutierungspraxis Stellung bezogen wird.

Nach Auskunft von Besson ist *Pauken und Trompeten* unter dem Eindruck der Kriege in Korea und Indochina entstanden. Darüber hinaus haben vermutlich die 1954 bevorstehende Gründung der Bundeswehr und der Beitritt der Bundesrepublik zur NATO dazu beigetragen, eine Militärkomödie des 18. Jahrhunderts unter Aspekten der Ost-West-Konfrontation neu zu gestalten. Im Zusammenhang mit der sich abzeichnenden Wiederbewaffnung Westdeutschlands weist Brecht mehrfach auf die wachsende Kriegsgefahr hin (vgl. besonders seine *Erklärung* zu den Pariser Abmachungen vom Dezember 1954, Band 23). Die im Aufbau befindliche Bundeswehr betrachtet er als ein von den USA abhängiges »Söldnerheer« (*Notiz über Amerika*, Band 23). In einem Entwurf zum Programmheft der Uraufführung wird darauf hingewiesen, daß »amerikanische Generale« die Absicht verfolgen, westdeutsche Soldaten für den »Kampf gegen die neue sozialistische Welt« zu rekrutieren (Archiv des Berliner Ensembles).

Den positiven Gegenpol zum »Söldnerheer« bildet für Brecht und seine Mitarbeiter die mit dem Volk verbundene Freiwilligenarmee. Aus Aufzeichnungen von Hauptmann geht hervor, daß 1954 in Erwägung gezogen wird, ein Theaterstück über die »Volkserhebung« von 1813 oder das Revolutionsdrama *Die Erste Reiterarmee* von Wsewolod Wischnewski aufzuführen. Im Programmheft von 1955 werden Auszüge aus dem Revolutionsdrama (Teile der 1. Szene des 3. Zyklus) abgedruckt und in folgender Weise kommentiert: »*Pauken und Trompeten* zeigt die Söldner-›Werbung‹ einer Kolonialarmee. In dem Stück *Die Erste Reiterarmee* schildert W. Wischnewski, [...], wie Bauern 1919 Rotarmisten wurden.« (Programmheft, *Pauken und Trompeten*, Berliner Ensemble, Spielzeit 1955/56.)

Anfang 1954 übertragen Elisabeth Hauptmann und Benno Besson *The Recruiting Officer* ins Deutsche. Sie benutzen dazu die Ausgabe: *George Farquhar*, Edited, with Introduction and Notes by William Archer, London: Ernest Benn Limited 1949, darin: *The Recruiting Officer*, S. 243-352. Nicht mit übersetzt werden: der Prolog, die Widmung »To all Friends round the Wrekin«, der Epilog, die 3. Szene und Teile der 4. Szene des 5. Akts.

Im Frühjahr 1954 überarbeiten Hauptmann und Besson die Übersetzung. In einer Notiz Elisabeth Hauptmanns heißt es dazu: »[...] das ›Berliner Ensemble‹ eröffnete mit dem *Don Juan* sein eigenes Haus, das Theater am Schiffbauerdamm. Besson und ich waren damals schon mitten in der Arbeit am *Recruiting Officer* von Farquhar.« (Datiert: April 1954, Brechts Nachlaßbibliothek.) »Die Bearbeitung soll noch im August abgeschlossen werden« (Elisabeth Hauptmann an den Henschelverlag, 17. Juli 1954). Sie wird indes erst im Jahr 1955 beendet. Bereits im April 1954 beschafft Hauptmann für Brecht ein weiteres Exemplar der von ihr verwendeten Farquhar-Ausgabe; dennoch wird das Projekt zunächst ohne seine Mitwirkung fortgesetzt. In ihrem Brief an den Henschelverlag schreibt Hauptmann am 17. Juli, daß Brecht »wahrscheinlich in die Bearbeitung hineingezogen wird«. Wann genau Brecht sich in den Arbeitsprozeß eingeschaltet hat, konnte nicht ermittelt werden.

Im Mittelpunkt der Komödie *The Recruiting Officer* (1705/06) stehen die dubiosen Werbemethoden englischer Offiziere, die mit falschen Versprechungen und roher Gewalt einfache Leute vom Lande für den Heeresdienst rekrutieren. Die Handlung spielt in Shrewsbury, einer britischen Kleinstadt, zur Zeit des Spanischen Erbfolgekriegs (1701-1714). *The Recruiting Officer* trägt autobiographische Züge; Farquhar ist 1704 Werbeoffizier in Shrewsbury gewesen. Die Dramenfiguren sind in vielen Fällen in Shrewsbury lebenden Personen nachgebildet worden.

*The Recruiting Officer* steht in der Tradition der »Comedy of Manners«. In dieser nach 1660 unter dem Einfluß von Molière in England entwickelten Variante der »Sittenkomödie« (engl. »Comedy of Manners«) werden in oftmals witzigen und derben Szenen durch z. T. stark stilisierte, stereotype Figuren Konflikte zwischen dem aufsteigenden Bürgertum und dem Adel dargestellt. In Hinblick auf den Spielort bricht Farquhar mit der Tradition der »Comedy of Manners«: die Dramen spielen fast ausnahmslos in London, *The Recruiting Officer* dagegen in der Provinz.

Farquhars Komödie besteht aus fünf Akten, die in insgesamt 17 Szenen unterteilt sind. In *Pauken und Trompeten* wird die vorgegebene Dramenstruktur aufgelöst und die Handlung in zwölf größeren Szeneneinheiten gegliedert. Bei der 8. und 12. Szene kommt es Brecht und seinen Mitarbeitern darauf an, Handlungen, die in *The Recruiting Officer* nacheinander gespielt werden, zeitgleich auf der Bühne vorzuführen. In Szene 8 werden die 1. und 2. Szene des 4. Akts miteinander verbunden und in Szene 12 die 5. und 7. Szene des 5. Akts der Vorlage. In Szene 12, an deren Ausgestaltung Benno Besson maßgeblich beteiligt gewesen ist, geht es nach dessen Auskunft vor allem darum, das private Happy End der besseren Gesellschaft (die Heirat von Captain Plume und Viktoria Balance) mit der inhumanen Praxis der Zwangsrekrutierungen zu konfrontieren.

In der Bearbeitung bleiben rund 30 Prozent des Textkorpus von *The Recruiting Officer* erhalten, etwa 70 Prozent der Dialoge sind neu geschrieben worden. Zu den von Brecht, Besson und Hauptmann neu konzipierten Textteilen gehören u.a. die gesamte Szene 11 und der Auftritt zwischen Szene 6 und 7.

In *Pauken und Trompeten* weisen Figurengestaltung und Figurenkonstellationen gegenüber der Vorlage zum Teil erhebliche Unterschiede auf. Held der Farquhar-Komödie ist Captain Plume, ein Werbeoffizier, der in England umherzieht, um Rekruten auszuheben und Frauen zu erobern. In Shrewsbury hat er es darauf abgesehen, Rose, ein einfaches Mädchen vom Lande, und Silvia (in der Bearbeitung: Viktoria) zu verführen. Silvia, die fest entschlossen ist, den Captain zu heiraten, verkleidet sich als Mann und läßt sich von Plume für den Militärdienst anwerben. In *The Recruiting Officer* erklärt sich Plume schließlich in der letzten Szene widerstandslos dazu bereit, seine Karriere als Armeeoffizier aufzugeben, um Ehemann und Familienvater zu werden. Daß Balance und seine Tochter ihn durch Androhung einer Haftstrafe unter Druck setzen, ist in der Bearbeitung hinzugefügt worden (vgl. Szene 12). Dies gilt auch für den Wechsel, den sich Viktoria in der Szene 6 ausstellen läßt und auf dessen Einlösung sie dann am Ende von Szene 10 besteht.

Neben Plume und Silvia gehören deren Freundin Melinda Moorhill und ihr Verehrer Worthy zu den Hauptfiguren des Farquhar-Dramas. Melinda, der man nachsagt, daß sie »mit jedem Kerl, der ihr über den Weg läuft, kokettiert« (Farquhar-Übersetzung, 1. Akt, S. 9; Elisabeth-Hauptmann-Archiv), wird in *The Recruiting Officer* von Worthy, »einem Gentleman von Rang und Vermögen« (vgl. 272,30f.), angeboten, gegen eine Jahresrente von 500 Pfund seine Mätresse zu werden. Durch eine größere Erbschaft wird Melinda jedoch in die Lage versetzt, Worthys Vorschlag abzulehnen. In *Pauken und Trompeten* wird darauf verzichtet, Melinda als »Kokotte« zu charakterisieren.

Nachdem sie Worthy zurückgewiesen hat, wendet sich Melinda Moorhill vorübergehend Captain Brazen zu. In der Bearbeitung gibt sie Brazen zu verstehen, daß sie niemals in eine Ehe mit einem Offizier einwilligen würde. Brazen erscheint daraufhin ohne Uniform und verhindert durch seinen Auftritt in Zivil die sich anbahnende Versöhnung zwischen Melinda und Worthy. In *The Recruiting Officer* steht einer Versöhnung zwischen den beiden nichts im Wege: auf Vermittlung des Rekrutenwerbers Sergeant Kite (4. Akt, 3. Szene) kommt es in der 3. Szene des 5. Akts zwischen Melinda und Worthy zu einem klärenden Gespräch. (Diese Szene wird von Elisabeth Hauptmann nicht ins Deutsche übertragen.)

Verkleidet als Wahrsager, der seinen Kunden eine glänzende Zukunft prophezeit, kann Sergeant Kite in der 3. Szene des 4. Akts nicht nur als Ehevermittler, sondern auch bei der Beratung künftiger Rekruten große Erfolge verzeichnen. In der Bearbeitung erscheinen Kites Bemühungen, die Landjugend für sich zu gewinnen, weitaus weniger überzeugend: man durchschaut ihn und begegnet seinen Werbemethoden voller Argwohn und Spott (vgl. Szene 8). Die Rekrutierungskampagne erweist sich als Fehlschlag. Im Farquhar-Drama können Kite und Plume dagegen zu Beginn der 4. Szene des 5. Akts mit einer erfreulichen Zwischenbilanz ihrer bisherigen Aktivitäten aufwarten.

Wenngleich Sergeant Kites Auftritt als Astrologe in der Bearbeitung gekürzt wird, gewinnen die Werbeszenen insgesamt in *Pauken und Trompeten* sowohl an Umfang als auch an Gewicht (Kites Bemühungen um den Breitschultrigen, Szene 4, und Workless, Szene 5, werden hinzugefügt). Auf Kosten der Liebesgeschichten und Verkleidungsszenen wird in der Bearbeitung die in *The Recruiting Officer* enthaltene antimilitaristische Tendenz verstärkt.

Parallel zu den Auftritten Silvias (bzw. Viktorias) als Wilful und Sergeant Kites als Wahrsager verkleidet sich die Zofe Lucy im Farquhar-Drama als Melinda Moorhill, um in der Rolle ihrer Herrin Captain Brazen zu einem Heiratsantrag zu bewegen. Diese Verwechslungsszene ist nicht übernommen worden. Die Figur Lucy wird vollkommen neu konzipiert: in *The Recruiting Officer* erscheint sie als eine Intrigantin, die durch Tricks und Machenschaften eine Verbesserung ihrer gesellschaftlichen Stellung zu erreichen sucht – in der Bearbeitung als ein selbstbewußtes Dienstmädchen, das sich gemeinsam mit dem Schankburschen George eine neue Existenz in den amerikanischen Kolonien aufbauen will. Neben George werden folgende Personen neu in die Handlung eingeführt: Lady Prude und der Bankier Smuggler, Maggie und Sally, die Mädchen von Tummas Appletree und dem Schmied William, Frau Cobb und Jenny, der Breitschultrige und Workless sowie Roses Verlobter Charles Cartwheel. Die Rollen der Richter Scale und Scruple werden in der Bearbeitung teils auf Balance und teils auf Lady Prude übertragen. Simpkins tritt bei Farquhar lediglich als ein namenloser Steward in einer weitgehend stummen Statistenrolle in Erscheinung. Die sprechenden Namen der Figuren wie z.B. Balance oder Plume werden beibehalten und um einige weitere ergänzt.

Dem englischen Original entsprechend wird die Bearbeitung zunächst *Der Werbeoffizier* genannt. Den Titel *Pauken und Trompeten* erhält sie erst zu einem späteren Zeitpunkt. Die Spielzeit des Farquhar-Dramas 1704, nach den ersten großen Siegen der Engländer über die Franzosen im Spanischen Erbfolgekrieg (1701-1714), wird während der ersten Bearbeitungsphase im Frühjahr und Sommer 1954 beibehalten. In der zweiten Bearbeitungsphase, Ende 1954 bzw. Anfang 1955 (bis zum Probenbeginn im Februar), wird die Handlung in die Zeit des Amerikanischen Unabhängigkeitskriegs (1775-1783) verlegt. Das Stück spielt jetzt im Jahr 1776 nach der Eroberung Bostons durch die amerikanischen Rebellen. Zur Verlegung der Spielzeit erklärt Brechts Mitarbeiterin Käthe Rülicke:

Wir hatten vor der Bearbeitung im Theater Diskussionen, ob es zweckmäßig sei, einen Angriff auf Soldatenwerbung in einem Augenblick zu bringen, wo wir selbst anfingen, für die Volksarmee zu werben. Diese Bedenken waren unberechtigt, nachdem wir durch die Bearbeitung des Stückes und Verlegung in die Zeit des Amerikanischen Unabhängigkeitskrieges das Heer in *Pauken* als eine Söldnerarmee abgestempelt hatten. Das waren aber nur interne Diskussionen, die nicht außerhalb des Theaters geführt wurden. (Rülicke an Barbara Witek-Swinarska, 1. März 1956.)

Rülicke bezieht sich auf die Aufbauphase der Nationalen Volksarmee (NVA), die 1952 mit der Proklamation der »nationalen Streitkräfte« eingeleitet wird und am 1. März 1956 mit der Gründung der NVA ihren Abschluß findet. Die Nationale Volksarmee, bei der es sich im Gegensatz zu den übrigen Armeen des Warschauer Pakts und der Bundeswehr – de jure – um eine Freiwilligenarmee handelt, ist bis zur Einführung der allgemeinen Wehrpflicht im Jahre 1962 in einem besonders hohen Maße auf eine wirkungsvolle Anwerbung von Rekruten angewiesen. Durch die erneute Überarbeitung des Bühnenstücks 1954/55 wollen Brecht und seine Mitarbeiter vermeiden, daß durch die Theaterarbeit des Berliner Ensembles die militärpolitische Propaganda der SED unterlaufen wird.

Durch die Verlegung der Spielzeit eröffnen sich neue Perspektiven. Im Spanischen Erbfolgekrieg stehen sich zwei ihrer politischen Funktion und organisatorischen Struktur nach gleichartige Nationalarmeen gegenüber – im Amerikanischen Unabhängigkeitskrieg dagegen: die Söldnertruppe König Georgs und das aus Farmern und Kaufleuten gebildete Freiwilligenheer »der jungen amerikanischen Republik« (vgl. Programmheft, *Pauken und Trompeten*, Berliner Ensemble, Spielzeit 1955/56). In der Beurteilung der kriegführenden Parteien wird auf diese Weise eine klare politische Trennungslinie gezogen: statt den Krieg im allgemeinen zu verurteilen und jede Anwendung von Gewalt prinzipiell abzulehnen, wird gezeigt, daß Militäraktionen, die dem ›historischen Fortschritt‹ dienen, durchaus gerechtfertigt sind. Ein Zeitzeuge, der 1955 an der Probenarbeit teilgenommen hat, berichtet: »Die Bearbeiter wollen die dialektische Beziehung zwischen gerechten und ungerechten Kriegen sichtbar machen. Dazu erwies sich aber der Spanische Erbfolgekrieg, der ein Machtkampf zwischen England und Frankreich war, als ungeeignet.« (Manfred Pauli, *Bert Brechts Bearbeitungen von klassischen Dramen*, S. 62 f., unveröffentlichte Staatsexamensarbeit im Nachlaß.) Durch die Konfrontation einer imperialistischen Söldnertruppe mit einer Befreiungsarmee wird verhindert, daß *Pauken und Trompeten* als ein seiner Tendenz nach pazifistisches Drama mißverstanden werden kann. Vier Jahre zuvor ist Brecht im

Zusammenhang mit der Oper *Das Verhör des Lukullus*, einem Werk, in dem Krieg und Heldenverehrung eine Absage erteilt wird, von der politischen Führung der DDR der Vorwurf gemacht worden, er würde in unzulässiger Weise die Differenzen zwischen einem Angriffskrieg und einem Verteidigungskrieg nivellieren und somit dem Pazifismus Vorschub leisten. Durch eine unterschiedliche Bewertung der beiden ungleichen Armeen, ihrer Kriegsziele und der Gesellschaftssysteme, für die sie kämpfen, werden in der Bearbeitung neben antimilitaristischen zugleich auch antiimperialistische Akzente gesetzt. Die Rebellen von Bunker Hill kämpfen für sich, die Rekruten der Kolonialarmee dagegen für das englische Bürgertum: vor dem Hintergrund des Freiheitskampfes in Nordamerika und der anhaltenden Repression in Europa erhält die Weigerung der kleinen Leute, für König und Vaterland ihr Leben aufs Spiel zu setzen, den Charakter einer politisch subversiven Widerstandsaktion. Der militärischen Konfrontation in den Kolonien entspricht die durch Klassengegensätze geprägte Frontstellung im Heimatland. Hinter den patriotischen Phrasen werden in *Pauken und Trompeten* die materiellen Motive der Friedensrichter, Bankiers und Schuhfabrikanten erkennbar: »Die Bearbeitung zeigt auch die Interessenten des Kriegs klarer, den ehrenwerten Richter Balance vor allem, aber auch die Smuggler, Prude, Worthy: Die Bourgeois führen das Vaterland im Mund und ihren Reichtum in der Tasche.« (Programmheft *Pauken und Trompeten*, Berliner Ensemble, Spielzeit 1955/56.)

Wie aus Briefen des Berliner Ensembles an den Bühnenbildner Karl von Appen und den Schauspieler Georg August Koch hervorgeht, wird mit den Proben zu *Pauken und Trompeten* im Februar 1955 begonnen (Briefe vom 17. bzw. 21. Februar 1955, Archiv des Berliner Ensembles). Für April, spätestens Mai ist die Uraufführung vorgesehen. Sie muß jedoch verschoben werden, da Raimund Schelcher erkrankt und als Darsteller des Captain Plume nicht zur Verfügung steht (Helene Weigel an das Ministerium für Kultur, 6. April 1955). Im Mai finden mehrere Voraufführungen statt. Ihnen folgt am 19. September die Premiere. Während der Proben werden noch zahlreiche Änderungen am Text vorgenommen. So sind, wie Manfred Pauli berichtet, u. a. die Figuren Lucy und George (der inzwischen Mike genannt wird) stärker »profiliert« worden, um sie als »ernstzunehmende Gegenspieler« zu den Honoratioren von Shrewsbury aufbauen zu können (Manfred Pauli, *Bert Brechts Bearbeitungen von klassischen Dramen*, S. 70). Elisabeth Hauptmann fragt sich in diesem Zusammenhang, ob der Bearbeitung ein »positiver Held fehlt«, und sie gelangt zu dem Ergebnis, daß »fast alle, die ins Heer gepreßt werden« als »positive Helden, Opfer« zu betrachten sind (Aufzeichnungen, Elisabeth-Hauptmann-Archiv). Der Personengruppe der »positiven Helden« werden durch die stärkere Profilierung von Lucy und George zwei weitere Figuren hinzugefügt.

Trotz Verlegung der Spielhandlung in die Zeit des Amerikanischen Unabhängigkeitskriegs befürchtet Brecht, daß *Pauken und Trompeten* aus politischen Gründen nicht aufgeführt werden kann. Gegenüber dem Regisseur Bernhard Reich erklärt er im Mai 1955: »Wir müssen mit Schwierigkeiten rechnen. Der Verfasser der Komödie agitierte gegen Zwangswerbungen zum Militär. Und eben das gefiel uns, weil wir über die Vorgänge des in der Vergangenheit spielenden Stücks hinweg die Bundesregierung mit ihren Werbungen für die Bundeswehr treffen wollen. Die DDR mußte sich jetzt auch zur Aufstellung einer Volksarmee entschließen. Möglicherweise wird man uns erklären, daß eben zu diesem Zeitpunkt ein Stück wie *Der Werbeoffizier* unzweckmäßig sei. Da müßten wir eben *Pauken und Trompeten* einstweilen zurückstellen.« (Bernhard Reich, *Im Wettlauf mit der Zeit*, Berlin/DDR 1970, S. 385.)

Nachdem bereits zu Lebzeiten Brechts erwogen worden ist, *Pauken und Trompeten* in *Versuche*, Heft 15, aufzunehmen (vgl. Elisabeth Hauptmann an den Aufbau-Verlag, 29. Juni 1956), wird die Bearbeitung erstmalig 1959 in *Stücke*, Band 12 (Suhrkamp Verlag; 1962: Aufbau-Verlag), publiziert.

## *Text/Fassungen*

Bei *Pauken und Trompeten* lassen sich die folgenden Arbeitsphasen und Bearbeitungsstufen unterscheiden:

Auf der Grundlage der Übersetzung von Hauptmann und Besson entsteht 1954 in der ersten Bearbeitungsphase *Der Werbeoffizier. The Recruiting Officer. Komödie von George Farquhar* (Elisabeth-Hauptmann-Archiv). In dieser ersten, nicht abgeschlossenen Niederschrift wird, der Vorlage folgend, die Handlungszeit zu Beginn des Spanischen Erbfolgekriegs beibehalten. Die vorgegebene Dramenstruktur (5 Akte mit insgesamt 17 Szenen) wird dagegen zugunsten einer neuen Szenenfolge aufgelöst. Eines der in mehreren unvollständigen Exemplaren überlieferten Typoskripte trägt außer dem Titel die zusätzliche Bezeichnung *Wer will unter die Soldaten*.

Außerdem gibt es ein aus fünf ausgeführten Szenen (Szene 1-4 und Szene 11) sowie mehreren Szenenfragmenten bestehendes Typoskript, in dem als Titel sowohl *Pauken und Trompeten* als auch *Victoria oder Wer will unter die Soldaten* angegeben werden (Nachlaß). Dieses Typoskript ist zwischen der ersten und zweiten Arbeitsphase entstanden: in einem Teil der Szenen und Szenenfragmente wird noch auf den Spanischen Erbfolgekrieg Bezug genommen, in einem anderen Teil bereits auf den Amerikanischen Unabhängigkeitskrieg. In diesem im folgenden »Victoria« genannten Typoskript sind erstmalig Entwürfe zur Schlußszene enthalten.

Die erste im Nachlaß erhaltene, vollständig ausgearbeitete Niederschrift von *Pauken und Trompeten* stammt vom Beginn des Jahres 1955. Sie trägt den Vermerk »1955 Brecht Besson« und wird im weiteren als Typoskript »Brecht Besson« bezeichnet.

Darüber hinaus liegen im Nachlaß sechs vollständige bzw. nahezu vollständige Typoskripte vor mit dem Zusatz »in der Bearbeitung des Berliner Ensemble«. Vier davon sind vor dem 26. April, dem Beginn der intensiven Probenphase, abgefaßt worden. Sie werden aufgrund ihres Entstehungszeitpunkts im weiteren als Typoskripte »Frühjahr 1955« bezeichnet. Die beiden anderen Typoskripte sind im oder nach April 1955 entstanden. Während der Proben werden zahlreiche Änderungen vorgenommen, die jedoch nur teilweise in die beiden zuletzt genannten Typoskripte eingearbeitet worden sind. Die Änderungen sind weitgehend durch das Inspizientenbuch des Berliner Ensembles vom 5./6. September 1955 überliefert. Da sich im Inspizientenbuch nicht in allen Fällen eindeutig ermitteln läßt, in welcher Weise der Text im Anschluß an Streichungen und Ergänzungen fortgeführt werden soll, konnte es nicht als Textgrundlage für die vorliegende Ausgabe verwendet werden.

Textgrundlage der vorliegenden Ausgabe ist das Typoskript, das die letzte von Brecht autorisierte Bearbeitungsstufe des Farquhar-Dramas dokumentiert. Es handelt sich dabei um eines der beiden im oder nach April 1955 abgefaßten Typoskripte, von dem mehrere hektographierte Exemplare hergestellt worden sind. Eines dieser Exemplare wurde als Inspizientenbuch benutzt.

Trotz Auflösung der vorgegebenen Dramenstruktur und Einfügung neuer Personen – z.B. Lady Prude und Smuggler in den Niederschriften von 1954 – bleibt die Bearbeitung bis zum Beginn der Proben Anfang 1955 noch in vielfältiger Weise der Vorlage verhaftet. In »Victoria« wirbt Sergeant Kite ein Heer gegen den König von Frankreich, Captain Plume wird bei seiner Rückkehr nach England als Held von Blenheim gefeiert und Rose läßt sich von ihrem Verehrer statt kreolischer Spitzen flandrische schenken. Im Prolog, der entsprechend der Vorlage in »Victoria« noch Teil der ersten Szene ist, heißt es:

KITE Sollten einige ehemalige Kriegsteilnehmer
Und andere Herren Lust verspüren, in den
Dienst Ihrer Majestät der Königin zu treten
Und dem französischen König einen solchen Tritt
Zu versetzen, daß er über die Alpen fliegt
Und beim Herunterfallen den Papst erschlägt
Oder sollte es hier in Shrewsbury einige Lehr-
linge geben mit allzu strengen Meistern, Söhne
Mit pflichtvergessenen Eltern, Diener und Tage-
löhner mit zu wenig Lohn, einen Ehemann mit zu-

> viel Frau am Halse: Sie werden hiermit aufgefordert, sich vertrauensvoll an den berühmten Sergeanten Kite zu wenden, zur Zeit im »Gasthaus Zum Raben« hier in diesem lieblichen Städtchen Shrewsbury. Er wird Ihnen sofortige Erleichterung verschaffen und ein angenehmes Leben.

In einem Entwurf zu *Pauken und Trompeten* tritt Sergeant Kite als ewiger Werber aller Zeiten auf. Seit »William the Conquerors Zeiten« – so der Sergeant – habe er »So mancher Mutter letzten Sohn den Nil hinauf« und »Den Ganges lang« getrieben (Nachlaß).

Anders als in der Textgrundlage kann Kite bei seinen Bemühungen, Rekruten anzuwerben, in den Typoskripten »Brecht Besson« und »Frühjahr 1955« durchaus Erfolge verzeichnen. So gelingt es ihm an den Ufern des Severn (8. Szene), als Blumenfrau und Wahrsagerin verkleidet, einen Schmied für den Kriegsdienst zu interessieren, indem er ihm eine glänzende Karriere in der Armee prophezeit. Als Kite wenig später – diesmal als Reverend – erneut sein Glück versucht, muß er sich den kritischen Fragen Tummas Appletrees stellen. Appletree weist ihn darauf hin, daß es während der Erntezeit zwischen Mai und September verboten ist, Leute vom Land anzuwerben, da die Männer bei der Feldarbeit benötigt werden. Mit diesem Hinweis wird in der Bearbeitung auf einen englischen Gesetzestext aus dem Jahre 1704 Bezug genommen, aus dem hervorgeht, daß zwischen dem 1. Juni und 20. September keine Personen, die bei der Heu- und Getreideernte helfen, in den Heeresdienst übernommen werden dürfen. Elisabeth Hauptmann hatte eine Abschrift dieses Textes zusammen mit anderen Materialien von einer Bekannten aus London erhalten. In der Textgrundlage wird Tummas Appletrees Frage durch eine andere Frage des Schmieds William ersetzt (vgl. 307,5 f.).

Noch bevor Sergeant Kite als Reverend verkleidet die Bühne betritt, berichtet Lucy in den Typoskripten »Brecht Besson« und »Frühjahr 1955« von einem Gespräch, das sie kurz zuvor mit ihrer Herrin Melinda geführt hat. Ihrem Bericht liegen Teile der 2. Szene des 3. Akts der Farquhar-Komödie zugrunde. Der Dialog zwischen Lucy und Melinda wird anders als in *The Recruiting Officer* lediglich in indirekter Rede wiedergegeben. In der Textgrundlage wird der betreffende Szenenteil durch ein Gespräch über die Unabhängigkeitserklärung ersetzt (vgl. 306,9-28).

Ein weiterer Dialog, der im Laufe des Bearbeitungsprozesses wesentliche Änderungen erfährt, ist der zwischen Smuggler und Kite in der Gefängnisszene (Szene 11). Nachdem Smuggler verhaftet worden ist, wird ihm in »Victoria« von Kite erklärt, daß England den Sieg in der Schlacht von Schellenberg nicht dem Oberbefehlshaber der britischen Armee, dem Herzog von Marlborough, sondern Captain Plume zu verdanken hat. Dieser Bericht, der Plume als verwegenen Militärstrategen erscheinen läßt, wird im Typoskript »Brecht Besson« durch Kites Schilderung der Schlacht am Hudson ersetzt. In der Textgrundlage werden Plumes Heldentaten zunächst – unter geänderten Vorzeichen in abwertender Weise – zu Beginn der 6. Szene von George referiert (vgl. 287,33-288,8). Wie einer nachträglich eingefügten Typoskriptseite zu entnehmen ist, wird diese Entscheidung jedoch revidiert und statt dessen erwogen, die Erläuterungen zum Kriegsverlauf von Simpkins in Szene 4 vortragen zu lassen (vgl. 274,32-275,10). Im Inspizientenbuch wird die Passage in Szene 6 gestrichen.

In allen Typoskripten, die vor April 1955 entstanden sind, folgt im Anschluß an Kites Darstellung der Heldentaten Captain Plumes in Szene 11 ein längerer Monolog über den großen »Coup«, den Robert O'Shire 1701 auf dem Wollmarkt landen konnte. Der Londoner Geschäftsmann kommt bei seinen Ausführungen zu dem Schluß, daß »keine grundsätzlichen Unterschiede zwischen militärischen und kommerziellen Unternehmungen bestehen«. Das Thema ›Krieg als Fortsetzung des Geschäfts mit anderen Mitteln‹ wird in ersten Entwürfen und frühen Niederschriften stärker akzentuiert als in den beiden im oder nach April 1955 entstandenen Typoskripten.

Ein Vergleich der Textgrundlage mit dem Inspizientenbuch zeigt die vielen, im Zuge der Inszenierung von 1955 erfolgten Änderungen. Beim Inspizientenbuch handelt es sich um eines der hektographierten Exemplare der Textgrundlage, in das einzelne maschinenschriftliche Blätter eingelegt und von fremder Hand Ergänzungen vorgenommen worden sind.

Zu den wichtigsten Änderungen gehört die Einfügung des Lieds *Alle doch, mehr oder wenig* zwischen die 11. und 12. Szene. In der Textgrundlage wird das Lied im mittleren Teil der 11. Szene vorgetragen (vgl. 321,29-39). Sergeant Kites erster Versuch, Appletree und Pearmain für die Armee anzuwerben (vgl. Szene 4, 275,34-276,20), findet bei der Uraufführung bereits zu Beginn der Dramenhandlung vor der Ankunft Captain Plumes in Shrewsbury statt (vgl. Szene 1, 262,5).

Durch Textumstellungen und Streichungen in Szene 4 (275,34-277,1) folgt der Auftritt Brazens (277,1 f.) unmittelbar im Anschluß an das Streitgespräch, das Worthy und Melinda miteinander führen (275,15-33). Nach 286,26 wird in Szene 5 eine Auseinandersetzung zwischen der Wirtin des Hotels »Zum Raben« und Rose, dem Mädchen vom Lande, eingefügt:

*Im Hotel Geschrei.*

STIMME DER WIRTIN Du weißt ganz genau, daß du nicht in die Zimmer der Offiziere gehen darfst. Du Fatzen!

STIMME VON ROSE Ich habe doch nur meine Hühnchen verkauft.

STIMME DER WIRTIN Hühnchen, Hühnchen! Ich kenne schon diese Hühnchen! Mein Haus ist kein Bordell hier! Raus!

In Szene 6 fällt Georges Schilderung der Schlacht am Hudson (287,33-288,11) fort. – Der Auftritt von Sergeant Kite als Blumenfrau in Szene 8 (299,28-30) erfolgt bei der Uraufführung bereits zu Beginn der Szene (im Anschluß an 298,31). Die Textpartien »PLUME … WORTHY Alles« (299,31 f.) werden gestrichen, so daß sich im Inspizientenbuch ein zusammenhängender, von Worthy gesprochener Monolog ergibt: »Verloren! … hinüberrudern.« (299,25-27 und 32-34). Hinzugefügt wird in Ergänzung zu »GEORGE Da gehen wir hin!« (306,28) ein Dialog zwischen Lucy und George:

LUCY *spielt:* Nimm nicht immer neue Gäste an, Mike W. Laughton, wenn ich nur noch zwei Ochsenrücken am Spieß habe.

GEORGE Gut, dann werde ich den Lord Major von Philadelphia vor die Tür setzen, Mrs. Mulbery. Aber zuerst noch ein kleines Tänzchen in der Küche; schließlich bezahlen wir den Musiker.

*Sie tanzen.*

LUCY Verrammle die Türen, George Mulbery, die Rotjacken kommen.

GEORGE Lad mir die Flinte, Frau. Diese gottverdammten Engländer!

Der Name des Schankburschen George Mulberry ist in der ersten Replik Lucys getilgt und durch Mike W. Laughton ersetzt worden. Sowohl in der Textgrundlage als auch im Inspizientenbuch heißt der Schankbursche mehrfach Mike bzw. Mike W. Laughton (vgl. zu 337,9-17). Vermutlich wird während der Proben eine Namensänderung von George in Mike erwogen.

Der Beginn der 9. Szene wird grundlegend umgearbeitet:

*Im Haus des Friedensrichters*

*Balance liest entsetzt einen Brief. Simpkins hat ein Bündel Post gebracht.*

SIMPKINS Unangenehme Nachricht, Sir.

BALANCE Entsetzliche.

SIMPKINS Tut mir leid, Sir.

BALANCE Es wird Abend über Englands Imperium.

*Worthy herein.*

BALANCE Wie verläuft die Inspektion?

WORTHY *zuckt die Achseln:* Ich fürchte, das was da an Rekruten auf dem Marktplatz steht, wird meine Lager nicht leeren. Es genügt nicht, Schuhe für die Mannschaft zu haben, man muß auch Mannschaft für die Schuhe haben.

BALANCE Das wäre furchtbar. Da kommt Plume. *Herein Plume.* Plume, wie steht's? Ich hoffe von ganzem Herzen, der Armeeinspektor fand Ihre Kompanie vollzählig.

PLUME Der Herr Armeeinspektor aus London hat in meinem Quartier ganze elf Rekruten vorgefunden.

BALANCE Schrecklich.

WORTHY Plume, wenn Ihnen damit geholfen ist, trete ich in Ihre Kompanie ein. Mich hält hier nichts mehr zurück.

BALANCE Was fällt Ihnen ein, Worthy? Sie sind Schuhfabrikant, nicht Krieger. Ebenso können Sie von mir verlangen, daß ich die Muskete auf die Schulter nehme.

PLUME Mein Entschluß ist gefaßt. Ich lasse mich nach Ostindien versetzen. Übermitteln Sie bitte Ihrem Fräulein Tochter meinen ergebensten Gruß.

BALANCE Captain Plume?

PLUME Mister Balance!

BALANCE Setzen Sie sich.

PLUME Ich sitze.

BALANCE Captain Plume, Sie können nicht nach Ostindien, Ihr Platz ist in Amerika. Ich verrate Ihnen ein militärisches Geheimnis, wenn ich Ihnen die Hiobsbotschaft mitteile, die der Anlaß für den vorzeitigen Besuch des Generalinspekteurs ist. Boston ist in den Händen der Rebellen.

SIMPKINS Unmöglich!

BALANCE Bitte? *Winkt ihm hinaus.*

PLUME Schön, Boston ist gefallen. Nun, mit bloßen Armen kann ich Boston nicht entsetzen.

BALANCE Plume, Sie können England in dieser schicksalsschweren Stunde nicht enttäuschen, ebensowenig kann es Shrewsbury. Ich hielt es bis heute nicht für notwendig, die Zwangsrekrutierungsgesetze anzuwenden. Es ist notwendig, ich sehe es ein. *Er holt das Gesetzbuch.*

WORTHY Aber die Anwendung dieser Gesetze haben in Welshpool einen Skandal hervorgerufen.

Im weiteren wird diese Szene nicht verändert, mit Ausnahme der Gespräche zwischen Worthy, Plume und Balance (311,1-6 und 314,23-26), die im Inspizientenbuch an den Szenenanfang gestellt worden sind.

In Szene 11 entfällt der Text 321,15-18. Die Dialoge zwischen dem Arbeitslosen Workless, einem weiteren Mithäftling und Konstabler Bridewell (322,15-23) werden im Inspizientenbuch im Anschluß an 320,37 vorgetragen und bedingt durch die Umstellung des Lieds *Alle doch, mehr oder wenig* (321,29-39, vgl. S. 441) geht es nach dem Abgang des Bankiers Smuggler (321,25) mit Plumes Worten »Wilful, es fällt mir schwer« (322,1) weiter.

Am stärksten überarbeitet wird die Schlußszene, Szene 12. Im Anschluß an 324,9 folgt im Inspizientenbuch der Text 324,22-325,1, sowie 325,4f. und erst dann 324,12-21. Teile des Gesprächs zwischen Balance, dem Bergmann und dessen Frau 328,3-12 (bis »in den Krieg zu ziehen«) werden gestrichen. Nach 328,24 sollte die Szene im Haus des Friedensrichters vermutlich mit dem Text 329,8-11 oder 329,6-11 fortgesetzt werden. Auf 336,7 folgt im Inspizientenbuch der Auftritt der Zofe Lucy (337,6-8). Im weiteren heißt es dann in Ergänzung zu 337,8 anstelle von 337,9-22:

LUCY Ich brauch ihn mehr. Und wenn Sie ihn nicht freilassen, sage ich vor allen Leuten, daß der Fähnrich gar kein Fähnrich war, sondern Miss Viktoria...

BALANCE Halt deinen Mund! – Gerichtsdiener, [...]

Im Anschluß an 337,35 ist im Inspizientenbuch eine neue Textpassage aufgenommen worden:

KITE Danke Mr. Balance. *Ab mit dem Gerichtsdiener. Herein Worthy.*

WORTHY Danke Mr. Balance! Wo ist Melinda?

MELINDA *kommt in die Bibliothek:* Hier!

WORTHY *läuft hin:* Melinda!

MELINDA Albert!

*Simpkins bringt Champagner. Herein strahlend Smuggler und Lady Prude.*

PRUDE Mein Respekt, Mr. Balance. Ein historischer Tag für Shrewsbury.

SMUGGLER England marschiert. Ich nehme meinen Hut ab, Mr. Balance.

*Alles bedient sich mit Champagner. Lied.*

VIKTORIA Liebste Melinda!

MELINDA Liebste Viktoria!

Es folgt die 1. Strophe des Liedes *Over the hills and far away* (»Komm, mein Junge, kleid dich ein«, 336,10-13) und daran anschließend der Text 337,38-338,26. Die Dialoge 336,14-337,5 entfallen bzw. werden zum Teil in die neue Textpassage integriert (vgl. dazu den Textauszug aus dem Inspizientenbuch). Zwischen 338,2 und 338,3 sind die Worte: »SIMPKINS Das walte Gott!« ergänzt worden und zwischen 338,21 und 338,22: »England, England über alles«. Vermutlich sollte dieser Satz gleichfalls von Simpkins gesprochen werden.

Von den Liedern und Märschen der Vorlage ist lediglich der Song *Over the hills and far away* in überarbeiteter Fassung (vgl. 336,10-13, 338,6-9 und 338,18-21 »über den Hügeln und über der See«) in die Bearbeitung übernommen worden. Die übrigen Texte und Melodien sind bis auf das *Lied von Loch Loman* (vgl. zu 322,4) von Brecht und dem Komponisten Rudolf Wagner-Régeny geschrieben worden. Die meisten von ihnen entstehen erst während der Proben.

In der Textgrundlage gibt es nur wenige Hinweise zur Bühnenmusik. Aus dem Inspizientenbuch geht hervor, daß im Anschluß an Szene 3 ein »Marsch« und im Anschluß an Szene 7 »Marschplatzmusik« gespielt werden soll. Im Verlauf der 8. Szene ertönt mehrfach Militärmusik; das Platzkonzert, das zu Beginn dieser Szene (»Militärmusik von weitem«, 298,31) gegeben wird, ist von Wagner-Régeny ursprünglich als Finale zu seiner Oper *Der Darmwäscher* (späterer Titel: *Persische Episode*) komponiert worden.

Das zu Beginn der 11. Szene vorgetragene Lied »Siebzehn Gemeine von der Artillerie« wird erst unmittelbar vor der Uraufführung hinzugefügt. Dieses Lied, das weder in der Textgrundlage noch im Inspizientenbuch enthalten ist, wird erstmalig 1959 in *Stücke*, Band 12 (Frankfurt a. M., S. 308) publiziert. 1957 wird die Bühnenmusik zu *Pauken und Trompeten* auf Schallplatte aufgenommen (Eterna 710001). Nachdem bereits zum Zeitpunkt der Uraufführung das zwischen der 6. und 7. Szene vor dem Vorhang gesungene Lied als *Viktorias Lied* bezeichnet worden ist (vgl. 294,24-295,3), erhalten jetzt auch die übrigen Lieder einen Titel (vgl. *Vorschläge für Titel*, Archiv des Berliner Ensembles).

Angaben über Szenen und Textpassagen, die aus Farquhars Drama in die Bearbeitung übernommen worden sind, können der folgenden Synopse entnommen werden. Es ist darauf verzichtet worden, geringfügige Auslassungen aus längeren zusammenhängenden Textpassagen einzeln aufzuführen.

| *Farquhar:* Akt. Szene. Seite, Zeile (Die Seitenangaben beziehen sich auf die S. 432 angegebene Ausgabe) | | *Berliner Ensemble:* Szene. Seite, Zeile (Die Seitenangaben beziehen sich auf die vorliegende Ausgabe) | |
|---|---|---|---|
| 1.1. | 251,5-14 | 1. | 261,10-28 |
| | 252,1-17 und 252,29-253,26 | 4. | 275,36-276,36 |
| | 254,2-256,29 und 257,14-258,34 | 1. | 262,8-265,24 |
| | 260,3-23 und 261,7 | 1. | 265,25-266,4 und 266,20f. |
| 1.2. | 262,28-31 und 263,23 | 3. | 272,15-18 |
| | 263,27-264,25 | 3. | 272,29-273,7 und 273,23-35 |
| 2.1. | 266,17-267,5 | 2. | 269,24f. und 269,31-36 |
| | 267,16-21 | 2. | 267,30-35 |
| 2.2. | 270,1-6 | 2. | 267,24-26 |
| | 270,7-26 und 271,10 | 2. | 268,25-269,4 |
| | 271,13-18 | 2. | 267,19-23 |
| | 271,23-27 | 2. | 269,5-8 |
| 2.3. | 275,9-11 | 4. | 279,1-3 |
| | 276,3-281,19 | 4. | 279,24-282,35 |

| | | | |
|---|---|---|---|
| 3.1. | 283,10-285,11 | 5. | 283,13-284,20 |
| | 286,3-17 | 6. | 292,25-38 und |
| | | 12. | 330,19-25 |
| | 288,19-28 und 289,10-290,21 | 4. | 277,2-278,7 |
| | 291,5-30 | 5. | 286,29-287,6 |
| 3.2. | 297,11 | 8. | 308,7f. |
| | 297,29-33 | 5. | 285,27-30 |
| | 299,27-34 | 5. | 285,20-26 |
| 4.1. | 302,16-303,18 | 8. | 303,23-304,2 |
| | 305,20f. | 6. | 294,6 |
| 4.2. | 310,29-34 | 4. | 275,28-32 |
| | 311,7-28 | 9. | 313,9-314,5 |
| | 311,33f. und 312,3 | 8. | 299,25-27 und |
| | | 4. | 278,32 |
| 4.3. | 313,23-314,20 | 8. | 302,24-303,3 |
| 5.1. | 326,5-327,14 | 10. | 316,2-24 |
| 5.2. | 328,4-16 | 9. | 315,1-12 |
| | 328,27f. | 10. | 317,11 |
| | 329,22 und 329,26-34 | 6. | 293,1-5 |
| | 330,25-29 | 10. | 317,20f. und 317,12 |
| 5.3. | 331,4-332,12 | 9. | 311,20-312,23 |
| 5.4. | 333,12-334,10 und 334,19 | 7. | 296,5-297,9 |
| 5.5. | 337,18-339,4 | 12. | 331,35-333,15 |
| | 339,6-18 und 339,27-340,2 | 12. | 327,24-36 und 328,1-11 |
| | 340,35 und 341,20f. und 342,2 | 12. | 334,30 und 335,14 und 335,28f. |
| | 342,5-11 und 342,27 | 12. | 333,40-334,10 |
| 5.6. | 343,4-22 | 8. | 308,31 und 308,34-37 und 309,2-9 |
| 5.7. | 346,3f. | 12. | 331,21f. |
| | 347,9f. | 12. | 335,25f. |
| | 347,25-27 | 12. | 335,38 und 336,1 |

Zur Textgestaltung in der vorliegenden Ausgabe:

260,1 *Personen]* Das Personenverzeichnis ist nachträglich eingefügt worden. Es orientiert sich am Verzeichnis, das im Programmheft der Uraufführung enthalten ist. Dieses ist für die vorliegende Ausgabe geringfügig korrigiert und ergänzt worden.

265,29 *Mrs.]* In der Textgrundlage: »Mss.«

273,23 *Liederjan]* In der Textgrundlage: »Liederjahn«.

279,6 *Breitschultriger]* In der Textgrundlage hier und im folgenden »Mann«. Aus dem Kontext geht hervor, daß es sich bei dieser Figur um den »Breitschultrigen« handelt.

280,7 *Micklesbury]* In der Textgrundlage: »Mickelsbury«. Die Schreibweise ist vereinheitlicht worden.

283,11 *Picklewooder]* In der Textgrundlage: »Pickelwooder«; ebenso 295,37. Die Schreibweise ist vereinheitlicht worden.

285,16 *Werbebude]* In der Textgrundlage: »Werberbude«.

286,31 *Kreolische]* In der Textgrundlage über ungetilgtem und eingeklammertem: »Flandrische«.

291,6 *Fasspittle]* In der Textgrundlage: »Fatspittle«. Die Schreibweise ist vereinheitlicht worden.

291,16 *ihre]* In der Textgrundlage: »seine«.

295,12 *Mrs. Cobb]* In der Textgrundlage: »FRAU COBB«, in 295,18 und 295,30: »COBB«.

304,22 *Cartwheel]* In der Textgrundlage hier und im folgenden: »Carthweel«. Die Schreibweise ist vereinheitlicht worden.

319,10 *Shilling]* In der Textgrundlage hier und im folgenden: »Schilling«. Die Schreibweise ist vereinheitlicht worden.

325,1-3 *Balance ... Lucy ab.]* Die Lucy-Replik ist nachträglich ergänzt worden. In der Textgrundlage ursprünglich (nicht getilgt): »BALANCE Geh, Lucy, vertraue deiner Herrschaft. *Lucy ab.*«

327,1-10 *Lucy ... geschüttet worden.]* In der Textgrundlage nachträglich ergänzt, ursprünglich (nicht getilgt):

LUCY *in die Bibliothek:* Mr. Balance, ich habe ihn verpaßt.

BALANCE Ah! Ich verstehe die Welt wieder. Sag's ihm.

LUCY Mr. Brazen, Miss Moorhill hatte ihr ganzes Vermögen in eine Ladung Tee investiert. Sie ist von den Rebellen freventlich in den Hafen von Boston geschüttet worden. Miss Moorhill ist untröstlich.

327,37 *Mrs. Miner]* In der Textgrundlage hier und im folgenden: »1. FRAU«. Aus dem Kontext geht hervor, daß es sich um Mrs. Miner handelt.

329,7 *Breitschultriger]* In der Textgrundlage: »Einbeiniger«; ebenso 329,10. Da es sich bei der Person »Breitschultriger« um einen Einbeinigen handelt, kann davon ausgegangen werden, daß die als »Einbeiniger« bezeichnete Figur mit der Person »Breitschultriger« identisch ist.

332,14 *Workless]* In der Textgrundlage: »Arbeitsloser«.

337,9-17 *Lucy Und ich? ... Fähnrich wird.]* Der Dialog zwischen Lucy und Balance ist in der Textgrundlage handschriftlich ergänzt worden. Darin heißt »George« »Mike W. Laughton« (337,13). Auch in 337,7 ist der Name des Schankburschen in »Mike« geändert worden; vgl. S. 442.

## *Wirkung*

In der Regie von Benno Besson findet am 19. September 1955 die Uraufführung im Berliner Ensemble statt. Gespielt wird vor grauweißen Leinwänden, auf denen in Stahlstichmanier die Schauplätze der Handlung abgebildet sind. Die Bühnenbilder hat Karl von Appen entworfen. Zu seinen Dekorationen erklingen unter der musikalischen Leitung von Felix Schröder die Kompositionen Rudolf Wagner-Régenys. Captain Plume wird von Dieter Knaup dargestellt, Captain Brazen von Wolf Kaiser, Sergeant Kite von Norbert Christian und Viktoria Balance von Regine Lutz. Lutz und Kaiser finden besondere Beachtung.

An Bessons Regiearbeit wird die außergewöhnliche Präzision gelobt. Die Aufführung ist als beispielhaft empfunden worden. Herbert Jhering spricht von »artistischer Vollkommenheit« (*Sonntag*, Berlin/DDR, 25. September 1955). Die Bearbeitungstendenz wird unterschiedlich beurteilt: *Neues Deutschland* (Berlin/DDR) sieht das antimilitaristische Farquhar-Drama »humoristisch entschärft«, die Zwangsrekrutierten würden als »Tölpel und Idioten« dargestellt (C.H., 28. September 1955). Westliche Kritiker äußern dagegen die Ansicht, daß »durch die starke Betonung der politischen Tendenz das heitere Lustspiel nur selten zur Wirkung« käme (*Frankfurter Neue Presse*, 22. September 1955). Einige westdeutsche Rezensenten sprechen jedoch auch davon, daß es dem Berliner Ensemble gelungen sei, »politische Pointen« ohne »Lärm« und »Aufdringlichkeit«, »heiter« und »mit Schwung« zu »servieren« (Sabina Lietzmann, *Frankfurter Allgemeine Zeitung*, 26. September 1955).

Bis zum 10. Juli 1958 wird *Pauken und Trompeten* 165mal im Berliner Ensemble gespielt. Vom 10. bis 12. Juni 1956 ist das Stück bei einem Gastspiel in München zu sehen.

## *Zeilenkommentar*

261,3 *Kite]* (Engl.) Gabelweihe oder Roter Milan. Die sprechenden Namen der Vorlage werden in die Bearbeitung übernommen.

261,7 *König George]* König George III. von Großbritannien regiert 1760-1820.

261,8 *seiner Majestät Kolonie Amerika]* Gemeint sind die 13 britischen Kolonialterritorien, die sich 1776 zu den Vereinigten Staaten von Amerika zusammenschließen.

261,9 *Umwälzung und Ungehorsam]* Die Bewohner der 13 Kolonien (vgl. zu 261,8) weigern sich, Steuergesetze zu befolgen, auf deren Verabschiedung sie keinen Einfluß nehmen können. Zu den Gesetzen vgl. 270,14 f. Ihre Forderung lautet: »No taxation without representation« (Keine Besteuerung ohne politische Vertretung). Da die britische Regierung zu keinen Zugeständnissen bereit ist, kommt es in der Zeit nach 1763 zwischen dem Mutterland und den Kolonien zu schweren Konflikten, die schließlich 1775 zum Amerikanischen Unabhängigkeitskrieg führen (vgl. auch zu 327,8-10).

261,17 f. *Gasthaus »Zum Raben«]* Engl.: »The Raven Inn«, vom 16. bis zur Mitte des 20. Jahrhunderts Gasthaus in Shrewsbury.

261,21 *einen bunten Rock]* Veraltet für Soldatenrock, Uniform.

262,2 *Shrewsbury]* Hauptstadt der Grafschaft Shropshire im Westen Englands. Farquhar ist dort 1704 Werbeoffizier gewesen.

262,4 *Friedensrichters]* Friedensrichter: Zur Schlichtung kleinerer Rechtsstreitigkeiten von den Justizbehörden eingesetzte Person.

262,4 *Balance]* (Engl.) Waage, Gleichgewicht.

262,6 *Plume]* (Engl.) (Schmuck-)Feder, Federbusch.

262,8 f. *Von den Ufern des Delaware zurück]* Delaware: Fluß im Osten der USA, er bildet die Grenze zwischen den US-Staaten New Jersey und Pennsylvania, mündet südlich von Philadelphia in den Atlantischen Ozean. – Nachdem die amerikanischen Rebellen im September 1776 von der britischen Armee zum Rückzug über den Delaware gezwungen worden sind, greifen sie am 26. Dezember des gleichen Jahres die am gegenüberliegenden Ufer lagernden Briten an. Aufgrund treibender Eisschollen gilt der Delaware zu diesem Zeitpunkt als unüberwindbar. Im Farquhar-Drama heißt es statt Delaware: Danube, (engl.) Donau. Höchstädt an der Donau (vgl. erste Anmerkung zu 275,13) ist Schauplatz einer der entscheidenden Schlachten des Spanischen Erbfolgekriegs.

262,9 *Severnstrand]* Severn: Fluß im Westen Englands, der bei Bristol in den Atlantischen Ozean mündet. Shrewsbury liegt am Severn.

262,24 *Den starken Mann von Kent]* Kent: Grafschaft im Südosten Englands. In *The Recruiting Officer* heißt es: »the strong man of Kent«. William Joy, ein Zeitgenosse Farquhars, nannte sich »Samson, a Kentish strong man«.

262,26 *Liste]* Um als Rechtsanwalt tätig zu werden, muß die betreffende Person beim Amtsgericht in einer Anwaltsliste eingetragen sein.

262,35 *Pfaffen ... Geige]* Um ihr Gehalt aufzubessern, haben Pfarrer oftmals in Gasthäusern sonntagnachmittags Geige gespielt.

263,17 *Snickereyes]* To snicker: (engl.) kichern. Eyes: (engl.) Augen.

263,18 *Guzzle]* To guzzle: (engl.) prassen.

263,19 *Berittenen Garde in Whitehall]* Whitehall: Straße in London, nach einem königlichen Palast benannt, der Ende des 17. Jahrhunderts abgebrannt ist. Berittene Garde: gemeint sind die »Horse Guards«, ein Gebäudeteil, in dem die Königliche Leibgarde untergebracht ist.

263,20 *Hull]* Hafenstadt im Osten Englands.

263,20 *Bottomflat]* Bottom: (engl.) Boden, Grund, auch: Hintern; flat: (engl.) flach.

263,21 *Oakan]* In der für die Bearbeitung verwendeten Farquhar-Ausgabe heißt sie Oakham. Oakham (heute oakum geschrieben) ist die englische Bezeichnung für Werg (Hanf- und Flachsabfall).

263,22 *Portsmouth]* Hafenstadt im Südwesten Englands.

263,29 *Francis Kite]* 1704 wird in Shrewsbury ein Mann mit dem Namen Francis Kyte angeklagt, ein uneheliches Kind gezeugt zu haben.

263,32 *auf ihrem Stroh]* Anglizismus, »in the straw« bedeutet »in den Wochen sein«. Gemeint ist die Zeit nach einer Niederkunft.

263,34 *Worthy]* (Engl.) würdig, ehrbar.

263,40 *gesund aus Londons Alehäusern]* Anspielung auf die unter den Gästen der »Londoner Alehäuser« verbreiteten Geschlechtskrankheiten. Ale: britische Bierart.

264,26 *Flintshire]* Grafschaft im Nordosten von Wales.

264,32 *Vorwerk]* Hof, der zu einem Landgut gehört. In der Militärterminologie auch: vorgeschobener Schutzbau einer Festung.

265,16 *Tory-Nest]* Tory: (engl.) Anhänger der konservativen Partei in Großbritannien.

266,2 *Viktorias]* Victoria: (Lat.) Sieg. In *The Recruiting Officer* heißt Richter Balance' Tochter Silvia.

266,36 *Bunker Hill]* Anhöhe in der Nähe von Boston. Am 17. Juni 1775 unterliegen die amerikanischen Rebellen in der Schlacht von Bunker Hill der britischen Armee.

267,7 *Fasspittle]* Spittle: (engl.) Speichel, Spucke.

267,34 *Landsquires]* Squire: (engl.) Gutsbesitzer, Junker. Im amerikanischen Englisch auch: Friedensrichter.

268,34 *Cheshire]* Grafschaft im Nordwesten Englands.

268,36 *Dragoner]* Berittener Infanterist, leichter Reiter.

269,2 *Prunkkähne]* In *The Recruiting Officer* heißt es »bauble«: (engl.) Spielzeug, Tand. Mit »bauble« sind Häuser gemeint, die gegen Ende des 17. Jahrhunderts von wohlhabenden Londoner Bürgern am Oberlauf der Themse errichtet werden.

270,4-9 *»Entwurf ... Leben...«]* Am 4. Juli 1776 wird die von Thomas Jefferson (vgl. erste Anmerkung zu 270,12) entworfene Unabhängigkeitserklärung (Declaration of Independence) vom 2. Kontinentalkongreß der 13 Vereinigten Staaten von Amerika angenommen. In der Unabhängigkeitserklärung heißt es: »Wenn es im Zuge der menschlichen Geschichte für ein Volk notwendig wird, die politischen Bande zu lösen, die es mit einem anderen Volke verbunden haben, und unter den Mächten der Erde den selbständigen und gleichen Rang einzunehmen, zu dem Naturrecht und göttliches Recht berechtigen, so erfordert eine geziemende Rücksichtnahme auf die Meinung der Menschheit, daß es die Gründe darlegt, die es zur Trennung veranlassen. Folgende Wahrheiten halten wir für selbstverständlich: daß alle Menschen gleich geschaffen sind, daß sie von ihrem Schöpfer mit gewissen unveräußerlichen Rechten ausgestattet sind, daß dazu Leben, Freiheit und das Streben nach Glück gehören [...]«. Der von Jefferson vorgelegte Entwurf ist mit der vom Kongreß verabschiedeten Unabhängigkeitserklärung nicht in allen Punkten identisch. U.a. wird jene Passage, die sich gegen die Versklavung der Afrikaner richtet, gestrichen.

270,11 *Franklins]* Benjamin Franklin, amerikanischer Schriftsteller, Journalist, Erfinder und Politiker. Mitglied im Redaktionskomitee für die Unabhängigkeitserklärung. Als erster Geschäftsträger der USA in Paris gelingt es Franklin, Frankreich 1788 als Verbündeten im Amerikanischen Unabhängigkeitskrieg zu gewinnen.

270,12 *Jeffersons]* Thomas Jefferson, Autor des Entwurfs der Unabhängigkeitserklärung, wird 3. Präsident der USA (1801-1809).

270,12 *Washingtons]* George Washington, seit 1775 Oberbefehlshaber der Continental Army, wird 1. Präsident der USA (1789-1797).

270,14 f. *weigert man sich ... unverkaufter Tee]* Nachdem die britische Regierung 1767 versucht hat, auf eine Reihe von Konsumgütern, die in die nordamerikanischen Kolonien exportiert werden, Einfuhrzölle zu erheben, boykottieren amerikanische Kaufleute und Konsumenten britische Warenlieferungen. Die Einfuhrzölle werden daraufhin 1770 wieder aufgehoben. Einzig die Teesteuer bleibt – als ein Zeichen ungebrochener Staatsautorität – weiterhin bestehen. Der Boykott britischer Teelieferungen wird nach einer kurzen Entspannungsphase ab Mai 1773 fortgesetzt.

270,15 *Liverpool]* Hafenstadt im Nordwesten Englands.

270,17 *Baumwolle]* Durch die »Navigationsakte« (»Navigation Act«) von 1651 wird es den britischen Kolonien untersagt, Handel auf eigene Rechnung zu treiben. Der Transport hat auf britischen Schiffen zu erfolgen. Der Handel ist über London oder einen anderen Hafen des Mutterlandes abzuwickeln.

270,30 *20 000 Hessen]* Um die eigenen Truppen zu verstärken, kauft die britische Regierung während des Unabhängigkeitskriegs insgesamt 30 000 Soldaten von sechs deutschen Territorialfürsten. Das größte Kontingent mit 19 000 Soldaten verkauft der Landgraf von Hessen-Kassel.

270,35 f. *statt in die Gefängnisse in den Krieg]* Um die im Spanischen Erbfolgekrieg gegen Frankreich kämpfenden Truppen zu verstärken, werden von der britischen Regierung mehrere Gesetze erlassen, die es den Behörden ermöglichen, unter bestimmten Voraussetzungen Zwangsrekrutierungen vorzunehmen: 1702 »The Mutiny Act« (»Militärstrafgesetz«) und 1703 (erweitert 1704 und 1705) »The Act of Raising Recruits« (»Gesetz über die Aushebung von Rekruten«), auch »Pressing Act« (»Zwangsrekrutierungsgesetz«) genannt. Im »Militärstrafgesetz« wird verfügt, daß zu Gefängnisstrafen verurteilte Personen zum Heeresdienst herangezogen werden können, und in den Ausführungen zum »Gesetz über die Aushebung von Rekruten« heißt es, »daß es für die Friedensrichter gesetzlich sein soll und kann, solche kräftigen Männer auszuheben oder aufzustellen, die keinen gesetzlichen Beruf oder Arbeit noch sonst ersichtliche Mittel für ihren Lebensunterhalt aufzuweisen haben, damit sie als Soldat für die obengenannten Zwecke dienen« (Programmheft *Pauken und Trompeten*, übersetzt nach einer Abschrift des »Pressing Act«, Elisabeth-Hauptmann-Archiv). Während des Amerikanischen Unabhängigkeitskrieges kommen die Zwangsrekrutierungsgesetze erneut zur Anwendung.

271,23 *Chloë]* (Griech.) »die Grünende«. Beiname der Demeter, der griechischen Göttin des Ackerbaus und Beschützerin der jungen Saat. Häufig verwendeter Name für Schäferinnen in Schäferidyllen.

271,24 *Achill]* Der Hauptheld der *Ilias* von Homer führt während der ersten neun Kriegsjahre das griechische Heer gegen Troja. Er erscheint in der Darstellung Homers als Jüngling, der in Liebe und Haß keine Grenzen kennt.

271,30 *Küraß]* Brustharnisch.

273,25 *Leider ist das dein Haus]* Gesellschaftliche Konventionen hindern Viktoria daran, die Vorwürfe ihrer Gastgeberin zurückzuweisen. Als Hausherrin genießt Melinda das Privileg, Beleidigungen aussprechen zu können, ohne befürchten zu müssen, daß ihre verletzenden Äußerungen von einem Gast erwidert werden könnten.

274,17 *Ehrenestrade]* Estrade: erhöhter Tritt, Platz.

274,24 *Bataille]* (Franz.) Schlacht.

274,32-275,10 *Der Fluß ... Pardon, Captain.]* Zu Simpkins Bericht über die Schlacht am Hudson vgl. S. 441.

274,32 *Hudson]* Fluß im US-Staat New York, an dessen Unterlauf die Stadt New York liegt.

275,13 *Höchstädt]* Stadt an der Donau, im Südwesten Bayerns. Im Spanischen Erbfolgekrieg siegen hier 1704 die Engländer und die mit ihnen verbündeten Österreicher über die Franzosen und Bayern. In *The Recruiting Officer* wird Plume von Balance als Sieger der Schlacht von Höchstädt empfangen (Anfang der 1. Szene des 2. Akts).

275,13 *Blaafontain]* Möglicherweise durch Silbenvertauschung entstanden aus Fontainebleau, Schloß und Ortschaft südöstlich von Paris.

275,34 *Pearmain]* (Engl.) Parmäne, eine Apfelsorte.

275,36 *Meine Herren, sehen Sie]* Zur Anwerbung der beiden Bauernjungen Appletree und Pearmain und zum Gespräch zwischen Kite und Plume über den bisherigen Verlauf der Rekrutierungskampagne vgl. Szene 1 in *Mutter Courage und ihre Kinder* (Band 6).

275,39 *sechs Fuß groß]* In Grenadierregimenter sind nur Männer von überdurchschnittlicher Körpergröße aufgenommen worden.

276,1 *Uranus]* Planet unseres Sonnensystems.

276,7 *Costar]* Costard: (engl.) eine Apfelsorte, bedeutet auch: Dummkopf.

276,25 *Tower von London]* Ehemalige Königsburg und Gefängnis in London.

277,1 f. *Brazen]* (Engl.) bronzen, metallisch. Möglicherweise im Sinn von brazen-faced: unverschämt, frech, kaltschnäuzig.

277,2 *Schärpe]* Als Zeichen ihrer hohen militärischen Stellung haben Offiziere eine Schärpe getragen.

277,6 *Veni, vidi, vici]* (Lat.) Ich kam, ich sah, ich siegte. Ausspruch Julius Caesars nach der Schlacht bei Zela (47 v. d. Z.).

277,14 *Mort de ma vie]* (Franz.) ich will des Todes sein.

277,18 *Sussex]* Grafschaft im Südosten Englands.

277,23 *Lakonisch! Sehr guter Name]* Silvia Balance (in der Bearbeitung: Viktoria) ist von George Farquhar einer in Shrewsbury lebenden Laconia Berkeley nachgebildet worden.

277,25 *Peschawar. Am Ganges.]* Stadt im Nordwesten Britisch-Ostindiens (heute: Pakistan). Liegt nicht am Ganges.

277,28 f. *Malaventura]* (Ital.) Unglück.

277,33 *chevaux de frise]* (Franz.) spanischer Reiter. Holzgestell, das bei Feldzügen und auf Festungen als Barrikade gedient hat.

277,36 *Northamptonshire]* Grafschaft im mittleren England.

277,39 *der Ostindischen Gesellschaft]* Die East India Company, 1599 gegründet, hat ab 1600 das Monopol im Ostindienhandel. Sie erobert nach 1757 große Teile Indiens und übergibt 1858 die politische Macht der britischen Krone.

278,1 *Tonguepad]* Veraltet für redegewandte, redselige Person.

278,2 *Lord Raleigh]* Walter Raleigh, englischer Seefahrer, gründet den Staat Virginia als erste englische Kolonie in Nordamerika.

279,12 *Holzbein]* Die Episode in der »nächtlichen Schenke«, in der Sergeant Kite versucht, einen einbeinigen Kriegsveteranen anzuwerben, basiert auf einem Vorfall, von dem am 11. Dezember 1770 in der *Vossischen Zeitung* (Berlin) berichtet wird. Eine Abschrift des Zeitungsartikels befindet sich im Elisabeth-Hauptmann-Archiv.

279,13 *Severn]* Vgl. zu 262,9.

280,4 *Morgen]* Altes Feldmaß, 2500 $m^2$. Land, das ein Gespann an einem Morgen pflügt.

280,20 *Standrecht]* Abgekürztes Strafverfahren während des Ausnahmezustands.

280,22 *Sankt Marien]* St. Mary's: Kirche in Shrewsbury.

280,23 *Sankt Chad]* St. Chad's: bis 1788 Kirche in Shrewsbury.

281,8f. *Goldstück ... 23 Shillinge und sechs Pence]* Bei dem Goldstück handelt es sich um einen broad Sovereign (d.h. ein ausgeweiteter Sovereign). Der Wert eines gewöhnlichen Sovereign beträgt 20 Schillinge oder ein englisches Pfund. Im »Pressing Act« (vgl. zu 270,35f.) wird verfügt, daß Rekruten bei ihrer Anwerbung ein Handgeld von zwanzig Schillingen auszuzahlen ist.

282,7 *zwei gute englische Pfund]* Im »Pressing Act« (vgl. zu 270,35f.) wird festgelegt, daß Personen, die sich freiwillig zum Heeresdienst melden, ein Handgeld von vierzig Schillingen, d.h. zwei englischen Pfund, auszuzahlen ist.

283,5 *Workless]* (Engl.) wörtlich: weniger arbeiten, sinngemäß: arbeitslos.

283,11 *Picklewooder]* Pickle: (engl.) Pökel. Auch: mißliche Lage, Patsche; wood: (engl.) Wald.

283,18 *Bullock]* (Engl.) Ochse.

284,21 *Tambourmajor]* Leiter eines Spielmannszuges.

284,25 *Okk]* Ungewöhnliche englische Schreibweise für Oke oder Oka, eine ehemals orientalische Maßeinheit.

285,27 *Wilful]* (Engl.) vorsätzlich, eigensinnig, hartnäckig.

285,28 *Devonshire]* Grafschaft im Südwesten Englands.

286,1 *Prude]* (Engl.) prüde.

286,6 *Bagage]* (Franz.) umgangssprachlich für: Gesindel.

286,23 *lügen wie Kaiphas]* Kaiphas: Hohepriester zur Zeit Jesu. Kaiphas und andere Hohepriester Jerusalems versuchen Jesus schwerer Vergehen zu beschuldigen, um für ihn die Todesstrafe fordern zu können (vgl. Matthäus 26,57-68).

286,31 *Kreolische]* Als Kreolen werden in Amerika lebende Nachfahren romanischer Einwanderer bezeichnet.

286,37 *Cartwheel]* (Engl.) Wagenrad.

287,30-288,13 *Viktoria wartet ... verläßt das Zimmer]* Zu Georges Schilderung der Schlacht am Hudson vgl. S. 441.

288,21 *extra muros]* (Lat.) außerhalb der Mauern.

288,22 *Break]* (Engl.) leichter, offener Wagen.

288,25 *Prellstein]* Vor Bürgersteigen angebrachter Block, um eine Beschädigung der Gehwege durch Fahrzeuge zu verhindern. Auf freier Strecke, ein alle zwei bis fünf Meter am Straßenrand gesetzter Stein, der dazu beitragen soll, daß Fahrzeuge nicht von der Fahrbahn abkommen.

292,5 *Portepee]* Troddel am Säbel- oder Degengriff.

292,10 *11 000 Mann gekostet]* Trotz militärischer Überlegenheit haben die Engländer in der Schlacht von Bunker Hill (vgl. zu 266,36) höhere Verluste zu verzeichnen als die Amerikaner. Sie verlieren ca. 1000 Mann, die Amerikaner ca. 400.

292,14 *Sankt Patrick]* Schutzheiliger der Iren, christianisiert Irland ab 432.

292,30 *Golddinare]* Dinar: ehemalige orientalische Goldmünze.

292,33 f. *Ratafialikör]* Fruchtsaftlikör.

292,35 *Kujonieren]* Ein Begriff, der im 17. Jahrhundert besonders in bezug auf den damaligen Marschall von Frankreich Concino Concini verwendet wird. Bedeutet so viel wie: jemand niederträchtig behandeln.

293,1 *Heiraten auf Soldatenart]* Der von Kite geschilderte Brauch ist historisch überliefert.

293,4 *Springt ... die Hur]* Während der als »Heirat auf Soldatenart« bezeichneten Zeremonie spricht in *The Recruiting Officer* ein Sergeant die Worte: »Leap rogue, and jump whore, / And then you are married for evermore« (»Spring Schurke und spring Hure / Und dann seid ihr für alle Ewigkeit ein Paar«).

293,27 *Whist]* Englisches Kartenspiel mit 52 Blättern; aus ihm geht das Bridge hervor.

293,32 *Je-ne-sais-quoi]* (Franz.) im Sinne von: ein gewisses Etwas.

293,34 *Billett]* (Franz.) veraltet für kleines Handschreiben, Briefchen.

295,9 f. *Mason]* (Engl.) Maurer.

296,31 f. *schlecht gebaut ... Theater auch]* Dem 1704 in London errichteten »Queens Theatre« wird von Zeitgenossen Farquhars nachgesagt, »schlecht gebaut« worden zu sein.

297,9 *Motus]* (Lat.) Bewegung.

297,23 *Mit der Obristin vorliebzunehmen]* Kites Erzählung aus Bengalen erinnert an eine Episode aus *Mann ist Mann*. Als es Sergeant Fairchild nicht gelingt, Hiobja, die Tochter der Kantinenwirtin Leokadja Begbick, ›gefügig zu machen‹, nimmt er statt dessen mit deren Mutter vorlieb (vgl. Fassung 1926, Szene 9, Nr. 5).

301,20 *eine von den kleineren Städten]* Bereits 1790 zählt New York mit 33 000 deutlich mehr Einwohner als Boston mit 18 000.

302,28 *Leo]* Von (lat.): Löwe.

302,28 *Sagittarius]* (Lat.) (Bogen-)Schütze.

302,37 f. *Train der Artillerie]* Train: Troß, Wagenzug. Die Artillerie hat innerhalb einer Armee eine eigenständige, separate Einheit (Train) gebildet.

305,13 f. *in Flandern gegen die Franzosen]* Flandern ist einer der Hauptschauplätze im Spanischen Erbfolgekrieg.

305,14 f. *in Ungarn gegen die Türken]* Gegen Ende des 17. Jahrhunderts werden die Türken aus Ungarn vertrieben, einem Land, das sie über 150 Jahre lang besetzt gehalten haben. An den Kämpfen gegen die Türken nehmen auch Offiziere der englischen Armee teil.

305,15 *in Tanger gegen die Mauren]* Tanger: Stadt im Norden Marokkos. Im 15. Jahrhundert werden die Mauren aus Europa vertrieben. Im Zuge der Wiedereroberung der iberischen Halbinsel besetzen die Portugiesen 1471 Tanger. 1662-1683 befindet sich die Stadt im Besitz der Engländer.

306,22 *Unabhängigkeitserklärung]* Vgl. zu 270,4-9.

307,1 f. *Deutoronomium]* Deuteronomium: (griech.) Zweites Gesetz, Name des 5. Buchs Mose.

307,11 *Fleisch ist Staub]* »Es ist alles aus Staub geworden und wird wieder Staub« (Prediger 3,20).

307,18-20 *neunten Gebot Mosis ... oder nicht]* Im neunten Gebot heißt es: »Du sollst nicht begehren deines Nächsten Haus.« Das zehnte lautet: »Du sollst nicht begehren deines Nächsten Weib.« (Vgl. 2 Mose 20,17.)

309,6 *über alle Hügel]* Anspielung auf das in der Schlußszene vorgetragene Rekrutenlied, in dem es heißt »über den Hügeln und über der See«. Vgl. S. 336-338.

309,27 *Hayfork]* (Engl.) Heugabel.

310,24 *Boston ist in den Händen der Rebellen]* Am 17. März 1776 werden die englischen Truppen aus Boston vertrieben.

310,30 *Welshpool]* Hauptort der walisischen Grafschaft Montgomery in der Nähe von Shrewsbury.

310,31 f. *Kompagnien ... aus den Gefängnissen]* Vgl. zu 270,35 f.

314,27 *Smuggler]* (Engl.) Schmuggler. In Farquhars Schauspiel *The Constant Couple* (1699) tritt ein Geschäftsmann gleichen Namens auf.

314,32 f. *Sodom und Gomorrha]* Im Alten Testament werden die Städte Sodom und Gomorrha wegen der Lasterhaftigkeit ihrer Bewohner von Gott vernichtet, vgl. 1 Mose 19.

316,17 *Bridewell]* (Engl.) Besserungsanstalt. Ursprünglich: Name einer Anstalt in London. Dem Londoner Beispiel folgend, wird auch das Erziehungshaus in Shrewsbury Bridewell genannt.

322,4 *Loch Loman]* Eigentlich: *Loch Lomond.* Schottisches Lied aus dem 19. Jahrhundert. Text und Melodie stammen von Lady Douglas Scott.

324,17 *Miner]* (Engl.) Bergmann.

325,10 *Pickpocket]* (Engl.) Taschendieb.

326,1 *Bartholomy]* (Engl.) Bartholomäus, Name eines der zwölf Apostel.

326,39 *Neuengland]* Region im Nordosten der USA.

327,8-10 *Ladung Tee ... geschüttet worden.]* Der Versuch der East India Company (vgl. zu 277,39), Tee zu einem stark herabgesetzten Preis in die nordamerikanischen Kolonien einzuführen, stößt bei den Amerikanern auf Widerstand. Zum einen befürchten sie, daß es der britischen Handelsgesellschaft gelingen könnte, ein Teemonopol zu errichten. Zum anderen sind die Amerikaner nicht bereit, für den aus Indien exportierten Tee dem britischen Staat eine Einfuhrsteuer zu entrichten (vgl. zu 270,14 f.). Als im Dezember 1773 drei Schiffe der East India Company in den Hafen von Boston einlaufen, kommt es zum offenen Konflikt (sog. Boston Tea Party): als Indianer verkleidete Kolonisten werfen Tee im Wert von 10 000 Pfund ins Meer.

327,19 *sichtlich]* Im »Pressing Act« (vgl. zu 270,35 f.) wird festgelegt, daß Personen, die nicht in der Lage sind, »ersichtliche Mittel für ihren Lebensunterhalt aufzuweisen«, zum Heeresdienst verpflichtet werden sollen.

330,19 *verheiratet nach Soldatenart]* Vgl. zu 293,1.

333,35 *noch nicht 18]* Im Elisabeth-Hauptmann-Archiv ist die Abschrift eines Gesetzestextes erhalten (»Act for the Increase of Seamen«, 1703), aus der hervorgeht, daß Personen unter 18 nicht zum Heeresdienst herangezogen werden dürfen (vgl. zu 270,35 f.).

333,38 *Dein Alter bestimme ich]* Dem »Act for the Increase of Seamen« (vgl. zu 333,35) ist zu entnehmen, daß es in Zweifelsfällen den Friedensrichtern vorbehalten bleibt, das Alter der für den Militärdienst vorgesehenen Personen nach eigenem Ermessen festzusetzen.

334,7 *nehmen wir nur zehn]* Die Summe, für die der Gerichtsdiener bereit ist, einen Rekruten »laufen zu lassen«, entspricht ihrer Höhe nach der Summe, die einem Werber bezahlt wird, dem es gelungen ist, einen Rekruten in die Armee zu pressen. Laut »Pressing Act« (vgl. zu 270,35 f.) erhalten Constables und andere Gehilfen eines Werbeoffiziers für jeden neu angeworbenen Mann einen Betrag von maximal zehn Schillingen.

335,14 *Kriegsartikel]* Bevor die Rekruten in den Heeresdienst treten, sind ihnen Paragraph 14 und Paragraph 23 der »Articles of War« zu verlesen, in denen für Verstöße gegen die Armeedisziplin (Meuterei und Desertion) die Todesstrafe angedroht wird.

## *Zu diesem Band*

In der Zeit von 1949 bis 1956 werden 18 Stücke anderer Autoren von Brecht und seinen Mitarbeitern im Berliner Ensemble inszeniert und zum Teil auch bearbeitet. (Stücke wie Gerhart Hauptmanns *Biberpelz* und *Der rote Hahn* werden als ein Stück bewertet, *Coriolanus*, eine Bearbeitung, die erst nach 1956 aufgeführt wird, ist nicht mitgezählt worden. Verwiesen wird auf Abdrucke innerhalb der vorliegenden Ausgabe, auf Texte zu den Inszenierungen in Band 24 und 25 sowie auf Beschreibungen in *Theaterarbeit. 6 Aufführungen des Berliner Ensembles*, hg. v. Berliner Ensemble, Helene Weigel, Dresden: Dresdner Verlag 1952.)

*Wassa Schelesnowa* von Maxim Gorki, Premiere: 23. Dezember 1949 (vgl. Band 24); vgl. *Theaterarbeit*, S. 47-66.

*Der Hofmeister* von Jacob Michael Reinhold Lenz, Premiere: 15. April 1950 (Band 8 und 24); vgl. *Theaterarbeit*, S. 68-120.

*Biberpelz* und *Der rote Hahn* von Gerhart Hauptmann, Premiere: 24. März 1951 (*Biberpelz und roter Hahn*, Band 8 und 24); vgl. *Theaterarbeit*, S. 171-226.

*Der zerbrochne Krug* von Heinrich von Kleist, Premiere: 23. Januar 1952; Neuinszenierung: 8. September 1953.

*Das Glockenspiel des Kreml* von Nikolai Pogodin, Premiere: 28. März 1952.

*Urfaust* von Johann Wolfgang Goethe, Premiere: 23. April 1952 (vgl. Band 24).

*Ugulu oder Das Waldfest der Tiere* von Wera Skupin und Martin Pohl, Mitglieder des Berliner Ensembles, Premiere: 1. Mai 1952.

*Der Prozeß der Jeanne d'Arc zu Rouen 1431* von Anna Seghers, Premiere: 23. November 1952 (Band 9 und 24).

*Katzgraben* von Erwin Strittmatter, Premiere: 23. Mai 1953, Neuinszenierung: 28. Dezember 1955 (vgl. Band 24 und 25).

*Ein fremdes Kind* von Aschach Tokajew, Premiere: 27. Juni 1953.

*Hans Pfriem oder Kühnheit zahlt sich aus* von Martin Hayneccius, Premiere: 4. März 1954 (vgl. Band 24).

*Don Juan* von Molière, Premiere: 19. März 1954 (Band 9 und 24).

*Hirse für die Achte* von Lo Ding, Tschang Fan und Tschu Dschin-nan, Premiere: 1. April 1954.

*Winterschlacht* von Johannes R. Becher, Premiere: 12. Januar 1955 (vgl. Band 24).

*Der Werbeoffizier* von George Farquhar, Premiere: 19. September 1955 (*Pauken und Trompeten*, Band 9 und 24).

*Der Tag des großen Gelehrten Wu*, Chinesisches Volksstück, Premiere: 8. November 1955.

*Die Ziehtochter oder Wohltaten tun weh* von Alexander Ostrowski, Premiere: 12. Dezember 1955.

*Der Held der westlichen Welt* von John M. Synge, Premiere: 11. Mai 1956.

Brecht ist an den Inszenierungen und Bearbeitungen in unterschiedlichem Maße beteiligt gewesen. Zum Teil beschränkt sich seine Mitarbeit auf geringfügige Änderungen, Einfügung von Songs und kleineren Dialogen sowie auf Hinweise zur Aufführungspraxis. Neben den genannten Inszenierungen hat Brecht an Opern und Dramenbearbeitungen mitgewirkt, die nicht oder erst zu einem späteren Zeitpunkt im Berliner Ensemble aufgeführt worden sind: *Volpone* von Ben Jonson (bearbeitet von Elisabeth Hauptmann und Benno Besson, uraufgeführt 1953 in Wien, vgl. Brechts *Lied der Magd* und *O Venice*, Band 15); *Der Darmwäscher* (späterer Titel: *Persische Episode*), Oper von Rudolf Wagner-Régeny und Caspar Neher, uraufgeführt 1963 in Rostock; *Johann Faustus*, Oper von Hanns Eisler, uraufgeführt 1974 in Tübingen.

Von den nach dem Ende des zweiten Weltkriegs in der Schweiz und der DDR entstandenen Bearbeitungen werden 1959 von Elisabeth Hauptmann in *Stücke*, Band 11 und 12, aufgenommen:

*Die Antigone des Sophokles*

*Der Hofmeister* von Jacob Michael Reinhold Lenz

*Coriolan* von Shakespeare

*Der Prozeß der Jeanne d'Arc zu Rouen 1431* nach Anna Seghers

*Don Juan* von Molière

*Pauken und Trompeten* von George Farquhar

In Band 11 heißt es dazu: »Die Herausgabe der ›Bearbeitungen‹

in Buchform war schon von Brecht geplant; Auswahl und Anordnung folgen seinem Vorschlag.« (Elisabeth Hauptmann, in: *Stücke*, Band 11, Frankfurt a. M. 1959, S. 4.) Bei vorbereitenden Beratungen zu einer historisch-kritischen Ausgabe der Werke Brechts wird erwogen, auch *Urfaust* von Johann Wolfgang Goethe (1952/53), *Katzgraben* von Erwin Strittmatter (1952/53) und *Winterschlacht* von Johannes R. Becher (1954/55) aufzunehmen (vgl. *Protokoll der 3. Beratung für eine historisch-kritische Ausgabe der Schriften Bertolt Brechts am 10. und 11. April 1959*, Elisabeth-Hauptmann-Archiv, Akademie der Künste zu Berlin). Zu *Katzgraben* liegen im Nachlaß Typoskripte vor, aus denen hervorgeht, daß dieses Stück unter maßgeblicher Beteiligung Brechts zustande gekommen ist. Da *Katzgraben. Szenen aus dem Bauernleben* 1954 unter der Autorschaft Erwin Strittmatters erschienen ist (Berlin/DDR: Aufbau-Verlag), wird es in der vorliegenden Ausgabe nicht berücksichtigt; die ausführlichen Probennotate werden in Band 25 publiziert.

# *Inhalt*



Kommentar

## *Zu dieser Ausgabe*

Die Große kommentierte Berliner und Frankfurter Ausgabe der Werke Bertolt Brechts ist eine Gemeinschaftsausgabe des Aufbau-Verlags Berlin und Weimar und des Suhrkamp Verlags Frankfurt am Main; sie erscheint gleichzeitig in beiden Verlagen. Die Edition basiert auf den zu Lebzeiten Brechts publizierten Texten und auf dem Nachlaß im Bertolt-Brecht-Archiv der Akademie der Künste zu Berlin.

Innerhalb der Gruppierungen nach Gattungen sind die Werke in der Chronologie ihrer Entstehung angeordnet. Bei Stücken und Romanen werden die Fragmente gesondert behandelt; innerhalb der Gedichte und der Prosa wird zwischen Sammlungen und Einzeltexten unterschieden; bei den Schriften sind die Texte zu Stücken und die Theatermodelle jeweils in einem gesonderten Band versammelt.

Die Ausgabe enthält grundsätzlich die autorisierten und wirksam gewordenen Erstdrucke oder geht bei postum erschienenen Werken auf die Texte aus dem Nachlaß zurück. Ohne die Normen einer historisch-kritischen Ausgabe anzustreben, dokumentiert sie gegebenenfalls durch Varianten und Druck mehrerer Fassungen Hauptstufen der weiteren Umformung eines Werkes. Diese erscheinen jeweils im Anschluß an die frühe Fassung.

Sämtliche Texte sind anhand der Drucke und des Materials im Nachlaß überprüft worden. Die Orthographie ist unter Erhaltung des Lautstandes modernisiert. Auch die Interpunktion ist, bei Bewahrung einiger charakteristischer Eigentümlichkeiten Brechts, den heute gültigen Regeln angeglichen. Alle Zusätze der Herausgeber, z.B. bei Titeln, stehen in eckigen Klammern.

Der Kommentar beschreibt jeweils knapp Quellen, Entstehungs- und Textgeschichte sowie die Wirkung bis zu Brechts Tod. Der Zeilenkommentar beschränkt sich auf Sacherläuterungen. Allgemeine Angaben zu den erwähnten Personen bietet das kommentierte Gesamtregister.

Ein ausführlicher Editionsbericht erscheint in Band 30.

Der vorliegende Band wurde von Carl Wege (Institut für kulturwissenschaftliche Deutschlandstudien an der Universität Bremen) bearbeitet. Er dankt Gelia Eisert für ihre Unterstützung.

*Bertolt Brecht Werke*

*Band 1*
Stücke 1: Die Bibel · Baal (1919) · Baal (1922) · Lebenslauf des Mannes Baal · Trommeln in der Nacht · Die Hochzeit · Der Bettler oder Der tote Hund · Er treibt einen Teufel aus · Lux in tenebris · Der Fischzug · Prärie · Im Dickicht · Im Dickicht der Städte

*Band 2*
Stücke 2: Leben Eduards des Zweiten von England · Mann ist Mann (1926) · Mann ist Mann (1938) · Die Dreigroschenoper · Mahagonny · Aufstieg und Fall der Stadt Mahagonny

*Band 3*
Stücke 3: Der Flug der Lindberghs · Das Badener Lehrstück vom Einverständnis · Der Jasager · Der Jasager. Der Neinsager · Die Maßnahme (1930) · Die Maßnahme (1931) · Die heilige Johanna der Schlachthöfe · Die Ausnahme und die Regel · Die Mutter (1933) · Die Mutter (1938)

*Band 4*
Stücke 4: Die Spitzköpfe und die Rundköpfe · Die Rundköpfe und die Spitzköpfe · Die sieben Todsünden der Kleinbürger · Die Horatier und die Kuriatier · Die Gewehre der Frau Carrar · Furcht und Elend des III. Reiches

*Band 5*
Stücke 5: Leben des Galilei (1938/39) · Galileo · Leben des Galilei (1955/56) · Dansen · Was kostet das Eisen?

*Band 6*
Stücke 6: Mutter Courage und ihre Kinder · Das Verhör des Lukullus (1940) · Das Verhör des Lukullus (1951) · Die Verurteilung des Lukullus · Der gute Mensch von Sezuan · Herr Puntila und sein Knecht Matti

*Band 7*
Stücke 7: Der Aufstieg des Arturo Ui · Die Gesichte der Simone Machard · Schweyk · The Duchess of Malfi

*Band 8*
Stücke 8: Der kaukasische Kreidekreis · Die Antigone des Sophokles · Die Tage der Kommune · Der Hofmeister des J. M. R. Lenz · Biberpelz und roter Hahn von Gerhart Hauptmann

*Band 9*
Stücke 9: Coriolanus · Anna Seghers. Der Prozeß der Jeanne d'Arc zu Rouen 1431 · Turandot oder Der Kongreß der Weißwäscher · Don Juan von Molière · Pauken und Trompeten

*Band 10*
Stücke 10: Stückfragmente. Darunter: Hans im Glück · Galgei · Hannibal · Dan Drew · Joe Fleischhacker · Untergang des Egoisten Johann Fatzer · Der Brotladen · Der böse Baal der asoziale · Das wirkliche Leben des Jakob Gehherda · Leben des Konfutse · Der Wagen des Ares · Büsching

*Band 11*
Gedichte 1: Sammlungen 1918-1938: Lieder zur Klampfe von Bert Brecht und seinen Freunden. 1918 · Psalmen · Bertolt Brechts Hauspostille · Die Augsburger Sonette · Die Songs der Dreigroschenoper · Aus dem Lesebuch für Städtebewohner · Geschichten aus der Revolution · Sonette (1933/34) · Englische Sonette · Lieder Gedichte Chöre · Chinesische Gedichte · Studien

*Band 12*
Gedichte 2: Sammlungen 1938-1956: Svendborger Gedichte · Steffinsche Sammlung · Hollywoodelegien · Gedichte im Exil · Kriegsfibel · Deutsche Satiren (Zweiter Teil) · Kinderlieder. Neue Kinderlieder · Buckower Elegien · Gedichte aus dem Messingkauf. – Gedichtverzeichnis zu den Sammlungen (Band 11-12)

*Band 13*
Gedichte 3: Gedichte, Gedichtfragmente, Gedichte aus Stükken. 1912-1926

*Band 14*
Gedichte 4: Gedichte, Gedichtfragmente, Gedichte aus Stükken. 1926-1945

*Band 15*
Gedichte 5: Gedichte, Gedichtfragmente, Gedichte aus Stükken.
1945-1956. - Gesamtverzeichnis zu den Gedichten (Band 11-15)

*Band 16*
Prosa 1: Dreigroschenroman

*Band 17*
Prosa 2: Romanfragmente und Romanentwürfe: Der Tuiroman · Die Geschäfte des Herrn Julius Caesar · Das Buch Gasgarott · Die Rothaut · Flucht Karls des Kühnen nach der Schlacht bei Murten · Das Renommee · Tatsachenreihe

*Band 18*
Prosa 3: Geschichten (Sammlungen) und Dialoge: Geschichten vom Herrn Keuner · Buch der Wendungen (Me-ti) · Kalendergeschichten · Flüchtlingsgespräche · Mies und Meck

*Band 19*
Prosa 4: Geschichten, Filmgeschichten. 1918-1941

*Band 20*
Prosa 5: Geschichten, Filmgeschichten. 1941-1956

*Band 21*
Schriften 1: 1914-1933

*Band 22*
Schriften 2: 1933-1941

*Band 23*
Schriften 3: 1941-1956

*Band 24*
Schriften 4: Texte zu Stücken

*Band 25*
Schriften 5: Theatermodelle (Aufbau einer Rolle. Laughtons Galilei · Antigonemodell 1948 · Couragemodell 1949) · »Katzgraben«-Notate. – Register zu den Schriften (Band 21-25)

*Band 26*
Journale 1: 1913-1941: Tagebuch 1913 · Tagebuch 1916 · Tagebücher 1920-1922 · Autobiographische Schriften 1920-1941 · Journale 1938-1941

*Band 27*
Journale 2: 1941-1956: Journale 1941-1956 · Autobiographische Schriften 1941-1956. - Register zu den Journalen (Band 26-27)

*Band 28*
Briefe 1: 1919-1941

*Band 29*
Briefe 2: 1941-1956. - Register zu den Briefen (Band 28-29)

*Band 30*
Registerband: Editionsbericht · Gesamtinhalt der Bände 1-29 · Brecht-Titelregister · Personenregister (kommentiert)

Bertolt Brecht, Werke, Band 9
Suhrkamp Verlag Frankfurt am Main
Satz: In Garamond von Wagner GmbH, Nördlingen
Druck: Wagner GmbH, Nördlingen
Bindung: Buchbinderei Lachenmaier, Reutlingen
Säurefreies Werkdruckpapier der Papierfabrik Niefern
Feincanvas-Gewebe der Vereinigten Kaliko, Bamberg
Naturnarbiges Lammleder der Kripper Lederfabrik, Remagen
ISBN 3-518-40009-6 (Leinen)
ISBN 3-518-40069-X (Leder)